ERSTER TEIL

W0404517

»Khide, Pharsu. Zri haisam ugel top.«

»Tha tide?«

»Turba thas. Baisin a mek zritim, tha haisam trubel to tenne. Zru hobim kaikebas hon, kes dogai-tinnes.«

»Yoi! Kha hibe tesch hobimi?«

»Kaimin!«

»Aufgepasst, Pharsu. Der Erznarr kommt wieder.«

»Ja und?«

»Schnell, schnell! Schlüpf in den Topf, und der Dummkopf wird dich in die Oberwelt hinauftragen. Dann gehört die ganze Welt uns, den grünen Dogai.«

»Ho! Und vielleicht auch noch andere Welten?«

»Kann schon sein.«

Vor langer Zeit, als die Welt der eisernen Dunkelheit noch Aswkrigg hieß, das heißt Kugelgrün, vor so langer Zeit, dass nur die missgestalteten Dogai in den Schlünden der Berge die Überlieferung bewahrten, war Aswkrigg eine Festung der Phosphordrachen. Woher sie kamen, weiß niemand, vielleicht von den Sternen, vielleicht aus einer Welt jenseits der Welten. Sie lebten tief in den sonnenlosen, eisigen Abgründen in einem Labyrinth, das die Schomma, die Steine fressenden Geschöpfe der Tiefe, für sie gebaut hatten. Aus dreitausend Gängen, hohen und niedrigen, engen und weiten, bestand dieser nachtschwarze Irrgarten, der keiner Lampen bedurfte, da die Phosphordrachen in ihrem eigenen Licht leuchteten. Dutzende kunstvoll gestalteter Kapellen und Tempel hatten die Schomma für ihre Herren aus dem Felsen genagt. Mächtige vielstöckige Häuser standen da in Höhlen, deren Wölbung kein Lichtstrahl erreichte, Häuser mit wunderlich verzierten glänzenden Kuppeln; hohe Türme; schimmernde Obelisken; gewundene Säulen und Sockel, die die Abbilder finsterer Nachtmahre trugen. Manche lagen auf Inseln in onyschwarzen toten Seen, andere zogen sich in Windungen durch eisverkrustete Mauern, wieder andere ragten, auf zierlichen steinernen Stängeln ruhend, wie Kelche vom Höhlenboden auf.

Sie alle waren einem Taphum geweiht, einem Dämon der vergessenen Höllen, die weit abseits aller Welten jenseits der Sternenleere liegen. Ihn nannten die Priester der Phosphordrachen Gurgolaz, das heißt Niemand, manchmal auch Thorchundrai, das heißt Haucher, denn aus seinem Mund fuhr der Atem der feuerfrostigen Höllen, Eis und Feuer zugleich, eine sengende Kälte, eine eisige Flamme. Er war der Herr des Unerfüllten und Missglückten, Herr der verlorenen Tage und verpassten Gelegenheiten, der vergeudeten Jugend und des unfruchtbaren Alters, der Herr des Entleerten, Verbrauchten und Ausgelaugten. Er liebte die öden und unfruchtbaren Orte. Seine Götzenbilder umgab eine dicke Schicht uralter Gebeine, Schädel, Flügel, Armknochen, Beinknochen, Rippen, Schwanzwirbel, zerkrümelter Knöchelchen, alle in den letzten Stadien des Zerfalls, vergilbt vom Alter, verwittert von der alles zermürbenden eisigen Kälte, die letzten ausgebrannten und ausgesogenen Reste von Resten ... Ihm waren die Dinge geweiht, die starben, noch ehe sie wirklich zu leben begannen, die früh verstorbenen Kinder und die im Frost erfrorenen Knospen, das Nichtmehr und Niemalswieder, das Hättedoch und Wäredoch.

Ihn verehrten die Phosphordrachen mit seltsamen Zeremonien, bei denen sie grüne Flammen entzündeten, Blutopfer darbrachten und riesige Haufen von edlen Metallen und Steinen vor ihm aufhäuften. Tag und Nacht schürften die Schomma nach den Schätzen der Berge und trugen sie in den Kammern der Heiligtümer zusammen. Sein Standbild, aus einem einzigen drei Schritte hohen Smaragd geschnitten, nahmen die Drachenpriester mit, als sie eines Tages ihre Welt verließen und in eine andere zogen. Dort ließen sie sich von den Schomma ein neues Labyrinth bauen, dem ursprünglichen gleich, und lebten lange darin, bis sie weiterzogen oder ausstarben – das weiß niemand. Nur die Statue aus grünem Smaragd blieb zurück, ein Quell der Bosheit und des Verderbens, geduldig wartend, dass irgendwann irgendjemand in die unheilvolle Tiefe hinabstieg.

Die Pläne der Magier

Amory, die Tochter des Großinquisitors von Sundar, stand am Fenster der väterlichen Gemächer und blickte hinunter auf die Residenzstadt Sundar-Bas, die im Schein eines eigentümlichen Sonnenuntergangs unter ihr lag.

Amory war neunzehn Jahre alt, eine hagere kleine Person, der das pechschwarze Haar schwer wie Seetang um den Kopf hing. Das dreieckige Gesicht darunter war jedoch recht hübsch, wenn auch sehr blass, mit jadegrünen Augen und einem reizvoll geschwungenen Mund. Es hatte etwas Schelmisches an sich, das ab und zu auffunkelte, wenn der feierliche Ausdruck verblasste, den sie als Tochter eines so würdigen Vaters zur Schau zu tragen pflegte.

Böse Vorzeichen malten sich am westlichen Horizont. Der Himmel war braun und orangerot verfärbt, mit Bahnen von eisigem Türkis und dunkel glühendem Gold. Die fünf Sonnen der Welt Sundar wirkten ungewöhnlich groß und rot, als sie in dieses abwegige Farbenspiel eintauchten.

Selbst in einer so unnatürlichen und unheilvollen Beleuchtung war Sundar-Bas eine elfenhaft schöne Stadt. Weithin erstreckten sich, blaugrün gefärbt von der einbrechenden Dämmerung, die zarten, zitternden Wipfel der Zykadeen. Süße Quellen sprangen aus den kunstvoll gemeißelten Brunnen und stürzten in schäumenden Strömen in die Becken. Aus dem Meer fächeriger Palmfarne ragten, wie eine Luftspiegelung zwischen Himmel und Erde schwebend, zu Hunderten vielstöckige Pagoden aus dem rosigen Stein der Elfenbeinklippen, die Dächer aus grün glasierten Ziegeln mit zierlichem kupfernem Zierrat geschmückt. Glöckchen aus Kristall und Silber hingen zu Hunderten an den Dachtraufen. Safrangelbe und blaue Tuchfahnen wellten sich im schwachen Wind.

Die zerbrechliche Schönheit der vieltürmigen Stadt Sundar-Bas, zu deren Pracht ihr Vater nicht wenig beigetragen hatte, war die Schmuckschatulle des Reichs, die Schatzkiste der Geschmeide, die Seine Himmlische Majestät, der Sohn des Sonnenfürsten, hütete wie eine habgierige Frau ihre Juwelen. Dennoch verzog Amory, während sie hinausblickte, die Lippen zu einem kaum sichtbaren Ausdruck der Geringschätzung. Bei aller Hochachtung vor dem Khan-Ha verstand sie nicht, wie man sein Herz so sehr an Dinge hängen konnte, die letzten Endes doch nur Stein und Metall waren. Gewiss, Sundar-Bas war bewundernswert schön, aber ein Nichts im Vergleich zu den herrlichen Geheimnissen der Wissenschaft, denen sie von Kind an ihr Leben geweiht hatte. Welche Pracht der heutigen Reiche konnte es aufnehmen mit den Wundern, denen sie schon bei ihren ersten Forschungen auf die Spur gekommen war – den Wundern der versunkenen Drachenreiche?

Die Oase, in der die Residenz lag, war groß und fruchtbar, und der Beschauer vergaß leicht, dass an deren Rand unvermittelt die grausame Wüste begann. Nach den Buchstaben ihrer Proklamationen waren die Khan-Hazim, die sundarischen Kaiser, Herrscher über den gesamten Kontinent; in Wirklichkeit gehörte ihnen aber nur ein geringer

Teil. Von dessen Grenzen aus erstreckten sich nach allen Seiten unendliche Wüsten. Dort wohnten Wesen, die vom Khan-ha meist noch niemals gehört hatten und die sich auch nicht um ihn gekümmert hätten. Die Sundaris lebten fast ausschließlich in den Oasen ihrer lieblichen Städte, und nur dort, nahe den Tempeln des Sonnenfürsten und beschützt von seiner mächtigen Priesterschaft, fühlten sie sich wohl. Die Wüsten und die finsteren Bergketten mit ihren Tälern und Schluchten fürchteten sie als den Lebensraum böser Menschen und böser Geister. Deshalb waren die meisten Gebiete, die nicht im engsten Umkreis der Stadt oder entlang den Heerstraßen lagen, auf ihren Landkarten als weiße Flecke eingezeichnet, die sie das Gebannte Land nannten.

Insgeheim hegte Amory den Verdacht, dass sie damit nur den Schleier des Nichtwissens über die Spuren der uralten Wüstenreiche breiten wollten, denn was wäre von der Macht und Würde der Söhne der Sonne übrig geblieben, hätten ihre Untertanen erfahren, dass sie nur die kümmerlichen Nachfolger einstiger wahrhaft götterähnlicher Drachenfürsten waren?

Grausam, aber auch faszinierend war die Wüste. Sie barg zahllose Rätsel und Geheimnisse. Amory hatte die Wüste bereits mit vierzehn Jahren zu ihrem bevorzugten Studienfach erwählt und war inzwischen auf diesem Gebiet eine der führenden Schriftgelehrten. Ihr Aufsatz »Wüsten und Einöden als natürliche Archive sundarischer Kultur« hatte Aufsehen erregt. Längst hatte sie sich vorgenommen, umfangreiche eigene Expeditionen in die Einöde hinaus zu unternehmen, sobald sie die Lehre bei ihrem Vater abgeschlossen hatte. Sie gierte danach zu entblößen, was sich unter der gesichtslosen Schicht aus Sand und Steinen verbarg: Überreste unaussprechlich alter Kulturen, die von

Drachenmagiern beherrscht worden waren, Wesen voller Weisheit und Güte, Hüter von Geheimnissen, die der beschränkte menschliche Verstand niemals enträtseln würde. Aber nicht nur Wissensdurst trieb sie an. Auf geheimnisvolle Weise war ihr Schicksal mit diesen uralten Überresten verbunden, das fühlte sie, und das bestätigten ihr die Träume, die sie nicht einmal ihrem geliebten Vater mitgeteilt hatte. Nur ihr Zwillingsbruder Marchand wusste davon.

Oft und oft durchstreifte sie jenseits der Grenzen des Schlafs eine Einöde, die sie im Leben nie gesehen hatte und die doch immer dieselbe war: Immer blickte sie über rostrote Hügel auf eine Landschaft zerklüfteter Berge am Horizont, über deren bizarren Felsgebilden die Dämmerung anbrach. Stellenweise streckte ein Dornenstrauch seine ineinander verwobenen Ranken zum Himmel, und an einigen Stellen wuchs ein mannshohes, dornenstarrendes Gewächs, gleichsam ein Zwitter zwischen einem knorrigen Baum und einem Stachelschwamm.

Inmitten dieser öden und düsteren Landschaft erhob sich im kränklichen Zwielicht auf dem Grund eines trichterförmigen Tals eine wunderlich gestaltete Zitadelle. Sie schien aus dem nackten Felsgrund emporgewachsen zu sein und aus nichts anderem zu bestehen als aus diesem Fels. Kein Ziegel, kein Quader waren zum Bau verwendet worden, kein Löffel Mörtel, kein Splitter Holz.

In ihrem Traum schritt Amory auf diesen Palast zu. Über steinerne Treppen erreichte sie ein Tor, hoch wie das Eingangstor des kaiserlichen Palasts, aber ohne Türflügel.

Der Innenraum des Turms, den sie betrat, war vollkommen leer und von schwindelerregender Höhe. Er hatte kein Geschoss und kein Zwischendach vom Fußboden bis zur Kuppel, die sich fünf Stockwerke hoch über ihr wölbte. Sie stand wie ein Püppchen in diesem Riesenraum, dessen öde Mauerflächen nur oben, dicht unterhalb der Kuppel, eine schmale Reihe von Fensterchen unterbrach. Das Licht der sinkenden Sonne drang herein und malte ein Gespinst rötlich leuchtender Strahlen auf die Mauern und in die leere Luft.

Sobald sie den Raum betreten hatte, fasste sie sich an den Hals, wohl wissend, dass der Anhänger an ihrem Halskettchen eine wunderbare Bedeutung hatte – ein Anhänger, den sie nur in diesen Träumen trug. Ihre Finger erfassten eine Hülse aus poliertem Ebenholz, die an beiden Enden mit Messingpfropfen verschlossen war. Ein Schwindel überfiel sie, als sie die Kette über den Kopf zog und die Rolle öffnete. In roten Schleiern wallte ihr das Blut vor den Augen, ihre Knie gaben nach, und sie sank auf den felsigen Boden. Von allen Seiten griffen die Knochenfinger finsterer Mächte nach ihr und wollten ihr Vorhaben verhindern, aber es gelang ihr, die Hülle zu öffnen. Als sie sie umstülpte, fiel ihr eine gläserne Phiole in die offene Hand. Hinter dem Glas tanzten rötlich goldene Fünkchen.

Da zersprang das Glas mit einem hellen Singen, ohne dass sie es allzu fest angefasst hätte. Als ihr Blut sich mit dem hervorperlenden Inhalt mischte, vermehrten sich die winzigen Funken mit rasender Schnelligkeit, wurden zu einer glitzernden Wolke, die wie Schneegestöber im Raum umherwirbelte … verdichteten sich zu einem Nebel, und der Nebel wurde zu einer Gestalt, die bis an die Wölbung des Dachs vor der atemlos staunenden Magierin aufragte. Halb in menschlicher Gestalt, halb in der eines geflügelten Drachen stand ein rotgolden leuchtendes Wesen da, von einer inneren Glut erfüllt, die in seinen Gliedern lohte wie ein Feuer in einem Glas. Bernsteinfarbene Augen blickten Amory an, durch die hindurch sie das Firmament sah, wie es wirklich war, mit Tausenden von Sonnen und Monden, Sternen und Sternensplittern, die in seiner onyschwarzen Leere dahinwirbelten und dabei sangen ... Überwältigt von der Schönheit des Wesens, vor allem aber von der alles umfassenden Liebe, die von ihm ausging, brach sie auf dem Boden zusammen.

An dieser Stelle endete der Traum stets. Sie fand sich dann in ihrem Bett wieder, umwebt von einem Duft, den sie nichts und niemandem in ihrer Welt zuordnen konnte, der zugleich klar und frisch war und betäubend süß. Eine schmerzhafte Sehnsucht ergriff sie, dieses Wesen wiederzusehen – den einzigen Bernsteindrachen, den je ein menschliches Auge erblickt hatte.

–

Ein schauerlicher Ton unterbrach ihre Gedanken. Von einem Ende der mächtigen Stadt bis zum anderen hallte das hohle Geheul der Echsenhörner. Der Ton war das Zeichen, dass Phurams Sonnenwagen die Schwelle des westlichen Horizonts passiert hatte und bis zum Morgen niemand mehr auf seinen Schutz zählen konnte. Die Tore von Sundar-Bas wurden geschlossen. Wehe dann demjenigen, der nicht rechtzeitig heimkehrte! Sich nach Torschluss noch auf den Straßen aufzuhalten, galt schon als Beweis für böse Absichten, ja es gehörte sich nicht einmal, zu der Zeit noch sichtbar auf Balkonen oder am offenen Fenster zu stehen. Sobald Datura, die blaue Dämonin, am Himmel erschien, hatten sich alle treuen Untertanen des Khan-Ha hinter Mauern und geschlossenen Fensterläden verkrochen, und nur finsteres Volk trieb sich, gejagt von den Nachtwachen, auf den mondbeschienenen Straßen herum.

Amory wollte sich zurückziehen, aber ihr Vater bedeutete ihr, noch einen Augenblick innezuhalten. »Warte«, sagte er. »Ich muss dir etwas zeigen.«

Der Großinquisitor Caspartin war ein Mann in fortgeschrittenen Jahren mit statuenhaften bleichen Zügen. Sein Schädel war rasiert, aber an seiner Kinnspitze sprießte ein langer, spitz zulaufender blauschwarzer Bart, der ihm bis auf die Brust hinabhing – das Zeichen der Magier, denn von Natur aus wuchs den sundarischen Männern kein Bart. Er trug die safrangelbe Robe der Phurampriester mit dem Sonnenrad auf der Brust, war Geweihter und Gelehrter. Und er war einer der wenigen Männer, die treu zum Khan-Ha standen, auch wenn er sich über dessen jämmerliche Schwächen im Klaren war. Amory kannte seinen Standpunkt: Weder das Amt noch der Mann zählte. Wenn es Phuram gefallen hatte, einen Schwächling und Wüstling auf den Thron zu setzen, so musste man dies gehorsam erdulden und hoffen, dass vielleicht ein Besserer nachkam.

Caspartin trat hinter seine Tochter und umfasste mit beiden Händen ihre Schultern. Er hatte feingliedrige, bleiche Gelehrtenhände mit so außergewöhnlich langen Nägeln, dass ihre Spitzen sich aufrollten. Mit leiser Stimme fragte er: »Siehst du die blaue Datura – die Sonne verbrenne sie! –, und siehst du ihre Magd, das Schlangenei, das ihr auf den Fersen folgt?«

»Ich sehe sie wie jeden Abend, Vater«, antwortete Amory verwundert. »Gab es je eine Nacht, in der sie nicht über den Himmel gezogen wären?«

Sie blickte hinauf zu dem schwächlich leuchtenden kleinen Gestirn, das man auch Daturas Zofe nannte, weil es unbeirrbar der Mondin folgte, seinem Leitgestirn. Es schwamm in einem gasigen Hof wie eine Blüte in schmutzigem Wasser. Schlangenei wurde es genannt, weil es halb durchsichtig war und im Innern ein noch ungeformtes Wesen zu bergen schien, das jeden Augenblick schlüpfen konnte.

»Siehst du das Kind in ihrem Bauch?«, fragte Caspartin, ohne auf Amorys Frage einzugehen. »Jetzt ist es noch eine winzige Schlange und eine Gefangene seiner Hülle, aber es dauert nicht mehr lange, bis es hervorbricht, und dann wird ein schwarzer Tag für uns alle anbrechen. Schon jetzt umkreist Unheil die Kaiserstadt, wie ein Tausendzahn einen Pferch mit zahmen Echsen umkreist. Bei der Geburt der Schlangentochter wird ein Schleier über Phurams Angesicht fallen, seine Macht wird sieben Tage lang gebunden sein, und böse Mächte werden aus der Unterwelt aufsteigen. Verräter und Meuchelmörder werden den Thron an sich reißen, und die Menschen werden Krieg gegeneinander führen.«

Amory fühlte ihr Herz klopfen. »Also ist es nicht nur das Geschwätz der Blässlinge, möge Phuram sie verdorren lassen!, dass sich solches – ich will es nicht aussprechen – ereignen wird?«

»Ja, es wird geschehen«, antwortete Caspartin. »Aber schweig darüber, wenn du nicht den Zorn des Khan-Ha auf dich ziehen willst. Du weißt, dass Seine Himmlische Majestät nichts hören will, was ihm missfällt, und den Boten bestraft, der ihm schlechte Nachrichten überbringt. Wir können nicht auf ihn zählen. Was getan werden muss, müssen wir selbst tun.«

Nachdenklich schritt er in seinem Arbeitszimmer auf und ab, einem erstaunlich bescheidenen Gemach für einen der höchsten Minister des Lands. Ein Schrank, ein Tisch und einige kleinere Möbelstücke standen darin, alle aus schwerem dunklem Holz gefertigt und mit Schnitzereien verziert. Der Großinquisitor legte keinen Wert auf Prunk und persönlichen Reichtum. Der einzige Luxus, den er sich gestattete, waren in den Wandnischen aufgestellte wunderliche Objekte. Manche dieser aus Marmor gemeißelten oder aus Bergkristall geschnitzten Kunstwerke sahen wie Erd- und Himmelsgloben aus, manche wie Sonnenuhren, wieder andere wie Sternbilder oder astrologische Zeichen, und einige hatten nicht die geringste Ähnlichkeit mit Gegenständen, die Amory kannte, sondern schienen einer völlig fremdartigen Kultur zu entspringen – vielleicht der Kultur jener wurmartigen Wesen, die lange vor den Sundaris die schreckliche ferne Welt der eisernen Dunkelheit bewohnt hatten. Andere Schriftgelehrte behaupteten jedoch, sie kämen von den Sternen und seien eines Tages einfach aus einem Loch im Himmel herabgefallen.

»Es gibt Wichtiges, Tochter, über das ich mich mit dir beraten muss.« Caspartin hob an zu sprechen, erst zögernd, dann immer schneller. »Es gefällt mir nicht, wie alles in Bewegung gerät. Es ist, als stünde ich in Phurams Tempel und müsste mit ansehen, wie die Pfeiler wanken, die Giebel einstürzen und das Dach einzusinken droht. So vieles, das jahrhundertelang in Ruhe verharrte, ist plötzlich im Aufbruch. Und was hört man nicht alles an seltsamen Nachrichten!«

Alle Anzeichen, so vertraute er seiner Tochter an, standen auf Unheil, aber der Khan-Ha wollte sie nicht erkennen, und die Ritter und Gelehrten sowie die einfachen Untertanen sahen nur, was der Khan-Ha ihnen zu sehen erlaubte. Caspartin war überzeugt, dass Phurams Verschleierung unmittelbar bevorstand und bedeutende Umwälzungen auf Erden und am Himmel zu erwarten waren. Und niemand wusste, ob diese Umwälzungen Gutes oder Schlechtes bedeuten würden. Früher, so gestand er seiner Tochter, habe er nicht viel von dem Geschwätz der elenden Blässlinge gehalten, die behaupteten, in Daturas Zofe reife ein Schlangenkind heran, und wenn es ausgereift sei, nahe das Ende der Herrschaft der Sundaris – ja, das Ende von Phurams Herrschaft. Aber die Konstellationen der Gestirne, die er zu lesen verstand, wiesen ebenfalls auf gefährliche Veränderungen hin. Die Sternenuhr zeigte an, dass bald die gewohnte Ordnung der Welt verschwinden und eine andere in Kraft treten würde. Wenn aber Phuram verschleiert wurde, dann würde sich das Unterste zuoberst kehren, und eine Prophezeiung aus uralter Zeit – von der nur noch Bruchstücke erhalten waren – würde das Schicksal der Welt bestimmen.

Sie stellte knapp und treffend die Frage: »Können wir etwas dagegen tun?«

»Nein. Das Geschehen am Himmel untersteht nicht unserer Gewalt. Aber es hängt etwas damit zusammen – jedenfalls glaube ich das –, worauf wir sehr wohl Einfluss nehmen können. Die Mächte, die den Thron zu stürzen versuchen …«

Obwohl es unhöflich war, fiel Amory ihrem Vater ins Wort. »Du meinst den Midan von Fienne? Aber er ist …«

Mit einer ungeduldigen Handbewegung wischte Caspartin die Bemerkung seiner Tochter beiseite. »Der Midan ist ein elender Narr und wird seine Dummheit in der Welt der eisernen Dunkelheit büßen. Nein, hier sind ganz andere Kräfte am Werk als ein einzelner verrückt gewordener Taugenichts.«

Amory presste die Lippen aufeinander. Ihr missfiel, dass ihr Vater den Midan von Fienne einen verrückt gewordenen Taugenichts nannte. Zwar war sein Verbrechen unverzeihlich gewesen, aber dennoch hatte sie sich heimlich in ihn verliebt, als er noch in der Gunst des Khan-Ha gestanden hatte.

Sie seufzte leise. Das war Vergangenheit. Schon morgen würde der Hochverräter vom Angesicht Sundars verschwunden sein und an einem Ort, der so abscheulich war wie die Hölle Saur, den Lohn seiner Untat empfangen. Sie zwang sich zur Ruhe. »Wenn er es nicht ist, welche Kräfte meinst du, Vater?«

Er zögerte mit der Antwort. »Lass uns hineingehen«, schlug er vor. »Nachtluft macht krank, und die Strahlen der blauen Dämonin verwandeln die Menschen in Blässlinge – in elende Würmer, die bei Nacht umherkriechen und die schwarz geflügelte Nergal ihre Mutter nennen.« Nachdem er das Fenster geschlossen hatte – wohl ebenso aus Furcht vor den Mondstrahlen wie aus Furcht vor Lauschern, die überall sitzen mochten –, fuhr er fort: »Du weißt, Amory, dass mir die Vorgänge in den Laboratorien nicht gefallen, und auch Hagorin, dem Hohepriester, gefallen sie nicht. Wir haben den Khan-Ha wiederholt gewarnt, dass vom Bodun Karziram nichts Gutes kommt, aber er ist ein schwächlicher Greis und hat sich von der Vorstellung verlocken lassen, mithilfe von dessen Elixier Jugend und Kraft zurückzugewinnen. Also liegt es an uns, ihn zu retten, selbst wenn wir es gegen seinen Willen tun müssen. Hagorin gäbe sein Leben dafür, aber er ist alt und gebrechlich, und da ich außer ihm nur meinen Kindern ehrlich vertraue, habe ich einen Auftrag für dich.«

Amorys Herz bebte vor Stolz, als sie den Vater so sprechen hörte. Sie lauschte aufmerksam.

»Ich möchte«, sagte er mit gedämpfter Stimme und nahe an ihrem Ohr, »dass du für uns ausspähst, was in den Laboratorien in der Welt der eisernen Dunkelheit wirklich geschieht. Ich weiß«, wehrte er ab, als sie einen Einwand erheben wollte, »dass du dies nicht in deiner eigenen Gestalt tun kannst, da es keine andere Verbindung von hier nach dort gibt als die Flüge des schurkischen Drachen, die scharf überwacht werden. Du wirst eine andere Gestalt annehmen müssen. Weißt du noch, wie man sich in ein kleines Tier verwandelt?«

»Vater! Als hätte ich jemals eine einzige magische Übung vergessen!«

Und auf der Stelle verwandelte sie sich, schrumpfte, sank auf alle viere nieder und streckte sich in die Länge, während sie die bräunlich graue Färbung von verdorrtem Herbstlaub annahm. Augenblicke später lugte ein possierliches Tier zwischen den Glaskästen hervor. Es war nicht viel größer als eine Männerhand und hatte einen feinen, glatten Pelz sowie halbkugelige Knopfaugen zu beiden Seiten des winzigen Kopfs. Mit schrillem Piepsen richtete es sich auf, stützte sich auf einen kräftigen Schwanz und keckerte Caspartin herausfordernd an. Gleich darauf verwandelte sich das Geschöpf in seine Tochter zurück.

»Nun«, rief sie mit gespielter Entrüstung, »genügt Euch das, Herr Vater, oder darf es etwas anderes sein? Eine Hornisse? Eine Flunder? Ein Springwurm? Ein Katzengreif? Ein Tatzelwurm?«

Caspartin lächelte. »Schon gut, mein Kind. Es war nur eine rhetorische Frage. Ich weiß, wie zuverlässig du bist.« Dann zögerte er. »Ich habe noch etwas anderes, sehr Wichtiges zu tun«, erklärte er schließlich. »Es betrifft den Urkhon Boulgaroz.« Urkhon war der offizielle Titel der Meister der Zwielichtmagie. »Ich will nicht, dass er seinen sonnenlästerlichen Forschungen weiterhin nachgeht. Da ich ihn auf offiziellem Weg nicht daran hindern kann, ist es meiner Meinung nach an der Zeit, seinen Namen aus dem Buch der lebendigen Seelen zu löschen. Möge er hinabfahren in die Hölle Saur, wo die reuelosen Verbrecher gepeinigt werden!«

Amory war ganz seiner Meinung und nickte beifällig. »Was wollt Ihr tun?«

»Ihm einen Polong senden.« Caspartin beobachtete aufmerksam das bleiche Gesicht seiner Tochter. Befriedigt sah er, dass es weder Schrecken noch Abscheu verriet, sondern echte Begeisterung für ein faszinierendes, wenn auch äußerst gefährliches magisches Unterfangen. Nicht einmal ein Magier von der Kraft ihres Vaters vermochte dieses Ungeheuer allein zu bändigen. Er brauchte ihre Hilfe.

Mit einem dünnen Lächeln auf den Lippen sagte sie: »Das wird zweifellos reichen, seinen Namen auszulöschen.«

»Ja, aber es ist, wie du weißt, auch gefährlich. Einmal losgelassen, gerät der Henker leicht außer Rand und Band. Deshalb benötige ich deine Unterstützung.«

»Ich höre und gehorche«, sagte sie in förmlichem Ton.

»Dann wollen wir hinuntergehen und das Ritual vollziehen.« Er durchschritt sein Arbeitsgemach und bedeutete Amory, ihm durch die Pforte hinter einem Vorhang zu folgen.

–

Im flackernden Schein der Öllampe stiegen sie in einen Keller hinab, der Stockwerke tief unter dem Inquisitionsturm lag. Kühle, trockene Luft umwehte sie, und ein beißender Geruch nach vergilbten Büchern schlug ihnen entgegen. Die Wände des Kellers waren aus Tuffstein gemeißelt und mit Schlitzen versehen, die frische Luft von der Oberfläche zuführten. Nichts schützte Caspartins kostbare Sammlung so gut wie ein unterirdisches Versteck. Die meisten Sundaris fürchteten nämlich nicht nur die Nacht, sondern sie waren auch geradezu besessen von der Angst vor der Tiefe. Keiner von ihnen wäre jemals auf den Gedanken gekommen, den Geheimnissen des Magiers an diesem Ort nachzuschnüffeln.

»Meint Ihr wirklich, Herr Vater«, fragte Amory, »dass das Ende der Welt so nahe bevorsteht?« Sie war jung, und bislang hatte sie noch nie daran gedacht, bald sterben zu müssen. Ein eisiges Grauen durchschauderte sie angesichts dieser Vorstellung.

»Das Ende der Welt, die wir kennen, möglicherweise«, antwortete Caspartin. »Aber noch ist nichts entschieden. Lass uns erst einmal tun, was als Nächstliegendes getan werden muss – Boulgaroz auszulöschen und herauszufinden, was dieser Schurke Karziram wirklich im Sinn hat.« Der Groll, den er seit Jahren hinunterschluckte, drohte seine Stimme zu ersticken. »Wie oft habe ich den Khan-Ha gewarnt! Wie oft habe ich ihm erklärt, dass Karziram nicht in die obere Stadt gehört, sondern in die Erzgruben selbst, um dort seine sonnenlosen Pläne abzubüßen! Nun, ich kann es nicht ändern.«

Als er von den Erzgruben sprach, musste Amory wieder an den Midan von Fienne denken. Von diesem beeindruckenden Mann hatte sie sich seit der ersten Begegnung bei einem höfischen Fest angezogen gefühlt, und dann immer mehr, immer inniger. Sie war ihm näher und näher gekommen, bis sie sich nicht mehr von ihm zu lösen vermocht hatte – und er hatte nichts davon gewusst. Bevor sie ein Gespräch unter vier Augen hatte herbeiführen können, war er in die tiefsten Abgründe des Verbrechens gestürzt, war zu einem Uzzbazi geworden, einem jener unerhörten Übeltäter, die weder in dieser noch in jener Welt auf Gnade hoffen durften.

»Ich habe ein Geschenk für dich, Tochter«, sagte Caspartin plötzlich.

Sie sah ihn neugierig an.

»Eigentlich solltest du es erst bekommen, wenn deine Ausbildung beendet ist«, fuhr er fort, »aber etwas drängt mich, es dir jetzt schon zu geben. Dein Auftrag könnte gefährlicher sein, als wir beide vermuten.«

»Was ist es?«

Er lächelte sie an. »Ein Geheimnis. Es wurde seit undenklichen Zeiten als das kostbarste unserer Besitztümer an die ältesten Kinder unserer Familie weitergegeben, und du bist die ältere von euch beiden, wenn auch nur um ein Viertel des Stundenglases. Es stammt aus den Schatzkammern der Drachenmagier, aber noch keiner von uns hat jemals erfahren, was es ist oder welche Wirkung es zeigt, denn noch niemals wurde das Glas zerbrochen und das Geheimnis enthüllt.«

Amory spürte, wie ihr Herz bei dem Wort »Drachenmagier« heftig zu pochen begann. »Hat es niemand versucht?«

»Nein, denn entweder es enthüllt sich von selbst, oder es bleibt verborgen. Weder Gewalt noch List können es vorher entdecken, und furchtbar waren die Strafen für jene, die es versucht hatten.«

Schweigend schritten Vater und Tochter weiter. Ein röhrenförmiger, kupfergetäfelter Gang bohrte sich in die Grundfesten des Turms und mündete in einen niedrigen gewölbten Raum von beträchtlicher Ausdehnung. In den Mauern öffneten sich weitere Gänge in endlose Labyrinthe mit Krypten, die aus dem Stein herausgehauen waren. Tief unter dem Tempel des Phuram erstreckten sich hier die Archive von Sundar-Bas, mit Kupferplatten verkleidete Kammern, in denen weder Hitze noch Kälte den kostbaren Manuskripten etwas anhaben konnten.

Caspartin eilte auf eine Tür zu, die er mithilfe eines geheimen Spruchs öffnete. Dahinter befand sich sein persönliches Kabinett mit der Halsgerichtssammlung. Das buttergelbe Licht der Öllampe malte zuckende Schatten auf die Mauern und Decke des fensterlosen Raums, dessen Wände mit Regalen aus kostbarem rotem Zedernholz bedeckt waren. Darin häuften sich Pergamentrollen und Faszikel sowie Erinnerungen an alte und neue Inquisitionsprozesse. Auf der schrägen Platte eines Schreibpults ruhte eine Tafel aus Kristall, grau und halb durchsichtig. Befragte ein Kundiger sie auf die richtige Weise, so erschienen unter dieser Fläche krause Zahlen, Zeichen und Diagramme, die dem Unkundigen wirr und sinnlos erschienen, die es dem Verständigen aber ermöglichten, die Konstellationen der Gestirne zu lesen und ihre verborgenen Botschaften zu entziffern.

An den Wänden hingen Holzschnitte, die die Hinrichtung berühmter Ketzer darstellten. Aber es gab mehr als nur Papier zu sehen: Mitten im Raum standen Vitrinen mit gläsernen Deckeln, die handgreiflichere Erinnerungsstücke enthielten. Da stand, mumifiziert, aber in natürlichen Farben erhalten, der Kopf eines Gerichteten, umrahmt von verschiedenen zierlichen Torturwerkzeugen wie Daumenschrauben und Hexensticheln. Dort lagen Erinnerungsstücke an gefährliche Delinquenten – geheime Nachrichten, verbotene Bücher und Artefakte. Als solche Erzverbrecher galten unter anderem die Sammler. Die Monddrachin Datura hatte aus dem Kreis der ketzerischen Blässlinge, die ihr dienten, eine kleine Gruppe von Männern und Frauen erwählt, die ihre engsten und vertrautesten Diener und Dienerinnen waren. Sie führten viele vertrauliche Aufträge für Datura durch. Das machte sie den kaiserlichen Inquisitoren verdächtig. Sie galten als feindliche Agenten, als Spitzel und Spione, die den Auftrag hatten, die Schwächen des Kaiserreichs auszuspähen und seine Stärken zu untergraben. Daher drohte ihnen als Einzigen von allen Blässlingen die Todesstrafe, wenn sie erkannt und gefasst wurden, während die Übrigen einer solchen öffentlichen Verachtung anheimfielen, dass sie nicht einmal verfolgt wurden.

In einer polierten, mit einem Glasdeckel verschlossenen Vitrine hockte auf einem kunstvoll geschnitzten hölzernen Sitz eine weibliche Mumie, die Grabräuber in der Wüste gefunden und an Amory verkauft hatten. Sie war ungemein stolz auf ihren Erwerb, der dem Vater so wertvoll erschienen war, dass er die Mumie in seine Sammlung aufnahm. Das hässliche Ding musste einst in einem längst untergegangenen Reich eine Person von hohem Rang gewesen sein, denn eine altersbrüchige gelbe Mütze mit einem Kronreif anstelle des Saums schmückte den bis zur Unkenntlichkeit verschrumpelten braunen Kopf, in dem die Augen winzig wie Rosinen waren und lange gelbe Zähne unter lederartigen Lippen hervorgrinsten. Kunstvoll bossierte bronzene Ketten mit Silbereinlagen wanden sich um den dürren Hals. Amory hoffte sehr, in nächster Zeit in die Wüste ziehen zu dürfen und dort an der von den Grabräubern entdeckten Stelle nach verborgenen Schätzen zu forschen: nicht Silber, nicht Edelsteine, sondern Zeugen jener geheimnisvollen Vergangenheit, die im Sand begraben lag. Unwillkürlich verzog sie die Lippen. Dem Khan-Ha war gesagt worden, dass sie in der Wüste weitere Zeugen sundarischer Kultur suchen wolle, aber sie dachte nicht daran, sich an diese Behauptung zu halten.

Andere Glaskästen enthielten ähnlich unerfreuliche Dinge wie die im heißen Sand gedörrte Mumie. In einem Kasten stapelte sich ein Haufen muffig riechender Reste: knöcherne Schädel, pergamentähnlich getrocknete Haut, mumifizierte Hände und Füße. Die Mehrzahl mochte von rundköpfigen Echsen stammen, aber viele Schädel waren menschlich in der Form, und viele Hände waren unbehaart. In einer gesonderten Vitrine, deren Deckel mit eng beschriebenen Pergamentzetteln versiegelt war, lag auf einem Kissen aus verblichenem rotem Samt eine marmorne Hand, geformt wie eine schwammige kleine Frauenhand. An einem der steinernen Finger steckte ein kostbarer Siegelring, in dessen Fläche krause Runen eingraviert waren. Mit Ekel betrachtete Amory diese neueste Erwerbung ihres Vaters. Das Weib, dem diese Hand einst gehört hatte, war die Gattin des früheren Khan-Ha gewesen, eine von allen Mächten der Finsternis getriebene Schlange, die Seiner Himmlischen Majestät Gift verabreicht hatte – in der Hoffnung, ihrem Günstling den Weg zum Thron zu ebnen. Das Komplott war entdeckt worden, der Mann wurde zur Sklaverei in den Ondrys-Minen verurteilt, die Frau sollte lebendig begraben werden, aber sie hatte die Henker getäuscht, sich eine Hand abgehauen, den Knechten vorgespiegelt, dass es ihr ganzer Leib sei, und war entflohen. Niemand hatte sie jemals wieder gesehen, obwohl der kaiserliche Hof eine außergewöhnliche hohe Belohnung auf ihren Kopf ausgesetzt hatte. Nur ihre Hand, zu Marmor erstarrt, war zurückgeblieben.

Plötzlich sprang Amory zurück, griff sich mit einer Hand an die Kehle und keuchte laut auf. Die Hand hatte sich bewegt. Wie ein gefangenes Tier, das sich plötzlich beobachtet fühlt, schnellte sie hoch, rannte auf krabbelnden Fingern die Glaswände der Vitrine hinauf und rücklings über den Deckel, fiel auf das Kissen herab und sprang von Neuem in die Höhe, so wütend, dass sie gegen den Glasdeckel stieß. Unwillkürlich streckte Amory den Arm zu einem Abwehrzauber aus. Den aber hatte Caspartin in weiser Voraussicht schon auf die pergamentenen Siegel geschrieben, die den Deckel verschlossen hielten. Feiner bläulicher Rauch wallte im Innern des Glaskastens auf und umhüllte die Hand. Deren Bewegungen wurden immer langsamer und schwerfälliger, bis sie schlaff auf das Kissen fiel und abermals zu Stein erstarrte.

»Lass dich von ihr nicht ärgern«, bemerkte Caspartin. »Sie ist fest und sicher in ihrem Gefängnis verschlossen, das böse Ding. Sieh nur, was ich dir zum Geschenk machen will.«

Er trat an ein Schränkchen heran, dessen Türen mit kunstvollen Arabesken aus rotem Lack verziert waren, schloss es auf und nahm etwas heraus, das er Amory auf der offenen Handfläche hinhielt. Es war ein fingerlanger Zylinder aus Ebenholz, an beiden Enden mit einem Messingpfropfen verschlossen und rundum mit einem spiralförmig gewundenen silbernen Band eingefasst. Dieses Behältnis hing an einer silbernen Kette.

»Nimm diese Hülle, und möge sie ihre heilsame Kraft entfalten, wenn du sie am Dringendsten brauchst«, sprach er. »Du hast einen gefährlichen Auftrag vor dir, und da ich nicht weiß, in welche Gefahren du geraten und welche Hilfe du benötigen wirst, gebe ich dir ein Erbstück mit, das uns seit Beginn des Reiches anvertraut ist.«

Mit zitternden Lippen starrte die Jungfer die Hülse an. Sie sah den Gegenstand vor sich, der in ihren Träumen so viel Raum eingenommen hatte. »Hat es einen Namen?«, wisperte sie.

»Wir nennen es Shem – oder besser: Es nennt sich selbst so. Es hat einen eigenen Willen, und wie ein Sonnenamulett seinen Träger niemals verlässt, so hängt der Shem an demjenigen, dem er anvertraut wurde. Wenn du dich klein machst, macht er sich auch klein, wenn du nackt bist, verschwindet er in deiner Haut, und er weicht nicht von dir, solange du am Leben bist.«

Es gab nämlich Amulette, die am Hals hingen oder als Ring am Finger steckten wie Schmuckstücke und verloren gehen konnten wie gewöhnliche Schmuckstücke, aber auch solche, die an der Person des Trägers hingen, was immer mit ihm geschah. Die Sonnenamulette der Phuramgläubigen gehörten zu dieser Art anhänglicher Talismane. Sie verließen ihren Träger erst, wenn er starb oder sie mit Absicht fortwarf.

»Danach«, fuhr Caspartin fort, »wird er sich selbst seinen Weg zu einem neuen Herrn oder einer neuen Herrin suchen.«

Behutsam nahm Amory das Erbstück entgegen. Die hölzerne Rolle vibrierte in ihren Händen und verriet, dass sich etwas Lebendiges darin befand. »Ein Djinn?«, fragte sie.

»Etwas Ähnliches, aber weitaus vornehmer und mächtiger«, antwortete Caspartin. »Das ist jedoch alles, was ich darüber weiß.«

»Ich danke Euch, Vater.« Sie streifte das Silberkettchen über den Kopf. Augenblicklich spürte sie die lebendige Wärme des Djinns in seinem Gehäuse und das sanfte Summen, das davon ausging. Seine Nähe – wie die aller guten Djinnis – war angenehm. In ihrem Traum war er ein Wesen von göttergleicher Macht und Schönheit gewesen, aber es war wohl nur in Träumen möglich, dass ein so Mächtiger sich in eine winzige Hülse zurückzuziehen vermochte. Vielleicht war das, was jetzt an ihrer Brust lag, nur ein bescheidenes Dienerlein dieser eindrucksvollen Erscheinung.

»Komm jetzt«, befahl Caspartin, und sie folgte ihm auf seinem Weg durch die Sammlung.

In einem Winkel stand ein mannslanger, schmuckloser steinerner Bottich, den eine Glasplatte bedeckte. Im Vorübergehen wischte die junge Magierin den Staub vom Deckel und blickte hinein. Sie schämte sich immer noch bei dem Gedanken, wie sehr der Inhalt sie erschreckt hatte, als er von den Sklaven ihres Vaters herbeigeschleppt worden war. Dick mit salzigen Ablagerungen verkrustet, lag in dem behelfsmäßigen Sarkophag ein goldschimmernder nackter Körper. Auf den ersten Blick ähnelte er einer männlichen Gestalt, wenn auch von widerwärtigem Äußeren, so als wäre er dabei, sich in einen Baum zu verwandeln. Die Haut war unnatürlich derb, borkig und rissig wie bei einer Echse, und aus den Fingern und Zehen, den Armen und Beinen sprossen Zweige, krumm und knorrig wie Mangrovenwurzeln. Auf den ersten Blick sah es aus, als trüge er einen bizarren Harnisch, aber dann wurde deutlich, dass diese Äste über weite Teile des Körpers unmittelbar aus der Haut sprossen. Die Füße hatten sich bereits in lange, krause Wurzelgeflechte verwandelt, die Hände ebenfalls, die Nase war auf groteske Weise verlängert und an der Spitze verzweigt, die Ohren wuchsen sich zu Büscheln feiner Ästchen aus.

Amory erinnerte sich, wie furchtbar sie seinerzeit erschrocken war, als ihr Vater den Leichnam ausgepackt und das Band gelöst hatte, das den Unterkiefer des auf so wunderliche Weise Verwandelten festhielt. Er war mit einem erschreckenden Ächzen heruntergeklappt, und Amory, damals noch ein Kind, hatte gellend aufgeschrien, als ein ganzes Bündel dünner Zweige, geschmeidig wie Weidenruten, herausschnellte und wie die Arme eines Tintenfischs aus dem klaffenden Rachen hing.

Eine außen am Sarkophag angebrachte Runenschrift teilte mit, dass es sich um die Überreste eines Ketzers handelte, der sich an dem Tabu des Golds versündigt hatte. Gold durfte allein der Khan-Ha besitzen; nicht einmal den Priestern war es gestattet, obwohl sie im heiligen Dienst damit hantieren durften, und wer das dem Sonnenfürsten geweihte Metall unehrerbietig berührte oder gar stahl, zog sich dessen grausame Rache zu.

Caspartin blieb stehen und blickte ebenfalls in den steinernen Sarkophag. »Siehst du«, sagte er, »wie es einem ergeht, der die weisen Regeln göttlicher und menschlicher Gesetze missachtet? Ich sage dir, Karziram ist genau ein solcher Frevler! Ich bin froh, dass sein Elixier einen so widerwärtigen Geruch und Geschmack hat, dass niemand es trinken kann, außer vielleicht ein Aas fressender Ghul wie er selbst und sein Spießgeselle Boulgaroz – aber früher oder später wird er einen Weg finden, den Geschmack zu mildern und es trinkbar zu machen. Und dann, fürchte ich, wird es schreckliches Unheil bewirken. Es gibt Dinge, die dem Menschen nicht bestimmt sind, und wenn er sie an sich zu reißen versucht, beschwört er Unheil auf sein eigenes Haupt herab, wie dieser so grausam bestrafte Frevler. Niemand sollte ewig leben, und niemandes Leib sollte unzerstörbar sein.«

Mit einem Seufzer wandte er sich ab. Amory schwieg. Sie fand den Gedanken nicht so schlimm, ewig zu leben und auf ewig gesund und jugendlich zu bleiben, aber sie hätte auch um keinen Preis von dem Elixier kosten wollen, von dem die Fama im Palast und im Tempel die schauerlichsten Dinge erzählte.

Caspartin trat an einen aus schwarzem Granit gehauenen Tisch heran, auf dem sich gewaltige Stapel von Büchern und Pergamentrollen türmten. Ein Magier hatte es freilich nicht nötig, sie alle zu durchwühlen. Er klatschte einfach in die

Hände und rief den Namen des Rituals, das er suchte, und die Bücher selbst verrieten ihm, wo es sich befand. Die Pergamentrollen auf dem Tisch raschelten plötzlich und rollten sich auf, als würden sie von unsichtbaren Händen glatt gestrichen. Eine davon flog in die Höhe, und befriedigt sah er, wie ein Teil der Schrift in Rot und Gold aufleuchtete. Er streckte die Hand aus, fing das Blatt ein und breitete es vor sich auf der schwarzen Tischplatte aus.

»Komm, mein Kind«, sagte er. »Wir können anfangen.«

–

In den Gemächern hoch im obersten Stockwerk des Inquisitionsturms wartete Caspartins Sohn Marchand auf seine Zwillingsschwester. Er wusste, dass der Vater sie mit einem wichtigen Auftrag wegschicken würde, und wollte sie verabschieden. Jedenfalls hatte er dies Caspartin und Amory gegenüber verlauten lassen.

Marchand sah Amory sehr ähnlich: schmal und hager, mit struppigem schwarzem Haar und demselben blassen, dreieckigen Gesicht, in dem jadegrüne Augen Weisheit und Güte verrieten. Wie Amory trug er tabakbraune Kleidung und war mit einer purpurnen Schärpe gegürtet, die ihn als Magier und Schriftgelehrten auswies. Genau wie seine Schwester unterschied er sich deutlich von den meisten anderen jungen Leuten in Sundar-Bas, und das nicht nur in der äußeren Erscheinung. Wenn die Ritter und Knappen mit ihrem wehenden Blondhaar und den strahlenden hellblauen Augen durch die Straßen ritten, so schien es manchem Bürger, dass in ihnen der Sonnenfürst Phuram selbst Gestalt angenommen hatte. Stolz, kühn und kampfesmutig waren sie, Meister des Schwertkampfs und des Speerwurfs, furchtlos im

Kampf, aber auch hartherzig, hochmütig und nur der eigenen Ehre verpflichtet. Sie verachteten Marchand, und nur die Furcht vor seinen Zauberkräften hielt sie davor zurück, ihn zu belästigen. Der junge Magier behandelte sie nach außen hin höflich und verachtete sie in seinem Innern.

Er hätte der nächste Großinquisitor werden können, hatte jedoch von vornherein abgelehnt. Klug und hochgebildet, hatte er keinen Gefallen an dem oft blutigen und grausamen Geschäft seines Vaters; er war ein stiller Mensch – soweit er ein Mensch war, denn gewisse Züge an seinem Aussehen und Wesen verrieten, dass irgendwo in seiner Ahnenreihe ein Wesen stehen musste, das nichts Menschliches an sich hatte. Nicht einmal der weise Caspartin selbst wusste, was es gewesen sein mochte, umsonst hatte er die Chroniken von Sundar ebenso sorgfältig durchforscht wie die Stammbäume seiner Familie. Was immer es war, es musste sein Blut in der Dämmerung der Zeiten mit dem der Menschen vermischt haben, ehe noch irgendwelche Aufzeichnungen niedergeschrieben wurden.

Marchand selbst hatte sich – nachdem er eine Zeit lang fieberhaft versucht hatte, den Ursprung seines außergewöhnlichen Erbes ausfindig zu machen – damit abgefunden, dass er eine Besonderheit besaß, die er nicht durchschaute, die ihn nur manchmal überfiel und dann wieder verschwand. Amory hatte ebenfalls etwas von dieser Eigenart. Diese schien ihre magischen Kräfte noch zu verstärken, manchmal aber auch in eine unerwartete Richtung zu lenken; sie unterlief eine magische Handlung und machte etwas anderes daraus, manchmal besser, manchmal schlechter als der ursprüngliche Zauber. Sie behauptete, dass sie beide späte Abkömmlinge der vorzeitlichen Drachenmagier seien, aber Marchand war überzeugt, dass sie sich das nur einbildete, weil sie so begeistert im Wüstensand nach den Ruinen dieser längst zu Staub zerfallenen Reiche grub.

Als er ein Geräusch von der Tür her hörte, stand er vom Diwan auf. Die Türe aus durchbrochenem Ebenholz wurde geöffnet, ein Sklave mit einer hell leuchtenden Papierlaterne an einem langen Stab trat beiseite und ließ Amory ein, bevor er verschwand.

Die Geschwister umarmten sich zärtlich. Von Kindheit an hatten sie einander innig geliebt. Beide neigten dazu, sich von anderen Menschen abzusondern, und hatten deshalb häufig nur sich selbst zur Gesellschaft.

»Nun«, verlangte Marchand, während er sich auf dem Diwan niederließ und zwei zusätzliche Kerzen anzündete, »berichte, welchen Auftrag dir Vater erteilt hat!« Er wusste es bereits, aber das wollte er seiner Schwester nicht verraten. Sie brauchte nichts von der Spinne zu wissen, die eilig über Boden und Decken gekrochen war, während Caspartin seine Tochter in den Beschwörungsraum führte, und das Geschehen aus glitzernden Facettenaugen beobachtet hatte. In letzter Zeit war Marchand seiner Schwester gegenüber sehr argwöhnisch gewesen und hatte sie, von der Sorge um ihr Wohlergehen getrieben, auf Schritt und Tritt überwacht.

Sie erzählte es ihm.

»Hast du keine Angst«, fragte er, »dass der Bodun Karziram dich auch in einer anderen Gestalt erkennt?« Zwar war er selbst ein Magier, aber er widmete dieser Fähigkeit weitaus weniger Zeit und Aufmerksamkeit als Amory. Wenn es nicht unbedingt erforderlich war, verzichtete er ganz darauf. So war sie die bei Weitem Erfahrenere von ihnen beiden.

Sie beantwortete seine Frage mit einem Kopfschütteln. »Nein. Nicht solange diese andere Gestalt eine gewisse Größe nicht überschreitet. Er würde mich erkennen, hätte ich mich in einen Löwen oder Drachen verwandelt, aber nicht als Hornisse oder Krempeltierchen, als Muirg oder als Eidechse. Es hängt mit der magischen Aura zusammen. Wenn sie nur eine ganz geringe Strahlung hat, ist sie auch für einen Bodun nicht zu erfassen.«

»Nun, dann empfehle ich dir dringend, dich als Mücke an die Arbeit zu machen, denn ich habe Angst um dich. In der Welt der eisernen Dunkelheit sind nicht nur die Uzzbazis blutgierige Bestien. Die Wächter dieser Sträflinge und die Ritter in der steinernen Stadt sind um nichts besser. Wenn sie dich entlarven ...«

»Davor habe ich keine Angst. Ich war schon einmal mit Vater dort und kenne mich aus. Die Stadt unter der Erde ist riesig – ein nicht auszumessendes Labyrinth von Stollengängen, Kammern und Schächten. Eine Hundertschaft Magierinnen könnte sich dort verstecken.« Dann stieß sie plötzlich einen tiefen Seufzer aus. »Marchand, der Midan von Fienne wird bei diesem Transport dabei sein. Es bricht mir das Herz, wenn ich daran denke, was ihm bevorsteht.«

Marchand verzog leicht die Mundwinkel. Er stand immer aufseiten seiner Schwester, aber er hielt nicht mit seiner Meinung zurück, wenn sie Dummheiten machte. »Vergiss den Schurken, Amory. Er war schon nichts wert, als er noch am Hof lebte, und das Verbrechen, das er beging, ist unverzeihlich. Noch nie in der Geschichte von Sundar versuchte jemand, den gottgleichen Khan-Ha zu ermorden. Er erhob die Hand gegen Phuram selbst, und ich finde, der Khan-Ha war noch gnädig – er hätte den Verbrecher in siedendes Gold tauchen lassen sollen.«

»Sprich nicht so, Bruder!« Tränen stiegen dem Mädchen in die Augen.

Marchand zuckte die Achseln. »Du kennst meine Meinung in dieser Angelegenheit. Aber genug davon, wir wollen am Vorabend einer so wichtigen Reise nicht streiten. In welcher Gestalt wirst du reisen?«

»Als Hornisse, denke ich, das fällt am wenigsten auf. Ich kann mich irgendwo zwischen den Balken des Transportkastens verbergen. Später werde ich mich in einen Muirg verwandeln – diese Tiere sind sehr schnell, und mit ihrem graubraunen Pelz sind sie im Zwielicht kaum zu erkennen.« Sie lächelte. »Ich werde mich über die Vorräte hermachen.«

»Vorräte?«, rief er in gespieltem Erstaunen aus. »Es gibt dort nichts zu essen als feuchte Schwämme und glibberige Würmer.«

»Ja, für das gewöhnliche Volk! Der Statthalterin Güllis und ihrem Schlangennest von Günstlingen wird Besseres geboten. Ihnen bringt der Drache mit jedem Flug Wein, Pökelfleisch und Zuckerwerk.«

Er lächelte, aber dann wandte er den Kopf ab. »Ich hörte«, sagte er mit gedämpfter Stimme, »dass es zuweilen frisches Fleisch gibt.«

Amory erstarb ebenfalls das Lächeln auf den Lippen. Ein grauer Schatten zog über ihr Gesicht. Sie flüsterte: »Man sollte nicht davon sprechen und nicht einmal daran denken, denn bewiesen ist es nicht. Wenn es wahr wäre! Vater ließe sie alle in die Grube des Tausendzahns werfen, von Güllis abwärts bis zum letzten ihrer Speichellecker, da würden sie lernen, wie es ist, als Schlachtopfer zu enden.«

Marchand beeilte sich, von dem schauderhaften Thema abzulenken. »Auf jeden Fall wünsche ich dir eine gute Reise, meine Liebe, und komm bald heil zurück. Ich werde jeden Tag beten, dass dir nichts zustößt.«

Amory schlang ihm die Arme um den Nacken, küsste ihn zärtlich auf die Wange und verließ den Raum.

Der junge Mann blickte ihr nach. Sie sollte nur nicht glauben, dass er sie aus den Augen ließe! Er hatte es bewusst vermieden, ausführlicher über den Midan zu sprechen, aber vergessen hatte er ihn nicht. Amorys blinde Liebe zu diesem Scheusal war schon gefährlich genug gewesen, als er nichts Schlimmeres als ein lasterhafter Höfling gewesen war, einer von der Bande, die Sitten und Anstand in Sundar von innen heraus aushöhlte, während sie sich nach außen als treue Diener Phurams gebärdete. Aber jetzt, nachdem er in die Tiefen unsäglicher Verderbtheit hinabgestürzt war, lauerte eine noch heimtückischere Gefahr auf sie.

Marchand schüttelte den Kopf. Verstehe einer die Frauen! Wenn sie erst einmal in einen Mann verliebt waren, mochte der sich als ein blauer Dämon in Menschengestalt erweisen, und sie liebten ihn trotzdem unbeirrt weiter. Und Amory, die sehr jung und noch nie verliebt gewesen war, hatte die Leidenschaft wie ein Giftpfeil getroffen. Marchand kannte ihre Kühnheit, ihre Rücksichtslosigkeit und ihre völlige Missachtung aller guten Sitten, wenn es darum ging ihren Willen durchzusetzen. Er traute ihr zu, dass sie einen Versuch unternähme, den Elenden vor seiner wohlverdienten Strafe zu retten. Und ob es ihr gelang oder misslang, sie würde damit in eine Falle tappen, aus der sie nicht so leicht wieder herauskäme. Er musste also bei ihr bleiben, musste sie beobachten, musste bereitstehen, ihr zu Hilfe zu eilen, ob sie seinen Schutz wünschte oder nicht.

Wenn eine Hornisse unbemerkt mit dem Transport reisen konnte, vermochte das auch eine Spinne zu tun.

–

Just in dem Augenblick, als die Nachthörner ihr warnendes Geheul ausstießen, betrat ein junger Mann in Hast und Eile die Akademie der grauen und Kampf-Magie am Stadtrand von Sundar-Bas, in der die Magier, Priester und Schriftgelehrten wohnten und ihren Forschungen nachgingen. Er war kein Gelehrter und war daher nicht in die Tracht der Akademie gewandet, sondern in die eines wohlhabenden Bürgers der Stadt. Über einem bauschigen weißen Hemd trug er eine Brokatweste, die weißen Kniestrümpfe waren silbern durchwirkt, die Pluderhose bestand aus feinster schwarzer Seide. Ein Mantel mit einem Seidenfutter, so purpurn rot wie ein Drachenschlund, hing über den breiten Schultern. Von Beruf war er Kaufmann, der Sohn eines der reichsten Männer von Sundar-Bas und im Augenblick in geheimer geschäftlicher Mission unterwegs. Mariwan Salten, zweiundzwanzig Jahreskreise alt, war stark und massig wie eine Donnerechse, aber sein Gesicht war rund und sanft, und er hatte rötlich blondes Haar, lang, glatt und schimmernd wie das Haar eines Mädchens. Er sah auf den ersten Blick ein wenig töricht aus, aber seine blaugrünen Augen verrieten Scharfsinn und Klugheit.

Ein Diener führte ihn hinauf in den Empfangsraum und bat ihn zu warten, während er den Urkhon Boulgaroz holte, den Magier, der Mariwan zu sich bestellt hatte.

Der Kaufmann stand da, die Hände auf dem Rücken, und wartete. Er fühlte sich unbehaglich in dem reich mit Stuck und bunten Fresken verzierten Saal. Sein Blick glitt flüchtig über die prachtvolle Inneneinrichtung, bei der Mahagoni, Kupfer und der kostbare rote und schwarze Marmor der Steinbrüche in den Klippen vorherrschten. Der weitläufige Raum wirkte nicht unheimlich, und doch überkam ihn jedes Mal, wenn er ihn betrat, ein Gefühl unmittelbarer Bedrohung – ein Gefühl, das sich noch verstärkte, sooft er dem langjährigen Kunden des Handelshauses Salten gegenüberstand. Es war, als lege sich eine Schlinge um seinen Hals, und von aufsteigender Panik befallen trat er durch die offene Flügeltür hinaus auf den Balkon, der auf zierlichen eisernen Trägern über den Gärten der Akademie schwebte.

Wie immer auf Sundar, war die Nacht rasch hereingebrochen. Im selben Augenblick, als der Feuerschweif von Phurams Sonnenwagen hinter dem Horizont verschwunden war, stürzte die schwarze Nergal aus der Unterwelt hervor und breitete ihre Fledermausschwingen über die verängstigte Erde. Vom Landinnern her wehte warmer Ostwind über die in Schlaf sinkende Stadt. Die Nacht duftete nach den Blumen, die ihre Kelche jetzt weit geöffnet hatten und Jagd auf die Schwärme von Insekten, Schmetterlingen und winzigen Fludern machten, und nach dem herben Laub der Schuppenbäume, Palmfarne und Bärlappbäume des Parks. Die Sterne standen gelb und schweflig am Nachthimmel. Unter ihnen trat durch seine ungewöhnliche Größe ein düsterer, gelblich glimmender Wandelstern hervor: Gurundir, das Krakenauge, der Stern des Verderbens.

Mariwan verharrte gerade lange genug auf dem Balkon, um Luft zu schöpfen und seine Übelkeit niederzukämpfen, aber nicht so lange, dass man ihn dabei hätte ertappen können, wie er in die Nacht hinausblickte. Er war kaum zurückgetreten, da erschien auch schon, puterrot im Gesicht, der bestürzte Diener, der die Flügeltüren zu schließen vergessen hatte, warf sie zu und zog die schweren samtenen Vorhänge vor. Mariwan hörte ihn erleichtert keuchen – schließlich hatte er seinem mageren Gesäß gerade ein Dutzend Rutenhiebe erspart.

Er tat, als hätte er ihn nicht bemerkt. Er blieb mit dem

Rücken zu ihm stehen und betrachtete die kostbaren Bücher auf den Wandregalen. Ein Lächeln kräuselte seine Mundwinkel. Wie schlau die Akademiker doch waren, dass sie nur die zwar wertvollen, aber vom Inhalt her völlig harmlosen Bücher hier zur Schau stellten! Das Handelshaus Salten, Lieferant von magischem Zubehör und außergewöhnlichen Artefakten, hatte – selbstverständlich unter der Hand – auch einige Bücher besorgt, die man niemals auf die Regale zu stellen gewagt hätte. Nach außen hin waren Salten & Sohn biedere Geschäftsleute, die die zahlreichen Laboratorien der Residenz mit Glas- und Stahlwaren, Metallen, seltenen Pflanzen und präparierten Tieren versorgten, aber wenn irgendetwas schwer zu Beschaffendes oder Verbotenes benötigt wurde, dann wandte man sich ebenfalls an das alteingesessene, für seine Verschwiegenheit bekannte Handelshaus.

Mariwan seufzte. Sein Vater war durch diesen Handel ein schwerreicher Mann geworden, und er selbst war auf dem besten Weg, es ebenfalls zu großem Wohlstand zu bringen, aber glücklich war er nicht. Das Hantieren mit so vielen magischen und verbotenen Gegenständen hinterließ etwas wie einen schleimigen Film auf seinen Händen und – was weitaus schlimmer war – auf seinem Herzen. Sein Vater war inzwischen unter der Tünche bürgerlicher Ehrbarkeit ein ebenso übler Geselle wie die Schwarzmagier unter seinen Kunden geworden, und Mariwan spürte, wie er selbst langsam, aber merklich ein schlechter Mensch wurde.

Er wandte sich um, als von einem weiteren Diener mit unterwürfiger Geste die Tür geöffnet wurde.

Der Magier trat ein, ein ungeheuer fetter Mann von etwa sechzig Jahreskreisen, mit klobigen Händen und dicken Handgelenken und einem talgig bleichen Gesicht, dessen

Doppelkinn unter einem graublonden Vollbart verschwand. Ein purpurblauer Talar mit rotseidener Bauchbinde umhüllte den unförmigen Körper; auf dem kahlen Kopf saß ein purpurfarbenes Samtkäppchen, von dem eine lange, kostbar bestickte Schleife herabhing. Nach außen hin stellte Urkhon Boulgaroz einen ehrbaren Magier und Schriftgelehrten der kaiserlichen Akademie für Zwielichtmagie dar, die für die Abwehr schwarzmagischer Angriffe zuständig war und deshalb in hohem Ansehen stand. Aber diejenigen, die hinter den äußeren Anschein zu schauen vermochten, wussten oder ahnten zumindest, dass er selbst ein Schwarzmagier von übelster Sorte war.

Der Khan-Ha freilich wollte nichts von solchen Vorwürfen hören. Dies hing damit zusammen, dass Boulgarozs Tinkturen und Pulver dem lüsternen Greis rauschhafte Erlebnisse ungewöhnlichster Art verschafften, Nachtgesichte, in denen er sich entfesselten Ekstasen hingab, die sein schlaff und matt gewordener Körper im wachen Zustand nicht mehr kannte.

»Willkommen, Salten, ich habe schon auf Euch gewartet.« Wohlwollend streckte er dem Besucher die Hand entgegen, erwiderte jedoch Mariwans herzhaften Handschlag mit einem kalten und leblosen Griff. Die Blicke seiner wässrig blauen Äuglein, die an Löcher in einem zugefrorenen See erinnerten, tasteten den jungen Mann wie mit unsichtbaren Händen ab. Dem schauderte, aber er schwieg.

»Setzt Euch!«, befahl der Magier. Sein Gebaren hätte barsch gewirkt, hätte er nicht gleichzeitig einladend auf einen mit rotem Samt gepolsterten Stuhl gedeutet, der vornehmen Besuchern vorbehalten war. Einem mit kunstvollen Holzornamenten eingelegten Schränkchen entnahm er zwei Kristallbecher. Drei oder vier versiegelte Amphoren standen darin, deren Etiketten kundtaten, dass sie Schnäpse vom Feinsten enthielten. Boulgaroz entkorkte eines der Behältnisse, schenkte ein Gläschen voll ein und stürzte es hinunter, dann bot er auch seinem Gast davon an. Mariwan nippte nur und war ängstlich bemüht, sein Misstrauen zu verbergen. Zwar trank der Urkhon auch, aber einem Magier wäre es nicht schwergefallen, ein Antidot in das eigene Getränk zu mischen und den Gast zu vergiften, während er selbst am Leben blieb.

Mit einer demütigen Verbeugung fragte der Kaufmann: »Was steht diesmal zu Diensten, Urkhon Boulgaroz?« Als ihm der Wunsch des Urkhon nach einer Unterredung überbracht worden war, hatte ihn die Angst gepackt. Sollte der Grund des Gesprächs die Beschaffung jenes Elixiers sein, über dessen Geheimnis in den Kreisen der Magier und ihrer Lieferanten geflüstert wurde? Hoffentlich war es nicht wieder so schwierig zu besorgendes Zeug wie die Knochen eines jener halb mythischen Ungeheuer in der endlosen Wüste.

Boulgaroz nahm das Käppchen ab und kratzte sich den Scheitel, auf dem ein dünner graublonder Flaum spross. Seine runzligen Ohren zuckten vor Anspannung. »Seht, guter Freund ... Ich brauche etwas Besonderes, das aufzutreiben ich nur einem zuverlässigen Mann anvertrauen kann, denn ich will nicht, dass meine Konkurrenten darauf aufmerksam werden.« Er grinste verschwörerisch und zeigte schaufelförmige, schartige Zähne.

»Worum handelt es sich?«, fragte Mariwan und fürchtete schon, der Kunde werde ihn in ein haarsträubendes Abenteuer entsenden. Erleichtert atmete er auf, als er erfuhr, dass Boulgaroz nur einige nicht näher benannte Zutaten für seine Experimente zu erwerben wünschte, die er nicht einmal persönlich beschaffen, sondern lediglich prüfen müsste.

»Ich erwarte von Euch nur, dass Ihr mir die Substanzen überbringt – unauffällig, wie gesagt, um meine Konkurrenten nicht auf die Spur zu bringen.«

»Das sollte nicht allzu schwierig sein, edler Herr.« Von wegen edler Herr!, dachte er bei sich. Welche Teufeleien hast du garstige alte Kröte diesmal wieder im Sinn?

»Es ist nur ein Haken dabei.« Boulgaroz beugte sich so weit vor, dass der Händler vor dem fauligen Atem zurückwich. »Ich brauche die Lieferung sofort. Ihr müsstet morgen schon aufbrechen.«

»Wenn Ihr es befehlt. Wohin soll die Reise gehen?«

»Zum Bodun Karziram in die Welt der eisernen Dunkelheit.«

Mariwan zuckte zurück. Aber es half nichts. Einem Magier von Boulgaroz' Bedeutung widersetzte man sich nicht, und schließlich bezahlte er besser als alle anderen Kunden. »Wie Ihr es wünscht«, murmelte er verdrossen.

»Da ist noch etwas. Die Reise könnte etwas unbequem werden. Ihr müsstet Euch ein Gefährt mit dem Trupp Uzzbazis teilen, die morgen in die Strafkolonie verschifft werden.«

Mariwan schrie auf. »Ich? Mit den Uzzbazis? Das könnt Ihr mir nicht antun!«

»Nun, nun, so schlimm ist das auch wieder nicht. Ihr reist ja nicht in Ketten.« Boulgaroz keckerte vor Vergnügen über seinen boshaften Scherz. »Es sind auch kaiserliche Ritter an Bord, die sich Eurer annehmen werden, und insgesamt dauert die Reise nicht einmal vom Morgen bis zum Mittag, das kann ein strammer junger Mann wie Ihr schon aushalten.«

»Gewiss«, murrte Mariwan. Auch das noch! Bei dem Gedanken, einen Uzzbazi auch nur zu berührenen, drehte es ihm schon den Magen um.

Der Magier lächelte hinterhältig. Mit vorgetäuschter Fürsorge machte er dem widerwilligen Gast ein Angebot. »Ich kann Euch nicht zumuten, zu so später Stunde noch heimzukehren, nachdem die Echsenhörner schon Phurams Verschwinden angezeigt haben. Ihr bleibt über Nacht in unserem Gästehaus und findet Euch morgen pünktlich bei Sonnenaufgang im kaiserlichen Arkadenhof zum Abflug ein.«

»Wie Ihr wünscht«, murmelte Salten verdrossen und dachte: Und wisst Ihr, was ich wünsche? Dass Ihr in die tiefste feuerfrostige Hölle fahrt, schmieriger Schurke!

Gleichzeitig überschlugen sich seine Gedanken. Wenn Boulgaroz ihn in solcher Hast und Eile persönlich in die Strafkolonie schickte, dann hatten diese nicht näher beschriebenen Zutaten zweifellos etwas mit den im Strudel der Jahrtausende längst verschwundenen grünen Phosphordrachen zu tun.

Sie waren gewaltige Magier gewesen und ihre Herzen schwärzer als die Schlünde der Unterwelt. Kein Wunder, dass ein Dämonenknecht wie Boulgaroz nach jenen Krümeln und Splitterchen gierte, die einmal durch ihre Hände gegangen waren, denn im Vergleich zu diesen Fürsten der Zwielichtwelt waren er und sein Feind Karziram nichts als Zauberlehrlinge.

Mariwan schauderte bei dem Gedanken, dass er die unheiligen Reliquien einer längst zu Staub zerfallenen Vergangenheit mit eigenen Augen ansehen und mit den Händen berühren müsste. Aber was sollte er tun? Sein Vater würde zweifellos darauf bestehen, dass er den Auftrag ausführte. Außerdem war es nicht klug, Boulgaroz' Ärger auf sich zu ziehen. Es konnte einem so viel Übles zustoßen. Er hatte keine Lust, Nacht für Nacht von Druden halb zu Tode gedrückt oder von einer lüsternen Vhilla ausgesogen zu werden.

Mit einem unglücklichen Seufzer verabschiedete er sich.

–

Sobald der Kaufmann den Empfangsraum verlassen hatte, begann der Magier erst kaum hörbar, dann immer lauter zu lachen. Das Gesicht in den fleischigen Fingern verborgen, wiegte er sich vor und zurück und wieherte in die gefalteten Hände – ein kaltes, freudloses Lachen. Er war zufrieden, sehr zufrieden. Er hatte ausgeführt, was Karziram von ihm verlangt hatte. Zu dumm nur, dass es Mariwan sein musste, für den er auch sonst Verwendung gehabt hätte – schließlich war der Bursche schon fast so tüchtig wie sein Vater. Aber für das Menschenopfer waren gewisse Eigenschaften vorgeschrieben, die nicht jeder hergelaufene Einfaltspinsel besaß. Deshalb konnte Karziram auch nicht einfach irgendeinen Uzzbazi schlachten, um seine Forschungen zu vollenden.

Schnaufend unter der Last seines unförmigen Leibs saß der Magier eine Weile in seinem Sessel, das Doppelkinn in die Hand gestützt. Dann erhob er sich ächzend und schleppte sich in sein Arbeitszimmer, um dort in den von Bücherläusen angefressenen Folianten zu stöbern. Er atmete auf, als er den mit Onyxplatten gefliesten, bis zur halben Höhe dunkel getäfelten Raum betrat. Schwarzes Samttuch, mit silbernen Ranken und Ornamenten bestickt, bedeckte die Fenster und hielt selbst am hellen Mittag Phurams Licht davon ab, in die finstere Welt des Urkhon einzudringen. Hier fühlte Boulgaroz sich zu Hause, hier schlug sein Herz – inmitten all der abstoßenden und verbrecherischen Paraphernalia, die er aus seinem öffentlichen Labor sorgsam fernhielt. Es war noch früh, und er hatte noch einige Kleinigkeiten zu erledigen, Kleinigkeiten, die dafür sorgen würden, dass dies der letzte Gefallen war, den er Karziram erwies. Sein kaltes Herz glühte vor Vorfreude, wenn er daran dachte, was er mit dem nichtswürdigen Großmaul anfangen würde, sobald er ihn erst einmal in seiner Gewalt hätte. Nicht nur in der Welt der eisernen Dunkelheit gab es ausgesucht ungemütliche Aufenthaltsorte für jene, die sich den Groll eines Schwarzmagiers zugezogen hatten.

Händereibend schritt er an den Regalen entlang. Sein Blick glitt prüfend über die Bücher, dann wählte er den schwergewichtigen Quartband mit dem Metallverschluss, der ganz hinten in dem geheimen Bücherschrank lag. Ein Schauder überlief ihn von Kopf bis Fuß, als er, die Hände mit Handschuhen geschützt, das Buch ergriff. Selbst ein Mann wie Boulgaroz, der längst alle Menschlichkeit hinter sich gelassen hatte, wagte es nur im Notfall, dieses Buch zu berühren und gar darin zu lesen. Aber jetzt brauchte er es, denn Karzirams vertraute Geister waren mächtig, und nur ein noch Mächtigerer konnte sie bezwingen. Das Buch trug den Titel *Anwendung der Beherrschungsmagie auf die äußeren Sphären*, aber man nannte es allgemein nur *Die Dämonenfalle*. Schon sein Äußeres verriet, was vom Inhalt zu erwarten war: Das fahle, rötlich gefleckte Leder des Einbands war so weich und fein, wie man es bei keinem Tier fand, denn das sonnenlästerliche Buch war in gegerbte Menschenhaut gebunden.

Der Urkhon schlug es auf und blätterte darin, wobei er zusätzlich zu den Handschuhen ein Elfenbeinstäbchen verwendete, um es nicht öfter als unbedingt nötig mit den Fingern berühren zu müssen.

Aus den Seiten des Buchs stieg ein Brodem auf, der seine Sinne benebelte, den er zugleich aber mit steigender Erregung wahrnahm – ein ranziger, bocksartiger Gestank, der die Nase verstopfte und zum Räuspern zwang. Boulgaroz' Augen glänzten, sein Mund öffnete sich keuchend.

Die Kerzen brannten mit stark rauchender gelber Flamme. Ein dünner Faden stieg auf, drehte sich in zierlichen Schlingen und Schleifen und löste sich schließlich auf. Es war totenstill im Zimmer.

Boulgaroz murmelte Worte der Verwünschung und Beschwörung vor sich hin. Trotz der Kerzenhitze wurde es immer kälter im Raum, so als wollten die frostigen Höllen sich in die Welt hereindrängen. Hin und wieder stoben kleine Wirbel vom Boden auf, oder es bliesen eisige Winde aus geschlossenen Wänden hervor. Er hatte das eigentümliche Gefühl, als sei rund um das schwache Licht eine gewaltige dunkle Höhlung aufgebrochen, aus der ein feister langer Wurm mit einem Menschengesicht hervorkroch...

Da fuhr der Magier zurück, als hätte er einen Blick in die Hölle Saur getan. Seine Augen waren so weit aufgerissen, dass das Weiße sich zeigte. Mit einem erstickten Schrei torkelte er rückwärts und wäre gestürzt, hätte er sich nicht gerade noch an dem massiven Zedernholzstuhl festgehalten. Gleich darauf schoss die Kreatur mit aufgesperrtem Rachen auf ihn zu. Das war kein schwächlicher Nebel mehr, sondern ein Wesen aus stofflicher Materie. Magische Energie hatte die ursprünglich substanzlose Masse zusammengezogen, bis sie einige Lidschläge lang fest wurde – lange genug, um zu töten. Einen Augenblick lang starrte Boulgaroz in seinen Schlund hinab, sah eine orchideenähnliche rosige Zunge, die auf dem speichelklebrigen Grund des abscheulichen Mauls zuckte, dann schloss der Rachen sich wieder.

Es war ein Geschöpf von groteskem Aussehen: Der schlangenähnliche elfenbeingelbe Körper war auf groteske Weise rötlich gescheckt und getupft, desgleichen das Gesicht mit der schnabelförmigen Nase. Die flachen Kiefer, dessen unterer Teil weit über den oberen vorsprang, schnappten wie eine Tausendzahnfalle. Unmittelbar darunter hing wie eine Halskrause ein Kranz von Fangarmen herab, so blutig rot wie das Gesicht und kraftvoll genug, um sich darauf fortzubewegen, und am Ende mit einer unruhig pulsierenden Greiföffnung versehen. Alle diese Arme langten gleichzeitig nach dem Zauberer, der in wildem Entsetzen zurückwich.

Boulgaroz brüllte auf und streckte abwehrend die Hände aus. Doch er wurde von einem Fangarm nach hinten gestoßen und fiel auf den Rücken. Mit einer Gelenkigkeit, die niemand erwartet hätte, rollte er herum und erhob sich auf alle viere. Blutige Schwären zeichneten sein Gesicht von der Wange bis zum Hals, wo die Gift sabbernden Mäulchen ihn berührt hatten. Sein Bart war zerrauft, und er atmete in schweren, zitternden Stößen.

Aber es war nicht das erste Mal, dass auf eine Anrufung hin etwas Grauenvolles erschien, und er war nicht so leicht zu übertölpeln. Blitzschnell griff er nach dem wellenförmigen Dolch des Beschwörers, der unter seiner Bauchbinde im Gürtel steckte, zog ihn und stieß Worte aus, die seinem Stoß tödliche Kraft verleihen sollten.

Er hatte die ersten Silben noch nicht über die Lippen gebracht, als der Polong sich auf ihn stürzte und zubiss. Der Schmerz – weniger ein körperlicher als ein das Gewebe der Sinne zerreißender Schmerz – war so fürchterlich, dass Boulgaroz den Biss als solchen gar nicht spürte. Er merkte nur, wie ihm eisig kalt wurde, als wäre er vom Kopf bis zu den Füßen gefroren. Kälte und eine eigentümliche Leichtigkeit, das war alles, was er spürte, als er auf die Stelle starrte, wo seine linke Hand gewesen war.

Er wankte zurück und wollte sich hinter dem Lesepult verstecken, erreichte es aber nicht mehr.

Auf seinem gegabelten Fischschwanz springend, setzte der Polong ihm mit einem Riesenschritt nach. Wie Peitschen fuhren seine Fangarme im Halbkreis herum, und diesmal packten sie ihr Opfer. Hoch aufgewölbt machte die Kreatur Anstalten, Boulgaroz unter dem fleischigen Leib zu zerquetschen. Der wäre verloren gewesen, wäre sein glitschiger Angreifer nicht auf den Steinfliesen des Laboratoriums im eigenen Schleim ausgerutscht. Er schwankte und fiel, ließ Boulgaroz jedoch nicht los, sondern umklammerte ihn wie ein Kind seine Puppe, während er sich mit ihm, den das Geschlinge seiner Tentakel erdrosseln wollte, auf dem spiegelnd schwarzen Onyxboden hin und her wälzte. Der fast schon überwältigte Magier war einer Ohnmacht nahe, als er unmittelbar über seinem Gesicht die Fratze des Fleisch gewordenen Dämons mit aufgerissenem Rachen sah. Beim Öffnen der Zahnreihen ringelte sich die armlange, aus zahllosen rosig glänzenden Segmenten zusammengesetzte hohle Zunge hervor, von der ein öliges Gift herabtropfte.

Verzweifelt strampelnd versuchte Boulgaroz sich aufzurichten, wurde wieder gefasst und zu Boden geschmettert. Er schnatterte Beschwörungen, die den Unhold in die Finsternis zurücktreiben sollten, aber in Hast und Panik hervorgestoßene Sprüche zeigen wenig Wirkung, und Panik hatte ihn befallen, als er das von giftigem Geifer triefende Maul der Kreatur erblockte. Aber es war ihm gelungen, nach seiner magischen Waffe zu greifen, und als der Schädel mit den weit vorspringenden Krokodilkiefern von oben auf ihn herabstieß, rammte er mit einem blitzschnellen Stich den Dolch in ein Ohr des Angreifers.

Er wusste, dass das Wesen keinen Schmerz spürte, aber es

litt darunter, dass sein behelfsmäßiges Gehirn beschädigt worden war. Seine Augen, rund und lidlos wie die einen Kraken, rollten in ihren Höhlen, der Schnabel öffnete sich zu einem wütenden Krächzen. Gewaltig gähnte der Rachen, packte mit den spannenlangen, gekrümmten Zähnen Boulgaroz' linken Arm und riss ihn so mühelos aus dem Schultergelenk, wie man die Keule eines gebratenen Springwurms abreißt. Den verstümmelten Arm wollte er als Ganzes hinunterwürgen, verschluckte sich dabei und ließ, ganz mit seinem eigenen Erstickungsanfall beschäftigt, sein verstümmeltes Opfer so weit los, dass dieses sich seinen Fängen entwinden konnte.

Boulgaroz raffte sich noch einmal auf. Mit letzter Kraft warf er sich vorwärts, zog seinen zauberkräftigen Dolch aus dem Ohr des Ungeheuers heraus und stieß ihn in die scharlachfleckige Stirn. In feurigem Glanz leuchtend drang die Waffe ein wie ein Messer in Butter. Der Polong sammelte seine Fangarme, um den Feind mit allen zugleich zu zerquetschen, aber der Magier duckte sich unter dem vorschießenden Knäuel hinweg. Noch einmal wollte er zustechen, obwohl der Dolch bereits bis zum Heft im Gehirn der furchtbaren Kreatur steckte, aber angesichts der schrecklichen Veränderung des Riesenkörpers erstarrte er. Auf allen vieren hingekauert, nahm er entsetzt das Unglaubliche zur Kenntnis.

Das verwundete Ungeheuer wälzte sich auf dem steinernen Fußboden. Das Fleisch rund um den Dolchgriff in seiner Stirn wurde blasig, blubberte förmlich, während Schaum aus der Wunde quoll. Als das magische Band zerriss, das seine Gestalt zusammenhielt, schwoll es an, bis es beinahe das Doppelte seiner Größe erreicht hatte, und verfärbte sich in den schillernden Farben rasch fortschreitender Fäulnis. Ein fürchterlicher Gestank verbreitete sich. Das zerfallende Fleisch bildete kleine Krater und platzte auf. Die Zunge, dick wie ein Männerarm, quoll aus dem Mund. Die lidlosen Augen sprühten Strahlen roten Hassfeuers. Mit einer letzten wilden Bewegung krampfte sich der Polong zusammen und zerrann schließlich zu einer Pfütze auf dem Boden des Laboratoriums.

Vor Erschöpfung lag Boulgaroz ganz still. Unstet und benommen irrte sein Blick durch den Raum. Schweiß rann ihm übers Gesicht, die Zähne klapperten von der entsetzlichen Aufregung. Der Schmerz wühlte so heftig in seiner Schulter, dass ihm die Tränen in die Augen sprangen. Doch allmählich beruhigte sich sein Atem, und er erholte sich zusehends von den erlittenen Schrecken. Die lappige Wunde an der Schulter schloss sich, verwuchs zu Narbengewebe, das nicht mehr wehtat. Schade, dachte er, dass Karzirams Elixier nicht auch in der Lage ist, verlorene Gliedmaßen nachwachsen zu lassen, aber ich darf nicht zu viel erwarten. Er würde sich an einen geschickten Mechanikus wenden und einen silbernen Arm anfertigen lassen. Dank seiner magischen Fähigkeiten würde er diesen bald benutzen können wie seinen eigenen.

Sein Blick wanderte zu der verdampfenden Lache widerwärtiger Flüssigkeit auf dem Onyxboden, in der, zermalmt und bereits halb verdaut, die kläglichen Überreste seiner Hand und seines Arms lagen. Welcher seiner zahlreichen Feinde mochte ihm den Polong geschickt haben? Karziram? Hagorin? Oder Caspartin? Im Grunde war es nicht wichtig. Er würde sie alle vernichten, einen wie den anderen, seine erklärten Feinde ebenso wie die unverschämten Lügner, die sich als seine Freunde bezeichneten. Falsche Freunde. Nutznießer seiner mühsamen, gefährlichen Experimente. Schmarotzer, die sich von seiner Kunst ernährten. Wie sie sich bei ihm einschmeichelten, seine Vorliebe für hübsche junge Männer ausnutzten, in der Hoffnung, einen Schluck von dem Elixier zu ergattern!

Er lachte in sich hinein, während er sich mühsam aufrappelte. Diese Narren! Sie alle – einschließlich Karziram, der sich als sein Erfinder ausgab – ahnten wohl, dass das Elixier weitaus mehr vermochte, als Wunden zu heilen und langes Leben zu schenken, aber sie wussten nicht, welche zusätzlichen Fähigkeiten es hatte. Er allein hatte herausgefunden, was sich tatsächlich in den Krügen befand. Seine Feinde – und mit ihnen ganz Sundar – würden es schon bald erfahren, und das würde ihre letzte Erkenntnis auf Erden sein.

Wie oft hatte er sich schon ausgemalt, der einzige lebende – und ewig lebende – Mensch auf ganz Sundar zu sein, umsorgt von den Ghulen und anderen unreinen Geistern, die er in seine Dienste gezwungen hatte, Eigentümer des Himmelspalasts, Eigentümer der Stadt Sundar-Bas mit allen ihren Schätzen, die er mit niemandem teilen musste, weil niemand mehr am Leben war.

Der Überfall des Polong hatte ihm jedoch gezeigt, dass seine Feinde Ernst machten und er rasch zurückschlagen musste. Nur einen Tag lang wollte er noch abwarten, denn am nächsten Morgen sollten die Uzzbazis aus den Kerkern geholt und in die Strafkolonie verschifft werden, und er wollte das Spektakel um keinen Preis versäumen. Unter den Elenden, die den kurzen Rest ihres Lebens damit verbringen würden, im ewigen Eis der Ondrysminen zu schuften, war nämlich einer seiner ehemals schärfsten Konkurrenten, Darabos von Traill, ein Schwarzmagier wie er selber. Darabos hatte ihm viel Ärger bereitet, ehe er glücklicherweise von den Schergen dabei erwischt worden war, wie er einen der liebsten Lustknaben des Khan-Ha als Menschenopfer darbrachte, woraufhin er in den Kasematten des Himmelspalasts verschwunden war. Der Urkhon Boulgaroz freute sich bereits darauf, ihn mit einem Lächeln und einem freundlichen Winken zu verabschieden.

Aber wenn die Zeremonie vorbei und der Drache mit seiner Last im Himmel verschwunden wäre, dann würde er den Inhalt der Krüge loslassen und die Alleinherrschaft Boulgaroz' des Einzigartigen einläuten.

Die Wolfsführerin

Aus den rosigen Wolken am Horizont stieg die erste der fünf Sonnen der Welt Sundar auf. Ihre Strahlen berührten die Turmspitzen der kaiserlichen Oase. Augenblicklich begann ein Glockenspiel zu klingeln, und wenige Atemzüge später erschallte überall in der Residenz das dumpfe Brüllen der Echsenhörner zum Zeichen, dass der Tag erwacht und das Betreten der Straßen und Plätze wieder gefahrlos möglich war.

Die junge Wolfsführerin Brianna war längst wach gewesen. Vor Aufregung hatte sie nicht schlafen können. Erst vor Kurzem war sie als Wächterin an das Gefängnis von Sundar-Bas versetzt worden und sollte an diesem Tag ihren ersten bedeutenden Auftrag ausführen. In der letzten halben Stunde hatte sie am Fenster ihres Quartiers gestanden und ungeduldig den Morgen erwartet. Aus dem hohen Turm schweifte der Blick über die Oase. Sie bot einen bezaubernden Anblick. Aus den künstlichen Teichen stieg schwach rosafarbener Nebel auf, und in diesem Nebel schwebten die spukhaften Formen halb durchsichtiger Kreaturen, die in der Morgendämmerung jagten. Haubenquallen trieben in Schwärmen auf dem kaum spürbaren Wind und streckten fächelnd ihre Fangfäden aus. Ellenlange Tausendfüßler, die wie lebende, bewegliche Glasstäbe anzusehen waren und Schlinkenschnäpper genannt wurden, huschten über die marmorgepflasterten Pfade. Ein Gürteltier watschelte behäbig, von einer Seite zur anderen schwankend, über die Jadeplatten. Die letzten Sterne glitzerten rund um eine dem Horizont entgegensinkende Mondin. Nachtfalter hüpften über die Kieswege und schleppten ihre im Dunkeln vielfarbig schillernden Flügel hinter sich her. Langsam verklangen die Stimmen der Nachtblumen. Ihre Kelche schlossen sich. Dann färbten sich die Schleierwolken am Horizont zu einem kräftigen Rosa, und ein Ball von der Farbe geschliffenen Karneols, umgeben von drei glühenden Ringen, erschien: der Herold des Sonnengotts Phuram. Rosenfarbenes Licht strömte über die schlafende Welt und weckte sie zärtlich. Unten auf den breiten Straßen stapften die ersten Sänften tragenden Echsen einher, behäbige Tiere, mit bunten Schuppen bedeckt, die im Sonnenlicht wie gebranntes Glas aufleuchteten und ein Flirren von Farben erzeugten.

Keiner der Sträflinge, die sie an diesem Tag in die eiserne Dunkelheit begleiten sollte, könnte jemals wieder einen solchen Anblick genießen, fiel Brianna plötzlich ein, und ein Gefühl von Mitleid erfasste sie. Dann erinnerte sie sich daran, dass der Khan-Ha gerecht war und nur die übelsten Verbrecher in die Strafkolonie schickte – Schwarzmagier, Hochverräter, Seelensauger, Tempelschänder, Sonnenlästerer und Attentäter, die dem Khan-Ha oder seinen Höflingen nach dem Leben getrachtet hatten. Denen geschah es nur recht, dass sie sich in den phosphorverseuchten Ondrysminen zu Tode arbeiten mussten.

Als sich ein Sonnenstrahl durchs Fenster hereintastete, hob sie die Arme über den Kopf, streckte sich und ließ sich von dem hellen Lichtfinger die Nasenspitze kitzeln. Obwohl sie zur Kaste der Krieger zählte, war sie zierlich gebaut, fast schmächtig. Ihre Kampfkraft lag weniger in der Kraft ihrer Arme als in der Beherrschung der drei Werwölfe, die ihr untertan waren. Ihr Gesicht war fein geschnitten und recht hübsch, sehr jung, sehr ernst und eifrig. Um Stirn und Schläfen ringelten sich blonde Haare wie die Fäden einer blassgelben Seeanemone. Ihre Augen leuchteten hell wie Sterne und funkelten vor Einsatzfreude und Abenteuerlust.

Sie legte ihre leichte Rüstung an und hob den bereits fertig gepackten Tornister vom Boden auf. Ihre Waffen hingen griffbereit an der Wand: eine schwere Peitsche aus Echsenleder mit einem Griff aus Ebenholz und eine dünne metallene Pfeife, deren Schrillen nur Wolfsohren zu hören vermochten. Zuletzt befestigte sie voller Stolz den weißen Wimpel auf ihrem Brustharnisch, das öffentliche Zeichen, dass sie eine zuverlässige Schildjungfrau ohne Fehl und Tadel war. Alle Sundaris trugen auf der rechten Brustseite gut sichtbar einen spannenlangen dreieckigen Stoffwimpel; niemand durfte sich ohne einen solchen blicken lassen. Die Wimpel hatten die verschiedensten Farben, Weiß, Gelb, Orange, Rot, Purpurn, Violett. Die Farbe gab Auskunft darüber, wie hoch die Träger in der Gunst des Sonnenfürsten standen; die Weißen waren am höchsten angesehen, die Violetten am niedrigsten. Aber diese Rangunterschiede waren nicht unveränderlich. Sie wurden von den Geheimen Räten des Khan-Ha ständig neu festgelegt. Wer gestern noch weiß oder gelb war, konnte morgen schon violett sein … und übermorgen aus dem Volk des Sonnengotts ausgestoßen werden.

Brianna warf einen letzten Blick aus dem Fenster – und erschauerte, überzeugt, ein böses Omen gesehen zu haben:

Ein Windstoß fuhr so heftig über die Oase, dass die Bäume sich kreischend bogen, und dann erlosch das Licht der fünf Sonnen. Die Wärme erkaltete, und über die herrlichen Gärten breitete sich ein trübseliges graugrünes Zwielicht aus, begleitet von fühlbarer Abkühlung.

Die Tür des Schlafgemachs wurde unvermutet aufgerissen, und eine zweite Schildjungfrau blickte herein, Treva, ein wenig älter als Brianna. In der Hand hielt sie die silberne Halbmaske, die sie als Hauptfrau auswies. Sie war mittelgroß und sehr schlank, fast hager, und wirkte höchst kriegerisch in ihrer derben Lederuniform, die auf den Schultern und Ärmeln mit blanken Nieten beschlagen war und Knöpfe aus Silbermünzen hatte. An der linken Brustseite waren alle militärischen Auszeichnungen angeheftet, die Treva schon errungen hatte. Sie war bis an die Zähne bewaffnet mit einem Schwert, das an der Hüfte hing, einem Köcher mit zwei Rapieren auf dem Rücken und einem mannslangen silbergefassten Eschenstock, dessen Spitze in zwei an Fangzähne erinnernde Zacken auslief. Insgesamt bot sie einen strengen, grimmigen und doch höchst wohlgefälligen Anblick. Weißblondes Haar, unter den Ohren gerade abgeschnitten, umrahmte ein blasses Gesicht, so fein geschnitten wie eine elfenbeinerne Kamee, mit leicht schräg gestellten grauen Augen und einem etwas zu schmalen Mund. Es war ein schönes Gesicht, aber ohne jeden weiblichen Reiz. Allzu schnell war zu erkennen, dass dieses Gesicht von einem einzigen, alles übertrumpfenden Ausdruck geprägt war: dem eines unbeugsamen Willens.

»Ich wollte dich wecken«, erklärte Treva ohne Gruß. Der Tonfall war barsch, und die Stimme klang so hart wie die eines jungen Mannes.

»Danke, Treva, aber ich bin schon lange wach.«

»Hast du gepackt?«

Brianna schluckte eine scharfe Entgegnung hinunter. Treva meinte es gut. Als länger dienende und höherrangige Soldatin wollte sie die Neue unter ihre Fittiche nehmen. Doch ihre schroffe Art gab Brianna das Gefühl, für einen Trampel aus der hintersten Provinz gehalten zu werden.

»Kommst du mit zum Morgenmahl?«

»Ich muss erst noch nach den Wölfen sehen.«

»Dann bis später. Komm nicht zu spät – es macht keinen guten Eindruck, wenn du beim ersten großen Auftrag unpünktlich bist.«

»Aber gewiss nicht«, antwortete Brianna höflich und hätte ihren Wölfen am liebsten befohlen, Treva ein Stück aus dem Hinterteil zu beißen.

Sie wartete, bis diese mit Sicherheit aus ihrem Blickfeld verschwunden war, erst dann trat sie in den von Fackeln erleuchteten Flur hinaus. Dort stieß sie auf Scharen weiterer Krieger und Schildjungfrauen, die dem Speisesaal entgegenstrebten. Hunger regte sich, als sie den Duft einsog, der die Treppen heraufwehte – eine köstliche Mischung aus heißem Haferbrei, gebratenen Tronten und gekochten Fleischfrüchten. Aber bevor sie sich selbst zum Essen niedersetzte, musste sie sich um die Tiere kümmern.

Also holte sie sich eine Fackel und stieg Treppe um Treppe hinunter in die schwer vergitterten unterirdischen Gewölbe, in denen sich die Zwinger befanden. Es war ein unfreundlicher Ort, an dem die Mauern aus nacktem Fels bestanden und die Erde zwischen den altertümlichen Steinplatten des Bodens hervorsah. Trockene graue Flechten wuchsen darauf. Ein unangenehmer Geruch nach abgestandenem Blut und den ranzigen Ausdünstungen der Kreaturen schwelte in den schlecht gelüfteten und vom Rauch der Fackeln geschwärzten Krypten. Auf dem Plattenboden huschten Dutzende von Karumen – langschwänzigen, geschmeidigen kleinen Vierbeinern, die gelbe, feurig phosphoreszierende Augen hatten – geduckt von Schatten zu Schatten. Das Licht der Fackel tanzte über die in den Felsen gehauenen Zwinger, über massive Gitter mit mächtigen Schlössern.

Brianna war unzufrieden mit dieser Art von Unterbringung, sie fand, dass gesunde Wölfe auch über Nacht an die frische Luft gehörten, anstatt hier unten Kerkerfäulnis und Fackelrauch einzuatmen, aber der kaiserliche Hof war – was sie natürlich niemals laut gesagt hätte – in dieser Hinsicht beklagenswert rückständig. Sobald am Abend die Echsenhörner ertönten, wurde alles Lebendige hinter sichere Mauern getrieben. Als könnten drei robuste, gut ausgebildete Wölfe sich nicht gegen die Geschöpfe der Nacht wehren!

Die offizielle Begründung für das nächtliche Ausgehverbot lautete, dass die ruchlosen Blässlinge Nacht für Nacht die Stadt auf der Suche nach offenen Fenstern durchsuchten, in die sie einstiegen, um die Kinder der Sundaris zu rauben. In Wirklichkeit aber – und die meisten Bewohner von Sundar-Bas wussten das, auch wenn sie es nie zu sagen gewagt hätten – sollten vor allem unzufriedene Sundaris daran gehindert werden, im Schutz der Dunkelheit aus der goldenen Stadt zu entfliehen. Der Khan-Ha misstraute den Gläubigen nicht weniger als den Ungläubigen.

Heiseres Gebell aus drei Dutzend rauen Kehlen schlug Brianna entgegen, denn die meisten der Herren oder Herrinnen waren noch nicht erschienen, um ihre Wölfe zu füttern. Die besonders Hungrigen und Ungeduldigen sprangen gegen die Gitterstäbe, rüttelten daran und stießen dabei ein markerschütterndes Geheul aus. Die Wolfsführerin betrat die Vorratskammer, warf einen Haufen roher Innereien in einen Eimer und lief zu dem Zwinger, in dem Gruhl, Gibba und Zerbe auf ihr Frühstück warteten.

Ein Zetern und Toben begrüßte den Geruch frischen Fleischs, als hätten die Wölfe seit Wochen gehungert. Dabei hatte Brianna erst am Vortag festgestellt, dass sie alle drei fett wurden und dass ihnen beim Exerzieren das nötige Feuer fehlte. Das waren keine Werwölfe mehr, das waren drei mit Steinen gefüllte Säcke, die sich widerwillig über die Hindernisbahn wälzten! Der harte Einsatz in der Strafkolonie würde ihnen guttun.

Sie spießte die Fleischstücke auf eine Stange und schob sie eines nach dem anderen durchs Gitter, mitten hinein in geifernd aufgerissene Rachen mit dolchspitzen Zähnen. Raue blauschwarze Zungen leckten das herabtropfende Blut auf. Erfahrene Wolfsführer betraten niemals den Käfig, wenn ihre Schützlinge Hunger hatten. Zu groß war die Gefahr, dass die Bestien den letzten Rest Menschlichkeit in ihrem Wesen vergaßen und den sonst so unterwürfig verehrten Herrn in Stücke rissen.

Schließlich, nach einem gewaltigen Frühstück, waren die Wölfe satt und wurden liebesbedürftig. Schweifwedelnd drängten sie sich an das Gitter, um ihr die Hände zu lecken. Brianna wies sie an, sich noch ein wenig hinzulegen und das Frühstück zu verdauen, damit sie frisch und kampflustig waren, wenn die Reise begann. Nachdem sie gehört hatte, welche Fürsten des Bösen auf der Liste der Wegzuschaffenden standen, rechnete sie damit, dass die Wölfe gebraucht wurden.

Dann kehrte sie in die oberen Bereiche der Kaserne zurück und setzte sich zu ihrem eigenen Frühstück nieder. Der Khan-Ha ließ es seinen Rittern und Soldaten an nichts mangeln. Auf langen Tischen dufteten die Speisen, von denen jeder sich nach Bedarf und Belieben nehmen durfte. Sie konnten wählen zwischen einem scharf gewürzten Gericht aus roten Bohnen, Pfefferschoten und Echsenfleisch, das mit Fladen aus grob geschrotetem Hafer gereicht wurde und sehr beliebt war bei den Verkaterten, die sich am Vorabend einen Rausch angetrunken hatten. Außerdem gab es gegrillten Fisch, Selchsuppe, auf Holzkohle gebratene Tronten, in Teig gewickeltes Zuckerrohr und frische Früchte, dazu Bier und herben Wein. Auf den breiten Simsen der offenen Fenster hatte es sich ein Dutzend Chamäleons bequem gemacht und beobachtete die essenden Männer und Frauen mit aufmerksamen Goldaugen, denn sie waren daran gewöhnt, dass man ihnen Leckerbissen zuwarf. Smaragdgrüne Geckos flitzten, von derselben Erwartung beseelt, an den Mauern des Speisesaals auf und ab.

Während Brianna sich fetttriefende Trontenscheiben und Haferfladen auf den Teller häufte und einen Becher sauren Weins einschenkte, dachte sie an ihre übergewichtigen Wölfe und daran, dass sie selbst auch Gefahr lief, durch das üppige Essen am Hof dick zu werden und zu verweichlichen. Hätte sie doch nur essen und dabei so zierlich bleiben können wie die spannenlangen Geckos, die von allen Seiten herbeischossen und nach den Krümeln schnappten, die die Soldaten ihnen großzügig austeilten! Sie nahm sich vor, in Zukunft strenger mit sich selbst zu sein – und wusste nicht, dass sie soeben die letzte Mahlzeit in dieser Welt verspeiste.

–

Gesättigt und voll Ungeduld, mit ihrer Arbeit zu beginnen, machte Brianna sich auf den Weg zum Zwinger und holte ihre drei Wölfe, die jetzt ausgeruht waren und nach Taten dürsteten – was bedeutete, dass sie gern jemanden zwischen den Zähnen zerrissen hätten. Sie legte ihnen dicke Lederhalsbänder an und schloss alle drei an eine Kette, an der sie zerrten wie feurige Pferde an ihrem Gespann. Jaulend und schnüffelnd sprangen sie hierhin und dorthin, scharrten am Boden, urinierten an die Mauern und gaben erst Ruhe, als ihnen Briannas Ebenholzpeitsche warnend über die Köpfe zischte. Beleidigt winselnd duckten sie sich und rannten die Treppen hinauf.

Brianna verließ die Kaserne und machte sich auf den Weg zum Himmelspalast. Der Tag schien nicht zu halten, was der zauberhafte frühe Morgen versprochen hatte. Die Luft war kühler geworden, als es der Jahreszeit anstand, fast kalt, der Himmel hatte ein merkwürdig gelbliches Aussehen. Es herrschte eine ungesunde Stille, so als wage kein Geschöpf die Stimme zu erheben. Trotz der Kühle war es auch im Freien stickig wie in einem geschlossenen Raum; sie fühlte, wie ihr der Schweiß auf die Stirn trat. Abergläubische Furcht presste ihr die Brust zusammen.

In langer Reihe zogen vergitterte Wagen vorbei, in denen auf Strohschütten jammernde, fluchende und um Gnade winselnde Menschen saßen oder standen. Dies waren keine Uzzbazis, sondern gewöhnliche Verbrecher, die aus allen Teilen des Landes zum dreitägigen Sklavenmarkt in die Kaiserstadt gebracht wurden. Dreimal im Jahr ging es allerorten auf Sundar an das »Ausfegen der Kerker«, wie die Zeremonie genannt wurde. Reihenweise hingen dann die Eisenkäfige mit den zum Tode verurteilten Schwerverbrechern an hohen Pfosten, Hochverräter und Schwarzmagier wurden in die Welt der eisernen Dunkelheit verschifft, während die weniger bedeutenden Übeltäter in die Sklaverei verkauft wurden. Schon im Morgengrauen erschienen die Händler mit ihren gewaltigen, stumpfsinnigen Donnerechsengespannen, die eiserne Käfige auf Rädern hinter sich herzogen, alle vollgepackt mit ausgestoßenen Soldaten, ungetreuen Gelehrten, diebischen Lakaien und in Ungnade gefallenen Mätressen.

Im Hof, der sich weiträumig und öde wie ein Exerzierplatz zwischen den düsteren Arkaden des Gefängnisses erstreckte, warteten bereits ihre Vorgesetzten auf sie, Treva von Vallis und ihr Bruder, der schlanke rotblonde Laurin von Vallis, sowie der zierliche, dunkle Merien von Brae Bac. Merien war ein ehrgeiziger, schlauer und tüchtiger junger Mann. Seine Entschlossenheit, es noch weit zu bringen, zeigte sich in seiner Neigung, ständig die Augenbrauen zusammenzuziehen, bis dazwischen eine steile, finstere Falte erschien – ein Hinweis darauf, dass er die Welt für eine gefährliche und finstere Gegend hielt und immer entschlossen war, die Fäuste zu ballen und mit gesenktem Kopf gegen sie anzustürmen. Laurin sah nett aus und war nett. Brianna hatte bereits bemerkt, dass der rothaarige Ritter dem Khan-Ha von Herzen ergeben war, sehr gewissenhaft in seinem Dienst … und nicht sonderlich schlau.

Die Schildjungfrau und die beiden Männer standen im Schatten der zwanzig Schritt hohen goldenen Statue des Sonnengotts, die den Innenhof schmückte. Sie stellte Phuram in Gestalt eines athletischen Mannes dar, geschützt von einer gleißenden Rüstung, mit einem Bündel Sonnenpfeilen in der mächtigen Faust und einem Helm auf dem Kopf, dessen Vorderseite ein schönes, von Lockenkringeln umrahmtes Männergesicht zeigte. Die Rückseite des Helms war ebenfalls aus dem edlen Metall gefertigt, doch zeigte sie den gräulichen Echsenschädel eines Tausendzahns mit dolchspitzen Fängen und rubinrot glühenden Augen. An dieser

Rückseite hingen an schweren Ketten verschiedene Folterwerkzeuge herab, eine Warnung an alle Frevler.

Als Brianna näher kam, hörte sie eben noch, wie Laurin sagte: »Ich bin nur ein einfacher Kriegsmann und verstehe nichts von Wissenschaft und Magie, aber sogar ich habe mitbekommen, dass hier Tieferes und Dunkleres geschieht, als wir wissen sollen. Ich fürchte ...« Da entdeckte er die Wolfsführerin, unterbrach sich mitten im Wort und wandte sich ihr mit einer hastigen Bewegung zu.

Brianna beugte das Knie erst vor der Statue, die Kaiser und Gott repräsentierte, und dann vor den höherrangigen Kameraden. Ihre braunen Lederuniformen und die bronzenen Halbmasken wiesen sie als Ritter mittleren Rangs aus. Beide waren gerüstet und voll bewaffnet. Gerade als Brianna zu ihnen trat, erschien auch Phokis, der oberste Kerkermeister. Sie wünschten einander einen guten Morgen und den Segen des Sonnengotts, dann holte Phokis ein gesiegeltes Pergament hervor und reichte es den vier Kriegern.

»Fünfundvierzig Gefangene für die Strafkolonie und sechzehn Krüge mit Essenzen«, verkündete er. »Passt gut auf! Diesmal gibt es kein Nickerchen zwischendurch, das sind alles Schwerverbrecher der schlimmsten Sorte. Avigdor von Fienne ist darunter, die Menschenfresserin Tulda, Carmilhan der Schlächter sowie der Schwarzmagier Darabos von Trail. Die Übrigen sind kaum weniger gefährlich.«

»Das wissen wir«, erwiderte Laurin im Namen von allen vieren. Er wirkte verärgert, weil Phokis ihn an seine Pflicht erinnern zu müssen meinte. Als hätten sie nicht schon Dutzende Male Transporte in die eiserne Dunkelheit begleitet! Brianna freilich war neu, aber sie hatte gute Zeugnisse mitgebracht und war voll Eifer, sich zu bewähren.

Auch Treva grollte dem Kerkermeister. »Wir wissen, mit

wem wir es zu tun haben«, fiel sie mit ihrer hellen, scharfen Stimme ein, »und wir tun das nicht zum ersten Mal. Achtet Ihr nur darauf, dass alle Fesseln zuverlässig geschlossen sind und die Ondrys-Halsbänder fest am Nacken sitzen, vor allem bei Darabos.« Sie lachte, und die anderen stimmten mit ein.

Beleidigt verzog Phokis das Gesicht. »Macht Euch nur lustig, meine Dame! Wochenlang hatte ich nichts als Ärger mit den Uzzbazis und bin froh, wenn alle in der eisernen Dunkelheit verschwunden sind, das könnt Ihr mir glauben. Aber da Ihr so viel Vertrauen zu Euch selbst habt, erfülle ich meine Pflicht und lasse sie holen.«

Er eilte davon und rief zweien seiner Knechte einen Befehl zu. Sie öffneten die Tore der Wagenremise und rollten einen gewaltigen, rot angestrichenen Kasten auf Rädern heraus. Die hölzernen Wände waren so dick wie Schiffsbalken und mit starken Eisenbändern beschlagen. Auf Laurins Wink hin eilte Brianna zu dem sonderbaren Gefährt und inspizierte das Innere. Es war halbdunkel und roch muffig, denn es gab keine Fenster, nur Luftschlitze zwischen Wänden und Dach. An einem klebte, schmutzig gelb und dicht wie ein Schleier, das verstaubte Gespinst einer Spinne. Ein schwacher Geruch nach erhitztem Metall hing in der Luft, die stickig warm zwischen den hölzernen Wänden brütete. Doch seltsam: Einige Herzschläge lang schauderte Brianna vor unerklärlicher Kälte, die an einen Eiskeller gemahnte, dann wurde ihr wieder warm. Was die Kälte ausgelöst hatte, war nicht festzustellen. Jedenfalls hatte sie die Spinne aus ihrer Behausung vertrieben, denn das gelbe Gespinst fiel herab und wickelte sich auf dem Boden zu einem faustgroßen Knäuel zusammen, das ins Dunkel unterhalb der Bänke rollte.

Diese rohen, rot angestrichenen Holzbänke waren rundum an den vier Wänden befestigt. Vor ihnen lief in zwei Handbreit Höhe eine Eisenstange entlang. Eine zweite Stange befand sich in Kniehöhe. Über jedem Sitzplatz hing an einer Kette mit fingerdicken Gliedern ein Halseisen – eines von der gewöhnlichen Sorte aus geschmiedetem Eisen. Zur Sicherheit war jedoch jedem der Magier unter den Gefangenen zusätzlich ein Halsband aus Ondrys angelegt worden, einem seltenen, blassgrauen Metall, das magische Kräfte zu lähmen vermochte. Es wurde in den Erzgruben der Strafkolonie gewonnen, und die Uzzbazis würden damit beschäftigt sein, ihre eigenen Ketten zu schmieden.

Sonst gab es nichts zu sehen, nur eine ungewöhnlich dicke Hornisse, die sich offenbar durch einen Luftschlitz verirrt hatte und auf einem Querbalken unter dem Dach herumkroch. Brianna wollte sie verscheuchen, aber das Insekt versteckte sich in einem Winkel zwischen den Balken, wo es nicht mehr erreichbar war. Also kümmerte sich die Kriegerin nicht länger darum und trat wieder hinaus in den Hof, wo die Vorbereitungen bereits in vollem Gang waren.

Wenig später dröhnten auf den Marmorfliesen die Schritte eines Gepanzerten. Der Hauptmann der Kerkerwache erschien und erteilte mit knappen Handbewegungen seine Befehle. Er war ein schöner junger Mann, hochgewachsen und breitschultrig, mit weit über die Schultern fließendem blondem Haar und Augen, so blau und klar wie der Morgenhimmel über den Bergen. Aber diese Augen waren hart wie Diamantsplitter, und die darin abzulesene Tücke und Grausamkeit kannten keine Grenzen. Seinen eigenen Vater, der ihm wegen seines bösen Wesens Vorwürfe machte, hatte er in den Kerker werfen lassen und war nun bereit, triumphierend zuzusehen, wie dieser in die eiserne Dunkelheit verschleppt wurde.

Ein halbes Dutzend seiner Büttel trat hervor, die in sandgefüllten Kisten seltsam geformte Krüge trugen. Diese Kisten wurden in dem Gefährt verstaut und aufs Sorgfältigste gesichert, denn sie enthielten eine überaus wertvolle Fracht. Brianna hätte zu gern gewusst, was es war, aber Laurin hatte ihr unmissverständlich bedeutet, dass Fragen unerwünscht, ja gefährlich seien. Sie hatte nur herausbekommen, dass der Inhalt der Krüge mit den geheimen Forschungen zu tun hatten, die in der Strafkolonie durchgeführt wurden. Die Sundaris waren unendlich wissbegierig und machten ständig neue Entdeckungen und Erfindungen, und dazu waren viele, häufig sehr grausame Experimente notwendig, die sich am leichtesten an den ohnehin todgeweihten Gefangenen durchführen ließen.

Da trat zu den vier Soldaten ein junger Mann in der Tracht eines reichen Kaufmanns, der den Transport ebenfalls begleiten sollte, da er dringende Geschäfte in der Welt der eisernen Dunkelheit zu tätigen hatte. Ihm war anzusehen, dass er nicht die geringste Vorfreude auf die Reise empfand, und er war offenbar angenehmere Fahrten gewohnt, als mit einem Trupp schmutziger Schwerverbrecher und drei herb riechenden Werwölfen in einem fensterlosen Kasten zusammengezwängt zu werden. Dennoch grüßte er die Soldaten höflich und trat beiseite, um sie nicht bei der Arbeit zu stören.

–

Kaum waren die Knechte mit dem Einladen der Amphoren fertig, als sich in der stillen Morgenluft ein fernes Summen erhob, das sich zu einem vielstimmigen Murren steigerte und zuletzt zum Gebrüll einer erregten Menschenmenge wurde. Die Henkerskarren, auf denen man die Verbrecher zu ihrer öffentlichen Schande kreuz und quer durch die Stadt gefahren hatte, kehrten zurück. Schwerfällige Panzerechsen zogen drei niedrige, offene Leiterwagen hinter sich her, auf deren Ladeflächen zwei Reihen aufrecht stehender eiserner Pfähle verankert waren. An jeden dieser Pfähle war, das Gesicht nach außen gewandt, ein Gefangener oder eine Gefangene angekettet. Um jeden Hals hing an Riemen eine hölzerne Tafel, auf der in blutig roten Buchstaben die jeweiligen Verbrechen aufgeführt waren. Die schlimmsten aller Übeltäter waren hier versammelt: Hochverräter. Menschenfresser. Unverbesserliche Räuber und Gewalttäter. Schänder des Allerheiligsten. Geheime Agenten der verfluchten Datura. Brandstifter. Seelensauger.

Brianna betrachtete diese Menschen mit Schaudern. Zwar hatte es auch in der Provinz, wo sie aufgewachsen war, Gottlose gegeben, aber sie waren nicht zu vergleichen mit den Uzzbazis, den »aus der Welt Geworfenen«. Den Gesichtern hatten alle erdenklichen Laster ihre Stempel aufgedrückt. Bleigrau waren sie, und blutunterlaufene Augen glühten darin wie die von Dämonen. Alle trugen sie die Spuren des Volkszorns im Gesicht. Von der tobenden Menge waren sie mit einem ununterbrochenen Hagel aus faulen Fischen, grünen Echsenfladen und lehmigen Kotbrocken beworfen worden, die ihnen in den Haaren und Kleidern hingen und am Körper klebten. Noch härter allerdings traf sie der Zorn Phurams, der seine goldenen Pfeile gegen die Verworfenen schleuderte: Sie, die früher Sundaris gewesen waren, zuckten und zitterten in der Glut, ihr Fleisch schwoll an, und selbst in den wenigen Stunden, die sie nach der langen Kerkerhaft im Freien verbracht hatten, hatten sich die entblößten Teile ihrer Körper vom Sonnenbrand gerötet.

»Bemitleide sie nicht«, murmelte Merien, der genau wusste, was neue und unerfahrene Reisebegleiter empfanden. »Sie haben es nicht besser verdient. Siehst du die so harmlos und mütterlich aussehende Frau dort? Aus nackter Habgier tötete sie einen wohlhabenden Greis um den anderen und beraubte ihn seines Vermögens, nachdem sie ihm Liebe und Treue vorgegaukelt hatte. Die Unglücklichen! Sie meinten auf ihre alten Tage eine Stütze zu finden und fanden stattdessen eine Schlange, die ihnen die Leber aus dem Leib fraß, die sie ausplünderte und auf grausamste Weise ermordete! Oder sieh diese da: Man möchte meinen, sie könne kein Wässerchen trüben, doch hat sie einen Mann getötet, weil er sie verschmähte, hat ihm die Haut abgezogen und diese an die Tür seines Hauses genagelt, den Leichnam in Stücke gehackt, gekocht und seinen Kindern als Mahlzeit vorgesetzt. Die Uzzbazis haben Verbrechen begangen, die sie für immer aus der Gemeinschaft der Lebenden ausschließen.«

Brianna nickte beklommen.

Noch immer war die Wut des Volks nicht gestillt. Wie eine buntscheckige Welle brandeten schreiende Menschen gegen die Mauern des Himmelspalasts, stürmten gegen die Flügel des mächtigen Gittertors an, das den Zugang von der Straße zum Hof verschloss. Der düstere Arkadenhof hallte von Flüchen, Pfiffen und Schimpfworten wider. Die Wächter hatten alle Mühe, sie zurückzuhalten und zu verhindern, dass die Verurteilten ihre Strafe an Ort und Stelle erhielten.

Dann wurde es plötzlich ganz still, denn eine Stimme schallte über den Platz.

»Da! Da ist Avigdor von Fienne, der schlimmste aller Verbrecher!«

Von allen Seiten brach ein Wutgeheul los. Den Midan von

Fienne hätten die kaisertreuen Bürger am liebsten lebendig in Stücke gerissen, denn einen Übeltäter wie ihn hatte Sundar in seiner ganzen langen Geschichte noch nicht gesehen.

Brianna starrte ihn an, von Grauen und Faszination gleichermaßen bewegt. Er sah gar nicht so aus, wie man sich einen abgrundtief schlechten Menschen vorstellte, der sich gegen Phuram und seinen Stellvertreter empört hatte. Der adlige Hochverräter, der den Khan-Ha zu ermorden versucht hatte, war jung, noch keine dreißig Jahre alt, hochgewachsen und an Körper und Gesicht wohlgebildet, ein schlanker Mann mit mandelförmigen Augen, einer großen, kühn gebogenen Nase und einem sinnlichen Mund.

Man hätte ihn für ein Mitglied des Sonnenordens halten können, wären sein reiches langes Haar und seine Augen nicht braun wie reife Nüsse gewesen. Bevor er, an Händen und Füßen an die Mauer des Verlieses gekettet, in Einsamkeit und Finsternis zu einem hohläugigen grauen Skelett verfallen war, musste er ein sehr anziehender Mann gewesen sein, aber jetzt sah er aus, als hätte man ihn aus der Erde ausgegraben. Blut rann ihm aus einer Wunde an der Stirn, wo ihn ein Stein getroffen hatte, über das unratverschmierte Gesicht. Zum Zeichen, dass es sich bei ihm um einen Lästerer Phurams handelte, war er in ein grobes Hemd gesteckt worden, auf dem gelbe Monde aufgemalt waren. Die Tafel um seinen Hals verkündete: Empörer. Hochverräter. Sonnenlästerer.

Unter lautem Geschrei und trotz eines heftigen Handgemenges schafften es die Torwächter schließlich, die Fuhrwerke hereinzulassen und zugleich die Menge draußen zu halten. Oben auf den Stufen des Himmelspalasts waren mittlerweile die Priester erschienen, denen die Aufgabe oblag, den Abtransport der Elenden mit feierlichen Flüchen zu begleiten und danach den Raum zu reinigen, den deren Anwesenheit besudelt hatte. Auf dem Ehrenplatz in der Mitte der Geweihten stand der Hohepriester, der jetzt das Verdammungsurteil verlas. Er trug seine Amtstracht, den safrangelben, mit dem leuchtenden Phuramrad verzierten Ornat und die kegelförmige steife Mitra, die ihm einen ganzen Schritt hoch über den Kopf ragte. Seine tiefe Stimme dröhnte, begleitet vom dumpfen Blasen der Echsenhörner, feierlich über den Hof. Als der Hohepriester geendet hatte, erhoben die minderen Priester und die Tempelsänger ihre Stimmen zu der unheimlich hallenden Litanei, mit der alle Qualen der feuerfrostigen Höllen auf die Sünder herabgefleht wurden.

Gleichzeitig nahm die weltliche Gerechtigkeit ihren Lauf. Knechte sprangen auf die Wagen, schlossen die Ketten auf und zerrten die Gefangenen mit eisernen Haken grob von den Karren. Nach der langen Haft in dem lichtlosen Kerker wirkten die Züge der zerlumpten Männer und Frauen fahl wie alte Leinwand; die Haare waren völlig verfilzt. Sie schlurften in Ketten einher, die kaum richtige Schritte zuließen. Umringt von bewaffneten Wachen, mussten sie in einer langen Reihe Aufstellung nehmen, und Phokis rief mit dröhnender Stimme drei von ihnen beim Namen.

Sobald sie vorgetreten waren, erschien auf der Basalttreppe, die zum Palasttor führte, ein Herold und wiederholte die Namen der Gefangenen – zwei Männer und eine Frau –, die Phokis ausgesondert hatte. Dann verkündete er mit erhobener Stimme, die auch von der plötzlich still gewordenen Menge draußen deutlich zu verstehen war, den Willen des Khan-Ha. »In seiner übergroßen Gnade hat Seine Himmlische Majestät, das Gefäß des Sonnengotts, diesen drei Verbrechern die Barmherzigkeit gewährt, nicht in die eiserne

Dunkelheit verschifft, sondern auf der Stelle hingerichtet zu werden.«

Die drei Gestalten fielen winselnd vor Dankbarkeit auf die Knie und priesen den Khan-Ha für seine Milde. Mit heiseren Stimmen intonierten sie das Loblied auf die Gerechtigkeit des Khan-Ha, das bei jeder öffentlichen Hinrichtung gesungen wurde. Die Soldaten fielen als Erste mit ein. Das Volk jubelte. Die Zuschauer kletterten förmlich übereinander, um einen besseren Blick auf das Schauspiel zu haben, wie die Verurteilten einer nach dem anderen nackt ausgezogen, in eiserne Käfige gesteckt und von sinnreich konstruierten Maschinen an den Gittern des Haupttors hochgezogen wurden. Brianna erfasste ein Zittern. Sie warf einen Blick auf die Käfige und stellte sich vor, wie es sein mochte, von Gitterstäben umschlossen zwischen Himmel und Erde zu hängen und zu fühlen, wie das unbarmherzige Sonnenlicht alles Wasser aus dem Körper sog.

Kein Mensch berührte die Delinquenten, denn ein zum Tode Verurteilter galt als Toter und damit als unrein, und so gab es auf Sundar trotz der häufigen Todesurteile keinen Henker. Die Sundaris verabscheuten jede Unreinheit und fürchteten die Nähe von Tierkadavern und menschlichen Leichen. Kein Sundar hätte einen Toten berührt, und wäre es einer seiner Nächsten und Liebsten gewesen. Selbst die Trauerfeierlichkeiten wurden rund um einen aus Gips geformten, kunstvoll bemalten Doppelgänger abgehalten, der zuletzt zerschlagen und in einer Urne beigesetzt wurde. Für die unreinen Arbeiten, die nun einmal getan werden mussten, hielt man sich halb menschliche Sklaven. Die Vollstreckung der Urteile übernahmen Gerichtstiere mit scharfen Zähnen und sichelförmigen Klauen oder selbsttätig arbeitende Maschinen, die die Delinquenten zerrissen, zerquetschten oder in Stücke schnitten, oder aber die erbarmungslose Sonne selbst.

Phurams Leben spendende Strahlen wurden zu tödlichen Pfeilen für diejenigen, über die sein Zorn sich ergoss. Wenn die Sundaris einen Verbrecher – oder jemanden, den sie für einen Verbrecher hielten – zu fassen bekamen, sperrten sie ihn nackt in einen Käfig und überließen ihn der Sonne, unter deren rächenden Strahlen er erst verdurstete und später völlig austrocknete. Zum Schluss blieb nur eine gedörrte braune Mumie übrig. Viele solcher Eisenkäfige mit staubtrockenen, verschrumpften Leibern hingen auf dem Platz der Gerechtigkeit in einer Schlucht jenseits der Oase, ein warnendes Zeichen für alle, die im Herzen Verbrechen und Rebellion nährten.

Brianna machte sich in aller Eile am Geschirr ihrer Werwölfe zu schaffen, um nicht hinsehen zu müssen. Sie wusste, dass sie damit das kaiserliche Gebot übertrat und sich selbst schadete: Waren diese Hinrichtungen nicht ein öffentliches Zeichen dafür, dass Phurams Stellvertreter das Gute belohnte und das Böse bestrafte? Unweigerlich hätte sie sich den Zorn ihres Vorgesetzten zugezogen, wäre er dahintergekommen, dass sie sich weigerte, die Lektion zu lernen. Glücklicherweise kümmerte sich niemand um sie; alle waren damit beschäftigt, die Käfige zu beobachten, die an langen Ketten im Wind schwangen.

–

Während draußen das Volk vor Begeisterung tobte, rief Phokis im Arkadenhof die Namen derjenigen auf, die nicht das Glück gehabt hatten, noch vor dem Abflug vom Leben zum Tod befördert zu werden.

»Die Verbrecherin Bruga!«

Eine grobknochige Frau mit einem Kopf voller Weichselzöpfe antwortete mit einem heiseren »Hier«. Zwei Wärter packten sie, eskortierten sie in den Kasten, und lärmendes Kettenklirren verriet, dass sie sie an die Sitzbank fesselten. Das Schild um ihren Hals kennzeichnete sie als Mörderin und Schwarzkünstlerin.

»Der Verbrecher Darabos von Traill!«

Plötzlich breitete sich in der Menge eine merkwürdige Stille aus. Das Geschrei verstummte, und die eben noch drängelnden Menschen wichen zurück. Brianna erhob sich neugierig auf die Zehenspitzen, als der Name des gefürchteten Schwarzmagiers über den Hof hallte.

»Hier!«, antwortete ein hochgewachsener Mann mit schneeweißem Haar, das in schroffem Gegensatz zu seinen pechschwarzen Augenbrauen stand. Sein langes Gesicht war vornehm geschnitten und bleich wie Elfenbein, mit zwingenden dunklen Augen, deren Blick in den Höhlen brannte wie schwarzes Feuer. Sie musterten Kerkermeister, Herold und Priester mit scharfem, verächtlichem Blick, als sei es gegen seine Gewohnheit, sich mit solch unbedeutenden Leuten abzugeben. Trotz der wochenlangen Marter in dem feuchten, finsteren Kerker hatte er die Haltung – und den Hochmut – eines Adligen nicht verloren.

Phokis' Trompetenstimme erschallte von Neuem. »Der Verbrecher ...« Weiter kam er nicht. Eine der grauen Gestalten sprang unversehens vor, ein glatzköpfiger Mann, der einmal ein bärenstarker Koloss gewesen sein mochte, inzwischen aber zu einem grobknochigen Skelett abgemagert war, an dem die Haut in schlaffen Beuteln herunterhing. Wilde, herzzerreißende Schreie drangen aus seiner Kehle. Trotz seiner Schwäche und der hemmenden Fesseln schaffte er es, sich auf den Hauptmann der Kerkerwache zu stürzen. Dieser wurde von dem Angriff so völlig überrascht, dass er erst an Gegenwehr dachte, als ihm bereits ein schartiges Stück Eisen im Bauch steckte. Die Augen weit aufgerissen, stolperte er zurück, wankte und fiel Blut spuckend in die Arme seiner Knappen.

Brianna schrie auf, als sie die tödliche Attacke und gleich darauf das Ende des Angreifers beobachtete. Noch während der Verwundete brüllte, sie sollten den Kerl am Leben lassen, damit man ihn auf der Folter befragen könne, wie er zu der Waffe gekommen sei, schlugen die erzürnten Krieger bereits mit ihren Schwertern zu. Mit einem gewaltigen Satz war Treva vorwärtsgesprungen. Ihr Schwert blitzte auf wie ein Lichtstrahl, und ein waagrecht geführter Hieb fuhr dem mörderischen Uzzbazi so kraftvoll durch Leib und Wirbelsäule, dass er in zwei Hälften gehauen zu Boden stürzte. Laute Rufe des Abscheus und Entsetzens wurden laut, als der verstümmelte Leib, von rasendem Hass getrieben, inmitten einer Blutlache vorwärts zu kriechen versuchte, um sein Opfer noch einmal anzufallen. Bereits bläulich grau im Gesicht, einen Springquell von Blut ausscheidend, schleppte er sich zwei oder drei Schritte vorwärts, fiel aufs Gesicht und verschied, während sich hinter ihm die noch übrige Hälfte zappelnd zusammenkrümmte und dann ebenfalls erschlaffte.

Mariwan Salten, der sich einen solchen Anblick in seinen schlimmsten Albträumen nicht ausgemalt hatte, stürzte röchelnd in eine Nische der Palastmauer und übergab sich. Niemand kümmerte sich darum. Einen Soldaten oder Priester, der angesichts gerechter Strafe eine solche Schwäche zeigte, hätte man streng bestraft, aber einem weichlichen Bürger wurde Nachsicht gewährt.

Während der stöhnende Hauptmann weggetragen wurde,

kam Bewegung in die grünhäutigen Sklaven, die hinter einem geflochtenen Wandschirm versteckt darauf gewartet hatten, dass sie zu Diensten gerufen wurden. Einer riss sein schnabelähnliches Maul auf und stieß einen hässlich ratschenden Laut aus, der ein Befehl sein musste, denn die ganze Gesellschaft geriet in Bewegung. Brianna überkam ein Würgen, als sie die Missgeburten am Werk sah. Wären sie Tiere gewesen, so hätte sie alles nicht so schlimm gefunden, aber manche der Gesichter waren auf widerwärtige Weise erschreckend menschenähnlich, und allen gemeinsam waren der kalte Blick und die stumpfsinnige Gefühllosigkeit, die sich auf ihren Zügen ausdrückte. Die Frucht widerwärtiger Ausschweifungen, waren die Zrazz halb Menschen, halb Reptilien und hatten auf zwei Beine sich erhebende, ungeschlachte, scheckige Körper, die in schweren Schuppenpanzern steckten, aber menschliche oder zumindest halb menschliche Köpfe auf den Schultern trugen. Nicht wenige trugen Ansätze von Hörnern auf der Stirn oder bemerkenswert grobe, missgebildete Füße, die an Drachenklauen erinnerten. Sie hätten weniger abstoßend gewirkt, wären sie nackt gegangen, aber die Sittlichkeit verlangte, dass sie sich bekleideten. Scheußliche Zerrbilder des Menschlichen waren sie, wie sie dahertrampelten in zerlumpten Kniehosen, die über dem Gesäß geschlitzt waren, um Platz für einen schuppigen Drachenschwanz zu schaffen, der eine Elle lang herabhing, oder in wadenlangen Hemden mit Öffnungen auf dem Rücken, aus denen fleischige Stacheln hervorragten.

Sie eilten mit Säcken und Wassereimern herbei, stopften den zerstückelten Leichnam in die Säcke und schwemmten das Blut vom Pflaster des Hofs. Bald waren keine Spuren mehr zu sehen.

Das Entsetzen, das alle ergriffen hatte, wollte dennoch nicht weichen. Phokis' Stimme klang brüchig, er musste sich zweimal räuspern, ehe er mit dem gewohnten Trompetenklang über den Hof rufen konnte: »Der Verbrecher Talon!«

Dieser Verurteilte sah besser aus als die übrigen, denn er war erst vor Kurzem verhaftet worden. Sein weißes Haar lag in kurzen Locken um den Kopf. Er war ein auffallend schöner Mann, hochgewachsen, schlank, mit den edlen, aber totenbleichen Zügen einer Marmorstatue. Sein Gesicht war mit Schweißperlen bedeckt, sein Haar schweißgetränkt. Er blickte aus purpurn umschatteten Augen verwirrt um sich, offenbar unfähig zu begreifen, was mit ihm geschah. Immer wieder riss er die Augen auf, stierte aber nur blicklos ins Leere. Es war deutlich sichtbar, dass er seiner Sinne nicht mehr mächtig war. Ein formloses graues Hemd hing an seiner ausgemergelten Gestalt wie die Lappen an einer Vogelscheuche, die ehemals weißen Kniestrümpfe waren heruntergerutscht und schlugen Falten um die Knöchel. »Lügner, Leugner und Sonnenlästerer« besagte das Schild der Schande um seinen Hals.

Er schrie vor Schmerz auf, als er aus dem Schatten der Arkaden heraustrat, und hielt beide Hände schützend vors Gesicht, als die Pfeile der rächenden Sonne den Ausgestoßenen mit gnadenloser Wut trafen. Händeklatschen und Freudenschreie der Zuschauer bejubelten seine Qual.

Brianna spürte, wie eine kalte Wolke des Unbehagens ihren Schatten über sie warf. Der Mensch war ganz offensichtlich dem Wahnsinn verfallen. War er schon immer verrückt gewesen, oder hatte er unter den Qualen der Kerker den Verstand verloren? Wie konnte man ihn bestrafen? Solche Menschen waren unschuldig wie Tiere. Schickte man denn eine widerspenstige Echse oder einen diebischen Springwurm in die Bergwerke?

Die Soldaten stießen Talon vorwärts, auf den Kasten zu.

»Der Verbrecher Debbon!«

Diesmal war es ein dünner, vertrocknet wirkender Mensch mit zerrauftem Haar, der in heller Panik herumzappelte. Grau wie Asche war sein Gesicht, dicke Schweißtropfen standen ihm auf der Stirn. Seine Hände machten wilde, sinnlose Abwehrbewegungen, als die Soldaten ihn mit ihren Haken ergreifen wollten. »Nein!«, krächzte er. »Nein – habt Erbarmen! Ich will niemals wieder Böses tun – ich gebe euch auch alles, was ich habe ...« Das Gesicht zur Fratze verzerrt, die Augen wild aufgerissen, kreischte er verzweifelt, stammelte Bitten und Beschwörungen, versprach, sich in Zukunft untadelig zu benehmen. Umsonst! Mit einer Flut von Schimpfworten wurde er so grob mit den Haken gepackt, dass er aufheulte. Er raffte sich auf und kroch, seine Ketten mitschleifend, auf den Kasten zu. Dann brach er plötzlich mit einem quakenden Laut in sich zusammen.

Die Knechte beugten sich über ihn, stießen und rüttelten ihn mit den Haken, aber er blieb liegen, und bald gab es keinen Zweifel mehr, dass er tot war.

Phokis schwitzte. Der Khan-Ha würde ihn persönlich dafür verantwortlich machen, dass einer der Verurteilten seiner Strafe entgangen war. Mit zitternden Lippen beobachtete der Kerkermeister, wie die Leiche beiseite gezerrt und den halb menschlichen Sklaven übergeben wurde. Der krummrückige Zrazz, der zuvor einen Befehl erteilt hatte, riss von Neuem den Schnabel auf und ließ abermals ein Ratschen hören, lauter und schriller diesmal, worauf die anderen zupackten, den Leichnam von seinen Lumpen entblößten, ihm eine Lederschlinge um den Hals warfen und ihn aufrecht in einen Eisenkäfig hängten, damit er wenigstens im Tod der Strafe nicht entging.

Brianna warf Mariwan einen Blick zu und sah, dass dieser verkrampft vor Grauen dastand, die Schultern angstvoll hochgezogen, beide Hände auf den Magen gepresst. Armer Kerl, dachte sie. Was mochte an seinen Geschäften so ungeheuer wichtig sein, dass er sich dem schrecklichen Reiseunternehmen anschließen musste?

Im Hof war inzwischen auch der Hauptmann erschienen, der den Transport befehligte. Der Ritter Amyas war einer der treuesten Paladine des Khan-Ha, ein Stern am Himmel des Hofs von Sundar-Bas und Liebling des Volks. Brianna betrachtete ihn voll Bewunderung. Er ragte zwei Schritt hoch auf, schlank und rank wie ein junger Baum, mit kraftvollen Gliedern und ebenmäßigen Zügen. Seine blaugrauen Augen leuchteten hell wie Diamanten in dem trotz der Spuren vergangener Kämpfe immer noch anziehenden Gesicht. Das lange blonde Haar flog im Wind, und der silberbeschlagene schwarze Harnisch glänzte in der Morgensonne. Der Ritter gehörte zur höchsten Kaste, dem Goldenen Orden, in den nur die Edelsten der Sundaris aufgenommen wurden, an Gestalt und Gesicht vollkommene Menschen, die mit ihrem leuchtend blonden Haar das lebende Abbild des Sonnengotts darstellten. Brianna war zwar auch blond, aber sie war zu klein, und darüber hinaus waren Frauen im Orden nicht gern gesehen.

Währenddessen wurden weitere Verurteilte in den Kasten getrieben. Mit Entsetzen sah Brianna, dass sich auch drei ganz junge Menschen, fast noch Kinder, unter den zukünftigen Zwangsarbeitern befanden. Es waren zwei absonderlich aussehende Jungen und ein Mädchen. Das Mädchen wurde mit dem Namen Florinde gerufen. Sie faszinierte

Brianna augenblicklich. Nie zuvor hatte sie ein so liebliches Geschöpf gesehen. Die etwa zwölfjährige Kleine wirkte völlig unberührt von der zerstörerischen Macht der Kerker, war zart wie eine Elfe, mit goldblondem Haar, das sich vom Scheitel bis zu den Ellbogen in Tausenden spiralförmiger Löckchen kringelte. Als sie aufgerufen wurde, trat sie vor und stand mit majestätischer Gebärde vor der gaffenden Menge, in der viele liebestolle Augen ihre Schönheit verschlangen. Sie sah hinreißend schön aus mit ihrer Lockenpracht, auf der sie ein Spitzenhäubchen trug, und dem zerlumpten Kleid, das eine Schleppe hinter sich herzog, und so manchen Mann unter den Zuschauern schlug das Herz im Widerstreit der Gefühle zwischen Entzücken und Abscheu.

»Los, vorwärts, Hexe!«, knurrte einer der Knechte.

Florinde wandte sich um. Ihre blauen Augen blitzten ärgerlich, und sie warf mit heftigem Schwung das Haar zurück.

Ihr Anblick bedrückte Brianna noch mehr als der des hilflosen Wahnsinnigen. Die Vorstellung, dass dieses bezaubernde Kind als Sklavin in den klirrend kalten, von ewiger Finsternis bedeckten Ondrys-Bergwerken schuften sollte, trieb ihr die Tränen in die Augen.

Laurin sah es. Er war ein mitfühlender Mensch, wenn es um seine Kameraden ging, und so flüsterte er Brianna zu: »Denk bloß nicht, dies sei ein liebliches Kind! Sie ist eine Frau von zweiundzwanzig Jahren und ein so verruchtes Weib, wie man nicht oft eines auf Sundar findet!«

Der ältere der beiden Knaben war zweifelsohne ein Werwolf. Sein sandfarbenes Haar war dicht verfilzt und hing ihm wie die Mähne einer Bestie über die Schultern und tief ins Gesicht. Ansonsten jedoch war er unbehaart. Dies war nicht ungewöhnlich, denn während manche Werwölfe sich nach und nach gänzlich in borstige Bestien verwandelten, legten andere nur den inneren Charakter von Raubtieren an den Tag. Diesen Charakter freilich sah man dem jungen Mann an. Seine graugrünen Augen, die auf merkwürdige Weise mit flimmerndem Gold gesprenkelt waren wie das Wasser eines Bergsees, funkelten mit einem Ausdruck tierischer Wildheit. Er hatte starke weiße Zähne, an den Spitzen eingekrümmt wie Fangzähne, und knochige Hände mit spitzen Nägeln. Seine Kleider hingen in Fetzen und entblößten Teile eines Körpers, der dem Hungertod nahe schien. Als der Kerkermeister ihn mit dem Namen Gavon aufrief, sprang er vor, erstaunlich schnell und wild für eine so ausgedörrte Gestalt, und rannte auf allen vieren zwischen den Kriegern dahin, die ihn zu dem Kasten führten.

Der zweite Junge, mit Namen Bodmin, mochte ein Wechselbalg sein. Er trug die Züge dieser Kreaturen, hatte einen dicken Kopf, ungeschlachte Gliedmaßen mit groben Händen und Füßen, abstehende Ohren und ein blindes Auge, das wie ein milchig weißer Kiesel in der Höhle lag und seine ohnehin abstoßenden Züge vollends unerträglich machte. Er war zweifellos ein wenig anziehendes Geschöpf, aber so jung, so jung!

»O Thainachim!«, rief Brianna, und ihre Augen schwammen in Tränen des Mitleids. »Es sind doch noch Kinder! Darf man denn kaum erwachsene Knaben und Mägdlein so grausam bestrafen?«

»Still! Still!«, mahnte Treva ärgerlich. »Bist du von Sinnen, so zu schreien? Wenn man dich hört! Und im Übrigen rede nicht, solange du nicht Bescheid weißt! Der Junge mit dem milchweißen Auge ist noch keine vierzehn Jahre alt und schon ein mehrfacher Mörder. Er fing andere Kinder ein, schleppte sie an einen versteckten Ort und quälte sie dort zu seinem Vergnügen mit Zangen und Nadeln zu Tode. Genügt dir das, oder willst du auch über die Übrigen etwas erfahren? Nur ein Narr würde sie bemitleiden oder betrauern.«

Brianna protestierte dennoch. »Mit allem Respekt, Treva, aber der junge Werwolf ... gewiss ist er gefährlich, doch was nutzt es, ihn zu bestrafen? Bestraft man denn ein Tier? Er ist kaum mehr als ein Welpe. Ein guter Abrichter würde ihn rasch demütig und fügsam machen, und dann könnte man ihn ...«

Amyas, der aufmerksam zugehört hatte, legte Brianna eine gepanzerte Hand auf die Schulter. »Die Befehle des Khan-Ha sind in Stein gemeißelt, mein Kind. Wen er verdammt, der ist und bleibt verdammt. Und wie ich dir schon sagte, es sind alles elende Bösewichte, die sich nicht nur gegen den Khan-Ha, sondern auch gegen den Sonnengott selbst, dessen Inkarnation er ist, vergangen haben. Wenn sie sterben, werden sie in die tiefsten Schlünde der Unterwelt sinken, wo die reuelosen Verbrecher gepeinigt werden.«

Seine Stimme wurde übertönt vom hallenden Ruf des Kerkermeisters. »Der Verbrecher Avigdor von Fienne!«

Wachen stießen den Verurteilten vorwärts, während eine neuerliche Welle von Wutgeheul über den Hof hallte. Erst gab er willig nach, dann jedoch widersetzte er sich plötzlich, blieb stehen, warf herausfordernd den Kopf zurück und schrie mit lauter Stimme in die Runde: »Ihr Narren, ihr werdet getäuscht! Ein bloßer Mensch ist euer Khan-Ha, den ihr für den Sonnengott Phuram selbst haltet – ein alter Mann mit schmierigem Haar und faltigem Bauch, ein Lüstling und Wüstling ...«

Möglicherweise, dachte sich Brianna, versuchte der unselige Midan mit dieser unerhörten Blasphemie das eigene

Ende zu beschleunigen, denn selbst das grausame Schicksal, von einer wütenden Menge zu Tode geprügelt zu werden, mochte gnädiger sein als die phosphorvernebelten Klüfte der Ondrys-Minen. Wenn dies sein Plan gewesen war, wurde er jedoch von den flinken Wachen vereitelt. Noch ehe er weiterlästern, bevor irgendjemand ihn angreifen konnte, hatten sie ihn schon zu dem Kasten geschleift und waren mit ihm im Innern verschwunden.

Weitere Namen wurden aufgerufen, Gefangene in den rot angestrichenen Kasten geschleppt, Ketten geschlossen und Halseisen angelegt, bis alle vierzig Verurteilten auf den Bänken saßen und in finsterer Ergebenheit auf die Abreise warteten. Phokis trat vor und malte mit Pinsel und Tinte ein krummes Symbol an die Tür, das »verloren und verdammt« bedeutete. Es besiegelte die endgültige Ausstoßung der Uzzbazis aus den Reihen der Lebenden.

Nun schritt der Hohepriester, begleitet von einem großen Gefolge, von der Empore vor Phurams Statue herab. Wenig später stieg der Rauch der Opfergaben vom Altar auf, doch es war kein Rauch von verbranntem Fleisch. Die Platte des steinernen weißen Tischs wies eine Mulde auf, die von unten durch ein starkes Feuer erhitzt wurde. In diese Mulde legte der Priester üblicherweise die goldenen Votivgaben, die die Gläubigen im Vorhof des Tempels kauften und die ihre Bitten versinnbildlichten. Kleine metallene Gliedmaßen baten um Heilung von körperlichen Beschwerden, Sonnenrädchen um die Befreiung von Flüchen und magischen Nachstellungen, Münzen um Wohlstand und Segen. Wenn sie schmolzen, rann das flüssige Metall zischend und rauchend in einen Raum unterhalb des Altars, wo eine Gussform bereitstand. So wurde aus den Gaben der Frommen eine neue Statue Phurams geformt. Diesmal jedoch waren es durchbohrte Münzen, die in die Glut fielen, symbolisch für den Besitz der Verurteilten, der nach Recht und Gesetz dem Khan-Ha und seinen Priestern anheimfiel. Dumpf und düster brüllten die Echsenhörner.

–

Die Menschen erstarrten, als die Luft von einem ungeheuren Lärm erzitterte und ein Sturm durch den Hof wehte, der die Umherstehenden beinahe von den Füßen riss. Quietschend drängten sich die Werwölfe an die Knie ihrer Herrin. Für gewöhnlich waren sie keineswegs feige, aber der schwarzgelb gefleckte Drache, der jetzt im Hof landete und diesen von einem Ende bis zum anderen ausfüllte, vermochte auch einem Werwolf Schrecken einzujagen. Staub wirbelte in dichten Schleiern auf, als das Ungeheuer mit scharrenden Klauen landete, noch ein paarmal knatternd mit den Schwingen schlug und Feuerfunken durch die Nüstern blies. Seine Augen waren von einem dunklen, leblosen Gelb und hatten längs geschlitzte Pupillen. Hin und wieder zog sich eine blasssilbrige Nickhaut darüber, dann wurde der Blick wieder klar. Eine mannslange, dreifach gegabelte Zunge schnellte aus dem Rachen, gefolgt von einem solchen Schwall fauligen Gestanks aus den Tiefen der Kehle, dass die Umstehenden erbleichend zurückwichen.

Der junge Kaufmann sank beinahe in die Knie, so heftig erschütterte ihn der Anblick des schuppigen Ungeheuers und dessen atemraubender Hauch. Er musste sich an die Wand des Kastens lehnen, um seine Haltung zurückzugewinnen. Brianna sah ihm an, dass er am liebsten auf alle seine Geschäfte, was immer sie sein mochten, gepfiffen und sein Heil in der Flucht gesucht hätte, aber zweifellos wurde er in höherem Auftrag auf die Reise geschickt und wagte sich nicht aus dem Staub zu machen.

Gutmütig griff Laurin nach seinem Arm und tröstete ihn. »Keine Sorge, junger Herr! Gewiss ist die Reise unbequem, aber sie dauert nicht lange.«

Mit einem brunnentiefen Seufzer griff der dicke Jüngling nach seinem Tornister und ließ sich in den Kasten helfen.

Amyas winkte seinen Untergebenen. »Voran, voran!«, rief er. »Es geht los!«

Sie sprangen, gefolgt von den Wölfen, in den Kasten. Dumpfe Luft und ein Geruch nach schmutzigen und kranken Leibern schlugen ihnen entgegen, kaum weniger widerlich als der Grabeshauch des Drachen. Die drei Werwölfe brachten ihre eigenen herben Ausdünstungen mit, die das Atmen noch weiter erschwerten. Brianna fragte sich, wo sie sich in dem mit Menschen vollgepferchten Raum übergeben sollte, falls die Übelkeit sie überwältigte. Mariwan schien ganz dasselbe zu denken. Blass und schwitzend kauerte er auf einer Sitzbank im hintersten Winkel und schnüffelte verstohlen an einem Riechfläschchen.

Unmittelbar hinter ihnen warfen die Knechte die Tür zu und schoben mit Gerassel die eisernen Riegel vor. Die fünf Gefängniswärter nahmen auf der Brücke Platz, die den Kasten in der Mitte überwölbte. Von diesem erhöhten Platz aus konnten sie, Rücken an Rücken stehend, die Gefangenen auf beiden Seiten beobachten und notfalls auch in Schach halten – obwohl Brianna sich wahrhaftig nicht vorstellen konnte, wie die Uzzbazis eine Meuterei bewerkstelligen sollten. Jeder von ihnen war an Handgelenken und Fußknöcheln an die beiden Eisenstangen gekettet, die in unterschiedlicher Höhe an den Bänken vorbeiliefen, und obendrein mit einem Halseisen an die hölzerne Wand gefesselt.

Wenn einer von ihnen zauberische Kräfte besaß, so hinderte ihn das Ondrys-Halsband an der Ausübung der Magie. Die Unglücklichen vermochten nicht einmal Schmähungen auszustoßen oder, was bei Magiern besonders zu fürchten war, die Kraft bannender Blicke einzusetzen, denn allen waren grobe Säcke über den Kopf gezogen und um den Hals geknotet worden. Wenn Brianna daran dachte, in welchem Zustand sie aus den Verliesen ans Tageslicht gekommen waren, fragte sie sich, wie viele überhaupt lange genug am Leben bleiben würden, um durch die Tore der eisernen Dunkelheit getrieben zu werden.

»Wie lange werden wir unterwegs sein, Thainach?«, fragte der Kaufmann.

Amyas kam erst einmal nicht dazu, ihm die Frage zu beantworten, denn ein Ruck ging durch den Kasten, der alle durcheinanderwarf. Das Gehäuse wurde in die Höhe gerissen und mit solch ungeheurer Geschwindigkeit durch die Luft davongetragen, dass Brianna den Wind an den Luftschlitzen vorbeipfeifen hörte. Das Sonnenlicht, das bis dahin in schmalen Bahnen das Innere erhellt hatte, zerfloss zu einem unbestimmt leuchtenden Nebel, als der schwarzgelbe Drache mit seiner Last immer höher in den Himmel aufstieg und die Türme der Kaiserstadt tief unter sich ließ. Brianna bemerkte, dass die Hornisse den Ausgang nicht mehr gefunden hatte und immer noch auf dem Querbalken saß. Armes dummes Ding, dachte sie. Wärst du geblieben, wo du hingehörst, dann müsstest du nicht sterben.

Erst als wieder Ruhe eingekehrt war, beantwortete Amyas die Frage des Kaufmanns. »Nicht lange. Auf Sundar wird es eben Zeit fürs Mittagläuten sein, wenn wir ankommen.«

Der junge Mann war verblüfft. »Verzeiht meine Dummheit, Thainach, aber wie ist das möglich? Ist es denn kein weiter Weg bis in die eiserne Dunkelheit? Gestern zeigte man mir den Stern – er glitzerte hoch oben am Himmel.«

»Das stimmt, und wären wir auf natürliche Weise unterwegs, so müssten wir wohl Wochen und Monate, vielleicht sogar Jahre reisen, um ihn zu erreichen. Aber der Drache fliegt durch die Dimensionen.«

»Was meint Ihr damit?«

»Seht her.« Amyas zog den langen Pergamentstreifen mit den Namen der Sträflinge aus der Tasche und markierte ihn an jedem Ende, indem er ein Loch hindurchstieß. »Das ist fast eine Elle weit, nicht wahr? Aber so fliegt unser Drache nicht. Er fliegt so.« Mit einem Griff faltete er den Streifen zusammen, sodass die beiden Markierungen aufeinanderlagen. »Versteht Ihr?«

»Ich glaube ja.«

»Schade, dass es keine Fenster gibt! Ich wüsste gern, wie es in den Dimensionen aussieht.«

Amyas schmunzelte, und die drei Ritter lachten. »Du sähst nichts«, erklärte der Ritter. »Die Dimensionen sind keine Örtlichkeit, die man aufsuchen und an der man herumlaufen könnte. Sie sind ein Nichts. Stell sie dir vor wie Tunnel durch das Gewebe von Raum und Zeit. Dass es einige Stunden bis zu unserer Ankunft dauern wird, liegt nur daran, dass wir in unserer Welt und dann in der Welt der eisernen Dunkelheit ganz normal durch die Luft fliegen, ehe wir die Mündung des Durchgangs erreichen und nachdem wir ihn wieder verlassen. Ansonsten wären wir schneller dort, als man für einen Atemzug braucht.«

Brianna war tief beeindruckt. »Erstaunlich«, murmelte sie und blickte zu den Lüftungsschlitzen hinauf, ob sie nicht doch einen Blick auf die rätselhaften Dimensionen erhaschen konnte. Dabei überkam sie aus dem Nichts heraus die jähe

Empfindung, über ihr befinde sich etwas Unheimliches. Es schien in der Luft zu hängen und erzeugte ein Gefühl, als werde sie aus einem dunklen Raum heraus von bösen Augen beobachtet. Sie wusste, da war nichts (jedenfalls nichts Körperliches), und dennoch ertappte sie sich dabei, dass sie sich ein ums andere Mal umwandte und in dem heftig schaukelnden Gefährt umherblickte. Und noch bevor sie sich irgendeine Erklärung zurechtlegen konnte für diese unvermutete Beunruhigung, spürte sie, ganz körperlich und ganz unmissverständlich, einen leisen, kalten Hauch über ihren Körper gleiten. Es kroch ihr fröstelnd über Kopf und Nacken, als kitzele sie jemand unter dem Haar. Sie spürte, wie die Stirn feucht wurde und sich die Hände mit kaltem Schweiß überzogen.

»Was ist mit dir, Brianna?«, fragte Laurin. »Du bist bleich wie ein Fischbauch. Dir wird doch hoffentlich nicht übel beim Fliegen.«

»Nein … nein!«, stammelte sie. »Ein wenig vielleicht. Es ist so ungewohnt. Außerdem ist es heiß hier, und es stinkt.«

»Das allerdings«, bestätigte Laurin. Unter der bronzenen Halbmaske, die den oberen Teil seines Gesichts bedeckte, tropfte Schweiß hervor. Er wischte ihn mit dem Ärmel weg. »Aber es lässt sich ertragen.« Es klang ein wenig vorwurfsvoll, als wolle er sagen: Wenn du Soldatin sein willst, musst du das aushalten!

Brianna wollte nicht für schwächlich gehalten werden, also schwieg sie, aber das unbehagliche Gefühl ließ nicht nach. Sie sah hin: An ihren Fingern und Unterarmen, an ihren Beinen vom Knöchel bis zum Knie zeigte sich ein schwaches, schwefliges Glänzen und Glosen. Es kam und verschwand auf merkwürdige Weise, indem es glimmend und züngelnd an den Umrisslinien ihrer Glieder entlanghuschte und gelegentlich als Funkenregen von ihnen wegschnellte. Dann erlosch es rasch in der leeren Luft. Ein scharfes Prickeln auf der Haut verriet ihr, dass die Erscheinung auch ihr Gesicht erreicht hatte. Sie warf einen Blick auf ihre Reisegefährten und merkte, dass dieselbe spukhafte Lumineszenz auch über deren Glieder huschte. Und es war nicht nur dieses wie Phosphor flackernde Nebelgebilde – Brianna fühlte auch etwas Unbestimmtes in der Atmosphäre des Innenraums, etwas, das sich bewegte und sie auf lautlosen Schwingen langsam umkreiste. Und obwohl sie kein Wort zu sagen wagte, war sie überzeugt, dass es seinen Ursprung in den Kisten mit den Krügen hatte, mochten diese auch doppelt verschlossen und versiegelt sein.

Lautlos murmelte sie ein Schutzgebet gegen böse Geister vor sich hin, eines der wenigen, die sie kannte. Danach ging ihr Atem leichter, und der Druck wich von der Brust. Argwöhnisch schielte sie zu den Kisten mit dem kaiserlichen Siegel hinüber. Was in aller Welt mochten sie enthalten?

Sie wollte eben fragen, ob ihre Kameraden die wunderlichen Erscheinungen ebenfalls wahrnahmen, als das Gefährt ins Schwanken geriet und ein heftiger Stoß gegen die Seitenwand die Sträflinge von den Bänken geworfen hätte, wären sie nicht angekettet gewesen. Erstickte Schmerzenslaute waren zu hören, als bei dem scharfen Ruck die Kanten der eisernen Fesseln in Haut und Fleisch der Gefangenen schnitten. Der Werwolf bellte wütend.

»Was ist das?«, rief Brianna beunruhigt. »Ein Sturm?«

Amyas schüttelte den Kopf. Er schien überrascht und sogar ein wenig besorgt zu sein. »Ich glaube nicht. Einen Sturm würden wir hören – einen gewöhnlichen Sturm jedenfalls.«

Plötzlich stieß Laurin einen Schreckensschrei aus und zog

sein Schwert halb aus der Scheide. Auf dem blank geputzten Eisen waren raue braune Flecken zu sehen, die rasch größer wurden und sich in das Metall hineinfraßen. Schon war der Griff von Rost bedeckt und zerbröckelte dem Ritter zwischen den Fingern. Die Klinge wurde schartig und brach an den Rändern ab wie trockenes Brot.

Aufgeschreckt zog Merien sein Schwert und sah es von demselben Übel befallen. Die fünf Krieger blickten sich um. Alle Eisenteile im Innern des Kastens wurden erst fleckig, dann rau und zersetzten sich schließlich – ebenso wie die Ketten der Uzzbazis. Klirrend und knirschend lösten die Kettenglieder sich voneinander und fielen rasselnd zu Boden, liefen braun an und zerfielen. Noch schlimmer jedoch war die Tatsache, dass auch die eisernen Nägel und Klammern, die Türriegel und Beschläge des Fahrzeugs von dem unheimlichen Rost zerstört wurden.

Der Untergang von Sundar-Bas

Der greise Hohepriester Hagorin blickte dem rasch im Himmelsblau entschwindenden Drachen mit seiner Last nach und schlurfte, auf seinen geschnitzten Ebenholzstab gestützt, über den Hof in die Kühle der Arkaden zurück. Aus gelbem Marmor gemeißelte Bogen säumten dort einen Gartenhof, in dem Agaven, Kaktusfeigen, süße Pilze und Zuckermelonen sprossen und Blumen blühten. Spannenlange, flinke Echsen flitzten quer über die Wege und sprangen über die Steine, die sie einsäumten. Ein Chamäleon kletterte schwerfällig von einem Ast zum anderen und rollte mit den vorgewölbten Goldaugen. Krempeltierchen kullerten, zu Spiralen eingerollt, über die flachen Treppen.

Ächzend ließ sich der Tempelvorsteher auf eine Bank sinken. Er war ein behäbiger Mann mit schlohweißem Haar, rosigen Wangen und aufmerksamen graublauen Augen, die tief in die Seelen der Menschen zu blicken vermochten, und was er dort sah, stimmte ihn zumeist nicht eben heiter. Der Gedanke, diese Welt zu verlassen, verlor zunehmend seinen Schrecken.

Aufseufzend streckte er die steifen Glieder. Vielleicht, dachte er sich, sollte er sein offizielles Amt einem Jüngeren übergeben und nur noch im Hintergrund seinen Einfluss auf den Khan-Ha ausüben. Seit er Wasser in den Beinen und Plattfüße hatte, fiel ihm das lange Stehen während der endlosen Zeremonien zunehmend schwer. Außerdem hatte ihn das viele Stunden dauernde, zutiefst beängstigende Ritual, das er in den letzten drei Nächten zelebriert hatte, geistig und körperlich völlig erschöpft. Es war keine Kleinigkeit gewesen, die Kräfte der Sternenleere zu beschwören und den Wunsch nach Vernichtung in ihre Hände zu legen. Aber er hatte es zustande gebracht.

Da fuhr ihm wie ein Eiszapfen durch warmes Fleisch ein Gedanke durch den Kopf: Wie lange würde es noch dauern, bis Phuram verschleiert würde? Tage? Wochen? Wenn erst das Zwielicht die Welt überzogen hätte, würde sich mit letzter Klarheit entscheiden, wer auf welcher Seite stand. Der Gedanke erschreckte den Hohepriester nicht mehr so sehr wie früher. Er spürte, wie die Waagschalen in seinem Innern sich hoben und senkten und zuletzt ihre endgültige Stellung einnahmen. Tief im Herzen hatte er eine Entscheidung getroffen, unabhängig von der Furcht, die ihn würgte, und der Hilflosigkeit angesichts seiner mächtigen Gegner. Vielleicht, dachte er in finsterer Ergebenheit, würde er auch gar nicht lange genug leben, um sich in den Ruhestand zurückzuziehen. Falls die Verschwörer erfuhren, dass er ihre Pläne durchkreuzt hatte, würden sie zweifellos einen Mordanschlag auf ihn ausüben. Und die Gefahr der Entdeckung war groß. Wenn der Drache mit seiner Fracht in den Tiefen der Sternenleere verschwand, würden sie bald herausfinden, dass es sich dabei um keinen gewöhnlichen Unfall gehandelt hatte – und welchen anderen Grund sollte ein gezielter Anschlag wohl haben, als die Krüge mit dem Elixier zu zerstören? Wer aber konnte einen Grund gehabt haben, das Elixier zu vernichten, nach dem alle gierten? Die Spur führte geradewegs zu Hagorin. Er allein hatte deutlich zum Ausdruck gebracht – auch wenn er es nicht laut ausgesprochen hatte –, dass es in seinen Augen ein Frevel war, wenn Menschen durch geheime Künste das an sich reißen wollten, was nur den Hohen und Himmlischen bestimmt war.

Seine profunde Erkenntnis der Gedanken und Pläne anderer hatte ihm verraten, dass einige der Bodun – wie man jene Weisen nannte, die zugleich Magier und Schriftgelehrte waren – in den Laboratorien nur dem äußeren Anschein nach eine Möglichkeit erforschten, Greise zu verjüngen, Hässliche zu verschönern und Verwundete zu heilen. Ihre wahren Pläne hatten die Schurken listig verborgen gehalten. Wer konnte ahnen, wie heimtückisch, wie fein gesponnen die Verschwörung in Wirklichkeit war, welches uralte und abscheuliche Übel tief im Dunkel verborgen auf dem Grund ihrer Machenschaften lauerte? Wer durfte es wagen, die Schatten der grünen Phosphordrachen heraufzubeschwören – und tausendmal schlimmer noch, den Schatten dessen, den sie verehrt hatten, des Dämons aus den vergessenen Höllen? Ohne die Hilfe der finsteren Mächte hätten sie es niemals zustande gebracht, und sie waren dumm gewesen und hatten geglaubt, diese Mächte würden ihre Gunst verschenken. Opfer forderten sie, furchtbare Opfer.

Nun, er hatte Gegenmaßnahmen ergriffen. Zusammen mit den Uzzbazis, auf die man ohnehin verzichten konnte, würde eine tausendmal schlimmere Bedrohung in der Leere zwischen den Sternen verschwinden. Ein gewaltiger Kampf war ausgefochten. Der Taphum würde zurücksinken in die bodenlose Finsternis, die Schatten seiner Verehrer würden verblassen und die ruchlosen Beschwörer ihre Strafe empfangen. Er selbst mochte sterben, entweder aus Erschöpfung oder durch die Rache der Übeltäter, aber was bedeutete ihm der Tod? Er war ein alter Mann, und er hatte Besseres vor sich als hinter sich. Seine Seele würde in Phurams Lichtpalast eingehen als einer der Geliebten und Gepriesenen des Göttervaters, als einer der Großen unter den Seligen, die in seinem Glanz lebten.

Dennoch war er nicht so erleichtert wie erwartet. Vielleicht, dachte sich der alte Mann seufzend, hatte es damit zu tun, dass in der Welt so viele Übel unterwegs waren. Kaum hatte man das eine ausgerottet, erhob ein weiteres sein Haupt. Wenn er an Priester und Volk von Sundar dachte, verdüsterte weiterhin eine schwarze Wolke sein Gemüt. Ein Unheil war vernichtet, aber nach ihm würde ein anderes kommen, solange nicht alle Menschen sich Phurams Wohlgefallen erwarben. Wie viele von den Sundaris dienten denn mit ehrlichem Herzen dem Sonnenfürsten? Die große Masse der Einwohner besuchte zwar gehorsam die Götterdienste und entrichtete die vorgeschriebenen Opfergaben, um Gott und Khan-Ha nicht zu verärgern, aber sie hegten keine wirkliche Verehrung und Liebe für den herrlichen Phuram. Dieser verachtete sie, ließ jedoch zu (da sie immerhin Tempelsteuer zahlten und Goldopfer darbrachten), dass sie sich im Licht bewegten. Phuram verbrenne die Heuchler!, dachte Hagorin zornig. Wenn sie etwas wollten, waren sie rasch da mit ihren Opfergaben, wenn nicht, dachten sie so wenig an ihn, als wäre er nicht tagtäglich mit seinen vier Begleitern über den Himmel gefahren.

Aus seinen Gedanken gerissen, blickte der fromme Greis auf, als ein Mann im braunen Gewand eines minderen Priesters an ihn herantrat und demütig die Knie vor ihm beugte. »Was willst du?«, fragte er.

»Ich breche heute noch zu einer langen Reise auf, Euer Hochwürden, und bitte um Euren Segen.«

Geistesabwesend spendete ihm Hagorin den Segen und reichte ihm die runzlige Hand zum Kuss. Der Priester beugte sich darüber und presste die Lippen ungehörig fest auf das Fleisch. Dann stand er auf und entfernte sich, wie es die Etikette gebot, rückwärts gehend und mit gesenktem Kopf. Hagorin sah ihn am Ende des Arkadengangs verschwinden. Gedankenverloren rieb er sich den Handrücken. Die Stelle juckte.

Außerdem empfand er plötzlich brennenden Durst. Kein Wunder, Phuram stand schon hoch am Himmel. Es war Zeit, dass er sich zu seiner Sänfte begab und in die kühlen, wohlriechenden Priestergemächer zurückkehrte. Er stand auf, merkte aber zu seinem Erstaunen, dass ihm das Gehen ungewohnt schwerfiel. Ihm war zumute, als stolpere er durch knietiefes Wasser. Jeder Schritt war langsamer als der vorige, die Füße wurden taub, und Kälte stieg in die Oberschenkel auf. Gleichzeitig senkten sich schillernde Nebel über seinen Blick. Als er zum Himmel aufschaute, entdeckte er grüne und orangefarbene Sonnen anstatt der goldenen, und alle fünf drehten sich Funken sprühend in einem närrischen Tanz.

Hagorin wankte und sank auf den steinernen Sitz nieder. Und plötzlich begriff er. Nicht die Hitze und die langwierigen Zeremonien hatten ihn erschöpft. Entsetzt hob er die Hand an die Augen und starrte die Stelle an, wo der fremde Priester ihn geküsst hatte. Ein Seufzer entrang sich seinen Lippen. Da war es – ein winziges blutiges Fleckchen, wie von einer Nadel, die in sein Fleisch eingedrungen war. Die Stelle hatte sich bereits bläulich verfärbt und schwoll rasch an.

Eine Schlangenzunge hatte der vermeintliche Priester im Mund gehabt, diese teuflische Waffe der Meuchelmörder!

Hagorin sank der Länge nach auf die Bank im Schatten

der Arkaden. Er wusste, dass der Tod bereits nach seinem Herzen griff, und machte sich nicht mehr die Mühe, um Hilfe zu rufen. Den brechenden Blick zum Himmel gerichtet, bat er Phuram, ihn in sein ewig lichterfülltes Reich aufzunehmen. Und wirklich, in strahlendem Glanz öffneten sich die Perlentore des Himmels, und Hagorin spürte, wie wohlmeinende Wesen seine Seele aus dem sterbenden Leib hoben und diesem Glanz entgegentrugen. Mit einem tiefen Seufzer sank er in sich zusammen und verschied.

–

Vom Himmelspalast, der als Symbol des Sonnenfürsten im Herzen der Stadt lag, verliefen strahlenförmig breite Straßen nach allen Seiten. Von ihnen zweigten Alleen ab, die von einer üppigen, gepflegten Vegetation aus Fächerpalmen und Bambus gesäumt waren. Entlang der Alleen standen allerorten die mannshohen Käfige mit fleischfressenden Pflanzen, und die Vorübergehenden fütterten die Mäulchen mit Dörrfleischschnitten, die an jeder Ecke von Händlern feilgeboten wurden.

Der Meuchelmörder in der braunen Kutte schritt die schattige Allee entlang. Er hatte seinen Auftrag erfüllt, seine Auftraggeber würden zufrieden sein mit ihm. Dennoch wollte keine rechte Befriedigung in ihm aufkommen. Er wusste selbst nicht, woran es lag, aber der Gedanke an das Ende des mächtigen Feinds erfüllte ihn nicht mit dem Jubel, der eigentlich angebracht war.

Er schreckte aus seinen Gedanken auf, als ein Vorübergehender ihn heftig anrempelte. Ein zorniges Wort auf den Lippen, wandte er sich um, aber der Fremde – den ein geflickter Umhang vom Scheitel bis zur Sohle verhüllte – war schon weitergestolpert. Wahrscheinlich ein Betrunkener, dachte der falsche Priester. Es wunderte ihn nicht, dass der Mann ein paar Dutzend Schritte weiterwankte, wackelte wie ein angestoßener Kegel und in die Gosse fiel. Wenn eine Gruppe Uzzbazis verschifft wurde, waren die Bürger von Sundar-Bas noch bis zum Abend in höchster Erregung. Sie brauchten Bier und Wein, um sich zu beruhigen, und der Sohn der Sonne in seiner Weisheit hatte den Bütteln Anweisung erteilt, bei Betrunkenen – die gewöhnlich hart bestraft wurden – ein Auge zuzudrücken.

Ein heftiges Jucken unterm Ellbogen lenkte ihn ab. Der Meuchelmörder im Gewand des Priesters zog stirnrunzelnd den Ärmel hoch und besah den rötlich-braunen Knoten auf seinem Arm, der offenbar eben erst aus dem Fleisch gesprossen war. Hatte ihn etwas gestochen? Einen Augenblick lang ergriff ihn Entsetzen bei dem Gedanken, ein anderer könnte ihm angetan haben, was er Hagorin angetan hatte. Dann beruhigte er sich wieder. Da war keine Wunde. Der Knoten war glatt, die Haut darüber unversehrt, keine vergiftete Spitze war hier ins Fleisch eingedrungen. Nur oben auf der nussgroßen Erhöhung zeichnete sich ein runder dunkler Fleck ab, der härter war als die umliegende Schwellung.

Er kratzte mit dem krallenförmigen Nagel des kleinen Fingers daran. In dem schwarzen Auge des Knotens zeichneten sich Sprünge ab, winzig und fein. Der falsche Priester kniff die Augen zusammen.

Im nächsten Augenblick brach das Unheil über ihn herein, das vor ihm über den torkelnden Mann im geflickten Umhang hereingebrochen war und in den nächsten Stunden ganz Sundar-Bas in den Abgrund reißen sollte.

–

Der uralte Drache, der als der Vollstrecker bekannt war, hatte den Weg in die eiserne Dunkelheit schon oft zurückgelegt. Der Sohn der Sonne hatte viele Feinde und kannte keine Gnade mit ihnen. Er fürchtete alle Welt, und alle Welt fürchtete ihn, sogar seine eigenen Ritter und Höflinge, denn die waren genauso wenig vor seiner Willkür geschützt wie alle anderen. Der geringste Verdacht genügte für eine Verhaftung, und wo es beim schlimmsten Willen keinen Anlass zu Verdacht gab, da grübelte der von Bosheit zerfressene Kaiser: Waren seine Feinde nicht Meister der Täuschung? Besaßen sie nicht tausend tückische Mittel, ihre Spuren zu verwischen? Ja, gewiss doch! Gerade die Tatsache, dass man keine Beweise entdecken konnte, war in sich selbst der am schwersten wiegende Beweis: Ersah man nicht gerade daraus, wie tückisch und bösartig sie waren? Wie gefährlich mussten Menschen sein, denen es mühelos gelang, zahllose grausame Verbrechen zu verschleiern!

Wie alle anderen Untertanen des Khan-Ha wurden auch die Ritter und Schriftgelehrten in unregelmäßigen Abständen zu einer Prüfung vor die Geheimen Räte zitiert, Gerechtigkeitsexamen genannt, bei der entschieden wurde, welche Wimpelfarbe dem Prüfling zuzuweisen war. Das Problem dabei war der Umstand, dass es keine Regeln gab. Was am Tag zuvor richtig gewesen war, musste am heutigen Tag noch lange nicht richtig sein. War nicht der Sohn der Sonne der Einzige, der das kryptische Pergament der Regeln deuten durfte? Er allein bestimmte, wer gesündigt hatte und wer nicht. Von seiner Entscheidung allein hing es ab, wer die Prüfung bestand und wer verstoßen und verdammt wurde.

Wer als Hochverräter oder sonst einer schweren Straftat Verdächtiger verhaftet wurde, landete in den gefürchteten Kasematten des Himmelspalasts. Er wurde gefoltert und dann in die Strafkolonie deportiert, ohne dass man sich große Mühe mit einem Prozess gemacht hätte, es sei denn, die Räte und Priester empfahlen wieder einmal einen Schauprozess, um einen Anschein von Gerechtigkeit aufrechtzuerhalten. Oft genügte schon ein Gerücht oder eine geheime Anzeige, um Männer und Frauen – und zuweilen auch Kinder – diesem Schicksal auszuliefern.

Der böse Drache kicherte in sich hinein. Gut so! Wozu gab es eine Religion, wenn nicht dafür, das Volk in Furcht und Schrecken vor seinen Herrschern zu halten? Ja, den Gläubigen und Gehorsamen zeigte der Sonnenfürst sein schönes Gesicht, den Ungläubigen und Widerspenstigen aber das hässliche. Und Widerspenstige gab es nicht wenige. Nicht jeder in Sundar-Bas und den umliegenden Landen verehrte die goldene Sonne, zum großen Verdruss der Priesterschaft und des Khan-Ha. Tatsächlich war es bei allem Prunk und Gepränge und allen Lippenbekenntnissen des Volks nur eine kleine Elite, die aus wahrer Ehrfurcht das Knie vor Phuram beugte, und nur diese Getreuen durften sich frei in der Sonne bewegen, ohne Furcht vor ihren rächenden Strahlen. Den Sündern zeigte Phuram sein Missfallen, indem er ihnen mit seinen feurigen Pfeilen Nase und Wangen, Hände und Waden verbrannte, sodass sie sich vorsorglich mit Schleiern, Handschuhen und Kapuzen schützten, wenn sie das Haus verließen.

Mit gleichmäßigen Flügelschlägen eilte der Vollstrecker über die Welt Sundar dahin, dem Tunnel durch die Dimensionen entgegen. Er kannte diese Welt, seit sie ein kahles, schlammiges Durcheinander neugeborener Länder und Meere gewesen war. Es belustigte ihn immer wieder, wie wichtig sich die Sundaris nahmen, vor allem ihre Kaiser – diese kraftlosen Wichte, die starben, kaum dass sie geboren waren. Aus dem Sichtwinkel eines Jahrtausende überlebenden Drachen war ihre Existenz ein wenige Herzschläge lang dauerndes Vorüberhuschen. Manchmal fragte der schwarzgelb gefleckte Drache sich, warum er sich überhaupt mit ihnen abgab. Damit täuschte er sich allerdings selbst, denn eigentlich kannte er den Grund ganz genau. Zwölf liebliche Jungfrauen und zwölf unschuldige Knaben im Jahr waren ein Leckerbissen, den er sich nicht gern entgehen ließ, und es schmeichelte seiner Eitelkeit – alle Drachen sind eitel! –, dass man ihm diese Opfer mit Prunk und Pomp darbrachte und ihn überhaupt behandelte wie einen Halbgott. Dafür konnte man den Wichten schon hin und wieder einen Gefallen erweisen wie den Flug zu jenem fernen Stern.

Die schwefelgelb glühenden, blutunterlaufenen Augen blinzelten bösartig. Schlau sind sie, die Söhne der Sonne, dachte er beifällig. Weit draußen in der Sternenleere konnten ihnen ihre Feinde nichts anhaben, selbst wenn sie die Zwangsarbeit in den Bergwerken überlebten und keinem der grausamen magischen oder wissenschaftlichen Versuche zum Opfer fielen. Er, der Vollstrecker, und seine beiden Söhne waren die einzige Verbindung zwischen Sundar und der eisernen Dunkelheit, denn nur hohe Drachen besaßen die Fähigkeit, unbeschadet durch die Dimensionen zu fliegen.

Er war immer höher in den Himmel aufgestiegen, so hoch, dass sich weißer Reif auf der Außenseite des Kastens niederschlug und ihm Eiszapfen am Bart hingen. Ringsum wirbelten die Wolken in unheilvollen, finsteren Massen, so dicht, dass sie von fester Substanz zu sein schienen. Sie rasten, wie von Strudeln emporgezogen, in schwarzen Spiralen über den Himmel, der in einem eigentümlichen missfarbenen Licht leuchtete, und zwischen ihnen wirbelten Schauer von Eiskristallen.

Alle Sinne angespannt, suchte der Drache nach der Mündung des Tunnels.

Er fand sie, als mitten in der Luft eine seltsame Scheibe auftauchte, etwa so groß wie eine volle Mondin, nebelgrau und von einem düster glühenden Ring wie einem Kranz von Fackeln umgeben. Dieses scharlachfarbene Licht wuchs rasch an, und zwar auf merkwürdige Art: Es schwamm gewissermaßen auf der Dunkelheit, wie ein Ölfleck auf Wasser schwimmt. Es gehörte nicht richtig dazu, war nicht ganz Teil dieser Welt.

Der Vollstrecker verdoppelte die Kraft seiner Flügelschläge. Je schneller er die eiserne Dunkelheit erreichte, desto eher konnte er wieder zurückkehren, denn er war, wie viele andere Drachen auch, nicht sonderlich reiselustig. Vor allem entfernte er sich nur ungern von den in seiner Höhle aufgehäuften Schätzen. Er traute den Menschen nicht. Sie waren durchaus imstande, ihn wegzuschicken, damit sie in der Zwischenzeit seinen Schatz plündern konnten. Dies hätten sie freilich nur dann gewagt, wenn er mit Sicherheit nicht wiedergekommen wäre. Sonst hätte er den Khan-Ha samt seinem Hofstaat verschlungen und die Stadt Sundar-Bas in Schutt und Asche gelegt.

Die graue Scheibe sank in der Mitte ein und erweiterte sich vom Mittelpunkt zum Rand hin, so als wüchse sie in konzentrischen Ringen aus ihrer Mitte heraus, während sie zusehends dunkler wurde und bald eher einem Loch als einer festen Scheibe glich. Es saugte die Wolken in einem Strudel in sich hinein, und nicht nur die flüchtigen Wolken, sondern auch seine gesamte Umgebung. Inmitten des Schattengebildes zuckten und tanzten unablässig in blitzschneller Folge haarfeine glühende Funken und Linien, im Zickzack, in Spiralen, in Schlangenlinien, in Formen, die schneller vorbeiflogen, als das Auge sie wahrnehmen konnte. Der Rand der inzwischen pechschwarzen Scheibe verzerrte alles, was sich dahinter befand. Alles drehte sich in einer immer schneller werdenden Spirale. In dem Maß, in dem der Drache sich der Scheibe näherte, erreichten diese Drehungen eine immer größere Geschwindigkeit und dehnten sich immer weiter aus, wie die Ringe, die ein in stilles Wasser geworfener Stein erzeugt. Bald hatte sich alles, was vor ihm lag, in einen schlierigen, schillernden Wirbel rund um das undurchdringliche, von den unheimlichen Fackeln umkränzte Schwarz verwandelt.

Der Vollstrecker tat einen gewaltigen Flügelschlag, der ihn vorwärtsschleuderte, mitten hinein in den Tunnel. Augenblicklich veränderte sich der Himmel ringsum in rascher Folge. Tag und Nacht rasten darüber hin, Licht glühte auf und verschwand in Bruchteilen von Wimpernschlägen, um nach einer Welle schwarzer Nacht augenblicklich wieder aufzuflammen – so rasch, dass selbst das Auge eines Drachen nur ein Flirren und Flackern wahrnahm. Er war eingetaucht in die Nichtwelt der Leere zwischen den Welten.

Und dann lief etwas aus dem Ruder.

Er hätte einen Atemzug später auf der anderen Seite der Dimensionen wieder auftauchen müssen, über der Welt der eisernen Dunkelheit schwebend, das Leichenlicht der drei kalten, bleichen Mondinnen vor Augen und den bitteren Geschmack von Asche im Maul. Stattdessen umfing ihn weiterhin die Finsternis. Weit entfernt davon, sich augenblicklich wieder zu öffnen, schien der Tunnel immer länger und weiter zu werden, ein Trichter, dessen Öffnung in einer anderen Welt, aber auch irgendwo in den Tiefen des Nichts enden mochte. Der Drache schlug mit den Flügeln, aber die

Dimensionen waren keine Gegend, in der ein Geschöpf fliegen konnte. Nichts bewegte die riesenhaften Schwingen. Er geriet ins Torkeln, fiel aber nicht, denn im Nichtseienden gab es auch keine Schwerkraft, die ihn nach unten gezogen hätte – es gab nicht einmal ein Oben und Unten. Aus glühenden Augen starrte er nach allen Seiten und bemerkte, dass er nicht allein war. In der dämmrigen Leere bewegten sich urtümliche, wenig ausgebildete Formen, die alle weitgehend durchsichtig waren und nur durch ihre eigene gasige Lumineszenz sichtbar wurden. Das Licht, das sie mit einem schwachen Glühen durchdrang, war derselbe purpurbraune Schein, der den Rand der Tunnelöffnung umloderte.

Eine schwarze Flamme der Wut fuhr durch den verschrumpften kalten Klumpen, den der Vollstrecker Herz nannte. Er war überzeugt, dass seine missliche Lage mit Absicht herbeigeführt worden war. Es sah ganz so aus, als hätten die Wichte ihn übertölpelt, ihn, der schon alt gewesen war, als ihr Leben gerade erst begann. Sie hatten ihn in eine kosmische Falle gelockt, um in aller Ruhe seine Schätze zu plündern, ohne seine Rückkehr fürchten zu müssen.

In der Finsternis treibend wie ein Korken in strudelndem Wasser, verlor er jede Orientierung. Der Kasten, den er in den riesigen knöchernen Klauen hielt, störte ihn, und er ließ ihn in die Leere zwischen den Sternen hinabfallen, unbekümmert um das Schicksal der Menschen, die hilflos darin gefangen saßen.

In der Welt der eisernen Dunkelheit

Im Hauptquartier in der Welt der eisernen Dunkelheit drängte sich ein Dutzend der bedeutendsten Magier und Schriftgelehrten im Arbeitszimmer der Statthalterin Güllis, einer hageren Frau in prachtvollen Gewändern. Ihr Gesicht war dick gepudert und mit Schönheitspflästerchen in Form von Palmen, Schmetterlingen und Salamandern übersät, die die eitrigen Pusteln einer fortgeschrittenen Lustseuche verbargen. Krank von Ausschweifungen, welk und gelbgesichtig vom Mangel an Tageslicht waren alle Männer und Frauen in den prachtvollen Kleidern aus Samt und Seide, Litzen und Spitzen. Sie gaben längst nichts mehr auf die ursprünglichen schlichten Sitten der Sundaris, war das Aufputzen mit Kleidung und Schmuck doch eins der raren Vergnügen, die ihr Dienst in der Strafkolonie ihnen ließ.

Der Raum wirkte trotz des Feuerkorbs, in dem Pechsteine glosten, so bedrückend wie die Schattenpaläste der Unterwelt. Feuchtkalte Höhlenluft hauchte aus Luftschlitzen in der Mauer, die mit kunstvoll geformten steinernen Mäulern und Fratzen verziert waren. Endlose Mäander aus steinernen Schneckenhäusern umrahmten die Türen. Stilisierte Geflechte aus Menschenknochen schmückten die Felder der steinernen Täfelung, unterbrochen von dem häufig wiederkehrenden Ornament einer auf der Spitze stehenden Pyramide. In die Pfosten und den Sturz der Türöffnungen waren hohläugige Drachenschädel eingemeißelt, die gleichsam über dem Eingang Wache hielten. Die Steinmetzen waren keine Sundaris gewesen; niemals hätten diese ein so scheußliches Gezücht aus Stein gehauen. Den Menschen fremde und feindliche Geschöpfe hatten diese unterirdische Stadt erbaut, darin gelebt und sie lange vor der Ankunft der ersten sundarischen Expedition verlassen: daimonide Drachen, finster und verderbt, fahlgrün und kaltblütig, deren Volk unbetrauert ausgestorben war – ausgestorben bis auf einen winzigen Rest. Die Erbauer der Stadt waren in jeder Hinsicht von gänzlich anderer Art als die Menschen gewesen, und sie hatten eine absonderliche Vorstellung von Architektur gehabt, deren Schrullen die nachfolgenden Bewohner immer wieder verwirrten.

Erregte Stimmen hallten misstönend durch den von rötlichem Zwielicht erhellten Saal. Ritter, Geheime Räte und Boduni bemühten sich, einen verärgerten Gesandten zu beschwichtigen, der sich ungebührlich darüber aufregte, dass der Vollstrecker mit seiner kostbaren Last nicht pünktlich erschienen war.

»Erregt Euch nicht, Thainach Kosimas!«, mahnte Karziram, der oberste Bodun, und wie immer gelang es der Autorität des Magiers, für Ruhe zu sorgen. Nicht nur seine magischen Kräfte forderten Respekt, auch seine Erscheinung war Ehrfurcht gebietend. Vom Hals bis zu den Zehen verhüllte ihn ein kegelförmiger Mantel, auf dessen kupferfarbenem Grund sich scharlachrote Muster schlängelten. In den Stoff gestickt waren augentäuschende Arabesken, die seine Gestalt bei jeder Bewegung aufs Absonderlichste verzerrten, sodass der Bodun zuweilen mit dem Hintergrund zu verschmelzen und urplötzlich zu verschwinden schien, dann wiederum erst lang und dünn, gleich darauf wieder kurz und mehr breit als hoch wurde. Karziram wusste, wie sehr dieser kleine magische Scherz die Uneingeweihten verwirrte, und hatte seinen Spaß daran. Zu diesem Mantel trug er eine steife scharlachrote Mütze, einen ganzen Schritt hoch, mit vier Zipfeln, die weit herabhingen und in Quasten endeten. Sein Gesicht unter dem schlohweißen Haar, von den Stürmen eines außergewöhnlichen Lebens gegerbt und zerfurcht, war ungemein ausdrucksvoll. Eisgraue Augen leuchteten in umschatteten Höhlen, zottige Brauen wölbten sich darüber. Sein Mund unter dem langzipfelig herabhängenden Schnurrbart war breit und so erstaunlich beweglich, dass es manchmal schien, als schneide er Grimassen. Auf den ersten Blick schien es dem Gesandten Kosimas ein Gesicht von überirdischer Güte und Weisheit zu sein, aber dann kamen ihm Zweifel, jedenfalls was die Güte betraf. Es war ein vornehmes, aber eisig kaltes und fernes Gesicht. Und dann glitt sein Blick tiefer und fiel auf die Hände, die den polierten Ebenholzstab des Magiers umschlossen – wie dürr waren sie, wie grauenhaft knotig und knochig die Finger!

Jetzt umfasste der Bodun mit energischem Griff den Arm des verärgerten Ritters.

»Der Vollstrecker wird ganz gewiss kommen, und wir werden die Experimente wie geplant durchführen. Darf ich Euch inzwischen die dazu nötigen Vorrichtungen zeigen?«

»Vorrichtungen?«, grollte der Gesandte, ein behäbiger Ritter, der wegen seiner Treue zum Khan-Ha und nicht wegen seiner wissenschaftlichen Kenntnisse für diese Mission ausgewählt worden war und weder den Verstand noch das Wissen hatte, sie wirklich zu begreifen. »Ich dachte, es handle sich um ein Elixier.«

»Gewiss, Thainach, gewiss! Aber folgt mir, und ich will es Euch in allen Einzelheiten erklären.« Begleitet vom Tross seiner Untergebenen, führte er ihn durch die Gänge der unterirdischen Anlage. Die Wege durch das Labyrinth waren mit Phosphorfarbe gekennzeichnet, Nummern und Lettern gaben Stockwerk, Richtung und Kennzahl des jeweiligen Gangs an, aber Karziram, der die letzten dreißig Jahre seines Lebens hier verbracht hatte, brauchte solche Hilfsmittel nicht.

Ihre Schritte hallten dumpf auf dem nackten Fels, klirrten auf den rostigen Gittern, die da und dort in den Boden eingelassen waren und brunnentiefe Schächte verdeckten. Fremd und verzerrt stieg aus diesen Schlünden ein äffendes Echo auf. Zu beiden Seiten ragte auf wunderliche und fremdartige Weise behauenes Felsgestein auf. Dampf wallte aus der Tiefe und erfüllte die Tunnel streckenweise mit wabernden Schemen. Die glimmenden Phosphorbrocken an den Mauern gestatteten eine begrenzte Sicht von wenigen Schritten. Vor und hinter ihnen schloss sich die immerwährende Nacht wie etwas körperlich Fühlbares. Den Gesandten quälte die Vorstellung, dass er diese Nacht atmete – dass die Schwärze in ihn eindrang, wenn er die Lungen vollsog, und in sein Blut strömte wie Tinte in Wasser.

Sie stiegen Wendeltreppen hinunter, viele Stockwerke tief, passierten die Eingänge zu Sälen und Kammern, die nichts weiter erhellte als das schweflig fahle Licht der steinernen Lampen. Der Ritter hatte bald jegliche Orientierung verloren und fragte sich, wie er aus diesem abgründigen Labyrinth jemals wieder ans Licht kommen sollte, falls Karziram ihn im Stich ließ – was er dem Bodun jederzeit zutraute. Unwillkürlich tastete er nach dem weißen Wimpel auf der linken Brustseite seiner Tunika. Ein bitteres Lächeln verzog sein Gesicht. Noch war er weiß, aber wie schnell konnte sich das ändern!

Zwischen den dämmrigen Lichtinseln dehnten sich breite Streifen Finsternis, in denen sich schattenhafte Tore und Pforten öffneten, manche riesenhaft hoch, andere so schmal, dass ein Mann sich kaum hindurchzuzwängen vermochte. Eingänge zu einem vor Tausenden von Jahren angelegten Labyrinth waren es, so rund und glatt, als hätten monströse Maden ihre Gänge in den Stein gebohrt – und tatsächlich waren die Gelehrten der Meinung, dass die namenlosen Erbauer der Stadt entweder selbst riesige, Steine fressende Würmer gewesen waren oder sich der Hilfe solcher Würmer bedient hatten. Unter anderem hatten sie die eisernen Tore geschaffen, die der düsteren Welt ihren Namen gegeben hatten: riesenhafte, waagrecht liegende Tore, auf denen die jeweils neuesten Zwangsarbeiter Aufstellung nehmen mussten, worauf die Tore sich scheinbar ohne menschliches Zutun lautlos und ganz allmählich nach unten öffneten und ihre menschliche Last Hals über Kopf in die Tiefe rutschte oder stürzte. War der Letzte verschwunden, so schlossen die Tore sich wieder, und ein grausiges Heulen aus Dutzenden Windpfeifen begleitete ihr Einschnappen.

Stellenweise waren die Pforten mit massiven Gittern versperrt, denn Tunnel und Treppen führten in die Tiefe zu Räumen, die aus guten Gründen kein Menschen zu betreten wagte. Ein Lufthauch, so eisig, dass seine Berührung wie ein Messer in die Haut schnitt, wehte geisterhaft aus den Tunneln.

Nach außen hin ließ der Gesandte Kosimas sich nichts anmerken, inwendig aber murrte er über den Auftrag und Seine Himmlische Majestät, der ihm diesen erteilt hatte. Welch grauenvolle Welt! Wo sich vor undenklichen Zeiten eine Stadt an der Oberfläche erstreckt hatte, breitete sich jetzt ein von Orkanen abgeschliffenes und von klafterdickem Eis begrabenes Ruinenfeld aus. Kreischende Sturmdämonen, Nebelgeister und die tödlichen Schneevampire, die ihre Schleier aus flirrendem Eis um sich wirbelten und den Unglücklichen, den sie darin fingen, in Totenstarre versetzten, spukten auf den Hängen, lauerten überall in den eisverkrusteten Schluchten, den Gletscherspalten und den windzernagten Pässen. Es war so unerträglich kalt, dass ein lebendiger Mensch bis ins Herz hinein zu Eis erstarrte, ehe er eine halbe Meile vorwärtsgekommen war, und alles Leben sich tief unter der Erde abspielen musste. Tagsüber hing eine trübe, scharlachfarben geschwollene Sonne, von bronzenen Streifen quer und quer überzogen, über der vor Kälte geborstenen Welt. Nachts wurde das Land erleuchtet von drei Mondinnen, die das wüste Land mit ihrem verderblichen Schimmer bestrahlten. Endlose Schneefelder erstreckten sich in einer toten, von grausamen Sternen durchbrochenen Nacht. Darüber ragten die wie Echsenhörner gekrümmten Gipfel von Bergen auf, eingehüllt in Eiswolken und heulende Schneestürme.

Unwirtlich und unfruchtbar war diese Welt, obendrein bar jeder natürlichen Nahrung außer einer Sorte fetter, bröckelig weicher Schwämme, die an den Wänden der Höhlen wuchsen, und den ebenso weichen, fleischigen Riesenwürmern, Schomma genannt, die man dort fing. In Saft gebraten schmeckten die Würmer nicht einmal schlecht, aber entsetzlich fade, und die Pilze ekelten den an würziges Essen gewöhnten Kosimas bereits nach drei Tagen an. Ihm schien, dass die Wächter, Ritter und Gelehrten in der ewigen Nacht der Stadt im Berg ein kaum weniger elendes Leben führten als die Verbannten, nur dass sie keine Steine hacken mussten. Aber gerade darin, so dachte er, offenbarte sich wieder einmal die Weisheit und Gerechtigkeit des Khan-Ha, dass er seine Welt rein erhielt und diejenigen, die mit dem Bösen zu tun hatten, auch wenn sie es in seinem Dienst taten, in die Sternenleere verbannte. Kosimas seufzte. Er konnte es nicht erwarten, dass der verfluchte Vollstrecker endlich erschien, die Ladung Elixiere ablieferte und ihn samt seinem Bericht wieder mit nach Hause nahm.

»Wie Ihr sicher wisst«, begann der Bodun, der genau wusste, wie beschränkt der Verstand seines Gasts war, ihm jedoch schmeicheln musste, »habe ich eine Essenz entwickelt, die ewiges Leben verleiht und die wir hier an den Uzzbazis erproben.«

»Wie?«, rief Kosimas entsetzt. »Ihr gebt den Schurken einen Trank zu schlucken, der sie unverwundbar und unsterblich macht?«

»Nun, nicht so ganz unverwundbar und auch nicht ganz und gar unsterblich. Das wollte ich Euch eben zeigen.« Gemeinsam mit seinen Begleitern betrat er einen Arkadengang, aus dessen Öffnungen man aus beträchtlicher Höhe auf eine geräumige, von Phosphorbrocken erhellte Halle hinunterblickte, deren wissenschaftlicher Zweck auf den ersten Blick deutlich erkennbar war. Überall standen lange Tische mit den verschiedensten Apparaturen, von denen Kosimas freilich keine einzige bekannt war. Dazwischen standen säuberlich aufgereiht spinnenähnliche eiserne Maschinen, manche mit Wasserbottichen verbunden, andere mit Becken, in denen man ein Feuer entfachen konnte. Kosimas sah, dass zahlreiche metallene Zylinder an diese Apparate angeschlossen waren. Manche waren knapp einen Schritt hoch, aber einige waren so ausladend, dass ein erwachsener Mensch ohne Weiteres darin Platz finden konnte. Die Zylinder enthielten eine widerwärtig grüne Flüssigkeit. An den Wänden hingen, säuberlich geordnet, Peitschen und Stöcke, Stichel und Messer – kalte, blitzende Klingen. Überall in dem weitläufigen Raum standen Folterinstrumente. Als das Schlimmste erschien dem Gesandten ein Käfig, etwa ein mal ein Schritt im Quadrat und zwei in der Höhe, in den von allen Seiten scharfe Stahlzacken hineinragten. Der Boden war mit eisernen Dornen bestückt. Karziram lächelte, als er den Blick des Gasts sah, und gab einem der Sklaven Befehl, einen Hebel zu betätigen. Plötzlich glitten die Wände näher zusammen, der Raum dazwischen wurde immer schmaler und enger. Jeder Körper, der sich in diesem Käfig befand, musste unausweichlich von den scharfen Metallspießen durchbohrt und zerschnitten werden.

Kosimas fröstelte bei dem Gedanken, welche neuen Möglichkeiten, Höllenqualen zu bereiten, der erfinderische Geist der Gelehrten da wieder entdeckt hatte. Allerdings war sein Mitleid stark selbstsüchtig getönt: Unter den Zwangsarbeitern in der eisernen Dunkelheit schuftete in Ketten mehr als ein in Ungnade gefallener Ritter, und vielleicht sollte er trotz des weißen Wimpels auf seinem Harnisch durchaus noch erleben, dass eine solche Maschine sein Leben beendete.

»Hier, seht Ihr? Dies ist unser Versuchsraum«, erläuterte Karziram. »Mithilfe unserer Experimente stellen wir fest, in welchem Ausmaß das Elixier wirkt. Wir flößen es den Uzzbazis ein und stellen dann anhand dieser Maschinen fest, wie widerstandsfähig sie tatsächlich sind und womit sie getötet werden können. Von hier oben können wir die Versuche beobachten – sind die Maschinen, in denen einiges an Magie steckt, einmal in Gang gesetzt, so läuft der Vorgang wie von selbst ab.«

Kosimas nickte verständnisvoll. Die Sundaris, stets um kultische Reinheit besorgt, verabscheuten außer der Berührung von Toten auch jedes blutige Geschäft, ausgenommen den ritterlichen Kampf auf dem Schlachtfeld. Das Schlachten von Tieren oblag den Echsenmenschen. Wie es der Fall war beim Amt des Torturmeisters und des Henkers, überließ man ausgeklügelten Maschinen die Durchführung der zur Förderung der Wissenschaft notwendigen Experimente.

»Das Elixier macht also nicht unverwundbar? Nicht unsterblich?«, fragte der verwirrte Ritter. »Wozu habt Ihr es dann überhaupt gebraut?«

Der Schriftgelehrte lächelte. »Edler Herr, es gibt kein Elixier, und sei es vom größten aller Magier geschaffen, das vollkommen unverwundbar macht und zugleich den Lauf der Zeit unbegrenzt aufhält. Das würden die Gesetze des Universums nicht zulassen, aber wir sind nahe ans Ziel herangekommen. Die Essenz, die wir entwickelt haben, heilt alle Wunden, und solange der Körper nicht vollkommen zerstört wird – beispielsweise durch Feuer oder Säure –, erhält sie das Leben darin. Auch verlangsamt sie den Lauf der Zeit so stark, dass unsere Versuchspersonen Hunderte von Jahren lang leben würden, bereiteten wir ihnen nicht rechtzeitig ein Ende.« Und vergnügt zählte er auf, welche Methoden in dieser Hinsicht bereits Erfolg gehabt hatten.

»Ich verstehe«, murmelte der Ritter, der zunehmenden Widerwillen gegen alle diese Magier und Gelehrten empfand. Einen ebenbürtigen Gegner auf offenem Schlachtfeld in Stücke zu hauen war eine Sache, aber eine ganz andere waren alle diese Folterungen, Experimente und absonderlichen Methoden, jemanden vom Leben zum Tode zu befördern. Kosimas war froh, dass er nicht auf Dauer hierbleiben musste, und in seiner Einfalt sagte er das auch.

Karziram war ganz seiner Meinung; er wäre auch lieber in das heitere, fruchtbare Sundar zurückgekehrt. Als vorsichtiger Mann, der er war, hütete sich der Bodun freilich, dem Gesandten laut zuzustimmen. Diese Kriegsherren, befand er, waren allesamt einfältig. Sie ließen ihr Maul laufen, gänzlich unbekümmert, wer ihnen zuhören mochte, und dann wunderten sie sich, wenn sie vors Inquisitionsgericht geschleppt wurden. Trau niemandem, hieß die Losung der steinernen Stadt.

»Ihr denkt schlecht von unserem höchsten Herrn«, bemerkte der Bodun warnend.

Hastig beteuerte Kosimas, dass er dies keinesfalls vorgehabt habe, ihm erscheine nur die Welt hier reichlich ungemütlich. Dann fasste er seine Sorge in Worte. »Und wenn der Vollstrecker nun nicht erscheint? Wenn er irgendwo aufgehalten oder gar getötet wurde? Was wird dann aus Euren Experimenten?«

»Einen Drachen von seiner Größe und Wildheit zu töten ist nicht so leicht«, antwortete Karziram. Er lächelte dabei, aber es war ein verkrampftes Lächeln. »Kommt, Ihr habt genug gesehen, und wir wollen uns zu Tisch setzen. Die Statthalterin hat Euch zu Ehren eine Kiste Wein öffnen lassen, den wir für besondere Anlässe aufbewahren.« Er wandte sich an seine Begleiter und befahl ihnen, den kaiserlichen Gesandten in die Räume von Thainach Güllis zu geleiten.

–

Kosimas war gegangen – endlich! Wie unerträglich diese Schildkrötenhirne doch waren! Karziram stützte die Arme auf die steinerne Brüstung und starrte mit umwölkter Stirn in die Tiefe. Er glaubte nicht mehr daran, dass der Vollstrecker mit einiger Verspätung doch noch eintreffen werde. Der Drache und mit ihm seine kostbare Last waren verloren gegangen, vielleicht über den Wüsten von Sundar, vielleicht in der Leere zwischen den Sternen. Der größte Teil des Elixiers war verloren. Wenn das erst einmal alle begriffen hätten, würde man selbstverständlich von ihm verlangen, dass er neues herstellte. Und das konnte er nicht, denn ihm, dem angeblichen Erfinder, war die Zusammensetzung unbekannt.

Das war sein tiefstes und schlimmstes Geheimnis, das er sogar vor dem zuverlässigen Zeres, seinem engsten Mitarbeiter, verborgen hielt. Der Wunder wirkende Trank, mit dessen Erfindung er sich vor dem Khan-Ha und seinen Höflingen brüstete, stammte nicht aus seinem eigenen alchymischen Labor. Er hatte ihn von Wesen ausgehändigt bekommen, von deren Existenz die übrigen Ritter und Magier nur eine dunkle Ahnung hatten, Kreaturen, die in den finstersten Schlünden und Schächten unterhalb der Ondrysminen hausten und abscheulicher waren als alles, was Karziram je an Unwesen gesehen hatte – den letzten noch lebenden Dogai. Er fragte sich, was der Sohn der Sonne wohl zu dem Elixier gesagt hätte, wäre ihm verraten worden, dass es aus den Giftdrüsen dieser Kreaturen gezapft worden war, ein Destillat des ätzenden Schweißes, der ihre schleimige Haut befeuchtete. Deshalb hatte es bisher außer ihm und dem Urkhon Boulgaroz noch nie jemand freiwillig getrunken, auch den Versuchspersonen unter den Uzzbazis musste man es unter äußerstem Zwang eintrichtern.

Denn tief unter der uralten Stadt im Berge lag eine zweite, noch um Jahrtausende ältere, eine grausige, lichtlose Leichenstadt, deren schweigende Hallen von den halb menschlichen Bastarden der einst so mächtigen Phosphordrachen bewohnt wurden. Erschreckend hässliche weibliche Wesen waren es, neun Fuß groß, dürr wie wandelnde Skelette und kahlköpfig, mit graugrün gefleckter Haut, Froschfüßen, gekrümmten Krallen und unreinem Leib. Alle üblen Eigenschaften ihrer Vorväter und Ahnmütter hatten sich in ihnen vereint, während sie deren Klugheit und Kühnheit völlig entbehrten.

Die Geschichte der grünen Phosphordrachen war weithin unbekannt, nur wenige steinerne Friese kündeten von ihrer Existenz. Warum sie ihre tief in den Felsen gebohrten Heimstätten verlassen hatten, wusste niemand; vielleicht waren sie ausgestorben – was damit zusammenhängen mochte, dass ihre Bastarde allesamt weiblichen Geschlechts waren. Als die uralte steinerne Stadt über der ihren wieder besiedelt wurde, waren sie erst verschreckt in die Tiefe geflüchtet, hinunter an die Gestade des kochend heißen Ozeans, der in der ewigen Finsternis dahinströmte, dann aber neugierig und lüstern wieder nach oben geklettert. Diese Wesen hatten nämlich die Eigenschaft, dass sie mit Vorliebe Nahrung zu sich nahmen, die verdorben und widerlich war. Bleich vor unstillbarem Hunger, verschlangen sie alles, was ihnen vor die Schnauzen kam. Sie verzehrten nicht nur die Küchenabfälle und Speisereste, die in die Schächte geschüttet wurden, sondern lauerten auch unter den Abtritten, wo sie den Urin tranken und den Kot der Menschen verschlangen. Wo immer sie konnten, entführten sie Knaben und junge Männer, um diese zum Zusammenleben mit ihnen zu zwingen. Karziram hatte sich das Wohlwollen dieser Unholdinnen damit erkauft, dass er ihnen ein Dutzend der jüngsten und am besten erhaltenen Uzzbazis überantwortet hatte, und sie hatten ihn dafür in das Geheimnis des Elixiers eingeweiht.

Dies wagte er jedoch kein zweites Mal zu tun. Zu scheußlich war der Abstieg in die erstickenden Schlünde des Bergs gewesen, die tief unterhalb der eisigen Ondrysbergwerke lagen, zu qualvoll die Beschwörung der Dogai, das Gespräch mit ihnen in der Ohren zerreißenden Sprache, deren nur ein Bodun im höchsten Stadium der Erleuchtung fähig war – und zu nahe die Gefahr, selbst von ihnen entführt und gewaltsam an ihre schlaffen, froschähnlichen Leiber gepresst zu werden.

Nein, er musste einen anderen Weg finden. Lieber die schwärzeste Magie, als noch einmal im Kreis der stinkenden Kotfresserinnen zu sitzen, das rasselnde Geräusch ihrer dürren Schwingen zu hören, den säuerlichen Dampf einzuatmen, der aus ihren stets heißfeuchten Schößen aufstieg. Und er wusste auch schon, welchen Weg er einschlagen wollte. Er musste nur noch das richtige Ritual aus seiner umfangreichen Bibliothek heraussuchen, um sich eines Helfers zu versichern.

Mit einem Ruck riss er sich aus seinen Betrachtungen los. Entschlossen wandte er sich an den einzigen seiner Untergebenen, der bei ihm verblieben war, seinen Leibsklaven, Vertrauten und Sekretär. »Komm mit, Zeres«, befahl er, »aber errege kein Aufsehen! Ich habe einiges zu erledigen, was nur mich etwas angeht.«

–

Mit der sicheren Orientierung eines Stollenwurms eilte Karziram durch endlose Korridore, durch lange Fluchten von Räumen, die sich einer in den anderen öffneten, hinauf und hinunter über kurios geschwungene Treppen. Schließlich erreichte der Bodun sein persönliches Arbeitszimmer, das fernab seiner offiziellen Wohnräume im Herzen der Stadt lag. Hier führte er Beschwörungen durch, bei denen er keine neugierigen Späher und Lauscher gebrauchen konnte.

Wie alle Räume in der Stadt unter dem Berg, selbst die Gemächer der Statthalterin, war auch dieser bescheiden eingerichtet. Ein Bett stand darin, zwei klobige, mit zerschundenem Leder gepolsterte Armsessel, einige Truhen und Schränkchen, ein Arbeitstisch mit einem steiflehnigen Stuhl. Eine ganze Ecke des Raums nahm ein gewaltiger gemauerter Ofen ein, dessen Wände mit bunten Kacheln verziert waren. Eine Handvoll Ölsteine brannte im Ofenloch, rußend und schmauchend, da der Rauch einen endlos langen Weg durch die Schlote bis an die Oberfläche zurücklegen musste. Entlang der Wände waren Nischen in den Stein hineingemeißelt, alle zum Überquellen vollgestopft mit Büchern, und in einem Winkel drängte sich ein Dutzend kniehoher steinerner Amphoren, die Behälter kostbarer Manuskripte, sorgfältig verkorkt und mit langen, in Wachs getauchten Bändern versiegelt.

Hastig versperrte der Bodun die Tür hinter sich und schloss sie zusätzlich mit einem Zauberspruch. Es gab zu viele neugierige Augen und Ohren, die ihm gern auf die Schliche gekommen wären. Erst dann trat er an einen schwarzen Holzschrank heran, der mit Silber- und Perlmutteinlagen kostbar verziert war. Deutlich erinnerte er sich an den Vollstrecker und wie der gemurrt hatte, dass er wie eine gemeine Lastechse alle Möbel durch die Sternenleere schleppen musste. Dann zog er die Tür auf. Mit einem komplizierten Schlüsselchen, das er an einer Kette um den Hals trug, öffnete er eine Schatulle aus Rosenholz und entnahm ihr eine Silberdose, in der sich ein schwefelähnliches Pulver befand. Ein schwacher Nebel stieg davon auf, als er die Dose aufklappte. Es glimmerte wie Narrengold und roch bitter wie die Blätter und Wurzeln, aus denen es gemahlen war.

Mit dem krallenartigen Nagel des kleinen Fingers häufte sich Karziram einen Kegel auf den Handrücken und schnupfte ihn. Das Pulver brannte so scharf, als wäre ihm Salz in die Nase geraten. Stirn, Nase und Lippen wurden sogleich taub davon. Gleich darauf durchlief ihn ein Schauder, als hätte ihn etwas Unsichtbares geschüttelt. Er rang nach Atem, hustete und setzte sich rasch auf den nächstbesten Stuhl, als eine schwindelerregende heiße Welle ihn packte. Einige Lidschläge lang funkelten ihm bunte Kreise vor den Augen. Dann breitete sich eine behagliche helle Ruhe in seinem Herzen und in seinem Verstand aus. Er gestattete sich ein gewaltiges Niesen und wischte sich die tränenden Augen. Seine Gedanken wurden klar wie Kristalle. Kühne Gewissheit durchströmte ihn, dass er trotz der neuen Schwierigkeiten den höchsten Triumph erreichen werde – ewige Jugend, ewige Kraft, ewiges Leben –, während seine Konkurrenten und Mitarbeiter, deren er sich bereits in der ersten Stunde seiner Herrschaft entledigen würde, in den Ondrysminen verschimmelten. Sundar hatte einen besseren Khan-Ha verdient als den feisten Sack, der jetzt auf dem Sonnenthron saß und sich vom dummen Pöbel hofieren ließ. Einen verjüngten Sohn des Himmels, schön wie die Sonne und stark wie ein Drache, einen Khan-Ha, der niemals alterte, der niemals sterben würde, dessen Kraft aus unerschöpflichen Tiefen quoll – kurz, einen Khan-Ha Karziram!

Bei der Vorstellung konnte er nicht mehr an sich halten. Berstend vor innerem Vergnügen schlug er heftig die Hände ineinander und rieb sich knisternd und knackend die langen Finger. Die Zungenspitze – dreieckig und farblos – fuhr aus dem Mund hervor und befeuchtete die Lippen, während sich ein greisenhaftes Keckern Karzirams Kehle entrang. Denn wenn er die Sternenuhr befragte, die dem Weisen und Kundigen viel Zukünftiges verriet, so sah er von Osten her einen kosmischen Nebel aufsteigen, schwarz wie ein Sack, der Phurams Angesicht verschleiern würde. Und in den darauf folgenden sieben lichtlosen Tagen würden alle dämonischen Kräfte, die der Sonnenfürst jetzt noch in Schach hielt, ungehemmt losbrechen. Dann war seine Zeit gekommen, dann würde die Herrschaft des göttlichen Karziram anbrechen.

Gut gelaunt, wie er war, hieß er Zeres die Hand ausstrecken und löffelte eine sehr viel kleinere Portion des Pulvers auf dessen Handrücken. Nachdem das Niesen des Sekretärs verklungen war, befahl er ihm, den Schlüssel zu dem Geheimschrank mit den arkanen Büchern zu bringen.

»Wonach forscht Ihr, Herr?«, wagte Zeres zu fragen.

Karziram hob den Kopf und fuhr sich mit dem Handrücken über die bleiche, stets von kalter Feuchtigkeit bedeckte Stirn. »Zeres«, sagte er, »ich fühle es, dass dieser Drache nicht mehr hier ankommen wird. Irgendetwas ist ihm widerfahren. Freilich weiß ich nicht, was einen Drachen wie ihn vernichten könnte, aber die Dimensionen sind eine gefährliche Gegend.«

»Das sind sie gewiss, gnädiger Herr.« Zeres war bereits damit beschäftigt, die Bücher aus dem Versteck zu holen und auf dem Schreibtisch aufzustapeln – eine Arbeit, für die er Handschuhe aus Echsenleder angelegt hatte, um keinen Schaden zu erleiden. In Sonderheit die gänzlich verworfenen Werke waren von ihren Autoren häufig mit Gift getränkt worden, um jene zu bestrafen, die sie ohne die entsprechenden Kenntnisse und Vorsichtsmaßnahmen berührten. Karziram achtete darauf, dass niemand außer ihm und dem getreuen Zeres sie zu Gesicht bekamen, denn obwohl die Gelehrten eine gewisse Narrenfreiheit genossen – schließlich mussten sie um neuer Erkenntnisse willen manchmal über die Grenzen des Anstands hinausgehen –, hätte nicht einmal die korrupte Statthalterin Güllis die Lektüre solcher Bücher gestattet, wie er sie da vor sich liegen hatte, und der Weg hinunter in die eisigen Bergwerke war auch für einen Zauberer kurz.

In tiefe Gedanken versunken, setzte Karziram sich an seinen Schreibtisch, entzündete eine Kerze und ließ sich von Zeres die halbkugelförmige Linse holen, die er zum Lesen verwendete. So bewaffnet, machte er sich an das mühsame Werk.

»Was sucht Ihr, Herr?«, fragte Zeres noch einmal.

»Ich weiß nicht«, erklärte er seinem Diener, »wo der Drache und mit ihm seine Last hingeraten sind, und versuche es auf arkanem Weg zu erfahren.«

»Die Magie ist da eine große Hilfe, Herr«, pflichtete Zeres ihm bei. Die Sorgen seines Herrn waren stets auch seine Sorgen. Er wusste, dass er einem Schurken diente, aber das änderte nichts an seiner unverbrüchlichen Treue. Die Welt war nun einmal so geschaffen, dass Diener dienen sollten, ohne danach zu fragen, ob ihr Herr gut oder böse war.

»Der Vollstrecker«, erklärte Karziram, »kann meinetwegen in seine Atome zerplatzen, aber das Elixier will ich wiederhaben – oder zumindest erfahren, was daraus geworden ist.«

»Habt Ihr denn nichts mehr davon?«, fragte Zeres beunruhigt.

»Es gibt noch kleine Mengen, hier wie auch in den Laboratorien auf Sundar, aber zu wenig, um damit weitere Versuche anzustellen. Es hat lange gedauert und war sehr aufwendig, solche Mengen herzustellen, wie der Vollstrecker sie zu uns bringen sollte. Deshalb musste ich den verfluchten Urkhon Boulgaroz in meine Pläne einweihen, was ich freiwillig ganz gewiss nicht getan hätte, denn nur die Laboratorien auf Sundar vermögen größere Mengen des Elixiers herzustellen. Und nun setz dich in den Winkel und lass mich in Ruhe. Ich rufe dich, wenn ich dich brauche.«

Angewidert, als läge ein Brocken faulendes Fleisch vor ihm, stocherte er weiter in den Seiten der *Dämonenfalle* herum. Die Seiten aus blutrot gefärbtem Pergament waren teils beschrieben, teils mit grotesken und widerwärtigen Zeichnungen bedeckt, wobei Schrift und Zeichnungen erst sichtbar wurden, wenn der Leser sie anhauchte. Dann entrollten sich die verschnörkelten Glyphen wie Schlangen, die aus ihrem Nest herausfahren, und huschten als feurige Linien über das Pergament.

»Aber der Verlust der Krüge wäre noch nicht das Schlimmste«, raunter Karziram mehr sich selbst als Zeres zu.

»Was sonst?«, fragte der Sekretär.

Karziram erklärte es ihm. »Wenn der Vollstrecker das Elixier in den Dimensionen verliert, ist – von dem Verlust abgesehen – alles in Ordnung. Die Löcher im Gespinst der Welten werden es vernichten. Aber was gescheiht, wenn er es an einem anderen Ort verliert? Auf Sundar? Irgendwo in der Wüste, wo die Suchtrupps es erst nach langer Zeit finden, wenn überhaupt? Wir wissen viel zu wenig über die Wirkung, die es entfaltet, wenn es beispielsweise ins Wasser gelangt oder ein Tier benetzt.«

»Ihr fürchtet, dieses Tier könnte unverwundbar und unsterblich werden? Aber würde uns das wirklich schaden, wenn irgendwo ein tausendjähriger Springwurm herumhüpft oder eine Echse bis ans Ende der Welt ihr Gras kaut?«

Karziram sprach langsam, den brennenden Blick ins Leere gerichtet. »Es ist mehr als das, Zeres. Ich habe, offen gesagt, keine Ahnung, was das Elixier noch alles bewirkt, außer dass es langes Leben und weitgehende Unverwundbarkeit verleiht. Wozu, meinst du wohl, führen wir alle diese Experimente durch?«

»Was könnte es denn bewirken?«

Karziram hob die Schultern. »Das weiß ich eben nicht.«

Das entsprach der Wahrheit. Er wusste es wirklich nicht – jedenfalls nicht mit absoluter Sicherheit. Aber er ahnte es. Die Versuche hatten teilweise so merkwürdige und beunruhigende Ergebnisse erbracht, dass er sie selbst seinen Mitarbeitern gegenüber vertuscht und verschwiegen hatte. Ihm wurde schwindlig vor Angst, was geschehen mochte, wenn diese Wirkungen außer Kontrolle gerieten. Hier in der Welt der eisernen Dunkelheit hatten sie die Möglichkeit gehabt, die Versuchspersonen auf der Stelle zu töten, wenn die Erscheinungen allzu beängstigend wurden. Aber was konnte nicht alles geschehen, wenn ein ganzer Transport Uzzbazis durch irgendeinen bösen Zufall der Kraft des Elixiers ausgesetzt wurde und dessen Wirkung verspürte? Noch schlimmer, wenn es zu einer unvorhergesehenen Wechselwirkung mit anderen Kräften kam?

Stirnrunzelnd wandte er sich wieder seiner Lektüre zu. Das Buch war schwer zu lesen und noch schwerer zu verstehen, selbst für ihn, den Weisesten der Boduni. Die bloße Lektüre schien seine Gedanken mit einer purpurschwarzen, schleimigen Schicht zu beflecken, als quelle das niedergeschriebene Böse aus den Seiten in sein Gehirn. Seine Augen waren müde vom Lesen, sein Kopf brummte von den verschlungenen Diagrammen und abgründigen Geheimnissen, die auf den vergilbten Seiten in Tinte festgebannt standen. Stundenlang kämpfte Karziram sich durch die pfeffrig riechenden, von Bücherläusen befallenen Wälzer, deren Schrift häufig bis zur Unleserlichkeit verblasst und deren Inhalt so verworren war, dass er kaum einen Sinn darin zu finden vermochte. Es ging schon gegen Morgen, und er hatte nicht einmal gemerkt, dass er seit Stunden las. Dann, ganz unerwartet, stieß er auf das Gesuchte.

Der Bodun beugte sich vor und las jedes einzelne Wort noch einmal, während er mit dem elfenbeingelben langen Fingernagel die krummen Zeilen entlangfuhr. In wölfischem Vergnügen verzog sich sein Gesicht.

»Lass mich allein, Zeres«, befahl er, »und betritt diesen Raum nicht mehr, bis ich dich rufe. Auf keinen Fall, hörst du?«

»Ich höre und gehorche, allergnädigster Herr.« Der Diener legte die flache Hand auf die Brust und zog sich mit einer tiefen Verbeugung zurück. Zeres war nicht nur ein gehorsamer Diener, er war auch viel zu vorsichtig, um sich in einen Raum zu wagen, in dem ein Ritual zelebriert wurde.

Karziram vergewisserte sich, dass er allein und unbelauscht war, dann traf er alle Vorbereitungen für die Beschwörung.

Als er Zeres angekündigt hatte, dem Verbleib des Elixiers nachzugehen, hatte er gelogen. Der Vorrat war verloren – um dies in Erfahrung zu bringen, brauchte er keinen Djinn zu beschwören. Das Wesen, das er anrufen wollte, stand um Meilen höher, vielleicht sogar an der Spitze der dämonischen Hierarchie – ein Wesen, das ihm verraten würde, woraus die Körpersäfte der Dogai bestanden, damit er sie nachbilden konnte, oder es würde ihm einen hinreichenden Vorrat dieser Säfte beschaffen. Der, den er rufen wollte, war der Taphum selbst, der Unhold, den die giftigen fahlgrünen Phosphordrachen als ihren Götzen verehrt hatten. Karziram wusste, dass es ein wahnwitziges Unterfangen war, aber er kannte die Schrecken der Ondrysminen nur zu gut und ging lieber jedes Risiko ein, als dort zu landen.

Er löschte alle Lampen und Kerzen und zündete an ihrer Stelle sieben schwarzen Kerzen an. Die stellte er auf die Spitzen des Heptagons, das er rings um sich auf den Boden gezeichnet hatte. Mit magisch kräftiger Kreide, aus Menschenknochen gemahlen, zeichnete er ein Symbol auf den Boden, dessen Anblick seinen Diener zutiefst erschreckt hätte – und wohl auch Stärkere als einen einfältigen Diener. Leuchtend, sein eigenes irrwischartiges Licht ausstrahlend, prangte in dem fast völlig verdunkelten Raum das Zeichen des Taphum, den kein anderer als ein so verderbter Magier wie Karziram zu beschwören gewagt hätte. Giftige Dämpfe stiegen in die Höhe und umwaberten mit dem Geruch verrottender Pilze den Bodun, als er in die Mitte des Siebenecks trat. Mit zitternden Händen legte er das Buch vor sich hin und las im flackernden Kerzenschein die Begrüßung, die das Ritual einleitete. Er streute Räucherwerk auf das Dämonenzeichen, und in den Geruch der fauligen Dämpfe mischte sich der Qualm von Fieberphantasmen erzeugenden Kräutern. Langsam, mit stockender Stimme intonierte er die Anrufung, die in zackigen purpurnen Runen in dem Büchlein geschrieben stand.

Der Rauch wurde dichter, immer dichter. Bald stieg er in armlangen grauweißen Säulen von dem höllischen Symbol auf. Dann teilten sich die Säulen nach allen Richtungen, wanden und verschlangen sich, wurden zusehends höher und dünner und nahmen allmählich die Gestalt eines Menschen an.

Sie erschien verzerrt wie der Anblick eines Ertrunkenen unter einer Eisschicht. Der einzige Zug, den er in dem verschwimmenden Gesicht erkennen konnte, war ein Mund, schwarz und formlos wic eine faulende Wunde, der von einem Ohr zum anderen reichte. Der Körper schien in dichten schmutzigen Schwaden zu zerfließen, aber vielleicht war er auch vom Hals bis zu den Zehen in gelbliche Laken gewickelt, deren Zipfel in einer unwirklichen Flut schwammen. Er strömte denselben unerträglich widerlichen Geruch nach sauren, schweißigen Absonderungen aus wie die Leiber der Dogai und das aus ihren Drüsen destillierte Elixier.

Karziram hielt den Atem an – nicht nur wegen des Gestanks, der ihm die Nase verstopfte und die Lungen zu lähmen drohte, sondern auch vor Verblüffung und Schrecken. Dies war nicht das Wesen, das er zu rufen versucht hatte. Aber was war es dann? Er räusperte sich mehrmals, ehe er die Frage stellte. »Woher kommst du? Wer hat dir geboten, hier zu erscheinen?«

Die Stimme, die ihm antwortete, klang schleimig und undeutlich, als bahne sie sich durch schwere Nebel hindurch einen Weg zu ihm. »Du selbst. Du hast nach dem Elixier gefragt.«

»Das Elixier? Was hast du damit zu schaffen? Wer bist du?«

»Ich bin das, was in den Krügen war.« Die Kreatur lachte ihn mit ihrem wulstigen schwarzen Mund an. »Ich bin in dem, was in den Krügen war.«

»Lügner! Die Krüge sind verloren gegangen.«

Wieder lachte der gesichtslose Unhold. »Ich bin überall dort, wo sich nur ein Tropfen des Elixiers befindet, sei es hier, auf Sundar oder an dem Ort, wo der Drache die Krüge verlor, als er abstürzte.«

Karziram vergaß seinen Ärger über den ungerufenen Gast. »Wo? Wo sind die Krüge jetzt?«, schrie er und sprang auf.

»Wo du sie nie wiederfinden wirst.« Das Schreckensbild wandte ihm den Kopf zu, und zum ersten Mal nahm Karziram über dem angeschwollenen Mund zwei Augen wahr – nein, zwei schwarze Höhlen ohne Augen. Sie waren jedoch so verwischt, dass es auch bloße Flecken oder Schatten auf den missfarbenen Falten der Tücher sein mochten. »Vergiss das Elixier, edler Bodun. Du hast durch diesen Verlust etwas viel Besseres gefunden: mich. Ich habe viel zu bieten und verlange nur wenig dafür. Wir beide wollen über diese Welt herrschen – wir beide ganz allein.«

Die dichten Brauen eng zusammengezogen, starrte der Magier das wunderliche Wesen an. Argwöhnisch, aber nicht ohne Neugier fragte er: »Warum sollte ich dich zu meinem Gefährten machen?«

»Weil dir nichts anderes übrig bleiben wird. Es ist umgekehrt, Bodun: Ich mache dich zu meinem Gefährten. Mir bleibt nämlich auch nichts anderes übrig. Du bist der Einzige, der von dem Elixier getrunken hat und lebt, somit der Einzige, dem ich nichts anhaben kann.« Die schwere, schleimige Stimme änderte ihren Tonfall, wurde heller und geradezu munter. »Du warst in deinen eigenen Augen doch immer der einzige Mensch auf Erden, der einzige, der für dich zählt. Die anderen haben dir ebenso wenig bedeutet wie mir. Wir passen gut zusammen, nicht wahr? Du wirst lange leben und gesund sein, edler Karziram, aber du wirst allein sein – ganz allein in der eisernen Dunkelheit. Warte, bis wir uns wiedersehen.«

Das verschwommene Bild, das sich über dem Rauch der Kerzen aufgebaut hatte, fiel in sich zusammen, wirbelte und verschwand. Nur der schweißige Gestank war noch wahrnehmbar und umhüllte den Bodun, der mit schmalen Augen und finster gerunzelter Stirn vor sich hinstarrte und die Worte des Wesens in sich nachhallen ließ.

Er hatte recht gehabt mit seinen finsteren Ahnungen, stellte er fest. Und das bedeutete: Die Pforten der Hölle Saur öffneten sich vor ihm.

–

Draußen vor den Gemächern des Bodun saß dessen Diener Zeres auf einem Kissen neben der Tür und vertrieb sich die Zeit, indem er an seiner Wasserpfeife sog. Er war müde – was vermutlich der Grund war, warum ihm die sonst so geliebte Pfeife nicht schmeckte. Außerdem störte ihn der ranzige Geruch, der durch die Türritze aus den Gemächern seines Herrn drang. Wahrscheinlich, so vermutete er, arbeitete Karziram wieder an seinem Elixier – das roch genauso.

Dem Geruch folgten halb durchsichtige Schwaden, die lautlos ins Vorzimmer drangen. Zeres sah einen Augenblick lang bestürzt auf, als er jedoch bemerkte, dass es sich nicht um Feuerrauch handelte, streckte er sich wieder auf seinem Kissen aus. Der schmutzig gelbe Dunst wirbelte über ihn hinweg, wurde dichter, und einen Lidschlag lang meinte er, ein Bild darin wahrzunehmen: die Umrisse einer in flatternde Tücher gehüllten Gestalt und eines Gesichts, das aus nichts als drei unregelmäßigen braunen Flecken für zwei Augen und einen Mund bestand. Dass dieses Gesicht ihn angrinste, war zweifellos eine Sinnestäuschung. Es verschwand auch gleich wieder, denn der Dunst zog sich zusammen, wurde dichter und dichter. Starr vor Verblüffung beobachtete Zeres, wie die Strähnen sich zu einem kopfgroßen, missfarbenen Knäuel zusammenwickelten, einem Wollknäuel ähnlich, das aus der Ecke hervorrollte, über die Türschwelle sprang und nach draußen verschwand.

Ein heftiges Brennen und Jucken am linken Arm lenkte ihn von der befremdlichen Erscheinung ab. Er kratzte sich und spürte plötzlich einen harten Knoten. Er zog den Ärmel hoch und musterte stirnrunzelnd die Stelle nahe dem Ellbogen, von der das Jucken ausging. Er stand auf und trat an die Ampel heran. Auf seinem Arm hatte sich eine juckende, aber im Übrigen schmerzlose Pustel gebildet, ähnlich einem Skorpionstachel – so nannte man eine Druckstelle, die man von zu engen Stiefeln bekam. Einen Fingerbreit über die Haut erhob sich ein harter, horniger, missfarbener Knopf, in dessen Mitte wie die Pupille eines Auges ein schwarzer Kreis sichtbar wurde.

Zeres setzte das scharf geschliffene Federmesser an und stach probeweise in die Pustel hinein. Es tat nicht weh, und nichts rührte sich. Er versuchte mit der Messerspitze den schwarzen Zahn aus dem Knoten zu schälen, wie man es beim Operieren eines Skorpionstachels tat. Wieder kein Schmerz.

Dann platzte die seltsame Pustel so jäh und unvermutet auf, dass er zurückfuhr und den Arm weit von sich streckte. Zu spät: Aus dem Hautknoten sprühte ein Schwarm von bräunlichen Fleckchen heraus, die Pocken ähnelten und sich blitzschnell über seinen ganzen Körper verbreiteten. Brandgeruch stieg von ihm auf, ohne dass etwas brannte. Er schrie, fuchtelte mit den Händen und versuchte sich die Kleider vom Leib zu reißen, aber schon hatte das Zerstörungswerk begonnen.

Als Karziram das Schreckensgeheul seines Dieners hörte und daraufhin ins Vorzimmer eilte, fand er Zeres bereits tot vor. Halb nackt, das Fleisch dunkelgelb und wächsern, übersät von zahllosen winzigen braunen Brandmalen, den Kopf von Büscheln ausgefallener Haare umgeben, lag der Diener hingestreckt auf dem Boden, neben ihm die umgestoßene Wasserpfeife. Mit der Spitze des Pantoffels stieß ihn der Bodun vorsichtig an, worauf sich ein Stück zähflüssiger Muskelmasse vom Knochen löste und an klebrigen Fäden hängen blieb.

Karziram liebte niemanden, aber sein getreuer Diener hatte in ihm immerhin einen solchen Grad von Zuneigung erweckt, dass er, ins Leere gewandt, mit erstickter Stimme hervorstieß: »Höllenbestie! Dass du verflucht seist!«

Sein Ausruf verhallte ungehört. Das übel riechende Knäuel rollte bereits durch den langen steinernen Gang, auf die kunstvoll gemeißelte Treppe zu, die zum Bankettsaal hinaufführte.

–

Im Festsaal der unterirdischen Stadt brannten die Kerzen allmählich herab. Dutzende ölig süße Parfüms mischten sich zu einem Aroma, das die Sinne gleichzeitig aufpeitschte und verstörte. Ein schwerer Geruch nach vielen Menschen, heißem Honigschnaps und starkem Palmwein schwebte durch den Saal, den man nach Kräften aufgeputzt hatte. In zwei einander gegenüberliegenden Prunkkaminen glühten Pechsteine und verströmten eine angenehme Wärme. Der Boden war mit einem kostbaren Teppich bedeckt, der allerdings sehr abgetreten war, denn oft war der Drache nicht dazu zu bewegen, Möbel und Teppiche anzuschleppen. In der Mitte waren die roten Blumen auf silbergrauem Grund kaum noch zu erkennen. Rund um die Halle zog sich eine Spielmannsgalerie, von der Teppiche herabhingen. Es war ein stattlicher, aber höchst ungemütlicher Raum, in dem man sich nur wohlfühlen konnte, wenn man bereits reichlich betrunken war, und das traf auf die Mehrzahl der Gäste zu. Alles, was Rang und Namen hatte in der steinernen Stadt, war zu dem Bankett eingeladen worden. Die Geheimen Räte, Botschafter, Magier und Ritter saßen und lagen auf üppigen Kissen und rauchten aus Wasserpfeifen, während Diener umherhuschten und gedörrte Früchte, Honigplätzchen, Wein und Rauschblumen servierten.

Der Gesandte Kosimas hatte dem köstlichen Wein der Statthalterin so kräftig zugesprochen, dass er sich kaum noch vorstellen konnte, von dem Lager aus schwellenden Kissen aufstehen zu können. Aber warum sollte er auch? Es ging ihm so gut, wie es einem in diesem steinernen Loch nur ergehen konnte. Der Braten, den man ihm heute vorgesetzt hatte, war bemerkenswert besser gewesen als die faden Wurmscheiben der letzten Mahlzeiten. Nur einen Augenblick lang war ihm der Gedanke durch den Kopf geschossen, woher man in dieser öden Welt eigentlich so wohlschmeckendes, würziges Fleisch nahm. Es war zu Würfeln gehackt auf den Tisch gekommen, sodass er nicht hatte feststellen können, von welchem Tier es stammte. Er hatte die Frage beiseitegeschoben. Hauptsache, es schmeckte. Und der Wein mundete ihm atemberaubend gut. Auch die beiden Damen, die sich auf einen Wink der Statthalterin hin links und rechts von ihm niedergelassen hatten, waren von feinster Qualität. Taufrisch waren sie zwar nicht mehr, aber ihre verlebten, wollüstigen Gesichter ließen darauf schließen, dass sie sich auf die höheren Künste des Fleischs sehr wohl verstanden.

Kosimas' verschwommener Blick richtete sich auf die Gäste, die es sich ihm gegenüber bequem gemacht hatten. Es waren zwei junge Höflinge, der eine dunkelhaarig, der andere blond, von ungewöhnlich reizvollem Äußeren. Sie waren geckenhaft gekleidet, trugen ihr lockiges Haar sorgfältig frisiert und dufteten aufdringlich nach Parfüm. Sie waren so unverschämt offen miteinander beschäftigt, dass sich Kosimas' Wangen röteteten, war er doch an die strengen Sitten von Sundar-Bas gewöhnt. Eben zog der eine trunkene Geselle dem anderen die bunten Strümpfe bis zu den Knöcheln hinab und entblößte dabei wohlgeformte schneeweiße Beine – schneeweiß bis auf eine im Licht der erlöschenden Kerzen undeutlich sichtbare faustgroße Pustel an der Innenseite des linken Schenkels.

»Was ist das? Was hast du da?«, hörte Kosimas den blonden Jüngling mit weinschwerer Stimme lallen. Im nächsten Augenblick fuhr er kreischend zurück, als die Beule platzte und der Schwarm des Verderbens über den schönen Körper seines Gefährten raste.

Kosimas, dessen ohnehin langsamer Verstand vom Wein gelähmt war, glotzte blöde auf die Verwandlung, die sich vor seinen Augen vollzog. Während die beiden Höflinge im Chor schrien und der plötzlich Erkrankte krampfhaft mit Armen und Beinen um sich schlug, nahmen seine weißen Schenkel eine dunkelgelbe Farbe an und bedeckten sich mit braunen Flecken. Das Fleisch weichte auf und fiel da und dort wie Schlamm von den Knochen, während sich die fein gekämmten langen Haare aus der Kopfhaut lösten und büschelweise ausfielen. Und schon hatte das Unheil auch den Gefährten erfasst. Wie ein von Feuerläusen Befallener riss er sich die Kleider vom Leib und kratzte sich wütend an allen Gliedern. Ein entsetzliches Geheul entrang sich seiner

Kehle, als er an der von juckenden Flecken übersäten Haut am Gesäß rieb und plötzlich einen zähen, breiigen Klumpen seines eigenen Fleischs in der Hand hielt.

Kosimas hämmerte das Blut in den Ohren, aber er rührte sich nicht. Er war überzeugt, dass das alles gar nicht wirklich geschah, sondern die Rauschblumen ihm einen Albtraum bescherten. Stumpfsinnig sah er zu, wie immer mehr Gäste aufsprangen, schrien und zuckend erst auf die Knie, dann auf den Bauch fielen. Jene, die noch gesund und nüchtern waren, flohen in wildem Gewühl zu den Türen des verfluchten Saals hinaus, während hinter ihnen die Kerzen erloschen und nur der schwache bronzefarbene Schein der Pechsteine das Durcheinander von Toten und Sterbenden beleuchtete. Kosimas griff nach dem Weinkrug. Ein einziger Gedanke haftete in seinem umnachteten Hirn: Was immer hier geschah, ob grässliche Vision oder noch grässlichere Wirklichkeit – sich besinnungslos zu betrinken war das Beste, was er tun konnte. Im Rausch versinkend wie in einem warmen purpurfarbenen Meer, spürte er nur noch undeutlich das Aufplatzen der Pustel, die sich auf seinem Bauch gebildet hatte, und starb in Frieden. Er merkte nichts mehr davon, dass ein kopfgroßes Ding wie ein struppiges Wollknäuel über ihn hinwegsprang und im Zickzack zwischen den noch zuckenden Leibern dahinrollte, der Tür entgegen und zwischen den Beinen der panisch Flüchtenden hindurch in das Labyrinth der Kammern und Säle, in denen sich allerorts Menschen aufhielten.

ZWEITER TEIL

Die Schiffbrüchigen

Brianna träumte einen wunderlichen Traum: Sie war noch nicht geboren und schwebte in einer mit warmem Fruchtwasser gefüllten Blase im Leib ihrer Mutter, eingehüllt in vollkommene Geborgenheit. Nie in ihrem bewussten Leben war ihr so wohlig zumute gewesen. Es überraschte sie nicht, als sie sah, dass sie nackt war.

Sie war nicht allein in diesem wundervollen Schoß. Unentwegt stieß sie mit weichen kleinen Lebensformen zusammen, qualligen Wesen, die kaum zu fühlen waren. Allmählich erkannte sie einige der Formen, die sie umschwebten. Es waren vor allem gläsern durchsichtige, kugelförmige, glotzäugige Kreaturen, wunderlich getüpfelt und gefleckt, die aufgeblähten Fischblasen ähnelten und mit langen Rüsseln das Wasser einsaugten. Sie trieben ziellos und träge dahin. Eins der Kugelgeschöpfe kam ihr so nahe, dass sie einander Auge in Auge betrachteten. Das winzige Ding stieß ihr mit neugierig forschender Gebärde den Rüssel ins Gesicht, aber sie spürte keine Berührung. Nachdem es durch sie hindurchgeglitten war, sank es langsam wieder hinunter und verschwand in der Dunkelheit jenseits der Fruchtblase.

Dann entdeckte sie, dass noch andere Wesen den Weiher bevölkerten. Nackte Menschen waren es, die wie Ertrunkene in der Flut trieben. Köpfe, Arme und Beine hingen nach unten, die Augen waren geschlossen. Aber sie lebten, schliefen und träumten offenbar genauso, wie Brianna geträumt hatte, denn ihre Gesichter waren still wie Stein, nur die Lippen lächelten. Eine Weile schwebte sie schwerelos inmitten der Schlafenden, die das Wasser bevölkerten, dann riss sie sich von dem Anblick los und stieg mit kräftigen Schwimmstößen nach oben. Plötzlich war sie ganz klar im Kopf. Was auch immer geschehen war, sie musste auf jeden Fall das Wasser verlassen.

Als ihr Kopf die Oberfläche durchstieß – wobei ein Strang Wasserlinsen wie ein wirrer Kranz darin hängen blieb –, kehrte allmählich die bewusste Erinnerung zurück. Erschrocken stellte sie fest, dass Phuram die Welt verlassen hatte und Nergal herrschte, die böse Göttin der Nacht. Daturas Licht spiegelte sich in der ruhigen Flut eines Weihers, der von zerfallenen Balustraden umgeben war. Die Oberfläche schimmerte ölig und war weithin von Seerosenblättern und Wasserlinsen bedeckt. Mit kräftigen Schwimmstößen näherte sie sich der zerbröckelnden Balustrade ... und schreckte zurück. Ein Muster aus Schneckenhäusern oder gewundenen Muscheln lief rings um das Becken und schien aus Stein gemeißelt, bis sie entdeckte, dass diese Spiralen aus den knöchernen Wirbeln von Tieren und vielleicht auch von Menschen zusammengefügt waren. Das Gitter, um das sie sich rankten, bestand aus kalkweißen armlangen Knochen.

Heiß war es und drückend schwül, viel feuchter sogar als in der kaiserlichen Oase. Ein Kribbeln lag in der Luft, als warteten die Spannungen eines Gewitters darauf, sich zu entladen, aber kein Blitz fuhr nieder. Eine Überfülle unheimlichen Lebens umgab sie. Zykadeen und breitfächerige Palmfarne wechselten ab mit Schuppenbäumen, Eukalyptus und schlanken Bambusrohren, deren Blätter im Nachtwind spielten und sich im hellen Mondlicht spiegelten. Schößlinge und Unterholz, Stechpalmen und Orchideenranken wucherten so dicht, dass alles zu einem einzigen Gestrüpp verstrickt schien. Undurchdringlicher Nebel hing wie ein riesiges Spinnennetz zwischen den Stämmen.

Wie eine jähe kalte Strömung im warmen Wasser erfasste Brianna die Furcht. Kein Sundari verließ in der Nacht seine sichere Wohnung. Wenn das warnende Heulen der Nachthörner erklang, leerten sich die Straßen von Sundar-Bas. Sobald Phuram versunken war, ähnelte die tagsüber so geschäftige Stadt einer Nekropole, dunkel, stumm und verlassen. Und hier befand sie sich an einem Ort ohne Dach und Wände, den Strahlen der tückischen Mondin ausgeliefert! Wie erschreckend fremdartig Datura aussah: nicht blass und kümmerlich wie gewöhnlich, sondern rund und rotgolden wie ein Granatapfel, den gesamten nächtlichen Himmel beherrschend. Nie hatte Brianna sie so prunkvoll gesehen und wandte ängstlich den Kopf ab. Die Mondin anzublicken war gefährlich. Vor ihrem Schimmer flohen die Sundaris in ihre Türme und schlossen alle Fensterläden und Türen, damit kein Mondstrahl hereindrang und ihre Träume und Gedanken vergiftete. In der abergläubischen Überzeugung befangen, sie könne von den Strahlen der Mondin verzaubert und in den Wahnsinn getrieben werden, teilte sie die Abneigung aller Sundaris gegen das wechselhafte bleiche Gestirn. Eifrig bemüht, den Blick vom Himmel fernzuhalten, betrachtete sie die unmittelbare Umgebung.

Im Mittelpunkt des Beckens erhob sich auf einem Sockel ein Bildwerk aus rotem Sandstein. Auf der Schulter der dargestellten Frau hockte, gerade so groß wie eine Männerhand, das Abbild einer Skirva, eines Vogelweibs, und zu ihren Füßen kauerte eine widerwärtige Kreatur mit dickem Kopf, dürrem Körperchen und dem Gesicht eines grämlichen Säuglings. Seinen Kopf bedeckte eine Mütze, so lang, dass die Quaste seine Zehen berührte. Die beiden Gefährten verrieten das Wesen der steinernen Schönen: Eine Vhilla war es, ein weiblicher Vampir, dessen Standbild hier mit tückischem Lächeln über den Teich wachte. Ihre Hand ruhte auf zwei Totenköpfen, als hätte das unheimliche Wesen soeben seine Beute geschlagen.

Brianna spürte einen Kloß in der Kehle. Eine Vhila war etwas weitaus Heimtückischeres als ein gewöhnlicher Vampir, nämlich ein Wesen, das seinen Opfern über die körperliche hinaus auch die seelische Energie aussaugte. Sie fingen als lebendige Menschen damit an, und wenn sie starben, wurden sie zu Seelen verzehrenden Geistern.

Nachtschattengewächse wisperten ihre tückischen Lieder, ein Vogel schrie in der Dunkelheit in endloser Wiederholung sein *Külemie-külemiek-miekelikik!* Ein Windstoß, warm und übel riechend wie vermodernde Blumen, strich an ihr vorbei und erregte einen jähen Schauder des Widerwillens. Obwohl es Nacht war, sah sie alles ganz deutlich, denn über die Blumen und Blattwedel ergoss sich der sanfte Glanz des hellsten Mondlichts, das sie je gesehen hatte. In seinem Schein entdeckte sie, dass es von Tieren wimmelte, bekannten und unbekannten. Weiße Karumen flitzten an ihren Füßen vorbei, Krempeltierchen purzelten, sich ständig überschlagend, durchs Mondlicht. Unbestimmte, vierfüßige, langschwänzige, weichpfötige Wesen glitten und huschten und schwebten als lautlose blauschwarze Schatten durch die Nacht, folgten einige Schritte weit dem gepflasterten Weg und verschwanden im üppigen Laub. Die Geschöpfe schienen harmlos zu sein. Brianna entdeckte weder Saugnäpfe noch

Zähne an den Körpern. Ihre tellergroßen Augen waren wässrig und ohne bestimmten Blick.

Das Wispern in den Bäumen wurde drängender, als versuche einer den anderen niederzureden. Anfangs war Brianna unsicher, ob sie nicht immer noch träumte, als ihr einfiel, dass sie mit einem Transport Uzzbazis unterwegs gewesen war und dass es Schwierigkeiten gegeben hatte. Dann wurden die Bilder ihrer Erinnerung zusehends klarer. Etwas Wunderliches und Beunruhigendes war geschehen, kaum dass sie in die Dimensionen eingetaucht waren. Ihre Schwerter und Dolche waren verrostet, und – schlimmer noch – die Fesseln der Verbrecher waren zu Staub zerfallen. Sie erinnerte sich an die Schreie ihrer Gefährten, das Winseln der Werwölfe, das Gebrüll der unerwartet befreiten Gefangenen, die erst jubelnd aufgesprungen waren, um dann festzustellen, dass der Drache den Kasten losgelassen hatte und sie ins Bodenlose stürzten.

Aber was war danach geschehen? Und wo befand sie sich überhaupt? In der Welt der eisernen Dunkelheit war sie jedenfalls nicht gelandet, denn dort, so hatten Laurin und Merien ihr erzählt, war es bitter kalt, und drei gefrorene kleine Mondinnen leuchteten am ewig nächtlichen Himmel. Augenscheinlich waren sie nach Sundar zurückgekehrt, aber in einer völlig fremden Gegend weitab der Residenzstadt abgestürzt.

Wo waren ihre Gefährten, wo waren die Gefangenen? Und nicht zuletzt: Wo waren ihre Kleider?

Durch Schlamm und über schlüpfrige Steine stolpernd, fühlte sie glatte Stufen, die aus dem Wasser hinausführten. Dann trat sie mit dem bloßen Fuß auf etwas Hartes, das unter ihrem Tritt knackte, und als sie sich bückte, erkannte sie es. Auf den Stufen lagen die Scherben einer der Amphoren, die mit solcher Sorgfalt in dem Kasten verstaut worden waren. Es war nicht das einzige Gefäß – in der Nähe lagen zwei weitere Henkelkrüge, ebenfalls zerbrochen. Sie wollte sich danach bücken, da zerriss ein rauer Laut die Stille der Nacht: das Gebell eines Werwolfs.

Sie fuhr herum, in der Meinung, es sei einer von ihren dreien, aber es war Gavon, der splitternackt auf allen vieren herumtollte, außer sich vor Freude über die wiedergewonnene Freiheit. Die zottelige Haarmähne hing ihm triefnass auf die Schultern – also war er ebenfalls in den Teich gefallen. Er spielte mit einem runden Stein, rollte ihn hin und her, stieß ihn fort und sprang hinterher. Dann warf er sich auf den Rücken und wälzte den nackten Leib jauchzend im Gras.

»Gavon!«, kommandierte sie scharf. »Hierher!«

Er musste schon einmal gezähmt worden sein, denn der barsche Zuruf schüchterte ihn ein, wie es bei einem wilden Wolf nie der Fall gewesen wäre. Unsicher, ob die Aufforderung nicht etwa bedeutete, dass er sich eine Tracht Prügel abholen sollte, schlich er geduckt, mit eingeklemmtem Schweif näher und winselte gleichermaßen ängstlich wie beschwichtigend.

»Komm her, komm! Guter Wolf!« Ihre Stimme klang weich und lockend. Gavon fühlte sich offenbar zerrissen zwischen Gehorsam und der Furcht, hart gezüchtigt zu werden, denn er hielt immer wieder inne, wimmerte und fuhr sich mit den haarlosen Pfoten übers Gesicht, wedelte einschmeichelnd mit dem Schweif und zwängte ihn dann zwischen die Hinterbacken. Wenn sie ihn lockte, kroch er näher heran. Unmittelbar vor ihr fiel er zu Boden und leckte ihr die nassen Zehen.

Sie streckte die Hand aus, kraulte ihn unter dem Kinn und hinter den spitzen Ohren und lobte ihn mit sanfter Stimme.

Gehorsam musste immer sofort belohnt werden, ebenso wie Meuterei sofort bestraft wurde. Der Wolf ließ den Kopf hängen, damit sie seinen Nacken erreichen konnte, rieb sich an ihr und stieß unterwürfig fiepende Töne aus. Offenkundig war er von seinem früheren Führer sehr streng behandelt worden – ganz unnötigerweise, denn die erfahrene Brianna erkannte in ihm sofort einen der Wölfe, die es drängte, jemandem die Füße lecken zu dürfen. Von Natur aus unsicher und untertänig, liebten sie es, wenn ein Mensch sich um sie kümmerte und ihnen sagte, was sie zu tun hatten, auch wenn eine solche Herrschaft gelegentliche schmerzhafte Züchtigungen mit sich brachte.

»Weißt du, was geschehen ist? Kannst du dich erinnern?«, fragte sie und hoffte, dass er sie verstand. Der Grad, in dem Werwölfe sich ihre Menschlichkeit bewahrt hatten, war sehr unterschiedlich. Manche unterschieden sich kaum mehr von Raubtieren, aber viele waren, wenn auch in Grenzen, vernünftig und konnten sprechen, und einige schienen vollkommene Menschen zu sein, gepflegt und gesittet, denen man ihren heimlichen tierischen Trieb nicht anmerkte.

Gavon jedoch beantwortete die Frage nur mit einem Blick zur Mondin und einem melancholischen Heulen. Viel Verstand schien er nicht zu besitzen. Sie war nicht einmal sicher, ob er – von einfachsten Befehlen abgesehen – überhaupt die menschliche Sprache verstand.

Plötzlich sprang er hoch, richtete sich auf zwei Beinen auf und ergriff ihre Hand, wobei er ihr grinsend und grimassierend bedeutete, dass er ihr etwas zeigen wollte. Stolpernd rannte er ihr voraus, um den Weiher herum auf die gegenüberliegende Seite, und blieb dort vor einem Haufen zertrümmerter Balken stehen, die halb am Ufer, halb im Wasser lagen. Mit ausgestreckter Hand wies er darauf, klatschte freudig in die Hände, ballte die Fäuste vor der Brust und schüttelte sie mit allen Anzeichen des Vergnügens. Gelegentlich kläffte er, von freudiger Erregung überwältigt, kurz und scharf auf, während er um die Überreste des fliegenden Gefängnisses herumtanzte.

Selbst im Mondlicht erkannte Brianna ganz deutlich, dass nicht nur alle eisernen Bestandteile zu Rost zerfallen waren, sondern auch das Holz angegriffen war. Es sah aus, als hätten Schwärme von Holzwürmern darin gewütet. Die kaum noch unterscheidbaren Lumpen, die auf den durchlöcherten Trümmern lagen, waren offensichtlich einmal Kleider und Uniformen gewesen. Irgendetwas dort oben am Himmel hatte eine furchtbare Zerstörungskraft entfaltet. Aber wie hatten sie überlebt? Wo waren die Übrigen? Wo steckten ihre drei Werwölfe?

Sie rief und pfiff, erhielt aber keine Antwort. Entweder waren Gruhl, Gibba und Zerbe bei dem Absturz zu Tode gekommen, und ihre Kadaver lagen irgendwo im dichten Nebelwald, oder sie waren davongelaufen, vielleicht in Panik, vielleicht die gute Gelegenheit zur Flucht nutzend.

Ihr Rufen erreichte allerdings ganz andere Ohren. »Brianna?«, antwortete eine lallende Stimme. »Brianna, hier ist Merien ... Ist noch jemand bei dir?«

»Gavon ist da!«, rief sie zurück. »Sonst niemand ... Doch warte! Da kommt jemand.«

Drei nackte Gestalten lösten sich aus den Schatten und kamen mit unsicheren Schritten wie Schlafwandler auf sie zu. Erschrocken erkannte sie drei der Uzzbazis, darunter den Wechselbalg mit dem blinden weißen Auge. Ob die drei vorgehabt hatten, sie anzugreifen, erfuhr sie nicht, denn im selben Augenblick zog der Teich die allgemeine Aufmerksamkeit auf sich. Die schillernde schwarzgrüne Flut geriet in

Bewegung, bildete einen Strudel, um sich dann unvermutet zu teilen. Mit einem Schlag wurde der gesamte Teich aufgewühlt, denn überall tauchten Menschen auf und schwammen ans Ufer. Sie alle wirkten täppisch und wie berauscht. Nur langsam erwachten sie aus ihrem Dämmerzustand, öffneten die Augen und begriffen allmählich, wo sie waren. Wasser klatschte gegen die mit Flechten bewachsene Einfassung, und von allen Seiten wurden Rufe und Schritte laut. Im Gebüsch knackte es, und die üppigen langen Gräser raschelten. Brianna atmete auf, als sie ihre Gefährten und hinter ihnen den jungen Kaufmann erkannte, aber gleichzeitig wurde ihr bewusst, dass sie zu fünft – den dicken Mariwan konnte sie wohl nicht mitzählen – und splitternackt drei Dutzend gefährlichen Verbrechern gegenüberstanden, die ihrer Ketten ledig waren und zweifellos auf Rache sannen. Einige rannten zwar davon, um sich in der Finsternis zu verstecken, die meisten rotteten sich jedoch bereits zusammen, vereint in dem Hass gegen ihre Wächter. Sie klaubten Steine und Holzstücke auf. Schon erhob sich wütendes Gemurmel. Wenigstens hatten die Ondryshalsbänder der Zerstörung widerstanden, sodass sie keine magischen Kräfte einsetzen konnten, und sie waren so nackt wie ihre Gegner. Aber bei einer Übermacht von fünf gegen einen hatten die kaiserlichen Ritter dennoch einen schlechten Stand.

Brianna verfluchte ihre verschwundenen Werwölfe, aber was nutzte das Fluchen? Sie musste sich allein verteidigen, so gut sie konnte. Und da Angriff als beste Verteidigung galt, stürmte sie los und schwang beide Fäuste hoch in die Luft. Mit ihren harten Knöcheln traf sie einen Mann im Gesicht, genau am empfindlichen Nasenbein. Brüllend stolperte er rückwärts und stürzte. Die anderen nahmen dies als Signal, ihrerseits zum Angriff überzugehen, und die fünf Krieger fanden sich im Handumdrehen inmitten einer tobenden Menge. Hatten sie darauf gebaut, dass die Gefangenen geschwächt waren, so wurden sie enttäuscht. Die Uzzbazis waren sämtlich erschreckend gut bei Kräften.

Die einsame Waldlichtung hallte von Flüchen und Schreien wider. Füße stampften, Fäuste wurden geschüttelt, Augen blitzten zornig. Brianna wurde von allen Seiten gestoßen und getreten, Hände zerrten an ihren Haaren, packten sie an Armen und Beinen, suchten sie zu Boden zu zwingen, um sie dort mit Fußtritten zu traktieren. Vor allem die Weiber gingen mit der Wut von Kriegsechsen auf sie los, krallten mit den Fingernägeln nach ihren Augen, traten mit den Füßen nach ihr. Die Wolfsführer waren nicht für den Kampf Mann gegen Mann – oder Frau gegen Frau – ausgebildet, daher musste Brianna auf einfachste Kampftechniken zurückgreifen: Sie kratzte, biss, spuckte und zerrte an allem Haar, das sie zu fassen bekam.

Dabei geriet sie an Avigdor, dessen lockige nussbraune Mähne nachgerade dazu einlud, mit beiden Fäusten hineinzufahren und sich daranzuhängen. Er hatte mit dem Rücken zu ihr gestanden, und sie packte ihn, ehe er sich wehren konnte. Er fuhr herum, schnappte sie im Genick und presste ihr die flache Hand auf Mund und Nase, bis ihr der Atem stockte. Er war immer noch hager und hohläugig, aber durch seine sehnigen Glieder strömte die Kraft eines gesunden Mannes. Der doppelte Druck war so hart, dass sie weder den Kopf wegdrehen noch seine Hand abschütteln konnte. Es war ihr Glück, dass andere Kämpfer gegen sie prallten und er seinen Griff einen Herzschlag lang lockern musste. Blitzschnell biss sie ihm in die Finger, so fest, dass ihr sein Blut in den Mund rann. Fluchend ließ er sie los. Sie schnellte herum, warf ihm von hinten den Arm um den Nacken und suchte ihm nun ihrerseits die Luft abzupressen, aber er war größer als sie, und als er sich unversehens nach vorn beugte, hing sie zappelnd auf seinem gekrümmten Rücken. Sie fiel jedoch nicht zu Boden, sondern schlang ihm die Beine um die Hüften und kreuzte die Fußgelenke vor seinem Bauch, während sie den Druck auf seine Kehle verstärkte. Da sie den pressenden Arm mit der rechten Hand festhielt, konnte er sie nicht abschütteln, und so ließ er sich sich unvermutet zu Boden fallen. Brianna prallte auf den Rücken, zu ihrem Glück auf einen weichen Teppich aus faulendem Laub, und im nächsten Augenblick kniete er über ihr, beide Hände an ihrer Kehle. Sie schlug ihm die Hände auseinander, zerrte an seinen wirren Locken und zwang ihn zu sich herunter. Dann biss sie ihm in die Nase. Plötzlich durchfuhr sie ein stechender Schmerz, sie ließ den Gegner los und blies auf die Hand, die ein glühender Stachel durchbohrt hatte. Blindlings schlug sie mit der flachen Hand zu und verfehlte um Haaresbreite eine fingerlange Hornisse, die angriffslustig summend auf sie zuflog. Schon dachte Brianna, das Insekt wolle sie ein zweites Mal stechen, da ließ es von ihr ab und surrte auf Laurin zu, der sich auf den Midan gestürzt hatte, während die atemlose Brianna sich augenblicklich von anderen, von menschlichen Gegnern bedrängt sah.

Die dumpfe Oase hallte von Schmerzensschreien und Flüchen, klatschenden Hieben und dem Lärm derjenigen wider, die zu Boden fielen und strampelnd wieder auf die Beine zu kommen versuchten. Brianna rang nach Atem. Bei jeder neuerlichen Anstrengung brannten ihre Lungen, und ihr Herz hämmerte wie toll. Ihr Atem war längst aus dem Rhythmus geraten, sie keuchte und japste nur noch. Eine tödliche Erschöpfung kroch in ihr hoch. Rote Funken flimmerten ihr vor den Augen.

Schon meinte die Jungfer, sie könne sich der Übermacht nicht länger erwehren und werde zu Tode getrampelt, als Gavon an ihrer Seite auftauchte, offensichtlich bemüht, sie zu verteidigen. Zwar machte er mehr Lärm, als dass er wirklich jemandem wehtat, aber sein Knurren und Zähnefletschen, seine gekrümmten Klauen und grün funkelnden Augen sowie der borstig aufgestellte Haarkamm machten starken Eindruck auf die zahlreichen Feiglinge unter den Uzzbazis. Ein Werwolf, der in die eiserne Dunkelheit verbannt wurde, war ein Menschenfresser, das war allgemein bekannt, und er mit seinem Raubtiergebiss und den langen Krallen an den Fingern war der Einzige unter ihnen, der von Natur aus mit scharfen Waffen ausgestattet war. Brianna fand sich schlagartig von weitaus weniger Gegnern umringt als zuvor.

Sie hätten sich bis zur Erschöpfung weitergeprügelt, so wütend war der Hass auf beiden Seiten. Doch plötzlich war über ihnen ein so grässliches Pfeifen zu hören, dass alle erstarrten und voneinander abließen. Die Blicke wandten sich dem Nachthimmel zu, denn dorther schien das Geräusch zu kommen.

Es wurde immer lauter, und plötzlich verdunkelte eine von oben herabstürzende gewaltige Masse den Himmel. Schreiend stürzten Wächter und Gefangene davon, als das Gebilde immer größer wurde und alsbald über ihnen hing wie ein gigantischer Felsblock. Eine Eiseskälte ging davon aus, die allen den Atem verschlug ... Und dann sauste es, keine fünfzig Schritte von ihnen entfernt, durch die Kronen der Urwaldbäume, riss Laub, Äste und Zweige mit sich und krachte mit einem dumpfen Schlag, den Erdboden erschütternd, inmitten der Verwüstung nieder. Kälte strömte in die heiße Nacht, als sei ein Eisberg vom Himmel gefallen.

Alle starrten fassungslos auf den brettsteif gefrorenen, von einer glitzernden Eisschicht bedeckten Kadaver des kolossalen Drachen, den man den Vollstrecker genannt hatte.

Streit und Kampf waren vergessen, kurzfristig herrschte Waffenstillstand, als sich die Gestrandeten erschrocken dem verendeten Ungeheuer näherten. So schauerlich war die Kälte, die von ihm ausströmte, dass sich ringsum eine Blase eisiger Luft bildete und die nackten Menschen am ganzen Leib zitterten. Nebel umwölkte den Kadaver und stieg in Schleiern in die warme Dämmerung auf. Brianna schwindelte.

Darabos von Traill schritt auf den Berg gefrorenen Fleischs zu, betrachtete ihn lange und blickte schließlich auf. Mit oder ohne Kleider war er ein Mann, der eine zwingende Macht über andere ausübte. Beklommene Stille herrschte unter den Schiffbrüchigen, als er zu sprechen begann.

»Der Gewaltige ist einem noch Gewaltigeren zum Opfer gefallen«, hob er an, auf den Kadaver deutend. »Wunderbare und schreckliche Dinge sind geschehen.«

»Was ist ihm widerfahren?«, rief die Menschenfresserin Tulda.

»Das weiß ich nicht.« Zuzugeben, dass er, Born alles Wissens und aller Weisheit, etwas nicht wusste, fiel Darabos sichtlich schwer, aber es blieb ihm nichts anderes übrig. »In der Leere zwischen den Welten herrschen Kräfte und Mächte, die selbst für die Weisen undurchschaubar sind. Und was ihm widerfahren ist, muss in den Dimensionen geschehen sein, denn die bitterste irdische Kälte könnte ein so ungeheures Geschöpf nicht im Nu in Eis verwandeln.«

»Warum sind wir dann nicht gleichfalls gefroren?«, fragte Chapron, der ehemalige Koch und Kellermeister des Tempels, der Bilsenkraut und Schierling in die Speisen der Priester geschmuggelt hatte.

»Ich vermute, er ließ das Gefährt fallen, als er auf Widerstand oder auf einen Feind stieß. Und da die Dimensionen keine Gegend sind, sind wir nicht aus der Höhe des Himmels gefallen – wobei wir zweifellos zu Staub zerschmettert worden wären –, sondern unbeschadet auf der Erde gelandet.«

»In dem Fall«, rief der Meuchelmörder, der Carmilhan der Schlächter genannt wurde, »sollten wir uns beeilen die Wächter zu erschlagen und zu verschwinden, ehe das Missgeschick bekannt wird und der Sohn der Sonne neue Soldaten aussendet, um uns zu verhaften!«

Darin waren alle mit ihm einer Meinung, und sie wären sofort wieder in Scharen über die Ritter hergefallen, hätte Darabos ihnen nicht mit erhobener Hand Einhalt geboten. »Wir haben Wichtigeres zu tun, als die Büttel zu erschlagen!«, rief er mit gebieterischer Stimme. »Bald wird Phuram erscheinen, und der ist unser tödlicher Feind. Lasst uns eilen und ein Versteck suchen, in dem wir vor ihm sicher sind.«

Treva lachte. »Recht so, vortrefflicher Darabos!«, höhnte sie. »Lauft, lauft, ihr Elenden, denn wenn der Sonnenfürst in den Himmel steigt, wird er euch die Haut abziehen und die Augen blenden, und noch ehe der Tag vorbei ist, werdet ihr wie gedörrte Fische auf dem Boden liegen! Ihr sollt …«

Plötzlich jedoch dämpfte sie die Stimme und blickte sich um, und ihre Zuhörer hatten alle dasselbe unangenehme Gefühl: Da war etwas, unsichtbar, aber fühlbar, das sie belauerte und beobachtete. Unwillkürlich rückten sie alle an den Magier heran, Schutz suchend wie Kinder bei ihrem Vater. Alle zugleich starrten zum Himmel hinauf, aber dort war nichts zu sehen, kein fliegendes Ungeheuer, keine schauerliche Erscheinung, nur eine schwache, stahlglänzende Helligkeit, die sich allmählich immer weiter ausbreitete. Es musste kurz vor Anbruch der Dämmerung sein.

Bei diesem Anblick atmete Brianna auf. Für sie, die Gerechten, war Phuram der Retter vor der Finsternis. In weniger als einer Stunde musste der Herold mit seinen glühenden Ringen am Himmel erscheinen und Phurams täglichen Sieg über die Finsternis ankündigen, und dann würde die Welt wieder heil sein. Welcher Nachtschattenspuk sie hier auch erschreckte, in Kürze wäre alles vorbei, dann nämlich wenn Phuram sein herrliches Haupt aus den Schatten erhob und wieder Ordnung und Sicherheit einkehrten. Briannas tobender Herzschlag beruhigte sich. Sie hatten ein erschreckendes Abenteuer durchgestanden, aber sie waren wieder heil auf dem Boden gelandet, alle fünf Ritter und der Kaufmann unverletzt, und jetzt mussten sie nur noch zusehen, dass sie möglichst rasch die nächste Garnison erreichten.

»Dies ist ein wunderlicher und gefährlicher Ort«, fuhr Darabos fort (worin Brianna ihm ohne Abstriche zustimmte), »und ich rate euch, ihn in aller Eile zu verlassen. Übrigens« – er wandte sich an Amyas – »wäre es an der Zeit, uns die Halsbänder abzunehmen.«

»Verfinsterte Sonne! Nichts dergleichen werde ich tun!«, fluchte dieser. »Meinetwegen solltet Ihr damit begraben werden.« Dann lachte er. »Selbst wenn ich es tun wollte, Meister Darabos: Die Schlüssel waren aus Eisen. Wenn Ihr sie haben wollt, sammelt den rostigen Staub ein und setzt sie wieder zusammen.«

Der Magier blickte finster drein, zuckte jedoch die Achseln. »Gut, dann kann es fürs Erste nicht anders sein. Auf jetzt! Sehen wir zu, dass wir uns irgendwoher Kleidung beschaffen, denn lange gedenke ich nicht mehr so würdelos herumzulaufen.« Er vollführte eine weit ausholende Geste. »Kommt! Mir nach!«

Die fünf Khan-Hagizim und der Kaufmann protestierten gegen diesen Vorschlag im selben Atemzug wie der Midan von Fienne. »Wer seid Ihr, Darabos, dass Ihr uns anführen wollt?«, rief dieser. »Wir sind Euch nicht untertan. Sammelt um Euch, wen Ihr wollt, ich aber folge meinem eigenen Weg.« Ein Dutzend Männer und Frauen murmelten zustimmend und drängten sich an seiner Seite zusammen.

»Euch zu folgen, Darabos«, erklärte Amyas, »ist der Weg in den Untergang, sei es in dieser oder in der jenseitigen Welt. Keinen Schritt gehen wir mit Euch – und ebenso wenig mit Euch, Hochverräter und Gotteslästerer«, fügte er an Avigdor gewandt hinzu.

»Narren!«, rief der greise Magier verächtlich. »Wie weit wollt ihr denn ohne mich kommen, der ich der Einzige mit Verstand unter euch bin? Lasst euch von ihm da führen, wenn ihr mir nicht folgen wollt, das ist der Richtige für euch.« Dabei deutete er auf Gavon, der abseits saß und sich eine Kratzwunde am Arm leckte.

Einige von den Uzzbazis lachten laut auf.

»Kommt her, edler Führer!«, rief Darabos höhnisch. »Eure Gefolgsleute erwarten Euch!«

Brianna, die auf keinen Werwolf etwas kommen ließ, und schon gar nicht auf Gavon, der sie im Kampf verteidigt hatte, wurde zornig. »Lieber lasse ich mich von einem einfältigen Werwolf führen als von einem Magier, der mit allen bösen Geistern im Bunde steht!«, rief sie aufgebracht. »Geht Ihr nur und nehmt diejenigen mit, die Euch nachlaufen wollen, wir finden unseren Weg allein.«

–

Zuletzt teilten sich alle in drei Gruppen. Der größte Teil der Uzzbazis folgte dem Magier, eine kleinere Gruppe scharte sich um Avigdor von Fienne, und die fünf Krieger mit ihrem Begleiter, dem Kaufmann, nahmen Gavon mit sich, der sich von seiner neu gewonnenen Herrin nicht mehr trennen wollte.

Brianna blickte noch einmal zurück. Der Teich lag vollkommen still unter seiner Decke aus Seerosen, Wasserlinsen und gelbgrüner Entengrütze. Die Vhilla blickte unbeweglich vor sich hin. Dann sah die Jungfer, wie eine der steinernen Hände zuckte.

Wahrhaftig, sie zuckte. Die Bewegung stieß einen der Totenköpfe an, der ins Rollen geriet und im Wasser verschwand. Das Ungeheuer regte auch die andere Hand, dann dehnte und streckte es sich, zitterte genussvoll und ließ sich wieder nieder, die leeren Augen träumerisch auf den See gerichtet.

Und auf einmal begann es zu singen.

Aus der steinernen Kehle quoll ein melodisches Summen wie der Klang einer Maultrommel. Es wurde lauter und lauter, bis es die gesamte Lichtung erfüllte. Die fünf Khan-Hagizim und der junge Herr Salten standen wie versteinert und lauschten, und auch die Uzzbazis mit ihren beiden Anführern fielen im Gehen zurück, verharrten und gerieten in den Bann des wunderbaren, wortlosen Gesangs. Der Ton veränderte sich, einmal hallte er tief und dunkel, dann weich und schmelzend, aber immer schwebte er süß und bezaubernd in der Luft, und niemand vermochte sich von diesen Klängen loszureißen. Einige Zuhörer schaukelten langsam hin und her, wie Marionetten an den Fäden der unvergleichlichen Sängerin. Andere schlossen die Augen und neigten in süße Träumereien versunken die Köpfe zur Seite. Einige knieten mit den Händen im Schoß auf der Erde. Zwei erhoben sich und wankten wie Schlafwandler auf den Teich zu.

Der war jetzt nicht mehr friedlich und spiegelglatt, sondern bebte und vibrierte. Eine bedrohliche Unruhe hatte das Wasser und seine Bewohner erfasst. Zwischen den Seerosen und den Wasserlinsen zeigten sich froschartige dunkle Gestalten, die die Oberfläche durchstießen und abermals untertauchten. An den flechtenüberwachsenen, nassen Steinen der Einfassung stieg und fiel das Wasser, als bewege sich etwas Gewaltiges in seinen Tiefen. Fische, rund und glänzend wie Zinnteller, sprangen hoch in die Luft und zeigten Doppelreihen messerscharfer Zähne.

Immer mehr nackte Menschen verfielen dem Zauberbann und schritten starren Blicks und mit hölzernen Bewegungen dem Teich entgegen. Schon waren die ersten bis zum Hals im schlammig wallenden Wasser verschwunden, als ein ungewohnter Ton sich in den zauberischen Gesang mischte.

Alle Werwölfe lieben Musik, und Gavon bildete keine Ausnahme. Zutiefst ergriffen von den überirdischen Melodien, saß er da. Sein Herz bebte, seine Augen wurden feucht, und nach Art der Wölfe wusste er den anschwellenden Leidenschaften in seinem Innern nicht anders Luft zu machen, als in den Gesang mit einzustimmen. Den Kopf zurückgeworfen, sandte der Wolf lang gezogene, Ohr und Gemüt erschütternde Heultöne zur Mondin hinauf. Zweifellos empfand er selbst seine Musik als angemessene Begleitung zum Gesang der Vhilla, aber die behexten Menschen erstarrten bei seinem tremolierenden Jaulen, zuckten und rissen die Augen auf, und jene, die schon im Wasser gestanden hatten, erwachten fluchend aus ihrer Bezauberung.

Ein scharfer Knall zerriss die Luft, als Gavon eben zu einem lang hinzitternden Ton ansetzte, der die Krönung seines Gesangs darstellen sollte. Die Vhilla verstummte. Schlagartig erlosch auch das mystische Leben in den Bäumen und Blumen. Die Stimmen der Nacht schwiegen. Das Wasser des Weihers gerann zu einer trüben, schlierigen Brühe. Aus dem Trillern des Nachtvogels wurde ein Krächzen. Plötzlich durchlief ein Zittern den Boden. Brianna fühlte sich, als stehe sie auf dem Bauch einer Trommel, so heftig durchrieselte sie die Bewegung. Ein Zischen wurde laut, und eine weiße Säule wie von aufsteigendem Dampf stieg irgendwo zwischen den Bäumen in den wolkenverhangenen Himmel.

Wiederum wurde ein Zittern fühlbar, aber viel deutlicher diesmal, so als zerbröckle der Boden unter ihnen in einzelne Platten, die sich gegeneinander verschoben, und Brianna meinte zu spüren, dass er warm wurde. Das Zischen ertönte erneut, jetzt aber von mehreren Seiten zugleich, und Schwefelgeruch erfüllte die stickige Luft. Dann schien ein weiteres Donnern über das unheimliche Tal zu rollen, doch er kam nicht vom Himmel herab, sondern murrte tief aus der Erde empor.

»Dieses Grollen – war das ein wildes Tier?«, fragte Brianna besorgt und dämpfte die Stimme zu einem Flüstern.

»Das wäre nur halb so schlimm, Kameradin«, antwortete Merien ebenso leise. »Ich fürchte, es war der Berg selbst. Dies ist ein Vulkan, und obwohl er kalt und tot erscheint, toben die Feuer in seinen Tiefen unvermindert heftig.«

Wie zur Bestätigung seiner Worte brach über ihren Häupten ein solches Getöse los, dass ihnen angst und bange wurde – über die Donnerschläge und das Zischen der Blitze hinweg heulte und johlte es, bellte und kreischte, als tobe ein ganzer Heerzug vorüber. Gleichzeitig erfüllte ein Brandgeruch die Luft und verschlug ihnen allen den Atem.

Die Uzzbazis stoben davon wie ein Schwarm Fludern und verschwanden in aller Eile im Wald, verfolgt von der wilden Jagd in den Lüften, die eine Weile über ihnen dahinzog und allmählich verstummte.

–

Während dieser Ereignisse hockte auf einem Zweig hoch über den Köpfen der Schiffbrüchigen ein kaum ellenlanges, possierliches Tier, triefend nass von der spitzen Schnauze bis zur Schwanzspitze, und beobachtete das Geschehen von oben. Amory war nicht weniger überrascht gewesen als alle anderen, dass die Reise ein so jähes und unvorgesehenes Ende genommen hatte, aber dann schwoll ihr Herz vor Entzücken, als sie den Geliebten in seiner ganzen schönen Nacktheit aus dem Wasser steigen sah. Wie wunderbar hatten die Himmlischen doch sein Schicksal gelenkt! Eben war er noch ein elender Sklave gewesen, und jetzt stand er im Licht der Mondin, schön wie ein Ritter des Goldenen Ordens. Sie hatte nur Augen für ihn. Zorn ergriff sie, als die Schlägerei ausbrach und sie zusehen musste, wie die rohe Wolfsführerin sich auf ihn stürzte und mit den Zähnen nach ihm schnappte wie einer ihrer garstigen Köter, und da Amory in ihrer augenblicklichen Gestalt im Gewühl zu verletzlich gewesen wäre, sauste sie als Hornisse hinunter und stach das bissige Weib mit aller Kraft in die Hand. Zufrieden beobachtete sie, wie ihr Eingreifen es dem Midan ermöglichte, sich aus der Umklammerung zu befreien.

Dann stürzte der Vollstrecker vom Himmel, und die Vhilla stimmte ihren verderblichen Gesang an. Amory wollte sich vom Neuem hinunterstürzen und diesmal Avigdor stechen, um ihn aus dem tödlichen Bann zu reißen, als glücklicherweise der Wolf mit seinem grauenhaften Geheul begann und damit alle zur Vernunft brachte. Nun, dachte sie, wenigstens zu etwas ist er nutze. Aber er bedeutete ebenso eine Gefahr, denn eine Werwolfnase ließ sich durch eine Verwandlung nicht täuschen. Bald würde er wittern, dass sich ganz in der Nähe jemand aufhielt, den seine Nase, nicht aber sein Auge erkannte. Und nach Art seiner Rasse würde er augenblicklich zu seiner Herrin rennen und sie kläffend auf die heimliche Gegenwart aufmerksam machen.

Amory mochte keine Werwölfe. In ihren Augen waren sie laut, dumm, bissig, gefräßig und hatten Flöhe. Erfreut beobachtete sie, wie die Gruppen sich trennten. Damit wurde sie den Wolf samt seiner bösartigen Führerin los, und sie konnte Avigdor unbemerkt folgen, konnte sich heimlich an seinem herrlichen, nackten weißen Leib erfreuen, an seinem in reichen Locken über den Rücken hängenden Haar und vor allem an seinem Duft, den sie jetzt viel deutlicher wahrnahm als in ihrer menschlichen Gestalt. Ach, welch ein Duft! Sein Körper roch jetzt noch viel feiner und anziehender als damals, als sie ihn bei Hofe gesehen hatte, gebadet und parfümiert, wie es bei vornehmen Herren Sitte war. Am liebsten wäre sie ihm auf die Schulter gesprungen, hätte sich unter seinen Haaren verkrochen und die Nase in sein Ohr gesteckt, aber es war besser, sich noch nicht bemerkbar zu machen. Unter diesen ungewohnten und gefährlichen Umständen würde er Hilfe brauchen, sei es gegen die kaiserlichen Büttel oder gegen unbekannte Gefahren ... Und wie würde sie seine wohlwollende Aufmerksamkeit wirkungsvoller erregen, als wenn sie ihn aus diesen Gefahren rettete? Bis jetzt hatte er ihr nämlich keine große Aufmerksamkeit entgegengebracht.

Weniger edelmütige Magierinnen hätten diesem Zustand

mit einem Liebestrank abgeholfen, aber Amory fand, dass es eine Schande für ihn und sie selbst gewesen wäre, ihn zur Leidenschaft zu zwingen. Er hatte ja noch gar keine Gelegenheit gehabt, ihre Vorzüge zu bemerken. Sie waren einander bei Hofe nur ganz kurz vorgestellt worden, und wenig später hatte sich die schreckliche Nachricht von seinem unaussprechlichen Verbrechen und der unbarmherzigen Strafe verbreitet. Wenn er sie erst näher kennenlernte, dann, davon war sie überzeugt, würde er auch begreifen, dass es keine bessere Gefährtin gab als sie.

Als er, gefolgt von einem Häuflein Getreuer, die es nicht mit Darabos halten wollten, in den Wald stürmte, wollte sie ihm schon folgen, doch ein höchst beunruhigendes Ereignis fesselte ihre Aufmerksamkeit.

In ihrer jetzigen Gestalt war ihr Körper um vieles schwächer, aber ihre Sinne waren doppelt geschärft, und so fühlte sie, dass sich Magier näherten. Es waren nicht die Uzzbazis; deren Kraft war gebunden durch die Ondryshalsbänder, und sie besaßen nicht mehr Macht als gewöhnliche Menschen, solange sie keinen Weg fanden, ihre Halsbänder abzuwerfen. Das war nicht einfach, denn es gab nur ein einziges Material – Meteoreisen –, das durch die graue Substanz schnitt. Messer aus Meteoreisen aber lagen nicht im Wald herum.

Nein, was sie spürte, war die Gegenwart von Magiern im Vollbesitz ihrer Kräfte.

Sie kletterte hoch hinauf in die schwankenden Zweige und beäugte argwöhnisch die Lichtung rings um den See. Dort war inzwischen auch von Darabos und seinem Anhang sowie den Khan-Hagizim keine Spur mehr zu sehen. Still lagen das Gewässer mit dem stummen Standbild in der Mitte und der dunkle Nebelwald in der Dämmerung.

In das blassblaue Licht der Mondin mischte sich ein öliger Schimmer, der sprang und flackerte und seltsame Schatten zum Leben erweckte; es sah aus, als bewege eine hohe, verzerrte Gestalt ohne Gesicht sich über dem Wasser des Teichs, aus dem sie aufgestiegen war, ohne einen Tropfen zu stören. Rund um die Erscheinung flatterte ein glitzerndes dünnes Gespinst, das in der feuchten Luft der Morgendämmerung tanzte wie losgerissene Spinnweben. Dann verschwand die Gestalt, und Amory meinte schon, sie habe sich zurückgezogen, als ihr ein rundlicher Schatten auf der Marmorbank neben dem Wasser auffiel. Es sah aus, als liege dort ein faustgroßes Knäuel aus dickem Garn, von dem Strähnen herabhingen. Das Knäuel bewegte sich, und die Strähnen zuckten, als lebten sie. Es wurde größer und größer, bis es so groß wie der Kopf eines Mannes war. Amory hatte den Eindruck, dass sie aus dem zotteligen Ball heraus schweflig funkelnde Augen anblickten.

Und zuletzt, mit einem leisen Knall, als wären sie durch eine Papierwand gesprungen, schossen zwei menschliche Gestalten aus der Tiefe des Weihers empor.

So fasziniert war Amory von diesem Geschehen, dass sie nicht bemerkte, wie eine pelzige Spinne sich an einem glitzernden langen Faden von einem höheren Ast zu ihr herabließ. Erst als das Tier sich unmittelbar vor ihrer Nase fallen ließ und sie aus einem Kranz golden orangefarbener Augen anstarrte, bemerkte sie es.

»Nun, kleine Schwester?«, flüsterte eine Stimme aus dem zangenbewehrten Maul. »Es war doch gut, dass ich dich begleitet habe, nicht wahr?«

Die Reise der Magier

Der Bodun Karziram war ans Ziel seiner Wünsche gelangt: Er war der alleinige Herr einer ganzen Welt. Aber er konnte nicht behaupten, dass er großen Spaß daran fand.

Mit einem unterdrückten Fluch trat er von dem Ausguck im obersten Geschoss der Felsenstadt zurück, der einen Blick auf die trostlose Landschaft gewährte. Der schweflige Himmel wollte nicht heller werden. Wie eine bronzene Schüssel mit einem glutroten Rand stand die Sonne am Himmel, während ein kaltfeuchter Dampf in der Luft lag. Die Zeichen kündigten einen schweren Sturm an, wie er in der Welt der eisernen Dunkelheit allzu oft über die endlosen Gletscher und Schneefelder raste. Er konnte sich also nicht einmal kurz ins Freie begeben, um frische Luft zu atmen, auch wenn sie so kalt zu sein schien, dass sie wie eine Messerklinge in die Lungen schnitt.

Er war ein Gefangener. Tag für Tag, Nacht für Nacht strich er durch die von abgenagten Gerippen erfüllten finsteren Kammern und Säle, über Treppen und vorbei an Arkaden. Kein menschlicher Atem war zu hören. Unten in den eisigen Bergwerken lagen die Knochen der Uzzbazis, noch immer an Ketten geschmiedet. Oben in der steinernen Stadt ruhten die Reste der Statthalterin und ihrer Ritter. Oft meinte Karziram, während er mit seiner Lampe durch Nacht und Grauen schlich, eine Bewegung wahrzunehmen, ein Keuchen zu hören, und in solchen Augenblicken wäre er froh gewesen, den niederträchtigsten der Uzzbazis am Leben zu sehen. Aber die Einzigen, die außer ihm in der Welt der eisernen Dunkelheit noch lebten, waren die Dogai. Allerorten in den lichtlosen Gängen schlichen die dürren, grün gefleckter Scheusale mit ihren schlaffen Bäuchen, froschähnlichen Füßen und langen Klauenhänden umher. Anstelle von Haaren wuchs auf ihren kahlen Schädeln ein übel riechendes Pilzgeflecht, das in schwachem Schimmer phosphoreszierte und Gesichter erhellte, die Karziram lieber nicht gesehen hätte.

Als sie gemerkt hatten, wie das Leben über ihnen erlosch, waren sie erst verstohlen, dann zusehends kühner nach oben gekrochen und hatten sich erst einmal mit den noch frischen Leichen im Bergwerk den Bauch vollgeschlagen. Bald jedoch wurden sie von Neuem hungrig, und immer weiter waren sie hinaufgestiegen, durch lichtlose Gänge huschend, an den Mauern entlang kriechend wie schleimige Schnecken. Als sie schließlich oben angelangt waren, hatte sich angesichts der Nahrungsberge, die sich allenthalben häuften, ihre Lust ins Unermessliche gesteigert. Mit trocken raschelnden Schwingen, die Froschfinger gespreizt, die scharfen Zähne in den hageren, grünlich grauen Fratzen entblößt, hatten sie eine Leiche um die andere bis auf die Knochen abgenagt, die Knochen geknackt und das Markt ausgesogen. Gegen ihr eigenes Gift, das die Opfer getötet hatte, waren sie unempfindlich, und vor dem einzigen noch Lebenden hatten sie keine Angst. Sie zischten ihn an, wenn er ihnen irgendwo über den Weg lief, und er zog sich hastig zurück in seine von Bannsprüchen geschützte Kammer. Karziram hatte die Leiche seines Dieners und alle anderen, die in der Nähe seines Arbeitszimmers lagen, fortgeschleppt – eine widerwärtige Arbeit, die aber getan werden musste, wollte er die Unholdinnen nicht selbst in seine Nähe locken.

Zunehmend fühlte er sich äußerst unbehaglich. Zu fressen hatten die Dogai noch genug, um ihn für eine ganze Weile in Ruhe zu lassen, aber sie begehrten auch anderes, und bei dem Gedanken an ihre dampfenden, übel riechenden Leiber standen ihm die Haare zu Berge. Kein Zweifel, dass sie früher oder später auf ihn eindringen würden. Und er konnte nicht ewig in seinem Arbeitszimmer versteckt bleiben. Er brauchte Nahrung und Wasser, wenn auch viel weniger als ein dem irdischen Leben noch inniger verhafteter Mensch. Von Zeit zu Zeit musste er hinuntersteigen in die Keller, um die schleimigen Pilze zu pflücken und zu plündern, was von den Vorräten noch vorhanden war, und solche Expeditionen wurden zu immer gefährlicheren Abenteuern. Eines Tages, das wusste er, würden sie ihn in einen Hinterhalt locken, gefangen nehmen und zu ihrem Sklaven machen... wenn er ihnen nicht zuvorkam und einen Weg fand, sie loszuwerden. Oder einen Weg, aus dieser Falle zu entfliehen.

Tag für Tag, Nacht für Nacht verbrachte er, von seinem magischen Pulver gestärkt und erleuchtet, über seinen Büchern und Schriftrollen und suchte einen Ausweg aus der Falle, die er sich selbst gestellt hatte. Aber keiner der blauen Dämonen, die er beschwor, konnte ihm helfen. Sie waren auch nicht sonderlich willig, sich für ihn anzustrengen, da er ihnen keine Menschenopfer mehr zu bringen vermochte. Mit jeder Beschwörung wurden sie aufsässiger, und er sah den Zeitpunkt nahen, da sie seinem magischen Zwang nicht mehr gehorchen und sich auf ihn stürzen würden.

Welch eine Wahl!, dachte er ingrimmig. Von den Dogai gefangen, zur Lust benutzt und zuletzt gefressen – oder von rebellierenden Dämonen in die Hölle Saur geschleppt zu werden!

–

Auf der einstigen Welt der Sundaris erging es dem Urkhon Boulgaroz – jetzt Seine Himmlische Majestät Boulgaroz – nicht viel besser.

Anfangs hatte er viel Vergnügen daran gefunden, durch die von der Seuche bis in den letzten Winkel entvölkerte Stadt und die dahinterliegenden menschenleeren Länder zu streifen, jedes beliebige Haus zu betreten und sich aus den Schatzkammern zu bedienen, freudig wie ein Kind, das die Laden mit dem Naschwerk offen findet. Noch mehr hatte er es genossen, dass er jetzt ungestraft seine niedrigsten Gelüste ausleben durfte. Von Wut und Abscheu getrieben, erzwang er sich den Zugang zu den Tempeln und Priesterhäusern und verbrachte dort viel Zeit damit, die Götterbilder zu besudeln und zu schänden.

Nachdem er den Goldenen Tempel auf unbeschreibliche Weise verunreinigt hatte, schien ihm, dass er den Höhepunkt aller nur erdenklichen Freuden erreicht hatte, denn das Elixier in seinen Adern schützte ihn vor den Pfeilen des wütenden Sonnenfürsten, und dieser musste machtlos zusehen, wie er ihn verhöhnte. Aber nach einiger Zeit ließ das Vergnügen nach. Und wie sein Feind und Zunftgenosse Karziram musste er feststellen, dass er einen Fehler begangen hatte. Da er keine Menschenopfer mehr bringen konnte, weil keine Menschen mehr da waren, zeigten sich die beschworenen Dämonen widerspenstig und weigerten sich oft rundheraus, ihm zu Gefallen zu sein. Er hatte von tagelangen Orgien mit den schönsten Incubi geträumt, von berauschenden, alle Sinne verwirrenden Begegnungen mit Buhldämonen von überirdischer Schönheit und Manneskraft – und jetzt saß er in einem übel riechenden Meer verdorrter Leichen, zwischen den schweigenden Häusern und Palästen einer Gräberstadt, allein unter den goldgeflügelten Aaskäfern, die mit Eifer ihrer Pflicht nachkamen.

Er wusste, dass er so nicht lange durchhalten konnte. In seiner Not beschloss er, es noch einmal mit einer Beschwörung zu versuchen, obwohl ihm bei dem Gedanken angst und bange wurde. Ein aus den Tiefen heraufzitierter Dämon, der ein Menschenopfer erwartete und es nicht bekam, war höchst geneigt, sich an dem Beschwörer schadlos zu halten. Aber was sonst sollte er tun?

Finsteren Blicks stieg er hinab in die geheimen Keller seines Laboratoriums, von denen kein Außenstehender jemals Kenntnis erlangt hatte. Dort, hinter drei magisch versiegelten Türen, erwartete ihn in einem Gewölbe ein merkwürdiges Bildwerk aus einem unbekannten Metall. Nicht einmal Boulgaroz vermochte die Zeichen auf dem Sockel zu lesen, die Auskunft gaben über Namen und Ursprung des Wesens. Es waren unbekannte Runen, so fremdartig, so absonderlich gekrümmt und ineinander gewunden, dass er ihre eigentliche Form kaum erkennen konnte, denn dieses Bildwerk stammte aus einer anderen Welt. Eines Tages war es wie aus der leeren Luft heraus auf dem Gipfel des Schattenbergs erschienen, genau an der Stelle, wo sich zuweilen merkwürdige dunkle Strudel in der brodelnden Luft bildeten und Windhosen aus dem Nichts aufwallten.

Boulgaroz zündete eine Lampe an, deren Schein das Gewölbe mit einem schwachen roten Dämmerlicht erfüllte. Die

Wände mit ihren abgeblätterten Malereien strömten den Geruch dumpfer Feuchtigkeit aus. Blutrote Kerzen standen auf gusseisernen Leuchtern. Altertümliche Folianten lagen auf dem Lesepult und auf dem Boden gestapelt, zum Teil so vergilbt und vom Mehltau befallen, dass er die Seiten mit Vorsicht wenden musste, um sie nicht zu beschädigen. Alle hatten runzlige Rücken und abgegriffene Deckel und verströmten einen widerwärtigen Geruch, der ebenso viel mit ihrem ehrwürdigen Alter wie ihrem nichtswürdigen Inhalt zu tun hatte. Weihrauchduft stieg aus dem bronzenen Gefäß auf, das auf dem Opfertischchen stand. Auf einem Sockel lagen zwei polierte und bemalte Totenschädel, Überbleibsel zweier Männer, die ihm vorzeiten übel mitgespielt hatten. Von Zeit zu Zeit vergnügte der Urkhon Boulgaroz sich damit, die in den knöchernen Schalen eingesperrten Seelen zu peinigen.

Das Ritual dauerte lange, und je länger es dauerte, desto deutlicher wurde fühlbar, dass eine böse Macht sich von den Invokationen angesprochen fühlte. Boulgaroz spürte, wie etwas Unsichtbares an ihm zerrte, ihn hinauszusaugen versuchte aus seinem sicheren, erleuchteten Gewölbe. Er wusste, dass er bereits mit den ersten Worten seiner Anrufung ein gefährliches Zwischenreich betreten hatte, in dem die alltäglichen Gesetze des Seins keine Gültigkeit hatten. Wie er einen Dämon an sich ziehen konnte, so konnte dieser auch ihn anziehen – und noch schlimmer: Dieser konnte ihn, dessen Geist verletzlich in der Leere zwischen den Welten schwebte, ergreifen und sich seiner bemächtigen, und damit wäre er auf ewig den Frost- und Feuerhöllen verfallen gewesen.

Die Luft surrte und schwang von einem schwachen Klang wie einem Choral, aber die Stimmen waren keine Menschenstimmen. Sie klangen widerwärtig künstlich, wie blecherne Schnarren und Pfeifen.

Er wollte den Blick schon von der Statue abwenden, als er plötzlich sah, wie sich eine feine schwarze Linie über ihr Gesicht und den Vorderteil des hockenden Körpers zog – genau in der Mitte, als hätten die Handwerker dort die beiden Hälften der Gussform aneinandergefügt. Die Linie wurde immer breiter und vergrößerte sich zu einem Spalt. Mit angehaltenem Atem sah Boulgaroz, wie das ungeheuerliche Ding sich in zwei Hälften teilte, die wie Torflügel auseinanderschwangen. Er blickte in das schwarze Innere – und sah darin wie in einem Ofenloch ein schmieriges, verfilztes Knäuel gelber Wolle herumrollen.

Er ächzte. Die Pharsu! Die hatte er nicht gerufen. Nachdem sie Sundar entvölkert hatte, waren ihre Dienste ihm entbehrlich geworden. Er legte keinen Wert darauf, dass sie wieder erschien. Der Futternapf war leer, und wenn sie noch nicht satt war, musste sie sich anderswo bedienen.

Er beobachtete schweigend, wie das Knäuel sich drehte und allmählich die Form veränderte, zu einer wie Phosphor leuchtenden Spindel wurde, die sich zusehends schneller drehte und in die Länge streckte. Mit einem Laut, als schnappe ein Schloss zu, schoss die Spindel plötzlich zu Menschengröße empor – der Größe eines sehr hoch gewachsenen Menschen – und nahm menschliche Gestalt an. Berge von Nahrung hatte sie auf Sundar gefunden, und so gemästet, war sie kein halb durchsichtiger Schemen mehr. Anfangs noch unsicher wabernd, dann immer dichter, zuletzt wie aus Fleisch und Blut erschien eine Frau vor Boulgaroz und musterte ihn mit boshaft glänzenden, in tiefen Höhlen liegenden Augen. Ihr Gesicht war gelb wie Wachs und mit braunen Flecken übersät, aus denen dünne Rauchfäden und ein brandiger Geruch aufstiegen. Sie trug ein altertümliches Festkleid aus eisengrauem Damast und gelber Spitze. Vor nicht allzu langer Zeit war dies das Staatsgewand der Statthalterin Güllis gewesen, und aus den steifen Falten, Raffungen und Volants, die sich mächtig um die Gestalt wölbten, aus den Flügeln und Zipfeln der hohen Haube schienen fleischlose Gesichter hervorzulugen und skeletthafte Hände sich tastend vorzustrecken. Das wächserne Leichengesicht verzog sich zu einem vertraulichen Grinsen.

»Ich weiß, Ihr habt einen anderen gerufen, Khan-Ha Boulgaroz«, sagte die Pharsu, »aber ich kann Euch besser von Nutzen sein. Ihr langweilt Euch ein wenig in Eurem Kaiserreich, habe ich recht?«

Widerwillig gab er zu, dass sie recht hatte.

»Und es würde Euch gewiss freuen, an einen besseren Ort zu wechseln, wo es auch genug Fleisch für Brandopfer und Schlachtopfer gibt, um hilfreiche Geister zu beschwören, nicht wahr?«

»Könnt Ihr mir dazu verhelfen?«, knurrte der Magier. »Wenn nicht, lasst mich in Frieden und gebt demjenigen Raum, den ich beschwören wollte.«

»Ich fürchte«, erwiderte die Pharsu mit boshaftem Lächeln, »derjenige will nicht mehr kommen, da er Opfer erwartete und keine erhielt. Also müsst Ihr mit mir vorliebnehmen. Es soll Euer Schaden nicht sein, mein guter Boulgaroz, wir werden aufs Trefflichste zusammenarbeiten. Ich habe weitreichende Pläne, doch darüber lasst uns später sprechen. Nun? Wollt Ihr diesen Ort verlassen?«

»Aber gewiss«, antwortete Boulgaroz und war zunehmend überzeugt davon, dass die Unholdin ihm helfen konnte – um welchen Preis freilich, das wollte er im Augenblick gar nicht wissen.

»Dann haltet Euch heute in drei Tagen bereit – um die Stunde der Dämmerung, wenn die blaue Datura aus den Nebeln steigt. Erwartet mich am Obelisken auf dem Schattenberg. Noch ehe Phuram den Himmel von Neuem erhellt, sollt Ihr an einem Ort sein, wo es reichlich Menschen gibt, wo Ihr nichts zu befürchten habt und wo Euch eine herrliche Zukunft erwartet.«

»Was ist das für ein Ort?«, fragte Boulgaroz, immer noch argwöhnisch. Die Seuchendämonin war niemandes Freundin, und er traute ihr durchaus zu, ihn auf einem Steinklumpen inmitten der Sternenleere abzusetzen. Zurzeit allerdings schien sie auf dieser neuen Welt irgendetwas zu planen und ihn dafür zu benötigen. Zumindest fürs Erste war er wohl vor ihrer Heimtücke sicher.

»Oh, es ist eine schöne Welt«, antwortete sie. »Sie nennt sich Chatundra. Sie ist voll von Städten und Dörfern, Meeren und Gebirgen – und vor allem sehr voll von Menschen. Keinen ausgemergelten Uzzbazis, deren Körper kaum noch drei Tropfen Lebensblut enthalten, sondern jungen, gesunden, prallen Menschen. Seht Ihr nicht schon vor Euch, wie ihr Blut in Strömen über den Opferstein fließt? Gefällt Euch diese Vorstellung?«

»Gewiss«, antwortete er und leckte sich unwillkürlich die leberfarbenen dicken Lippen.

Sie grinste ihn mit ihren faulen Fischzähnen an. »Es ist nur ein kleiner Haken dabei, mein Bester. Den edlen Bodun Karziram nehme ich auch mit.«

Einen Augenblick später hatte sie sich wieder in das filzige Gespinst verwandelt, das wie von einem unsichtbaren Sturm getrieben davonflog.

–

Zur vorbestimmten Zeit ritt Boulgaroz, frisch inthronisierter Sohn der Sonne, allmächtiger Herrscher über Ruinenstädte und die Gerippe seiner Untertanen, den Pfad zur Höhe des verrufenen Bergs hinauf. Es war lange her, dass ein Pferd oder eine Echse noch willens gewesen wären, ihn zu tragen. Selbst die mutigste Kriegsechse scheute vor ihm zurück, fletschte die Zähne gegen ihn und floh. Aber Boulgaroz brauchte kein lebendes Reittier. Er hatte sich kurzerhand auf seine Mütze gesetzt, die ihn williger und bequemer als jede Donnerechse zu seinem Ziel trug.

Gewaltige Palmfarne mit Blattwedeln, so lang und breit wie ein Boot, Mammutbäume, Riesenbambus und Schuppenbäume bedeckten in einem dichten Urwald die Hänge des Bergs. Turmhohe Bärlapp- und Schachtelhalmpflanzen schwankten im warmen Wind. Es war schwül, und irgendetwas, vielleicht ein verstecktes Aas, verströmte einen schwachen, unangenehm süßlichen Geruch. Es war noch nicht ganz dunkel, aber über die ganze Welt hatte sich ein bleiernes Zwielicht gebreitet, das so bedrückend wirkte wie das Zwielicht vor einem schweren Sturm. Wo eben noch die fünf Sonnen gestanden hatten, schimmerten jetzt wie verstreute Münzen fünf kränkliche, kaum sichtbare Scheiben, deren Licht etwas Widerwärtiges, ölig Schillerndes an sich hatte.

Boulgaroz war froh über diese Verschleierung. Zwar hatte er festgestellt, dass das Elixier ihn, zusätzlich zu seinen anderen Wirkungen, auch vor den Pfeilen des Sonnenfürsten schützte, aber Phurams Zorn war fürchterlich, und der Magier vermied es, sich allzu lange in der prallen Sonne aufzuhalten. Er beneidete Karziram, den in den ewigen Schatten der Welt der eisernen Dunkelheit solche Sorgen nicht plagten.

Trotz seiner neu erblühten Hoffnung, die tote Welt Sundar verlassen zu können, war er alles andere als zufrieden. Er verfluchte sich, dass er mit dem Genuss des Elixiers sich selbst auf ewig an den Seuchendämon gebunden hatte. Solange das Mittel seinen Körper durchtränkte, wäre er nahezu unverwundbar und beinahe unsterblich, aber dieses brandfleckige Gespenst wurde er nicht so einfach los. Auch wenn das Elixier ihn vor der Seuche schützte, das Grauen, das ihn in der Nähe der Pharsu befiel, konnte es nicht vertreiben. Wenn sie wollte, konnte sie Tag und Nacht an seiner Seite kleben, nachts an seinem Lager sitzen, bei Tag seinen Spuren folgen. Aber was sollte er tun? Hier bleiben wollte er nicht. Eine andere Welt, eine Welt voll lebendiger Menschen – und damit voll möglicher Menschenopfer –, bot ihm Möglichkeiten, die die von allem Leben entblößte Welt Sundar nicht mehr bereithielt. Einmal auf Chatundra angekommen, würde er allen ihm bekannten Dämonen opfern und ihre Hilfe erbitten. Vielleicht fiel einem der Angeflehten eine Lösung ein, wie er sich der unerfreulichen Nebenwirkung des Elixiers entledigen konnte, ohne auf die Wirkung zu verzichten.

Bei dem Gedanken, dass der Bodun Karziram zweifellos über ganz dasselbe Problem nachgrübelte, grinste er hässlich.

Gemächlich dahingleitend näherte er sich dem kahlen Gipfel des Schattenbergs, der als Wohnort böser Geister in ganz Sundar verrufen war. Alles hier war auf unbestimmte Weise missraten. Die Farbe des Laubwerks war zu gallig grün, um noch gesund zu sein, die Insekten waren zu groß, zu fett und zu fleischig, und zu viele Schmarotzerpflanzen wuchsen zwischen den Bäumen. Die Äste der Bäume waren aufs Absonderlichste verkrüppelt und verkrümmt, als hätten sie ihr Wachstum gegen unsichtbare Widerstände erkämpfen müssen. Rot und orangefarben gebänderte Tausendfüßler huschten ängstlich von Deckung zu Deckung. Die Käfer, die er da und dort sah, hatten die Ausmaße von Schildkröten und trugen sonderbare Zeichnungen auf den schwarzglänzenden Flügeln. Auch gab es – was freilich an der Gewitterluft liegen mochte – Unmengen widerwärtiger fetter Fleischfliegen, die ihm ständig um den Kopf summten. Von diesem Geräusch abgesehen war es völlig still. Kein Vogel schrie, kein Krümel Erde rieselte unter hastenden Füßchen.

Boulgaroz spürte, wie ihn bei dem Gedanken, das einzige noch lebende Wesen auf Sundar zu sein, ein kalter Schauer überrann. Aber noch schlimmer war der Gedanke daran, welche Absicht die Pharsu damit verband, sich in eine andere Welt zu begeben. Auch sie konnte mit einer Welt voll Leichen nichts anfangen. Sie wollte fressen, wollte töten, wollte sich ergötzen an dem Leid, das ihre Pfeile über die Lebenden brachten, und das musste unbedingt verhindert werden. Das Schicksal ihrer Opfer freilich war Boulgaroz von Herzen gleichgültig, aber er fürchtete, binnen kürzester Zeit wieder in einer leeren Welt zu sitzen, allein inmitten von Leichenbergen und mit keiner anderen Gesellschaft als der gefräßigen Pharsu und dem Bodun Karziram. Er musste unbedingt verhindern, dass sie auch dort alles Leben auslöschte, aber wie konnte ihm das gelingen?

Der Gedanke, dass Karziram dieselbe seltsame Reise unternehmen sollte, war ihm plötzlich nicht mehr so widerlich wie zuvor. Sie steckten beide im selben Sack, und es konnte nur von Vorteil sein, wenn sie sich für kurze Zeit miteinander verbündeten. Karziram war ein erfahrener Magier und gewiss von großem Nutzen bei jenen Beschwörungen, die sich besser zu zweit durchführen ließen. Und wenn er ihn dann nicht mehr brauchte …

Aber darüber konnte er ein andermal nachsinnen. Jetzt galt es, einen Ausweg aus dieser Leichenwelt zu finden, die er durch seine eigene Gier und Dummheit geschaffen hatte.

Es wurde ein langer Ritt, und kein Pferd, keine Echse hätten es geschafft, den Gipfel zu erreichen, aber vor dem Herannahen des Urkhon wichen die Zweige wie angewidert zurück, die Ranken entwirrten sich, modrige Baumriesen bogen sich zur Seite, bis ein Pfad im Dickicht klaffte. Allmählich wurde der üppige Wald lichter. Boulgaroz richtete sich auf und atmete tief durch, ohne auf die abgestandene, verdorbene Luft zu achten, die den Hügel überzog. Vor ihm lag der kahle Gipfel, um den sich eine Geröllhalde breitete wie ein steinerner Mantel. Immer höher wand sich der steinerne Pfad, vorbei an unbewachsenen braunen Hängen, auf denen die weißen Felsblöcke wie unbegrabene Gebeine lagen, vorbei an jähen Klüften, die in undurchdringliche Dunkelheit führten, vorbei an den Ruinen längst verlassener Katen und gemauerter Grotten, in denen einst ein verworfenes Volk gehaust und seine sonnenlästerlichen Riten vollzogen hatte. Inzwischen waren auch diese Elenden der Seuche erlegen. Auf seiner Mütze sitzend, schwebte Boulgaroz über ihre von Ameisen zerfressenen Leiber hinweg, die kreuz und quer verstreut um die Hütten lagen.

Zuletzt näherte sich der seltsame Reiter dem Steinhaufen auf dem kahlen Gipfel, auf dem sich einst eine Zitadelle erhoben hatte, erbaut von einem Volk, an das jede Erinnerung verloren gegangen war. Nicht viel war davon geblieben: Links und rechts des Pfades häuften sich kantige Steine, mit altertümlichen Glyphen behauen, die Überreste von Treppen ragten grotesk in die leere Luft, Säulen lagen quer über klaffenden Schlünden, die einst Keller und Verliese gewesen waren.

Als Boulgaroz sein Ziel erreichte, nahte die vereinbarte Stunde des Treffens. Die Nacht war hereingebrochen. Schatten legten sich über die Welt unter ihm. Am westlichen Horizont stand ein feuerroter Streifen im Türkis des Abendhimmels – den Frommen ein Trost, den Übeltätern eine Warnung, dass Phuram und sein Gefolge nicht für immer verschwunden waren, sondern bald erneut aus der Unterwelt emporsteigen würden.

Der Magier saß ab und entzündete ein Feuer. Die Arbeit fiel ihm leicht: Er klatschte in die Hände, murmelte einen Spruch, und von allen Seiten krochen dürre Zweige wie lebendige Schlangen den Abhang herauf. Sie häuften sich von selbst zu einer kniehohen Pyramide, und als er hineinspuckte, verwandelte sein Speichel sich in eine grünliche Flamme, die sich knisternd ins Holz fraß. Bald lohte es hellauf, bis weit ins Tal hinein sichtbar – aber wer sollte es sehen?

Langsam und schwerfällig ließ der Urkhon sich in eine sitzende Stellung sinken, wobei seine Mütze ihm als weiches Kissen diente. Aus Richtung der Ruine erreichte ein schwacher Laut sein Ohr, ein dumpfes Summen wie aus einem Hornissennest. Es mussten die Steine sein, aus denen dieses Brummen drang. Sie gerieten in heimliche Bewegung. Signalisierte dieses Summen die Ankunft der Pharsu, oder lebten andere, unsichtbare Wesen in den Ruinen, dem letzten Überbleibsel der Herrschaft eines sonnenlosen Volks? Ein paar Atemzüge lang hing Boulgaroz dem Gedanken nach, welche Dämonen aus den vergessenen Höllen sie hier beschworen haben mochten, denn dass der Gipfel ein Ort schwärzester Dämonenmagie gewesen war, daran zweifelte er keinen Augenblick lang. Gleich und gleich erkannte sich auf der Stelle.

Die Mondin leuchtete hell auf die Überreste, und der Wind strich kalt über die Hügelkuppe. Trotz des wärmenden Feuers fröstelte Boulgaroz, und er zog den Mantel enger um sich. Dann entnahm er dem Sack, den er sich auf den Rücken geschnallt hatte, die Zutaten zu einem Opfer. Eine Bitte um Schutz auf der Reise konnte nicht schaden, auch wenn es sich unter seinen Vertrauten inzwischen herumgesprochen hatte, dass von ihm wohl Bitten, aber keine Dankesbezeugungen zu erwarten waren.

Er stellte die kupferne Opferschale mit ihren drei Beinen auf das niedrig glimmende Feuer und streute Goldsand, vermischt mit Weihrauch und den Samen tödlicher Pflanzen, auf das rasch erhitzte Metall. Es war nicht der Wert des Opfers, der die Dämonen anzog, sondern das Wissen, dass es eine phuramlästerliche Gabe war, die der Bittende verbrannte – das erfreute sie mehr als Schlachtopfer.

Boulgaroz atmete auf, als er sah, dass die Unholde sein Opfer annahmen. Dasselbe wie immer geschah: Aus dem nächtlich schwarzen Himmel sank eine zierliche Rauchsäule nieder, die wirbelnd über der Opferschale schwebte ... und augenblicklich schmolz das Gold, der Weihrauch lohte auf und verströmte statt seines süßen Dufts den bitteren Hauch verbrannter Haare. Ein paar Lidschläge später war nur noch ein wenig missfarbene Schlacke auf dem Boden der Schale zu erkennen.

»Ist das Opfer für mich?«, fragte spöttisch eine vertraute, schleimig weiche Stimme. »Wie aufmerksam von Euch, Himmlische Majestät!« Ein zottiges Knäuel rollte zwischen den Steinen der Ruine hervor und verwandelte sich in eine Frau im Staatskleid der Statthalterin. Auf dem Kopf trug sie die zweigehörnte hohe Haube. Das Gesicht war dicht mit Schminke bedeckt, doch die gelbe Haut und die braunen Brandlöcher ließen sich nicht verbergen.

Boulgaroz, der sich ertappt fühlte, lächelte unterwürfig. »Für Euch und für mich, edle Dame«, erwiderte er hastig. »Eine bescheidene Bitte um Schutz auf dem Weg. Ihr wollt doch unbeschadet in dieser neuen Welt ankommen. Die Dimensionen sind eine gefährliche Gegend.«

»Nicht für mich«, antwortete die Pharsu verächtlich. »Solange sich irgendwo ein Tropfen des Elixiers befindet, kann ich mich dorthin begeben, ohne die tückischen Fallen der Sternenleere fürchten zu müssen. Aber auf jetzt, auf! Ich bin begierig, die neue Welt kennenzulernen.«

Sie ergriff seine Hand mit der ihren – einer feuchtkalten, schweißigen Klaue wie der Hand eines Sterbenden –, zog ihn an sich und befahl ihm, hinter sie zu treten und die Arme um ihre Mitte zu legen. Boulgaroz gehorchte, schaudernd unter dem Grabgestank, den sie verströmte. Er fühlte, wie ihn eine Benommenheit überfiel. Wie ferne Gongs dröhnte es ihm in den Ohren, er meinte sich von der Gipfelhöhe zu erheben und zu schweben, während die Sterne um ihn herumtanzten. Es war ein sehr ähnliches Gefühl, wie er es beim Flug auf seiner Mütze empfunden hatte, nur ungleich lustvoller – und bedrohlicher. Dann, ohne Vorwarnung, bemerkte er eine graue Scheibe vor sich, im Dunkel der Nacht schwebend wie ein missgestalteter Mond. Es zog ihn darauf zu, und er rutschte hinein wie ein Insekt in den Kelch einer Kannenpflanze.

–

Wie es tatsächlich zugegangen war, dass er plötzlich im grauen Halblicht der dahinschwindenden Nacht an einem gänzlich unbekannten Ort stand, wusste Boulgaroz nicht – alles hatte sich so schnell ereignet und die Nähe der Seuchendämonin war so überwältigend scheußlich gewesen, dass er nicht zum Denken gekommen war. Eben hatte er sich noch in der zerfallenen Zitadelle hoch über dem ausgestorbenen und von üblen Gerüchen erfüllten Sundar befunden, und jetzt stand er auf einer mondbeschienenen Lichtung – leider nicht allein, sondern in Gesellschaft von Karziram und der Pharsu.

Hastig blickte er sich um. Wohin hatte sie ihn verschleppt? Zweifellos an einen bewohnten oder ehemals bewohnten Ort, denn vom Teich mit seinem Standbild einer träumenden Vhilla führte ein zwar moosbewachsener, aber breiter, gepflasterter Weg in den Wald, und da und dort zwischen den Bäumen schimmerte das Weiß weiterer Standbilder hervor. Das Dickicht, das die Lichtung umgab, schien viel eher ein verwilderter Park als unberührter Nebelwald zu sein.

Boulgaroz warf einen Blick auf die Balustrade, die den Teich umgab, und sog scharf die Luft ein. Denn die Mauer aus ineinander verflochtenen Knochen, die steinernen Ornamente, alles das war ihm auf unbehagliche Weise vertraut von seinen Besuchen in der Strafkolonie. Dieselben Fratzen grinsten von den Sockeln der Standbilder herab, die sich da und dort wie lauernde Raubtiere zwischen den Ranken und Lianen versteckten. Dieselben endlosen Spiralen schmückten die Brüstung. Wo immer er sein mochte – entweder die Phosphordrachen selbst oder andere Wesen aus der Welt der eisernen Dunkelheit waren vor ihm dagewesen. Inständig hoffte er, dass sie sich nicht mehr hier aufhielten. Angesichts des ruinösen Verfalls ringsum war fast anzunehmen, dass sie diese neue Welt wieder verlassen hatten, denn so wenig er auch über die grünen Drachen wusste, begegnen wollte er ihnen nicht.

Die Pharsu saß auf einer marmornen Bank am Wasser und lächelte die beiden Magier mit lückenhaften, schwarzfaulen Zähnen an. »Nun, meine edlen Freunde?«, fragte sie mit der weichen, schleimigen Stimme, bei deren Klang es Boulgaroz kalt über den Rücken lief. »Habe ich Wort gehalten? Hier seid ihr an dem Ort, an dem auch der Drache gelandet ist ... wenn ihr zweifelt, geht und seht selbst.« Sie wies mit ausgestreckter Hand auf eine Stelle des Walds.

Die beiden Männer gehorchten, jeder für sich, ohne ein Wort miteinander zu wechseln. Schon nach wenigen Schritten spürten sie, wie ihnen ein eisiger Hauch entgegenwehte, und dann standen sie vor einem Berg aus gefrorenem Aas.

»Wie ist das möglich?«, murmelte Karziram. »Er muss in den Dimensionen zu Eis erstarrt sein, denn nicht einmal in der Welt der eisernen Dunkelheit wäre es möglich, dass ein so gewaltiges Wesen bis ins Innerste gefriert. Aber hier ist es warm, sehr warm sogar, und da er vor Wochen verloren ging, müsste er längst aufgetaut sein ... Es sei denn, an diesem Ort ist bei Weitem nicht so viel Zeit vergangen wie anderswo.«

Eigentlich hatte Boulgaroz kein Wort mit Karziram wechseln wollen, aber nun juckte es ihn, dem Feind seine Klugheit zu beweisen, und er belehrte ihn. »Es ist nicht mehr als eine Stunde vergangen, denn der Boden ist zerwühlt von vielen nackten Füßen, wie man an den schlammigen Stellen um den Teich herum leicht erkennt. Diese Spuren sind frisch. Sie sind eben erst angekommen, und zwar lebendig, denn sie sind herumgelaufen und herumgesprungen. Vermutlich haben sie sich mit den Schergen des Khan-Ha geprügelt, denn ich rieche Spuren von frischem Blut auf dem Boden. Offenbar fügte ihnen der Sturz aus dem Himmel keinen Schaden zu.«

Karziram musste zugeben, dass der Urkhon ihm mit seiner scharfen Beobachtungsgabe überlegen war, aber ihm blieb keine Zeit, sich in seiner Eitelkeit gekränkt zu fühlen. Viel dringender beschäftigte ihn die Frage, welchen Lohn für ihre Hilfe die Pharsu erwartete. Er beschloss, es hinter sich zu bringen.

Mit langen Schritten kehrte er zurück zum Teich, wo das Scheusal immer noch auf seiner Bank saß, und fragte knapp: »Nun? Was sollen wir Euch dafür geben, dass Ihr uns hierhergebracht habt?« Boulgaroz, der ihm eilig gefolgt war, schon um ihn nicht aus den Augen zu lassen, stimmte mit ein. »Ja, das will ich auch wissen.«

Aus umschatteten Augen blickte die Seuchendämonin die beiden Magier an.

»Himmlische Majestät, edler Bodun«, sprach sie mit spöttischer Demut, »ich habe zwei Welten verzehrt und werde auch noch diese dritte verschlingen. Ich verweile an keinem festgelegten Ort, sondern überall dort, wohin auch nur ein Tropfen des Elixiers fällt, in dem mein guter Freund« – sie wies auf Karziram – »mich aus der Tiefe heraufgetragen hat und das mein anderer guter Freund« – ihre Hand zeigte auf Boulgaroz – »über Sundar-Bas ausgegossen hat. Ich folge euch auf Schritt und Tritt, und ich folge den Gefangenen und ihren Bewachern, wohin immer sie gehen, und überall, wo sie sind, finde ich Nahrung. Dabei brauche ich eure Hilfe nicht. Aber einen Palast sollt ihr mir verschaffen, herrlicher als der Palast des Khan-Ha in Sundar-Bas, denn ich will nicht länger unsichtbar bleiben. Ihr sollt meine vornehmsten Höflinge sein, und alle Welt – alle Welten – sollen meine Macht und Herrlichkeit bewundern.«

Die beiden Magier blickten sich an.

»Das ist kein ungebührliches Verlangen«, murmelte Karziram.

»Es ist nur recht und billig, dass Eure Majestät überall Ehrfurcht erweckt«, fügte Boulgaroz mit geheuchelter Unterwürfigkeit hinzu. »Wo soll der Palast errichtet werden?« Er verkniff sich den Hinweis, dass sie doch jeden beliebigen Palast auf dieser Welt innerhalb von Stunden zu entvölkern und sich darin einzurichten vermochte.

»Der Ort, an dem er sich befindet, ist bereits festgelegt«, erwiderte sie und wies mit der knöchernen gelben Hand auf die Bergwände, die hinter den Wipfeln der Eukalyptusbäume schwarz wie die Felsen der Unterwelt in den Himmel stiegen. »Zu einer Zeit, von der ihr Menschen nichts mehr wisst,« fuhr sie fort, »siedelten die Phosphordrachen nicht nur in der Welt, die ihr die eiserne Dunkelheit nennt, sondern auf vielen anderen Welten, die sie durch das Loch im Himmel erreichten; so auch auf dieser. In dem Berg, vor dem ihr steht, legten sie ein unterirdisches Labyrinth an, das zugleich ein Heiligtum und der Palast seiner Hohepriester war. In seiner Mitte stand, aus einem einzigen Smaragd geschnitten, die drei Schritt hohe Statue des Taphum. Zweifellos steht sie auch immer noch dort, denn wer hätte sie wegtragen sollen? Wer hätte den Weg gefunden durch die dreitausend ineinander verschlungenen Gänge des Labyrinths, die allerorten mit tödlichen Fallen gespickt waren? Nun, meine lieben Freunde, ihr werdet diesen Weg für mich finden. Ihr seid Magier, ihr habt die Weisheit und Kraft, ins Innerste des Labyrinths vorzudringen. Seid ihr dann dort, so bin ich auch dort, und wir wollen alle gemeinsam den Taphum ehren und preisen.«

So siehst du mir aus!, dachte Boulgaroz. Niemand würde diese verderbliche Vettel jemals loben und preisen außer sie selbst, und keinen anderen Plan hatte sie, als sich selbst in die Mitte des Labyrinths zu setzen und sich dort verehren zu lassen.

Er blickte Karziram an, der sehr bleich geworden war. Nur mit Mühe brachte der Bodun, nachdem er sich mehrmals geräuspert hatte, seine Worte hervor. »Gewiss, gewiss, edle Dame! Wir werden den Weg für Euch öffnen. Allerdings müssen wir dazu einige … einige Gegenstände besorgen, und das wird uns ein Weilchen in Anspruch nehmen. Seid also nicht zu rasch ungeduldig!«

Die Pharsu betrachtete ihn ungnädig. »Nun, dann besorgt diese Gegenstände! Wie ihr das anfangt, bleibt euch überlassen. Ich will meinen Palast. Und lasst euch nicht einfallen davonzuspringen. Vergesst nicht, das Elixier ist in euch, und ich finde euch jederzeit, wo immer ihr euch versteckt.« Sie erhob sich und umschritt den Teich. »Ich will mich ebenfalls ein wenig umsehen, aber ihr könnt inzwischen schon anfangen. Einen Eingang in das Labyrinth findet ihr dort drüben, zweihundert Schritt von hier entfernt. Es ist ein kleines steinernes Haus.«

Mit diesen Worten schrumpfte sie in sich zusammen, und kaum hätte man bis zehn zählen können, als die majestätische Frau verschwunden war und nur ein raues, fleckiges Knäuel falber Wolle den Pfad entlangrollte, den die Schiffbrüchigen genommen hatten.

Karziram blickte ihr aus blutunterlaufenen Augen nach. »Dass sie in die feuerfrostigen Höllen hinabfahre, das verfluchte Gespenst!«, knirschte er.

Boulgaroz grinste freudlos. »Dann straft Euch selbst, denn Ihr habt sie aus den eisigen Schlünden ans Licht gebracht. Leicht zu rufen, schwer zu verjagen! Verflucht! Musstet Ihr in die Tiefen hinabsteigen, Dummkopf, der Ihr seid? Jetzt haben wir alle Kreaturen der Hölle Saur auf dem Hals.«

»Ach! Nun wäre ich ein Dummkopf? Vor einem Monat noch konntet Ihr nicht hoch genug springen vor Freude, weil ich Euch von dem Elixier kosten ließ ...«

»Das musstet Ihr ja wohl auch, da Ihr allein niemals in der Lage gewesen wäret, es zustande zu bringen.«

»Und welcher dreimal verfluchte Narr hat in Sundar-Bas einen der Krüge geöffnet, sodass die Pharsu sich dort ausbreiten konnte?«

»Ach was, nehmt Euch an der eigenen Nase, lang genug ist sie ja!«

Eine Weile warfen sie einander solche Grobheiten an die Köpfe. Dann jedoch unterbrach sich Karziram plötzlich. »Schluss damit«, verkündete er. »Glaubt nicht, dass ich Euch schätze, und ich traue Euch nicht so weit, wie mein kleiner Finger lang ist. Aber im Augenblick stecken wir beide im selben Sack, und lieber will ich mit Euch zusammen gerettet werden, als ohne Euch untergehen.«

»Ganz meine Meinung«, brummte Boulgaroz. »Nun, lasst uns scharf nachdenken und vernünftig handeln. Habt Ihr schon jemals von dem Labyrinth gehört, von dem sie sprach?«

»Von diesem hier nicht, aber in der Welt der eisernen Dunkelheit gab es ein Labyrith, das sehr ähnlich gestaltet war.« Dass er dieses Wissen aus den Gesprächen im Kreis der Dogai bezogen hatte, verschwieg er. Für manches schämte sich sogar Karziram. »Es muss ein ungeheuerliches Bauwerk gewesen sein, das kein Mensch jemals hätte erbauen können.

Nur die Steine zermalmenden Schomma konnten es in den Fels wühlen. Dieses Labyrinth soll dreitausend in kompliziertesten Mustern ineinander verschlungene Gänge gehabt haben, die zwölf Haupttempel und zahllose kleinere Kapellen miteinander verbanden. Im Innersten dieser Tempel thronte im Mittelpunkt des riesigen Labyrinths eine drei Schritt hohe, aus Smaragd geschnitzte Statue des Taphum, umgeben von Figuren der niedrigeren Dämonen aus Achat, Bergkristall und Lapislazuli. Mag sein, dass diese Statuen hierhergebracht wurden, als die Phosphordrachen ihre Heimstatt verließen. Das weiß niemand, denn noch nie ist jemand in die Tiefen dieses Labyrinths hinabgestiegen.«

Er sah das schmallippige Lächeln auf Boulgaroz' fettem Gesicht und wusste sich durchschaut. Mit einer zornigen Geste warf er seinen Mantel um sich. »Was wahr ist und was nicht, werden wir wohl selbst herausfinden, denn uns wird nichts anderes übrig bleiben, als den Weg in die Tiefe zu suchen.«

»Gewiss, gewiss«, murmelte Boulgaroz, dem es noch viel zu früh erschien, den Zorn seines Gefährten herauszufordern. Mit einem Blick zum Himmel fügte er hinzu: »Ich werde mich unter der Erde wohler fühlen, auch wenn ich mit Vergnügen festgestellt habe, dass dieses Elixier uns auch vor Phurams Pfeilen schützt. Ich muss gestehen, ich hatte mächtige Angst, als ich sah, wie wütend er am Himmel gleißte und Feuerpfeile auf mich abschoss, die die Erde rund um mich in Brand setzten. Er wusste ganz genau, wer seinen Hohepriester erledigt hatte, und gäbe es das Elixier nicht, so wäre ich wohl nur noch ein Häufchen Asche.«

Karziram nickte. »Dass Unverwundbarkeit durch Phurams Pfeile eine der Wirkungen des Elixiers ist, vermuteten wir sehr bald. Schade, dass in der Welt der eisernen Dunkelheit keine Sonne scheint und wir keine entsprechenden Experimente an den Uzzbazis durchführen konnten. Aber wir erprobten es mit Sonnenamuletten, die wir ihnen auf die nackte Brust legten, und sie trugen keine Brandwunden davon, wie es sonst der Fall ist, wenn Phurams Strahlen einen Sonnenlosen berühren.«

»Das schafft uns Bewegungsfreiheit«, bemerkte der Urkhon, »aber leider auch ihnen. Und was ... Ei, seht Euch einmal die Kreatur da an, wie sie lauscht, als könne sie uns verstehen! Weg mit dir!« Er hob einen Stein auf und warf ihn nach einem spitzmäuligen und pelzigen Tierchen, das aufrecht und mit herabhängenden Vorderpfoten auf einem Ast gesessen hatte. Es gab ein ärgerliches Schnarren von sich, sprang hoch, huschte blitzschnell am Stamm des Baums empor und verschwand im Geäst.

Karziram zuckte die Achseln. »Eine neugierige junge Karume! Ein Magier kann es nicht sein, denn unseren Freunden liegen die Ondrys-Halsbänder fest am Nacken.« Nachdenklich strich er sich über den Bart. »Wie viele Magier waren eigentlich in dem Kasten? Ich kann mich nicht an alle Namen erinnern, die auf der Transportliste aufscheinen. Ihr wart beim Abflug dabei. Wisst Ihr sie noch auswendig? Es waren fünfundvierzig Gefangene und die Wärter.«

»Vierzig Gefangene«, berichtigte Boulgaroz. »Drei wurden hingerichtet, und zwei starben, bevor sie verschifft wurden. Wie viele den Absturz überlebten, kann ich Euch nicht sagen. Außerdem waren da noch fünf kaiserliche Schergen und der Jüngling, den ich Euch schickte – Mariwan Salten.«

Karziram verzog den Mund zu einem zweideutigen Lächeln. »Ein hübscher Junge sei das, sagte man mir.«

Diese Bemerkung erinnerte Boulgaroz daran, dass die Gefangenen gesund und lebendig hier gelandet waren. Und es war zu vermuten, dass der Midan von Fienne mit seiner Gesundheit auch seine Schönheit wiedergewonnen hatte. Als der Jüngling noch unter dem Urteil des Hochverrats und der Gotteslästerung im Kerker gelegen hatte, hätte der Urkhon sich jederzeit seiner bemächtigen können, aber da war sein ausgehungerter, von der Folter zerschlagener und von Schwären bedeckter Leib nicht sonderlich anziehend gewesen. Inzwischen hingegen …

»Und sie alle«, bemerkte der Bodun, nachdenklich seinen Bart streichend, »sind in das Wasser getaucht, in dem die Krüge mit dem Elixier zerbrachen.«

»Vermutlich ja.«

»Lasst uns nachdenken, edler Urkhon«, riet Karziram, »wie wir die liebliche Dame loswerden, die uns hierher gebracht hat, denn weder Ihr noch ich wollen zum zweiten Mal in einem Leichennest sitzen. Nun kann diese Dame überall sein, in jeder Welt und an jedem Ort, an dem das Elixier zu finden ist – also überall, wo die Schiffbrüchigen sich aufhalten, deren Körper es durchtränkt hat.«

»Und wir beide«, warf Boulgaroz ein.

»Ja, auch wir beide. Aber daran denken wir später, mir ist jetzt etwas anderes wichtig. Warum braucht sie uns dazu, den Weg durch das Labyrinth zu finden? Warum versucht sie es nicht selbst? Ich habe eine Antwort darauf gefunden. Das Elixier ist ihr Wasser des Lebens, sie kann überall dort sein, wo das Elixier ist … *aber sie kann nur dort sein.*«

Boulgaroz ließ sich diese Bemerkung durch den Kopf gehen, dann stieß er einen gedämpften Schrei aus. Die Träger des Elixiers und der böse Geist, der darin auf die Welt heraufgestiegen war, hingen aneinander wie an eine einzige Kette geschmiedete Sklaven! Die Pharsu konnte jeden Ort erreichen, an dem sie sich befanden, aber keinen anderen.

Wenn es ihnen gelänge, die Träger der Seuche an diesem wüsten Ort festzuhalten, bevor sie den ersten Menschen ihres neuen Aufenthaltsortes begegneten, dann wären sie gerettet.

»Aber was ist mit uns?«, fragte er stirnrunzelnd. »Sobald wir diesen Ort verlassen …«

Mit großartiger Geste winkte Karziram ab. »Wir sind Magier, uns wird schon etwas einfallen. Jetzt geht es einmal um die Uzzbazis und ihre Bewacher. Die müssen wir zu fassen bekommen und sie vernichten.« Ein bösartiges Grinsen krümmte seine Mundwinkel zu einem Halbmond. »Unsterblich sind sie ja nicht, wie unsere sorgfältig durchgeführten Experimente bestätigt haben.«

»Ich verneige mich vor Eurer Klugheit«, schmeichelte Boulgaroz, der genau wusste, dass Karziram auch ihn töten oder zumindest an irgendeinen sonnenverlassenen Ort verbannen würde, sobald sie die Schiffbrüchigen vernichtet hätten. »Aber wie wollt Ihr sie fangen? Sie sind unbewaffnet, und die Kraft der Magier ist gelähmt, aber es sind immerhin vierzig Uzzbazis und sechs Ritter, und während wir einen fangen, laufen die anderen davon. Außerdem wäre es sicher klug, die Pharsu gar nicht erst auf den Gedanken zu bringen, dass die Vernichtung der Schiffbrüchigen ihre Gefangenschaft bedeutet.«

»Gewiss nicht«, bestätigte Karziram. »Wir werden ihr sagen, dass diese Blutopfer notwendig sind, um die Wege des Labyrinths zu entwirren. Und was Eure Frage betrifft: Auf jeden Fall brauchen wir Helfer. Wie ich diesen Ort einschätze, gibt es hier Wesen, die bereit wären, uns behilflich zu sein – zu ihrem eigenen Vorteil natürlich. Kommt! Ich weiß, was wir als Erstes tun müssen.«

Hoch im Wipfel einer Zikadee lauschten zwei kleine

Tiere aufmerksam dem Gespräch der beiden Männer. Jetzt kannten sie das Geheimnis der Krüge, jetzt wussten sie, wie recht ihr Vater mit seinem Argwohn gehabt hatte – aber sie wussten nicht, wie sie das drohende Unheil verhindern sollten.

»So abscheulich die beiden Schurken sind, ihr Plan ist trefflich«, sagte Marchand schließlich. »Wir müssen auf jeden Fall verhindern, dass irgendeiner von diesen …«

»Irgendeiner von uns«, verbesserte ihn Amory. »Denn auch wir sind in den Teich gefallen.«

»… dass irgendeiner von uns in bewohntes Gebiet vordringt und die Seuche an Menschen weitergibt. Wenn sie erst einmal einen lebenden Menschen befallen hat, kann sie sich von einem zum anderen weiterverbreiten und ist an keine Beschränkungen mehr gebunden. Ein glückliches Schicksal indes hat es gefügt, dass wir an einem einsamen Ort gelandet sind. Wir wollen die Schiffbrüchigen fangen und zusammentreiben wie zahme Echsen in einem Pferch, und erst wenn wir die Pharsu auf diese Weise gebannt wissen, dürfen wir über Mittel und Wege nachdenken, wie wir die Dämonin festhalten und uns andere befreien … wobei ich geneigt wäre, die Uzzbazis hier zurücklassen, denn diese Welt hat es nicht verdient, mit ihrer Gegenwart besudelt zu werden.«

Amory wünschte das Thema nicht weiter zu verfolgen. »Lass uns sehen«, schlug sie vor, »was es mit diesem Eingang zu einem Labyrinth auf sich hat, von dem die Pharsu redete.«

Der Weg der Uzzbazis

Der Midan von Fienne und seine sieben Begleiter huschten durch den Urwald, nackt und furchtsam wie gehetzte Tiere. Avigdor hatte nie zuvor einen anderen Wald gesehen als den gepflegten Park seines Schlosses und die phantastischen Gärten der Sonnenoase, und Panik drohte ihn zu überwältigen, als er barfuß durch faules Laub rannte und sich zwischen uralten, modrigen Baumruinen hindurchwand. Unter dem feuchten Blätterdach war die Luft zum Ersticken, und selbst die Blüten hatten etwas Bedrohliches an sich. All das feiste, triefende Wurzel- und Rankenwerk ringsum schien auf seinen ungeschützten Leib zu zielen, drohte ihn zu umschlingen, zu stechen, sich an ihm festzusaugen. Mit angstvoller Neugier blickte er auf die Blütendolden, die aus fleckigem Laubwerk von oben herabhingen – wunderschöne cremefarbene Blüten mit fuchsiaroten Kronen und pendelnden rötlichen Staubgefäßen, aus denen zähflüssig ein gelblicher Saft tropfte. Er hatte keine Ahnung, ob sie so giftig waren, wie sie aussahen, vermied aber ängstlich jede Berührung und war froh, als keine der Pflanzen mehr in sein Blickfeld geriet.

Der junge Adlige wusste, dass er die Verantwortung für alle diese Menschen trug, die ihn wie selbstverständlich zu ihrem Führer erwählt hatten – und er hatte keine Ahnung, wie er dieser Verantwortung gerecht werden sollte. Obwohl aus hohem Adel stammend, war er kein Schirmherr und kein Anführer, vielmehr das genaue Gegenteil – ein liederlicher, lüsterner und dem Wohlleben ergebener Mensch, der allenthalben gegen die strengen Sittenregeln der Sundaris verstoßen hatte und eigentlich nur deshalb ungestraft geblieben war, weil man ihn – mit seinem braunen Haar und den braunen Augen – trotz seiner männlichen Schönheit unter den Söhnen des Sonnenfürsten nicht wirklich ernst nahm. Saufgelage, Rauschöl und schöne Frauen waren sein Leben gewesen, und wenn seine Pächter und Sklaven ihn liebten, dann aufgrund der Tatsache, dass er sich nicht um sie kümmerte, sie selten bestrafte oder zur Rechenschaft zog. Überall hatte man ihn als einen gutmütigen, unbekümmerten, lasterhaften und vergnügten Tunichtgut gekannt, der zweifellos in der Gosse versackt wäre, hätte er sich sein Brot verdienen müssen. Da er aber gewaltigen Reichtum geerbt hatte und der Sohn der Sonne ihn als Unterhalter schätzte, war er bei Hofe sehr beliebt gewesen – bis zu jenem Tag, da er seinen Herrn zu ermorden versucht hatte.

Jetzt stand er hier inmitten eines unheimlichen, ihm vollkommen fremden Walds und musste seine Anvertrauten vor mehreren Gefahren zugleich schützen. Dies hieß nicht, dass er die Genossen seines Elends schätzte! Er kannte sie gar nicht, wusste nur, dass sie alle mit gutem Grund zu lebenslanger Pein verurteilte Verbrecher waren. Aber es hatte ihn tief berührt, dass sie sich ihm zugesellt hatten, anstatt Darabos zu folgen, und so wollte er tun, was sie von ihm erwarteten: ihnen das Leben retten.

Dies würde keine leichte Aufgabe werden. Jeden Augenblick mochten von irgendwoher Häscher auftauchen und sie in die Verliese zurückschleppen. Gleichzeitig wurden sie von überaus bösartigen Wesen bedroht, die diesen Wald bevölkerten. Vor allem aber mussten sie Schutz vor dem Sonnenlicht finden, denn schon wurde die Dämmerung blasser und blasser, die Sterne erloschen, und die Mondin versank hinter den Bergen. Die Luft war spürbar wärmer geworden. Wohin sollten sie sich wenden? Die Schatten der Bäume allein genügten nicht, um sie vor Phurams Rache zu schützen, aber sie hatten kaum noch genug Zeit, einen besseren Unterschlupf zu finden. Wenn sie nicht bald in Sicherheit gelangten, hätten die Sundaris keine Mühe, sie einzufangen. Dann würde man sie zu Brei gekocht oder zu Mumien geschrumpft in diesem Tal auffinden.

»Kommt!«, befahl er energisch. »Wenn wir nicht lebendig geröstet werden wollen, brauchen wir einen Schutz, und zwar rasch. Lauft in verschiedene Richtungen und sucht! Beeilt euch, oder Phuram verbrennt uns!«

Bei diesen Worten schlug Talon, der ehemalige Abt, die Hände vors Gesicht und bemühte sich vergeblich, ein Aufschluchzen zu unterdrücken. Ihm war nämlich bewusst geworden, dass die einst geliebte und angebetete Sonne ihn gnadenlos zu Asche verbrennen würde, wenn er sich nicht rechtzeitig vor ihr versteckte. Mit einem trostlosen Augenaufschlag blickte er in den Sonnenaufgang. »Wie habe ich Phuram geliebt! Wie habe ich ihn verteidigt!«, rief er aus. »Nun wird die heilige Sonne mich töten, wenn ich nicht sogleich vor ihr fliehe.«

»Sie wird uns alle töten, wenn nicht jeder von uns seinen Teil dazutut!«, fuhr einer seiner Gefährten ihn an. »Schwatzen können wir später. Also lauf, alter Gelbrock!«

Mit geballten Fäusten stand Avigdor da und blickte um sich. Die Zeit wurde knapp. Die graue Dämmerung erbebte unter der Drohung des Sonnenaufgangs. Das Licht schwoll an. Mit jedem Lidschlag wurde es härter und giftiger. Im Osten erschien ein feiner rötlicher Strich über dem Horizont, so glatt und gerade wie der blutende Schnitt, den ein Dolch hinterlässt.

Der junge Edelmann fuhr zusammen, als plötzlich, beinahe unter seinen Füßen, etwas Rotes auftauchte, gewölbt wie ein Pilzhut, sich reckte und dehnte und dann urplötzlich als weiter, faltiger Mantel zu Boden fiel. Darunter kam ein zwergenhaftes Wesen zum Vorschein, grau und knochig wie ein Skelett. Auf einem zerbrechlichen Körperchen saß ein ungemein dicker und hässlicher Kopf, gelb und runzlig, mit hängender Nase und scharf eingekniffenem Mund. Die Augen, erst unter dick geschwollenen Lidern verborgen, öffneten sich mit bösartig funkelndem Blick. Auf dem Kopf trug es eine scharlachrote Zipfelmütze, deren Troddel ihm bis zum Hinterteil hinabhing. Den mageren Körper umhüllte ein Anzug, der aus Pergament genäht zu sein schien. Avigdor erschrak über die Bosheit, die das Geschöpf ausstrahlte.

»Wer seid Ihr?«, stieß er hervor und wich unwillkürlich zwei Schritte zurück. Dabei fiel ihm ein, dass er den Gnom schon einmal gesehen hatte – als Abbild aus Sandstein. Am Teich der Vhilla hatte es gehockt, hingekauert an den Knien der steinernen Frau.

Zur Antwort grinste der Zwerg mit seinem breiten, von spitzen Zähnen starrenden Mund. »Der Diener einer schönen und vornehmen Dame bin ich«, antwortete er. »Nennt mich Tutelburs, wenn Ihr wollt. Aber haltet Euch nicht mit Fragen auf, edler Herr, denn die Pferde des Sonnenwagens sind schon angeschirrt und scharren mit den Hufen. Meine Gebieterin, der dies alles gehört« – mit weit schweifender Geste streckte er einen dürren Arm aus –, »ist keine Freundin des Sonnenfürsten, und es gefällt ihr, seinen Feinden von Nutzen zu sein. Ruft Eure Männer und Weiber zusammen! Ich will Euch ein Versteck zeigen. Mehr als nur ein Versteck, nämlich einen sicheren Weg hinaus aus diesem verhexten Tal – an einen Ort, wo Ihr in Sicherheit seid.«

Avigdor zögerte. Der rotmützige Zwerg missfiel ihm aufs Äußerste, aber der Gedanke, nackt und schutzlos vor Phurams feurigen Pfeilen zu stehen, erschien ihm noch schlimmer. »Was verlangt Eure Herrin für diesen Dienst?«, fragte er argwöhnisch.

»Nur, was Ihr freiwillig geben wollt«, versicherte ihm der Zwerg. »Phuram ist Euer Feind, das genügt, damit sie Eure Freundin ist. Und jetzt entscheidet Euch rasch!«

Avigdor wagte nicht länger zu zögern. Er schrie laut nach seinen Gefährten, und als diese von allen Seiten herbeieilten, wandte er sich an Tutelburs. »Was sollen wir tun?«

Der Unhold streckte die magere Hand aus. Sofort fuhr aus seinen Fingerspitzen eine blaue Flamme, so groß wie eine Hand, und tanzte vor ihm hin und her, als erwarte sie eine Auftrag. »Die Flamme wird Euch führen. Und wenn Ihr unterwegs etwas findet – nur zu! Nehmt, was Ihr wollt! Ihr seid sicher mutige Leute.«

Mit einer Handbewegung schleuderte er das Lichtlein von sich weg, und augenblicklich schwebte es davon, hüfthoch über dem Boden, als würde es von einer unsichtbaren Hand getragen. Es kam geradewegs auf Avigdor zu und blieb vor ihm in der Luft hängen, so nahe, dass es sein Gesicht mit einem blauen Schimmer erleuchtete. Gleich darauf huschte es fort, kehrte zurück und hielt wiederum vor ihm inne.

»Führ uns!«, flüsterte er.

Im selben Augenblick staunten alle, weil sie nicht gesehen

hatten, was ihnen unmissverständlich vor Augen stand. Keine zehn Schritte von ihnen entfernt erhob sich zwischen den efeu-umschlungenen Mammutbäumen ein steinernes Häuschen, wie es Wachsoldaten zum Schutz vor Regen und Sturm diente. Drei flache Stufen führten zu einem Eingang hinauf, der von zwei Säulen flankiert und von einem Giebelchen bekrönt wurde. Die Tür, eine hässliche und schmucklose Steinplatte, hing in verrosteten Angeln und war mit schweren Eisenketten und Vorhangschlössern verrammelt. Mitten darauf war eine Fratze eingemeißelt, die selbst den Uzzbazis Schrecken einjagte.

Avigdor wich vor diesem Anblick zurück und merkte, dass auch die anderen zögernd stehen blieben, hin und her gerissen zwischen der Notwendigkeit, sich vor der Sonne zu verbergen, und dem Widerwillen gegen diesen Böses ausstrahlenden Ort. Zweifellos war das Haus diesem Ungeheuer geweiht, und sie liefen Gefahr, sich in seine Macht zu begeben, wenn sie eintraten. Aber was war schlimmer – Phurams tödlicher Zorn oder die Gefahr, die von einem unbekannten Wesen ausging?

Tutelburs ließ ihnen keine Zeit zum Zaudern und streckte eine Hand gegen die Ketten und Riegel aus. Ein fahler Blitz flammte auf und zerfraß das rostige Eisen wie Säure. Klirrend und knirschend lösten sich die Kettenglieder voneinander und fielen rasselnd zu Boden. Aus dem Spalt, um den sich die Tür öffnete, quoll eine bedrohliche Finsternis hervor. »Packt an, ihr Faulenzer!«, rief der Zwerg. »Öffnet die Tür, wenn ihr hineinwollt!«

Eilig sprangen die sieben Männer und Frauen herbei, schoben und zogen und stemmten mit vereinten Kräften die steinerne Tür auf. Das blaue Licht glitt in die Finsternis hinein und erhellte einen vollkommen leeren Raum, in dessen Mitte Stufen in die Tiefe führten. Eine bedrückende Atmosphäre herrschte darin, die Luft war schwer von einem unsichtbaren Übel. Dennoch weigerte sich keiner, den Raum zu betreten. Die Angst um Leib und Leben war stärker als die Furcht vor den unbekannten Gefahren, die in diesem Loch auf sie lauern mochten.

Es war höchste Zeit. Im Osten schob sich gefährlich gleißend der oberste Rand der Sonnenscheibe über den Horizont. Schon im nächsten Augenblick fuhr der erste glühende Sonnenstrahl auf die Erde herab. Wilde Panik brach unter den nackten Uzzbazis aus, die alle zugleich in den engen Raum stürzten, sich gegenseitig pufften und stießen. Tutelburs schob den Kopf herein. »Lebt wohl!«, krächzte er. »Und vergesst nicht, meiner Dame zu geben, was ihr freiwillig geben wollt!« Laut hallte sein grässliches Lachen in dem Gewölbe wider. Mit einer Kraft, die niemand dem schmächtigen Körperchen zugetraut hätte, warf der Zwerg die steinerne Tür hinter ihnen zu.

Schreie der Furcht und des Widerwillens wurden laut, als die Flüchtigen sich an einem finsteren Ort gefangen sahen, der erschreckende Ähnlichkeit mit den Kasematten des Himmelspalasts hatte. Aber zu entkommen vermochten sie auch nicht mehr. Allzu deutlich war das giftig gleißende Lichtband zu sehen, das sich unter der Tür hindurchstahl und mit seiner äußersten Spitze in den Raum hineinfingerte, als suche es die Versteckten.

Avigdor fühlte sich beklommen, aber weniger unbehaglich, als er nach den ersten Augenblicken erwartet hatte. Das Dunkel, die Kühle, die von unten heraufwehte, all das hatte eine angenehme und besänftigende Wirkung auf ihn. Er fühlte, wie sein angestrengt pochendes Herz sich beruhigte und seine Sinne sich entspannten. Was immer sie in der Dunkelheit erwarten mochte, wenigstens vor dem fressenden Licht waren sie hier geschützt.

»Kommt!«, forderte er seine Gefährten auf. »Lasst uns sehen, wohin uns der Weg führt.«

Einer nach dem anderen zwängten sie sich durch die Öffnung im Fußboden und folgten der Treppe. Das blaue Licht flog ihnen voraus und verbreitete einen matten Schein, der ihnen zeigte, wohin sie die Füße setzten.

–

Talon, ehemals ehrwürdiger Abt des Klosters Ewige Sonne am Tempel des Phuram in Sundar-Bas, stolperte halb von Sinnen inmitten der anderen dahin. Die Stimmung an diesem Ort betäubte ihn wie die giftigen Dämpfe der Rauschblumen. Bosheit wallte ihm entgegen, Bosheit schwängerte die kalkig riechende Luft und sickerte aus den altertümlichen Mauern hervor. Die schwarzen Schieferwände schwitzten Wasser aus. Ein dumpfer, erdiger Geruch und ein unangenehmer Brodem drangen von unten herauf und legten sich beklemmend auf die Lungen. Er fühlte, wie der Dunst der Tiefe ihm die Kehle abpresste. Kein Sundar begab sich freiwillig unter die Erde, und selbst jene, die sich längst vom Tempel abgewandt hatten, waren nicht frei von dieser Furcht. Für den Sonnengeweihten jedoch war die Not um ein Zehnfaches schlimmer, denn er hatte Phuram nicht aus freiem Willen den Rücken gekehrt, er liebte und verehrte ihn noch immer. Die Priester des Sonnengotts hatten ihn verjagt, unterstützt von kaiserlichen Beamten.

Der Wahnsinn, der ihn zum Ausgestoßenen gemacht hatte, schüttelte ihn wie ein kaltes Fieber. Er fühlte, wie seine Haut trocken und staubig wurde und seine Hände verdorrten. Sein Gesicht zuckte, als gewittere es darin, und ständig verzog er auf scheußliche Weise den Mund, sodass er halb zu lachen, halb zu weinen schien. Er schüttelte den Kopf und fuhr sich über die Augen, als müsse er Spinnweben wegwischen. Die Gefährten seiner Not wichen ihm aus.

Schritte folgten ihm, der als letzter der Gruppe ging, sie kamen näher und näher, aber von der Person, die da ging, war nichts zu sehen. Der Abt krümmte sich zusammen, bis er jeden einzelnen Wirbel im Rücken spürte. Was war schlimmer – die Augen zu schließen oder sie weit aufzureißen? Wenn er die Augen öffnete, würde er den Verfolger sehen und vor Schreck tot zusammenbrechen. Wenn er sie aber schloss, würde der Unsichtbare immer näher an ihn heranschleichen und ihn schließlich mit eisigen Fingern berühren. Dann würde er erst recht sterben. Nein, er wollte dem Unbekannten standhaft entgegenblicken. Er wandte sich um, riss die Augen auf wie ein Käuzchen, doch da war nichts, nur die beklemmende Dunkelheit von Räumen, in die niemals ein Sonnenstrahl fiel.

Mit wild pochendem Herzen stolperte Talon weiter. Der Sohn der Sonne hatte ihn verstoßen, weil er als Abt untragbar geworden war – nicht aus eigener Schuld, sondern weil sein Wahnsinn sich nicht mehr verheimlichen ließ. Im Dienste Phurams hatte er den Verstand verloren, als er sich einer Macht stellen musste, der seine Kräfte nicht gewachsen waren, einer Macht, die ihn seither mit bösartiger Beharrlichkeit verfolgte. Ständig fühlte er sich belästigt, manchmal durch eine Stimme, die ihn aus der leeren Luft heraus ansprach, manchmal durch ein Kratzen und Pochen an der Tür. Er reagierte nie darauf, aber sie, seine grausamen, unsichtbaren Feinde, fanden trotzdem heraus, wo er sich versteckte.

Einst ein eifriger Verfolger aller heimlichen Feinde des Tempels, war er zuletzt deren Flüchen zum Opfer gefallen. Sie hatten ihm die Sinne verwirrt, sodass er alle und jeden verdächtigte, Verehrer der blauen Dämonen zu sein, Anhänger der Taphum, der Djinns der vergessenen Höllen. Wahllos hatte er jeden, der ihm über den Weg lief, mit Bannflüchen belegt. Seine Predigten waren eine einzige Tirade wüster Verfluchungen geworden. Nachts stürmte er oft laut schreiend aus seiner Kammer hervor und rannte im Hof des Klosters herum, unsichtbare Feinde abwehrend, von fürchterlichen Visionen gepeinigt, in denen Flammenpfeile hinter ihm hergeschossen wurden und sich abgrundtiefe Spalten im Boden vor seinen Füßen auftaten. Man hatte versucht, ihn in eine Krankenzelle des Klosters zu sperren, aber dort war es noch schlimmer mit ihm geworden. Er verbrachte oft die ganze Nacht bis zur Dämmerung in leidenschaftlichem Gebet, um sich der schaurigen Heimsuchung zu erwehren, peitschte sich blutig, trug einen Gürtel aus Dornranken auf der bloßen Haut, aber kein Gebet, kein Segen scheuchten sie fort. Dann dachte er in seinem Wahnsinn, er sei in die nachtschwarzen Ondrysminen hinabgestoßen worden und müsse den Erzwagen, an dem er festgeschmiedet war, durch die von ewigem Eis bedeckten Stollen ziehen. Er fühlte, wie er bis ins Herz hinein vor Kälte erstarrte, und konnte sich nicht wehren, wenn die Götzenanbeter um ihn herumkrochen, wenn sie bellten und jaulten vor Vergnügen angesichts der Qualen, die der zu eisiger Erstarrung Verurteilte litt. Sie zeigten mit den Fingern auf ihn, fletschten die Zähne und kreischten entzückt auf, als sie seine vor Höllenpein glotzenden Augen sahen. Mit starren Lippen stieß er furchtbare Flüche aus, wenn er ihre Freude sah, aber diese Beschwörungen blieben fruchtlos.

Grausam waren sie, tückisch und rachsüchtig. Er fühlte, wie ihre Augen ihn beobachteten. Überall befanden sich diese gelb geschlitzten Dämonenaugen, auf allen Seiten, und die Geschöpfe, denen diese gnadenlosen Augen gehörten, nahmen die Gestalt seiner Mönchsbrüder an, die der kaiserlichen Höflinge, ja des Kaisers selbst.

Als er schließlich sogar den Khan-Ha verdächtigt hatte, mit den Taphum im Bunde zu stehen, war das Maß voll gewesen.

Talon blieb stehen, er konnte einfach nicht weiter. Die Angst war so schlimm, dass sein Körper sich weigerte, noch einen Schritt in die Dämmerschatten hinein zu tun. Selbst wenn er gewollt hätte, hätte er nicht gehen können. Seine Beine fühlten sich an wie mit Werg gestopfte Strümpfe. Er stieß einen leisen, qualvollen Laut aus und sank auf der Treppe zusammen. Die anderen eilten weiter. Sie hatten nicht gesehen, dass er nicht weiterkonnte, oder kümmerten sich nicht darum.

Der Abt raffte sich auf alle viere auf, drehte sich um. Vor ihm führte jetzt die Treppe hinauf zur Oberwelt. Die Kraft der Verzweiflung durchströmte ihn. Mochte Phuram ihn töten, wenn er ins Freie trat! Mochte er in dem leeren Raum da oben verhungern und verdursten, wenn es ihm nicht gelang, die schwere steinerne Türe zu öffnen! Alles war besser, als weiter hinab in diese von unsichtbaren Schrecken brodelnde Tiefe zu steigen.

In jenem Augenblick, da er seinen Entschluss gefasst hatte, fiel es ihm wunderbar leicht, sich aufzurichten und die Stufen hinaufzusteigen. Seine Kraft kehrte zurück, und die Furcht wich von ihm. Niemand folgte ihm, niemand begegnete ihm.

Die Magier

Die Gruppe von Uzzbazis, die sich um Darabos von Traill geschart hatte, war – da sie in der Eile kein anderes Versteck gefunden hatte – vor dem Sonnenlicht in den Urwald geflohen. Schweigend zwängten sich alle zwischen den dicht beieinanderstehenden Stämmen des Nebelwalds hindurch, immer tiefer hinein in ein von tiefblauen Schatten verhülltes Dickicht aus Mammutbäumen, Riesenbärlapp und armdicken, von den Wipfeln herabhängenden Ranken. Das Plätschern schmaler Wasserfälle belebte die Dämmerung. Tausende Tröpfchen schwebten als feiner Nebel in der Luft.

Als die ersten vereinzelten Sonnenstrahlen über den Horizont drangen, wagten sie nicht weiterzulaufen, sondern drängten sich zwischen einem Dutzend modriger Baumruinen zusammen, wo sie sich unter dem schützenden Gewirr von dick belaubten Ästen, Efeu und Ranken in einer tiefen, feuchten Mulde zusammenkauerten. Ängstlich wichen sie den goldenen Lanzen aus, die da und dort durch die dichte Blätterdecke stachen. Zwar verbargen sich Phuram und sein Gefolge noch zwischen den Wolken, aber hier und da tanzten flirrende Flecken über der Mulde, und die brennenden Pfeile des Sonnenfürsten schossen aus dem wolkenverhangenen Himmel hervor.

Carmilhan der Schlächter wühlte sich behaglich ins Laub und grinste die anderen an. Der berufsmäßige Meuchelmörder hatte ein farbloses, verkniffenes Gesicht mit wulstigen Wangenknochen, verwüstet von einem schuldbeladenen und wilden Leben. Eine Kappe aus fettigem brandrotem Haar bedeckte den Schädel über den schräg stehenden gelben Augen. Er lachte. »Wer hätte gedacht, dass wir so schnell wieder zu Hause wären? Ich hatte mich bereits aufgegeben. Wer kann schon hoffen, den Ondrysminen zu entkommen? Und nun, sieh an, Sundar hat uns wieder!«

Andere stimmten ihm zu; nur Darabos stieß ein abfälliges Grunzen aus.

»Was gefällt Euch nicht?«, fragte Carmilhan herausfordernd.

Der Magier bedachte ihn mit einem verächtlichen Blick. »Während ihr Narren euch geprügelt habt wie betrunkene Sklaven«, sagte er mit seiner tiefen, klangvollen Stimme, »habe ich mich umgesehen und erforscht, was geschehen ist. Ihr freut euch, dass ihr den Absturz überlebt habt. Ihr freut euch, dass ihr eurer Ketten ledig seid, aber ihr habt noch nicht begriffen, dass ihr aus der Bratpfanne ins Feuer geraten seid. Ich sage euch, unsere Lage ist schlimmer als zuvor.«

Schweigen antwortete ihm. Keiner der Gefangenen konnte sich vorstellen, dass irgendetwas schlimmer sein mochte als die Bergwerke in den gefrorenen Tiefen der Erde.

»Hauptsache, wir sind nicht in der eisernen Dunkelheit gefangen!«, rief ein Mann, und seine Gefährten pflichteten ihm murmelnd bei.

»Nein«, erwiderte Darabos und zeigte ein bösartiges Lächeln, bei dem es den anderen kalt über den Rücken rann. »Dort sind wir nicht, aber wir sind auch nicht in unserer heimatlichen Welt Sundar.«

»Unsinn! Natürlich sind wir auf Sundar!«, rief eine grobschlächtige Frau, eine Räuberin, Zorbarda mit Namen, duckte sich aber augenblicklich unter dem grimmigen Blick des Magiers von Traill. Ondryshalsband hin oder her – es empfahl sich, einem Schwarzkünstler gegenüber nicht vorlaut zu sein, wenn man den Rest seines Lebens nicht als Kröte oder Blindschleiche verbringen wollte.

»Kein Unsinn, Vorwitzige!«, erwiderte Darabos kalt. »Ihr, die ihr etwas von den Zeichen des Himmels versteht, habt ihr die Sternbilder nicht gesehen? Sind das die Sterne, die über Sundar erscheinen? Habt ihr schon jemals eine so feiste Mondin gesehen? Ist die Nachtsonne über Sundar nicht klein und schwächlich, sodass die leiseste Wolke sie verschlingen kann? Und diese in sich selber verknoteten Bäume, gleichen sie den Gewächsen auf Sundar?«

Kalte Furcht ergriff die Versammelten. Verstörte Blicke schweiften nach allen Seiten. Und je ängstlicher sie sich umsahen, desto deutlicher erkannten sie, dass dies wirklich nicht ihr Zuhause war. Viele Bäume waren von erschreckend fremdartiger Form. Sie hatten eine schuppige Rinde und lange, wie die Fangarme eines Seeungeheuers mit Saugnäpfen bestückte Äste, die halb eingerollt herabhingen. Andere wie Bärlapp und Palmfarne waren ihnen vertraut, aber sie waren zwei- oder dreimal so hoch und üppig wie auf Sundar, und die fleischfressenden, verlockend schönen Blumen, die dazwischen an ihren Luftwurzeln pendelten, waren von einer solchen Größe, dass sie eine kleine Echse oder einen Springwurm leicht hätten fangen und verdauen können. Auch die unruhigen Tronten, die die dünnen Hälse gackernd aus ihrem dunkelgrünen Blätterwerk streckten, waren doppelt so feist und saftig wie auf Sundar.

Unwillkürlich rückten die Schiffbrüchigen näher zusammen. Sie hatten sich vor den kaiserlichen Soldaten gefürchtet, aber noch mehr fürchteten sie jetzt die unbekannten Gefahren, die sie von allen Seiten umlauerten.

Der Giftmischer Chapron meldete sich zu Wort. »Aber wenn wir nicht nach Sundar zurückgekehrt sind, wo sind wir dann? Könnt Ihr uns das sagen?«

»Nein, ich weiß es so wenig wie ihr. Aber eines weiß ich: Wir sollten möglichst wenig Lärm verursachen, bevor wir nicht wissen, was außer uns noch in dieser Welt herumläuft. Sonst ist unser Besuch hier sehr kurz und nimmt ein unerfreuliches Ende. Vergesst nicht, dass wir weder Waffen noch Rüstungen besitzen. Daher besteht unsere erste Aufgabe darin, uns Waffen zu besorgen. Dann wollen wir nachforschen, wie diese fremde Welt aussieht und von wem sie bewohnt wird.«

»Ich finde«, beharrte die Räuberin trotzig, »dass es hier genauso aussieht wie auf Sundar, und ich bin nach wie vor überzeugt, dass wir genau dort sind. Wie kann es eine andere Welt sein, wenn man hier nur vertraute Dinge um sich sieht? Ich verstehe nichts von den Sternbildern, und es mag sein, dass die Bäume hier höher sind und die Büsche dichter, aber alles andere erscheint mir nicht fremd.«

Darabos gab ihr teilweise recht. »Sie kann nicht völlig fremdartig sein, wenn man hier ebenfalls weiß, was Vhillen sind, und sie in ganz ähnlicher Weise abbildet, wie wir es tun. Ich frage mich, ob vielleicht ... das Verschwinden der Drachenflotte ...« Er runzelte die Stirn und stockte mitten im Satz.

»Was wollt Ihr sagen?«, fragte der Giftmischer, der Magiern äußerst argwöhnisch gegenüberstand. Dies schon deshalb, weil ein Magier allzu leicht herausfinden konnte, was sich außer Suppe noch in einer Suppe befand.

»Nichts. Mir kam nur ein Gedanke, den ich wieder verworfen habe. Wenn meine Vermutung sich erhärtet, werde ich sie Euch rechtzeitig mitteilen.«

Er hatte noch weitersprechen wollen, als sie aufgestört wurden. Aus dem Dickicht kroch schwerfällig ein mannslanger Wurm, dick wie ein Schiffsmast, bläulich weiß gefärbt und mit einem Kranz von fleischigen Tentakeln bestückt, die wie eine Halskrause unterhalb des Kopfs pulsierten. Er schlang sich um einen Baumast und peitschte mit dem losen Ende unschlüssig nach allen Seiten. Die meisten der Uzzbazis in ihrem Versteck kannten solche Würmer als zahnlose Schleicher, die sich durch modriges Laub wühlten und die winzigen Lebewesen darin verzehrten. Aber der Wechselbalg mit dem weißen Auge erschrak furchtbar, stieß einen Ohren zerreißenden Schrei aus und flüchtete – geradewegs hinaus in die eben aufgehende Sonne.

Erschrocken, verblüfft und mit grausamer Neugierde starrten die anderen ihn an, in der festen Erwartung, er werde sich jeden Augenblick krümmen wie eine Made auf einer glühenden Herdplatte und von Phurams Feuerpfeilen durchlöchert auf dem Boden zusammenbrechen. Aber nichts dergleichen geschah. Er stand unbeschadet mitten in einem Fleck Sonnenlicht, erst schnaufend vor Schreck, dann erbost schimpfend, als der Wurm keine Anstalten machte, ihn zu verschlingen, und er wieder Mut fasste.

Darabos beobachtete ihn mit eng zusammengezogenen Brauen. Ihm war anzusehen, wie es hinter seiner hohen Stirn arbeitete. »Wer«, fragte er in die Runde, »hat den Mut, den Jungen zurückzubringen?«

»Ihr habt ihn offenbar nicht, Meister Magus«, bemerkte Carmilhan der Schlächter geringschätzig. »Aber ich will es versuchen.« Er stand auf, und vorsichtig, sehr vorsichtig bewegte er sich aus dem Schutz der feuchten Dunkelheit zu den Stellen des Waldes, wo das Licht durch die Blätter flirrte, und schließlich hinaus in den Sonnenschein. Offenbar brauchte er seinen ganzen Mut dazu, Phuram so kühn entgegenzutreten, aber der Mut des Schurken war beträchtlich, und so schritt er zuletzt nackt, wie er war, mitten durch das bedrohliche Licht und ergriff den immer noch zeternden Schwachkopf am Arm.

»Ihr könnt es ebenfalls wagen. Es besteht keine Gefahr«, wandte er sich spöttisch an Darabos, als er zurückkehrte.

Der Magier überhörte den Hohn und trat hinaus in die Sonne. Dort stand er eine Weile und betrachtete den Himmel. »Kommt alle her!«, rief er. »Seht! Überzeugt euch das?«

Die Uzzbazis zögerten noch, ins Freie zu treten, denn das Sonnenlicht glühte mit gefährlichem Glanz, und sie spürten die Pfeile des Zorns, die Phuram gegen die Verworfenen schleuderte. Vorsichtig schob die Räuberin den Kopf durch die verschlungenen Zweige und stieß einen langen seufzenden Atemzug aus, als sie unbeschadet blieb. Auch die anderen krochen einer nach dem anderen hervor, und Frauen wie Männer sahen zwischen den aufreißenden Wolken Phuram mutterseelenallein seinen feurigen Wagen lenken, unbegleitet vom Herold und seinen drei Kammerherren. In ratlosem Staunen blickten sie empor, bis das Licht ihre Augen blendete und sie sich abwenden mussten.

»Nun? Hatte ich recht damit, dass wir in einer fremden Welt gelandet sind?«, fragte Darabos hochmütig, und alle nickten in unterwürfiger Zustimmung.

»Folgt mir!«, befahl er barsch. »Wir müssen dieser Schlucht entkommen und herausfinden, was dahinterliegt.« Er schritt voraus, ohne noch ein Wort zu sprechen. Seine

Gedanken drehten sich um das unerhörte Ereignis, dessen Zeuge er soeben geworden war.

Die Krüge, dachte er.

Von Anfang an hatte er gewusst, dass der Inhalt eine außergewöhnlicher Macht besaß. Nicht umsonst war Darabos von Traill zwei Jahrhunderte lang einer der mächtigsten Magier von Sundar gewesen – und hatte es auf eigene Weise verstanden, sich ein langes Leben zu verschaffen. Er spürte die Magie, er witterte sie, er wusste auch, ob es schwarze oder weiße Magie war – und diese war so schwarz wie der Abgrund der Frost- und Feuerhöllen. Selbst er, der Umgang mit Ghulen und Nachzehrern gepflogen hatte, empfand Grauen davor. So stark war diese Ausstrahlung, dass sie ihm sogar im Arkadenhof der Residenz aufgefallen war, obwohl er da wahrhaftig an anderes zu denken gehabt hatte als an den Inhalt der geheimnisvollen Amphoren. Er hatte keine bewusste Aufmerksamkeit auf sie gerichtet, sondern war von ihrer Nähe aufgeschreckt worden, als leckten Flammen nach ihm. Etwas kochte und brodelte in den Krügen vor sich hin, das seinen Ursprung nicht in Sundar hatte. Was immer es war, es stammte zweifellos aus der Welt der eisernen Dunkelheit, und selbst dort musste es von einem Ort kommen, den kein sterblicher Fuß zu betreten wagte – es sei denn, der elende Karziram hätte seinen letzten Rest Menschlichkeit den Dämonen zum Fraß vorgeworfen und seine aussätzige Seele verkauft.

Darabos schnaubte abfällig. Wäre ich ein blauer Dämon, dachte er, ich würfe ihm seine Seele nach, ohne ihm auch nur einen Echsenfurz dafür zu geben! Was hatte der Schurke denn noch zu verkaufen? Dass er eines Tages – und bei seinem Alter würde dieser Tag bald kommen – in die unterste Hölle, die Saur, hinabstürzen würde, an den schaudervollen

Ort, wo die reuelosen Verbrecher gemartert wurden, stand bereits fest. Wozu sollten die Mächte der Finsternis etwas als Bezahlung annehmen, das ihnen ohnehin gehörte?

Dann wandte Darabos seine Gedanken mit Gewalt von Karzirams ewigem Schicksal ab, obwohl es ihn drängte, sich in allen Einzelheiten vorzustellen, was den Bodun in der Hölle Saur erwartete. Hatte dieser ihm – seinem früheren Konkurrenten – doch ausrichten lassen, er könne es nicht erwarten, ihn in der eisernen Dunkelheit zu empfangen und dort Tag und Nacht auf besonders einfallsreiche Weise zu peinigen.

Nun aber gab es Wichtigeres zu bedenken. Die Krüge waren bei dem Absturz zerschellt, und was immer sie enthalten hatten, war in das Wasser des Vhillateichs geflossen, in dem sie, die Schiffbrüchigen, allesamt untergetaucht waren. Dass sie der Sonne so ungeschützt entgegentreten konnten wie ein weiß bewimpelter Sundar, war zweifellos eine Folge des magischen Bads, und Darabos war überzeugt, dass es nicht die einzige Folge war. Aber was bewirkte dieses Bad sonst noch?

Er verwünschte das Schicksal, das ihn in einen finsteren Kerker verbannt hatte, während offenbar bahnbrechende Experimente durchgeführt wurden. Aber es musste möglich sein, durch Scharfsinn allein herauszufinden, was sich in der Zeit abgespielt hatte, in der er, die Füße im Block und die Hände in Ketten, in dem verdammten Loch gesessen war. Abermals musste er daran denken, wie bejahrt Karziram war, wie nahe dem ewigen Abgrund. Wenn er ein zaubermächtiges Elixier bereitete, dann höchstwahrscheinlich ein Elixier, das ewige Jugend verlieh. Welcher Greis träumte nicht davon, wieder jung und kraftvoll zu sein?

Aber so, wie der Inhalt der Krüge gerochen hatte, gab es

irgendeinen Haken dabei. Hatte Karziram das nicht bemerkt? War er so gierig nach neuer Jugend gewesen? Oder hatte es ihn nicht gekümmert? Wie auch immer – er, Darabos, musste so rasch wie möglich herausfinden, was mit ihm und seinen Schicksalsgefährten – auf deren Wohlergehen er allerdings kaum Wert legte – geschehen war.

Er grübelte noch darüber nach, wo sie eigentlich waren und welche Gefahren ihnen drohten, als er geradezu über die Antwort stolperte, nämlich einen rotmützigen Zwerg, der halb versteckt im Farn hockte und ein vom Wetter arg mitgenommenes steinernes Wächterhäuschen anstarrte.

»He!«, schrie er. »Was kriecht Ihr da im Kraut herum und bringt andere in Gefahr, sich über Eurem krummen Kadaver den Hals zu brechen?«

Der Zwerg sprang auf. »Was achtet Ihr nicht darauf, wo Ihr Eure platten Füße hinsetzt, Nachtschnecke?«, keifte er giftig zurück. Dabei stemmte er die dünnen Ärmchen in die Seite und fletschte kampfbereit die Zähne.

Aber Darabos war die Lust auf Streit vergangen. In dem Zwerg hatte er sofort eine der Rotmützen erkannt, die den Seelensaugern auf Schritt und Tritt hinterherliefen. Zweifellos war dieser Geselle nicht der einzige seiner Art. Es empfahl sich, sich gut zu stellen mit den widerwärtigen Kerlchen. »Mein Freund«, säuselte er mit ölig sanfter Stimme, »lasst uns nicht zanken.« Dabei verwendete er die Sprache Thursz, die von allen finsteren Kreaturen gesprochen und verstanden wird, seien es Kobolde, Druden, Wassermänner oder Vampire, unter den Menschen aber nur von denjenigen, die ein Studium daraus gemacht haben. Denn Darabos hatte gute Gründe, warum er nicht wollte, dass seine in einiger Entfernung ängstlich herumstehenden Gefährten hörten, was er mit dem Zwerg verhandelte.

»Was haltet Ihr davon«, fragte er, »wenn ich Euch eine gute Mahlzeit anbiete, und Ihr und Eure Dame seid mir ein wenig gefällig dafür?«

Tutelburs lachte geringschätzig und deutete auf das steinerne Tor. »Meine Dame hat sich soeben ein Dutzend warmer, süßer Mahlzeiten geholt und braucht Eure Geschenke nicht.«

»Das mag sein«, erwiderte Darabos, »aber hat sie dabei an Euch gedacht? Wie viel bekommt Ihr von diesen Mahlzeiten?«

Der Zwerg verzog die hässliche, langnasige Fratze zu einem noch schlimmeren Ausdruck. Zweifellos dachte er daran, dass die von einer Vhilla ausgesaugten Körper bestenfalls wie Dörrfleisch schmeckten, und mehr als diese Abfälle bekamen die Zwerge nicht. Er grunzte gierig und leckte sich die speichelnden Lippen.

Darabos überschlug gerade im Kopf, welchen der ihm vertrauensvoll Nachfolgenden er den Rotmützen opfern sollte, als sich dumpfer Lärm hinter der Tür des Wächterhäuschens erhob. Von innen trommelten schwache Fäuste gegen den moderfleckigen Stein. »Lasst mich hinaus! Ich flehe euch an, öffnet und lasst mich hinaus!«, rief eine kaum verständliche Stimme.

Tutelburs sprang herbei, riss die Tür auf, und der Abt rollte mehr heraus, als dass er auf den Füßen ging. Schnaufend und keuchend stürzte er der Länge nach hin.

Im selben Augenblick schossen zwei Rotmützen aus den hohen Sumpfgräsern hervor. Talon konnte nicht einmal mehr einen Schrei ausstoßen, als der eine ihn im Nacken packte und seinen Hals knackend und krachend zwischen den Zähnen zermalmte. Ein gewaltiger Schwall frischen Bluts strömte über die bemoosten Trittsteine, die zur Schwelle des

Häuschens führten. Gleich darauf sank der leblose Körper in sich zusammen.

Tutelburs sprang herbei, und aus den Büschen ringsum tauchte, den Blutgeruch witternd wie Hunde, ein Dutzend weiterer Missgestalten auf. Die dicken Köpfe wackelten auf den dürren Körperchen, als sie näher kamen, die gelben Klauen ausgestreckt, die Augen glitzernd vor Gier.

Mit großartiger Geste bot ihnen Darabos den Leichnam an, als wäre er es, dem sie die Mahlzeit zu verdanken hätten. »Ergötzt Euch, edle Herren!«, rief er feierlich.

Die Zwerge ließen sich nicht zweimal bitten. Die ganze Schar wimmelte auf dem Kadaver herum, und jeder tauchte seine Mütze in das noch frische Blut und zog sie leuchtend neu gefärbt hervor. Dann schlitzten sie mit ihren Klauen die Haut des Opfers vom Hals bis zu den Füßen auf. So gewandt wie ein Jäger einen Springwurm abbalgt, hatten sie ihm die Haut abgezogen und sie beiseitegeworfen, um sich später neue Hemden daraus zu schneidern. Auf die Reste stürzten sie sich mit hungrigen Mäulern.

Als nichts mehr übrig war außer den Knochen und den besudelten Haaren, wackelten sie davon. Ihre kugelrunden Bäuche drohten die Kleider zu sprengen, und sie brummelten schläfrig.

Darabos wischte sich den Schweiß von der Stirn. Das zufällige Erscheinen des Abts hatte ihn aus einer gefährlichen Zwickmühle gerettet, denn hätte er einen seiner Begleiter geopfert, dann hätten ihm das die anderen zweifellos übel genommen – wenn schon nicht aus Liebe, so doch aus der Erkenntnis, dass es sie als Nächste treffen mochte. Hastig wandte er sich an Tutelburs, der beschlossen hatte, sein Verdauungsschläfchen auf den moosigen Treppenstufen zu machen.

»Auf ein Wort, Herr Zwerg!«

Der öffnete träge ein Auge. »Was wollt Ihr noch, Nacktschnecke?«

»Wir sind fremd hier, und dieser Ort erscheint uns seltsam und wunderbar. Sagt uns, was Fremde wissen müssen.«

Tutelburs zuckte die Achseln. »Das ist kein unmäßiger Wunsch. Ihr seid im erloschenen Krater des Toar Tuaban Kail, das heißt Berg Loch-im-Himmel, denn hier fallen oft Dinge aus der leeren Luft, die wer weiß woher stammen. Der grüne Gott ist auf diese Weise gekommen.« Dabei deutete er über die Schulter hinweg auf die Fratze, die den Stein der Tür verunzierte. »Er und seine Priester. Sie haben ihm hier ein Heiligtum gebaut. Dies ist einer der Eingänge zu dem Labyrinth, in dessen Mitte, aus einem einzigen Smaragd geschnitten, eine drei Schritt hohe Statue des Taphum steht.« Er lachte herausfordernd. »Wollt Ihr es nicht suchen, edler Herr? Schätze ohne Zahl und Maß liegen dort unten für jenen, der sie zu bergen wagt. Aber die Gänge sind gepflastert mit den Gebeinen der Narren, die es versucht und den Rückweg nicht mehr gefunden haben.«

Darabos winkte ab. Mit Schatzgräberei konnte er sich später befassen. »Sagt mir mehr darüber, was für eine Welt dies ist.«

Der Zwerg hob die Schultern. Er war nie in seinem Leben aus dem engsten Umkreis des Toar Tuaban Kail herausgekommen. Was er wusste, kannte er nur vom Hörensagen. Irgendwann vor langer Zeit hatten Fremde, die aus dem Himmel gefallen waren, das Labyrinth mit seinen Tempeln erbaut, es aber bald wieder verlassen. Der Grund dafür war ihm unbekannt. Das alles war vor so langer Zeit geschehen, dass selbst die Lebensdauer eines Zwergs nicht ausreichte, sich zu erinnern. Später hatte ein Kaiser Soldaten gesandt, die oben auf der Passhöhe eine Garnison angelegt und den Auftrag erhalten hatten, das Kaiserreich gegen alles zu verteidigen, was aus dem Loch im Himmel fallen mochte – war doch einmal ein ganzes Schiff, getakelt und bemannt, aus der Leere erschienen und lag heute noch auf einem der einsamen Hügel. Die Männer und Frauen des Kaisers hatten einige der Eingänge entdeckt, wie diesen, vor dem sie jetzt standen. Zu Hunderten waren sie hinabgestiegen und hatten die lose herumliegenden Schätze in Wannen und Körben an die Oberwelt geschleppt.

Die Vhillen und Rotmützen erinnerten sich noch lebhaft daran, weil es damals so viel Nahrung gegeben hatte, alle die Soldaten, Sklaven und Händler, die mit Leichtigkeit schlafend oder betrunken anzutreffen waren. Aber das Wohlleben hatte nicht lange gedauert, denn das Labyrinth in der Tiefe verschlang die Neugierigen und Habgierigen zu Dutzenden, und schließlich ließ der Kaiser seine Soldaten abziehen und beauftragte die Magier, auf andere Weise dafür zu sorgen, dass der Toar Tuaban Kail sein Unheil nicht in die Welt schickte. Die Magier willfahrten dem Befehl und erbauten einen dreißig Schritt hohen Riesen, den sie nach dem Stoff, aus dem er geschaffen war, Eisengrind nannten. Tag und Nacht umrundete dieser furchtbare Wächter, der Menschenfleisch auf weite Entfernung witterte, den Berg. Seither wagten sich nur noch die Schatzgräber und die Räuber in die Einöde, die auf einfachere Weise an Gold zu kommen suchten, als in die tödlichen Gänge des Labyrinths hinunterzusteigen. Ihnen hatten sich Verfemte angeschlossen, denen die Gefahren des verfluchten Bergs geringer erschienen als die Bedrohung durch die kaiserlichen Häscher, sodass der Toar Tuaban Kail auch ohne seine unheimlichen Besucher aus fremden Welten eine unbehagliche Gegend war.

Während Tutelburs redete, übermannte ihn allmählich der Schlaf, der aus einem übervollen Bauch steigt, und Darabos hielt es nicht für ratsam, ihn zu wecken. Mit herrischer Geste bedeutete er seinen Gefolgsleuten, von dem Ort zu verschwinden, was sie nur zu bereitwillig taten.

–

Gruhl, Gibba und Zerba kauerten im dichten Unterholz und starrten mit ratlos heraushängenden Zungen um sich. Als sie im Teich gelandet waren, hatten sie sich schneller als die Menschen erholt, waren ans Ufer gesprungen, und obwohl sie Kreaturen von abgründiger Dummheit waren, hatten sie die Lage erfasst. Die Futter-und-Peitsche – das war ihre Bezeichnung für die Wolfsführerin – war verschwunden, das gefürchtete Instrument lag halb zerfallen im Schlamm, und niemand konnte sie mehr daran hindern, sich dem lästigen Dienst zu entziehen und nach eigenem Belieben zu leben. Fröhlich waren sie fortgesprungen … und hatten rasch eine Witterung aufgenommen, die sie beunruhigte: die einer unbekannten Umgebung. Alles hier roch bedrohlich anders als auf Sundar. Die Menschen hätten es wohl nicht gemerkt, aber die feinen Nasen der halb tierischen Zwittergeschöpfe lasen die Duftspuren wie eine unbekannte Schrift. Gewiss, da waren einigermaßen vertraute Gerüche: modriges Laub, Bäume, alle möglichen kriechenden, kletternden und hüpfenden Tiere, aber auch die waren von einer eigentümlichen Färbung, und alles übertönend drängten sich ihren Nasen, Augen und Ohren Ungewohntes auf.

Wie es ihre Art war, setzten sie sich Hintern an Hintern zusammen und spähten ängstlich in alle Richtungen. Als sich längere Zeit kein gefährliches Wesen blicken ließ, hielten sie

Rat miteinander. In einem Punkt jedenfalls waren sie von Anfang an einig: Sie wollten nicht zurück zu Futter-und-Peitsche. Sie wollten ihre eigenen Herren sein.

Eine Weile debattierten sie, wie sie es anstellen sollten, wurden zusehends hitziger und gerieten schließlich so heftig in Streit, dass sie einander die Ohren zausten. Wahrscheinlich wäre es zu einem ernsthaften Kampf gekommen, hätte nicht eine Stimme ihre Aufmerksamkeit auf sich gezogen. Eine weibliche Stimme, so betörend, so alle Sinne gefangen nehmend wie der Duft einer läufigen Wölfin. Die drei haarigen Kreaturen setzten sich auf die Hinterhand und starrten hechelnd die Erscheinung an, die vor ihnen stand.

Eine Menschenfrau war es, kein Zweifel, hoch gewachsen und schlank, in ein feuerrotes Kleid gehüllt, mit langem schwarzem Haar, das lockig über die Schultern rollte. Aber der Geruch, die Ausstrahlung, der Klang der Stimme – alles dies beschwor in den Köpfen der drei Werwölfe das Bild einer strammen, glänzenden Wölfin herauf, die ihnen lockend das feuchte Hinterteil zuwandte. Sie begannen zu keuchen und zu winseln, die buschigen Schweife hoch aufgerichtet, die Augen glühend wie Sumpflichter.

Die Weibswölfin schritt langsam auf sie zu, Worte murmelnd, die ihnen das Fell sträubten. So betäubend wurde der Duft, dass Gruhl, Gibba und Zerbe dasaßen wie versteinert.

Sie rührten sich nicht, als die Frau mit schnellem Griff ein dreifaches Zaumzeug hinter dem Rücken hervorzog und es ihnen überwarf. Von selbst schlang es sich um ihre Glieder, die Schnallen zogen sich zu, drei Trensen glitten in drei fassungslos klaffende Mäuler, und im nächsten Augenblick zuckte eine Peitsche über sie hinweg, die um vieles böser biss als die der Wolfsführerin Brianna.

»Husch!«, rief die Frau, während sie sich auf die daranhängende Deichsel setzte, und die drei übertölpelten Wölfe rannten los, als wäre ein Schwarm Wespen hinter ihnen her.

–

Während sich dies alles ereignete, lag das gefrorene Aas des Vollstreckers immer noch auf der Lichtung im Nebelwald. Als die Strahlen des aufsteigenden Phuram ihn trafen, erwärmte er sich und schmolz mit erstaunlicher Geschwindigkeit. Aus dem weich werdenden Riesenleib kroch Lebendiges – Wesen von so seltsamer und abscheulicher Art, wie man sie weder auf Sundar noch auf Chatundra jemals gesehen hatte. Da gab es Schneckenhäuser, aus denen statt Schnecken missgebildete, schwimmhäutige braune Tatzen hervorkrochen, mannshohe, geflügelte Spinnen mit grindigen, weißen menschlichen Köpfen und sich schnell dahinschlängelnde Kreaturen mit sichelförmigen Schädeln sowie anderes widerwärtiges Geschmeiß, das aus dem verrottenden Kadaver ans Licht kroch. Aus einem Wesen voll Bosheit geboren, waren sie Geschöpfe der Bosheit, ohne Ziel und Sinn außer dem einen: sich am Leiden anderer zu mästen. Blitzschnell kriechend und hüpfend flohen sie vor Phurams Pfeilen und verbargen sich im tiefsten Schatten des Walds, in Felsritzen und hinter den feuchten, moosigen Mauern, wo sie den Einbruch der Nacht erwarteten, um ihren Opfern aufzulauern.

–

Im dicken Laubwerk versteckt, hatten Amory und Marchand in ihrer Tiergestalt beobachtet, wie die Gruppe nackter

Menschen – und als ihr Anführer der Midan von Fienne – in die Tiefe hinabstiegen. Sie hatten überlegt, ob sie ihnen folgen sollten, aber ehe sie noch hineinhuschen konnten, war die steinerne Tür mit einem gewaltigen Knall zugefallen, während der rotmützige Zwerg wie von Sinnen vor Freude auf seinen Spinnenbeinen davor herumtanzte. Dann waren die Uzzbazis im Gefolge des Magiers von Traill aufgetaucht, und schaudernd hatten Amory und Marchand zugesehen, wie der unglückliche Abt ein blutiges Ende fand. Und nun lief Avigdor Gefahr, in den Klauen einer Vhilla und ihrer Menschenfleisch fressenden Knechte zu enden, nachdem ihm das Leben gerade erst neu geschenkt worden war.

Sie lauschten den Gespräch mit Tutelburs, aber kaum hatten sich die Uzzbazis getrennt, schoss Amory wie der Blitz den Stamm hinunter und durch die halb offen stehende Tür, auf die niemand mehr geachtet hatte.

Sie kümmerte sich nicht darum, ob Marchand ihr folgte, sondern flitzte die Treppe hinunter und hinter den Menschen her, die langsam und vorsichtig im Schein des blauen Lichts ihren Weg suchten. Ihre goldenen Knopfaugen, nachtsichtig wie die einer Eule, zeigten ihr alle Einzelheiten des Wegs. Sie huschte zwischen den nackten Beinen hin und her, bis sie Avigdor erreichte, der an der Spitze ging und das Licht hielt.

Er schrie leise auf, als etwas Leichtes, aber Scharfkralliges mit einem Satz an ihm hochsprang, seinen Arm hinaufturnte und sich auf seine Schulter hockte. Erschrocken blickte er auf ein leichtfüßiges Tier mit einer ungewöhnlich langen, spitzen Nase. Eine winzige Stimme, die er in größerer Entfernung wohl kaum gehört hätte, wisperte ihm zu: »Hüte dich! Hüte dich! Die Vhilla ist hinter Euch her, ihr Zwergendiener hat Euch in eine Falle gelockt.«

Ohne seine Überraschung zu zeigen, flüsterte Avigdor: »Wer bist du?«

Ach, wie gern hätte Amory geantwortet: Ich bin Amory, die dich von ganzem Herzen liebt! Aber sie antwortete nur: »Jemand, der dein Wohlergehen im Sinn hat. Vertrau mir!«

»Hast du einen Namen?«, fragte er neugierig.

»Ja, aber den verrate ich dir nicht. Sag Freundchen zu mir, wenn du mich benennen willst.«

»Ich fürchtete schon«, gab er zu, »dass dieser Kobold Böses im Sinn hatte, aber wir mussten seine Hilfe annehmen, sonst hätte Phuram uns verbrannt.«

»Aber mitnichten«, wisperte sie. »Seine Pfeile fügen euch keinen Schaden mehr zu.«

»Was redest du da?«

»Ich weiß, wovon ich spreche. Das Wasser des Teichs hat euch unverwundbar gemacht. Und ihr seid nicht auf Sundar, sondern in einer anderen Welt.«

Er lachte verblüfft. »Du bist närrisch, mein Freundchen«, sagte er.

»Das mag so sein oder nicht. Und sei jetzt still, sprich nicht weiter mit mir, ich will nicht bemerkt werden.« Sie schlüpfte unter sein lang herabfallendes, üppig gelocktes Haar. Welch wundervolles Versteck! Berauscht vor Entzücken kauerte sie sich auf die Wölbung der Schulter, schmiegte sich an seinen Hals und hielt sich an den langen Haarlocken fest.

Keiner der vor der Sonne fliehenden Uzzbazis hatte die beiden Tiere bemerkt, die ihnen folgten, denn zwei waren es. Eine pelzige Spinne huschte auf ihren acht Beinen durch das Halbdunkel, einmal auf dem Boden, dann an der Decke, nur sichtbar an den orange-goldenen Augen, die dann und wann aufleuchteten.

Der Berg der Vogelfrauen

Merien starrte hinter den Uzzbazis her, deren Schritte auf dem steinernen Pflaster verklangen. »Möge sie die strafende Sonne verbrennen!«, stieß er hervor.

»Was sie gewiss tun wird«, ergänzte Amyas. »Weit kommen sie nicht, auch wenn sie für den heutigen Tag ein sicheres Versteck finden. Früher oder später wird Phuram seine Feinde zerstören. Und ich gönne es ihnen, dass sie in der Sonne schmelzen wie Käse in der Pfanne und verschrumpeln wie Granatäpfel auf dem Speicher. Aber jetzt steht nicht länger herum – weg von hier! Nehmt euch vor den Bäumen in Acht, ihre Äste tragen die Saugnäpfe sicherlich nicht nur zur Zierde.«

Bereitwillig gehorchten sie. Einerseits waren sie erleichtert, dass die Nacht zurückwich und sie erkannten, was sie umgab, andererseits war ihnen bewusst, dass Sehen auch Gesehenwerden bedeutete. Und Gesehenwerden mochte, so nackt und waffenlos, wie sie waren, sehr leicht auch Gefressenwerden bedeuten.

Im Laufschritt eilten sie den Weg entlang, der breit und gepflastert zwischen den Urwaldbäumen entlangführte. Offensichtlich war er einst als Promenade oder Fahrweg angelegt worden, denn links und rechts davon, zwischen den üppig wuchernden Pflanzen, erschienen immer wieder in Kniehöhe Platten, von denen manche aus Stein, andere aus Eisen oder Bronze gefertigt waren. Alle trugen in der Mitte das Zeichen einer linksdrehenden Spirale. Rost und Verwitterung hatten sie angefressen und ließen erkennen, wie lange sie schon den Weg zum Teich der Vhilla bewachten. Als Brianna sie näher betrachtete, sah sie, dass es die Bodenplatten auf der Spitze stehender Pyramiden waren. Einen Augenblick lang sann sie darüber nach, welch mühselige Arbeit es doch gewesen sein mochte, die Begrenzung eines Fahrwegs anzulegen. Hätte man die Pyramiden nicht viel einfacher mit der Spitze nach oben hinstellen können? Sie wollte aber nicht fragen. Vielleicht gab es einen guten Grund dafür, und Treva würde sie nur wieder herunterputzen, weil sie es nicht wusste.

»Das erinnert mich an etwas, aber ich weiß nicht, was es ist … Wenn es mir doch nur einfiele!«, murmelte Treva und betrachtete die Ornamente.

Zum allgemeinen Erstaunen war es Mariwan Salten, der Auskunft geben konnte. Etwas schüchtern – er hatte großen Respekt vor den Soldaten –, aber mit Überzeugung erklärte er: »Es sind Symbole einer bösen Macht.«

»Woher wollt Ihr das wissen?«, fragte Treva, unbekümmert darum, dass es ziemlich beleidigend klang.

»Ich weiß es«, entgegnete der junge Kaufmann, »weil genau solche Dinge einmal im Haus eines übel beleumundeten Mannes gefunden wurden, dessen Nachlass öffentlich versteigert wurde. Unter den Bietern war auch ein Magier. Er sah sie, holte sofort einen Hauptmann der kaiserlichen Soldaten und wies ihn an, sie zu entfernen und von einem seiner Männer auf dem Platz der Gerechtigkeit einscharren zu lassen, da sie in Zusammenhang mit schwärzester Magie stünden – mit der Verehrung von Dämonen aus den vergessenen Höllen. Mehr erfuhr ich nicht, aber der Magier war sehr aufgeregt und konnte es nicht erwarten, dass das Zeug weggeschafft wurde. Woher der Verstorbene es hatte, kann ich nicht sagen.«

»Verfluchte Hexerei!«, murmelte Laurin, der den Abscheu eines treuen Sundar vor allen zwielichtigen Künsten empfand.

Eine dumpfe, modrige Luft herrschte unter dem undurchdringlichen Blätterdach, erfüllt von einem vielstimmigen Lärm. Sie kamen an einem Tümpel vorbei und sprangen hastig beiseite, denn etwas tauchte, zweifellos von ihrem Geruch angezogen, aus dem Morast auf. Eine fäulnisfleckige scharlachrote Masse wie eine riesige Wasserblume zuckte und schnappte in der brackigen Flut, würgte und schlang, sandte stummelige Tentakel aus und zog sie wieder ein, sobald sie einen der vorübergaukelnden Schmetterlinge oder einen Käfer erwischt hatte. Die Luft hallte von zahllosen Tönen wider, vom Kreischen der Springwürmer bis zum Fiedeln der Zikaden, vom Rascheln im Gebüsch bis zum Knacken modrigen Holzes unter dem Tritt der schweren Leiber von Plattnasen und Erdferkeln.

Das Zwielicht des Nebelwalds drückte auf die Seelen der sechs Khan-Hagizim, die es gewohnt waren, unter Phurams läuternden Strahlen zu wandeln. Vergeblich suchten sie immer wieder einen Blick auf die Himmelsbahn zu erhaschen, über die zu dieser Stunde längst sein goldener Wagen dahingefahren sein musste, angekündigt vom Herold und gefolgt von den drei Kammerherren. Aber sooft sie den Kopf hoben, sahen sie nur das verfilzte, verschlungene Laub über sich und die Lianen, die von den himmelhohen Bäumen herabhingen. Das Licht war matt und fahl wie vor einem

Gewitter. Nur selten drang ein Sonnenstrahl durch die doppelte Decke aus dicken Wolken und ineinander verflochtenen Baumwipfeln. Der Dampf kochender Quellen stieg auf und zerfloss in trüben Schnörkeln in der Luft, in der dünne Ascheschleier trieben.

Plötzlich stieß Treva einen warnenden Schrei aus. »Kommt dem Gitter nicht zu nahe!«, rief sie. »Dahinter sind Honigschlünde!«

Sie hatte recht. Hinter einem mannshohen, vom Rost halb zerfressenen Gitter drängten sich wie Tiere in einem Zwinger Dutzende abstoßende Kreaturen. Sie waren menschengroß, hatten fettes, steifes, dunkelgrünes Laub und faustgroße, orchideenähnliche Blüten in rosafarbenen und blassgelben Tönen, die einen widerwärtig fleischigen und fauligen Eindruck machten. Ein Dutzend hohler, sehniger Arme entspross einem knolligen, in einen Mantel grüner Blätter gehüllten Rumpf. In ständiger Bewegung schlängelnd, waren sie Gliedmaßen und Schlund zugleich: An ihren Enden saß ein Kranz fleischiger rosaroter Finger, die eine stetig schluckende und schnappende Öffnung umgaben. Feine Widerhaken an der Innenseite hielten das Opfer fest. Im Unterschied zu den zahllosen Käfer und Raupen verschlingenden Gewächsen waren die Honigschlünde jedoch Menschenfresser. Wo sie wild wuchsen, lauerten sie, zwischen anderem Buschwerk versteckt, ihrer Beute auf und erdrosselten sie aus dem Hinterhalt. Da sie keine Zähne hatten, ließen sie die Kadaver liegen, bis sie in Fäulnis gerieten, dann senkten sie die Arme und schlürften den gräulichen Brei.

Brianna kannte diese Pflanzentiere gut. In Sundar-Bas standen an jeder Straßenecke Käfige, in denen man sie beobachten und mit Leckerbissen füttern konnte; ein beliebter Zeitvertreib vor allem der Kinder und der Schecken. Diese niedere Volksklasse liebte die Pflanzentiere auch noch aus anderen Gründen, denn ihre fetten, wächsernen Blüten sonderten ein giftiges, berauschendes Öl ab. Wo die Honigschlünde wild wuchsen, ernteten die Bauern trotz des kaiserlichen Verbots dieses Öl und verarbeiteten es zu einem dickflüssigen Sirup oder zu klebrigen Klumpen, die sie um teures Geld an die Städter verkauften.

Als die Gruppe der Schiffbrüchigen vorbeieilte, streckte sich augenblicklich ein Dutzend der knotigen Arme durch das altertümliche Gitter und versuchte sie zu fassen. Die anderen wichen zurück, aber Treva, die das stinkende Geschlängel, wie sie es nannte, nicht ausstehen konnte, hob einen Stock auf und zerquetschte einige Exemplare mit kräftigen Schlägen. Augenblicklich erhob sich aus dem wogenden Dickicht ein hässlicher Ton, ein gespenstisches, dünnes Surren. Ebenso hässlich waren die Töne, die ihm folgten. Da war ein dumpfes, bedrohliches Brummen, dann ein Schnarren, ein hohes Pfeifen. Ein Durcheinander von Missklängen erfüllte die Luft.

»Lass die Stinker in Ruhe!«, rief Amyas ärgerlich. »Wir wissen nicht, ob dieses rostige Gitter sie zurückhalten kann, und ich will nicht, dass sie uns nachlaufen. Kümmert euch lieber darum, dass wir unbeschadet aus diesem Wald gelangen.« Mit langen Schritten eilge er der Gruppe voraus.

Brianna fröstelte. Sie wusste, dass die Honigschlünde tatsächlich laufen konnten. Wenn sie gereizt wurden oder hungrig waren, zogen sie ihre Wurzeln aus der Erde und folgten ihren Opfern mit täppischen, aber beharrlichen und erschreckend schnellen Schritten.

Die Soldaten waren es gewohnt, sich in beschwerlichen Lagen zurechtzufinden, aber Mariwan waren solche Schrecknisse neu, und er hatte sichtlich Mühe, Angst und

Erschöpfung zu verbergen. Bedrückt stolperte er hinter den anderen her, in seiner weichlichen Nacktheit eine kläglich unpassende Erscheinung zwischen den urtümlichen Baumriesen und den wilden Schnörkeln der Lianen.

Gavon hingegen fand sichtlich Gefallen an dem Ort, an den es ihn verschlagen hatte. Nach der langen Zeit in einem finsteren Kerker berauschte er sich am Anblick der glühend gefärbten Orchideen, die sich mit ihren Luftwurzeln an die Bäume klammerten, und der faustgroßen goldgrünen Käfer, die über den Weg huschten. Ständig schnüffelte er neugierig herum und murmelte: »Süß ... fett und süß ...« Brianna verstand erst nicht, was damit gemeint war, aber schließlich begriff sie, dass er nicht viele Wörter kannte und »süß« ebenso wie »fett« für alles verwendete, was ihm schmeckte, gefiel oder angenehm war.

Fröhlich lief er neben ihr her, aufrecht auf zwei Beinen diesmal, riss mit den langen Krallen Rinde von den Bäumen, schnupperte daran, steckte sie in den Mund und zerkaute sie knackend, um sie wieder auszuspucken. Dabei berührte er zufällig den pantoffelförmigen Schnabel einer fleischfressenden Pflanze, die sich im Wirrwarr der Lianen zwischen zwei knorrigen Bäumen versteckte, und fuhr mit einem Aufjaulen zurück, als sie ihn prompt mit ihrem ätzenden Saft besprühte. Wehleidig jammernd und winselnd schwenkte er die verletzten Finger in der Luft und blies darauf. Seine Klagen verstummten jedoch erstaunlich schnell wieder. Verwundert betrachtete er seine Hand und streckte sie Brianna hin, offenbar eine Bestätigung fordernd, ob er recht gesehen hatte. »Süß«, sagte er.

Sie nahm die knochige Pfote und betrachtete sie. Keine Spur einer Verletzung war zu sehen. Das war höchst ungewöhnlich, denn die Fleischfresser schleuderten einen Saft, der tiefe Schwären ins Fleisch brannte. Brianna wunderte sich, entschied aber, dass die Blumen in dieser entlegenen Schlucht harmloser sein mochten als anderswo.

»Schon gut«, sagte sie. »Es ist wieder heil.«

Dabei fiel ihr auf, dass die Kratzwunde, an der er geleckt hatte, ebenfalls verschwunden war, obwohl sie kurz zuvor noch reichlich geblutet hatte, aber sie tat es mit einem Achselzucken ab. Sie hatten andere Sorgen. Jeden Augenblick mochte den Uzzbazis wieder einfallen, dass ihre Flucht umso besser gelingen würde, wenn sie sich der lästigen Zeugen entledigten. Welch scheußliche Kreaturen sie doch waren, dachte Brianna. Wahrhaftig der Abschaum alles Lebenden. Und jetzt wurden sie in Gestalt von Darabos von Traill und dem Midan von Fienne auch noch von zwei Unholden angeführt, wie Sundar sie noch nicht gesehen hatte. Brianna hoffte sehr, dass sie jenseits des Kraters bald auf eine Garnison stoßen würden, deren Soldaten ausschwärmen und das Gesindel wieder einfangen konnten.

Amyas dachte an dasselbe, denn er sagte: »Wenn wir in die Sonnenoase zurückkehren, mache ich sofort Meldung, dass man sich dieses entlegene Tal näher ansieht. Es darf nicht sein, dass solche schauerlichen Unwesen unter Phurams Strahlen leben. Der Sohn der Sonne wird gewiss dafür sorgen, dass dieses Scheusal vernichtet wird.«

Merien lachte. »Ich würde sagen, der zauberische Gesang unseres Freunds hat es bereits vernichtet.« An Brianna gewandt bemerkte er: »Schade, dass deine Wölfe verschwunden sind, sie wären uns von Nutzen. Statt der drei Werwölfe, die uns beschützen könnten, haben wir einen, vor dem wir uns in Acht nehmen müssen.«

Augenblicklich nahm Brianna Gavon in Schutz. »Ich glaube nicht, dass er bösartig ist.«

»Was immer du glaubst«, widersprach Treva, »es wäre mir wohler, wenn du ihn an einer dicken Kette hättest.«

Merien war derselben Meinung. »Lass dich nicht täuschen von seinem einfältigen Getue, er ist immerhin ein Uzzbazi. Umsonst hat man ihn nicht in Ketten gelegt und zur Höchststrafe verurteilt. Ich wette, er hat Menschen angefallen, vielleicht sogar kleine Kinder gefressen – das täten sie alle gern, und manche tun es tatsächlich.«

Ärgerlich fuhr sie auf. »Bei allem Respekt, Kamerad, das ist Unsinn. Ich mag einfältig und unerfahren sein, was andere Belange angeht, aber von Werwölfen verstehe ich etwas. Mein Vater und meine Mutter waren Wolfsführer, und ich bin mit wilden Bestien aufgewachsen. Ich weiß, ob einer gut oder schlecht ist. Natürlich«, schränkte sie dann ein, »sind Wölfe immer gefährlich, aber ich kann zwischen denen unterscheiden, denen man Gehorsam beibringen kann, und denen, die es nie lernen.«

»Wir werden es ja merken, wenn er uns mit seinen scharfen Zähnen anfällt«, murrte Treva. »Dann werden wir sehen, ob du recht hast.«

Danach schwiegen sie alle, denn die feuchte Hitze machte ihnen trotz ihrer Nacktheit zunehmend zu schaffen, und außerdem flirrte die Luft von winzigen Mücken, die ihnen beim Reden immer wieder in die offenen Münder gerieten.

Brianna spürte, wie ihr der Schweiß über den Körper lief und Schwindel ihre Gedanken vernebelte. Noch nie war sie in einem so wunderlichen Wald unterwegs gewesen. Die Bäume waren verknotet und verdreht, manchmal wie Zöpfe ineinander verflochten. Dichte, bleiche Gespinste aus den Luftwurzeln der Orchideen hingen wie Schleier herunter. Tausenderlei Geziefer huschte über den Teppich aus ledrigen schwarzbraunen Blättern, die knorrigen Baumstämme hinauf und hinunter und auf den schwankenden Brücken der Ranken quer über den Weg. Immer wieder kullerten die armlangen, hornigen Raupen über den Weg, die Krimpeles oder Krempeltierchen genannt wurden, weil sie sich mit possierlichen Purzelbäumen fortbewegten. Wenigstens brauchten sie den Durst nicht zu fürchten, denn überall zwischen den Felsen rieselten und tropften Wasserläufe und vereinigten sich zu sumpfigen Pfützen. Sie kosteten das Wasser und fanden es zu ihrer großen Erleichterung frisch und trinkbar.

»Dein heulender Freund hätte abwarten sollen, bis die Vhilla alle Uzzbazis in ihren Teich gelockt und ertränkt hat«, bemerkte Treva. »Jetzt sind die Bestien frei, und niemand kann sie daran hindern, neue Schandtaten zu begehen.«

»Man wird uns die Schuld daran geben«, prophezeite Merien düster.

»Was hätten wir denn tun sollen?«, hielt ihm Laurin entgegen. »Wir konnten sie nicht festhalten. Ich dachte, wir hätten leichtes Spiel mit ihnen, da sie mehr tot als lebendig waren, aber der Sturz durch die Dimensionen muss ihnen gutgetan haben. Sie waren bemerkenswert kräftig.«

Amyas nickte. »Das ist mir auch aufgefallen. Nun, der alte Unhold Darabos hat recht – in den Räumen der Leere geschieht Merkwürdiges ... Schweigt jetzt und spart euch den Atem zum Laufen.«

Das trichterförmige Tal musste – wenn auch vor langer Zeit – bewohnt gewesen sein, denn immer wieder stießen sie auf Überreste von Wachtürmen und Mauern, die mit dickem, von Feuchtigkeit glitzerndem Moos überwachsen waren. Der Weg, von kurzen Treppen unterbrochen, führte immer steiler bergauf, und die schwüle, stickige Luft legte sich schwer auf die Lungen. Die zahlreichen Quellen und

Bächlein plätscherten häufig in verwitterte, aus dem braunen Stein der Felswände gehauene Brunnenschalen und Quellfassungen. Brianna fiel auf, dass dieselben schneckenförmigen Ornamente, die sie bereits am Teich der Vhilla gesehen hatte, hier in unregelmäßiger Folge wiederkehrten, manchmal groß wie ein Menschenkopf und einzeln, dann wieder klein wie eine Kinderfaust und in Gruppen, wobei diese Gruppen ihrerseits wieder Spiralen formten. Im Mittelpunkt der Spiralen war häufig ein stilisiertes Gesicht abgebildet, dessen Züge selbst in der groben Vereinfachung etwas zutiefst Schreckenerregendes zeigten.

Erst waren die ockerfarbenen Erdwälle auf beiden Seiten nicht höher als die Steinmauern, die in vielen Teilen von Sundar die Felder begrenzten, aber bald wurden sie mannshoch, und wenig später verwandelte sich der Hohlweg in eine Schlucht, deren Mauern mit jedem Schritt höher emporwuchsen. Bald war der Himmel nur noch als ein schmaler Streifen zwischen den verwitterten Klippen auf beiden Seiten zu erkennen. Alle verrenkten sich die Hälse, um Phuram zu sehen, damit sie angesichts seiner Herrlichkeit ihre Morgengebete verrichten konnten, aber obwohl bereits Tageslicht herrschte, war der Himmel dicht mit Wolken bedeckt. Nur hin und wieder schoss ein goldener Strahl hervor und erlosch bald darauf wieder.

Plötzlich blieb Amyas, der als Erster ging, stehen und bedeutete den Nachkommenden mit ausgestrecktem Arm, es ihm gleichzutun. Er lauschte, dann wandte er sich mit gedämpfter Stimme an Treva. »Hörst du das? Jemand folgt uns.«

Die Soldatin lauschte. »Ich höre nichts«, murmelte sie. »Vielleicht täuscht Ihr Euch? In der Stille spielen einem die Ohren leicht einen Streich.«

»Doch, ich bin ganz sicher. Da sind Geräusche. Sie sind hinter uns her.«

»Was kann das sein?«, fragte Merien leise, während er sich nach allen Seiten umsah. »Nichts Gutes, vermute ich.«

»Täuschung und Sinnentrug«, erklärte Treva mit entschiedener Stimme.

Und dann sprang sie mit einem Aufschrei des Entsetzens zurück, als plötzlich ein Laut durch die Stille drang – ein perlendes Gelächter, das sich weder menschlich noch tierisch anhörte. Obwohl die Gestrandeten rasch nach allen Richtungen blickten, war nirgends etwas Bedrohliches zu entdecken. Dennoch fühlten sie sich beobachtet – auf höchst beunruhigende Weise beobachtet.

»Was war das?«, rief Treva wütend – wütend, weil sie spontan nach ihrem Schwertgehenk gegriffen und zu spät bemerkt hatte, dass da nichts war als ihre nackte Hüfte.

Niemand gab Antwort, aber alle fassten gleichzeitig nach dem Sonnenamulett, das sie um den Hals trugen, und murmelten ein Stoßgebet um Phurams Schutz. Zweifellos war das Tal verzaubert und von weiteren unholden Wesen bewohnt als nur allein der Vhilla.

Bald merkten sie, dass die Schwüle der Nacht und der trübe Morgen Vorboten eines heftigen Gewitters gewesen waren. Den Himmel bedeckte eine Masse purpurbrauner Wolken. Sie hörten den Donner grollen und sahen eine Seite des Himmels in einem grell zitronengelben Licht aufflackern. Die Wolken kreisten im Zenit, als wollten sie eine Windhose bilden, Blitze zuckten und flackerten, und der Donner wurde von einem zum anderen Mal lauter. Bald war er so heftig, dass sie den knöchelhoch mit Laub bedeckten Boden vibrieren fühlten und sich unwillkürlich die Ohren zuhielten, sooft es über ihren Köpfen wie der Schlag einer ungeheuren Peitsche dahinschnalzte.

Dass Gavon sich überaus unruhig zeigte, hatte Brianna auf das drohende Gewitter zurückgeführt, aber dann verstand sie, dass er etwas Beunruhigendes witterte. Sie trat lautlos an seine Seite.

»Was ist es?«, flüsterte sie.

Er deutete den gewundenen Pfad entlang, der im Zickzack ansteigend die Höhen der Kraterwände erklomm. »Böse«, antwortete er dicht an ihrem Ohr. Dann rannte er mit eingezogenem Schweif davon, duckte sich unter den Bäumen hindurch und grub sich bis zu den spitzen Ohren in die Haufen halb vermoderten Laubs.

Brianna wandte sich an ihre Gefährten. »Da vorn erwartet uns eine Gefahr – oder sie kommt auf uns zu. Wir sollten es ihm gleichtun und uns verstecken.«

Amyas war anzusehen, dass ihm dieser Vorschlag missfiel. Er war ein kühner und kriegerischer Mann, der sich lieber im Gefecht stellte, als sich vor einem Feind zu verkriechen. Aber er war auch klug und wusste, dass man einen Feind erst einmal gesehen haben sollte, bevor man sich auf einen Kampf mit ihm einließ. Gleich darauf lagen vier Männer und zwei Jungfern flach im Laub und spähten angespannt zwischen den graugrünen Säulen der Baumstämme hindurch auf den Pfad.

Sie mussten nicht lange warten. Die Geräusche näher kommender Füße waren bald auch für menschliche Ohren hörbar. Wer immer es war, er hatte es eilig.

Dann tauchten Gestalten aus dem grünlichen Dämmerlicht auf, und Brianna hielt den Atem an. Nie zuvor hatte sie solche Kreaturen gesehen, wie sie hier in dem wilden Tal wohnten, fernab von den Menschen und ihnen unbekannt.

Ein wenig sahen sie den Zrazz ähnlich, aber sie wirkten weitaus bösartiger. Aus den halbmondförmig gekrümmten, schlitzartigen Mäulern ragten lange Fangzähne, und auch die ungeschlachten Pfoten waren mit Nägeln bewaffnet – spannenlangen, sichelförmigen Nägeln. Ein durchdringender Geruch nach Sumpfwasser und faulenden Pflanzen wehte vor ihnen her. Ihre platten, von dicker Haut überzogenen Gesichter waren ohne Ausdruck, nur die Zungen, die blitzschnell zwischen den Kiefern hervorzüngelten, verrieten ihre Erregung. Es war jedoch keine angriffslustige Erregung. Wenn hin und wieder einer den Kopf nach hinten wandte, den Felswänden zu, dann meinte Brianna in der Geste Furcht und Sorge zu erkennen. Zweifellos hatten auch diese urtümlichen Scheusale Feinde, vor denen sie sich fürchteten. Aber das war kein beruhigender Gedanke, denn in dem Fall waren diese Feinde noch um ein beträchtliches hässlicher und gefährlicher als ihre erwählte Beute.

Die Reptilienmenschen erstarrten. Mit baumelnden Keulenarmen standen sie da und drehten die Köpfe mit den ausdruckslosen Augen von links nach rechts und wieder zurück. Da und dort kroch eine wurmartige Zunge lippenleckend aus einem schwarzen Mundspalt, oder ein schlaffer Hals blähte sich rhythmisch. Offenbar waren sie unsicher, in welche Richtung sie sich wenden sollten. Schließlich entschieden sie sich. Einer setzte sich in Bewegung, den Pfad entlang, dann ein zweiter und dritter, und gleich darauf tappte die ganze Horde davon, so schnell sie auf ihren krummen Beinen vorwärtskamen.

Voller Abscheu schüttelte sich Amyas. »Welch widerliche Kreaturen!«

Die Khan-Hagazim und ihr Gefährte wollten sich bereits aus ihrem Versteck in den fauligen Blätterhaufen herauswühlen, da drang plötzlich durch den dichten Wald ein fernes Brüllen. Sie schreckten auf, überzeugt, dass der unruhige Berg irgendwo aufgeplatzt war und Feuer spie, denn ein Stück hangaufwärts drang ein roter Schein zwischen den Baumstämmen hindurch. Rötlicher Dunst und der bittere Geruch brennenden Holzes drangen durch das Zwielicht. Dann jedoch folgte dem Brüllen ein Trampeln über brechende Äste und umstürzende Bäume hinweg, und da erkannten sie, dass es ein Feuer speiender Drache war. Er polterte den Hang herab wie ein Erdrutsch. Ganze Baumstämme wurden von riesigen Tatzen niedergetrampelt. Dann wälzte sich schwerfällig ein Leib heran, der zuerst nur als fleckige, faltige Masse unter den Bäumen erkennbar war.

Auch als das Ungeheuer in voller Größe in Sicht kam, erwies es sich als gestaltlos. Es war nichts weiter als ein runzliger, rußiger Sack, so umfangreich wie der Bauch eines Fischerboots, der sich auf krummen Säulenbeinen vorwärtsschleppte. Vorn auf dieser Ungestalt jedoch schwankten sieben Hälse, jeder Hals so lang und dick wie der Mastbaum eines Schiffs, und auf jedem Hals saßen drei Köpfe, die gewaltige, gekrümmte und gerippte Hörner trugen. Aus den Kiefern wuchsen Zähne, lang und spitz wie Nägel und so scharf, dass sie im Vorbeikriechen Bäume zerbissen. Anstelle einer Mähne wedelten orangerote Tausendfüßler mit ihren zahllosen Gliedmaßen. Aus jedem Schädel hing eine Zunge, lang wie eine Karrenpeitsche und geformt wie ein hohles Rohr, die in die Luft züngelte. Ätzender Geifer troff zwischen den Zähnen hervor und und bewirkte, dass alles Gras ringsum zischend verdorrte. Dabei stieß die Kreatur unablässig einen schaurigen, pfeifenden Laut aus, den Menschenohren kaum ertragen konnten.

Das Schlimmste für Brianna war jedoch der Umstand,

dass es sich um ein intelligentes Lebewesen handelte – auf jeden Fall um ein Wesen, das die menschliche Eigenschaft der Eitelkeit kannte, denn der Drache war über und über geschmückt mit Reifen und Spangen, zweifellos dem ehemaligen Besitz seiner Opfer, und um die sieben Hälse hingen breite Gürtel aus juwelenbesetztem Metall, die als Halsbänder dienten.

Glücklicherweise galt seine Aufmerksamkeit allein den grünen Kreaturen, die vor ihm flohen. Kein einziger der Köpfe wandte sich in die Richtung der Verborgenen. Schon hatte er seine Beute eingeholt. Schnarrende Entsetzensschreie der Grünen erschallten von allen Seiten, als der langsamste von ihnen gepackt wurde und einer der Schädel sich in seiner Brust, der andere in seinem Kopf verbiss. Als würden sie von zwei Schmiedehämmern gegeneinandergetrieben, schlossen sich die Zahnreihen und verschränkten sich ineinander. Dutzende nagelscharfer Spitzen trieben sie in den Kopf und Leib des zappelnden Reptils, bis er zwischen ihnen zu blutigem Brei zermalmt wurde. Teile seines horngepanzerten Leibs fielen als blutige Fleischbrocken herab, als das Untier seine Beute hoch in die Höhe schwang und über den Baumwipfeln herumschwenkte. Das Blut indessen, das aus den Brocken strömte, war dünn und gelblich und verriet, dass die grünen Gestalten nicht menschlicher Natur waren. Dann peitschte der Hals nach vorn, und mitten zwischen die entsetzten Reptilienmenschen, die schnatternd nach allen Seiten flohen, schleuderte er eine bis zur Unkenntlichkeit zermalmte Masse aus Fleisch, Hornschuppen und weiß schimmernden Knochen. Dann jagte er hinter den Flüchtigen her.

Lange nachdem das Trampeln seiner Pratzen verhallt war, krochen die Schiffbrüchigen aus ihren Verstecken.

Amyas fluchte unterdrückt. »Verfinsterte Sonne! Weg von hier! Wo steckt überhaupt dieser unnütze Wolf?«

Brianna pfiff, und Gavon trabte heran, Hände voll feuchter Blätter in den verfilzten Haaren.

Treva grinste höhnisch. »Sehr mutig ist er nicht, dein neuer Freund. Kaum kommt etwas Gefährliches des Weges, versteckt er sich.«

»Wir haben uns doch auch versteckt, oder?«, fuhr Brianna sie gereizt an. »Und wir haben klug gehandelt. Außerdem – was wissen wir schon von ihm? Vielleicht war er nur ein Hütewolf. Und selbst wenn er ein Jagdwolf wäre: Die sind dazu abgerichtet, dass sie auf den Befehl des Jägers warten, ehe sie angreifen. Ansonsten tun sie es nur, wenn ihr Herr oder ihre Herrin in Gefahr gerät.« Sie kraulte Gavon hinter den Ohren. »Braver Wolf, brav! Du machst es ganz richtig.« Er setzte sich vor ihr auf die Hinterhand und legte ihr eine Pfote auf den Arm. Nur mühsam widerstand sie dem Drang, ihn in die Arme zu schließen, so herzergreifend blickte er dabei drein.

Verächtlich verzog Treva die schmalen Lippen und murmelte etwas, das wie »mit Mist gefüllte Wolfshaut« klang.

Brianna überhörte die Worte geflissentlich – sie war ohnehin schon unhöflich genug zu ihrer Vorgesetzten gewesen und wollte sich auf keinen weiteren Streit einlassen.

–

Als sie weiter die moosbewachsenen Stufen emporstiegen, merkten sie, dass sich ein böses Wetter zusammenbraute. Während der Himmel über ihnen wie ranzige Butter aussah und die Sonne, von einem rötlich glühenden Hof umgeben, kaum noch Licht spendete, sammelten sich rasch dichte Wolken von einer Farbe wie Purpurtinte über den Bergen. Eine Wand aus Dunkelheit zog sich über den Gipfeln zusammen. Ein unbehaglicher Wind wehte von dort oben herab und trug einen muffigen, dumpfen Geruch der Verwesung mit sich, als dörrten in den felsigen Schluchten die Kadaver von Tieren und Menschen. Unter seinem Anhauch gilbten da und dort die Blätter der Büsche und Baumschößlinge.

Bald erkannte Brianna, dass sie sich unterhalb des Rands einer Hochebene befanden, die in steil abstürzenden Klippen endete, und beunruhigt fragte sie sich, wie es wohl jenseits des Tals aussehen mochte. Das Pochen und Beben des Feuerbergs ängstigten sie, und sie hatte keine Ahnung, wo auf Sundar sie und die anderen sich eigentlich befanden, wollte aber nicht fragen.

Der Ort war unangenehm belebt. Beständig füllte sich die feuchte Luft mit wispernden Geräuschen, dem Rollen und Schaben von Steinen und anderen festen Gegenständen an den rauen Felswänden, dem fernen Gezischel von Stimmen. Diese Stimmen waren das Unangenehmste, das Brianna je zu Ohren gekommen war. Ihre Sprache bestand aus schmatzenden, malmenden Geräuschen, als redeten Geschöpfe miteinander, die unterm Reden kauten und schluckten. Kein einziges Wort davon war verständlich, aber Brianna kam nicht darauf, ob die Unsichtbaren in einer unverständlichen Sprache redeten oder ob sie nur zu weit weg waren, um verstanden zu werden. Niemand machte eine Bemerkung, obwohl alle die Stimmen gehört hatten; nicht einmal die neunmalkluge Treva meldete sich zu Wort – was bedeutete, dass sie allesamt keine Ahnung hatten, mit wem sie es zu tun hatten, ob es Berggeister waren oder Kobolde, Unterirdische oder sprachbegabte Tiere.

Sie keuchten alle, aber Hoffnung beflügelte sie: Je steiler der Weg nach oben führte, desto schneller ließen sie dieses stickige Dschungel-Labyrinth hinter sich. Einmal tauchte der Bergpfad in einen Tunnel, der vermutlich als Sichtschutz erbaut worden war. Er war halb verfallen, massive Brocken waren von der Decke herabgestürzt und machten das halbdunkle Innere zu einem Weg voller Fallen. Mit weit ausholenden Schritten stieg Brianna von einem Felsentritt auf den nächsten. Als Erste trat sie aus der Tunnelwölbung und hob den Blick zum Himmel. Im selben Augenblick rissen die Wolken auf, goldener Sonnenschein strömte herab und übergoss den Talkessel mit seiner Herrlichkeit.

Angesichts der fünf Sonnen wollte sich Brianna wie gewohnt zum Gebet niederwerfen, als sie mitten in der Bewegung erstarrte und blinzelte. Das Gestirn, das zwischen den aufreißenden und wieder zusammenfließenden Wolken am Himmel erschienen war, musste der Herold sein, aber wo waren seine Reifen geblieben? Und wie groß er war, doppelt so groß, als er eigentlich hätte sein sollen! Narrte sie eine Täuschung – eine Spiegelung in der von Dunst erfüllten Luft? Reglos blieb sie stehen und beobachtete die Feuerkugel, die majestätisch ihre gekrümmte Bahn entlangglitt. Gleich musste Phuram erscheinen, der seinem Herold stets auf dem Fuß folgte.

Aber Phuram erschien nicht. Auch seine drei Kammerherren, die ihm sonst in kurzen Abständen folgten, ließen sich nicht blicken. Nur diese fremde, Funken sprühende Sonne stieg gemächlich in den Himmelsbogen hinauf. War das gar nicht der Herold? War es Phuram selbst, der sein Gefolge hinter sich gelassen hatte?

Auf den Fersen wandte sich Brianna um und rannte wie gehetzt zurück zu ihren Begleitern, die noch durch den Tunnel eilten.

Sie wollte sprechen, aber ihr versagte die Stimme, ihre Beine wurden so weich wie mit Werg gestopfte Strümpfe, und sie sank auf den Boden nieder. Erschrocken beugten die Gefährten sich über sie, und auch Gavon sprang winselnd näher. Brianna hörte das Blut in den Schläfen hämmern. Die Stirn fest auf die Hände gedrückt, lag sie da und wagte kaum zu atmen. Ihre Brust fühlte sich an, als wäre sie völlig hohl bis auf dieses entsetzlich hämmernde Herz, dessen *Rabumm! Rabumm!* ihr in den Ohren dröhnte.

»Phuram«, stieß sie krächzend hervor, »Phuram ist vom Himmel verschwunden!«

Schreckensschreie wurden laut. Briannas Entdeckung – die sie mit eigenen Augen nachprüfen konnten – hatte ihre Gefährten getroffen wie ein Zauberschlag. Fassungslos standen sie da und starrten zum Himmel hinauf. Irgendetwas Grauenhaftes musste geschehen sein, dass Phuram seinen Herold und seine Kammerherren verstoßen hatten, nachdem sie ihn vom ersten Tag der Schöpfung an begleitet hatten. Oder war etwas noch viel Schlimmeres geschehen, und sie befanden sich an einem unbekannten Ort, den nicht Phuram erhellte, sondern ein unheimliches, namenloses Gestirn?

Merien hatte über diese Frage nachgegrübelt. »Wartet!«, rief er plötzlich. »Ich weiß, wie wir das feststellen! Lasst uns unsere Morgengebete sprechen wie immer und abwarten, ob dasselbe wie immer geschieht!«

Das war ein kluger Rat. Sogleich warfen sich alle – außer Gavon, der kopfkratzend zusah – auf die Knie, hoben den linken Arm mit ausgestreckter Hand der Sonne entgegen und umklammerten mit der Rechten ihr Sonnenamulett.

Amyas rezitierte die vorgeschriebenen Gebete, und die anderen fielen antwortend ein. Brianna spürte, wie das Amulett unter ihrer Hand vibrierte und einen zarten Summton von sich gab. Sie atmete tief auf. Das Gestirn am Himmel war nach wie vor der gepriesene Phuram, denn das Amulett antwortete wie stets auf die Gebete, die an Phuram gerichtet waren. Als sie einen raschen Blick auf die anderen warf, sah sie, wie sich auch auf deren Gesichtern Erleichterung zeigte. Zu schrecklich war der Gedanke gewesen, an einem Ort zu weilen, den Phuram nicht erleuchtete. Was nutzte ihnen eine Lampe am Himmel, wenn es nicht der Fürst des Lichts war, der sie trug?

Amyas sprach den Segen und richtete sich auf.

Sie sahen einander an, und Brianna merkte, dass sie den Atem anhielt. Sie war erleichtert, als Amyas mit gepresster Stimme einen Vorschlag machte. »Kommt ... wir können nicht ewig hier stehen bleiben. Sehen wir uns um. Irgendeine Erklärung muss es doch geben.«

»Es ist ganz einfach zu erklären, würde ich sagen«, fiel Merien ein. »Wir befinden uns an einem fremden Ort.«

»Und wie sind wir hierhergekommen?«

»Das weiß ich auch nicht. Irgendwo muss es eine Grenze gegeben haben – einen Durchlass. Der Vollstrecker hat sich verirrt und ist an einer Stelle abgestürzt, an der zwar Phuram selbst am Himmel erscheint, nicht aber seine Kammerherren.«

»Unsinn«, murmelte Amyas, aber es klang nicht sonderlich überzeugt. Sein kantiges, vom langen Kriegsdienst geprägtes Gesicht wirkte jetzt, da die Spannung nachließ, geradezu schlaff, so tief hatte ihn der Schrecken des veränderten Himmels getroffen. »Ich bin nur ein Ritter, kein Bodun«, sagte er mit brüchiger Stimme, »und was hier geschehen sein mag, geht über meinen Verstand. Vielleicht haben die bösen Kreaturen, die auf diesem Berg hausen, unsere Sinne verblendet. Zweifellos wird sich alles aufklären, sobald wir die nächstgelegene Garnison erreicht haben und einen der dortigen Priester um Rat fragen können.«

Da brach ein heftiger Platzregen über ihnen los. Die Blitze und Donnerschläge ließen rascher als erwartet nach, und bald erfüllte nur noch das missmutige Murmeln des Regens das Zwielicht ringsum. Triefend nass hasteten sie weiter, aufmerksam nach allen Seiten lauschend und spähend, um weitere Begegnungen mit den unerfreulichen Bewohnern des Kraters zu vermeiden.

Gavon war ihnen ein Stück vorausgelaufen. Aber ehe Brianna ihm noch zurufen konnte, er solle vorsichtig sein, duckte er sich, ließ sich vornüberfallen und rannte auf allen vieren zurück, heftig vor Schreck laut keuchend.

Brianna packte den Wolf an der zottigen Mähne und zwang ihn zum Innehalten. »Was ist?«, fragte sie. »Was hat dich erschreckt?«

Mit kläglichem Ausdruck blickte er zu ihr auf. »Böse«, stammelte er, in die Richtung deutend, aus der er gekommen war. »Böse.«

»Wo ist das Böse? Zeig es mir!«

Ein gedämpftes Protestgewinsel war die Antwort. Erst wollte er nicht, aber als sie den Befehl mit scharfer Stimme wiederholte, gab er nach und lief widerwillig los.

»Sei vorsichtig!«, rief Laurin ihr nach. »Lass dich von dem Vieh nicht in die Irre führen!«

Brianna achtete nicht darauf. Sie kannte Gavon inzwischen gut genug und wusste, dass er zu keiner List fähig war. Sein Verstand war der einer Bestie, er konnte sich so wenig verstellen wie ein Erdferkel. Wenn er behauptete, etwas Böses gesehen zu haben, dann musste das stimmen.

Und sie behielt recht. Keine dreihundert Schritte entfernt wurde der Werwolf zusehends langsamer und verzog sich dann an den Waldrand. Den Kopf abgewandt, wies er mit ausgestreckter Pfote auf die Büsche am Rand des gepflasterten Wegs. Brianna schritt weiter, den Blick argwöhnisch auf den Boden geheftet.

Ein eiskalter Schauder überlief sie, als sie entdeckte, dass unter dem metallisch grünen, speckigen Laub etwas Totes lag – das struppige Gerippe einer Skirva. Die geflügelte Kreatur mit dem Menschengesicht war so groß wie ein siebenjähriges Kind und musste zu Lebzeiten ein furchterregendes Ungeheuer gewesen sein, vor allem deshalb, weil aus den Flügelspitzen lebender Skirven ein blaues Feuer floss, das Rauch und einen beißenden Gestank verströmte. Der graue Schnabel, der aus dem Gesicht hervorsprang und ihm den Anschein einer bizarren Maske verlieh, war so lang wie ein Unterarm und so spitz wie eine Schusterahle. Die runden Augenlöcher glotzten leer ins Nichts. Lange, verfilzte, schmutzig weiße Locken hingen noch büschelweise an dem verschrumpften Schädel.

Sie hatte Berichte über Skirven gehört, bislang aber bezweifelt, ob es diese riesigen Vögel mit den Flammenflügeln, den Brüsten und dem Bauch einer Frau tatsächlich gab. Es war auch nicht angenehm, über sie nachzudenken, so abstoßend waren ihre äußere Erscheinung und ihr Wesen. Sie kamen von den Bergen herab, wo sie ihre schmutzigen und unordentlichen Horste erbaut hatten, und besudelten das Land mit ihrem Kot und ihrem üblen Gestank.

Brianna blickte zu Gavon hinüber, der am gegenüberliegenden Wegesrand kauerte und sichtlich darauf wartete, für seinen Fund gelobt zu werden. Sie rief ihn zu sich. »Guter Wolf! Guter Wolf!«, murmelte sie und kraulte ihm die Ohren, die hundeartig spitz und mit rötlich blondem Flaum bepelzt waren. Er freute sich so sehr, dass er an ihr hochsprang und ihr das Gesicht lecken wollte, wobei er sie beinahe in den Graben geworfen hätte. Als sie ihn schalt, kroch er zu ihren Füßen in sich zusammen und fiepte, untertänig um Vergebung bittend. Ganz offensichtlich war er, obwohl so groß wie ein menschlicher Jüngling, noch kaum dem Welpenalter entwachsen, und Brianna schwelgte in Träumen, wie sie ihn abrichten würde. So manierlich wäre er dann, dass sie ihn überall mit hinnehmen könnte. Es galt als elegant, einen solchen Leibwolf zu haben, und außerdem war Gavon hübsch anzusehen, viel hübscher als die üblichen borstigen Bestien mit ihren vorspringenden Unterkiefern und den gelben Hauern.

Inzwischen waren die Gefährten nachgekommen und betrachteten mit gerümpfter Nase die zausigen Überreste.

»Ekelhafter Besen!«, murmelte Laurin, hob einen Stein auf und warf ihn dem Kadaver auf die Brust. Dort landete er mit einem dumpfen Aufprall.

Angewidert zuckte Brianna zurück, als sich das starre Gerippe unter dem Anprall bewegte.

Im nächsten Augenblick verschlug es ihr den Atem vor Schreck.

Das tote Gerüst aus brüchigen Knochen und staubigen Federn zuckte. Als hätte Laurins Steinwurf es aus tiefem Schlaf geweckt, reckte und schüttelte es ächzend die grausigen Schwingen, kippte seitlich um und erhob sich, wie von unsichtbaren Händen aufgerichtet, auf die Klauen. An den Rändern der zerfetzten Schwingen mit den spärlichen, zerschlissenen Federn, die in dem halb verdorrten Kadaver steckten, glomm ein bläuliches Feuer. Mit einem Licht in den ausgefransten Augenhöhlen hockte das untote Wesen aufrecht da, den Schnabel zu einem grauenhaft menschlichen Wutschrei geöffnet. Ein überwältigender Geruch nach Brand und Fäulnis wehte ihr entgegen.

Auch die vier Gefährten standen starr vor Verblüffung, als das so offensichtlich zerfallene Geschöpf plötzlich auf sie zuhüpfte, die von Staub und Spinnweben erfüllten Augenhöhlen mit bewusster Neugier auf sie gerichtet. Der armlange Schnabel bewegte sich hin und her, nach einem Ziel suchend, in das er sich mit der Wucht eines vom Hammer getriebenen Nagels hineinbohren konnte.

Es sieht uns, dachte Brianna, es sieht uns! Jeden Augenblick würde diese schauderhafte Masse untoten Unrats sich auf sie stürzen. Sie erstickte fast an dem Gestank, fühlte den Schlag der Schwingen, als es aufflatterte, wobei eine neue Welle üblen Geruchs unter seinen Flügeln hervorquoll. Ohne nachzudenken, griff sie nach der Peitsche, die ihr sonst zusammengerollt über den Rücken hing – aber da war nichts, nur ihre bloße, schweißbedeckte Haut. Entsetzt wich sie zurück.

Die übrigen Soldaten waren blitzschnell beiseitegesprungen und drängten sich aneinander, während ihre Blicke nach allen Seiten flitzten und die Umgebung nach Stöcken und Steinen absuchten. Trotz ihrer schutzlosen Nacktheit zeigten sie keine Furcht. Für sie, die unter Soldaten geboren und aufgewachsen waren, gehörte der Kampf zum alltäglichen Leben.

Da bückte Treva sich blitzschnell nach einem Stein und verbarg ihn hinter dem Rücken. Brianna begriff, was sie vorhatte, und sprang laut schreiend und mit den Armen fuchtelnd beiseite, um die Aufmerksamkeit der Skirva auf sich zu lenken. Die Vogelweiber waren ebenso dumm wie angriffslustig, und die List hatte augenblicklich Erfolg. Funken sprühend flatterte das Ungeheuer herbei und hackte mit dem Schnabel nach ihr.

Treva nutzte den Augenblick der Unaufmerksamkeit und schleuderte den Stein. Er traf haargenau – allerdings nicht die Skirva, sondern Gavon, der sich unversehens mit einem mächtigen Satz ins Getümmel gestürzt hatte und eben dabei gewesen war, im Sprung vorschnellend den dürren Hals der Kreatur mit den Zähnen zu packen. Er fiel wie ein Sack zu Boden, aber die Skirva hielt er fest, denn wenn Werwölfe einmal mit aller Macht zubeißen, dann gelingt es ihnen nicht mehr, die Kiefer zu öffnen. Blutüberströmt und ohnmächtig lag er da, das gackernde Scheusal, dessen Klauen in der Luft umherruderten, mit ganzer Kraft festhaltend. Flämmchen sprangen wie Irrlichter über den missgebildeten bleichen Leib.

Gleich darauf jedoch verstummte es jäh, denn da war Merien herbeigesprungen – allerdings mit keiner Waffe in der Hand, sondern mit einem riesigen Lattichblatt, das er mit feuchter Erde gefüllt hatte. Diese Erde schüttete er mit dem Schrei »Phuram strafe dich, und die Erde empfange dich!« über die Skirva. Augenblicklich erstarb deren Geschrei. Die Klauen wurden steif und erstarrten mitten in der Bewegung. Der Feuersaum um die Schwingen erlosch. Geschlissene Federn fielen büschelweise aus. Der Leib sank zusammen, wurde braun, bröckelte und zerfiel zu einer krümeligen Masse. Die Gefährten sahen zu, wie das gesamte Ungeheuer sich auflöste, einige Teile schneller, andere langsamer, je nach ihrer ursprünglichen Beschaffenheit. Knochen und Federkiele zerbröselten als Letztes zu übel riechendem Staub.

Brianna stürzte zu ihrem verwundeten Wolf. Werwölfe verfügten über harte Schädel, aber Treva hatte einen dicken Steinbrocken geworfen, und Gavon rann das Blut von der Schläfe über die Augen. Als sie neben ihm niederkniete, kam er eben halb zu Bewusstsein. Seine Augen rollten ziellos in den Höhlen hin und her, die lange Zunge hing ihm hechelnd aus dem Mund. Offenbar durchfuhr ihn bei der ersten Bewegung ein scharfer Schmerz, denn er jaulte auf. »Böse! Böse!«, wimmerte er. Aber wenigstens war er bei Bewusstsein, und auch seinen Verstand, so wenig er davon besaß, hatte er noch beisammen.

Brianna befahl ihm, im Schatten liegen zu bleiben und die Augen zu schließen, während sie nach Wasser suchen wollte. Bei der Aussicht, allein gelassen zu werden, raffte sich der anhängliche Wolf jedoch augenblicklich auf alle viere auf und wollte hinter ihr herkriechen, obwohl er vor Schmerzen wüste Grimassen schnitt. Sie wies ihn zurecht, aber Laurin mischte sich ein. »Bleib nur bei ihm, ich suche Wasser.«

Bald schon kehrte er zurück, ein Bananenblatt voll Wasser in Händen, und gab dem Wolf – der sich inzwischen so weit erholt hatte, dass er sich aufsetzen konnte – zu trinken.

Mit dem Rest des Wassers wusch Brianna ihm das Blut vom Gesicht. Sie war überrascht, als sie die handbreite Wunde schon halbwegs verheilt sah. Weder bildete sich eine Beule, noch zeichnete sich eine Schramme ab. Auch die Schmerzen ließen offensichtlich nach, denn Gavon wurde zusehends fröhlicher. Bald war er imstande, sich auf zwei Beine aufzurichten. Zufrieden grinsend nahm er das Lob für seinen tapferen Einsatz entgegen. Brianna wusste genau, wie sehr er sich gefürchtet hatte, wie viel Überwindung es ihn gekostet hatte, sich auf das Ungeheuer zu stürzen, und sie rechnete diesen Umstand in das Ausmaß ihrer Belobigung mit ein.

Währenddessen war Amyas an das Häufchen Staub herangetreten und betrachtete es nachdenklich. »Das verstehe ich nicht«, erklärte er. »Skirven sind keine Untoten. Sie sind lebendige, fleischliche Wesen, und wenn sie getötet werden, sind und bleiben sie tot. Ein böser Zauber muss diese Kreatur wiedererweckt haben.«

»Ebenso wie die steinerne Vhilla«, fügte Treva hinzu. »Anfangs dachte ich, der Zauber stecke in dem Geschöpf selbst, aber nun ... Ich fürchte, wir sind an einem bösen Ort gelandet, an dem die Steine singen und Totes wieder lebendig wird. Es würde mich nicht wundern, wenn wir auf weitere Gottlosigkeiten stießen. Was meint Ihr, Thainach? Scheint es Euch nicht auch so?«

Amyas wollte antworten, wurde aber vom durchdringenden Freudengekläff des Werwolfs und von Briannas erstauntem Ausruf »Es ist schon wieder gut!« unterbrochen.

»Was ist gut?«, schnauzte Treva, die es schändlich fand, ein Gespräch mit einem Ritter des Goldenen Ordens wegen der Beule am Kopf eines dummen Werwolfs zu unterbrechen. Dann allerdings staunte sie selbst. Gavons Gesicht, über das eben noch dick das Blut geronnen war, zeigte nicht mehr die geringste Verletzung. Und als sie ihn fragten, beteuerte er, dass ihm auch der Kopf nicht mehr wehtue.

»Das ist nicht natürlich!«, rief Brianna unnötig laut, bemüht, ihr Unbehagen durch besondere Heftigkeit zu überspielen. »Auch wenn Werwölfe sehr robust sind, so sind sie doch nicht unverwundbar, und wir alle haben gesehen, dass er ein ordentliches Loch im Kopf hatte, nicht wahr?«

Argwöhnisch betrachtete Treva den hechelnden Wolf.

»Vielleicht hat er einen Pakt mit einem Dämon geschlossen«, mutmaßte sie.

»Unsinn!« Angesichts dieser ungerechten Beschuldigung vergaß Brianna allen Respekt und alle Furcht vor der Hauptfrau. »Wartet … wartet, ich will das jetzt wissen!« Sie bückte sich, hob einen scharfkantigen Stein auf und ritzte sich damit so kräftig den Arm, dass Blut aus der Haut sickerte. Regungslos, den Blick auf die Schramme gerichtet, stand sie da. Einer nach dem anderen trat an die Khan-Hagizim heran und beobachtete ebenfalls die schmale Wunde. Alle sahen, wie die Blutung sich von selbst stillte, wie die Wundränder sich einander annäherten, miteinander verschmolzen – ein rosafarbener Strich war noch zu sehen, dann verblasste auch dieser.

»Was ist mit uns geschehen?«, flüsterte Laurin, während er sich nach einem Stein bückte und den Versuch wiederholte. Die anderen taten es ihm gleich, und jeder konnte sich überzeugen, dass ihre Wunden im Handumdrehen heilten.

»Ich weiß es nicht«, gestand Thainach Amyas. »Zauberei ist nicht mein Fach. Lasst uns weitergehen und sehen, ob wir eine Erklärung finden. Wenn dies ein Park oder ein Garten ist, dann wird es irgendwo in der Nähe ein Haus geben.«

Und er behielt recht.

–

Der schwere, maischige Geruch, der über allem hing, wurde stärker, als sie weiterschritten, ein Duft nach verblühenden Blumen und überreifen Früchten, nach frisch aufgeworfener Erde und modrigen Bäumen. Brianna entdeckte, dass zwischen den Palmfarnen und Schuppenbäumen, halb von Efeu und Lianen überwuchert, rostfarben geäderte Marmorsockel standen, die Bildwerke trugen. Zwei Formen wiederholten sich dabei stets – zum einen die links drehende Spirale oder Schnecke, zum anderen die auf dem Kopf stehende Pyramide.

Dann jedoch wurden sie alle abgelenkt von dem Anblick, der sich ihnen bot, als sie zwischen den Stämmen der Bäume hervortraten und auf eine Lichtung gelangten.

Umwuchert von mannshohen, säbelförmigen Schilfgräsern, stand dort die Ruine eines weitläufigen Schlosses oder Tempels aus hellem Stein. Viele Seitentürme und Terrassen waren eingesunken und zu einem Meer aus Steinbrocken zerfallen. Das meiste lag in Trümmern, nur die moosüberwachsenen Mauern des Haupthauses standen noch und da und dort einzelne Reste, eine halbe Stiege, eine Zwischenmauer, ein Torbogen. An den Mauern hatten sich zu Tausenden die Luftwurzeln von Orchideen festgeklammert und bedeckten sie mit einem Vorhang wundervoll geformter und gefärbter Blüten. Warmer Saft tropfte von den Pflanzenzungen herab, die aus den duftenden Kelchen leckten.

Dann erstarrten sie alle. Im Zwielicht des sonnenlosen Himmels stand vor dem Eingang des Palasts eine marmorne Stele und darauf eine Büste, deren Gesicht, obwohl nur in groben Zügen angedeutet, schauervoll anzusehen war. Brianna spürte, wie bei diesem Anblick eine Übelkeit in ihr aufstieg, die nicht aus dem Magen, sondern aus dem Herzen kam.

»Ein Taphum!«, rief Mariwan überrascht.

Treva blieb stehen und musterte ihn mit einer Mischung aus Argwohn und Respekt. »Nun sagt bloß, dass Ihr auch dieses scheußliche Bildnis erkennt!«

»Doch, ich erkenne es«, erwiderte Mariwan, der sich

freute, zum zweiten Mal innerhalb kurzer Zeit mit seinem Wissen Eindruck gemacht zu haben. »Das ist es ja, wovon ich eben erst sprach! Eine solche Skulptur, wenn auch nur so groß wie ein Ziegelstein, befand sich unter dem Nachlass des Lästerers, von dem ich eben erzählte. Und der Magier nannte es einen Taphum, einen Dämon aus den vergessenen Höllen.«

Brianna betrachtete das Bildnis voller Widerwillen. »Kommt weiter!«, befahl Amyas mit scharfer Stimme.

Als sie die Lichtung überquerten, die den Palast umgab, erkannte Brianna, dass diese ebenso mit Gebeinen übersät war wie die Umgebung des Vhilla-Teichs. Erschrocken hielt sie inne. Gavon, der hin und her lief und aufgeregt herumschnüffelte, nieste angewidert. Hunderte von Knochen lagen überall im Umkreis verstreut, als wäre ein Hagel von Gebeinen über der Lichtung niedergegangen. Manche waren so gewaltig wie die Knochen eines Tausendzahns, manche winzig wie Eidechsenskelette, und wieder andere sahen nach den Knochen von Menschen oder menschenähnlichen Wesen aus. Kunterbunt gemischt und durcheinandergeworfen lagen sie zwischen den Sockeln der Denkmäler und achtlos über den Weg verstreut.

Laurin, der ihr auf den Fersen folgte, sah sich beklommen um. »Das kann doch nicht diese verfluchte Skirva angerichtet haben!«

»Was denkst du!« Treva war mit ihrem Bruder genauso kurz angebunden wie mit anderen Leuten auch. »Mach die Augen auf! Hundert Skirven könnten keine solchen Unmengen von Opfern schlagen.«

Insgeheim stimmte ihr Brianna zu. Immer wieder landeten ihre nackten Füße bei einem unbedachten Schritt auf einem Knochen, der mit trockenem Knacken unter ihrem Tritt zerbrach. Immer deutlicher sahen sie, dass der Boden ringsum mit menschlichen Schädeln und Knochen bedeckt war. Es sah aus, als spanne sich ein dichtes graues Netz über den Boden. Ganze Skelette, brüchig wie Zunder, lagen verstreut umher, als habe etwas sie mit Gewalt auseinandergerissen.

»Vielleicht fand hier ein Massaker statt«, mutmaßte Laurin.

Merien – der beträchtlich scharfsinniger war als sein Kamerad – schüttelte den Kopf. »Nein. Siehst du irgendwo Waffen und Rüstungen? Oder auch nur einen Schuh, den Fetzen eines Gewands? Klebt da auch nur ein vertrockneter Rest Fleisch auf den Knochen? Schau!« Er hob einen Schenkelknochen auf. »Er ist über und über eingekerbt von scharfen Zähnen, und er wurde gespalten, damit das Mark herausgesogen werden konnte. Was hier liegt, sind die Überreste von zahllosen Mahlzeiten.«

»Aber wessen Mahlzeiten? Wir haben doch nur eine Skirva entdeckt. Vielleicht gibt es in der Nähe ein Nest.«

Merien schüttelte den Kopf. »Nein, Laurin. Ich bin zwar auch kein Gelehrter, was Skirven angeht, aber ich weiß, dass sie keine Raubtiere sind. Sie sind Aasfresser, die sich an ein starkes, blutgieriges Wesen anhängen und verzehren, was es übrig lässt.«

»Ich hoffe«, bemerkte Treva grimmig, wobei sie den Blick auf die Ruine richtete, »dieses Wesen sitzt nicht dort drinnen! Und was meinst du überhaupt? Könnte es ein Tausendzahn sein?«

Wieder verneinte Merien. »Einen Tausendzahn hätten wir bereits gesehen, und sein Gebiss hätte die Knochen zu Staub zermalmt. Nein, ich denke, es sind Seelensauger, die hier hausen, und ihre Knechte, die Rotmützen. Sie trinken Menschenblut und fressen Menschenfleisch, und es sähe ihnen ähnlich, die Knochen so abgenagt zurückzulassen.«

Mariwan krauste die Stirn und trat unwillkürlich einen Schritt zurück. »Sollten wir dann nicht auf der Stelle fliehen?«

»Ob wir fliehen oder standhalten, das zu entscheiden überlasst mir, junger Mann!«, knurrte Amyas, und der Kaufmann entschuldigte sich hastig. »Und ich sage, wir bleiben, denn den Rotmützen können wir hier wie dort nicht entfliehen, wenn sie uns angreifen wollen, und die Vhillen überfallen nicht bei Tageslicht eine Gruppe von Menschen. Sie suchen ihre Opfer unter den Betrunkenen und Schlafenden oder betörten Männern, die sich von ihrer Schönheit blenden lassen. Vorwärts!«

Der Weg, den sie gegangen waren, endete an der Rückseite des verfallenen Tempels. Sie entdeckten, dass die Uzzbazis vor ihnen hier gewesen waren. Ihre nackten Füße hatten das Gras niedergedrückt, aber die Halme richteten sich bereits wieder auf.

Amyas deutete auf die Spur. »Sie sind um die Ruine herumgegangen und haben sie wahrscheinlich auch betreten. Gut für uns! Wenn irgendetwas dort wohnt und Menschen zu verschlingen pflegt, dann ist es inzwischen satt.«

Die beiden jüngeren Ritter lachten, während die humorlose Treva ernst und vorwurfsvoll dreinblickte. Mariwan fand den Scherz unpassend und schlang die dicken Arme um die nackten Schultern. Gavon hatte nicht verstanden, wovon die Rede war, aber er freute sich, dass alle guter Laune waren, und lachte mit.

Vorsichtig schob sich Brianna an der Mauer entlang, bis sie die Pforte erreichte. Deutlich war zu erkennen, dass diese erst vor kurzer Zeit gewaltsam aufgerissen worden war. Das

Gras darunter war zerdrückt, die Pflanzengespinste, die sie überwuchert hatten, waren teilweise abgerissen. Ohne die Tür zu berühren, spähte die Jungfer ins Innere des Gebäudes.

Die Öffnung, durch die sie den Kopf steckte, gab den Blick frei auf ein Chaos aus halb im Schatten versunkenen Formen und Farben. Brianna erblickte einen von Zwielicht durchflossenen Gang, dessen Wandtäfelung längst den Holzwürmern zum Opfer gefallen war, und weit hinten einen Torbogen, der allem Anschein nach in einen weitläufigen Saal führte. Das durch Ritzen und Luken fallende Licht reichte gerade aus, um unzusammenhängende Einzelheiten aus dem muffigen, feuchtkalten Zwielicht preiszugeben.

»Ich höre nichts und sehe niemanden«, flüsterte sie. »Ich glaube, die Eindringlinge sind wieder gegangen.« Alle Sinne angespannt, durchschritt sie den getäfelten Flur und betrat den Saal, dessen Kuppel an einer Stelle eingestürzt war und in der Mitte einen See hellen Lichts bildete, während die Ecken im Schatten lagen. Dann stutzte sie, überrascht von einem Anblick, den sie anfangs für ein Trugbild hielt.

Auf dem Marmorboden erhob sich bis zur halben Höhe des Saals ein dreifach mannshoher Haufen von gemünztem und ungemünztem Gold, von Silber, Edelsteinen, Schmuckstücken und Pokalen. Und auf diesem glitzernden Schatz turnten seltsame Gestalten umher. Klein und unförmig hockten sie, in die zerlumpten Überreste kostbarer Kleider gehüllt, auf den Truhen, zählten die Münzen und ließen die Geschmeide durch die Finger gleiten. Von ihrem ursprünglichen Aussehen waren nur klägliche Reste geblieben. In der langen Zeit, in der sie ganz allein für ihre Schätze gelebt hatten, waren ihre Körper geschrumpft und bucklig geworden, bis sie nicht größer waren als Kinder. Die Augen jedoch, die ständig auf das Gold starrten, waren riesig angeschwollen, ebenso die Hände, die die Schätze umklammert hielten. Am widerwärtigsten war jedoch der Umstand, dass Daumen und Zeigefinger der rechten Hand vom vielen Zählen der Münzen so groß geworden waren wie sonst eine ganze Hand und obendrein platt und hart wie hölzerne Rührlöffel.

Als sie die Wolfsführerin entdeckten, flitzten die Geschöpfe davon wie Schaben im Licht und tauchten zwischen Gold und Juwelen unter, aufgesogen von dem Reichtum, auf dem und für den sie lebten.

»Ist da jemand?«, rief Treva von hinten.

»Schatzgeister, aber die Feiglinge sind sofort verschwunden.«

Auf den Klang ihrer Stimmen hin fuhr etwas aus dem Haufen, etwas Geschmeidiges, Schwarzes, etwa so groß wie ein siebenjähriges Kind, und mit Staunen und Grauen erkannten die Gefährten, dass es ein Tatzelwurm war. Die vordere Hälfte des Körpers glich einer glatthaarigen schwarzen Katze mit glühenden Augen und gefährlichen Krallen, den hinteren Teil aber bildete ein langer schwarzer Salamander. So hatte das Tier vorn Katzenpfoten und hinten Eidechsenfüße. Es funkelte sie drohend an und fauchte.

Amyas als Ranghöchster trat vor und hob, Frieden anbietend, beide Hände mit offenen Handflächen – eine Geste, die angesichts seiner Nacktheit reine Höflichkeit war. »Seid Ihr der Herr dieses Hauses?«, fragte er.

Der Tatzelwurm betrachtete ihn von oben bis unten. »Und wer seid Ihr, Nacktschnecken?«, fragte er statt einer Antwort.

»Verirrte Fremde, die alles verloren haben und Hilfe erbitten.«

Das Geschöpf rollte nachdenklich die Goldaugen. »Hilfe

könnt Ihr haben, wenn Ihr weise seid«, antwortete es in feierlichem Ton, der verriet, wie hoch es sich selbst einschätzte. »Dies ist ein wunderlicher Ort. Narren und Weise kommen hierher. Die Weisen finden Hilfe, die Narren finden ihr Schicksal. Geht durch die nächste Türe hinein und nehmt, was Ihr braucht – aber seid gewarnt: Rührt kein Gold an. Wenn Ihr Geld braucht, so nehmt Kupfer und Silber, aber berührt kein Gold, sonst verbringt Ihr den Rest Eures Lebens als Schatzgeister wie die Dummköpfe hier, die dachten, sie könnten es aufsammeln und wegtragen wie reife Feigen.«

Laurin, der frömmste unter den Gefährten, errötete und rief entrüstet: »Wir sind Sundaris! Keiner von uns würde das Gold berühren, das allein Phuram und seiner Himmlischen Majestät gehört!« Die Übrigen stimmten ihm zu – Mariwan etwas weniger leidenschaftlich als die anderen. Sein Leben war bislang dem Erwerb von Schätzen gewidmet gewesen, und es stach ihm ins Herz, sie hier wie Kiesel hingeschüttet liegen zu sehen, ohne dass er etwas davon nehmen durfte. Gewiss, es war eine Freveltat, Gold zu stehlen, eine furchtbare Tat sogar, die für den Verbrecher leicht damit enden konnte, dass er so viel Gold in die Hände bekam, wie er wollte – als Zwangsarbeiter in den kaiserlichen Bergwerken nämlich.

»Dann geht!«, befahl der Tatzelwurm streng. »Geht, nehmt, was Ihr braucht, und seht zu, dass Ihr so bald wie möglich wieder verschwindet. Es ist Euer Glück, dass Ihr ohne Wissen und Absicht hierher geraten seid, sonst wäre Euch leicht etwas Schlimmes widerfahren.«

»Was meint Ihr?«, fragte Amyas. »Welche Gefahren bedrohen uns hier?«

Der Hüter der Schätze wies mit ausgestreckter Tatze auf

den Steinboden. Augenblicklich verschwammen an der Stelle, auf die sein schwarzer Finger wies, die Steine zu einem dichten Nebel. Dieser lichtete sich langsam, bis sie wie durch ein Glas in ein Labyrinth unterirdischer Gänge und Treppen hinabsehen konnte. So deutlich sichtbar wie Kiesel in klarem Wasser lagen dort unten Berge von Münzen und Schmuckstücken. Aber noch Erstaunlicheres bot sich den Blicken der Khan-Hagazim: Da das Gold der Minen in der Glut der ständig brodelnden Feuerseen schmolz, hatten die Erbauer des Labyrinths nichts anderes zu tun gehabt, als die feuerflüssigen Ströme wie Quellen in steinerne Becken zu leiten und das zu Barren erstarrte Metall von dort fortzunehmen. Entlang der Wände gähnten Öffnungen, aus denen wie Eiszapfen die erkalteten Goldflüsse hingen.

Plötzlich schrie Brianna auf. In einem der gläsernen Gänge bewegten sich, anzusehen wie zum Leben erwachte, kaum spannenlange Elfenbeinfigürchen, die Uzzbazis, an ihrer Spitze Avigdor von Fienne, den sie mühelos an seinem bis zum halben Rücken wallenden nussbraunen Haar erkannte.

»Da unten!«, rief sie. »Da unten! Sie sind unterwegs, um sich die Schätze zu holen!«

»Noch nicht«, widersprach der Tatzelwurm. »Noch suchen sie nur Schutz vor Phurams Zorn und einen Weg auf die andere Seite des Bergs. Nun aber seht auf Euch selbst, beeilt Euch, denn dies ist kein guter Ort. Nehmt, was Ihr braucht, und schert Euch davon!«

Damit verschwand er wieder unter dem Haufen von Schätzen.

Vorsichtig betrat die Gruppe, einer hinter dem anderen, den nächsten Saal. Überrascht und ein wenig beklommen sahen alle, dass er mit gewaltigen Haufen abgelegter Kleider angefüllt war. Hemden und Mäntel, Hosen und Röcke, von den Lumpen des Bettlers bis zum kostbaren Gewand des Edelmanns, türmten sich vom Boden bis zur Decke. Dazu kamen Stiefel und Schuhe, Hüte und Gürtel – vor allem aber genügend Waffen, um eine Rüstkammer zu füllen. Die Gestrandeten wären begeistert gewesen, hätte sich nicht der Gedanke aufgedrängt, dass sie die Kleider jener Menschen vor sich hatten, deren Gebeine den Boden rings um den Palast bedeckten.

Brianna überwand ihren Abscheu vor den Habseligkeiten der Toten und suchte nach Kleidung für Gavon. Über und über bepelzte, zottige Werwölfe mochten nackt herumlaufen, aber bei einem, der so menschlich aussah wie dieser, gehörte es sich nicht. Bereitwillig ließ er sich eine Hose und Stiefel, einen knielangen blauen Bauernkittel und ein ärmelloses ledernes Wams anziehen. Ein breiter Lederriemen fand sich, der ein schönes Halsband abgab, und ein geflochtener Zügel als Leine. Hochzufrieden mit seiner Erscheinung, klopfte sich Gavon rundherum ab und machte sich seinerseits auf die Suche nach Kleidung für Brianna.

Die Wertschätzung, die er für sie empfand, drückte sich in den Gewändern aus, die er ihr brachte. Sie wehrte lachend ab, als er ein kostbar besticktes Reitkleid anschleppte, einen mit Federn und Schleiern verzierten Kopfputz und eine Handvoll von dem Schmuck, der achtlos hingestreut zwischen den Stoffen gelegen hatte. »Nein, Gavon, nein! Was soll ich denn damit? Ich brauche etwas Derberes zum Anziehen.«

Sie wühlte sich durch den muffig riechenden Kleiderhaufen, wobei Gavon sich scharrend und grabend so eifrig bemühte, ihr behilflich zu sein, dass er ihr dauernd im Weg stand. Schließlich fand sie etwas Geeignetes, aber das Hemd, das sie anpackte, war ungewöhnlich schwer. In der Meinung, es habe sich irgendwo verhakt, rüttelte und riss sie daran. Da regte sich das Hemd – und boshaft funkelnde Augen starrten sie an, während ihr lange, spitz zugeschliffene Zähne entgegenblitzten. Ein winziges, gelb verschrumpeltes Kerlchen war es, das eine scharlachrote Mütze auf dem Kopf trug. Brianna sprang zurück und griff nach der erstbesten Waffe in Reichweite, einem langen Kampfstab. Sie holte weit über den Kopf hinweg aus, aber da geriet der gesamte Kleiderhaufen in Bewegung, überall fuhren schnatternd und pfeifend die Rotmützen heraus. Zwischen Spitzenkragen, Stiefeln und Pelzen grinsten breite Mäuler mit scharfen Hauern, schielten stechende Augen hervor, und von allen Seiten umdrängten abscheuliche Kreaturen die verblüfften Khan-Hagizim. Brianna erwartete, sogleich angegriffen zu werden, doch nichts dergleichen geschah. Stattdessen führten die Zwerge einen Reigentanz auf, warfen den Eindringlingen Hände voll Goldmünzen vor die Füße und sangen mit misstönenden Stimmen.

»Glänzendes Gold, seht her, wie es rollt,
könnt's haben, wenn ihr wollt – leuchtendes Gold!«

Und wo die Münzen hinrollten, wurde der Boden so durchsichtig wie zuvor und gab den Blick frei auf unfassbare Reichtümer, die in den tief unter dem Palast liegenden steinernen Hallen den Boden bedeckten wie Teppiche. So manchem Menschen wäre es schwergefallen, bei diesem Anblick die Habgier im Herzen zu unterdrücken.

Doch Amyas donnerte die Tanzenden an. »Phuram strafe euch! Fahrt zurück in die Frost- und Feuerhöllen, woher ihr kommt, und lasst anständige Leute in Frieden!« Und mit einer heftigen Bewegung griff er nach dem Sonnenamulett, das er um den Hals trug, zog die Kette über den Kopf und hielt es ihnen entgegen. Ein Sonnenstrahl, der durch das Loch in der Decke fiel, fing sich in der blank polierten Scheibe und fuhr durch den Saal wie ein Blitz. Die Rotmützen schrien auf und krümmten sich, als wäre ein Feuer über sie hinweggefegt, und wie eine Schar Kakerlaken vor dem Tageslicht flieht, hasteten sie auf dürren Beinchen davon, die Fäuste schüttelnd und Flüche ausstoßend.

Amyas hängte sich das Amulett wieder um den Hals. »Beeilt euch!«, drängte er.

»Wo ist denn diesmal dein prächtiger Wolf, Brianna?«, spöttelte Treva. »Wieder beim ersten Anzeichen von Gefahr davongelaufen, oder nicht?«

Aber Gavon war noch da. Als Brianna nach ihm pfiff, kroch er aus dem Kleiderhaufen hervor, eilte auf sie zu und legte ihr seine Beute zu Füßen: den Kadaver eines Zwergs, dessen Genick er mit scharfen Zähnen durchgebissen hatte.

Brianna lobte den Werwolf so überschwänglich, dass er vor Verlegenheit errötete und sich mit der Pfote das Gesicht putzte.

»Mach vorwärts!«, schrie Treva, die sich maßlos ärgerte, dass sie nicht recht behalten hatte. »Wir können wegen deines Köters nicht ewig hier herumstehen. Wer weiß, was in dieser Ruine noch alles auf uns lauert!«

Brianna beeilte sich und fand schließlich die nötigsten Teile soldatischer Kleidung. Unter den herumliegenden Harnischen suchte sie nach einem Brustpanzer, fand aber, dass sie alle für um vieles größere Männer geschmiedet waren. Nur ein Paar Beinschienen entdeckte sie, das ihr passte. Also wählte sie zuletzt ein starres Korsett aus Fischbein und Leder, das Stiche und Schläge vom Herzen fernhielt, ein derbes Lederwams und eine ebensolche Kappe, an der eisenverstärkte Lappen zum Schutz der Ohren herabhingen. Unter den Waffen suchte sie sich einen Dolch aus, eine wellig geschliffene Drachenzunge und eine drei Schritt lange, geflochtene Echsenpeitsche mit einem Widerhaken am Ende – zweifellos der ehemalige Besitz eines unglücklichen Hirten, der sein Leben hier ausgehaucht hatte.

Laurin und Merien wählten sich Schwerter und Spieße und auf dem Rücken zu tragende Köcher, in denen je zwei rasiermesserscharfe schlanke Rapiere steckten, Treva ein Schwert und einen Spieß. An der Brust verbarg sie eine Drachenzunge in lederner Scheide. Amyas, dem es heftig widerstrebte, fremde und vermutlich unehrliche Waffen zu tragen, wählte unwillig ein langes Schwert, einen Schild und einen Spieß. Mariwan hatte Mühe, für seine Körperfülle passende Kleidung zu finden. Eine Rüstung oder Waffen konnte und wollte er nicht tragen, aber er fand ein Lederwams und einen Stock aus federndem braunem Bambus, in dessen unteres Ende ein Pfropfen aus Blei eingelassen war.

Sie beeilten sich mit dem Suchen und Anziehen und erwarteten jeden Augenblick, neuerlich angegriffen zu werden. Amyas wies sie an, von den umherliegenden Silbermünzen gerade so viele mitzunehmen, wie ihre Taschen es gestatteten, denn sie wussten ja nicht, wie lange die Rückreise zu der Sonnenoase dauerte. Möglicherweise gerieten sie unterwegs noch in die Lage, für Nahrung, Unterkunft und Beförderung aufkommen zu müssen. Und so deckten sie sich gründlich ein, berührten das viele Gold aber mit keiner Fingerspitze.

»Fass es ja nicht an!«, ermahnte Treva ihre Kameradin Brianna, die gar nicht die Absicht gehabt hatte, etwas davon zu berühren. »Phurams Rache käme über dich. Außerdem bin ich überzeugt, dass dieses Gold und diese Juwelen verflucht sind, aber wir … Mariwan! Seid Ihr von Sinnen? Was wühlt Ihr da herum wie ein Ameisenbär?«

Mit hochrotem Kopf und laut keuchend richtete sich der Kaufmann inmitten eines Bergs bunter Lumpen auf. »Wisst Ihr überhaupt, was hier an Raritäten herumliegen mag? Die Kleidung unzähliger Menschen! Gewiss trugen manche von ihnen seltene und kostbare Dinge bei sich. Nur ein Narr würde darauf verzichten, danach zu suchen!«

»Gut«, sagte Amyas kalt, »dann bleibt hier und sucht Raritäten, und wir Narren sehen zu, dass wir von hier verschwinden. Dann können sich die Rotmützen an Euch halten, wenn sie mit allen ihren Freunden zurückkehren. Habt Ihr vergessen, dass sie ihre Kappen mit frischem Menschenblut färben und ihre Kleider aus gegerbter Menschenhaut fertigen? Ihr gäbt sicher eine ordentliche Mahlzeit und eine Truhe voller Kleider ab, so fett, wie Ihr seid.«

Mariwan stieß einen schrillen Laut aus, vergaß alle Schätze der Welt und rannte davon. Die Soldaten folgten ihm. Aufatmend flohen sie aus dem schauerlichen Palast.

Alle fühlten sich entschieden besser, nachdem sie nun bekleidet und bewaffnet waren. Sie hatten die Lichtung noch nicht verlassen, als sie diese Waffen schon benötigten. Von einem schwachen Geräusch gewarnt, blickte Treva nach oben und stieß einen gellenden Ruf aus. Hoch über ihnen huschte ein geflügelter Schatten dahin, und ohrenbetäubende Schreie hallten vom Himmel herab.

Kaum war ihr Ruf verhallt, als das Ungeheuer sich auch schon im Sturzflug näherte, offenbar in der Absicht, seine Krallen den Anwesenden ins Gesicht zu schlagen. Brianna sah ein greisenhaftes Weibsgesicht unter fettigem, verfilztem, schlohweißem Lockenhaar und entdeckte irre glänzende Augen in umschatteten Höhlen. Treva zog den Bogen ans Ohr und schoss einen Pfeil ab. Er streifte nur eine Klaue, aber er erschreckte die Skirva. Sie stieß einen weiteren grellen, halb menschlichen Schrei aus und kurvte beiseite, aus der Reichweite der Pfeile hinaus, bevor sie immer noch kreischend entfloh. Bald war sie nur noch ein schwarzer Punkt am Himmel, aber die Khan-Hagizim wussten, dass ihnen keine Ruhe vergönnt war – zweifellos war sie nur fortgeflogen, um ihre Schwestern zu holen.

Es dauerte nicht lange, bis sie kamen. Treva, die von allen die schärfsten Augen hatte, schrie auf und wies mit ausgestreckter Hand zum nordwestlichen Himmel hinauf. »Da kommen sie!«

Gleich darauf sahen es auch die anderen. Unter einer der hellen Wolken, die da und dort am Himmel schwebten, tauchten mehrere der grotesken Missgestalten auf. Mit dürren Flügeln flatternd, hatten sie beim Fliegen Mühe, die übermäßig dicken Köpfe im Gleichgewicht zu halten. Kreischend flatterten sie dahin und kamen rasch näher.

Brianna fuhr zusammen, hielt aber ein scharfes Auge auf die Klauen und Schnäbel der Kreaturen. Ihr schauderte, aber nicht vor Angst, sondern vor Ekel. Die Wesen, nicht Mensch, nicht Tier, hatten weder menschlichen Verstand noch tierischen Instinkt. Sie waren triebhaft, zügellos und bösartig – und allesamt halb irre. Brianna, die das widerliche Gekreisch nicht mehr hören konnte, holte mit der Wolfspeitsche aus. Die Lederschnur zischte drei Schritt lang durch die Luft und wickelte sich um den Hals der vordersten der drei Missgeburten. Mit einem kräftigen Ruck riss Brianna an und zerrte sie von dem Felsblock hinunter auf den Boden. Die Skirva sträubte sich wild. Heftig mit den Flügeln schlagend und einmal gackernd wie ein Huhn, dann wieder weinend wie ein Mensch, zappelte sie auf dem Boden. Da sprang

Treva vor und rammte ihr den Spieß so heftig durch die Brust, dass er sie auf dem Boden festnagelte. Das verwundete Scheusal gurgelte und röchelte, die messerscharfen Krallen krümmten sich drohend, es fletschte die menschlichen Zähne – aber nicht lange. Mit erhobenem Schwert stürzte sich Laurin auf die Skirva, schwang die schwere Waffe hoch in die Luft und schlug ihr, treffsicher wie ein gelernter Scharfrichter, den Kopf vom Leib. Ein Schwall stinkenden Bluts schoss aus dem zerhauenen Nacken. Der Vogelleib erschlaffte, während der Frauenkopf einige Schritte weit davonrollte und eine lange Blutspur hinter sich herzog. Schließlich blieb die Kreatur im Gras liegen. Eines der Lider schloß sich langsam über dem brechenden Auge und schien auf schauerliche Weise zu blinzeln.

Rasend vor Wut flatterten die beiden anderen Skirven auf. Ihre mordlustigen Schreie ließen keinen Zweifel daran, wie sie sich an den Mördern ihrer Artgenossin zu rächen gedachten. Säbel blitzten, Knüppel fuhren auf die missgestalteten Leiber los. Das morsche Fleisch krachte abscheulich, als würden alte Lumpen zerrissen. Glieder fielen aus den Gelenken wie vermoderte Zweige, als die Hiebe auf sie niederfuhren. Ein entsetzlicher Aasgeruch ging von den Ungeheuern aus, der den Kriegern Mund und Nase verklebte und ihnen Übelkeit bereitete, aber unerschrocken schlugen sie weiter zu.

Merien sprang in die Höhe und wirbelte die Waffe in gleißenden Schwüngen um sich, als eine der beiden Skirven sich auf seinen Unterleib stürzte und ihn mit den Krallen zu packen versuchte. Er traf sie gut, so gut, dass Treva sich einen Ausruf der Anerkennung nicht verkneifen konnte. Sein Schwert trennte den Kopf vom Nacken des Scheusals, und als es zu Boden fiel, traf sein nächster, gut gezielter Hieb den stürzenden Körper und schlug ihn mittendurch. Merien riss die Waffe zurück und wischte sie schaudernd am Moos ab, während die Skirva, die zuckenden Krallen in der Luft, unter grässlichen Schreien verendete.

Die dritte Ungestalt sah, dass der Kampf aussichtslos war, und wandte sich zur Flucht. Mit rauschenden Schwingen floh sie in den Himmel hinauf, aber diesmal traf Trevas Pfeil. Er drang ihr in die Kehle ein und trat beim Nacken wieder aus, sodass sie noch in der Luft der Tod ereilte. Sie stürzte ab und schlug mit dumpfem Knall auf dem Boden auf, ein zerschmettertes Bündel blutverklebter Federn.

Keuchend und schwitzend starrten die Gefährten auf die Überreste ihrer grausigen Feinde, voll Sorge, derselbe böse Zauber, der ihre halb vermoderte Gefährtin auferweckt hatte, werde sie ebenfalls wieder auf die Beine bringen. Aber nichts rührte sich, die widerwärtigen Wesen waren tot und blieben tot.

Der letzte Schrei war noch kaum verhallt, als auch schon die kopfgroßen Aaskäfer aus dem Dschungel hervorkrochen. Auf flinken Beinchen eilten sie herbei, blau glänzende Geschöpfe, deren Flügeldecken einen goldenen Schimmer abstrahlten, und stürzten sich auf das Aas. Mit unglaublicher Geschwindigkeit lösten sie die Knochen heraus, dann zerkleinerten ihre Zangen die Überreste der Leiber zu einem Gehäcksel aus Haut, Federkielen und blutleerem Fleisch und vermischten sie mit lockerer Erde und Speichel zu einer klebrigen Masse. Geschickt drehten sie diese schwärzliche Masse zu Kugeln, jede so groß wie eine Katapultkugel, und rollten sie vor sich her in den Nebelwald. Brianna hatte keine Ahnung, was sie mit diesen Kugeln anfingen, ob sie sie selbst verzehrten oder liegen ließen, damit andere sich darüber hermachten. Sie wusste nur, dass von menschlichen Leichen und Tierkadavern in kürzester Zeit nichts übrig blieb als ein

Haufen säuberlich abgenagter Knochen, die in der Sonne bleichten. Auf diese Weise waren also auch die letzten Fasern Fleisch von den Leichen verschwunden, die die Vhillen und Rotmützen zurückgelassen hatten.

»Oh, möge mir so etwas nie wieder begegnen!«, rief Laurin leidenschaftlich aus, während er sich abwandte um die Knochenhäufchen nicht länger ansehen zu müssen. »Kommt, lasst uns diesen Ort des Ekels verlassen!«

Die anderen waren ganz seiner Meinung. »Reinigen wir zuvor die Waffen!«, stieß Treva hervor. »Solch ein unehrlicher Feind beschmutzt das blanke Eisen.« Sie rannten los, tauchten die Waffen in Quellen und Bäche und flehten Phuram an, sie wieder ehrlich zu machen. Brianna hatte sich über eine steinerne Schüssel gebeugt und ihren Dolch und die Peitsche gesäubert. Da fuhr sie plötzlich zurück. Durch das klare Wasser gaubte sie wie durch ein gläsernes Fensterchen in eine Tiefe zu blicken, in der die kristallenen Adern der labyrinthischen Gänge durcheinanderliefen, und unten in der Tiefe schwebte ein Gesicht, das zu ihr heraufblickte ... das Gesicht des steinernen Götzenbilds, das Mariwan einen Taphum genannt hatte. Mit böser Aufmerksamkeit glotzte es sie einen Augenblick lang an, schlug zitternde Wellen und verschwand. Erschrocken zog Brianna ihre Waffen, überzeugt, dass sie in einem solcherart verhexten Wasser gewiss nicht rein würden, und tauchte sie in eine andere Quelle.

Dann beeilten sie sich, die Lichtung zu verlassen, und suchten den Schutz des dichten Blätterdachs, wo zwar alles Mögliche auf sie warten mochte, aber gewiss keine Skirven mehr.

Mariwan folgte der Gruppe als Letzter. Seine Füße trotteten den Waldpfad entlang, aber sein Herz war noch in dem Palast mit seinen unermesslichen, so gedankenlos aufgehäuften Schätzen. Wie alle Kaufleute hatte er sein Herz an den Reichtum gehängt, vor allem aber an das dem Kaiser heilige, verbotene Gold, das ihm kostbarer erschien als die herrlichsten Juwelen aus den erlesensten Schmuckstücken. Er wusste wohl, dass dem gelben Metall ein Zauber innewohnte und es jeden verdarb, der es frevelhaft an sich nahm, aber es glitzerte ihm in die Augen und brannte ihm im Herzen. Wären die starrsinnigen Frömmler da vorn nicht gewesen, welchen Reichtum hätte er an sich raffen können! Wie mit Händen zog es an ihm, kehrte seinen Sinn und seinen Körper um, zurück zum Palast.

Und andere wussten, wie ihm zumute war, beobachteten ihn, folgten ihm. Auf dem Grat einer halb zerfallenen Mauer entdeckte er eine kleine Gestalt, etwas Koboldähnliches, das neugierig herunterlugte. Das krummbucklige Wesen war umhüllt von einem eigenen rötlichen Licht. Anders hätte es im Zwielicht niemand entdeckt, grau und halb durchsichtig, wie es war.

Mariwan erstarrte mit heftig pochendem Herzen, den Blick auf das verkümmerte Scheusal gerichtet. Es hatte zwei dünne Beinchen und schien viel zu schwach, um die riesige eiserne Kiste auf seinen Schultern zu schleppen. Diese Kiste, umwunden von schweren Ketten, gleißte und glühte, als käme sie eben aus der Esse des Schmieds. Flämmchen liefen an den Ketten entlang und tanzten auf den vier Ecken des Kastens.

Der Jüngling schauderte. Er spürte einen ebensolchen feurigen Kasten auf dem Rücken, erdrückend schwer, eine sengende und brennende höllische Last, die ihm Leib und Seele verbrannte. Hastig riss er sich von dem Anblick los und rannte den Soldaten nach, um in ihrer Gesellschaft Schutz vor den tückischen Geistern zu suchen.

Die Soldaten mit ihrem Begleiter – dem im Augenblick alle Lust auf Gold und Edelsteine vergangen war – hasteten weiter, dem oberen Rand des Kraters entgegen. Immer öfter erschienen jetzt zwischen den Bäumen des Nebelwalds ausgedehnte Lichtungen, die deutliche Spuren vergangener menschlicher Wohnstätten aufwiesen. Brianna entdeckte überall auf dem Boden halb versunkene Fundamente – mächtige Quader und altersdunkles, zerfressenes Ziegelwerk, das stellenweise von Laub und Erde bedeckt war. Ein zarter, würzig süßer Geruch nach Thymian und Lavendel hing in der Luft. Sie entdeckte eine Eidechse, die sich sonnte, und ein kleines Schalentier, das seitwärts über den Sand kroch, sonst gab es auf diesen Lichtungen kein Zeichen von Leben. Es musste lange her sein, seit Menschen hier gewohnt hatten, vielleicht die Untertanen und Gefolgsleute der Herrschaften, die den verfallenen Palast erbaut hatten.

Die Khan-Hagizim wiegten sich, eingelullt von der brütenden Stille, bereits in falscher Sicherheit, als sich plötzlich ein furchterregendes tierisches Geschrei aus dem Wald erhob. Von den steilen Felswänden widerhallend schien es aus allen Richtungen zugleich zu erschallen, so wütend wie Kriegstrompeten. Gavon erschrak so sehr, dass er aufheulte – und damit verriet, wo sie sich befanden – und auf allen vieren davonraste, um sich Hals über Kopf in die Laubhaufen zu wühlen.

Amyas riss das Schwert aus der Scheide. »Der Drache!«, rief er. »Der scheußliche Drache kehrt zurück!«

Aber die Warnung kam zu spät. Brianna hörte ein schrilles Kreischen, und als sie sich umwandte, sah sie, wie Mariwan zwischen die Farne gezerrt wurde. Er schrie laut und wehrte sich; die Büsche schwankten heftig. Brianna entdeckte kurz einen fassdicken Fuß mit einer kurzen, gekrümmten Klaue an der Mittelzehe. Dann verschwand der Fuß. Die Büsche schwankten weiter, und Mariwan brüllte wie eine Donnerechse.

Ein paar Herzschläge lang erstarrten die Ritter vor Schrecken über den unerwarteten Angriff. Dann jedoch fanden sie ihren Mut wieder. Mit einem phuramgefälligen Kampfschrei stürmte Merien als Erster voran, mitten hinein in die schwankenden Farne, um den Gefährten zu retten und sich dem Ungeheuer entgegenzuwerfen.

Alle zugleich folgten sie ihm. Treva schlug auf die scheußliche Tatze ein und trennte sie mit einem Hieb ab, während Laurin nach dem schlangenähnlichen Hals hackte, dessen Kopf Mariwan gepackt hatte – glücklicherweise nur an seinem dicken Lederwams und nicht am Fleisch. Es gelang ihm, den Kopf abzuhauen, aber zugleich fuhren zwei andere aus dem Dickicht und hätten ihn um ein Haar ergriffen, wäre Amyas nicht dazwischengesprungen. Mit einem Hieb schlug er einen zweiten der lebenden Totenschädel ab. Der fiel zu Boden, und wo er lag, zischte und rauchte das Gras. In einer giftigen Lache verdorrten die Wurzeln und vergilbten die Halme.

»Hütet euch!«, schrie Amyas. »Sein Blut ist giftig, haltet euch fern!«

Von seiner Stimme angelockt, richtete sich die Wut des Drachen auf den Krieger. Blitzschnell peitschte der dritte Schädel vor, prallte gegen den Schild, den Amyas vor sich hielt, und schleuderte ihn mit der ganzen Wucht des mächtigen Halses mehrere Schritt weit von sich. Auf seinen Kriegsschrei hin stürmten Merien und Laurin ebenfalls vorwärts. Mit ihren Schwertern und Speeren griffen sie den Drachen von der Seite her an. Der fuhr herum, um vieles schneller, als man es von einem so plumpen Tier erwartet hätte. Wie eine gewaltige Peitsche schwang der äußerste Hals rückwärts zur Flanke, zielte auf Merien und schnellte im Bogen vor, aber der Schlag ging am Ziel vorbei und traf krachend auf einen Baum. So furchtbar war die Wucht des Schlags, dass der mannsdicke Stamm zersplitterte. Einige Atemzüge lang war das Ungeheuer von Mariwan abgelenkt. Erstaunlich flink wälzte sich dieser zur Seite, und um die eigene Achse rollend floh er aus der Reichweite der tödlichen Zähne.

Schreie hallten von allen Seiten, und mit kühnem Mut drangen die Recken gemeinsam auf das Scheusal ein. Das wehrte sich wütend. Amyas war heftig zu Boden geschleudert worden und versuchte halb betäubt wieder auf die Füße zu kommen, was ihm allerdings nicht gelang. Kaum hatte er sich auf alle viere aufgerichtet, wackelte sein Kopf wie der eines Betrunkenen, und er fiel flach auf den Bauch. Die blinzelnden Äuglein des Drachen entdeckten die leichte Beute, der unförmige Leib wälzte sich einen Schritt vorwärts, und zwei Hälse streckten sich lang. Laurin warf sich dem Ungeheuer entgegen und versuchte zu verhindern, dass es sich auf den verwundeten Hauptmann stürzte. Augenblicklich fuhren von allen Seiten die Schädel auf ihn zu, und er konnte kaum rasch genug seinen Schild hin und her schwingen, um sich gegen den sprühenden Geifer zu schützen. Die Köpfe peitschten vorwärts und dröhnten wie Schmiedehämmer gegen den Schild. Fast erlahmte Laurin der Arm unter dem furchtbaren Anprall. Doch er war kühn und gewandt, und mit einem gut gezielten Schlag seines Schwerts trennte er einen weiteren Schädel vom Hals. Schwarzes Blut schoss aus der Wunde, kochend und rauchend wie Pech, und brannte einen stinkenden Fleck in den Waldboden.

Treva, die neben ihm gestanden hatte, stieß mit dem Jagdspeer nach den zischenden und züngelnden Köpfen. Tatsächlich gelang es ihr, einen davon zu töten, doch die beiden übrigen an dem biegsamen Nacken fuhren mit verdoppelter Wut auf sie los. Einen schlug sie mit dem Schwert entzwei, da schnellte ihr ein weiterer Schlangenhals entgegen. Sie duckte sich unter ihren Schild und gelangte so unter die Wölbung des Halses, dessen Schädel von oben auf sie herabstoßen wollte. Laut hallte ihr Kriegsruf »Phuram am Himmel, gepriesen seist du!«, als sie sich herumschwang und mit erhobenem Schwert den mastdicken Hals spaltete. Bis zum Griff drang die Klinge in den schrecklichen Leib ein, und nur den Griff behielt die Kriegerin in der Hand, denn im Blut des Drachen löste sich das Eisen auf und zerrann. Der Hals des Scheusals aber sank zu Boden. Merien tat es seiner Kampfgefährtin gleich und stürmte gegen einen weiteren Hals an. Und wirklich gelang es ihm, den Speer zwischen die Augen eines der herumfahrenden Köpfe zu bohren. Das Erlöschen der fürchterlichen Augen verriet ihm, dass er diesen einen getötet hatte. Aber schon schoss ein weiterer Kopf aus dem Dickicht hervor, in dem die listige Kreatur ihren Leib verbarg.

Mariwan, der sich inzwischen von seinem Schrecken erholt hatte, schrie plötzlich auf. »Hütet Euch, hütet Euch! Die Köpfe wachsen nach! Ihr müsst ihn genau am hornigen Buckel im Nacken treffen, sonst gelingt es Euch niemals!«

Die Ritter hielten Ausschau nach der Stelle, aber halb im Dickicht versteckt, wie der Drache war, und mit den unablässig sich bewegenden, wie ein Schlangennest nach allen Richtungen auseinanderfahrenden Hälsen konnten die beiden Kämpfenden den Buckel nicht erkennen, geschweige denn mit ihren Waffen erreichen. Schon spürten sie, wie sie ermüdeten, Schmerzen peinigten sie in den Schwertarmen. Da brüllte das Ungeheuer plötzlich so laut auf, dass die Palmblätter von den Zweigen flogen. Die Beine knickten ihm ein, wie ein plötzlich entleerter Sack erschlaffte der Leib, die Hälse sanken kraftlos wie Lianen zu Boden.

Keiner konnte sich erklären, was da geschehen war, bis plötzlich ein zottiger Kopf zwischen den Hälsen auftauchte und Gavons grüne Augen triumphierend hervorfunkelten.

Brianna stieß einen wilden Schrei der Überraschung und des Entzückens aus. »Drachentöter!«, schrie sie. »Drachentöter!« Wer hätte gedacht, dass Gavon dazu abgerichtet war, riesige Beutetiere mit einem gezielten Biss in jene Stelle zu lähmen, von der Mariwan gesprochen hatte! Auf Sundar gab es zwar kaum ein halbes Dutzend Drachen, aber es gab gewaltige und sehr gefährliche Echsen, die ein Jäger allein – oder auch ein ganzer Trupp Jäger – niemals töten konnte. Nur den blitzschnellen Werwölfen gelang es, auf den Rücken dieser Ungeheuer zu springen und ihre Kraft zu lähmen, bis die Jäger eintrafen und die Bestien erlegten.

Alle zugleich warfen die Krieger sich nun auf den Drachen und hieben die Köpfe ab, die nun nicht mehr nachwachsen konnten. Dann wichen sie so weit wie möglich von dem stinkenden Kadaver zurück.

Stöhnend und schwer atmend richtete Amyas sich auf, gestützt von seinen Gefährten. »Dein Wolf war das, Brianna?«, fragte er fassungslos. »Dieser Flohbeutel hat einen Drachen getötet?«

»Er ist kein Flohbeutel, Thainach, nennt ihn nicht so!«, rief Brianna entrüstet. Sie hielt Gavon in den Armen und überhäufte ihn mit Lob und Liebkosungen. Auch Merien, Laurin und Mariwan streichelten ihn und kraulten ihm die Ohren. Treva, die ihre Abneigung nicht überwinden konnte, begnügte sich mit der Bemerkung. »Wer hätte das von dem dämlichen Köter gedacht!«

Brianna küsste die pelzigen Wolfsohren. »Er ist wunderbar klug!«, rief sie. »Auch wenn er auf Echsen abgerichtet wurde und nicht auf Drachen, hat er doch sofort begriffen, dass er auf die gleiche Art vorgehen muss – ach, mein tüchtiges Schätzchen, mein Liebling!«

»Gut, er ist nicht so dumm, wie ich dachte«, bemerkte Treva säuerlich, »aber wir sollten doch zusehen, dass wir von hier verschwinden, bevor dein zotteliger Held noch einen zweiten Drachen töten muss. Wo einer ist, gibt es womöglich auch andere.«

Sie stiegen weiter bergauf, wobei sie immer wieder lauschten und umherspähten, ob der Drache Gefährten gehabt hatte. Sie sahen und hörten aber nichts außer einem Schwarm Skirven, die sich gierig auf das riesige Aas stürzten. Es dauerte nicht lange, bis die Urwaldbäume immer dünner und niedriger wurden. Der Wald endete allmählich, und an die Stelle der turmhohen Eukalyptusbäume traten krumme Büsche, die sich zäh an den halbnackten Boden klammerten. Häufig rollten Felssteine die steilen Hänge herab und polterten an ihnen vorbei in eine Schlucht, oder einer der aasfressenden Vögel fuhr mit krächzendem Schrei über ihre Köpfen und erschreckte sie. Wahrscheinlich hatten die Vögel die Kadaver der Skirven und den des vielköpfigen Drachen entdeckt.

Der Pfad führte zwischen Zacken und Felstürmen dahin und machte nach einiger Zeit einen Bogen um einen tiefen Riss in der Masse der Berge. Dort lag eine lang gestreckte Talschlucht, steil abfallend, finster und schauerlich, deren kahle Felsenmauern sich in einem See spiegelten.

Der See leuchtete türkisfarben zu ihnen herauf. Eben

noch hatte Brianna gedacht, wie angenehm es sein müsse, nach der dampfenden Hitze in kühlem Wasser zu baden, als sie zusammenfuhr. Obwohl sie sich weit oberhalb des Sees bewegten, hatten dessen Bewohner doch den Lärm ihrer Schritte und Stimmen gehört und waren an die Oberfläche gekommen, um zu sehen, wer die Ruhe ihrer Abgeschiedenheit störte. Brianna wusste nicht zu sagen, ob es Fische oder schwimmende Landtiere waren. Sie waren alle von ebenso blauer Farbe wie das Wasser und besaßen Hörner, Stacheln und Stielaugen, mit denen sie langsam ringsum im Kreis blickten.

Und noch während sie alle oben zwischen den Felszacken standen und hinunterspähten, tauchte etwas aus der Tiefe auf, so langsam und schwerfällig, dass sie es zuerst für einen im Wasser versunkenen, aufgequollenen Kadaver hielten. Es war weiß und runzlig, formlos bis auf einige wenige Teile, die wie die Gräten eines festen Gerippes aus seiner Masse hervorragten, ein zerfetzter Berg fahlen Fleischs, bei dem nur der Schädel deutliche Umrisse aufwies. Riesig angeschwollene, bläuliche Gallertaugen glotzten stumpfsinnig. Langsam kroch das Scheusal aus dem Wasser und das steinige Ufer entlang, wobei es ganze Brocken abgefaulten Fleischs fallen ließ und die langen Fahnen seiner sich ablösenden käsigen Haut hinter sich herschleppte. Aus dem Schleimhaufen seines Schädels schoben sich langsam zwei halbmondförmige Reihen eng aneinanderstehender Zähne vor, gefolgt von einer zwei Schritt langen weißlichen Raspelzunge. Das Tier wickelte die Zunge um einen dickblättrigen Busch, riss ihn mit einem Ruck aus und zermalmte das Laub zwischen den Mahlzähnen. Zufriedene Grunzlaute drangen aus der Tiefe herauf.

Laurin lachte laut auf. »Nun seht euch das an! Ein solches

Scheusal, und dann weidet es so unschuldig wie eine grasfressende Echse!«

Neugierig beobachtete Merien das ungeheuerliche Wesen bei seiner Mahlzeit. »Wahrscheinlich lebt es in den Tiefen des Sees und frisst Algen und Wasserpflanzen, aber hin und wieder bekommt es Appetit auf etwas Knackigeres ... Da! Jetzt ist ihm der Ausflug ans Land zu anstrengend geworden, es kehrt zurück.«

Wirklich wälzte sich die grause Masse zurück zum Ufer, rutschte über die Steine und verschwand inmitten von blauen Blasen und Ringen im Wasser.

Gavon fiepte und zupfte Brianna am Ärmel. Sie riss sich aus ihren Gedanken los und lief hinter dem Wolf her, der sich jetzt kaum noch die Zeit nahm, auf die langsameren Menschen zu warten. Bald war er ihnen so weit voraus, dass sie ihn nur noch als blauschwarzen Fleck durch die Schrunden klettern sahen.

»Mistvieh!«, rief Laurin zornig. »Er läuft uns davon!«

»Fort mit Schaden!«, knurrte Amyas. »Ich wollte ihn von Anfang an nicht dabeihaben.«

Sie hatten sich aber beide getäuscht. Gavon kehrte zurück, als sie ihn schon endgültig verschwunden geglaubt hatten, und bedeutete ihnen, dass er einen leicht gangbaren Pfad gefunden habe. Brianna tätschelte, streichelte und lobte ihn. Nachdem er demütig ihre Hand abgeleckt hatte, rannte er schon wieder voraus.

Es war tatsächlich ein guter Pfad, den er entdeckt hatte. Von unten kaum sichtbar, schlängelte er sich im Zickzack quer über ein Geröllfeld und dann zwischen den verwitterten Felstürmen hindurch.

Jetzt, da der Urwald nicht mehr die Sicht verdeckte, sahen sie, dass sie sich in einer trichterförmigen Bergschlucht befanden. Himmelhoch stiegen ringsum Wände aus verwittertem braunem Gestein in die Höhe, zum Teil senkrecht, zum Teil zu natürlichen Treppen zerfallen. Eine Zeit lang folgte die Vegetation noch diesen Felstreppen, wurde aber bald immer dünner und verschwand schließlich völlig bis auf einige tief in den Felsritzen verwurzelte, schuppige Sträucher. Büsche, die auf dem kargen Boden wuchsen, verströmten den Duft von Lavendel und Myrrhe. Kniehohe Stachelschwämme wuchsen zwischen den Steinen.

Auch hier stießen sie immer wieder auf Erinnerungen an frühere Bewohner. In die Felswände eingemeißelt fanden sie durch die Verwitterung längst unleserlich gewordene Glyphen, daneben die rückwärtslaufende Spirale und Menschen, die als simple Strichmännchen dargestellt waren. Oft waren die Felsplatten, auf denen diese Bilder eingeritzt waren, bereits zerfallen, aber ein fortlaufender Bilderbogen war dennoch erkennbar. Die Strichmännchen schienen um etwas herumzutanzen, etwas zu verehren, das nicht deutlich zu erkennen war, aber eine unbestimmte Ähnlichkeit mit dem gräulichen Götzenbild hatte, und einmal war Brianna überzeugt, ein Bild gesehen zu haben, auf dem sie dem Taphum ein Opfer brachten, und zwar einen der Ihren.

Der Weg, den Gavon ausfindig gemacht hatte, führte in Serpentinen an der Flanke des Kraters entlang, über einen so steilen, kahlen Hang, dass es von unten aussah, als gehe es eine senkrechte Wand hinauf. Mit jeder Kehre wurde die Luft kälter und der Wind beißender. Zudem hallte jeder winzigste Laut, den die Gruppe erzeugte, von den Felsklippen wider, einmal in einem boshaft heiseren Flüstern, dann wieder in einem hohlen, geisterhaften Hall. Alle schwiegen und traten so leise auf, dass kaum ein Steinchen unter ihren Füßen knirschte, aber hin und wieder war ein gewisser Lärm unvermeidbar, und dann frohlockte das Echo mit so unheimlichem Widerhall, dass es Brianna eiskalt überlief.

Auch die anderen fühlten es. So leise wie möglich, alle Sinne angespannt, kämpften sie sich den ansteigenden Pfad empor. Gavon tänzelte unruhig dahin wie jemand, der von einer schwankenden Eisscholle auf die andere springt, und winselte immer wieder kläglich. Er ging so schnell, dass ihn die Wanderer gelegentlich aus den Augen verloren, aber er hatte nicht die Absicht, ihnen zu entfliehen, denn er wartete immer wieder auf sie, wenn auch zappelnd und jaulend vor Angst. So tapfer er sich bei seinem Angriff auf den Drachen auch gezeigt hatte – damit war sein Mut verbraucht, und er schien sehr zu hoffen, dass in nächster Zeit nichts Aufregendes mehr geschehen möge.

Avigdors Gefährten

Das Lichtlein glitt eilig die Stufen hinab und wartete bebend und flackernd am Fuß der Treppe. Immer deutlicher wurde das Rascheln und Wispern zwischen den Steinen, das Scharren wie von Füßen und Händen, die sich die Steine hinaufarbeiteten. Sobald die Gefährten den nächsttieferen Raum erreicht hatten, huschte es weiter, rasch und leicht wie ein Schmetterling, aber es achtete sehr darauf, sie nicht zu verlieren. Alle paar Schritt hielt es inne und wartete, bis sie aufgeholt hatten, dann bewegte es sich weiter.

Avigdor von Fienne schien es, als sei er seit vielen Stunden in der klammen Finsternis unterwegs, die nur der schwache Schein des blauen Lichts durchbrach. Er hörte, wie da und dort winzige Geräusche laut wurden. Wenn eine Pause in den dumpf widerhallenden Geräuschen der abwärtsdrängelnden Menschen eintrat, vernahm er die Geräusche von Wasser, ein schnelles, eifriges *Dripp-Dripp* und ein monotones Plätschern wie von Wasser, das aus einem Brunnenmaul fließt. Die Wände warfen ihre Stimmen mit hohlem Schall zurück. Avigdor bildete sich ein, dass außer den ihren auch noch andere Schatten auftauchten, blass und undeutlich umrissen, die in den Winkeln kauerten und in der Luft schwebten. Aber er war nicht sicher, ob er sich diese Gespenster nicht nur einbildete. In der grausamen Gefangenschaft war er wirr im Kopf geworden und hatte oft Dinge gesehen oder gehört, die nicht es nicht gab, und er war nicht ganz sicher, ob er nicht immer noch träumte.

Sein Leben hatte sich so jäh und so tiefgreifend verändert, dass er fürchtete, die scheinbare Wirklichkeit sei nur einer der Träume, die ihn hin und wieder erst getröstet und dann in doppelte Verzweiflung gestürzt hatten. Konnte er auf seine Empfindungen vertrauen? Sein Körper fühlte sich so gesund an wie in den glücklichen Zeiten, ehe er der Wut des Khan-Ha zum Opfer gefallen war. Sein Geist war frisch und fröhlich, und obwohl er nichts gegessen, sondern nur ein wenig Wasser aus einem Bergquell getrunken hatte, litt er keinerlei Hunger. Wie war das alles nur möglich?

Und selbst wenn er glauben durfte, dass er wach und bei klaren Sinnen war, so beschlich ihn doch ein fröstelndes Unbehagen angesichts der Frage, was die Ursache dieser plötzlichen Heilung und Stärkung sein mochte, die jedes Maß überstieg. War er verzaubert worden? Zu viel Unverständliches war geschehen. Schon die wunderbare Errettung vor der eisernen Dunkelheit hatte er kaum begreifen können … und dann der geheimnisvolle Teich mit dem Standbild der Vhilla … der Absturz des bösen Drachen …

Der Midan blickte sich um. Das blaue Geisterlicht trübte seinen Blick, und die Seltsamkeit der Umgebung verwirrte seine Sinne. Je tiefer sie gelangten, desto deutlicher machten sich die Höhlengewässer bemerkbar. Wasser rann aus Löchern in den Wänden. Es querte in winzigen, wie Katzengold flimmernden Bächlein den Weg. Es erfüllte die Finsternis mit rhythmischen Geräuschen, die geisterhaftes Leben vortäuschten, wo nicht einmal eine Assel oder ein Wasserläufer hausten.

Avigdor ging auf Zehenspitzen. Einmal meinte er unmittelbar über seinem Kopf ein Schaben und Schlurfen zu vernehmen, als schiebe eine gewaltige Masse sich mit raupenähnlichen Bewegungen vorwärts, aber vielleicht war es auch nur ein Echo gewesen. In diesen Schächten und Kaminen hallte jeder Laut wie in einem akustischen Zerrspiegel wider. So war es auch in dem Kerker gewesen, der im tiefsten Fundament des kaiserlichen Palasts gelegen hatte, und der Gefangene in seiner Qual hatte Schreie, Schritte, das Klingen von Waffen, Weinen und Lachen vernommen – Geräusche, die nur sein verwirrter Hörsinn wahrnahm. Als er nun durch das unheimliche Zwielicht schritt, überfielen ihn die Schrecknisse der Vergangenheit in grellen, erschreckend wirklichkeitsnahen Bildern. Er erlebte von Neuem, wie er – in ein schmutziges, raues Hemd gekleidet, Handgelenke und Fußknöchel in Eisen geschmiedet – in einem salpeterglitzernden schwarzen Loch dahinsiechte, in dem nicht einmal ein Bund Stroh auf dem Boden lag. Monatelang war er jeden Morgen in der stinkenden Finsternis erwacht, hungrig, frierend, gepeinigt von brennenden Schwären am ganzen Körper und den Bissen der giftigen Asseln und Tausendfüßler, die überall an den triefenden Mauern herumkrochen. Die Ketten waren so kurz gewesen, dass er nur aufstehen und sich niedersetzen, aber keinen Schritt tun konnte.

Einmal schien es, als kämen sie überhaupt nicht mehr weiter, aber dann entdeckten sie, dass der Weg durch ein bloßes Loch im Boden steil in die Tiefe führte. Unter ihnen wand sich ein von klobigen Felsblöcken verstürzter Höhlenschlund immer tiefer in die Erde hinein, gedreht wie eine Wendeltreppe und offenkundig sehr tief. Von da an wurde der Weg zu einer mühsamen Kletterpartie über schroffe, vielkantige Steine. Links und rechts des treppenartigen Pfads türmten sich die grünen Blöcke zu Haufen. Sie hörten das Plätschern einer Quelle. Erfreut drängten sie sich um den schwachen, kristallklaren Strahl, der den Felsen entsprang. Das Wasser war so kalt, dass ihnen Lippen und Zunge taub wurden, aber es war frisch und rein.

»Ich fürchte, wir sind aus dem Fischernetz in den Kochtopf geraten, als wir diesem elenden Tutelburs gehorchten«, flüsterte eine weibliche Stimme an Avigdors Schulter. Sie gehörte Genevere, einer Abenteurerin, die sich als angebliche Fürstin bei Hof eingeschlichen hatte, um die Geldkästen reicher, lüsterner alter Männer zu plündern. Sie war eine kleine, zierliche und sehr schöne Frau, mit einem Kopf voll üppiger schwarzer Locken, die sich ohne alle künstliche Nachhilfe rollten und ringelten, als hätte der beste Friseur bei Hofe sie unter den Händen gehabt. Ihre schwarzen Augen wirkten wie aus Onyx geschnitten, so groß und starr standen sie in dem marmorblassen Gesicht. Der üppige Mund öffnete sich verführerisch, samtig rot wie eine voll erblühte Rose. Im Halbdunkel schimmerte ihr nackter Körper, als leuchtete er aus sich selbst heraus.

»Und das«, wisperte sie weiter, obwohl er nicht antwortete, »ist nicht das einzige Sonderbare, wie mir scheint. Gestern noch war ich so krank und zerschlagen, dass ich mich kaum auf den Beinen halten konnte, und heute bin ich so schön wie nie zuvor. Und der Teich der Vhilla! Was ist da mit uns geschehen? Ich träumte … niemals habe ich solche Träume gehabt, nicht einmal nach dem Genuss von Rauschblumen.« Sie trat einen Schritt näher und legte ihm die Hand auf den Arm, sodass er stehen bleiben und sie ansehen musste. »Avigdor, worum geht es bei diesen Krügen? Ich hörte die Soldaten reden, wie kostbar sie seien, aber keiner schien zu wissen, was sie enthalten. Sie sind alle zerbrochen, und ihr Inhalt mischte sich mit dem Wasser des Teichs.«

»Woher soll ich das wissen?« Seine Stimme klang ungewöhnlich gereizt. »Vielleicht irgendwelche Spezereien für die Statthalterin und ihre Günstlinge oder ein seltenes Gift.«

Die Frau schnaubte ungeduldig. »Seid nicht albern! Nein, es war etwas anderes. Mächtigeres. Schlimmeres.«

Avigdor wollte fragen, was sie damit meine, aber da entdeckte er, dass sie am Ende des Tunnels angekommen waren. Der Gang weitete sich an dieser Stelle zu einer kreisrunden Halle, in deren Mauern konkave Zellen eingelassen waren. Der Boden, über den sie mit vorsichtigen Schritten tasteten, bestand aus einzeln gemeißelten und polierten Platten eines grauweißen Steins, der wie Meerschaum zu unglaublich bizarren Formen geschnitzt war. Er konnte sich nicht ausmalen, was sie darstellen sollten – obwohl kein Zweifel daran bestand, dass die Formen eine Bedeutung hatten. Er glaubte etwas wie Oktopoden darin zu erkennen, jedenfalls gab es darunter stern- und sonnenförmige, gewundene, mit zahllosen Augen versehene Formen. Aber wenn er genauer hinsah, erwiesen sich die Augen der Oktopoden als Reihen ornamentaler Muster, die Fangarme verwandelten sich in Schlangenlinien, aus dem Kraken, der auf dem Schlussstein saß, wurde ein Stern ... Schon bald erreichte die Gruppe einen niedrig gewölbten kleinen Raum, in dessen Mauern Fächer wie Schiffskojen eingehauen waren. Diese enthielten längliche Kisten aus einem glatt polierten rötlichen Holz, die in der Abgeschlossenheit und der gleichmäßigen Temperatur des unterirdischen Raums völlig erhalten geblieben waren. Was sich darin befand, war nicht zu erkennen, aber sie fühlten alle, dass es besser war, diese Kisten unberührt zu lassen. Stattdessen wandten sie sich dem kreisrunden Loch in der Mitte des Raums zu, durch das eine weitere Treppe in die Tiefe führte.

Avigdor erschrak, als einer seiner Gefährten, Orlan von Imlarhan, lautlos an ihn herantrat und seine Schulter berührte.

»Die Dame Genevere ist nicht die Einzige, die sich Gedanken macht«, raunte er mit gedämpfter Stimme. »Habt Ihr Euch nicht gefragt, was die Krüge enthalten haben mochten?«

»Das habe ich mich gefragt, ja«, gestand Avigdor. »Aber ich bin kein Gelehrter und verfüge über keine Weisheit in solchen Angelegenheiten. Wisst Ihr es denn?«

»Noch nicht. Aber ich bin überzeugt, dass etwas Zauberisches in den Krügen steckte und dass es eine Veränderung durchmachte, als sich ihr Inhalt in den Weiher der Vhilla ergoss ... und er lag im Schein der süßen Mondin, die allem eine eigentümliche und ungewöhnliche Kraft verleiht.«

Unbehaglich zog Genevere die Schultern hoch. »Was meint Ihr mit der Bezeichnung *die süße Mondin*?«, fragte sie gereizt. »Datura will den Menschen nichts Gutes. Sie ist ein Ungeheuer, dessen zwölf Rachen die zwölf Tore zu den feuerfrostigen Höllen sind.«

»Ihr irrt, edle Dame.«

Aber Genevere ließ sich ihre Meinung nicht ausreden. »So predigen es die Priester des Phuram, und habe ich es nicht selbst gesehen, als die Soldaten ein Nest ihrer Anhänger zerstörten? Abschaum der Menschheit waren sie, schlimmer als Tiere; halbe Dämonen! Sie tollten heulend umher, splitternackt, in widerlichster Weise mit den eigenen Ausscheidungen besudelt. Sie lachten und kreischten im Wahnsinn und rissen sich an den Haaren, während sie auf blutigen Füßen ein Idol der blauen Göttin umtanzten. Soll ich an meinen eigenen Augen oder an meinem klaren Verstand zweifeln?«

»Euer Verstand«, antwortete Orlan ernst und ohne jeden Spott, »reicht nur so weit wie die Lehren, die man Euch eintrichterte. Die Priester des Phuram lügen, sei es mit Absicht oder weil sie es selbst nicht besser gelernt haben.«

»Hütet Eure Zunge!«, rief Genevere zornig.

»Wer kann meiner Zunge verbieten, die Wahrheit zu sagen?«, rief Orlan entrüstet. »Die Priester verbreiten elende Lügen. Sie behaupten, die Urmutter Majdanmajakakis sei dem Schlund der Sternenleere entstiegen, ihre Töchter seien drei schwarze Jungfrauen mit einem Nest aus giftgeblähten Ottern anstelle der Haare und einem Schlangenleib, und ihre treue Dienerin Datura sei eine blaue Dämonin, die Kleider aus Menschenfleisch trägt und die Menschen mit ihrem Anblick in den Wahnsinn treibt. Diese Narren und Teufel!«

»Und ist es nicht so?«, trumpfte Genevere auf.

»Ihr sprecht, wie Ihr es versteht«, entgegnete Orlan mit milder Traurigkeit. »Aber lasst gut sein, ich will nicht mit Euch streiten.«

Genevere zuckte verächtlich die Achseln und verließ die beiden Männer.

Der einstige Geheimrat des Khan-Ha war ein Mann Mitte dreißig, hoch gewachsen, mit zerknitterten Zügen und grauem Haar, dabei von geradezu erschreckender Hagerkeit und einer Blässe, als läge er auf dem Sterbebett. Sein Gesicht unter dem glatt zurückgekämmten dunklen Haar war von männlichem Reiz, aber auch gezeichnet von innerer Pein. Seine gequälte, zerrissene Erscheinung verriet, dass er kein leichtes Leben hinter sich hatte. Obwohl er den Midan anlächelte, als er ihn ansprach, blieb der melancholische Ausdruck in seinen Augen unverändert.

Doch widersprachen diesem hinfälligen Aussehen nicht nur die lebhafte, ja beinahe feurige Art, mit der er sich betrug, sondern auch die leuchtenden und von Leben erfüllten Augen. Es war schwer zu sagen, von welcher Farbe sie eigentlich waren. Je nachdem, ob der Mann im Dunkel oder im Licht stand, erschienen sie einmal dunkelbraun, dann wieder grünlich mit goldenen Punkten darin.

Es dünkte dem Midan, dass dieser Mann heißer und ungestümer Leidenschaften fähig war, doch strahlte er keinerlei Sinnlichkeit aus. Seine Leidenschaften mussten von gänzlich anderer Art sein, und dem liederlichen jungen Adligen, der nur die Freuden der Sinne erfasste, blieben sie unverständlich.

Nicht ahnend, dass ein heimlicher Lauscher unter dem üppigen Haar des Mannes saß, flüsterte er ihm zu: »Die anderen sollen es nicht wissen, Midan, nur Ihr: Ich habe etwas Seltsames gesehen.«

»Und was war das?«

»Das weiß ich eben nicht. Es war schwarz oder grau, rund wie ein Kürbis und wohl ebenso groß, aber es hatte Augen – funkelnde Augen, die mich anstarrten. Ich trat darauf zu, um aus der Nähe zu sehen, welchem Augentrug ich aufgesessen war, aber da sprang es beiseite und rollte in die Schatten davon ... Was kann das sein, Midan? Rollen hier abgehauene Häupter herum? Denn so sah es aus: wie ein Kopf mit filzigen Haarflechten.«

Avigdor hob die Schultern. »Ich weiß es auch nicht. Aber nachdem ich seit heute Morgen nur Seltsames sah, macht mir dieses eine auch kein Kopfzerbrechen mehr. Wer weiß, was als Nächstes kommt!«

Amory war so glücklich wie nie zuvor in ihrem jungen Leben. Sie vergaß ganz, dass Avigdor sie – sofern er sie in dem schwachen blauen Licht überhaupt erkannt hatte – nur in der recht unansehnlichen Gestalt eines Muirg erblickte hatte und wohl kaum ahnte, welch stürmische Leidenschaften in ihrer derzeit so winzigen Brust tobten. Ihn zu berühren, zu riechen, mit ihm zu sprechen, das alles hatte ihre verstohlene Leidenschaft zu wilder Glut angestachelt. Sie drängte ihren Leib an sein warmes Fleisch, wickelte sich in sein weiches Lockenhaar wie in einen kostbaren Mantel und beleckte ihn – ihn, der nichts anderes fühlte als etwas wie einen winzigen Pelzkragen um den Nacken und das Kitzeln einer kaum kleinfingerlangen Zunge hinter dem Ohr.

Während sie sich diesem ekstatischen Vergnügen hingab, vergaß sie jedoch nicht, über einen Ausweg nachzudenken. Irgendetwas musste geschehen, um sowohl diese fremde Welt vor der Seuche zu schützen als auch ihren Geliebten – und den Rest der Schiffbrüchigen – davor zu bewahren, von den beiden Magiern und ihren Helfershelfern abgeschlachtet zu werden. Sie wühlte in ihrem Gedächtnis, durchforschte ihre reichen Kenntnisse der Zauberkunst nach einer Möglichkeit, einen Seuchendämon und zwei Magier unschädlich zu machen. Noch schwieriger wäre es jedoch, Avigdor von seiner Bindung an das unheimliche Wesen zu befreien. Sie wusste weder, wie sie es anfangen sollte, noch was geschähe, wenn es ihr gelänge. Die Pharsu war in dem Elixier, das Elixier in seinem Blut, wie konnte sie ihn von dem Übel befreien, ohne ihm gleichzeitig das Leben zu nehmen? Konnte man denn die Seuche aus seinem Blut saugen wie Schlangengift aus einer Wunde?

Als nun Orlan von Imlarhan von dem rollenden Knäuel erzählte, sah sie den Augenblick gekommen. »Midan«, flüsterte sie.

Er verlangsamte seinen Schritt ein wenig. »Was willst du, Freundchen?«

»Was der Geheimrat für ein abgehauenes Haupt hält, ist etwas ganz anderes. Ich verrate Euch, was sich in Wahrheit dahinter verbirgt. Die Pharsu hat diese Gestalt angenommen. Sie ist ein Seuchendämon, der ... Wartet, ich will Euch alles ganz genau von Anfang an erzählen.«

Das tat sie, und Avigdor lauschte mit ernster Aufmerksamkeit und zunehmendem Staunen. »Wie seltsam!«, flüsterte er. »Aber wie können wir uns davor schützen?«

»Ihr müsst hierbleiben. Ihr dürft keine bewohnten Orte aufsuchen, denn Ihr würdet den Bewohnern die Seuche bringen, und dann wird die Pharsu diese Welt vernichten, wie sie bereits unsere Heimat vernichtete. Versteht Ihr?«

»Natürlich verstehe ich es. Aber wie ist das nur möglich – eine andere Welt? Und doch haben wir hier festen Boden unter den Füßen, atmen Luft und trinken Wasser.«

»Wir wollen später weiter darüber sprechen. Achte jetzt auf den Weg, er ist gefährlich.«

Groteske Schatten tanzten an den Wänden, als sie mit unsicheren Schritten durch das Halbdunkel tappten. Das Licht wirkte keineswegs beruhigend. Ganz im Gegenteil, das Gewölbe schien sich noch tückischer und bedrohlicher vor ihnen aufzutun. Dann jedoch gelangten sie unvermittelt an einen Ort, bei dessen Anblick sie Erleichterung durchströmte.

Eine kurze, steile Treppe führte hinauf zu einem halb offen stehenden Pförtchen, aus dem der Geruch frischer Luft hereindrang. Avigdor eilte als Erster hinauf, dicht gefolgt von Orlan. Vorsichtig trat er näher und schob das Türchen weiter auf.

–

Ein dämmriger Saal, einstmals gewiss prunkvoll, aber von jahrhundertelangem Verfall gezeichnet, bot sich seinen Augen. In diesem Saal türmten sich Berge von bunten Kleidungsstücken, Rüstungen, Waffen und Schmuckstücken. Die Besitztümer Hunderter Menschen lagen hier aufeinandergehäuft, manche zerrissen und befleckt, manche unversehrt und wie neu.

Genevere umklammerte seinen Arm. »Was ist das?«, flüsterte sie. »Wo sind die Menschen, denen diese Kleider und Waffen gehörten?«

Avigdor zuckte die Achseln. Ihn beschäftigte im Augenblick nur die Frage, welche dieser Kleidungsstücke ihm passten, welche von den Waffen er gebrauchen könnte. Hinter ihm drängten die Übrigen durch die Pforte. Fassungslos blieben sie stehen und staunten angesichts der Unmengen von lose aufgehäuftem Gold, Silber und Juwelen. Dann stürzten sie alle zugleich los, rissen Kleider an sich und bedeckten ihre fröstelnden, nackten Leiber damit. Kaum waren sie bekleidet und bewaffnet, fielen sie über das Gold und Silber her wie Schatzgeister und stopften sich alle Taschen voll damit, bis sie zu platzen drohten.

»Gold!«, jauchzten sie. »Was gibt es Schöneres! Nun soll uns Phuram von seinem Reichtum etwas abgeben, damit wir uns daran erfreuen!«

Orlan jedoch brauste bei diesem Gerede so heftig auf, dass alle erschraken. »Gold! Gold! Verfluchtes Gold!«, schrie er seine Begleiter an. »Welchen Wert besitzt es denn? Könnt ihr es essen? Könnt ihr es trinken, wenn ihr euch in der Wüste verirrt habt und euch vor Durst die Zunge im Mund anschwillt? Wärmt es euch, wenn ihr in kalter Nacht auf den Bergen schlaft? Tröstest es euch, wenn ihr weint? Und was hat Phurams Glanz gebracht, außer dass es die Priester mästet und die Stadt mit unnützen Abbildern schmückt? Verfluchtes Gold! Die Weisen haben recht, es Pupulsac zu nennen – Pissstein!«

Bei diesen Worten schlug er die Hände mit einer Geste wilder Verzweiflung vors Gesicht. Die anderen lachten ihn aus und rafften noch mehr Schätze zusammen, stopften sie in Hosen, Stiefel und Ärmel, in die Köcher ihrer Pfeile und in die Kapuzen ihrer Kleider. Schließlich wankten sie mit ihrer metallenen Last dahin wie gemästete Tronten.

Als Orlan sah, dass er nichts ausrichten konnte, holte er tief Atem und straffte die Schultern. »Geht nur, ihre Narren!«, sagte er mit bebender Stimme. »Stopft euch die Taschen voll mit den Kieseln, wenn ihr danach giert. Was nutzt euch sein Glanz? Gold ist nur wertvoll, weil jemand behauptet, es sei wertvoll. Phurams Glanz ist zum Fluch geworden.« Dann schwieg er auf eine Weise, die den Übrigen zu verstehen gab, dass sie jetzt besser auch schwiegen. Sie dachten zwar nicht daran, das Gold zurückzugeben, aber ihre wilden Jubelrufe verstummten.

Mit leiser Stimme redete Orlan ihn an. »Wenn ich Euch raten darf, so werft das Gold wieder hin, das Ihr genommen habt. Es wird Euch nichts nutzen, nur schaden.«

»Wir werden es brauchen, wenn wir den kaiserlichen Schergen entkommen wollen. Wie lange wird es dauern, bis sie ebenfalls diesen Palast entdecken und sich hier mit Kleidern und Waffen versorgen? Dann sind sie so stark wie zuvor.«

Orlan schüttelte den Kopf. »Sie werden andere Sorgen haben, als uns zu verfolgen. Und sie werden bald erkennen, dass es keinen Ort gibt, an den sie uns bringen könnten, wenn sie uns gefangen nähmen. Sundar-Bas besteht nicht mehr. Auch der Khan-Ha ist nicht mehr.«

Avigdor blickte ihn fragend an. »Woher wisst Ihr das? Hat Freundchen auch mit Euch gesprochen?«

»Freundchen?« Der ehemalige Geheimrat runzelte die Stirn. »Nein, ich kenne niemanden dieses Namens. Datura hat es mir berichtet, als ich zu ihr betete.« Orlan blickte ihn einen Augenblick lang an, dann streckte er die rechte Hand aus. An seinem Ringfinger leuchtete ein winziger Lichtpunkt auf, wurde größer und größer, bis er etwa das Ausmaß einer Erbse angenommen hatte und einen milden, zugleich aber durchdringenden Schein verbreitete. Dann zog er sich langsam wieder in sich selbst zurück und erlosch.

Avigdor prallte zurück. »Ein Mondstein!«, flüsterte er. »Ihr seid einer von Daturas Dienern – ein Sammler!«

»Ja, und ich bin es mit Stolz. Fürchtet Euch nicht vor mir! Die Anschuldigungen, die man gegen mich erhoben hat, sind ebenso ungerecht wie jene gegen Euch. Aber lasst uns von etwas Wichtigerem reden! Wir sind nicht nach Sundar zurückgekehrt. Wo wir uns befinden, ist mir nicht bekannt. Ebenso wenig weiß ich, welchen Einfluss das Elixier auf uns hat, aber ich weiß, dass auf Sundar keine Menschenseele mehr lebt. Alle, vom Khan-Ha bis zum letzten Bettler, sind an derselben Seuche gestorben, die zweifellos das Werk des Urkhon Boulgaroz war, denn er hat als Einziger überlebt.«

–

Diejenigen, die sich bereits neu bekleidet und die Taschen mit Gold vollgestopft hatten, machten sich daran, den Palast zu erforschen, und plötzlich hörte der Midan freudig erregte Schreie. Man winkte ihm, zu einer engen Pforte zu kommen, die sich ohne Tür oder Vorhang in der Mauer öffnete, und zu sehen, was sich dahinter verbarg.

Neugierig eilte er näher und entdeckte einen gewölbten Raum mit zierlichen, kapriziösen Deckenbögen, dessen Wände mit Seide und Samt in tiefem Dunkelrot bespannt waren. Der Duft von Blüten, Kräutern und Essenzen lag schwer in der Luft. Ampeln brannten und beleuchteten die fratzenhaften Verzierungen, die üppige Glut der sinnlichen Darstellungen auf Fresken und Gemälden. Aber all das verblasste angesichts der Erscheinung der Frau, die auf dem zerborstenen Marmorboden kauerte. Eine vollkommen nackte Frau, nackt und wunderschön. Das Haar hing ihr wie gesponnenes Gold auf die Schultern herab, die Brustwarzen waren blutrot gefärbt, feines, lockiges Schamhaar kräuselte sich auf ihrem Venushügel. Wie schön sie war! Wie verlockend der kleine blutrote Mund! Avigdor fühlte, wie sein Gemächt hart wurde, als er diese Nacktheit betrachtete, aber gleichzeitig kroch eine eiskalte Angst in ihm hoch. Sie wandte sich um. Der Blick der seltsam starren, von schweren Lidern halb verhangenen eisblauen Augen glitt prüfend über die Männer und versprach Ekstasen jenseits aller Vorstellungen.

»Nun?«, fragte sie mit einer Stimme, so lieblich wie der Klang der Windharfen an den Dächern des kaiserlichen Palasts. »Ich habe Euch hierhergebracht, wie mein Diener es Euch versprach, und verlange nichts dafür, als das, was Ihr mir freiwillig gebt.« Ein betäubender Geruch nach Rauschmohn und Moschus wallte empor, als sie aufsprang und sich mit einem verführerischen Lächeln ihm zuwandte. »Gebt mir einen Kuss zum Lohn für meine Hilfe!«, forderte sie. »Aber gebt ihn mir freiwillig!« Ihre geheimnisvoll leuchtenden Augen musterten Avigdor. »Wollt Ihr der Erste sein, der mir dankt, edler Jüngling?«

Avigdor glaubte vor Lust zu bersten, seine Lenden

schmerzten, so sehr drängte es ihn. Er breitete beide Hände aus und trat einen Schritt auf sie zu. Da schoss ihm ein so heftiger Schmerz durchs Ohr, dass er laut aufschrie – wie ein glühender Schusterpfriem war es ihm durch den Kopf gefahren. Entsetzt griff er sich an die Ohren: Sie waren blutig. Dicht neben seinem Kopf ratterten kleine Zähne vor Zorn, und ein Stimmchen zischte: »Komm zur Vernunft, oder du gehst mit durchlöcherten Ohren durchs Leben!«

Es hätte die Drohung nicht mehr gebraucht. Der Schmerz hatte ihn aus dem Gewebe des bösen Zaubers geweckt, alle Lust in seinen Lenden war erloschen, und er wich vor der verführerischen Schönen zurück.

»Nein«, stammelte er. »Nein. Seid bedankt, das ist der ganze Lohn, den ich Euch geben kann.«

Sie wandte sich ab, ein Aufblitzen des Zorns in den Augen, und lächelte die anderen an. »Da Euer Anführer so undankbar ist, gibt es unter euch anderen einen, der mich belohnt?«

Zwei der Gefährten, Nobel von Rodenheim und sein ständiger Gefährte Edrich, sprangen mit einem Schrei des Entzückens vor. Avigdor verzog das Gesicht. Dass die beiden sich in diesem stickigen Gemach zu Hause fühlen würden, hätte er sich denken können. Obwohl aus alten, edlen Familien stammend, waren die Jünglinge um vieles wüster, als man es von den lasterhaftesten Sprösslingen verruchter Familien gewöhnt war. In ganz Sundar-Bas waren sie berüchtigt gewesen für ihr unsittliches Leben. Sie pflegten den Tag zu verschlafen und die Nächte mit Vergnügungen aller Art zu verbringen. Bei den elegantesten Gesellschaften und Empfängen traf man sie ebenso wie bei geheimen Orgien in den Kaschemmen nahe dem unreinen, verfluchten Tal der Gerechtigkeit. Die beiden hatten den liederlichen jungen Edelmann wiederholt eingeladen, sie zu begleiten, aber er hatte stets abgelehnt. Es gab Bereiche der Lust, in die er nicht vorzudringen wagte. Er wollte genießen und Genuss schenken, wollte fühlen, wie die köstliche Wonne des Lebens zwischen ihm und einem anderen Menschen hin und her strömte. Hinabsteigen in die Katakomben der Leidenschaft, in denen eine schwarze und faulige Brunst tobte, in die kotgefüllten Kloaken tief in den Abgründen des Herzens – das wollte er nicht. Nein, er wusste jetzt, dass die verführerische Frau ein Geschöpf der Schatten war, dass ihre Haut nach Erde schmeckte und ihr Mund nach kaltem Blut ...

»Ich bin dabei!«, rief Nobel von Rodenheim, ein Bursche mit weißblondem Haar und einem kantigen Gesicht, in dem stechende Augen funkelten. Er ächzte vor Erregung, als die Frau die Hände nach ihm ausstreckte. Das Geschöpf war schön, viel schöner, als er je eine irdische Frau gesehen hatte – aber von einer unheiligen Schönheit. Ihr Gesicht war kalt und bleich wie Marmor, die Lippen scharlachrot und auf eine Weise feucht und blühend, als hätten sie eben noch an frischen Wunden gesogen – und die Augen, diese von dunkelblauen Schatten umrandeten, wie Nordlichter glühenden Augen ...

Auch ein grober junger Kerl namens Rochoz schnaufte vor Erregung. Grunzend, die klobigen Hände aneinanderreibend, näherte er sich dem lockenden Weib und nestelte ohne jede Vorrede an seinen Kleidern. Er war kraftvoll gebaut, jung und stark, aber in seinem ausschweifenden Leben hatte er nicht das Geringste über die Liebe gelernt. Er hatte nie eine andere Frau gehabt als die unwilligen, zum Beischlaf genötigten Mägde seiner Dienstherren und die Huren im Hafen, die keinen Wert auf Zärtlichkeit legten, sondern ungeduldig darauf warteten, dass dem nächsten Freier Platz gemacht wurde.

Nobels Freund Edrich betrachtete die Frau aus glänzenden Augen mit winzigen Pupillen, wie sie der jahrelange Genuss von Rauschblumen hervorbrachte. »Euren Lohn wollt Ihr? Nichts lieber als das!«, schrie er. Eifrig bemüht, seinem Freund zuvorzukommen, sprang er der Frau entgegen und rief: »Nehmt Euren Lohn, schöne Dame!« Er riss Mund und Augen auf, als sie dicht an ihn herantrat, sein Kinn hochhob und ihm tief in die Augen blickte. Als die Schöne ihn leidenschaftlich und ungestüm küsste, wurden seine Augen glasig vor Verblüffung und Entzücken.

Die übrigen Uzzbazis sahen atemlos zu, wie sie den Mund auf den seinen presste und ihn dabei mit glosenden Blicken durchbohrte. Rochoz zuckte, hin und her gerissen zwischen Begierde und Furcht; er wand sich wie ein Fisch an der Angel, während seine Augen sich vor Lust himmelwärts wandten. Die bleichen, langfingrigen Hände hielten sein Kinn umklammert, sie saugte an seinem Mund wie an einem Becher.

Und plötzlich wich sein Entzücken nacktem Entsetzen. Seine Arme und Beine erschlafften, er riss sich mit einer letzten wilden Anstrengung los und gurgelte in panischer Angst, als er fühlte, was mit ihm geschah. Unter den entsetzten Augen der Zuschauer vertrocknete seine Haut, sein Fleisch schwand und schien von den Knochen zu schmelzen. Die Knie brachen ein. Das Haar fiel aus, als würde es ihm von unsichtbaren Händen vom Kopf gerissen. Wie eine vom Wind verwehte Strohgarbe fiel er zu Boden, ein dürrer, sabbernder Greis, dem der nahe Tod in den Augen geschrieben stand.

Angesichts dieser entsetzlichen Verwandlung wollte Nobel fliehen, aber da er ihr ihren Lohn versprochen hatte, forderte sie ihn ein. Wie eine Raubechse schnellte sie vor, packte und küsste ihn. Winselnd krümmte er sich unter den tödlichen Zärtlichkeiten – vergeblich. Wie Krallen grub ihm die Vhilla die langen Fingernägel in die Schultern und saugte ihm das Leben aus dem hilflos aufgerissenen Mund, bis er vertrocknet und verwelkt aus ihrer würgenden Umarmung sank.

»Nun? Will mir noch jemand seinen Lohn entrichten?«, flüsterte sie, und ihr nackter weißer Leib erstrahlte in einer Verlockung, der keiner der Männer hätte widerstehen können, hätten sie nicht das grausige Ende ihrer Gefährten beobachtet. Aufschreiend flohen sie nach allen Richtungen wie ein Schwarm Milchechsen, wenn ein Tausendzahn unter sie fährt. Voll Furcht, die Blutsaugerin könne ihnen folgen, rannten sie blindlings durch die Säle des zerstörten Palasts, und ohne an Phurams Pfeile zu denken, stürzten sie Hals über Kopf ins Freie. Die Vhilla folgte ihnen nicht. Sie konnte Männer locken und mit ihrer unheiligen Schönheit betören, sie konnte sich über Schlafende und Betrunkene hermachen, aber ihre Kraft reichte nicht aus, einen Mann zu ergreifen, der im hellen Tageslicht voll Grauen und Furcht vor ihr davonstürzte.

Sie stand auf, und während die Rotmützen schnatternd über die Reste der beiden Leichen herfielen, verwandelte sie sich, nahm langsam ihre eigentliche Gestalt an. Sie krümmte sich zusammen, und im nächsten Augenblick welkte sie – die prallen Brüste wurden schlaff, der Körper schrumpfte, tausend Fältchen durchzogen das liebliche Gesicht. Das Haar wurde weiß und spinnwebdünn. In der Dämmerung verschwimmend stand die wahre Gestalt der Vhilla – die eines alten Weibs mit Hängezitzen und spinnwebdünnem, verfilztem Haar, das geduckt wie ein lauerndes Raubtier davonschlich.

Blindlings stürzten die Flüchtlinge davon. Von der Felsschulter, auf der der Palast erbaut war, führte der Pfad abwärts in eine feuchte Senke, in der modrige alte Bäume sich dem endgültigen Untergang entgegenstemmten. Dort fielen Männer und Frauen atemlos und keuchend zu Boden, immer noch zitternd bei dem Gedanken, die Vhilla könne ihnen nachjagen. Erst als sich keine Verfolgerin zeigte und der tobende Herzschlag sich wieder beruhigte, wandten ihre Gedanken sich wieder anderem zu. Da schrie der so knapp dem Tod entkommene Rochoz plötzlich auf. »Phuram! Seht, seht! Da steht er am Himmel, aber seine Pfeile verwunden uns nicht!« Und dann, einen atemlosen Augenblick später: »Aber wo … wo sind die anderen? Wo ist der Herold, wo sind die Kammerherren? Bin ich blind oder närrisch?«

»Sie sind nicht da«, sagte Orlan von Imlarhan mit gemessener Stimme. »Sie werden auch nicht wiederkommen, denn dies ist ein fremder Himmel, an dem ewig nur Phuram allein leuchtet.«

»Ihr seid verrückt!«, zischte Genevere, aber sie erzitterte, als hätte ein eisiger Wind sie gestreift.

»Was schwätzt Ihr da?«, knurrte Tubalkin, der als Einbrecher in Phurams Tempel und Dieb des heiligen Goldes verurteilt worden war. Tubalkin war ein schlanker, dunkelhaariger, alterslos wirkender Mann, an dessen faltigem Gesicht nur die glänzenden schwarzen Augen auffielen – Augen, die verrieten, dass er nicht halb so harmlos und einfältig war, wie er auf den ersten Blick wirkte. Wenn er lächelte, zeigte er vorstehende Zähne, und dieses Lächeln glich dem Zähnefletschen eines Raubtiers. »Seid Ihr von Sinnen? Hat der unterirdische Weg Euch das Gehirn verfinstert?«

»Nein, mein Gehirn ist ganz klar. Wir sind nicht auf Sundar. Wir sind in einer anderen Welt.«

»Woher wollt Ihr das wissen?«

»Was ich weiß, weiß ich von meiner Herrin, die keine Lüge ausspricht.«

Tubalkin grinste mit schiefen Zähnen. »Dass Phuram uns nichts mehr anhaben kann, ist auf jeden Fall schon eine erfreuliche Wirkung. Aber dass wir in einer anderen Welt sind, das glaube ich Euch nicht – da müsste ich schon mehr Wunderbares sehen als eine einzige Sonne am Himmel. Wer weiß, vielleicht hat das Hexenweib da drinnen uns die Augen verblendet, sodass wir Dinge sehen, die nicht vorhanden sind. Lasst uns nicht lange grübeln, sondern zusehen, dass wir von hier verschwinden. Jetzt, da wir Kleider, Waffen und Geld haben, brauchen wir uns nicht mehr zu fürchten.«

Avigdor stimmte zu, und dem Pfad folgend stiegen sie auf der anderen Seite der Mulde den Hang hinauf. Die Höhen, die sie überblickten, waren scheckig von grünem Rasen, schottrigem grauem Stein und glitzernden Schneeflecken, und über allem lag eine schwermütige Einsamkeit.

Bald stellte sich freilich heraus, dass der Weg nicht günstig gewählt war. Der Pfad führte geradewegs auf eine Begräbnisstätte zu. Bei Nacht wären die Umherziehenden zweifellos auf der Stelle umgekehrt, aber bei Tageslicht und in der Gruppe wollte keiner sich als Feigling erweisen, und so trotteten sie weiter, dicht aneinandergedrängt und ängstlich nach allen Seiten blickend. Schaudernd entdeckten sie zwischen verwilderten Farnen die uralten schwarze Grüfte, die schon so lange unbelegt waren, dass man durch die zersprungenen Deckel in die Tiefen blicken und unten die leeren Bleisärge sehen konnte. Die Schritte klapperten auf den unregelmäßigen Bodenplatten des dick bemoosten Wegs, den schon lange kein menschlicher Fuß mehr betreten hatte. Die Ruinen altertümlicher Kapellen und Tempel, schwarz und grau und mit gemeißelten Inschriften versehen, ragten stumm in die diesige Luft. Avigdor schob den beängstigenden Gedanken beiseite, sie könnten sich tatsächlich in einer fremden Welt befinden, wie Orlan behauptet hatte. Er fragte sich erneut, wo auf Sundar sie sein mochten. Nie hatte er von einer solchen Nekropole gehört, aber sie war eindeutig sundarisch, nicht nur im Baustil, sondern auch in der Art der Lettern und Symbole, die in die Wände eingemeißelt waren. Sundarische Grabinschriften dienten nicht der Erinnerung an die Verstorbenen oder dem Lobpreis ihrer Tugenden, sondern waren samt und sonders zauberische Siegel, die die Toten in ihre Gräber bannen und die Lebenden davor warnen sollten, ihnen nahe zu kommen.

Und Avigdor schien es, dass diese Siegel ihre Kraft verloren hatten, denn als er das Gräberfeld betrat, schien ihn ein Chor wispernder Stimmen zu umflüstern, ja, es war, als fassten nebelgleiche Hände nach ihm und zögen ihn am Gewand weiter. Wie von unsichtbaren Helfern geführt, schritt er einen breiten, mit schwarzem Stein gepflasterten Hauptweg entlang, vorbei an den Grabhäuschen reicher Familien und weiter zu den Grabreihen. Die wenigsten dieser Grabmäler waren noch gut erhalten; sie standen gewiss seit ewigen Zeiten hier und waren zerfressen von Grünspan, Rost und Steinfäule. Dann jedoch gelangten sie an ein noch völlig erhaltenes Mausoleum aus schwarzgrauem Stein, dessen schmiedeeisernes Tor fest verschlossen war. Es stand, von einem kniehohen Gitter umgeben, einsam zwischen den Baumruinen. Auf dem Torbogen war ein Wappen angebracht, das keiner von ihnen jemals gesehen hatte. Zwei bronzene Greifen bewachten den Eingang, auch sie so leuchtend blank, als wären sie eben erst aufgestellt worden.

Ein Bursche namens Cantalet jauchzte angesichts des unbeschädigten Gebäudes freudig auf. »Ei, das gefällt mir!«, rief er. »Erst ein Palast, in dem sich feine Kleider, Waffen und Schmuck zu Haufen türmen, und nun ein Friedhof!«

»Ja«, stimmte ihm Rochoz zu. »Eine weitere Schatzkammer, meine Freunde! Die Toten schwimmen in Silber und kostbaren Steinen.«

»So seid Ihr Grabräuber!«, rief Avigdor empört aus.

Cantalet wandte ihm das Gesicht zu und grinste so breit, dass seine weißen Zähne schimmerten. »Nun, warum auch nicht? Was nutzen den Toten alle diese Schätze?«

»Recht hat er!« Rochoz rieb sich die mächtigen Fäuste. »Können sie ein Festmahl dafür ausrichten, eine Amphore leckeren Weins trinken oder sich eine hübsche Dirne kaufen? Keineswegs! Ich aber kann's, und deshalb habe ich ein größeres Anrecht auf dieses Silber und diese Juwelen als sie.«

»Mag sein, dass die Toten nichts mehr von ihren Schätzen haben, aber eine Schurkerei ist es dennoch, ihre Ruhe zu stören und sie zu entehren. Ihr werdet hier kein Grab aufreißen!«

»Und wie wollt Ihr das verhindern, Weichling und Weiberheld, der Ihr seid?«

»Damit«, sagte Avigdor und ballte die Fäuste, denn obwohl er im Allgemeinen keine Lust an Turnieren und Schlägereien gehabt hatte, hatte er sich in der Kunst des Faustkampfs hervorgetan, bei dem Schnelligkeit und Schlauheit mehr zählten als rohe Kraft.

Cantalet hielt sich den Bauch vor Lachen. »Seht die weißen Händchen des schönen Herrn!«, höhnte er. »Edler Midan, Ihr meint wohl, da Eure Finger geschickt genug sind, um Blumen zu pflücken und die Damen zum Jauchzen zu bringen, seien sie Euch auch eine Hilfe im Kampf. Geht mir aus dem Wege, ehe ich berste vor Lachen, sonst könntet Ihr Euch noch an meinem Tod schuldig machen!«

Mit diesen Worten tat er, als wolle er sich verächtlich abwenden, fuhr jedoch blitzschnell herum und zielte mit einem tückischen Fausthieb auf Avigdors Leib. Dieser war freilich auf eine solche Falle – den beliebtesteten Trick aller unehrenhaften Kämpfer – gefasst gewesen, fing den Schlag auf und ließ einen raschen Stoß gegen Cantalets Herz folgen.

Rochoz wollte sich einmischen, aber Orlan wies ihn mit unmissverständlicher Geste zurück, eine Hand gegen ihn ausgestreckt, die andere auf dem Schwertgriff.

Mittlerweile war Cantalet, den die gezielte Antwort auf seine Heimtücke aus dem Gleichgewicht gebracht hatte, zur Zielscheibe einiger weiterer harter Schläge geworden. Vergebens versuchte der Grabräuber abzuwehren, und während er noch taumelte, gelang es Avigdor, mit einem Ellbogenschlag das linke Auge schmerzhaft zu treffen. Aufbrüllend vor Wut versetzte dieser ihm einen harten Fußstoß, der den Midan beinahe zu Fall brachte. Und dem Stoß nachsetzend, zielte er, alle Regeln missachtend, auf Avigdors Lenden. In seinem wilden Bestreben, den Gegner möglichst hart und schmerzhaft zu treffen, verlor er beinahe das Gleichgewicht. Avigdor sprang zurück, erbost über den heimtückischen und verbotenen Stoß, und bekam mit der rechten Hand den Fuß seines Gegners zu fassen. Er wollte eben dessen Knie mit der Linken niederdrücken, um zu verhindern, dass Cantalet ihm näher kam, und gleichzeitig das andere Bein unter ihm wegstoßen. Aber er glitt auf modrigen Blättern aus und verfehlte sein Ziel. Cantalet beugte sofort das Knie, warf sich nach vorn und versetzte Avigdor einen gnadenlosen Handkantenschlag auf den Nacken. Hätte der Midan nicht zufällig den Kopf so gedreht, dass Schulter und Kinn den Schlag zur Hälfte auffingen, wäre es mit ihm ein für alle Mal aus gewesen. So aber ließ er Cantalets Fuß los und taumelte rückwärts.

Dieser setzte ihm nach und holte von Neuem zu einem mörderischen Fußtritt gegen seinen Unterleib aus. Avigdor jedoch, der kampfunfähig auf dem Rücken zu liegen schien, schnellte hoch, umfasste mit beiden Händen Cantalets Unterschenkel und drehte ihn mit aller Gewalt herum. Es knackte hölzern. Der Grabschänder stieß einen heiseren Schrei aus, denn sein Kniegelenk war ausgerenkt. Gleichzeitig schob Avigdor seinen Körper vorwärts, fiel zusammen mit seinem Gegner zu Boden und kniete über ihm. Dann fühlte Avigdor, dass seine Kräfte versagten. Er drehte sich um sich selbst, bis er sich außer Reichweite von Cantalets zuschlagenden Armen befand, und versetzte ihm einen so genau gezielten Kinnhaken, dass dessen Kopf auf den Boden prallte. Der Grabräuber verdrehte die Augen und versank in Bewusstlosigkeit.

Avigdor raffte sich mühsam auf. Gestützt auf Orlans Arm, kam er langsam wieder zu Kräften. Sein Blick schweifte über Cantalet, der mit ausgerenktem Knie, zerschmettertem Kiefer und einem aus der Höhle geschlagenen Auge auf dem moosigen Boden lag. Was sollten sie mit dem Mann anfangen? Mit sich nehmen konnten sie ihn nicht, aber dem Midan widerstrebte es auch, ihn so hilflos liegen zu lassen, allen fleischfressenden Tieren zur leichten Beute. Schon hatte der Geruch von Blut und Schweiß einen huschenden Schwarm von Karumen angezogen, scharfzähnigen, flinken Kreaturen mit plumpen Flügeln und spitzen Nasen.

Sie huschten hierhin und dorthin zwischen den Ruinen, kletterten auf die Grabsteine und wimmelten auf den Rändern der Grüfte umher. Und würden nicht auch die Seelensauger sich augenblicklich auf den Verwundeten stürzen? Zu alledem war auch noch schlechtes Wetter aufgezogen. Die seltsame einzelne Sonne zeigte sich nicht mehr. Der Himmel war schwarz, die glühend geränderten Wolken aufgetürmt wie ein Meer im Sturm, ein koboldhaft springender Wind pfiff fauchend durch die Büsche.

Avigdor zerbiss einen Fluch zwischen den Zähnen. »Wir können ihn nicht liegen lassen«, entschied er. »Jeden Augenblick bricht das Gewitter los ... Lasst uns dort unten, unter dem Vordach des Grabmals, Schutz suchen.«

Heftige Proteste erhoben sich. Lieber nass bis auf die Haut werden als der verfluchten Wohnstätte der Toten so nahe kommen! Und was ging sie überhaupt Cantalet an? Hatte er den Streit nicht selbst vom Zaun gebrochen? Recht geschah ihm, dass er jetzt auf dem Rücken lag und die hungrigen Karumen um ihn herumwimmelten! Allein Orlan von Imlarhan schloss sich Avigdor an und half ihm, den immer noch Bewusstlosen die Treppe hinunterzutragen. Sie legten ihn gerade unter dem Vordach nieder, als Orlan zufällig mit dem Rücken gegen die bronzene Tür stieß. Zu seiner Überraschung öffnete sie sich mit misstönendem Knarren. Die dumpfe Luft des finsteren Raums dahinter schlug ihnen entgegen.

Avigdors Herz pochte vor Furcht. Er war nun einmal Zeit seines Lebens ein Sundar gewesen, wenn auch kein frommer, und die Scheu vor den Geistern der Abgeschiedenen saß tief in seinem Herzen. Er fühlte, wie ihm der Schweiß am ganzen Körper hinunterlief, als er durch den Türspalt spähte und mit allen Sinnen in die Dunkelheit hineinlauschte.

Nichts war in der neu erbauten steinernen Kammer zu sehen außer einem flach liegenden Stein, der ebenfalls erst kürzlich gemeißelt worden war; die Flächen waren hell und glatt, die Kanten scharf. Er lag so weit vorn an der Treppe, dass ihn das schwindende Licht noch erreichte. Im Zwielicht lasen die Schiffbrüchigen auf der polierten Steinplatte folgende Worte:

Die Ihr hier eintretet, erweist uns Barmherzigkeit,
und wir werden Euch danken. Hebt den Stein
und bettet uns in Erde.

Mit gierig funkelnden Augen las Rochoz die Inschrift. »Nun«, knurrte er, »den Gefallen tue ich den Leutchen gern. Sie haben gewiss nichts dagegen, mir zum Lohn den Inhalt ihrer Särge zu geben. Und Ihr, Midan, bleibt mir vom Leib, sonst renne ich Euch den Spieß durch den Bauch, ehe Ihr noch die Faust ballen könnt.«

Avigdor erhob trotzdem Einwände, aber Rochoz kümmerte sich nicht darum, und letzten Endes siegte auch über die Skrupel des Midan die Neugier, was es mit der Bitte auf dem Stein auf sich haben mochte.

Rochoz zwängte das Ende des Spießes, mit dem er sich im Palast bewaffnet hatte, unter die Platte und stemmte sich mit aller Kraft seiner breiten Schultern dagegen. Ächzend wich der Stein dem Druck, rutschte über die Kante und polterte zu Boden. Darunter wurde eine Treppe sichtbar.

Am Fuß der Treppe herrschte ein fahles, milchiges Licht, als schimmere das Tageslicht durch tiefe Schächte herein. Die Gestrandeten blickten sich um und fanden sich in einer geräumigen Krypta. Die Decke ruhte auf Säulen, die vom Steinboden aus in die Höhe wuchsen und sich dort oben zu bizarrem steinernem Astwerk verzweigten. Mit Schrecken sah Avigdor, zu welchen Bildern und Symbolen sie behauen waren. Zuweilen waren es die Gesichter von Menschen, grausame Gesichter mit spatelförmigen Bärten und dreifachen Kronen. Zuweilen aber waren es Gesichter, wie er sie noch nie gesehen hatte und auch nie wieder sehen wollte, sowie Gestalten, deren vielgelenkige Spinnenfinger die Pfeiler umklammerten, während ihre Skorpionschwänze sich darum herumwanden.

Zwischen diesen erstarrten Bildern bewegte sich etwas – hornig, glitzernd und glänzend. Lange, gewundene Fangarme oder Skorpionschwänze mit Krallen – oder waren es Stacheln? – an den fingerartigen Enden schlängelten sie sich da und dort zwischen den steinernen Streben hervor. Avigdor erschrak so heftig, dass ihm das Blut in den Ohren brauste. Die Skorpione, die er inzwischen überall herumkriechen sah, waren so lang wie ein Arm, und er erkannte deutlich den hell glänzenden, mit Gift gefüllten Beutel am Ende der angriffslustig gekrümmten Schwänze.

Und sie waren nicht die einzigen Wächter der Krypta. Aus einer Öffnung im Hintergrund stürmte, lautlos wie ein Nebelschwaden, aber zähnefletschend und mit mörderisch glühenden Augen, ein Ungeheuer hervor. Weißlich, fast schwanzlos, nackthäutig, schwammig, mit winzigen Schlitzaugen, lief es auf Hundepfoten, aber das Gesicht war das eines Menschen.

Rochoz sprang vor und stieß dem Geschöpf den Speer in die Brust, während Orlan ihm mit einem kühnen Schwertstreich den Kopf vom Nacken hieb. Das Hundeungeheuer war jedoch nicht das einzige seiner Art gewesen, denn schon tauchten ein zweites und ein drittes aus der Dunkelheit auf und stürmten geifernd gegen die Eindringlinge an.

Sie schienen aus den feuerfrostigen Höllen heraufgestiegen zu sein, doch es waren keine Gespenster. Rochoz schwang einen bleigefüllten Knüppel und erledigte eine der hündischen Kreaturen mit einem gut gezielten Schlag auf den Schädel, während Genevere auf das dritte Wesen zielte und ihm das Rapier durch den Hals zog, als es ihr an die Kehle springen wollte.

Schwer atmend sahen sich die Männer nach allen Seiten um, jeden Augenblick gewärtig, ein weiteres Monster hervorbrechen zu sehen. Doch alles blieb still. So schlichen sie schließlich mit der Waffe in der Hand tiefer in die Krypta hinein.

Sie brauchten nicht weit vorzudringen, bis sie jene Menschen fanden, welche die Bitte auf dem Stein ausgesprochen hatten.

Sie lagen, in Leichentücher gehüllt, nebeneinander auf dem nacken Steinboden der Krypta, zwei junge Männer, ein alter Mann und zwei Frauen. Ihre Glieder waren kalt und steif wie die von Standbildern, ihre Haltung mit den auf der Brust gefalteten Händen ähnelten der von Schlafenden. Doch sie wirkten wie von grässlichen Träumen heimgesucht. Die fahlen Gesichter waren verzerrt von Qual und Schrecken, die Zähne gebleckt. Mitten auf den Leibern standen fünf grünspanige Metallfigürchen. Niemals, schien es Avigdor, hatte er etwas so Widerwärtiges gesehen wie diese spannenlangen Ungeheuer, und doch hätte er nicht sagen können, was ihn an ihrem Äußeren so erschreckte, da sie weder erkennbare Gesichtszüge noch durchgeformte Körper hatten. Sie glichen von Kopf bis Fuß in grüne Laken gehüllten Menschen. Ein fürchterliches Gefühl überkam ihn, dass es unmöglich wäre, sie wegzunehmen – dass sie mit dem Fleisch der lebendig Toten verbunden, daran festgewachsen waren, sodass niemand sie abreißen konnte. Unwillkürlich griff er danach, aber Orlan hielt seine Hand fest.

»Lasst!«, sagte er. »So könnt Ihr nichts tun. Habt Ihr die Inschrift nicht gelesen?« Damit trat er vor, und der Midan sah, dass er seinen Helm mit frischer Erde gefüllt hatte.

Langsam und mit feierlicher Gebärde griff er in den Helm und streute die feuchten Brocken über die Gebannten. »Phuram segne Euch, und die Erde empfange Euch«, sprach er.

Avigdor zuckte heftig zusammen, als der graubärtige alte Mann auf dem Boden plötzlich die Augen aufschlug. Es war keine Täuschung gewesen – nun regte sich auch eine der beiden Frauen! Langsam, mit steifen Bewegungen wälzten sie sich von einer Seite zur anderen und versuchten sich aufzurichten. Doch ihre Kräfte reichten nicht aus, sie sanken ermattet zurück.

Orlan von Imlarhan beugte sich zu den lebenden Toten hinunter und hob die Metallfigürchen auf, die sich nun ganz leicht vom Körper lösen ließen. Doch kaum hatte er das erste berührt, als er es wieder fallen ließ. Glühend heiß war es geworden und leuchtete in einem fauligen Licht, das die ganze Krypta erhellte. Wie Eisenfeilspäne auf einen Magneten zueilen, wurden die anderen angezogen, klebten aneinander, verschmolzen miteinander und wuchsen gemeinsam zu einer lebensgroßen Gestalt heran, die die Züge der kleinen Figuren trug. Gewaltig wie ein Recke in voller Rüstung, aber mit verhülltem Angesicht trat diese Gestalt vor die Gruppe der Uzzbazis, aber noch während ihr dröhnender Schritt in dem Gewölbe widerhallte, sah Avigdor, wie Rost und Grünspan über den eisernen Mann krochen und die obersten Schichten seines Harnischs ebenso wie sein Gesicht und seine Hände annagten.

»So muss ich vergehen«, knirschte es aus den Tiefen des

metallenen Leibs, »aber Fluch über euch alle! Möge der Älteste aller Dämonen seine schwarzen Flügel um euch schlagen! Ihr werdet nach mir in die Frost- und Feuerhöllen fahren und verdammt sein ...« Grässliches Gelächter quoll aus dem Mund des Gerüsteten, aber noch während er lachte, zerbröckelten seine Lippen, brauner Rost rieselte ihm aus der Kehle, und die Augen sanken in die Höhlen zurück wie die eines gerade Verstorbenen. Arme und Beine zuckten wie im Krampf. Der Leib wölbte sich riesig auf, als solle er ein Ungeheuer gebären. Dann barst er, und rostzerfressene Metallbröckchen fielen aus dem Innern heraus. Füße und Knie verwandelten sich in eine lose, krümelige Masse.

Avigdor stand wie erstarrt, die Augen wild aufgerissen, totenbleich bis zu den Lippen. »Da fährt er hin«, murmelte er, als der eiserne Riese mit lautem Krachen in sich zusammenbrach.

Mittlerweile hatte der graubärtige Mann sich halb vom Boden aufgerichtet und blickte Orlan von Imlarhan aus klaren Augen an. »Hab Dank, wer du auch bist«, seufzte er. »Du hast uns aus schrecklichen Qualen errettet. Unsere Seelen waren in Träume gebannt, wie unsere Körper in diese Gruft gebannt waren. Nun können wir endlich in Frieden schlafen.« Damit sank er zurück und faltete die Hände auf der Brust. Seine Augen schlossen sich. Ein zutiefst friedvoller Ausdruck breitete sich auf seinem Gesicht aus.

Auch die anderen lebenden Toten dankten ihren Rettern mit wispernden Stimmen. Dann falteten auch sie die Hände und schlossen die Augen. Avigdor sah, wie die Ruhe des Todes ihre Gesichter entspannte.

»Aber sagt uns«, rief Avigdor, »sagt uns, was ist Euch widerfahren? Wer war dieser eiserne Mann? Warum seid ihr ...«

Aber sie gaben ihm keine Antwort mehr, und im nächsten Augenblick forderten die vielen Monate, die sie schon tot gewesen waren, ihren Tribut. Die Körper veränderten sich, das Haar fiel aus, die Haut schrumpfte. Große Löcher klafften in den eingesunkenen Leibern. Nach wenigen Lidschlägen lagen nur noch Knochen auf dem steinernen Boden des Tempels. Dann zerfielen auch sie. Nur feiner Staub blieb zurück, der sich mit der heiligen Erde vermischte.

Stumm flohen die Uzzbazis aus der schweigenden Krypta. Sie stürmten an den Kadavern der drei Hunde vorbei, die sich ihnen beim Herabsteigen in den Weg gestellt hatten. Avigdor erkannte, dass diese Hunde nicht wirklich lebendig gewesen waren. In der kurzen Zeit, die seit dem Kampf vergangen war, hatten ihre Kadaver sich in schimmlige, breiige Klumpen verwandelt, die ein grünliches Licht ausstrahlten. Ein fürchterlicher Gestank stieg davon auf.

Erst als sie das bronzene Tor erreichten und draußen den Regen herabströmen sahen, erinnerten sie sich wieder an Cantalet. Wo war er? Hatten die wilden Tiere seinen gebrochenen Körper verschleppt, oder war er den Vhillen zum Opfer gefallen?

Erstaunt und neugierig sahen sie sich um – da steckte plötzlich jemand den Kopf durch den Türspalt herein, und eine vertraute Stimme rief: »So seid ihr es! Was habe ich an Angst ausgestanden! Ich dachte, ihr hättet mich allein und verwundet hier liegen gelassen und wärt geflohen, und jetzt kämen Ghule die Treppe herauf, um mich anzufallen.«

Kein Zweifel, es war Cantalet, der gesund und unversehrt vor ihnen stand.

»Wie habt ihr das angestellt?«, platzte Rochoz heraus. »Als wir Euch hier niederlegten, wart Ihr mehr tot als lebendig ...«

»Nun, jetzt bin ich wieder ganz und gar lebendig. Ich weiß selbst nicht, wie es geschah. Eben lag ich noch halb ohnmächtig auf dem Boden und spürte am ganzen Körper nur Schmerzen, und dann … dann erlosch der Schmerz allmählich, ich fühlte, dass ich wieder mit beiden Augen sehen konnte und auch mein Bein sich bewegen ließ, und wenig später konnte ich aufstehen, als wäre mir niemals Gewalt widerfahren.« Dabei musterte er Avigdor mit schiefem Blick.

»Euch ist keine Gewalt widerfahren«, antwortete dieser mit scharfer Stimme. »Ihr seid in einem Kampf unterlegen, den Ihr selbst gewollt und auf wenig ritterliche Weise begonnen habt. Also jammert und klagt nicht.«

»Mir scheint, was Cantalet widerfuhr, ist den Wirkungen des Elixiers zuzuschreiben«, sagte Genevere leise. »Hat es uns alle nicht wieder heil und gesund gemacht, nachdem wir in den Teich gefallen waren? Und seine Wirkung hält an, das sehen wir an jenem Strauchritter dort.«

Niemand gab Antwort. Alle blickten beiseite, verwundert über das Geschehene, aber auch voll Sorge, was noch alles an Seltsamem mit ihnen geschehen sein mochte.

–

Caspartins Kinder waren der Gruppe Uzzbazis in einiger Entfernung gefolgt. Amory war tief in Gedanken versunken. Sie erinnerte sich, dass es eine Möglichkeit gab, eine Seuche zu bannen – aber es war unmöglich, sie einfach zu vertreiben oder zu zerstreuen, sie musste an einen bestimmten Ort gebannt werden. Jemand musste sie an sich ziehen, und an diesem Jemand blieb sie hängen, sodass er oder sie zeitlebens zum Aussätzigen wurde. Deshalb hatte man als Opfer einen ohnehin zum Tode verurteilten Verbrecher gewählt, auf den die Priester in feierlichen Zeremonien den Fluch häuften, um ihn dann zu töten.

»Du denkst daran, wie unsere Vorväter die Pest bezwangen, nicht wahr?«, sagte Marchand plötzlich.

Amory nickte stumm.

»Verbrecher gäbe es hier genug«, fuhr er fort, »aber hättest du die Kraft, einem von ihnen die Pest aufzuzwingen? Ich habe sie nicht.«

»Ich auch nicht. Es sei denn, jemand nimmt den Fluch freiwillig auf sich …«

Marchand blickte sie mit tiefem Ernst an. »Ich weiß, was du vorhast«, sagte er, »und ich weiß auch, wie es enden wird.«

Ihre Lippen zuckten bei dem Gedanken daran, aber sie beharrte tapfer. »Ich kann nicht anders. Es geht um eine ganze Welt. Wir haben das Übel gebracht, wenn auch ohne unser Wissen und unseren Willen. Wir müssen es wieder zurücknehmen. Oder willst du erleben, wie diese ganze Welt sich in eine Leichengrube verwandelt? Dass sie endet, wie Sundar endete?« Tränen schossen ihr in die Augen, als sie an ihre verlorene Heimat dachte, aber sie fasste sich rasch wieder.

»Unser Vater«, sagte sie, »würde wünschen, dass ich es tue, und ich selbst wünsche es auch.«

»Und ich ebenfalls«, ergänzte Marchand.

Überrascht starrte sie ihn an. Nie hätte sie vermutet, dass er sich ihrer Queste anschlösse.

»Stimmt es«, fuhr er fort, »dass ein Kuss, in dieser Absicht gegeben, die Seuche von jedem der Befallenen auf uns zöge?« Und als sie nickte, fügt er mit einem schiefen Lächeln hinzu: »Verlang nur nicht von mir, dass ich den Midan küsse – aber das wirst du sicher selbst übernehmen.«

Amory errötete. Marchand aber fuhr fort, diesmal ohne zu scherzen: »Dafür nehme ich den Wolf.«

Sie atmete auf. »Das werde ich dir nie vergessen.«

Seine Blick versenkten sich in ihren Augen. »Es wird nicht lange dauern, Amory, bis du und ich alles vergessen haben, was auf der Welt vorgeht, sei es in dieser oder einer anderen. Wir vernichten uns selbst, wenn wir die anderen retten. Aber du hast recht, was sonst sollen wir tun? Ich könnte nicht leben mit dem Gedanken, dass ich zum Untergang dieser lieblichen Welt beigetragen habe.« Er warf den Kopf zurück, als würde er seine Trauer und Angst damit los. »Lass uns lieber darüber nachdenken, wie wir es anstellen, Karziram und Boulgaroz loszuwerden, denn ich will die Queste nicht zu Ende bringen, ohne sicher sein zu können, dass die beiden Schurken dieser Welt keinen Schaden mehr zufügen. Aber sie sind mächtige Magier, bei Weitem mächtiger als wir selbst. Wir können sie nicht bezwingen, und ich fürchte, wir sind nicht klug genug, um sie zu übertölpeln.«

»Lass uns erst eines und dann das andere tun«, sagte sie. Ein schwaches Lächeln glitt über ihre Lippen. »Sagte das unser Vater nicht immer, wenn zu viel auf einmal auf uns einstürmte?«

Tief in Gedanken versunken schritten sie den Pfad entlang, als plötzlich mit einem lauten Schrei ein Mann zwischen den Bäumen hervorsprang. Seine zerlumpten Kleider waren so grell bunt und mit Flicken benäht, dass er beinahe wie ein Gaukler aussah. Er trug einen breitkrempigen, mit Bärenohren verzierten schwarzen Hut auf dem Kopf und hielt ein langes Hiebmesser in der Hand. Im nächsten Augenblick ertönte derselbe Schrei von hinten, und aus dem Graben tauchten drei ähnlich verwegen gekleidete Männer auf. Immer mehr von ihnen stürzten aus dem Dunkel zwischen den Baumstämmen hervor, bis gut zehn Gestalten die Geschwister umstellten.

Der Mann mit dem Federhut war offenkundig der Hauptmann. Er trat an Amory heran, machte eine tiefe, höhnische Verbeugung und redete sie an. »Einen schönen guten Tag auch, edle Reisende! Ich sehe, ihr seid hübsche junge Leute und werdet auf dem Sklavenmarkt von Thamaz einen guten Preis bringen, es sei denn, ich entscheide mich, die liebliche Dame als Zierde meines Harems selbst zu behalten. Also lasst euch freiwillig binden, dann sollt ihr mit dem Leben davonkommen. Andernfalls ...« Er schwang sein krummes Hiebmesser mit einer nicht zu missdeutenden Geste durch die Luft.

Marchand wollte hitzig antworten, aber Amory fuhr dazwischen. »Schweig still, lieber Bruder! Wie können wir uns gegen diese vielen starken und gut gerüsteten Männer wehren? Wir wollen freiwillig mit diesen Herren gehen, damit sie uns kein Leid antun.«

Marchand wollte protestieren, aber dann sah er das koboldhafte Lächeln auf dem Gesicht seiner Schwester und begriff, dass sie etwas im Schilde führte. Sie trat einen Schritt vor und machte eine Bewegung, als wolle sie dem Räuberhauptmann die zarten Handgelenke entgegenstrecken und sich Fesseln anlegen lassen. Dann aber fuhr sie blitzartig herum, streckte eine Hand gegen die Räuber aus und murmelte einen Spruch.

Die Männer begriffen, dass ein Bann über sie geworfen worden war, und wollten sie eilends töten, ehe der Fluch Wirkung zeigte. Einer zog den Bogen ans Ohr, der andere schwang seine Axt, aber schon war es zu spät. Der Hauptmann torkelte zurück, griff sich an die Stirn und rollte wild mit den Augen. Der Mund stand ihm offen. »Nei...ein«, gurgelte er. Mit ausgestreckten Händen drehte er sich tastend im Kreis, als versuche er jemanden zu fangen, dann fiel er auf die Knie. Auch seine Spießgesellen erfasste die unheimliche Verwandlung. Ihre Bewegungen wurden immer langsamer, die Augen rollten in den Höhlen, die Köpfe wackelten auf den Hälsen. Einer ließ sein Schwert fallen, die anderen tappten herum, als seien ihnen die Glieder schwer wie Blei geworden. Manche fielen zu Boden und konnten sich nicht mehr aufrichten, andere versuchten vergeblich, mit gelähmten Händen die Waffen zu heben.

Der Hauptmann wollte schreien und fluchen, aber aus seinem Mund drang nur ein holperndes *Tagadda ... duii* wie das Stammeln eines kleinen Kinds. Statt sich wieder aufzurichten, kroch er auf allen vieren auf dem Boden herum. »Nein!«, heulte er auf, als er begriff, was mit ihm geschah. Wie wild schlug er mit der Stirn und den Fäusten auf den Boden.

»Was hast du ihnen getan?«, rief Marchand mit weit aufgerissenen Augen.

»Ich habe sie mit Vergessen gestraft«, antwortete Amory ruhig. »Alles, was sie bislang im Leben lernten und wussten, haben sie vergessen und werden wie Tiere ohne Verstand herumkriechen, bis jemand des Wegs kommt und sie fängt oder tötet. Komm, lass uns gehen! Ich möchte die Passhöhe erreichen, ehe es Abend wird.«

Sie band ihre Schärpe los, flüsterte einen Spruch, das breite Samtband wellte sich in der Luft und wurde zu einem schwebenden Tier. Als die Geschwister aufgestiegen waren, glitt es vorwärts, dem Zug an den Quasten gehorchend, die Amory als Zügel fest in der Hand hielt.

Bald erreichte das zauberische Reittier die Kante der Hochebene, glitt darüber hinweg und hielt unmittelbar vor den Ruinen einer Stadtmauer an, in der sich ein Torgewölbe öffnete. Die Mauer bestand aus uraltem schwarzgrauem Stein, verwittert und fleckig von den Nebeln und der Feuchtigkeit zahlloser Gebirgswinter. Ein Tor führte in die Ruinen einer Stadt, die sich über die gesamte Passhöhe erstreckte.

Die verlassene Garnison

Nicht weit entfernt von den beiden Magiern hatten auch die Khan-Hagazim die zerfallenen Bastionen dieser einst so gewaltigen Stadt erreicht. Kahl und steinig erstreckte sich in der unfreundlichen Dämmerung eine breite Senke vor ihnen und darüber hingebreitet die Ruinen einer befestigten Stadt, die einst die Passhöhe der Berge beschützt hatte. Unmittelbar hinter einer zu Haufen von Steinen zerfallenen Stadtmauer erhob sich ein Turm.

Der Wind strich eisig über verwitterte Fundamente und zerbrochene Mauern. Seltsame Zackenmuster und gebrochene Linien herrschten vor, die an Runen erinnerten. Auch hier lagen Knochen herum, wenn auch nicht in solcher Menge wie im Tal. Alle waren von stumpfer grauweißer Farbe, gebleicht von der unbarmherzigen Sonne und zermürbt von der eisigen Kälte zahlloser Gebirgsnächte, bis sie so spröde wie Glas waren.

Verblüfft starrte Amyas das Bauwerk an. »Sonnenfinsternis!«, fluchte er. »Was ist das? An welches Ende der Welt hat es uns verschlagen? Nie im Leben habe ich von einem solchen Wachtturm gehört, und ich dachte, ich wüsste alles über sundarische Befestigungsanlagen.«

»Es muss schon sehr lange her sein, dass diese Bastion bemannt war«, bemerkte Merien. »Bis auf den Turm, der wohl bis zum Ende der Welt stehen wird, ist alles zerfallen.«

Treva war nahe an die Mauern herangetreten und betrachtete mit zusammengekniffenen Augen die Darstellungen darauf. »Das verstehe ich nicht«, sagte sie. Mit dem Fuß stieß sie gegen ein eingestürztes Giebelfeld, auf dem noch Reste silberner Schriftzeichen glänzten. Sie besagten, dass dieses Giebelfeld einmal den Eingang zum Quartier der Priester geschmückt hatte. »Hier steht eine andere Sonne am Himmel, und doch sind wir auf Sundar, denn seht: Die Inschrift ist sundarisch, wenn auch merkwürdig altmodisch.«

Brianna atmete tief durch. Dann war sie also umsonst erschrocken. Sie waren immer noch auf Sundar, wenn auch in einer völlig unbekannten Gegend – und unter einem Himmel, an dem vier Sonnen verloren gegangen waren.

»Aber diese Bilder hat kein Sundar gemeißelt.« Mariwan war dicht an die Mauer des Turms getreten.

»Nein, tatsächlich nicht«, bestätigte Merien, dessen flinke Blicke die Umrisse halb verwitterter Zeichnungen entdeckt hatten. »Sieh her! Sie überdecken jene Ornamente, die früher den Turm geziert haben. Das heißt, dass sie viel später geschaffen wurden, wohl zu einer Zeit, als hier überhaupt keine Sundaris mehr stationiert waren. Aber von wem? Ich kann mir nicht vorstellen, dass die Zrazz imstande sind, etwas so Kunstvolles zu schaffen – denn kunstvoll sind diese Werke, wenn auch widerwärtig und abstoßend. Erinnern sie euch nicht auch an die Fratzenköpfe, die man im Palast der eisernen Dunkelheit sieht?«

Plötzlich jedoch fesselten ihn die Bildwerke nicht länger, denn ihm fiel ein seltsamer Schatten an einem der längst von Fensterscheiben und Läden entblößten Fenster auf. Es sah aus, als liege dort auf dem Sims ein dickes Wollknäuel, von dem Strähnen herabhingen. Das Knäuel bewegte sich, und die Strähnen zuckten, als würden sie leben. Es wuchs und wuchs, bis es so groß wie ein Männerkopf war.

»Seltsam«, sagte Laurin und wich zurück, »etwas ganz Ähnliches sah ich in dem verlassenen Palast, etwas wie ein dickes Knäuel schmutziger Wolle, das auf dem Fenstersims lag. Dann fiel es in den Kleiderhaufen und war verschwunden, und ich habe es nicht mehr gesehen.« Er lachte einfältig. »Es wird uns doch nicht nachgelaufen sein!«

Amyas zuckte in finsterem Eingeständnis seiner Unwissenheit die Achseln. »Was auch immer, wir haben andere Sorgen. Wir brauchen eine Unterkunft für die Nacht. Auf keinen Fall möchte ich unter Nergals Schwingen und den giftigen Strahlen der Mondin zwischen diesen Ruinen umherirren. Sucht einen sicheren Platz, solange es noch hinreichend hell ist! Du, Brianna, siehst dort nach, und nimm deinen Schnüffler mit. Merien, Laurin ...«

Seine weiteren Anweisungen hörte Brianna schon nicht mehr. An Befehle gewohnt, beeilte sie sich, ihm zu gehorchen, obwohl ihr bei dem Gedanken, dass sie sich aus der schützenden Nähe ihrer Begleiter entfernen musste, angst und bange wurde. Das Ruinenfeld hatte ihr vom ersten Augenblick an nicht gefallen, und es gefiel ihr immer weniger, je länger sie sich in der bleichen Dämmerung dort aufhielt. Überall fand sich auch hier das rückläufige Schneckenornament, zumeist als Basrelief, manchmal von Punkten umrahmt, dann wieder von Strahlen umgeben. Häufig waren auch Pfosten mit dem gekrümmten Schnörkel gekrönt. Ein übler Geruch nach faulen Eiern hing in der Luft. Der Dampf kochender Quellen stieg auf und zerfloss in trüben Schleiern in der Luft. Aus der Erde drang ein dumpfes Murmeln, als sprächen dort böse Stimmen miteinander.

Auch Gavon mochte den Ort nicht. Ganz besonders missfielen ihm die nach Schwefel riechenden gelben Krusten, die wie giftige Blumen aus dem steinigen Boden hervorblühten. Er schnüffelte zwar befehlsgemäß darin herum, nieste aber immer wieder heftig und blickte Brianna aus vorwurfsvollen Augen an, weil sie ihn zwang, sich mit dem Schwefel die Nase zu verderben. Dünne, faulig riechende Dunstschleier stiegen auf und vergifteten die klare Bergluft. Der Dunst hatte eine benebelnde Wirkung. Brianna lernte rasch, den Atem anzuhalten, wenn sie an den Schwefelblumen vorbei musste.

»Beeil dich, Gavon!«, drängte sie. »Guter Wolf! Such!«

Daraufhin stürzte er sich mit größtem Eifer in die Suche, sprang auf allen vieren über mächtige Schutthaufen, umrundete Säulen und wich den Überresten von Treppen aus, die teils in der leeren Luft, teils unter der Erde endeten.

Als sie mehrere Durchgänge passiert hatten, kamen sie in einen geräumigen Innenhof, in dessen Mitte sich eine Statue erhob – die Statue eines fünfzehn Schritt hohen, beklemmend lebensechten Tausendzahns im grünspanzerfressenen Schuppenpanzer. Gavon prallte aufjaulend zurück und flüchtete mit eingezogenem Schwanz hinter die nächste Ecke, und auch Brianna hielt inne, als sie sich dem verrosteten Ungeheuer gegenübersah, das sie aus seinen tückischen, metallisch glänzenden Augen anzufunkeln schien. Im Palast der Himmlische Majestät wurde ein lebender Tausendzahn in einer ausgetrockneten Zisterne gehalten. Man nannte ihn das Gerichtstier, denn der Sohn der Sonne ließ ihm diejenigen Anhänger, die sich gegen das Gesetz verfehlt hatten, zum Fraß vorwerfen. In der Residenz erzählte man sich, das Gerichtstier sei noch nie hungrig schlafen gegangen.

Hier allerdings erwies es sich als ein gutes Vorzeichen,

denn sie waren auf einen Platz gelangt, um den sich früher die Quartiere der höherrangigen Ritter geschart hatten, und deren Gewölbe, aus massivem Basalt gemauert, waren noch weitgehend erhalten. Brianna konnte melden, dass sie ein sicheres Nachtquartier entdeckt hatte – soweit man an diesem Ort von Sicherheit sprechen konnte. In jedem Fall würde die Unterkunft sie vor den Strahlen der Mondin beschützen.

Mitten auf dem Platz mit der Statue des Tausendzahns lag ein gewaltiger Basaltblock, in dessen Oberfläche in sundarischer Sprache Worte eingemeißelt waren.

DIES IST DIE KAISERLICHE STADT MEGITH.

»Megith!« Amyas fuhr ratlos die tief eingehauenen Lettern nach. »Wo auf Sundar kann das sein? Von einer solchen Stadt habe ich noch nie im Leben gehört, und doch ist sie so groß, dass überaus mächtiger und berühmter Ruf von ihr ausgegangen sein muss.«

Er schüttelte den Kopf, aber da er ein praktisch denkender Mann war, wandten sich Gedanken rasch dem im Augenblick Notwendigen zu. Er befahl seinen Soldaten, sich umzusehen und jedes Stückchen Holz, das sie entdecken konnten, sofort aufzusammeln. In der Nacht würde es zwischen den Felsgipfeln bitterkalt werden, und das Feuer bot außerdem Schutz vor den bösartigen Kreaturen, die im Schutz von Nergals Schwingen nach Opfern suchten.

Der Auftrag erwies sich als schwieriger als gedacht, wie Brianna bald feststellen musste. Wo sich einst hölzerne Türen oder Fensterläden befunden hatten, befanden sich nur noch leere Öffnungen. Zu fünft stöberten sie im Schutt, suchten in halb zusammengebrochenen Hütten und höhlenartigen Eingängen und stocherten in Abfallhaufen herum, aber es dauerte eine gute Stunde, bis sie einen Armvoll Holz – alles Späne und Splitter – zusammengeklaubt hatten. Gavon, der sich für seine feige Flucht schämte und diesen Fehler durch verdoppelten Eifer wiedergutzumachen suchte, entdeckte schließlich unter einem eingestürzten Gebäude die zertrümmerten Dachstreben und verdiente sich damit den Erlass der Strafe, die Brianna ihm angedroht hatte.

Der Ort sah alles andere als heimelig aus, und als die einsame Bergwelt in den Schatten versank, nahm alles ein so albtraumhaft bedrohliches Aussehen an, dass Brianna ihre Angst nur mühsam unterdrücken konnte. Sie beeilte sich, Holz in die Gewölbe zu schleppen, um möglichst bald an einem tröstlichen Feuer sitzen zu können. Wenn sie den Kopf in den Nacken legte, sah sie weit oben ein Flimmern und ein fahles Leuchten, wo Schnee die Felsen bedeckte. Beißende Kälte flutete von den Bergen herab. Der Wind heulte schauerlich in den Felsentürmen, die bereits in der Nacht versunken waren.

Inzwischen war es völlig dunkel geworden, und alle sieben, den Wolf eingeschlossen, fühlten sich erleichtert, als sie in ihrem Quartier endlich ein Feuer entzündet hatten. Die Luft draußen wurde zusehends dicker und diesiger, und dicht über den Steinen trieb es dahin wie Rauch aus einem Ofen. Es gefiel der Jungfer gar nicht, dass es wohl eine Schwelle, aber keine Tür gab. Der Nebel streckte dünne Leichenfinger zu ihnen herein und schien nach ihnen zu tasten, und manchmal kam es ihr so vor, als tauchten in dem wabernden Grau Gestalten auf und verschwänden wieder. Einmal meinte sie sogar, ein scheußliches Gesicht zu sehen, das für einen Augenblick in einem Nebelspalt auftauchte, aber das mochte auch eine Täuschung gewesen sein. Sie hoffte, dass die ziehenden Schwaden sie genarrt hatten, denn die Erscheinung hatte nicht nur starke Ähnlichkeit mit dem Gesicht, das sie aus dem Wasser des Brunnens angeblickt hatte, sondern auch mit der Fratze des Götzenbilds, das Mariwan einen Taphum genannt hatte.

Sie kauerten sich eng aneinander und sahen erwartungsvoll zu, wie eine der spröden Holzkisten zertrümmert und angesteckt wurde. Das Feuer fraß sich blitzschnell in das jahrhundertealte Holz und loderte hoch auf – und fast gleichzeitig stießen alle einen Schrei der Überraschung aus, denn im auflodernden Licht gleißte und funkelte es, als wären tausend güldene Blumen dem unfruchtbaren Boden entsprossen. Wohin das Auge schweifte, schimmerte es auf den Steinbrocken und Ziegelhaufen von gemünztem und ungemünztem Gold, von Geschmeide, Juwelen, Prunkgefäßen und anderen Kostbarkeiten.

Mariwan sprang auf. In seinen Augen loderte die Habgier.

Da riss sich Amyas das Amulett vom Hals und warf es mitten in die aufgehäuften Schätze. Es zischte wie ein Schlangennest. Einen Augenblick später erlosch die Glut des Golds, die Umrisse der hingestreuten Schätze verblassten, und ringsum zeigte sich das nackte, vom Eiswind des Gebirges verwitterte Pflaster. Amyas hob sein Amulett von einem Boden auf, auf dem kein Stäubchen Silber oder Gold zu sehen war.

Mariwan tat, als spucke er aus, dann schlang er sich mit einer resignierten Geste die Arme um den Leib und rückte näher zum Feuer.

»Lasst die Finger davon und beeilt euch!«, befahl Amyas.

Sie waren an harte Nachtlager gewöhnt und kümmerten sich nicht um den elende Zustand ihres seit ewigen Zeiten verlassenen Unterschlupfs. Am fernen Ende des Gangs entdeckten sie weitere Treppen, die in die Tiefe hinunterführten, entdeckten zwei steinerne Fratzengesichter an der Mauer, aus deren runden Mäulern Wasser troff, entdeckten weit hinten im Dunkel weitere Stiegenaufgänge und Pfeilergewölbe. Der gesamte Berg musste von unterirdischen Gängen und Sälen durchwühlt und durchlöchert sein. Selbst die Luft schien nach Erde und kalten Gewölben zu schmecken.

»Vielleicht«, bemerkte Laurin, »war dies auch einmal eine Stadt wie die eiserne Dunkelheit – hauptsächlich unter der Erde gelegen.«

In den Ecken häufte sich herabgefallener Mauerputz, und mitten in einem Raum lag das Skelett eines wunderlichen vielköpfigen Wesens, so lange schon, dass die Knochen zerbröckelt waren. Von den ehemals bunt bemalten Innenwänden war die Tünche in breiten Flächen abgeblättert, an manchen Stellen zusammen mit einem Teil der Mauersteine. Was immer sich an Möbeln und anderen Einrichtungsgegenständen darin befunden hatte, war restlos verschwunden. Auch der Herd war zu einem Haufen grauweißer Trümmer zusammengebrochen, aber der gemauerte Schlot in der Decke war noch intakt, sodass sie ohne Sorge ihr Feuer entzünden konnten. Dessen fröhliche Flammen, das Geschenk Phurams an die Menschheit, erleuchteten das Gewölbe, wärmten die starren Glieder und erinnerten an die tröstliche Gewissheit, dass es auch am nächsten Morgen wieder hell werden würde.

Inmitten des nach innen gelegenen Raums erhob sich etwa kniehoch eine kreisrunde Mauer, deren Öffnung mit einem schweren steinernen Deckel verschlossen war. Auf dem Deckel stand ein Eimer, der mit einer verrosteten Kette am Rand des Schachts angebunden war. Glücklicherweise war der Eimer selbst weder aus Eisen noch aus Kupfer gefertigt, sodass Rost und Grünspan ihm nichts anhaben konnten; er bestand aus dem hohlen Stoßzahn einer Donnerechse und ähnelte eher einem mächtigen Trinkhorn.

Amyas und Laurin machten sich daran, den steinernen Brunnendeckel wegzuschieben. Ein Schwall kaltfeuchter Luft schlug ihnen aus dem Schacht entgegen. Brianna hörte, wie das beinerne Trinkhorn da und dort gegen die Wand prallte, als Laurin die Kette Hand über Hand hinuntergleiten ließ. Wenig später platschte es, und gleich darauf kam das Gefäß langsam wieder nach oben. Amyas spähte hinein, setzte es an und kostete vorsichtig. Sein Gesicht entspannte sich. »Es ist genießbar«, verkündete er.

Sie tranken reihum. Gavon durfte das Trinkhorn nicht berühren, also ließ sich Brianna die gewölbten Hände füllen und hielt sie ihm hin. Er schlabberte und schleckte, und als er fertig war, hauchte er einen zarten Wolfskuss auf ihre feuchte Handfläche. Sie blickte ihn streng an – solche Vertraulichkeiten durften niemals vom Wolf ausgehen –, aber er erwiderte den strafenden Blick so welpenhaft unschuldig, dass sie sich damit begnügte, die Hände wegzuziehen und ihn an seinen Platz zu schicken.

Brianna, die in der kalten Nacht fröstelte, kauerte an der Wand und versuchte zu schlafen. Ihre Augen brannten, und sie gähnte in einem fort, aber zugleich fürchtete sie, in dieser Nacht keine Ruhe zu finden. Die Ereignisse des wahnwitzigen Tags spukten ihr im Kopf herum. Sie fühlte sich beunruhigend leicht und locker, als tanze sie beständig auf Zehenspitzen dahin; ihre Augen, ihre Ohren, alles war überwach und erschöpft zugleich. Sie schlang die Arme um die hochgezogenen Knie und betrachtete nachdenklich ihre Gefährten und den Wolf.

Plötzlich kam ihr der Gedanke, dass sie alle schon eine ganze Weile nichts mehr gegessen hatten und dennoch niemand Hunger zu haben schien, nicht einmal der Wolf, obwohl Werwölfe genau wie Hunde selbst dann noch nach Fressen gierten, wenn sie kaum noch einen Bissen hinunterbekamen. Vielleicht, dachte sie, ist es die Aufregung, die allen den Appetit verschlägt.

»Es gefällt mir nicht, Brianna, dass du dieses Vieh hier bei uns schlafen lässt«, tadelte die immer noch misstrauische Treva.

»Warum nicht? So beschützt uns der Werwolf am besten.«

»Beschützen, so? Du träumst wohl. Er wurde wegen der abscheulichsten Verbrechen verurteilt, und du glaubst, dass er uns schützt? Wir haben Glück, dass er uns bislang noch nicht gefressen hat.«

Brianna spürte, wie Gavon, den die feindselige Stimme ängstigte, bittend eine Pfote auf ihren Arm legte. Sie schluckte, dann stieß sie ihre Antwort so hastig hervor, als wolle sie nichts damit zu tun haben. »Ich glaube, er … er wurde unschuldig verurteilt. Wenn er aber schuldig war, dann eines geringen Verbrechens wegen, für das keine so grausame Strafe notwendig gewesen wäre.«

Laurin schüttelte vorwurfsvoll den Kopf. »Der Sohn der Sonne irrt niemals, Gefährtin. Wen er verurteilt, der hat seine Strafe verdient.«

Amyas entschied schließlich, dass Gavon bleiben durfte. Er ordnete an, dass sie abwechselnd Wache halten sollten – offenbar traute er der tiefen Stille der Einöde nicht und schien auf eine unvermutete Störung gefasst zu sein. Also legten Brianna, Treva und Laurin sich als Erste zum Schlafen hin, während Amyas und Merien wachten. Die beiden Geschwister wisperten noch eine Weile hin und her, dann schliefen sie ein, und auch Brianna spürte, wie ihr zu guter

Letzt die Lider schwer wurden. Seufzend streckte sie sich aus und schlief ein. Schon halb im Traum fühlte sie, wie Gavon den Kopf an ihre Stiefel schmiegte.

Sie hatte einen überaus merkwürdigen Traum. Das steinerne Rund des Brunnens verblasste, wurde zu einem rauchigen Gebilde, das sich zusehends verflüchtigte, und unbestimmte Bilder quollen aus der Tiefe hervor. Jede Szene entstand und zerfiel so schnell wie die Bilder eines Kaleidoskops, aber schließlich wurden einzelne klar erkennbar. Brianna sah Krieger, die einander in blutigen Schlachten zu Hunderten niedermetzelten. Sie sah verfallene steinerne Altäre auf windumtosten Berggipfeln, sah ein bösartig schillerndes Licht zucken. Es war so groß wie eine Wolke, die mehrere Dörfer bedeckte. Dann befand sie sich plötzlich unterhalb dieser Wolke, unter der es wie bei einem Gewitter leuchtete. Sie schritt eine Straße entlang. Die Felder links und rechts stöhnten und brachen auf, und Totenbretter sprangen hervor, als speie die Erde sie aus. Dann bemerkte sie, dass ihr eine Menschengruppe entgegenkam, und sie trat beiseite und ließ sie vorbei. Die Gestalten waren hager und wirkten verblichen, und in ihrem Traum wusste sie, dass sie kein Spiegelbild und keinen Schatten hatten. Stumpf und wortlos trotteten sie an ihr vorbei und verneigten sich alle vor einer Frau, die auf einem Stein saß. Erst als sie vorbeigezogen waren, blickte die Jungfer genauer hin und entdeckte, dass es eine vornehme Frau in einem kostbaren grauen Gewand war, wie eine kaiserliche Statthalterin es tragen mochte. Aber ihr Gesicht war gelb wie Wachs und bedeckt mit braunen Flecken, aus denen Rauchfäden aufstiegen, und aus den Falten des Gewands spähten die spitznasigen, hohläugigen Gesichter von eben Verstorbenen hervor. Sie versuchte das unheimliche Weib noch genauer ins Auge zu fassen, aber es gelang ihr nicht. Ein trüber, schillernder Schimmer umgab sie, wie ein Hof den hellen Mond umgibt.

Sie drehte sich auf die Seite und fiel schließlich in einen unruhigen Schlaf. Immer wieder beunruhigte sie das Gefühl, dass etwas wie die Quaste eines Wolfsschwanzes über sie hinweghuschte, jedoch viel kleiner und dünner, hauchzart und doch seltsam bedrohlich. Im Halbschlaf versuchte sie das Ding wegzuwischen, aber es kroch mit lästiger Beharrlichkeit immer wieder zu ihr her. Winzige Hände mit langen, scharfkralligen Fingern tasteten über sie hinweg. Halb wach, dachte sie, es könne eine Karume sein, dann verwarf sie den Gedanken, denn Karumen strömten einen widerlich ranzigen Geruch aus, und dieses Wesen roch angenehm.

Dann spürte sie, wie Lippen ihren Mund berührten. Sie wusste nicht, ob sie träumte oder wachte, denn es waren weibliche Lippen, und es waren zarte, schlanke Finger, die ihr Gesicht umschlossen. Die Frage schoss ihr durch den Kopf, ob es eine Vhilla war, und rasch umklammerte sie das Sonnenamulett auf ihrer Brust. Sie spürte es warm und ruhig in ihrer Hand. Nein, das Wesen, das sie küsste, war keine Seelensaugerin. Aber es saugte etwas aus ihr heraus, das spürte sie.

Eine jähe Schwäche überfiel sie, als hätte sie sich nach quälender Übelkeit heftig übergeben. Mit einem leisen Wehlaut löste sich das Wesen von ihr und floh mit weichem Flügelschlag.

–

Mariwan Salten war müde, doch er fürchtete sich vor dem Einschlafen. Darüber hinaus fühlte er sich seltsam, seit er

Sundar-Bas verlassen hatte. Traumgesichte plagten ihn, wie er sie nie zuvor erlebt hatte. Absonderliche Wesen tanzten im Schein des niedergebrannten Feuers umher. Manche wirkten wie bunte, leuchtende Kugeln, andere hatten die Gestalt von nackten, gräulich missgestalteten Leibern in lasziven Stellungen, und wieder andere erinnerten an Tiergestalten, die einander begatteten. Mariwan schauderte. Eine fliegende Hitze hatte ihn befallen, seine Glieder waren bleischwer, sein Atem ging in unruhigen Stößen. Wahnwitzige Bilder bedrängten ihn. Die Vhilla, deren Standbild den Teich geziert hatte, war zum Leben erwacht, obwohl ihr Körper nach wie vor aus rotem Sandstein geformt war. Sie beugte sich über ihn, schob sein Hemd hoch und lachte, als sie seine Erregung entdeckte. Angewidert fuhr er zurück, aber schon hatte der Traum ihn wieder in sein buntes Spinnennetz gesponnen. Da trat die Vhilla in ihrer ganzen Schönheit an ihn heran, einen Silberpokal mit rotem Wein in der Hand. »Trink mit uns!« Die Gesellschaft des Weibs widerte ihn so heftig an, dass er Brechreiz empfand, aber zugleich fühlte er, wie die Lust in seinen Lenden pochte. Er kostete vom Wein und schmeckte Blut.

Mit einem Aufschrei schleuderte er den Pokal von sich, und der Raum ringsum drehte sich. Dann war es, als öffne sich in dem dunklen Wirbel ein Tor, das alsbald zu einem dämmrigen Tunnel wurde. Fern vom anderen Ende des Tunnels her schallten ihm Worte ans Ohr. Seine Stimme bebte, seine Brust hob sich in schweren Atemzügen. Schweiß stand ihm auf der Stirn. Er riss die Tür auf, und abermals stand die Vhilla vor ihm, die Augen weiß und leer, die Arme zu tastenden Fangarmen verlängert. In verzweifelter Abwehr umklammerte er das Phuram-Amulett auf seiner Brust. Ein silberner Blitz zuckte auf, ein Schlag pfiff durch die Luft, und die Frau fiel unter dem Hieb einer unsichtbaren Waffe, der ihr den erhobenen Arm vom Körper trennte. Blutüberströmt brach sie zusammen, alle Flüche der Unterwelt auf den Lippen, und verschied an der furchtbaren Wunde.

Mit einem einem gellenden Aufschrei schlug er die Tür zu, und gleich darauf fand er sich ausgestreckt auf seinem Lager, schweißnass und mit wild hämmerndem Herzen. Sein Unterleib schmerzte von der so plötzlich unterbrochenen Erregung. Keuchend lag er da, bis er sich wieder ein wenig erholt hatte. Dann stand er auf und tat, was ihm nach all diesen Schrecken das Dringlichste schien – er trat vors Tor und erleichterte sich in einem langen, genussvollen Strahl.

Nie wieder, so schwor er sich, nähme er von irgendeinem Magier einen Auftrag an. Schließlich hatte er erlebt, wo das endete!

–

Amyas lag in seinen Mantel gehüllt neben dem erlöschenden Feuer, Schwert und Schild in Reichweite. Wie die meisten seiner Albträume begann auch dieser mit dem vermeintlichen Erwachen. Er wusste sogar noch, was ihn aufgeweckt hatte, nämlich eine federleichte Berührung im Nacken, ein Darüberhuschen, als habe ihn ein wehender Vorhang gestreift. Gab es hier etwa Karumen oder Skorpione? Er schüttelte sich und fuhr sich mit der Hand ins Genick, aber dort war nichts zu spüren. Beruhigt, dass kein Skorpion über ihn hinweggekrochen war, sah er sich um. Etwas ließ sich auf ihm nieder, zart wie ein seidenes Tuch, das der Wind dahinweht, und dann spürte er einen Kuss.

Amyas seufzte tief. Der Kuss war kühl und frisch, ganz

anders als die Phantasmagorien düsterer Wollust, die ihn gequält hatten, seit er in diesen verfluchten Winkel von Sundar geraten war.

–

Treva fand sich in ihrem Traum inmitten einer sonderbaren Anhäufung von Steinen, die geschwungene und gehörnte Formen hatten. Sie waren mit Inschriften in fremden Lettern verziert und hatten Ähnlichkeit mit einem Gräberfeld, aber allmählich fiel ihr auf, dass sie nichts anderes als Steine sah – keine Grabplatten, keine Urnen, keine Figuren. Nur schmale hohe Stelen und geschweifte Steine wie steinerne Tafeln und tempelartige offene Bauten mit Hörnern und Zacken auf dem Dach. Dann beschattete etwas den Ort, an dem sie stand. Sie sah hinauf. Über ihr ragte das Standbild einer vom Scheitel bis zu den Füßen verhüllten Gestalt auf. Es war so hoch und breit wie ein Haus, und es warf einen gewaltigen Schatten, obwohl an diesem Himmel keine Sonne stand. Das gesamte Firmament war von einem dumpfen Blutrot, kein Stern leuchtete dort, keine Mondin. Phurams Sonnenwagen hing, ein geschwärztes Wrack ohne Pferde und Wagenlenker, wie aufgespießt im Zenit.

Dann schoss plötzlich ein Blitz waagrecht über den Himmel, als wolle er ihn in zwei Teile spalten. Das Blutrot erlosch wie ein Brand, auf den man Wasser schüttet, und von Norden her durchschnitt die Bahn eines Sterns das Firmament, der im Innern wie ein Amethyst leuchtete. Sein Flammenschweif erleuchtete weithin die Nacht mit weißem Licht.

Treva starrte noch blinzelnd nach oben, als zwei zarte, kühle Hände ihre Schultern umfassten und ein Mund, so süß wie ein Orchideenkelch, ihre Lippen suchte. Ein Schauder überlief sie, als wäre sie in eisiges Wasser eingetaucht. »Du …«, flüsterte sie und wollte das ätherische Wesen festhalten, aber es entzog sich ihren Fingern wie eine Wolke und verschwand.

–

Gavons Träume waren so einfach und grob wie Holzschnitte. Er träumte immer dasselbe: entweder, dass er mit triefenden Lefzen vor einem mit Nudeln, Fett und Fleisch berghoch gefüllten Futternapf stand, dass er etwas angestellt hatte und sich vor den Prügeln fürchtete oder dass er liebevoll am Bauch gekrault wurde. Dass er geküsst wurde, hatte er noch nie geträumt.

Er war überzeugt, dass es seine liebe Herrin war, die ihn umarmte und so zärtlich küsste, dass er vor Aufregung gar nicht aufhören konnte, ihr die Nasenspitze zu lecken, obwohl er sie nicht sah. Ein Dunkel umhüllte ihn, das auch seine scharfen Augen nicht durchdringen konnten.

Dann bekam er plötzlich Angst. Der Kuss, der eben noch so angenehm gewesen war, schien in ihn hineinzukriechen wie ein sich windender Pfeil. Der hakte sich in seinem Innern fest und wurde plötzlich zurückgerissen. Gavon heulte vor Entsetzen auf, überzeugt davon, dass ihm alle Eingeweide zum Maul heraushingen. Er spürte jedoch keinen Schmerz, und da ihn der Vorgang ermüdet hatte, rollte er sich zusammen, deckte beide Pfoten übers Gesicht und schlief weiter.

–

Brianna schlug mit beiden Händen abwehrend um sich und erwachte in einem von rötlichen Flammen durchbrochenen

Dunkel. Mit einem Ruck fuhr sie hoch, keuchend vor Schreck und der Anstrengung des jähen Erwachens. Sie fühlte sich dumpf und benommen, als hätte sie Rauschöl getrunken. Ein Traum haftete noch an den Rändern ihres Bewusstseins, ein grotesker Traum, in dem ein Wesen mit seidenen Lippen und dem Duft von Myrrhenblüten sie geküsst hatte.

Der unbestimmte Schatten hinter ihr musste Merien sein. Er lag reglos da, und dennoch hatte Brianna das Gefühl, dass er genauso wach war wie sie. Sie überlegte schon, ihn anzusprechen, ließ es dann aber bleiben. Wenn sie ihm ihren Albtraum erzählte, würde er sich – gelehrt und gebildet, wie er war – womöglich nur über sie lustig machen.

»Brianna! Wach auf! Alarm!«

Jetzt erst begriff sie, was sie geweckt hatte. Thainach Amyas stand mitten im Raum, einen brennenden Span in der Hand, und spähte und horchte angestrengt in die Nacht hinaus. Sein Warnruf hatte auch Laurin und Treva aufgeschreckt, die aus dem Schlaf hochfuhren und auf die Füße sprangen. Gavon war ebenfalls erwacht, und Brianna konnte ihm gerade noch energisch die Schnauze zuhalten, bevor er in ein wütendes Kläffen ausbrach. Merien raffte sich auf und warf den Rest des mageren Holzvorrats auf die Glut. Ein unruhiger roter Schein erhellte das Innere des verfallenen Gewölbes.

»Was ist, Thainach?«, raunte Treva. »Was hat Euch aufgeschreckt?«

Im selben Augenblick kam Mariwan schwer atmend zurück. »Irgendetwas ist da draußen, aber ich konnte nicht erkennen, was es ist«, berichtete er mit gedämpfter Stimme. »Ich ging hinaus, um Wasser zu lassen, und sah gerade noch etwas Glänzendes davonhuschen, dann war es verschwunden.«

Brianna pfiff Gavon zu sich und tastete sich durch den finsteren Flur zum Ausgang. Der Wolf knurrte und zerrte an seiner Führerin, die ihn am Halsband gepackt hielt. Merien, der ihr gefolgt war, deutete auf die unbestimmten Massen schwach im Mondlicht schimmernder Steintrümmer. Sie leuchteten in der frostigen Nacht so hell, als strahle der weiße Stein sein eigenes sanftes Licht aus.

Brianna starrte zu der angegebenen Stelle hinüber. Gavon, der nicht an sich halten konnte, stieß ein erregtes Kläffen aus.

Augenblicklich war eine heftige, aber lautlose Bewegung ringsum auszumachen. Überall glotzten plötzlich zwischen den Steinen die vor Gier verzerrten Fratzen der Schatzgeister hervor. Erschrocken über das Bellen des Wolfs, aber unwillig, ihre Schätze im Stich zu lassen, huschten sie zwischen den Trümmern hin und her und rafften geisterhaft schimmerndes Gold auf.

Vornübergebeugt, die Nase weit vorgestreckt, stand Gavon auf zwei Beinen und hielt die rechte Pfote abgeknickt hoch, so wie seinesgleichen es zu tun pflegte, wenn eine Beute lockte oder Gefahr drohte. Obwohl er zweifellos roch, dass es nur Geister waren, wollte er losstürmen und sie jagen. Dann sprang er vorwärts.

Dann entdeckte Brianna etwas Seltsames, das sich durch seine Größe deutlich von den umherspringenden Schatzgeistern unterschied. In etwa fünfzig Schritt Entfernung bewegte sich zwischen den geborstenen Säulen etwas Längliches, Weißes. Es hatte Ähnlichkeit mit einer von Kopf bis Fuß in Laken gehüllten Person. An den Rändern jedoch zerfloss es wie ein im Nebel Wandernder. Ein gespenstisches schwaches Schimmern umgab die Gestalt, so wie Wetterleuchten hinter einer Wolke hervorblitzt. Unsicher und schwankend, war sie in ständiger Bewegung, und obwohl sie immer besser zu erkennen war, hatte sie keine eindeutigen Umrisse. Nur einmal glaubte Brianna einen Kopf mit lang wehendem Blondhaar gesehen zu haben.

Gavon grollte angriffslustig und stellte die Haarmähne zu einem borstigen Kamm auf.

»Was ist das?«, flüsterte Brianna. »Ein Mensch? Ein Gespenst? Ein Tier?«

»Ich fürchte, es ist eine Vhilla«, antwortete Merien.

Der weiße Schemen fuhr mit seinen seltsam hopsenden Bewegungen fort, wie ein Tier, das aufzuspringen oder ein Mensch, der benommen aufzustehen versucht – und dann, ganz plötzlich, richtete er sich zu seiner vollen Größe auf und schoss quer über den Pass davon.

Gavon riss sich los und setzte in langen Sprüngen hinterher, obwohl Brianna ihm zornig nachschrie, er solle stehen bleiben. Er dachte gar nicht daran, dass er selbst in Gefahr war, denn Wölfe haben zwar wenig Verstand, aber enorm viel Lebenskraft. Eine Vhilla hätte sich auf Tage hinaus an ihm sattsaugen können.

»Was Mariwan sah, ist eine Vhilla, Thainach!«, rief Merien seinem Hauptmann zu, der aus dem finsteren Gang hinter ihnen auftauchte.

Amyas biss die Zähne zusammen. »Sonnenlästerliche Bestien!«, stieß er hervor. »Schürt das Feuer, so hoch ihr könnt! Wenn hier Gespenster umgehen, dann zeigen wir ihnen die Zähne. Mit Waffen können wir nichts ausrichten, aber Feuer macht ihnen angst.« Er reichte Brianna die erste Fackel. Sie hob sie hoch und trat auf den ehemaligen Hauptplatz hinaus, über dem sich dräuend – und schrecklich lebendig im Feuerschein – die Statue des Tausendzahns erhob. Abwartend und lauschend drängten sich die Gefährten zusammen, während Treva und Laurin zwei glosende Späne aus dem Feuer zogen und damit herumfuchtelten, um sie zu voller Glut anzufachen.

In der Ferne hörten sie Gavons Jagdgekläff – also war er dem weißen Ding auf den Fersen. Als aber Brianna die Fackel schwenkte, schien es ihr plötzlich, dass es immer noch in ihrer Nähe war. Zwischen den hellen Steintrümmern schimmerte etwas noch Helleres. Groß wie ein Mensch, drückte sich eine Gestalt in die Lücke, den verhüllten Kopf lauernd vorgebeugt. Die Felszacken wirkten auch nicht kalt und starr wie andere steinerne Gebilde, sondern waren von Leben durchpulst und schienen zu atmen.

»Da ist noch eins«, flüsterte Merien. »Und wahrscheinlich sind es sogar noch mehr.«

Er hatte kaum ausgeredet, als ein weiteres Wesen zwischen den Steinen auftauchte, auf allen vieren kriechend, aber sprungbereit. Warmes Fleisch und warmes Blut witternd, schlich es herbei, entschlossen, sich die begehrte Nahrung zu holen. Brianna zweifelte mittlerweile nicht mehr daran, dass die Kreatur und ihre Artgenossen Seelensauger waren.

Dann bewegte sich eine der dunklen Formen und kam quer über den Vorplatz auf sie zu. Brianna erstarrte. Aber sie bemerkte, dass das Feuer die Unwesen abschreckte. Kein Zweifel, dass sie ihre Beute augenblicklich gepackt und ausgesaugt hätten, wären die Flammen nicht gewesen. Nun aber krochen sie nur wütend umher und versuchten den Blick eines Opfer zu erhaschen, in der Absicht, es zu bannen. Amyas nutzte den Augenblick der Unschlüssigkeit der Seelensauger und sprang mit einem lauten Aufschrei vor, in jeder Hand einen flammenden Stock. Die Gefährten meinten, er wollte sich auf die Vhillen stürzen, aber er rannte auf die Statue des Tausendzahns zu und schob den brennenden Ast in ein Loch im Sockel.

Es knisterte. Funken sprühten. Wie ein Blitz fuhr es über den verfallenen Platz, die Luft prickelte, und ein beißender Geruch machte sich bemerkbar. Einen Lidschlag lang sah Brianna die Felsen in fremdartigen, unnatürlichen Farben, gelb, purpurn, leuchtend weiß. Dann brach ein glühendes Licht aus den Augen des metallenen Ungeheuers, und aus seinem zähnefletschenden Maul loderten Flammen.

Amyas stand hoch aufgerichtet und hielt ihnen das Sonnenamulett entgegen, das er um den Hals trug.

»Die Amulette!«, rief Merien. »Zeigt ihnen die Sonnenamulette!«

Alle zugleich zerrten ihre Anhänger mit Phurams Zeichen aus den Kleidern und hoben sie so hoch, dass sie im Feuerlicht aufloderten.

In dem Augenblick, da die Kreaturen die Flammen und die leuchtenden Scheiben der Amulette sahen, zischten sie entsetzt und wichen in wilder Panik in ihre Verstecke zwischen den Steinen zurück. Angesichts der phuramkräftigen Amulette zerfiel die Vortäuschung eines lieblichen Aussehens, und sie zeigten ihre wahre Gestalt. Die Khan-Hagizim fassten neuen Mut, als sie sahen, wie die Ungestalten heulend und knurrend vor dem glühenden Standbild zurückwichen, in dessen Hitze ihre bleiche Haut schrumpfte und Blasen schlug.

Gavon kehrte zurück, hechelnd, mit hängender Zunge und schlechtem Gewissen, nachdem er ohne Erlaubnis losgestürmt war. Brianna schalt ihn heftig, aber insgeheim hätte sie ihn am liebsten umarmt, so froh war sie, dass er heil und gesund von der gefährlichen Jagd zurückgekommen war.

Eine Weile standen die Gefährten noch da, während die

Flammen im Innern des metallenen Tausendzahns erloschen, und warteten, ob die Seelensauger sich zurückwagten, aber denen war angesichts der Zeichen des Sonnenfürsten die Lust vergangen, sich an eine so wehrhafte Beute heranzumachen. Keiner von ihnen zeigte sich mehr, und schließlich brach die Dämmerung an und verhieß Phurams baldige Rückkehr.

Brianna stand auf und ging auf Zehenspitzen hinaus, um ihr Morgengebet beim Aufgang Phurams zu sprechen. Gavon erwachte augenblicklich und folgte ihr auf den Fersen.

Tief atmend blickte sie zum Himmel auf, dessen Grau zusehends einem rosigen Schimmer wich.

Jenseits der Passhöhe senkte sich ein steiler Hang in die Tiefe, ähnlich jenem, den sie am Vortag hinaufgeklettert waren. Unten entdeckte Brianna, halb von Zykadeenwäldern verdunkelt, breite Hügelrücken und von bläulichen Schatten verschleierte Täler. In der Ferne glaubte sie Flüsse, Brücken und Städte zu erkennen. Wo immer sie gelandet waren, es war eine liebliche Gegend.

Die Uzzbazis: Avigdor

Auch die Uzzbazis, die sich Avigdor von Fienne angeschlossen hatten, erklommen die Passhöhe. Die meisten waren schlecht zu Fuß, vor allem Genevere, die nie eine größere Anstrengung auf sich genommen hatte als eine durchtanzte Nacht. Sie fröstelte vor Erschöpfung, und zu der körperlichen Müdigkeit kam eine beklemmende Angst. Immer wieder schweifte ihr Blick zu einer am blauen Horizont verschwimmenden Linie: dem dräuenden Gebirge, auf dessen schneebedeckten fernen Gipfeln sie die Umrisse grausiger Götzenbilder zu erkennen glaubte. Sie wusste nicht, ob dort tatsächlich riesenhafte Monumente standen oder ob eine Luftspiegelung ihren müden Blick nur täuschte. Sie wagte gar nicht daran zu denken, dass sie diese Passhöhen schon bald zu bewältigen hätte.

Sie atmete auf, als sie einen breiten, seichten Bach überquerten. Rasch zog sie die Schuhe aus und tauchte die brennenden Füße in das kalte Wasser. Dabei fiel ihr Blick auf etwas Kleines und Braunes, das über den Schlamm des Bachufers huschte, ein Tier etwa von der Größe einer Eidechse, aber pelzig: ein Muirg. Es lugte zwischen den Blättern hervor, und zwar mit einem so menschenähnlichen und zugleich possierlichen Ausdruck auf dem spitznasigen Gesicht, dass Genevere nicht anders konnte, als es zu sich heranzulocken. Langsam, sehr langsam streckte sie die Hand aus. Das Tier quiekte, lief aber nicht davon. Es schien keineswegs furchtsam, sondern eher neugierig zu sein und legte, wie kleine Tiere es zu tun pflegen, den Kopf schief, als ihre Hand näher kam. Schließlich berührten ihre Finger die Spitze eines Farnwedels, hinter dem es sich zur Hälfte versteckte. Das Muirg stellte sich auf die Hinterläufe und hielt mit dem ausgestreckten Schwanz das Gleichgewicht. Ohne das geringste Anzeichen von Angst sprang es leichtfüßig auf Geneveres Hand und stand auf der Handfläche. Sie spürte das Gewicht kaum, so leicht war das Tierchen. Der buschige Schweif wischte über ihre Fingerspitzen. Das Muirg spazierte auf der Handfläche herum, wobei es drollig tänzelnde Bewegungen machte, schnupperte an den Fingern und knabberte sogar daran, so zart, dass es nicht wehtat. Sie lächelte.

Da merkte sie plötzlich, wie ihre Lider schwer wurden. Ein Zauber wurde über sie geworfen, und sie wollte sich wehren, aber nur Magie hätte ihr geholfen, und davon verstand sie nichts. Ihr Kopf sank vornüber, und das reiche lockige Haar fiel ihr über das Gesicht. Mit einer anmutig trägen Gebärde sank sie rücklings ins Gras und fühlte wie im Halbschlaf, dass sie geküsst wurde. Wie der Stich eines eisigen Messers durchfuhr sie die Angst vor den Seelensaugern. Mit beiden Händen wollte sie sich wehren, konnte aber die Arme nicht mehr bewegen.

»Leise!«, flüsterte eine hauchzarte Stimme an ihrem Ohr. »Ich will dir nichts Böses. Halt still!«

Genevere gehorchte. Die Augen fielen ihr zu.

Sie erwachte, als die anderen nach ihr riefen. Verdutzt und mit summendem Kopf erhob sie sich. Was war geschehen?

Sie konnte sich nur an einen wunderlichen Traum erinnern, in dem ein Muirg sie lange und zärtlich geküsst hatte.

–

Die Uzzbazis merkten bald, dass der Weg häufig begangen worden war, denn die Spuren von Echsen- und Pferdehufen führten über den rauen Boden, und zuweilen sahen sie links und rechts die Spuren ausgebrannter Lagerfeuer zwischen den Ruinen. Sie entdeckten auch die Überreste von Beute, die diese Unbekannten gemacht hatten. Auf Stöcken hingen Tierpelze, die der eisige Wind gegerbt hatte. Verstreut lagen Knochen und staubige Wedel gedörrter Schweife herum, und zumindest ein Tier gab es, das die Bergbewohner nicht gejagt, sondern gegen das sie sich gewehrt hatten: Nicht weit entfernt vom Weg lag das ausgehöhlte Panzergerüst einer Riesenschabe. Die Fühler und Beine streckten sich in die Luft wie ein vertrocknetes Gestrüpp, und als ein jäher Windstoß über die Berge pfiff, wackelte das Skelett auf seinen bootförmigen Rückenpanzer, als wolle es den Hang herab auf sie zurollen.

Zu sehen war niemand, und auch keine der Spuren war frisch, aber so unbewohnt die Gegend auch erschien, so deutlich spürbar war eine feindselige Aufmerksamkeit, die von allen Seiten, ja aus dem Himmel herab und aus der Erde herauf, auf sie einzudringen schien. Das angstvolle Gefühl folgte ihnen, dass sich unmittelbar nach ihrem Vorbeigehen Augen an die Schlitze zwischen den Felsblocken schoben und Gesichter sich flach pressten. Vermutlich, so trösteten sich die Ängstlichen unter ihnen, war es nur das Wimmern des Winds, das menschliche Rufe vortäuschte, und das Rollen von Steinen, das wie Schritte klang. Und doch wussten sie, dass sie sich mit diesem Trost selbst zum Narren hielten, denn sie verspürten ein Zittern in der Luft, das Unheil verhieß, einen kalten Hauch, der über dem Pass schwebte und etwas anderes war als das Zischen des Winds und die Kälte der Gipfel.

Die Sohle des Kraters lag jetzt tief unter ihnen. Der Himmel bezog sich immer dichter mit Wolken, je tiefer Phuram dem Horizont entgegensank. Der uralte Pfad, dem sie folgten, ging in eine Straße über. Er war schon seit einiger Zeit immer breiter geworden, war dann mit massiven Quadern gepflastert und verlief durch ein halbes Dutzend verfallener Torbögen, neben denen sich links und rechts Mauerreste erhoben. Zweifellos befanden sie sich in den Ruinen einer Stadt – einer gewaltigen Stadt, deren Zugang durch ein halbes Dutzend Tore geschützt gewesen war. Immer wieder fiel der Blick auf mannshohe Flachreliefs an den Felswänden. Wo die ferne Glut der Krater die Felswände beleuchtete, schienen sie im wechselnden Licht aufzuleben. Sie waren von sundarischer Art, mit dem Hauptmotiv von Phurams Sonnenwagen, seinen Blitzen und Pfeilen, aber auf eine Art zerstört, für die nicht allein die rauen Winde des Gebirges verantwortlich waren. Der Wind mochte die Bilder abgeschliffen haben, aber es waren Hände – von Menschen oder anderen Geschöpfen –, die sie zerschlagen und mit rohen Schändlichkeiten bekritzelt hatten.

Keiner der Männer und Frauen sprach, alle hingen ihren angstvollen Gedanken nach. Sie waren müde, und ihre Unfähigkeit, die Welt um sich herum zu verstehen, warf einen trüben Schleier über ihre Gedanken und Sinne. Überwältigt von den Ereignissen, die über ihn hereingebrochen waren, stolperte Avigdor wie im Traum neben Orlan von Imlarhan her. Er hatte die Gesellschaft des Manns zu schätzen gelernt, da er an ihm nichts Verwerfliches fand; sein Wesen war von edler Ausgeglichenheit und tiefer Würde. Und Avigdor fühlte, dass er die Stütze eines Stärkeren brauchte. Er war überwältigt von den wirren Bildern, die in seinem Innern auftauchten. Einerseits nahm er alles, was ihm begegnete, überdeutlich wahr und glaubte, dass er sich noch Jahre später an jeden Stein, jede Ranke erinnern werde. Andererseits war alles so seltsam verzerrt, schillernd und schwer fassbar, und von einem Augenblick auf den anderen vergaß er, was er eben noch gesehen und erlebt hatte. So traumverloren schritt er dahin, dass Orlan ihn oft stützen musste, damit er nicht bei jedem Schritt stolperte.

Aber das war noch nicht alles, was ihn aus dem Gleichgewicht brachte. Über diese abenteuerlichen Ereignisse hinaus war auch in seinem Innern eine Veränderung vorgegangen. Es war der Gedanke, dass er wie ein irrender Stern zwischen zwei Welten stand. Die eine Welt hatte er vermutlich für immer hinter sich gelassen, die andere lag vor ihm, fern und unbekannt. Noch haftete ein Teil seiner Gedanken und Gefühle an der Vergangenheit, während sich ein anderer Teil bereits nach einer unbekannten Zukunft ausstreckte. Er wusste nicht genau, was ihn gepackt hielt, aber er fühlte Kräfte in sich, die aus dem tiefsten Grund seiner Seele aufwallten – geheimnisvolle Kräfte, mit denen er noch nie in Berührung gekommen war. Am Vortag hatte das allmähliche Bewusstwerden dieser Kräfte ihn geängstigt, aber inzwischen, so fühlte er, konnte er damit umgehen, konnte sie zum Guten lenken, konnte tun, wozu er berufen war – auch wenn sein Verstand noch nicht im Geringsten wusste, was das sein mochte. Irgendetwas tief in ihm wusste es, das genügte.

Dann wurde er jäh aus seinen Tagträumen gerissen, denn

ein Ruf drang ihm ans Ohr. »Midan! Midan, seht Euch das an – hier ist eine Stadt, eine ganze Stadt!«

Avigdor stürmte die letzten Treppenstufen hinauf und blieb mit stechenden Lungen stehen. Sein Blick schweifte über die Ruinen einer Stadt, die ehemals gewiss von majestätischer Pracht gewesen war, von der aber kaum etwas übrig geblieben war als riesenhafte Torbögen, die sich ins Nichts öffneten, und geborstene Säulen, die gefährlich schief auf ihren Sockeln standen. Über den gesamten Pass breiteten sich die Überreste zyklopischer Fundamente, von Türmen und Zinnen, die sich einst Stufe um Stufe bis in den Himmel erhoben hatten und nun wie von den Eisenstiefeln eines Giganten zerstampft auf der Erde lagen. Dazwischen öffneten sich Tore, hinten denen Treppen tief in die Felsen hinunterführten. Avigdor, der unmittelbar neben einem dieser Schlünde stand, spürte einen widerwärtig ranzigen Geruch daraus hervordringen. Er wollte eben etwas sagen, als Orlan von Imlarhan die Hand hob. »Halt! Hört ihr das?«

Alle verharrten und lauschten, und da hörten sie es: ein verstohlenes Scharren, als wälze sich etwas auf harten Schuppen heran, ein Knistern und Kratzen ... Und noch während sie alle wie gebannt in die dunkel gähnende Öffnung hinabstarrten, drang von Neuem ein trockenes Rascheln von unten herauf, als krieche etwas durch dürre Blätter. Dann tauchte im letzten schwachen Licht ein rundes Gesicht auf, und die Menschen flohen in wildem Schrecken hinter die nächstbesten Felsen und Ziegelhaufen. Groß wie ein Wagenrad, besaß dieses schwammige, käsig bleiche Gesicht weder Augen noch Nase oder Ohren, nur einen Mund, der inmitten der blinden Scheibe saß und mit seinen halb geöffneten Hornschuppen einer monströsen Blüte glich.

Langsam schob die Kreatur das Gesicht weiter aus dem Tunnel heraus. Geschmeidige fingerdünne Fühler, die kranzförmig den Kopf umrahmten, tasteten träge in der Luft umher und zogen sich wieder zurück. Raschelnd und schabend verschwand das Ungetüm dann in der Tiefe, wo es zu hausen schien.

Orlan rief die Gefährten zusammen. »Kommt ruhig wieder hervor! Es ist nur ein Schomma – ein Felsenfresser. Diese Tiere kommen nicht ans Licht, und außerdem sind sie sehr langsam und unglaublich dumm.« Dann wandte er sich an Avigdor. »Midan, es wird Zeit, dass wir ein Nachtquartier suchen, denn wir werden es bei Tageslicht niemals mehr schaffen, diese Stadt zu durchqueren, und wissen nicht, was am anderen Ende auf uns wartet.«

Avigdor nickte. Bei Nacht war nicht daran zu denken, einen Ausweg aus dem Labyrinth zu suchen, denn überall klafften tückische Schründe und Spalten, tief genug, einen Mann zu verschlingen. Er gab Befehl, ein Nachtlager ausfindig zu machen.

Es dauerte nicht lange, bis sie unter den halb eingestürzten Häusern eine Bleibe fanden, die brauchbar war und die Gefahren der Nacht von ihnen fernhalten würde. Darin entzündeten sie mit den kümmerlichen Holzresten, die sie zwischen den Ruinen aufsammelten, und vertrockneten Sträuchern ein Feuer, um das sie sich ängstlich scharten.

Genevere fragte mit gepresster Stimme, was es mit dem Kratzen und Rascheln auf sich hatte, das sie überall hinter den Felsen hörte. »Sind es Tiere, die solchen Lärm machen? Ich mag nicht daran denken, dass plötzlich eine Riesenschabe den Kopf hier hereinstecken könnte.«

»Nein, das sind keine Schaben. Es sind überhaupt keine Tiere«, erwiderte Orlan, während er sich ans Feuer kauerte und die kalten Hände wärmte. »Was sich um uns regt, sind Spukgestalten, die an verborgene Schätze gebunden sind.«

Immer lauter und unruhiger wurde das Scharren, als die verfluchten Geister in Klüften und Ritzen nach ihrem Schatz suchten.

»Die Unseligen«, murmelte Orlan. »Welch ein Fluch ist doch das Gold!«

Cantelet zeigte sich unbeeindruckt von dieser Weisheit. Mit kalter Stimme bemerkte er: »Die Reichen sehen das anders – und ich übrigens auch.«

Orlan zuckte die Achseln und antwortete mit kaltem Lächeln: »Und wenn schon, was kümmert das mich? Lasst sie Gold essen, wenn sie hungrig sind, und Gold trinken, wenn sie durstig sind. Und mögen sie Gold küssen, wenn ihr Herz sich nach Zärtlichkeit sehnt. An diesem Gold klebt das Blut unheiliger Rituale, die zu Ehren des Taphum vollzogen wurden. Wir wollen nichts damit zu tun haben. Hier mag es liegen bis zum Ende der Zeiten. Fluch über jeden, der es berührt!«

Erschrocken fuhren alle zurück. »Rührt es nicht an!«, wiederholte Orlan, nun schon etwas gemäßigter. Die Klügeren nickten eifrige Zustimmung, andere aber zögerten und seufzten, als sie den gewaltigen Reichtum sahen, der da vor ihnen lag, als sei er vom Himmel geregnet.

»Seht, dass euch nicht dasselbe Schicksal trifft!«, warnte Orlan noch einmal. »Lasst es liegen, als wäre es Echsendreck!«

Genevere zog den Kapuzenmantel enger um die zarten Schultern. »Wie lange müssen sie hierbleiben? Die unglücklichen Geister, meine ich.«

»Das mag noch viele Jahrtausende dauern«, entgegnete

Orlan von Imlarhan, »denn das Gold verrottet nicht, und solange es hier liegt, solange müssen sie herumspuken.«

Avigdor fröstelte. Ihm schauderte vor dem Gold und den verwünschten Seelen, die daran gebunden waren, bis irgendein göttliches Wunder den unzerstörbaren Schatz vernichtete. »Bleibt uns fern!«, rief er laut. »Lasst uns in Frieden, denn wir haben nichts mit euch zu schaffen! Lasst ihr uns aber nicht in Frieden, so möge Phurams Strafe euch treffen.«

Die Verfluchten wichen vor dieser Drohung zurück, und bald hörten die Männer und Frauen, wie sie an anderen Stellen der Ruinen das geisterhafte Gold vom Boden aufzuscharren versuchten, so vergeblich, als wolle jemand mit einer Heugabel Körner auflesen.

–

Es war die Kälte der Nacht, die Avigdor weckte. Am ganzen Leib schaudernd, drehte er sich hierhin und dorthin, tastete über Steinbrocken und den unbewachsenen rauen Grund. Dann schlug er die Augen auf. Es herrschte tiefe Finsternis, aber hoch oben am Nachthimmel stand inmitten eines blassblau leuchtenden Hofs die Mondin und blickte unbeteiligt auf die Ruinen herab. Es hatte geschneit, aber der Schnee schmolz bereits wieder.

Avigdor vergewisserte sich, dass er nicht träumte, dass er tatsächlich, in einen fremden Mantel aus den Kleiderhaufen des Knochenhauses gewickelt, auf einem Bett aus Sand und Steinen lag. Ringsum erhoben sich, noch halb verschattet von den Schleiern der Nacht, die Ruinen der gewaltigen Stadt. Die mannshohen Steine wirkten im Zwielicht von Schnee und Nebel wie Menschen, die ihn lautlos umdrängten und beobachteten. In den Furchen des alten Mauerwerks glaubte er Gesichter zu erkennen. Ihre tief liegenden Augen stierten ihn an, die ungeschlachten Münder verzogen sich zu schiefen Grimassen. Geister schienen ihn zu umtanzen.

Die Männer und Frauen, die sich seiner Führung unterworfen hatten, waren für die Nacht in den halb eingestürzten Häusern untergekrochen, er aber hatte die kerkerhafte Enge der Gewölbe nicht ertragen und war hinausgegangen, um zwischen Felsblöcken im Freien zu schlafen. Jetzt setzte er sich auf und blickte um sich, die Augen noch schwer vom Schlaf. Die schwarze Nergal breitete ihre düsteren Schwingen aus, aber am Himmel stand Datura, die Monddrachin, in ungewohnter Pracht in dem silbernen Spinnennetz, in dem sie Nacht für Nacht über den Himmel schwebte. Die Enden des Netzes trugen die zwölf Fallum Fey, zierliche, halb durchsichtige Wesen in Gestalt geflügelter Seepferdchen, und ringsum schwamm ein Schwarm jener winzigen blitzenden Kreaturen, die Sternschnuppen genannt wurden. Den Hofstaat der Monddrachin umkreiste feierlich ein eiförmiges rotes Gestirn, das man Daturas Magd oder das Schlangenei nannte. Es glich einer perlglänzenden, durchscheinenden Hülle, in der man eine weibliche Frucht – die Schlangentochter – heranreifen sah. Anzusehen wie ein Granatapfel neben einer Honigmelone, folgte die Zofe der Mondin getreulich auf ihren Wegen durch die Nacht.

Der junge Edelmann schloss die Augen. Die Ratlosigkeit und Verwirrung, die ihn seit dem Absturz des Drachens geplagt hatten, verschwanden zunehmend. Eine seltsame Kälte ergriff sein Herz – zugleich Furcht und ein Gefühl der Befreiung, wie es einen Gefangenen überkommen mag, der nach qualvoll langen Prozessen zum Tode verurteilt wird und weiß, dass sein Schicksal endgültig besiegelt ist.

Plötzlich merkte er auf. Sein Blick war über die grauen

Felsblöcke gewandert, zwischen denen er lag, und da sah er deutlich ein Augenpaar – zwei längliche Tropfen, wie Nordlichter schimmernd, die sich von einem dunkleren Schatten im Düstergrau des Spalts abhoben. Darunter war ein menschengroßer heller Schein zu sehen, so als hätte eine nackte Person sich zwischen die Felsen geschmiegt. Im nächsten Augenblick jedoch waren die schillernden Schlitze verschwunden, und er war nicht mehr sicher, ob er sich nicht vom Glitzern einer Ader Narrengold im Fels hatte täuschen lassen.

Von den Ruinen her näherten sich leise, im Schutt knirschende Schritte. Avigdor setzte sich auf und griff nach seinem Schwert, das er auch noch festhielt, als er in dem Näherkommenden den alten Tubalkin erkannte. Der hoppelte herbei – er hatte eine merkwürdige Art, sich in seitlichen kleinen Sprüngen fortzubewegen – und zischelte schon von ferne: »Edler Herr! Edler Herr! Kommt schnell und seht!« Dabei schielte er immer wieder mit verdrehtem Kopf ängstlich zu der Mondin hinauf, denn wenn Tubalkin auch keinen Echsenfurz auf Phuram gab, so fürchtete er doch die bleichen Strahlen des Nachtgestirns.

»Was ist geschehen?«, flüsterte Avigdor. Mit der freien Hand griff er in den Ranzen, den er im verlassenen Palast an sich genommen hatte, und zog eine faustgroße lederne Kapsel hervor. Als er den Verschluss aufklappte, brach aus dem darin befindlichen Steinbrocken ein schwächliches gelbes Licht hervor. Bergleute und Grabräuber waren oft im Besitz solcher Schwefelsteine. Also hatte wohl einer von ihnen sein Leben am Ufer des Vhillateichs gelassen.

Tubalkin zuckte zurück, obwohl das Licht kaum greller war als das einer Kerze, und hob erschrocken die leeren Hände zum Zeichen, dass er nichts Böses vorhatte. In jämmerlichem Ton drängte er den Midan von Neuem, er möge kommen. Also stand dieser auf, ergriff sein Schwert und den Schwefelstein und folgte dem Boten. Dabei schoss ihm der Gedanke durch den Kopf, ob Tubalkin ihn am Ende in einen Hinterhalt locken wolle. Schließlich waren die Gefährten nicht seine erprobten Gefolgsleute, sondern Menschen, die er nicht kannte, von denen er nichts weiter wusste, als dass sie verurteilte Schwerverbrecher waren, gerade nur anständig genug, nicht hinter Darabos von Traill herzulaufen.

Der Tempelschänder hatte aber tatsächlich nur seine Hilfe gesucht. Ängstlich flüsterte er Avigdor zu: »Ich spähte zufällig durch ein Fenster des Hauses, in dem Rochoz sich zum Schlafen niedergelegt hatte, und da sah ich das Ding, das ihn überfallen hatte.«

Sie hatten keine zweihundert Schritte zu gehen, bis sie auf ein halb eingestürztes einstöckiges Gebäude stießen. Von den hölzernen Läden, die einst die hüfthoch über dem Boden liegenden Fenster verschlossen hatten, waren nur noch an den Angeln hängende Splitter übrig geblieben. Dennoch hatte Rochoz sich dort drinnen sicherer gefühlt, wo kein Mondstrahl ihn erreichen konnte.

Avigdor trat ans Fenster und spähte hinein. In einer Ecke des Raums glühten noch schwach die Reste des Feuers, an dem Rochoz sich in der kalten Bergnacht gewärmt hatten, aber dieses Glimmen war nicht das einzige Licht. Ein zweiter Schein geisterte durch das Dunkel, ein phosphoreszierender Schimmer wie der von faulendem Holz.

Die Vhilla kniete über dem schlafenden Mann – dieselbe, der er so leichtfertig einen Kuss als Lohn versprochen hatte. Sie machte sich an Rochoz' Hals zu schaffen, und obwohl Avigdor den Grabräuber und Leichenfledderer nicht ausstehen konnte, war er doch Ritter genug, ihm aus der Not zu helfen. Er stieß einen lauten Ruf aus. Die Seelenjägerin fuhr hoch und floh zum gegenüberliegenden Fenster hinaus. Dabei glitzerte etwas in ihrer Hand. Sie hatte Rochoz die juwelenbesetzte Halskette gestohlen, die er in dem unterirdischen Gewölbe an sich gebracht hatte. Avigdor stürmte um die Hausecke und sah gerade noch, wie sie leichtfüßig dahinhuschend zwischen den Ruinen verschwand, das lange blonde Haar offen, sodass es hinter ihr herwehte, eine zausige und lockige Masse, die sich wie von einem eigenen Leben beseelt um ihren Kopf schlängelte.

Rochoz hatte der Ruf aufgeschreckt. Er sprang hoch, griff nach seinen Waffen und wollte auf die vermeintlichen Angreifer losstürzen, als er im letzten Augenblick Avigdor erkannte. »Ihr?«, rief er. »Was wollt Ihr hier?« Dabei hielt er sein breites Schwert vor sich. Seine ganze Haltung verriet, dass er den neuen Weggefährten so wenig traute wie diese ihm. Er beruhigte sich jedoch, als Tubalkin ihm berichtete, was geschehen war.

»Zufällig durchs Fenster gelugt?«, knurrte er. »Gib es zu, du stinkender Fischkopf, du wolltest mich bestehlen! Hast ein Auge auf die hübschen Dinger geworfen, die ich an mir trage.«

Tubalkin schwor bei seinem Leben, dies habe er niemals vorgehabt. Rochoz zeigte sich ungläubig, ließ jedoch das Thema fallen, als er an seine verschwundene Halskette dachte. Ein Hagel von Flüchen ging auf die entflohene Diebin nieder. »Ich will meine Kette zurück, Vampirin hin oder her! In Stücke haue ich die Unholdin!« Helle Wut im Blick, sprang er aus dem Haus und wandte sich in die Richtung, wohin das diebische Wesen verschwunden war. Den Mantel über die Schultern geworfen, das Schwert und einen klobigen Totschläger in Händen, stürzte er wutentbrannt den beiden anderen voraus über Schutt und Geröll. Tubalkin folgte ihm mit seiner wunderlichen Gangart. Beide waren erregt und atmeten flach, ihre Augen glommen im Schein der Phosphorlampe wie die Augen von Raubtieren im finsteren Wald. Tubalkin grinste wölfisch und zeigte lange Zähne. Beide hatten sie das elende Schicksal ihrer Gefährten in dem verlassenen Palast vergessen. Beide dachten keinen Augenblick lang daran, dass eine Halskette wohl kaum die Gefahr wert war, der Seelenjägerin in die Hände zu fallen, und dass nicht sie hinter der Vhilla herrannten, sondern diese sie hinter sich herlockte, fort von ihren Gefährten.

Avigdor war zögernd stehen geblieben. Sollte er der Sache weiter nachgehen, nachdem die Seelensaugerin verscheucht war? Doch dann trieb ihn das Gefühl vorwärts, dem Ursprung dieser Bedrohung nachspüren zu müssen. Und plötzlich flammte eine Neugier in ihm auf, in der er nicht den Zauberwillen des Nachtspuks erkannte.

Blindlings rannten die drei Jäger durch die mondhelle Nacht, immer hinter dem spukhaften Weib her, und da sie den Weg nicht kannten, standen sie unversehens zwischen Grabkapellen mit eingestürzten Dächern und Grüften, deren Deckplatten eingesunken waren und die den Blick in schauerliche Tiefen freigaben. Rochoz lachte, als er die warnenden Inschriften las. »Narretei!«, brummte er. »Zu Dutzenden habe ich solche Gräber aufgebrochen, und niemals ist mir irgendein Unheil widerfahren, es sei denn in Gestalt der Büttel, die mich schnappten.«

Tubalkin zögerte. »Passt auf, wohin ihr tretet!«, warnte er. »Und fasst nichts unnötig an. Solche alten Begräbnisstätten sind oft mit Fallen gesichert, um Grabräuber abzuhalten, und ich habe keine Lust, dass wir alle in einen Schacht stürzen oder von herabfallenden Steinen erschlagen werden.«

Rochoz jedoch lachte nur grob und stieg die Treppe hinunter. »Ich hatte recht, da ist sein Nest!«, rief er von unten herauf. »Kommt nur und seht!«

Tubalkin weigerte sich, aber Avigdor stieg hinunter und betrat die Grabkammer, deren Tür zertrümmert in dem schmalen Gang lag. Ein dumpfer, kalkiger Geruch lag in der Luft wie in einem Beinhaus. Sie erreichten den Fuß der Treppe. Das Licht der steinernen Lampe warf einen fahlgelben Schein in ausgedehnte Gewölbe, die hier und da mit Gittern verschlossen waren. Tausendfüßler huschten pfeifend davon, als der Lichtschein sie aufschreckte, eine Horde Karumen verschwand in Mauerlöchern.

»Gebt die Lampe her!«, befahl Rochoz und streckte die Hand nach dem Schwefelstein aus. Avigdor weigerte sich, trat aber selbst an den Sarkophag und leuchtete. Dessen steinerner Deckel war offenbar in aller Eile aufgelegt worden war, denn an der Seite der schief liegenden Platte klaffte ein Spalt. Auf den Deckel war ein Zeichen gemalt, dessen Bedeutung der Midan nur zu gut kannte. Es war dasselbe Zeichen, das Phokis auf die Tür des roten Holzkastens gepinselt hatte: *Verloren und verdammt!*. Hier war es eine Warnung vor dem verfluchten Leichnam, den die Platte deckte.

Tubalkin, der es doch nicht ausgehalten hatte, allein oben zwischen den Gräbern zu warten, eilte herbei und hob mit einer Hand sein Schwert, während er sich mit der anderen die Nase zuhielt.

Rochoz packte mit seinen fleischigen Pranken zu und stieß die Platte beiseite, die polternd zu Boden fiel. Avigdor hob das Licht und blickte mit halb abgewandtem Gesicht in den steinernen Behälter, dem grauenvolle Gerüche entquollen.

Kein Zweifel, es war ein eben erst bestatteter Leichnam, der darin lag – nicht älter als drei oder vier Tage. Er war gerade in Verwesung übergegangen. Am Boden des Sarkophags stand trüb und faul eine bräunliche Flüssigkeit. Das hastig über die Tote geworfene weiße Tuch war braun gefleckt.

Das blendende Glitzern von Juwelen brach aus dem Dunkel hervor. In solchen Mengen lagen sie aufgehäuft, dass Rochoz laut aufjauchzte und mit beiden Händen hineinfuhr.

Im nächsten Augenblick stieß er einen Schrei aus, der in dem engen Raum widerhallte, einen fürchterlich lang gezogenen, gurgelnden Laut, das Gesicht zu einer dämonischen Fratze verzerrt. An seiner Hand hing lodernd und zischend wie brennendes Pech ein kostbares Geschmeide. Obwohl er vor Schmerzen hin und her sprang, wollte er es nicht loslassen.

Avigdor suchte die Flammen zu ersticken und Rochoz den Schmuck zu entreißen, indem er das Leichentuch darüberwarf. Dieser aber stieß ihn beiseite, sprang über den Türstein und rannte in die Finsternis hinaus. Der Midan hörte noch, wie er heulte: »Mein! Mein!« Mit der Beute, die ihm als flüssiges Feuer die Finger verschmorte, tanzte Rochoz in wild verzückten Sätzen in die Nacht hinaus.

Tubalkin, der ebenfalls in den Sarkophag geblickt hatte, ließ vor Schreck sein Schwert fallen und hoppelte davon, so schnell er es mit seinen krummen Beinen schaffte. Zu spät! Blitzschnell wie eine Otter aus ihrem Loch war die Vhilla aus dem Sarg herausgesprungen, nicht mehr als liebliche Jungfrau, sondern als der verrottende Leichnam einer missgestalteten Vettel mit schnabelförmiger Nase und bläulichen Äuglein, aus denen ein fahles Licht strömte. Dann war sie zur Tür hinausgefahren und draußen über die beiden fliehenden Männer hergefallen. Von deren Schreien hallte die Nacht wider.

Avigdor allein blieb zurück, nicht aus Tapferkeit, sondern weil er gelähmt vor Entsetzen zu Boden gesunken war. Nur einen Augenblick lang hatte er sie im Licht der steinernen Lampe gesehen, aber beim Anblick der Untoten waren ihm die Knie weich geworden, und mit einem erstickten Aufschrei war er zusammengebrochen. Dabei hatte er doppeltes Glück gehabt: Als er niedersank, war die Lederkapsel in seiner Hand zugeklappt und das Licht des Schwefelsteins erloschen, und da er an der Kopfseite des Sarkophags gestanden hatte, war er hinter dem Rücken des auffahrenden Scheusals dessen Blicken verborgen geblieben.

Draußen hastete Rochoz in langen Sätzen zwischen den Gräbern davon, aber er war nicht schnell genug. Das Erwachen der Vhilla hatte anderes Geschmeiß aus seinen Löchern gelockt. Überall krochen, undeutlich sichtbar im Mondlicht, halb menschliche, halb tierische Gestalten auf dem Boden herum, scharrten in der Erde, um an die Begrabenen zu gelangen, schnüffelten wie Hunde an alten Knochen. Rochoz presste die Hand auf den Mund, um einen Schreckensschrei zu unterdrücken, denn plötzlich sah er sich entdeckt. Eine der Kreaturen – ein aufgedunsener Mann, dem der schimmlige, ehemals bunte Kaftan in Fetzen vom Leib hing – richtete sich auf und witterte. Seine Augenhöhlen waren leer – so leer wie die aller anderen, die da gruben und voller Vorfreude schmatzten.

Rochoz blieb jedoch keine Zeit mehr, sich um die Ghule zu kümmern. Etwas strich über ihn hinweg, umhüllt von einer Wolke infernalischen Gestanks, und im nächsten Augenblick stieß die Seelenjägerin wie ein missgebildeter Vogel aus dem Himmel herab. Schwingen schlugen, krallenbewehrte Hände packten zu. Rochoz schlug wild um sich, vergebens. Seine Arme und Beine erschlafften, er riss sich mit einer letzten wilden Anstrengung los und gurgelte in panischer Angst, als er fühlte, was mit ihm geschah. Saugend wie ein Blutegel hing der Mund der Alten an seinem Hals, und sie soff die Lebenskraft aus ihm heraus wie den Wein aus einem Schlauch. Binnen kürzester Zeit vertrockete seine Haut, sein Fleisch schwand, als schmelze es von den Knochen. Die Knie brachen ihm ein. Das Haar fiel aus, als würde es ihm von unsichtbaren Händen vom Kopf gerissen.

Hinter ihm heulte Tubalkin, den eine andere der unheiligen Schwestern gepackt hatte. Schlaff wie ein Bündel schmutziger Lumpen hing er in ihren Krallen. Seine Zehen schleiften über Steinbrocken und die Einfassungen von Grüften, als sie ihn flügelschlagend fortschleppte.

Avigdor wollte sich aufraffen, wollte den Gefährten zu Hilfe kommen und gleichzeitig sich selbst in Sicherheit bringen, denn wenn das Ungeheuer zurückkehrte, würde es ihn ohne Zweifel entdecken und auch ihm den Garaus machen. Die Knie zitterten ihm, zerfetzte Schatten flatterten ihm vor den Augen. Unter Aufbietung letzter Kräfte kam er auf die Füße und kroch aus dem engen Versteck hervor.

Draußen waren noch immer die Schreie der beiden Männer zu hören, aber sie wurden schwach und schwächer und schon bald übertönt von triumphierendem, bellendem Gelächter.

Avigdor floh aus der Gruft und rannte davon, wobei er instinktiv den Weg bergab wählte. Später konnte er kaum begreifen, wie es ihm gelungen war, im trügerischen Mondlicht in solch blinder Hast über Stock und Stein zu springen, ohne sich Hals und Beine zu brechen. Ungeachtet abgründiger Schluchten, rutschender Geröllhalden und steiler Felswände, über deren Kante er mehr als einmal fast hinabgestürzt wäre, trieb ihn das blinde Grauen vorwärts. Hinter ihm erhoben sich Stimmen. Das Jammergeschrei der beiden Gefährten hatte wohl auch die anderen geweckt, die jetzt entweder herbeistürmten, um zu erfahren, was geschehen war, oder nach allen Seiten davonrannten, von derselben Angst getrieben wie er selbst. Bald hörte er nichts mehr als sein eigenes keuchendes Atmen und das Rollen der Steine unter seinen Stiefeln.

Etwas folgte ihm, aber es war weder eine liebliche Jungfer noch ein widerwärtiges altes Weib – es war gestaltlos und doch so deutlich zu spüren, als hätte ein Verfolger aus Fleisch und Blut sich an seine Fersen geheftet. Sein Herzschlag stockte, der Schweiß brach ihm aus, die Knie wurden weich. Er wagte nur ein einziges Mal zurückzuschauen – und sah nichts, und dieses Nichts erschien ihm um vieles schrecklicher als eine Fratze. Er wollte aufschreien – aber kein Laut drang aus seinem Mund. Er versuchte es noch einmal, brachte jedoch nur ein wortloses, gepeinigtes Krächzen hervor. Auf seine Seele legte es sich wie die würgende Umschlingung eines Nachtmahrs. Die Vhillen und Rotmützen, selbst die gräulichen Hunde in der Krypta des Mausoleums besaßen eine Gestalt, auch wenn einem bei ihrem Anblick das Blut in den Adern gefror. Dieses Geschöpf, das da in einer Wolke von bleichem, düster brodelndem Dampf hinter ihm herjagte, war völlig formlos

Lahm vor Erschöpfung stolperte er, ruderte vergeblich mit den Armen, glitt aus. Im nächsten Augenblick fand er sich zusammengekrümmt und zitternd vor Kälte auf nacktem Geröll liegen. Sein Gesicht und sein Haar waren feucht von Schweiß, das Herz hämmerte ihm in der Brust, als wolle es die Rippen zertrümmern.

»So wartet doch! Was rennt Ihr wie ein Narr? Ihr seid längst in Sicherheit!«, zischte eine junge weibliche Stimme.

Die dazugehörige Gestalt konnte er im Mondlicht nur undeutlich sehen, da sie obendrein einen dunkelfarbigen langen Kapuzenmantel trug, aber die Stimme war ihm vertraut.

Avigdor richtete sich auf den Ellbogen auf. »Genevere! Dann wart Ihr hinter mir her? Keine Vhilla?«

»Den Unterschied zu einer Untoten hättet Ihr selbst im Stockfinsteren feststellen können, mein Lieber. Wollt Ihr fühlen, wie heiß mein Blut ist?« Sie kauerte sich neben ihm nieder. »Seid Ihr arg zerschunden?«, fragte sie mitfühlend.

»Ja. Aber wenn Ihr gesehen hättet, was mir folgte ...«

»Niemand folgte Euch«, erklärte sie entschieden. »Nur ich allein.«

»Es war etwas, das ich nicht sehen konnte. Es war nur eine Kugel aus weißem Dampf ... ein durchsichtiger Nebel ...«

»Gewiss, das war es, und jetzt steht auf!«

Ächzend gehorchte er und fühlte sich so, als hätte eine wütende Kriegsechse auf ihm herumgetrampelt. Von Kopf bis Fuß tat ihm alles weh, vermutlich war er über und über voller blauer Flecken. »Was ist aus Rochoz und Tubalkin geworden, wisst Ihr das?«

Sie betrachtete ihn aus halb geschlossenen Augen in einem perlweißen, unbewegten Gesicht. »Ich weiß es nicht. Ich bin hinter Euch hergerannt. Und jetzt vergesst die dummen Kerle. Es ist Euer nicht würdig, Euch mit Grabräubern abzugeben.«

»Mit Dirnen und Diebinnen aber schon?« Als sie ihn daraufhin erbost anfunkelte, zuckte er die Achseln. »Schon gut. Meine eigene Ehre ist im Augenblick auch nicht viel wert.«

»Wir steigen ins Tal hinunter«, sagte sie und ging offenbar davon aus, dass er mit ihrem Vorschlag einverstanden war. »Dort haben wir von den Blutsaugern nichts mehr zu fürchten und finden leichter unseren Weg. Kommt! Trotz der Rutschpartie könnt Ihr doch gehen, oder?«

Avigdor zögerte. Er hatte schreckliche Angst, auf den Berg zurückzukehren. Dennoch fühlte er sich der kleinen Schar verpflichtet, die ihn zu ihrem Führer erwählt hatte. So ungern er es auch tat, er musste zurückkehren, wenn er nicht von Schuldgefühlen gepeinigt werden wollte.

Genevere grollte, als er seinen Entschluss äußerte. »Narr!«, zischte sie. »Ihr wollt zurück auf den Berg, um ein paar Lumpen zu retten, die von Rechts wegen längst tot sein sollten?«

»Und was ist mit Euch, schöne Dame?«, gab er gereizt zurück. »Müsstest Ihr nicht auch einen Erzwagen durch den Stollen ziehen, wenn das Schicksal es anders gewollt hätte? Wie auch immer – kommt mit oder bleibt hier, wie es Euch beliebt. Ich kehre zu meinen Gefährten zurück.«

–

Sie mussten nicht lange bergan steigen. Schon nach kurzer Zeit kam ihnen ein Trupp verstörter Menschen entgegen, die wild durcheinanderschwatzten und von Ghulen und Seelensaugern berichteten. Was aus Rochoz und Tubalkin geworden war, konnten sie nicht sagen – mit größter Wahrscheinlichkeit waren sie so tot wie die beiden törichten Jungen, die der Vhilla im verlassenen Palast in die Hände gefallen waren.

Avigdor machte den Vorschlag zu warten, bis die Sonne aufgegangen war, um dann nach den beiden zu suchen, aber seine Gefährten hatten nur noch einen Gedanken: fort von dem verfluchten Berg. Einer nach dem anderen stiefelte mit langen Schritten los, den Abhang hinunter in die schwarzblauen Schatten der Schlucht, wo Felsblöcke und hohe Stachelschwämme Schutz vor den Augen am Himmel boten. Wer wusste denn, ob die Seelenjägerinnen, erregt von der doppelten Mahlzeit, nicht immer noch auf weichen Schwingen durch die Dunkelheit glitten?

Avigdor schalt alle Schelme und Feiglinge, aber sie riefen ihm nur Schimpfwörter zu und kletterten weiter bergab. Allein Orlan von Imlarhan blieb an seiner Seite. Sie wollten eben aufbrechen, um nach der unheiligen Gruft zu suchen, als Orlan die Hand hob und seinen Gefährten lauschen hieß.

Durch die Dämmerung drang von fern ein dumpfes Grollen. Der Boden rüttelte wie ein Kornsieb. Kein Zweifel – die Erde war in Bewegung geraten! Felstürmchen zitterten, schwankten und stürzten, Steine rollten, erst faustgroße, dann kopfgroße, dann immer größere. Die beiden Männer hörten ein Rauschen, so gewaltig, dass ihnen die Ohren zufielen, und ein singendes Pfeifen. Eine Hitzewelle fegte über sie hinweg. Dann war ein gewaltiger Krach zu hören, die Erde unter ihren Füßen wölbte sich auf, hinter den Ruinen am Kraterrand schlugen Flammen hoch.

Von Panik ergriffen, stürmten der Midan und sein Begleiter davon. Ohne sich weiter um die beiden Vermissten zu kümmern, nur noch bestrebt, das eigene Leben vor der Wut des Bergs zu retten, flohen sie. Vorbei an riesigen grünen Basalttrümmern, an den Überresten von Säulen, die auf ihren Sockeln schwankten wie Betrunkene, an steinernen Fratzen und Schnörkeln, die von Mauern und Simsen herabfielen und auf dem Boden umherrollten wie Würfel auf einer Trommel. Avigdor fürchtete, jeden Augenblick von einem Stein erschlagen zu werden oder in ein Loch im Boden zu stürzen. Orlan indes streckte die Hand aus und zog den Handschuh ab, und der lange Strahl eines blauen Lichts fuhr aus dem Mondstein in seinem Ring. Als würde eine wunderbare Hand ihnen den Weg öffnen, war das Gelände immer dort, wo sie gerade liefen, frei von Steinen. Hinter ihnen wurde das Rumpeln und Dröhnen immer lauter, wie Donnergrollen klang es über die Berge. Steine holperten und rollten, Klüfte sprangen auf. Die Kleider hochgerafft, flohen sie durch die Ruinen, bis sie atemlos und keuchend den Grund der Schlucht erreichten, auf dem die anderen bereits angelangt waren.

Der Berg beruhigte sich allmählich wieder, und die Flüchtigen machten sich an den weiteren Abstieg. Es war ein mühseliger Weg. Nach den Schrecken der Nacht und dem viel zu kurzen Schlaf spürten sie alle Knochen im Leib. Ihre Glieder schmerzten bei jeder Bewegung, und sie mussten in einem fort gähnen. Wie Rauchfahnen quollen dünne Nebelschleier zwischen den Felsen hervor, wurden rasch dichter und versperrten den Blick auf den Pfad.

Eine Weile krochen und kletterten sie im Zwielicht über die Felsen und zwischen dornigen Büschen hindurch. Zu beiden Seiten ragte behauenes, zerbröckelndes Felsgestein düster auf. Das Licht der Dämmerung fiel auf grobes Gestein, blau oder scharlachfarben gefärbte Felsblöcke, die der Wind von Jahrtausenden zu phantastischen Formen geschliffen hatte. Immer mehr lebendige Schatten erfüllten die schwindende Nacht ringsum. Fludern strichen auf weich gefiederten Schwingen über sie hinweg und umtanzten sie so dicht, dass der eine oder andere blinzelnd zurückfuhr. Und nicht nur die Nachttiere umflatterten sie. Avigdor sah und fühlte, wie geisterhafte Schemen ihnen den Weg zu verstellen suchten. Offenbar sollten sie nach Kräften daran gehindert werden, den Berg zu verlassen. Sie bildeten einen Ring und stießen die Flüchtigen zurück, aber ihre nur halb gestalteten Hände waren schwach und ihre drohenden Stimmen dünn wie das Seufzen des Winds.

Dann stießen die Gefährten auf die Reste der Heerstraße, die vor langer Zeit zu der hoch gelegenen Stadt hinaufgeführt hatte. Sie war mit Platten gepflastert, hatte Gossen zu beiden Seiten der Fahrbahn und war mit Pfeilern markiert, auf denen die jeweilige Entfernung bis zu der Stadt auf dem Berg eingemeißelt war. Im grauen Dämmerlicht entzifferte Avigdor, dass sie Megith hieß – oder besser, geheißen hatte, denn inzwischen besaß sie wohl keinen Namen mehr.

Genevere schauderte. Sie zog den langen Mantel eng um sich und schlang die Arme um den Körper. »Lasst uns so schnell wie möglich ins Tal hinabsteigen!«, bat sie. »Was immer dort auf uns wartet, ich will lieber unbekannten Gefahren die Stirn bieten als noch länger auf diesem Dämonenberg verweilen.«

Die Übrigen stimmten ihr zu.

Die Geister der Verbannten folgten ihnen noch eine Weile. Als sie jedoch merkten, dass sie gegen die Lebendigen nichts ausrichten konnten, blieben sie nach und nach zurück und sandten ihnen wispernde Flüche nach.

–

Der Grabräuber Rochoz träumte, dass kaiserliche Schergen ihn verhaftet und in Ketten gelegt hätten. Halb wach, halb träumend, versuchte er mit wilden Bewegungen gegen die Fesseln anzukämpfen, aber sein Körper war lahm, die Glieder wollten ihm nicht gehorchen, ja selbst die Zunge lag ihm schwer wie ein Stein im Mund. Jeder einzelne Knochen, jede Faser im Leib taten ihm weh, aber schlimmer noch war die panische Angst, die ihn in den Fängen hielt und ihm beinahe das Bewusstsein raubte. Nie im Leben war ihm so schrecklich zumute gewesen. Wo war er? Träumte er einen irren Traum? Hatten die Schergen ihn im Schlaf überwältigt und in den tiefsten Kerker des kaiserlichen Palasts geworfen? Oder war er tatsächlich gestorben und in die Gewalt unaussprechlicher Wesen geraten? Brennend wie den Biss eines Blutegels fühlte er die Stelle im Nacken, wo das Saugmaul der Vhilla sich in sein Fleisch gekrallt hatte. War er gestorben? Wie oft hatte ihn die Furcht gepeinigt, er habe allzu viel Böses begangen und werde nach dem Tod in die Finsternis der Frost- und Feuerhöllen hinabfahren. Und nun war es geschehen.

Nie zuvor in seinem Leben hatte der Tempelschänder Tubalkin sich so elend gefühlt, nicht einmal während seines Aufenthalts in den Kasematten des Kaiserpalasts. Er lag flach auf dem Rücken und wagte kaum ein Glied zu rühren. Das Letzte, woran er sich erinnern konnte, waren der wütende Angriff der Vhilla und das Gefühl, dass ihm die Eingeweide aus dem Leib gerissen und das Blut aus den Adern gesoffen würde. Vorsichtig rollte er mit den Augen. Schon diese winzige Bewegung hämmerte Tausende von Nägeln in seinen Kopf, aber immerhin sah er, dass Rochoz neben ihm lag, blutleer und verhutzelt, anzusehen wie eine der scheußlichen Mumien, die am Ort der Gerechtigkeit in ihren Sonnenkäfigen hingen. Sein Körper war so mager, dass die Rippen hervorsprangen wie ein Feuerrost, seine Haut grau und spröde wie ein Wespennest. Aber er lebte, er bewegte sich, er würgte Worte hervor.

Tubalkins Kopf wackelte auf dem kraftlosen Hals hin und her, als er krächzte: »Dachte nicht, dass Ihr noch lebt!«

»Wie du siehst, lebe ich, stinkender Fischkopf«, knurrte Rochoz.Oder hast du schon jemals einen Toten sprechen hören?« Mühsam richtete er sich auf alle viere auf und hatte das Gefühl, er werde gleich in Stücke zerfallen wie der Leichnam eines Gevierteilten.

Tubalkin tat es ihm gleich. Unter Ächzen und Stöhnen gelang es ihnen, sich aufzusetzen.

»Wir sollten zusehen, dass wir von hier verschwinden, bevor das Scheusal zurückkehrt«, winselte der Dieb.

»Halt's Maul!«, schnauzte der Grabräuber ihn an. »Sollen wir auf dem Bauch davonkriechen? Zu mehr reicht es nämlich nicht bei mir.«

Wenig später merkte er jedoch – und das verwunderte ihn in höchstem Maß –, dass seine Kräfte ausreichten, um aufzustehen, und mit noch größerem Staunen stellte er fest, dass sein dürrer grauer Leib allmählich wieder Fülle und Farbe annahm.

Er runzelte die Stirn. Irgendetwas Rätselhaftes geschah mit ihm und Tubalkin. War dasselbe nicht auch Cantelet widerfahren? Wie auch immer, es blieb keine Zeit, darüber nachzugrübeln. Als Erstes mussten sie fort von hier, mussten den Berg hinter sich lassen, ehe die Sonne sich neigte und im Schutz von Nergals Schwingen das ganze Geschmeiß von Neuem aus den Löchern kroch.

DRITTER TEIL

Die Herberge *Zum Goldpalast*

Es war ein klarer, sonniger Morgen, windstill und mild. Die kegelförmigen Berge mit ihren weißen Schneegipfeln lagen in träumerischer Versunkenheit. Ein leichter Wind trieb den Schnee hoch und wirbelte schillernde Eiskristallnebel um die Gipfel. Kein Flecken trübte ihr klares Weiß. Die zerklüfteten Felsmauern, auf denen die Morgensonne in rosa- und ockerfarbenen Lichtschattierungen spielte, erhoben sich in unirdischer Schönheit aus dem Saum der Schuppenbaumwälder.

Müde von der unruhigen Nacht, aber erfrischt von dem strahlenden Morgen und angespornt von der Aussicht, den Berg so rasch wie möglich zu verlassen, stiegen die Soldaten und ihre Begleiter den steilen Pfad hinunter. Brianna war damit beschäftigt, Gavon neue Wörter beizubringen, wurde aber in dieser Beschäftigung unterbrochen, weil Treva ihnen zurief, sie sollten kommen und sehen, was sie entdeckt hatte. Sie hockte auf den Fersen und betrachtete eingehend irgendetwas, das mitten auf dem Pfad lag. Zu ihrer Überraschung sah Brianna, dass sie lachte – geradezu herzlich lachte.

Als alle herbeigekommen waren, wies sie auf ein winziges Häufchen einer Tierlosung – daumennagelgroße gelbgrüne Bällchen. »Wisst ihr, was das ist?«

Stirnrunzelnd betrachteten die Gefährten die Kotbrocken. Es war offenkundig, dass sie Trevas Begeisterung nicht nachempfinden konnten.

Die ließ sich die gute Laune nicht verderben. »Ich kann euch etwas Unterhaltsames zeigen, über das wir uns bei der Armee immer krummgelacht haben«, kündigte sie an. Sie wies mit ausgestrecktem Arm auf ein Loch in der Böschung, gerade so groß, dass eine Männerfaust hineinpasste, zweifellos den Eingang zu einem unterirdischen Bau. »Dort drinnen«, erklärte sie, »wohnt ein kleines Tier, etwa so groß wie eine Karume. Man nennt es den Eisenbeiß. Und jetzt wartet ab, das wird lustig.«

Sie sprang auf, ging auf ein Gebüsch zu und trennte mit wenigen wuchtigen Hieben ihres schweren Messers einen Ast ab, der etwa so lang wie ein Speer und so dick wie ihr sehniger Arm war. Nachdem sie ihn flüchtig von Zweigen und Blättern befreit hatte, trat sie zu dem Loch und stocherte darin herum. »Passt gut auf!«, rief sie, während der Stock bis zu einem Drittel in der Höhlung verschwand.

Brianna runzelte die Stirn. Sie hasste es, wenn Tiere aufgestört und gequält wurden, und hoffte nur, Treva möge dem kleinen Eisenbeiß nicht ernsthaft etwas zuleide tun.

Dann sprang sie mit einem Satz zurück, denn aus dem Bau drang plötzlich ein wütendes Knurren und Quarren, das sich äußerst bedrohlich anhörte. Treva lachte jedoch nur und stocherte weiter. »Keine Angst!«, rief sie den Gefährten zu. »Es sind Nachttiere. Solange es hell ist, kommen sie nicht heraus.« Sie fuhr mit dem Stecken – in den das Tier sich offenbar verbissen hatte – noch ein paarmal hin und her, dann zog sie ihn zurück, so kräftig, dass der unsichtbare Feind ihn loslassen musste, wenn er nicht mit ans Licht gezerrt werden wollte.

Brianna traute ihren Augen nicht. Was eben noch ein glatter und ziemlich dicker Ast gewesen war, glich nunmehr einem Rutenbesen, so zerfranst, wie er war. Auf eine Länge von gut einer Elle hing das dicke Holz in Splittern und Strähnen herab, die Rinde war abgefressen, das helle Innere zerkaut und zerbissen.

Treva lachte von Herzen. »Ist das nicht witzig?«, rief sie.

Alle gaben ihr recht, um sie nicht zu verärgern, aber Brianna fand den Gedanken daran, welch ein Gebiß der katzengroße Eisenbeiß wohl haben mochte, nicht sonderlich erheiternd. Gavon hatte den Schweif zwischen die Beine geklemmt und blickte zu Boden.

Sie gingen weiter, und Brianna war erleichtert, als das Loch in der Böschung weit hinter ihnen zurückblieb. Schließlich wusste sie nicht, ob der Eisenbeiß nicht vielleicht doch noch Lust auf einen Tagesausflug – und ihre Waden – bekäme.

Sie tranken aus einer Quelle, die einem Felsen entsprang. Das Wasser strömte in einer schmalen Rinne zwischen den Steinen dahin. Brianna fragte sich, ob es wohl den Hunger ebenso vertrieb wie den Durst, denn obwohl viel Zeit seit der letzten Mahlzeit vergangen war, hatte sie nicht das Bedürfnis nach Essen.

Als spreche sie nur für sich selbst einen Gedanken laut aus, sagte Treva plötzlich: »Ich habe immer noch keinen Hunger. Und ihr?«

Zögernd gaben die vier Männer und Brianna zu, dass es ihnen genauso erging. Laurin presste plötzlich, von Furcht und Verwirrung überwältigt, die Handflächen zusammen und steckte sie zwischen die hochgezogenen Knie, schaudernd wie einer, der friert. »Hier ist alles verhext«, murmelte er. »Der Herold und die Kammerherren sind verschwunden, niemand hat Hunger, Wunden heilen im Handumdrehen, dafür fällt alles sonnenlästerliche Gezücht der Erde über uns her. Wo in aller Welt sind wir gelandet? Wir sind doch nicht etwa gestorben und in der jenseitigen Welt gelandet!«

»Dann wäre der Wolf nicht hier«, erklärte Brianna. »Wölfe kommen weder in den Lichtpalast noch in die Unterwelt.«

Amyas war das Thema sichtlich unangenehm, vielleicht weil er zugeben musste, dass er vor einem Rätsel stand, also zog er sich in einen Bereich zurück, in dem er sich auskannte. »Ihr redet leere Worte. Auf!«, befahl er. »Je länger wir hier herumlungern, desto größer ist die Gefahr, dass wir neue Schwierigkeiten bekommen. Möge Phuram uns bald ein sicheres Haus zeigen, in dem wir Obdach und eine Erklärung finden!«

»Ich glaube, ich sehe ein Haus«, warf die scharfäugige Treva ein. »Seht ihr dort tief unten den dünnen Rauchfaden und etwas Schwärzliches zwischen den Felsen?«

Die Aussicht, bald auf eine menschliche Behausung zu stoßen, belebte alle sofort, obwohl sie nicht wussten, ob sie nicht in ein Räubernest geraten würden. Mit langen Schritten eilten sie den steinigen Pfad hinab.

Drei Stunden waren sie unterwegs, erst durch kahles Geröll, dann durch Strauchwerk und Krüppelbäumchen und schließlich über rauen Almrasen. Plötzlich blieb Gavon stehen und jaulte kläglich. Der Blick seiner gelbgrünen Augen war starr auf einen dunklen Umriss auf der Schulter eines gegenüberliegenden Bergs gerichtet.

Selbst auf die weite Entfernung erkannte die Wolfsführerin, was es war: eine klobige, mit angezogenen Armen und Beinen auf einem Sockel zusammengekauerte Gestalt mit gehörntem Schädel, auf deren Stirn und Flanken das Sonnenlicht glühte und funkelte.

»Was kann das sein?« Sie flüsterte, als könne das Standbild sie trotz der großen Entfernung hören.

Treva flüsterte zurück. »Schsch! Still! Sprich nicht davon! Sieh nicht hin!« Sie zog den Mantel vors Gesicht, aber Merien, der weniger ängstlich war, sagte mit lauter Stimme: »Was fürchtest du? Phuram allein erleuchtet die Welt, alle anderen Götter sind nur Holzpfähle und Steinklötze.«

Brianna blickte hinauf, und ihr schien, dass sie im Flug aufsteigen würde, wenn sie sich ergreifen ließe, dass Arme sie umfassen und sie bis zum Mond und zu den äußersten Sternen tragen würden, wenn sie dem drängenden Flüstern nachgäbe. Unvermittelt fühlte sie sich in einem absonderlichen inneren Zwiespalt gefangen: So scheußlich sie das Götzenbild auch fand, so sehr fühlte sie sich plötzlich gedrängt, über Stock und Stein hinauf zu dem Vorsprung zu laufen, sich oben vor dem Sockel auf die Knie zu werfen und alles, was sie besaß, dem Gehörnten zu opfern. Unwillkürlich tastete sie nach ihrem kostbarsten Besitz, dem Sonnenamulett. Aber als sie es berührte, durchfuhr sie ein so scharfer, sengender Stich, dass sie schreiend die Finger zurückriss. Kein Fleck, keine Blase zeichneten ihre Hand, und doch schien das Schmuckstück plötzlich rotglühend geworden zu sein. Erschrocken zögerte sie, und mit diesem Zögern schwand die Versuchung, sich vor dem Moloch zu Boden zu werfen, und sie empfand nur noch Grauen und Ekel.

»Diese Ungeheuer werfen einen Bann auf jeden, der sie anblickt«, murmelte Treva. »Es sind in Stein gehauene Dämonen.«

»Wenn sie in Stein gehauen sind«, gab Merien forsch zurück, »dann können sie uns auch nicht schaden. Angst habe ich nur vor lebenden Unholden.«

»Und die Vhilla am Teich?«, warf Laurin ein. »War die nicht auch ein Steinbild und hätte uns beinahe ins Verderben gelockt?«

Amyas beendete die Debatte mit dem Rat, den er ihnen immer gab, wenn sie seiner Meinung nach zu viel schwätzten. »Spart euren Atem fürs Laufen!«

Und sie hielten sich daran. Nachdem sie sich menschlichen Behausungen nahe glaubten, brannten sie darauf, dorthin zu gelangen und endlich wieder ehrliche Menschengesichter zu sehen.

–

Das Dach, das sie von den Felsen aus gesehen hatten, gehörte zu einer wunderlichen Ansammlung schiefer Häuser aus Steinen und geteerten Balken, die sich zwischen eisgrauen Felsblöcken eng aneinanderdrängten. Eine hohe Mauer, in der sich nur ein einziges Tor befand, schützte die Ansiedlung. Die winkligen Dächer waren teilweise eingesunken, ihre Firste zogen und wanden sich in merkwürdigen Krümmungen um die altersschwarzen Balken. Um sich vor den tobenden Stürmen und dem Schneegestöber des Gebirges zu schützen, hatten die Bewohner ihre kümmerlichen Katen so eng aneinandergebaut, dass der gesamte Weiler wie ein einziges Haus wirkte, mit überdachten Gassen, so schmal wie Flure, auf die winzige Fenster hinausguckten. Nach außen wandten die Häuser den Bergen blinde Fronten zu – wer wollte schon ein Fenster öffnen, in das der eisige Sturm und der kalte Schnee hereinfegten? Ganz abgesehen von der abergläubischen Angst der Bewohner dieser Einöde vor jenen Wesen, die nachts durch offene Fenster einsteigen mochten. Die Bauern fürchteten sich vor Geistern in den einsamen Schluchten und den heulenden Windkobolden, die auf den Pässen ihr Unwesen trieben, und sie erzählten Geschichten von leichtsinnigen Leuten, die nachts auf ein verstohlenes Pochen hin ein Fenster geöffnet und damit ungebetene Gäste eingelassen hatten, Wesen mit Rüsseln und Fledermausschwingen, funkelnden Eulenaugen und struppig wie Baumwurzeln abstehendem Haar.

Langsam und vorsichtig näherten sich die Khan-Hagizim, ihre Waffen fest in Händen haltend. Das Dörfchen wirkte jedoch völlig harmlos. Am Tor sahen sie einen Karren mit zwei schwerfälligen Zugechsen stehen, plumpen Tieren mit rostbraunem Schuppenkleid und einfältigen Augen. Die verkümmerten Schwingen auf ihrem Rücken fächelten im Abendwind wie dürre Palmblätter. Feiste Gürteltiere und Plattnasen watschelten gemächlich über die geschotterte Dorfstraße. In einem Pferch ruhten mit gefalteten Schwingen zwei Dutzend Flugechsen, sanfte, schläfrige Tiere mit pferdeähnlichen Köpfen. Sie ähnelten riesenhaften Fludern, waren aber weiß mit beigefarbenen und braunen Tupfen und hatten Schwingen mit einer Spannweite von nicht weniger als vier oder fünf Schritt, die mit hauchzartem Flaum bedeckt waren. Gemächlich rupften sie das kurze würzige Gras.

Das Haupthaus des winzigen Bergdorfs war eine Schenke, die sich durch einen geschnitzten Giebel mit zwei gekreuzten Drachenköpfen von den anderen Häusern unterschied. Vor dem Tor hing ein Schild mit dem Namen der Wirtschaft, der nicht unpassender hätte sein können: *Zum Goldpalast*.

Das Gasthaus *Zum Goldpalast* wirkte äußerlich wenig anziehend, und doch spürte Brianna, als sie sich dem Haus näherte, eine geradezu magische Anziehungskraft. Wie ein Strudel sog es alles an, was sich ringsum bewegte, und alle eilte ihm entgegen. Sogar der sonst so ängstliche und argwöhnische Gavon rannte in fröhlichen Sprüngen darauf zu. Übermütig bellte er die Flugechsen an, die verdattert die schweren Köpfe hoben, und wollte sich ausschütten vor Lachen über ihre törichten Gesichter. Brianna fühlte sich unbehaglich, als sie sich so gegen ihren Willen zu dem Haus hingezogen fühlte. Sie blieb stehen, wollte sich gegen den seltsamen Drang sperren, aber es war schon zu spät. Die anderen liefen bereits an ihr vorbei und traten durch das von zahllosen Wurmlöchern zernarbte Tor. Ihr blieb nichts anderes übrig, als ihnen zu folgen.

Die Tür sprang lautlos auf und lud sie ein, die Schenke zu betreten. Noch ehe Brianna richtig denken konnte, stand sie schon im Innern, und hinter ihr schloss sich die Tür mit deutlich hörbarem Klick, als hätte eine unsichtbare Hand sie ins Schloss gedrückt. Türpfosten und Schwellen waren knochentrocken von Sonne und Wind und gebleicht wie Holz, das lange im Salzwasser gelegen hatte. Den Flur bedeckte eine Täfelung, in der offenbar Legionen von Holzwürmern nisteten. Es roch nach uraltem Holz und Feuerrauch, staubig und stickig, wie Häuser riechen, deren Fenster nie geöffnet werden. Fröhlicher Lärm und der schwirrende Klang einer Maultrommel schlugen ihr entgegen.

Brianna trat aus dem Vorraum in die Stube und sah sich beklommen um. Das Bild, das sich ihr bot, wirkte keineswegs bedrohlich. Die weitläufige Wirtsstube war so niedrig, dass ein großer Mann wie Amyas darauf achten musste, sich den Kopf nicht an den Balken zu stoßen. Nun war auch klar, warum die Häuser im Dorf dunkel gewesen waren, denn alle

Bewohner hatten sich anscheinend bis zum letzten Mann in der Schenke versammelt.

Die Schankstube war so alt, dass die schwarze Täfelung kreuz und quer von Rissen durchzogen war, der Boden so bucklig, dass man Holzstückchen unter die Tische legen musste, damit sie nicht wackelten. Ein mächtiger Tresen, ringsum mit blanken Kupferbändern eingefasst, nahm eine Ecke der Stube ein. Im offenen Kamin glomm ein Feuer, denn in dieser Höhe waren auch im Sommer die Nächte sehr kalt. Es roch stark nach geteertem Holz und glühenden Buchenscheitern, nach Bier und Erbsensuppe und einem dunklen, aromatischen Getränk, das sehr beliebt zu sein schien. An groben Holztischen saßen Bauern und Hirten beisammen, ein schlammbrauner, o-beiniger Menschenschlag, kleinwüchsig und untersetzt, mit platten, stumpfnasigen Gesichtern. Auch eine Handvoll Edelsteinsammler und Wurzelsucher, leicht erkenntlich an ihren vollgepackten Tornistern, saßen hinter ihren Zinnkrügen. Sie tranken helles Bier, das sie mit Schnaps aufbesserten, kauten die fleischigen roten Blätter der Mauerwurz und spuckten zielsicher in überall aufgestellte Näpfe, während sie sich über die Neuigkeiten des Tages unterhielten.

Brianna fragte sich schon, welche Neuigkeiten es in dieser Einöde geben mochte – abgesehen vom Erscheinen fünf kaiserlicher Soldaten –, als bereits der Wirt auf sie zukam.

Die junge Wolfsführerin sah sich einem zwergenhaften, buckligen Mann mit schlohweißem langem Haar gegenüber, das ein runzliges, verschmitztes und liebenswertes Gesicht umrahmte. Wie es seinem Stand entsprach, war er in ein weites weißes Hemd mit bauschigen Ärmeln gekleidet und trug dazu schwarzseidene Kniehosen sowie helle Strümpfe, die er in die Stiefel gesteckt hatte. Um die Mitte hatte er eine knöchellange Schürze gebunden. Auf dem weißen Haar saß ein Samtkäppchen.

In seinen Augen glühte es auf, als er Brianna musterte. Sie schauderte, und ihr war zumute, als tauche der Mann in ihr Innerstes.

»Willkommen, edle Damen und Herren … und du da, ja, du bist auch willkommen!«, begrüßte er die neuen Gäste mit ausgebreiteten Armen. Dabei kraulte er den freudig hechelnden Gavon hinter dem Ohr. »Ihr seht müde aus. Hier ist ein guter Platz zum Sitzen für sechs Hinterteile und einer unter dem Tisch für vier Pfoten. Wollt ihr kaltes Bier oder einen heißen Beerenschnaps?« Seine Stimme klang tief und weich wie der Ton einer Holzflöte. »Mein Name ist Khuto, und wie heißt ihr?«

Sie nannten ihre Namen, und er reichte ihnen einen nach dem anderen die Hand. Wenn Brianna gedacht hatte, ein so missgestalteter Mann müsse schwach und schlaff sein, so wurde sie eines Besseren belehrt. Sein Händedruck war nicht nur kräftig und herzhaft – es steckte eine Kraft darin, die ihr den Eindruck vermittelte, der Wirt könne sie mit einer Hand hochheben und einen Klafter weit durch die Luft schleudern. Sie fühlte, wie Kraft aus seinen Händen und Augen strömte und sie durchdrang. Die Ängste, die sie geplagt hatten, schwanden wie Nebel im Sonnenlicht. Der Druck der Nachtmahre auf ihrer Brust ließ nach. Eine tiefe Ruhe und zugleich ein Gefühl des Wachseins erfüllten sie, als nehme sie alles um sich herum mit neuen und schärferen Sinnen wahr. Das Gefühl war wunderbar, aber beunruhigend in seiner Stärke. Erschrocken zog sie die Hand zurück und versteckte sie mit einer unwillkürlichen Bewegung hinter dem Rücken, damit er sie nicht noch einmal ergreifen konnte.

Mittlerweile war der Wirt schon eifrig damit beschäftigt,

ihnen einen gemütlichen Platz an einem langen Tisch im Ofenwinkel frei zu räumen, während er gleichzeitig nach einem Burschen pfiff, der den Willkommenstrunk brachte. Erst holte er aus einem Schränkchen eine Flasche feinsten goldbraunen Schnapses und stellte sie auf den Tisch, dann machte er sich an einem kostbar aus Silber gefertigten Gerät zu schaffen, das auf einem Beistelltischchen stand. Unten war es mit glühenden Holzkohlen gefüllt, oben mit Wasser, aber was es bewerkstelligen sollte, war Brianna unklar. Sie setzte sich an die Wand und lehnte den Rücken an das trockene, vom Kaminfeuer durchwärmte Holz, das bei jeder ihrer Bewegungen knackte, und beobachtete, wie mit dem Apparat ein Getränk aus duftenden schwarzen Kräutern zubereitet wurde.

Der Wirt servierte es ihnen in winzigen tönernen Bechern. Dann stellte er sich mit verschränkten Armen vor ihnen auf und pries stolz die Köstlichkeiten seiner Küche an. »Was darf es zu essen sein? Brotsuppe? Echsenkäse mit geröstetem Gerstenbrot oder ein Beerenkuchen mit Sahne?«

Als die Gäste ablehnten, zog einen Atemzug lang ein merkwürdiger Ausdruck über sein Gesicht, ein Zwinkern und zugleich ein Stirnrunzeln. Dann überließ er es dem Burschen und der Schenkin, die bäuerlichen Gäste zu bedienen, und setzte sich zu den Soldaten. »Nun, meine Damen, meine Herren, lasst uns hören: Was verschlägt Euch in unsere Einsamkeit?«

»Wir haben uns verirrt«, antwortete Amyas kurz angebunden. Und fragte dann in betont beiläufigem Ton: »Wo sind wir hier eigentlich?«

Khuto gab ebenso bereitwillig wie ausführlich Auskunft. »Den Weiler nennt man Ghab, das bedeutet i-Tüpfelchen, weil unser Dorf so klein ist. Den Berg, von dem Ihr herabgestiegen seid, nennt man den Toar Tuaban Kail, die nächstgelegene Stadt heißt Kysch, und die weitere Umgebung ist die Vulkaninsel Khybir im äußersten Süden von Chatundra.« Diese höchst unnötige Auskunft erteilte der Wirt mit verschmitztem Blick, als wisse er genau, wie verloren die verirrten Wanderer waren. »Woher kommen die Herrschaften denn?«

»Aus der Hauptstadt«, antwortete Amyas. »Wir sind kaiserliche Soldaten.«

»Ah, Thurazim! Eine herrliche Stadt! Da seid Ihr allerdings ganz schön weit in die Irre geraten. Thurazim liegt drei Drachenflüge von hier entfernt.«

»Wir hatten einen Auftrag zu erfüllen.« Amyas' schroffer Ton machte dem Wirt klar, dass es sich um einen geheimen Auftrag gehandelt hatte, über den nicht weiter gesprochen werden durfte.

Khuto nickte lächelnd und eilte davon, um einen Napf Wasser für den Werwolf zu holen.

Amyas blickte ihm argwöhnisch nach. »Ein wunderlicher Geselle!«, bemerkte er mit gedämpfter Stimme. »Wie kommt so einer dazu, den Wirt in einem so kümmerlichen Weiler zu spielen?«

Brianna wusste genau, was Amyas gemeint hatte. Khuto mochte aussehen wie ein Erdmännlein und sich benehmen wie ein Wirt, aber er war mit Sicherheit keines von beiden. Von ihm strömte eine warmherzige, in sich selbst ruhende Kraft aus, die einen hohen Herrn verriet, und zwar einen wirklich hohen Herrn, nicht irgendeinen Tölpel, der von seinen Eltern ein Wappen oder ein Vermögen geerbt hatte.

Der Wirt kehrte mit dem Wasser zurück, stellte Gavon den Napf hin und kraulte ihm die Ohren.

Amyas begann ihn vorsichtig auszufragen. »Sagt mir,

Herr Wirt ... der Toar Tuaban Kai ist ein recht seltsamer Berg, nicht wahr?«

»Das kann man wohl sagen«, bestätigte Khuto.

»Und diese gewaltige Stadt auf dem Pass? Wer hat sie erbaut, und wie kam es, dass sie zerstört wurde?«, fragte Amyas, der sich sehr für Bastionen und Befestigungsanlagen begeistern konnte. »Man sollte meinen, eine so hoch liegende Stadt sei sicher vor allen Feinden.«

»Die Stadt Megith wurde auch nicht von menschlichen Feinden zerstört. Sie hatte ein seltsames Schicksal. Seht Ihr, der Toar Tuaban Kai wird bei uns Berg Loch-im-Himmel genannt, weil dort so ungewöhnliche Ereignisse stattfinden. Es geschah nämlich immer wieder, dass sich der Himmel verfärbte wie vor einem Wirbelsturm und ein Tunnel sich öffnete, und dann fielen Dinge von oben herab oder erschienen plötzlich aus der leeren Luft. Manche waren klein und unbedeutend, andere gewaltig und zuweilen grauenerregend. Einmal regnete es Fische, und ein andermal fielen rohe Fleischbrocken, dicht wie Hagelkörner. Ich erinnere mich, dass sogar mächtige Drachen darunter waren und einmal ein voll getakeltes Schiff, von einer Art, wie man es hierorts noch nie gesehen hatte.«

»Ein Schiff?«, rief Laurin. »Das erschien also plötzlich aus dem Nichts heraus? Wie wundersam!«

Der Wirt nickte. »Wundersam und gefährlich, so erschien es auch dem Kaiser, und er ließ – das war vor sehr, sehr langer Zeit nach Eurer Zählung der Jahre – eine Garnison auf dem Berg anlegen, um dieses bedrohliche Tor zu beobachten und das Land zu schützen, falls einmal etwas wirklich Schlimmes herauskäme. Da die Soldaten ja nicht überall sein konnten, schufen drei Magier einen bronzenen Riesen, der den Berg mit einer Fackel bei Nacht ständig umrundete.

Dann aber zog der Kaiser in den Krieg und brauchte seine Soldaten, und nur der eiserne Mann blieb zurück und bewachte den Toar Tuaban Kai zum Schutz der Stadt Kysch und der Schiffe im Hafen des Perlenmeers.«

Brianna blickte um sich, und diesmal war sie ganz sicher, dass auch ihre Gefährten noch niemals von einer Stadt namens Kysch und einem Perlenmeer gehört hatten. Sorge und Argwohn zeigten sich auf allen Gesichtern. Vielleicht, dachte die Wolfsführerin, hält der Wirt uns zum Narren? Aber würde er es wagen, fünf kaiserliche Soldaten zu necken?

»Es liegt viel Gold dort oben«, erklärte der Wirt. Er betrachtete sie von oben bis unten. »Ich sehe, dass Ihr fromme Sundaris seid und gewiss kein Gold angerührt habt. Sonst säßet Ihr dort oben auf dem eisigen Pass und würdet bis in alle Ewigkeit Schätze hüten.«

Treva bestätigte, dass sie untadelig phuramgefällig gewesen seien. »Wir haben nur Silber und Kupfer genommen, und auch das nur aus Not, da wir nicht wussten, wie weit der Weg nach Haus sein mochte und ob wir unterwegs Vorräte kaufen und eine Herberge bezahlen müssten.«

Laurin schüttelte sich. »Ich bin froh, dass wir den verfluchten Berg hinter uns gelassen haben.«

Es wurde Nacht. Im Innern des Gebäudes schien dies von einem Augenblick zum anderen zu geschehen: Die Sonne glitt unter den Rand der Fensterchen, und der Raum lag plötzlich im Dunkel. Nur die Feuerstelle glühte hell und tauchte die Steinwände in ein rosiges Licht

Khuto schenkte von der heißen Kräuterbrühe nach und fragte freundlich, ob die Reisenden die Nacht im *Goldpalast* verbringen wollten.

Erst hatte Brianna sich gar nicht so besonders müde gefühlt, aber als die Anspannung nachließ, überkam sie eine so bleierne Trägheit, dass sie sich am liebsten nie wieder von ihrem behaglichen Platz wegbewegt hätte. Sie war erleichtert, als sie merkte, dass Amyas genauso empfand und sicher nicht den Befehl geben würde, noch am Nachmittag weiterzuziehen.

Khuto erklärte, es sei noch eine geräumige Kammer frei für die Damen und Herren und ein gemütliches Plätzchen im Stall für den Wolf. Mit diesem Vorschlag war Gavon ganz und gar nicht einverstanden. Er wimmerte flehentlich und legte Brianna die Pfote aufs Knie. Sie schalt ihn zwar wegen seiner Aufdringlichkeit, war aber ganz seiner Meinung. »Ich trenne mich nicht von meinem Wolf, Herr Wirt. Entweder schläft er bei mir in der Kammer, oder wir schlafen beide im Stall.«

Treva wiederum wehrte sich dagegen, dass der Wolf das Schlafgemach mit ihr teilen sollte. »Ich weiß, wie das bei dir ist, Brianna, du lässt ihn dann schließlich am Fußende des Betts schlafen, und ich will nicht, dass seine Zähne in die Nähe meiner Zehen geraten.«

Das konnte die Wolfsführerin nicht abstreiten, aber sie hielt es mit den neuzeitlichen Abrichtungsmethoden, die eine enge Bindung zwischen Wölfen und Führern als Voraussetzung für Gehorsam und Fügsamkeit ansahen. Außerdem fühlte sie sich mit Gavon an der Seite sicherer. »Dann schlafen wir beide im Stall«, entscheid sie mit fester Stimme.

Gavon kläffte entzückt und rieb die Nase an ihrem Knie.

Nach längerem Hin und her sprach Amyas ein Machtwort: Sie würden alle zusammen in einem Raum schlafen, und Gavon durfte bei ihnen bleiben, aber nicht im Bett. Daraufhin ordnete der Wirt an, in der Kammer fünf Lager herzurichten und über das Heu frische Laken, Decken und

Kissen zu breiten sowie zwei dicke Pferdedecken für den Wolf herbeizuschaffen.

»Es wird guttun, unter einem sicheren Dach zu schlafen«, sagte Mariwan mit einem tiefen Seufzer.

»Das stimmt, aber Ihr habt noch schlimmere Gefahren vor Euch. Im Übrigen, gute Leute, wollen wir nicht länger Verstecken spielen.« Khuto beugte sich vor und stützte die Arme auf den Tisch, den Blick fest auf die verblüfften Sundaris gerichtet. »Ich weiß weitaus mehr über Euch, als Ihr mir berichtet. Das ist nicht weiter verwunderlich. Ihr seid nicht die ersten fremden Gäste, die an diesem Tisch sitzen, keinen Hunger haben und mir weismachen wollen, sie hätten sich verirrt. Der Midan von Fienne schüttete mir sein Herz aus.»

»Und Ihr habt ihm geglaubt? Dem lügenhaften, mörderischen Schurken, der die Hand gegen Phuram selbst erhob?«, rief Merien empört.

Khuto gebot ihm herrisch zu schweigen, und der zornig aufgeplusterte junge Mann schrumpfte bei dieser Geste förmlich in sich zusammen. »Ich weiß«, sagte der rätselhafte Wirt mit gedämpfter Stimme, »dass Ihr fremd hier seid, Schiffbrüchige aus einer anderen Welt. Ihr und Eure Begleiter, Ihr seid gekommen, so wie die anderen Dinge und Geschöpfe gekommen sind, die in Megith landeten: durch ein Loch in den Dimensionen.«

»Die Uzzbazis sind nicht unsere Begleiter, sondern Verbrecherpack, das wir zur Verbüßung ihrer gerechten Strafe in die eiserne Dunkelheit bringen sollten«, zischte Treva.

Khuto verneigte sich lächelnd. »Dann bitte ich um Entschuldigung, edle Dame, aber lasst uns beim Thema bleiben. Es ist wohl an der Zeit, dass ich Euch alles erzähle, was Ihr wissen müsst und nicht wisst. Die Welt, in der Ihr gelandet seid, heißt Chatundra. Wartet, ich will Euch eine Karte zeigen.«

Er brachte ein vergilbtes, an den Rändern bräunlich angelaufenes Stück Pergament herbei, auf dem die Umrisse eines lang gestreckten Kontinents inmitten verschieden benannter Meere zu sehen waren. Plötzlich erschien eine dünne, feuerflüssige Schrift, die am linken Rand begann und sich zum rechten Rand fortsetzte. Dort erlosch sie und begann von Neuem am linken Rand. Durchsichtige, geisterhafte Flämmchen loderten aus dem Pergament. Schmale, kunstvoll verschnörkelte Lettern bildeten sich, einer nach dem anderen, als würden sie mit einem glühenden Griffel geschrieben. Und mit der Schrift wurde die Zeichnung lebendig: Berge erhoben sich, Meere schlugen an eben noch papierene Strände, Wüsten strömten ihren Gluthauch aus. Winzige Schiffe befuhren die Meere und Flüsse. Die Zinnen der Burgen, die Türme der Städte stiegen aus dem Pergament empor. Flüsse schlängelten sich unter winzigen Brücken dahin.

»Ihr seid hier gelandet«, erklärte Khuto und deutete auf einen Archipel von Inseln, die sich südlich der Kysch genannten Stadt ausbreiteten. »Hier liegt das Reich der Mokabiter, hier das der Makakau, und von hier aus nordwärts erstreckt sich das Kaiserreich.«

Brianna traute ihren Augen und Ohren nicht. Alles, was sie hier sah und wovon sie hörte, erschien ihr so heimatlich und vertraut – die Sonnenoase mit der prunkvollen Hauptstadt darin, die riesigen, nur gelegentlich von Oasen unterbrochenen Wüstengebiete, die gewaltigen Bergketten im äußersten Norden. Und doch befanden sie sich in einer anderen Welt irgendwo jenseits der Dimensionen. Ein schmerzliches Gefühl banger Einsamkeit überkam sie.

Khuto blickte in die Runde. »Nun? Gebt Ihr es zu, dass unsere Welt nicht die Eure ist?«

»Aber diese Welt ist sundarisch! Alles, was wir gesehen haben ...«, begann Amyas mit einem Unterton der Verzweiflung.

»Ist sundarisch, ich weiß. Deshalb versteht Ihr auch unsere Sprache, die von Sundaris auf ganz Chatundra verbreitet wurde und als die allgemeine Sprache gilt. Auch das ist kein Wunder. Vor einiger Zeit – ich meine, vor sehr langer Zeit – strandete hier eine Flotte von Kriegsdrachen mit zahlreichen Soldaten und fand den Rückweg nicht mehr. Die Menschen, die mit der Flotte gekommen waren, mussten bleiben. Sie gründeten eine Stadt, die sie Thurazim nannten, und wurden allmählich zu einem reichen und mächtigen Volk, beherrscht von einem Kaiser – der derzeitige heißt Hugues – und einer Priesterschaft des Phuram.«

Fassungslos starrten die fünf Gefährten den Wirt an. Gavon spürte das Entsetzen, das sie ergriffen hatte, und stieß einen lang gezogenen Klagelaut aus.

»Stärkt Euch erst einmal!« Mit diesen Worten stand Khuto auf, trat zu einem mit Holzmosaiken verzierten Schränkchen und holte eine bauchige Flasche heraus. Eine bräunliche Flüssigkeit schwappte darin hin und her. Sie tranken gehorsam. Die Flüssigkeit schmeckte ölig, aber Brianna spürte rasch, wie ihr rasender Herzschlag nachließ und die Schwäche aus den Gliedern schwand. Gavon, der ihre Stimmung fühlte, legte tröstend den Kopf in ihren Schoß und leckte ihr die Hand. Sie streichelte seine filzigen Locken und fühlte sich ein wenig besser. Um Furcht und Kummer zu vertreiben, ging doch nichts über die Gesellschaft eines freundlichen Wolfs. Erleichtert lehnte sie sich an die Wand zurück.

»Dann sind wir tatsächlich in eine andere Welt gelangt und können nicht mehr zurück?«, flüsterte Merien schließlich.

»Was das Zurückkehren angeht, kann ich Euch nichts Sicheres sagen, aber Ihr seid zweifellos in einer anderen Welt als Eurem heimatlichen Sundar. Da ich nun die Hälfte weiß«, schlug Khuto vor, »erzählt mir alles!«

Merien, der am gewandtesten mit Worten umgehen konnte, wurde mit dem Berichten beauftragt, und das tat er in aller Ausführlichkeit.

Während draußen Phurams Sonnenwagen unter den Horizont fuhr, füllte sich die Schänke zusehends mit Gästen. Wie es auch in Sundar auf dem Lande üblich war, kochte in diesen abgeschiedenen Weilern nicht jede Familie für sich, sondern man traf sich abends zur gemeinsamen Mahlzeit im Haupthaus oder in der Schenke. In zerlumpte leinene Kittel und enge Beinlinge gekleidet, zerschlissene, buntfarbige Schals um den Kopf gewunden, drängten sich die kleinwüchsigen, o-beinigen Männer, Frauen und Kinder hungrig um Schüsseln mit Weizenbrei und Brotsuppe, geschmolzenen Echsenkäse und Beeren mit dicker Milch. Später sangen einige der Leute an den Tischen – einfache Hirten- und Trinklieder, die Brianna an ihren Heimatort erinnerten und ihr so sehr ans Herz gingen, dass sie die aufsteigenden Tränen hinunterschlucken musste. Gavon, der verstand, wofür er jetzt gebraucht wurde, legte beide Pfoten in ihren Schoß und blickte sie seelenvoll an.

Nach etlichen Krügen des hellen, schwachen und sehr bitteren Biers gelangte Merien zum Ende seines Berichts, und Khuto, der mit höchster Aufmerksamkeit gelauscht hatte, nickte nachdenklich. »Das ist wirklich ein ungewöhnliches Schicksal, das Euch da getroffen hat«, stellte er fest.

»Der Midan von Fienne und seine Begleiter erzählten mir ganz dasselbe, also seid Ihr wohl allesamt glaubwürdig.«

»So?«, fiel Treva verärgert ein. »Dass mir das noch widerfahren musste – ein Rudel Uzzbazis als Zeugen für meine Wahrhaftigkeit!«

Khuto winkte ab. »Genug gesprochen! Ihr seid müde, und ich muss ernstlich bedenken, was Ihr mir erzählt habt. Genießt noch eine Weile die freundliche Gesellschaft, während ich Anweisung gebe, Euch ein heißes Bad zu richten, das tut gut nach den vielen Anstrengungen und Aufregungen.«

Gavon hörte das Wort Bad und verkroch sich sofort im hintersten Winkel unter dem Tisch, aber die Soldaten – und vor allem der Kaufmann – atmeten auf. Ein heißes Bad, genau das brauchten sie jetzt wirklich.

Draußen winselte der Wind, aber die wenigen Dutzend Einwohner von Ghab und ihre Gäste saßen sicher und behaglich unter ihrem gemeinsamen Dach. Wie alle abgeschiedenen Orte lag Ghab nachts in völliger Finsternis. Auf den umliegenden Almen und in den Schluchten war es so dunkel, dass man die Hand nicht vor den Augen sah. In den Häusern wurden Kerzen nur angezündet, wenn es unbedingt sein musste, denn Wachs war teuer. Auch in der Schenke brannten nur Öllämpchen, die auf dem Tresen und auf jedem Fenstersims standen. Ansonsten musste als Beleuchtung das Licht des Feuers genügen, das in der Mitte des Raums in einem gemauerten Ofen brannte.

Amyas hatte nachdenklich vor sich hin gestarrt. Dann sprach er seine Gedanken laut aus. »Dieser Wirt kann mehr als Wasser kochen, darauf möchte ich schwören. Wenn wir es richtig anfangen, hilft er uns vielleicht, den Weg zurück nach Sundar zu finden.«

Einige Augenblicke des Schweigens folgten, dann sagte

Merien: »Ich bin mir nicht sicher, ob ich nach Sundar zurück will.«

»Wie?«, fuhr Laurin auf. »Willst du etwa hier bleiben, in einer fremden Welt voller Narren und Dämonen?«

»Denen kann ich eher entgehen als dem Zorn Seiner Himmlischen Majestät. Er wäre schon höchst ungehalten, wenn ein gewöhnlicher Transport verloren gegangen wäre. Aber wenn er erfährt, dass ihm der Midan von Fienne entwischt ist ...«

»Das ist doch nicht unsere Schuld!«, rief Laurin in jämmerlichem Ton aus.

»Fragt der Sohn der Sonne danach, ob das unsere Schuld war?«

Brianna musste daran denken, wie entschieden er die Gerechtigkeit des Khan-Ha verteidigt hatte, ehe sie abgeflogen waren. Nun aber schien er alles andere als glücklich zu sein bei dem Gedanken, dem Stellvertreter Phurams über den Misserfolg der Mission Bericht erstatten zu müssen.

Niemand antwortete auf seine Frage.

In der Schankstube wurde die Stimmung zusehends fröhlicher. Wie überall in den Weilern und Karawansereien an entlegenen Straßen schwatzten die Gäste beim Rauch der Wasserpfeifen von wilden, blutdürstigen und mordlüsternen Räubern, von Wesen, die mehr als Tiere und weniger als Menschen waren, von Halbdämonen, von den bösartigen kleinen Springern, winzigen skelettähnlichen Geschöpfen mit missgestalteten Schädeln und einem dolchscharfen Gebiss, und von verlockend bunten Gifteidechsen, die sich tagsüber auf heißen Steinen sonnten und deren Berührung genügte, um einen Mann zu töten. Man erzählte Familiengeschichten bis zu den Ureltern zurück und von aufregenden Ereignissen wie mächtigem Schneefall, verheerenden

Stürmen. Auch der Steinschläge in den Bergen erinnerte man sich immer wieder gern.

Treva lauschte mit großer Aufmerksamkeit, als die Bauern von einem Ungeheuer erzählten, das in dieser Gegend sein Unwesen trieb. Die Siedler auf den Bergen nannten es den Hurrlewog. Niemand wusste genau, was es war, nur daß es groß wie eine Donnerechse, ebenso schlau wie bösartig und ein Menschenfresser war. Das Wesen lief manchmal auf vier und manchmal auf zwei Beinen, hatte gewaltige Pranken mit Krallen daran, mächtige gelbe Hauer und milchig blaue, blutunterlaufene Äuglein, denen eine hypnotische Macht nachgesagt wurde. Auf jeden Fall sah es grauenhaft aus, denn es hatte nicht nur keinen Pelz, es hatte auch keine Haut! Man sah, wie man sich schaudernd berichtete, die gewaltigen Muskeln bloß liegen, nur von einem halb durchsichtigen, schleimig glänzenden Hautfilm bedeckt, sodass die Kreatur grausige Ähnlichkeit mit einem lebendig gehäuteten Menschen besaß. Die tapferen Leute in den Bergen hatten eifrig Jagd auf den Hurrlewog gemacht, ihn jedoch nie zu fassen bekommen. Manche behaupteten, es gebe überhaupt kein solches Ungeheuer, und Brianna war geneigt, ihnen zu glauben, denn vor allem die Edelsteinsammler und Wurzelsucher taten sich mit diesen Geschichten hervor, und denen durfte man nicht jedes Wort glauben. Was immer sie gesehen hatten, wurde mit jedem Wiedererzählen größer und schauriger, bis aus einer Eidechse ein Drache geworden war.

Sie spürte, wie ihr der Kopf von all den Geschichten schwirrte. Immer wieder nickte sie ein, um hochzuschrecken, wenn einer ein Lied anstimmte und ein anderer mit der Sackpfeife dudelte.

Dann trat die Schenkin an den Tisch und sagte: »Die beiden Damen können jetzt baden.«

Sie führte Brianna und Treva eine Treppe hinter der Schank hinunter und durch einen Kellergang in einen niedrigen, gewölbten Raum, der neben der Küche lag und vom Herd erwärmt wurde. Darin stand ein Badebottich, halb voll mit warmem Wasser. Eine Bürste lag daneben, es gab grobe Handtücher und einen Topf mit flüssiger Seife. Zwei Öllampen brannten auf Zinntellern am Boden und erhellten den Raum mit schwachem, unruhigem Licht.

Brianna musste warten, während Treva als Ranghöhere zuerst ins Bad stieg, und da sie wusste, dass die Hauptfrau in manchen Dingen recht empfindlich war, blieb sie höflich im Flur sitzen, bis das Bad frei wurde. Dann jedoch konnte sie es nicht mehr erwarten, ins Wasser zu kommen. Rasch kleidete sie sich aus und stieg in den Zuber, streckte genießerisch Arme und Beine aus. Ein tiefer, entspannender Atemzug hob ihre Brust, als sie bis zu den Schultern in dem würzig duftenden Wasser versank, auf dessen Oberfläche getrocknete Blüten und Kräuter schwammen. Der Geruch stieg ihr scharf in die Nase, trieb ihr das Wasser aus den Augen und kitzelte sie so heftig, dass sie niesen musste. Dann ließ das Prickeln nach, und ein tiefes, berauschendes Wohlgefühl durchdrang sie. Sie lehnte sich zurück, schloss die Augen und überließ sich mit allen Sinnen dem Behagen eines warmen Bads.

Als sie eben nach der Bürste greifen wollte, wurde die Tür geöffnet, und ein junges Mädchen in einem grünen Kleid trat ein. Sie war nicht größer als eine Zwergin und fast so bucklig wie der Wirt, aber ihr Gesicht war sehr hübsch. Ihre Augen waren dunkel und samtig, und sie hatte einen großen, vollen, kirschroten Mund. Auf der Schwelle knickste sie tief und fing dann ohne weitere Erklärungen damit an, die Besucherin zu waschen.

Brianna, die noch nie so zuvorkommend bedient worden war, saß wie erstarrt in ihrem Zuber und wusste nicht, ob sie diesen Dienst beglückt aufnehmen oder verlegen zurückweisen sollte. Für die Magd jedoch war die Sache offenbar selbstverständlich, sie griff rüstig zu, wendete die Jungfer hin und her, wie sie sie gerade brauchte, zog sie hoch und tauchte sie beinahe bis zur Nasenspitze unter, schrubbte ihr den Rücken, wusch ihr das Gesicht mit einem Linnentuch und war gleich darauf munter dabei, ihre die Füße zu bürsten. Nicht einmal ihr Haar entging ihr. Sie rieb ihr den Kopf mit Holzasche und Seife ein, arbeitete ihr Haar kräftig durch und spülte es mit einem Topf Wasser ab. Brianna saß blinzelnd und prustend im Zuber und fühlte sich ein wenig albern, aber überaus wohlig.

Dann half die Magd ihr aus dem Zuber, bedeutete ihr, auf einem Hocker Platz zu nehmen, der auf einem Holzrost stand, und übergoss sie mit einigen Kannen frischen, eiskalten Wassers. Zwei derbe Badetücher kamen zum Vorschein, und Brianna wurde vorn und hinten abgetrocknet. Sie stand gerade mit dem Rücken zu dem eifrig an ihr rubbelnden Mädchen, als eine der Hände mit einem Zipfel des Badetuchs in ihr Blickfeld geriet – und das war keine Menschenhand, sondern eine borkige, gelbliche Klaue mit zwei fingerlangen schwarzen Nägeln daran. Mit einem Schrei fuhr Brianna herum, sah in einem schmutzig gelben Nebel eine Erscheinung mit haarlosem, walzenförmigem Leib, Schlitzaugen und weit vorstehenden, schartigen Zähnen, und gleich darauf das bucklige Mädchen.

Brianna packte sie an der Schulter. »Was war das?«, stieß sie mit erstickter Stimme hervor. »Was bist du … Was für eine Gestalt … Ich habe ein Scheusal gesehen!«

Die Magd sah sie mit einem Blick an, der verriet, dass sie

die Fremde für verrückt hielt. Sie lächelte besänftigend und sagte: »Ihr seid müde, Jungfer, Ihr träumt schon.«

»Ich habe nicht … ach was!« Brianna ließ sich auf den Hocker sinken und hielt still, während ihr Haar trocken gerubbelt wurde. Vielleicht schlief sie wirklich schon halb? Oder hatten die im Wasser quellenden Blüten und Blätter eine berauschende Wirkung? Jetzt jedenfalls sah das Mädchen ganz menschlich aus, und die Wolfsführerin schämte sich ein wenig – hatte die Arme gedacht, sie hielte sie wegen ihres Buckels für ein Scheusal? Unbeholfen begann sie: »Wir haben auf dem Toar Tuaban Kail Schreckliches erlebt … wir sahen dort oben so unheimliche Wesen …«

»Gewiss, gewiss. Auf dem verwünschten Berg sieht man mancherlei. Ihr seid fertig, Jungfer. Hier ist Euer Nachthemd. Eure Kleider will ich waschen, damit Ihr morgen Frisches und Sauberes zum Anziehen habt.«

»Meine Wehr und Waffen müsst Ihr mir aber geben.« Das wurde ihr ohne Einwände zugestanden, und so stieg sie gleich darauf in dem groben wollenen Hemd die Treppe hinauf, ihr Korsett und die Lederkappe unter dem Arm, die Peitsche um die Schulter gerollt.

–

»Ich zeige Euch Eure Kammer.« Die Magd führte sie einen langen, seltsam gewundenen Korridor entlang. Die Tünche an den Wänden war verblichen. Die Luft roch abgestanden. Brianna wurde das Gefühl nicht los, dass der Korridor um ein Beträchtliches länger war als das gesamte Haus, aber sie mochte sich täuschen. Die Hütten standen hier ja so dicht beieinander, dass man nicht wusste, wo die eine aufhörte und die andere anfing.

Schließlich kamen sie an eine Holztür, die das Mädchen mit einem ungelenken Knicks für sie öffnete.

Von ihren Kameraden war nur Treva anwesend – und natürlich Gavon. Die Männer warteten noch auf ihr Bad. Brianna überlegte, ob sie auch von dem Zwergenmädchen gewaschen wurden. Dann wandte sie ihre Aufmerksamkeit dem Nachtlager zu, das überaus einladend wirkte. Die Kammer, die man ihnen zum Schlafgemach bestimmt hatte, war von einer Wand bis zur anderen mit einer dicken Matratze ausgelegt. Die war mit bunten Teppichen bedeckt, und Polster und Decken, alle aus buntem Garn gewebt, lagen in Mengen darauf. Ein köstlicher Duft nach getrocknetem Bergheu schwebte in der Luft, vermischt mit dem Geruch brennenden Öls in einer Ampel, deren purpurnes Glas über der Bettstatt hing. Gavon hatte sich wohlerzogen in seine Decken gerollt, die Augen geschlossen, die Nase auf den buschigen Schweif geschoben. Die Decken jedoch hatte er geschickt und unauffällig so in den Winkel gezogen, dass er sich nur ein wenig zu strecken brauchte, um dicht bei seiner Herrin zu liegen.

Brianna schob sich ganz hinten an die Wand, damit die später Kommenden nicht über sie hinwegklettern mussten, raffte die Decke bis zur Nasenspitze hoch und wühlte den Kopf in die Kissen. Sie war müde nach den Strapazen der langen Wanderung, und ihr Körper schrie danach, in erfrischenden Schlaf zu sinken. »Ich bin todmüde ... gute Nacht, Kameradin«, murmelte sie und gähnte. Aber ihr Kopf wurde die Gedanken daran nicht los, was ihr alles widerfahren war.

Einer nach dem anderen kamen die Männer, alle nach der heißen Kräuterbrühe im Zuber riechend und in frische Nachthemden gewandet. Gähnen und brummelnd krochen sie nebeneinander unter die Decken. Brianna war froh, als das Lämpchen erlosch und nur noch der schwache rötliche Schimmer des erlöschenden Feuers die Kammer erhellte. Neben ihr lag Treva, die sich von jeder Bewegung ihrer Bettnachbarin gestört fühlte und drohend vor sich hinbrummelte, ohne jedoch aufzuwachen. Vielleicht jagte sie in ihren Träumen den Hurrlewog, oder sie träumte, dass sie nachts vor dem Bau dcs Eisenbeiß stand und der kleine Unhold herausfuhr, um sich dafür zu rächen, dass sie ihn geärgert hatte.

Gavon nutzte sofort die Gelegenheit, sich lautlos in die Länge zu strecken und zwischen die Wand und Briannas Rücken zu schieben. Sie streckte die Hand unter der Decke aus und kraulte ihn im Genick. Wie traulich, wie beruhigend war die Gegenwart eines freundlichen Wolfs! Wie pflegten doch ihre Eltern zu sagen: Würden Wölfe auch noch Eier legen, würde man nichts anderes auf Erden brauchen als sie. Ein wohlerzogener Wolf war wachsam, ein treuer Beschützer, ein possierlicher Unterhalter und ein guter Bettwärmer in der Nacht.

Sie errötete zart. Es galt als unfein, darüber zu sprechen, aber natürlich wusste man, was sich da und dort zwischen einsamen Wolfsführerinnen und ihren Leibwölfen abspielte. Es musste ja zwangsläufig dazu kommen. Wenn man im Winter in der bescheidenen Hütte fror, dann wurde der Wolf ins Bett geholt, um seine Herrin zu wärmen ... und wenn sie sich erst einmal daran gewöhnt hatten, waren sie nur mit Mühe wieder loszuwerden. Sofern man sie überhaupt loswerden wollte.

Gavon merkte, wie sehr sie nach seiner Nähe verlangte, leckte ihr sogleich die Finger und rieb den Kopf an ihrer Schulter. Sie rieb sein pelziges Ohr zwischen den Fingern. »Guter Wolf«, murmelte sie. »Guter Wolf.« Wie weich der

Flaum auf seinen Ohren war! Am Körper hätte er ruhig etwas mehr davon haben können, aber man konnte nun einmal von einem einzigen Wolf nicht alles haben, und es hatte ja auch seine Vorteile, dass er – vom buschigen Schwanz abgesehen – recht menschenähnlich aussah.

Als Brianna so in dem rötlichen Schimmer lag, den das erlöschende Lämpchen verbreitete, und den Geräuschen des fremden Hauses lauschte, meinte sie Schritte in der Dunkelheit über sich zu hören und ein schwaches Rumoren zwischen den Balken unter dem Bett. Ein unterdrücktes Lachen schwebte plötzlich in der Luft. Türen wurden geöffnet und wieder geschlossen, leise, aber nachdrücklich. Es hörte sich an, als wandere jemand – etwas – ruhelos durch die Kammern über ihrem Schlafgemach. Die Luft wurde aufgestört wie vom Schlag unsichtbarer Flügel. Brianna fühlte, wie ihr der Schweiß am ganzen Körper hinunterlief, als sie mit allen Sinnen in die Dunkelheit lauschte.

Es dauerte lange, bis sie aus purer Erschöpfung einschlief.

–

Avigdor und seine Gefährten waren einige Stunden vor den Khan-Hagizim in der Schenke *Zum Goldpalast* eingetroffen, und als diese auftauchten, hatte der Wirt sie sofort aus der Stube geschickt und auf einen lang gestreckten Speicher verwiesen. Dort lagen sie auf einem bequemen Heulager, tranken das Bier, das man ihnen heraufgeschickt hatte, und bemühten sich, keinen unnötigen Lärm zu machen. Eine heftige Auseinandersetzung mit den Soldaten war das Letzte, was sie jetzt brauchten.

Der Midan saß in einem Winkel, an einen der dicken Pfosten gelehnt, die das Dach stützten, und dachte nach. Die seltsamsten Gefühle und Gedanken durchschauerten ihn, wie sie zuvor höchstens am äußersten Rand seines Bewusstseins aufgetaucht waren – nun beherrschten sie ihn ganz, und ihm schien, als habe er nie anders gedacht und gefühlt. Eine große Klarheit war in ihm wie eine Sternennacht auf Felsengipfeln.

Genevere hielt er im Arm, aber ihm war bewusst geworden, dass er das nur aus Gewohnheit tat. Ihre Nähe erregte ihn nicht, wie es sonst die Nähe jeder Frau getan hatte. Nun, sagte er sich, ich habe auch genug erlebt, um im Augenblick mit anderem beschäftigt zu sein als mit einer lasterhaften Frau, die ich sowieso haben kann, wenn ich sie nur danach frage. Wahrscheinlich brummte ihr auch der Kopf von den schrecklichen und wundersamen Erkenntnissen, die sie in den letzten Stunden gewonnen hatten, denn sie lehnte schweigend an seiner Schulter und kümmerte sich nicht weiter um ihn. Ringsum schliefen die ungeliebten Gefährten einer nach dem anderen ein. Das altertümliche Gebälk des Speichers knackte und knarrte, die Totenuhren klopften im wurmigen Holz. Die winzige Ampel, die an einem Dachbalken hing und einen Kreis matten Lichts auf den Dielenboden zeichnete, schwang hin und her, das Licht flackerte und malte tanzende Schatten.

Die Ampel, die ihren schwachen rötlichen Schein durch das Zimmer warf, blakte und sandte schwärzliche Rauchfäden aus. Wenn er blinzelte, meinte er in diesen sich drehenden und ineinander verschlingenden Fäden Gesichter zu sehen, die ihn anblickten, spöttisch, aber nicht unfreundlich. Sie erinnerten ihn an die Blicke, mit denen der Wirt ihn und seine Gefährten gemustert hatte.

Er hätte nur zu gern gewusst, wer und was der Wirt des Dörfchens Ghab in Wirklichkeit war.

In mancher Hinsicht war Avigdor ein sehr feinfühliger Mensch, und ihm war nicht entgangen, dass Khuto wohl das Äußere eines ländlichen Herbergswirts und auch dessen Benehmen hatte, aber unter dieser Maske steckte zweifellos ein Mensch von hoher Würde und Weisheit. Warum wohl mochte er sich so verlarvt haben? Obwohl Avigdor ihn erst vor wenigen Stunden kennengelernt hatte, war er überzeugt, dass er nichts Böses von ihm zu befürchten hatte. Strenge, ja, die Unbeugsamkeit eines Mannes, der zu befehlen und zu herrschen gewohnt war, aber es war eine wohlwollende Strenge, und seine Befehle konnten nur zum Guten gereichen. Der junge Edelmann fühlte sich stark von ihm angezogen, denn er selbst war ein zwar liederlicher, aber im Herzen gutmütiger Mensch. Und er war ein Mensch, der es gern hatte, wenn ein Stärkerer ihn führte und einer, der höhere Weisheit besaß, ihn anleitete. Er wusste sehr wohl, dass er schwach und töricht war.

Schließlich döste er ein, erschöpft vom Wirrwarr seiner Gedanken und inneren Regungen, wachte aber bald wieder auf. Er hatte sich eingebildet, ganz deutlich zu spüren, wie eine Hand seine Schulter berührte. Er fuhr so heftig herum, dass er sich schmerzhaft die Schulter an dem Balken anschlug. Niemand war da. Auch Genevere nicht – sie lag am anderen Ende des Speichers neben Cantalet, von dem sie sich mehr Aufmerksamkeit zu erhoffen schien als von Avigdor.

Seine Sinne waren noch dumpf und benebelt, sodass er den Raum nur undeutlich sah. Die Ampel schien erloschen zu sein. Es war jedoch nicht völlig dunkel, obwohl er nicht erkennen konnte, woher eigentlich das schimmernde, blaugraue Licht kam. Es sah genauso aus wie Mondlicht, konnte aber nur zum Teil Mondlicht sein, denn das einzige Fenster befand sich am entgegengesetzten Ende des Speichers.

Er stand auf, trat ans Fenster, stieß die Läden auf und starrte hinunter in den Hof, um dessen Mauern die rauen Büsche im Nachtwind zischelten wie alte Jungfern, die einander Klatsch und Tratsch berichten. Kein Mensch war zu sehen außer den Wachposten und zwei verspäteten Gästen, die der Schenke zustrebten. Sobald sie hinter der Hausecke verschwunden waren, breitete sich wieder eine bedrückende Öde über dem Hof aus. Kein Stern war zu sehen. Dichte aschfarbene Wolken bedeckten den Himmel, und ferner Donner rumpelte über die Berghöhen, aber er konnte nicht erkennen, ob ein Gewitter über die Berge zog oder die Hänge des Toar Tuaban Kail von Neuem unter dem Gebrodel der Feuerseen wankten. Als er sich vorbeugte, sah er unten im Tal zur Linken die Lichter und das Leuchtfeuer der Stadt Kysch und einen ferner Schimmer weiter westlich, wo die Türme von Thamaz in den Himmel ragten.

Avigdor dachte daran, was der Wirt ihnen über diese Stadt Thamaz und ihre unheimlichen, halb menschlichen, halb drachischen Bewohner erzählt hatte, böse Geschöpfe, die man ihrer Nähe zu den Mächten der Finsternis wegen die Höllenzwinger nannte. Was für eine Welt war das! Nach den Berichten des Herbergsvaters konnte es keinen Zweifel mehr daran geben, dass er sich tatsächlich in einer neuen Welt befand. Leider in einer Welt, die eine unbehagliche Ähnlichkeit mit Sundar-Bas hatte, dass es nämlich auch hier einen Kaiser und kaiserliche Soldaten gab … und kaiserliche Gefängnisse. Er war sicher, dass die verruchten Schergen, die ihnen auf den Fersen waren, bei erster Gelegenheit Kontakt zu ihresgleichen suchen und von den Schwerverbrechern erzählen würden, die ihnen entlaufen waren. Welch groteskes Schicksal wäre es, wenn er hier in demselben Elend zu Grunde ginge, dem er in Sundar-Bas entkommen war!

Avigdor sah erleichtert, dass am östlichen Himmel die Dämmerung bereits angebrochen war.

Seine Erleichterung verflog jedoch, als er die Fensterflügel schloss und in den Winkel unter dem Stützbalken zurückkehrte. Etwas Unbestimmbares hing im Raum, als sei eben jemand dagewesen und wieder gegangen. Er roch Parfüm – oder war es der Duft von Nachtblumen? Er hörte das Rascheln eines Frauenkleids. Im Zwielicht hing ein schwacher Schimmer purpurblauer Seide, auf der unzählige Perlen glitzerten wie Sterne an einem Mittsommerhimmel.

Angst überkam ihn. Wenn ihnen nun eine der Seelensaugerinnen gefolgt war und ihn im Schutz der Herberge heimsuchte? Wie Fieber stieg es ihm in die Adern und verwirrte seine Gedanken. Da war jemand. Immer öfter zeigten sich halb durchsichtige Formen, die geisterhaft aus dem Boden hervordrangen und wieder verblassten. Alle diese Schemen waren nur sehr kurz sichtbar, sie flackerten und verschwanden wieder.

Nichts Körperliches, aber eine fühlbare Gegenwart.

Ein Wispern drang an sein Ohr wie das Zischeln von Schilfrohr, aber es war ein sprechendes Wispern – Worte lagen darin, fremdartige und altertümliche Worte, die er nicht verstand, die ihn aber zugleich erschreckten und bezauberten. Es schien ihm plötzlich, dass dieses Wispern an ihm zog, dass es ihn gegen seinen Willen zum Lauschen zwang. Wunderliche Gedanken kreisten in seinem Kopf. Er war sich nicht mehr sicher, ob er tatsächlich erwacht war oder nur von einem Traum in den anderen wechselte, wie man ja häufig zu erwachen träumte.

Währenddessen nahm die spukhafte Gegenwart deutliche Form an. Es wurde schwül und dumpf, und ein Geruch wie von tausend süßlichen Essenzen breitete sich aus. Er träumte, dass aus dem Nebel und Rauch langsam zwei Frauengestalten wurden. In der bebenden, wie Öl schillernden Luft erschien ein Weib von wunderbarer Schönheit, prächtig gekleidet und mit einem Übermaß an Juwelen behängt. Silberblondes lockiges Haar umfloss ein herzförmiges Gesicht mit schimmernden Augen und einem verheißungsvollen scharlachroten Mund. Mit herrischer Gebärde hob sie den Arm und musterte die Bezauberten aus Augen an, die einen giftigen Glanz und eine überirdische Bosheit ausstrahlten.

Die andere Frau war die böse Alte, deren schattenhaftes Abbild er in der Gruft auf dem Toar Tuaban Kail gesehen hatte. Auch sie war mittlerweile bekleidet und trug die steife schwarze Tracht einer Dienerin. Die beiden kamen näher, murmelten und schnieften und zupften an seinen Kleidern, die sie zu öffnen versuchten, um ihn näher zu betrachten. Er wollte sich wehren, aber seine Glieder gehorchten ihm nicht. Schwer wie Stein lag er auf dem Heuhaufen. Ferne dämonische Musik drang ihm ans Ohr, und erschreckende Bilder drängten sich seinen Augen auf. Er fühlte, wie eine kranke, fiebrige Lust in ihm aufstieg. Der Blutdunst, den die bleiche Schöne ausströmte, machte ihn trunken. Er keuchte schwer. Phantasmagorien wüster Orgien, halb sichtbar, halb in der Phantasie, zogen vor seinen Augen dahin.

Die Vhilla wandte dem Jüngling das Gesicht zu, aber er sah jetzt keine Augen mehr, er sah nur Löcher. Und was er für ein prächtiges Gewand aus roter Seide gehalten hatte, war nun, da die Erscheinung deutlicher geworden war, ein Kleid aus blutigen Fleischfetzen. Mit rohen Stichen waren sie auf einem Futter aus einem pergamentähnlichen Material befestigt, ganz ähnlich den Jacken der Rotmützen. Schaudernd begriff er, dass dieses Material gegerbte Menschenhaut war. Ein Blutgeruch hing in der Luft – schlimmer noch, der süßliche Geruch von verbranntem menschlichem Fleisch. Seine Nase war verstopft von faulsüßen Düften, in seinem Mund klebte ein ekelhafter Geschmack wie von toten, in der Sonne vertrockneten Tieren. Der Kopf schmerzte ihn.

Und dann, ganz plötzlich, zerriss das zauberische Gespinst mit einem Ruck, den er schmerzhaft bis ins Innerste spürte. So heftig war der Schmerz, dass er zu Boden fiel und dort, von Schwindel ergriffen wie ein Betrunkener, flach auf dem Bauch lag. Von einer klaren jungen Stimme gesprochen, vernahm er die Worte einer Beschwörung, und ein Gekreisch wie das Zetern wütender Skirven antwortete ihr. Ein gewaltiges Flügelschlagen erfüllte den Raum, ein so ohrenbetäubender Lärm, dass er nun doch zu schlafen und zu träumen glaubte. Wie war es sonst möglich, dass dieses Getöse die Gefährten ringsum nicht weckte?

Unbeirrt sprach die kristallene Stimme weiter. Der blutige, brandige Dunst verschwand aus der Luft. Als öffnete sich ein Tor in den Sternenhimmel, strömte eine Kühle in den Raum, deren Ursprung weit jenseits einer irdischen Nacht lag.

Avigdor erhob sich mühsam auf die Knie. Als der Zauber sich von seinen Lidern hob, sah er im Zwielicht seine Gefährten schlafen, als hätte nichts die friedliche Stille gestört. Er atmete tief durch. Ein Traum, Datura sei Dank, es war nur ein Traum gewesen! Er durfte die sengende Scham abschütteln, die ihn angesichts seiner Lust am Bösen erfasst hatte. Erleichtert schloss er die Augen und war schon wieder am Einschlummern, als er plötzlich zusammenfuhr.

Etwas kniff ihn zart ins Ohr. »Ich bin's, Freund«, wisperte ein Stimmchen. Und in seiner Benommenheit verstand er, was er mit wachen Sinnen nicht verstanden hätte: Es war dieselbe Stimme, die die Beschwörung gesprochen und die beiden Seelensauger vertrieben hatte.

»Du hast mich gerettet«, flüsterte er. Immer noch erschöpft, sank er auf den Rücken und sah lächelnd zu, wie das Muirg unter seinem Haar hervorschlüpfte und auf seiner Brust herumtrippelte. »Du hast sie vertrieben, nicht wahr?«

»Ja, aber es gibt noch Schlimmeres, wovor ich dich und die anderen retten muss. Ich kann dir jetzt nicht alles erklären, denn wir müssen rasch handeln.«

»Wir? Was soll denn ich tun?«

»Halt nur still! Ganz still. Wenn du dich wehrst, muss ich dich zwingen.«

Er spürte, wie seine Muskeln sich strafften, wie er den Atem anhielt, als das pelzige Wesen auf seiner Brust plötzlich größer wurde und sich an ihn schmiegte, wie er aufspringen und fliehen wollte. Aber da umfassten ihn zwei zarte, kühle Hände, und eine Frauenstimme, klingend wie eine Glasharfe, raunte ihm Worte der Beschwörung ins Ohr. Die Kräfte verließen ihn. Amory ließ den erschlaffenden Leib des Bezauberten zu Boden sinken. Wie der Herbstwind über ein Feld glitt sie über ihn, senkte sich auf seine Brust, berührte seine Lippen. Er seufzte schwach. Sie hielt sich an ihm fest. Etwas gläsern Durchsichtiges, fast Körperloses bildete sich einem Schmetterlingsrüssel ähnlich zwischen ihren Lippen und drängte sich zwischen die seinen, schob sich tief in seinen Körper, berührte sein Herz. Langsam, gleichsam schluckweise, füllte es sich mit einer schleimigen, dunkelgelben Flüssigkeit, die deutlich zu sehen und doch ebenfalls ohne Festigkeit war. Amory trank sie, saugte sie in sich hinein, bis nichts mehr kam und sie wusste, dass sie den letzten Tropfen des Übels aus ihm herausgesaugt hatte. Der

Rüssel rollte sich ein, wurde vollkommen durchsichtig und verschwand. Sie ließ Avigdor los.

Ihr Blick wanderte zum Fenster, dessen Läden halb offen standen. Sie sah, dass sich die Nacht dem Ende zuneigte. Im Osten war der Horizont bereits muschelfarben – es würde nicht mehr lange dauern, bis der Sonnenfürst aufstieg.

Dann konnte sie nicht widerstehen. Ein geraubter Kuss war immer noch besser als kein Kuss.

VIERTER TEIL

Das Geschick der Magier

Die Männer und Frauen, die sich um Darabos von Traill geschart hatten, hatten sich nicht der Hochebene zugewandt, sondern folgten einem Pfad, der zur Linken zum Rand des Kraters emporführte. Wie Tiere eine Tränke wittern, spürten sie, dass dort unten gleich gesinnte Seelen auf sie warteten. Die Luft war still, die Vögel sangen schrill auf eine Weise, die ein Gewitter ankündigte. Als sie den Hügelrücken erreicht hatten und leichten Fußes abwärtsstiegen, rumpelte der Donner über ihren Köpfen, aber kein Tropfen Regen fiel, und die Luft wurde mit jedem Schritt schwerer.

Dumpf und mürrisch trabten die Uzzbazis im Gefolge des Magiers von Traill dahin. Die dumpfe Luft des Tals legte sich auf ihre Lungen. Es war feucht in der engen Schlucht, die sie nur einer hinter dem anderen durchqueren konnten. Immer höher wuchsen die glatten grauen Säulen der Eukalyptusbäume, immer höher stiegen die felsigen Hänge zu beiden Seiten empor, immer schmaler wurde der Streifen des hellen Himmels, den sie hoch über ihren Köpfen noch sahen. Stets umhüllte sie ein Zwielicht, das waberte und wisperte und über die Gesichter der Flüchtigen streifte wie Spinnennetze. Ein türkisgrüner Bach schäumte neben dem Pfad, glasklar und doch von solch unheilvollem Hauch umwabert, dass keiner der Männer und Frauen daraus hätte trinken mögen.

In einiger Entfernung folgte den Gefährten ein abstoßender alter Mann, Topan mit Namen, bleich und mit wirr gelocktem weißem Haar, der nur mühsam den Hang erklomm. Er war tief in Gedanken versunken und bereute bereits, dass er sich Darabos angeschlossen hatte. Auf keinen Fall hatte er indessen mit dem Midan von Fienne gehen wollen, den er schon nicht hatte leiden können, als er selbst noch Kammerdiener und Avigdor ein angesehener Höfling gewesen war. Ihn hatte das harte Urteil getroffen, weil sein lüsternes Begehren für eine Tochter des Kaisers entdeckt worden war, ein Urteil, das er nach wie vor als höchst ungerecht empfand. Mochten die anderen Verbrecher sein, er hatte nur aus Liebe gehandelt, als er das Mädchen in einer einsamen Ecke der kaiserlichen Parks überfallen und ihr seine Leidenschaft aufzuzwingen versucht hatte. In einem Aufwallen von kindischem Trotz hatte er sich entschlossen, lieber Darabos zu folgen, und jetzt verfluchte er sich dafür. Wenn er ihn verließ, wohin sollte er sich wenden in dieser fremden und feindlichen Welt? Es wäre schlimm genug gewesen, irgendwo in einem einsamen Winkel von Sundar zu landen, aber dort hätte er wenigstens nur die kaiserlichen Schergen zu fürchten gehabt. Hier wusste er nicht einmal, wen oder was er eigentlich zu fürchten hatte.

In einiger Entfernung zu Topan entfernt stieg der Giftmischer Chapron die zerfallenden Treppen hinauf. Aufmerksam blickte er sich um, denn vieles am Weg erregte sein Gefallen. Im Zwielicht zwischen Waldrand und offenen Grasflächen blühten Schlangenlilien, Fliegenwinde, Schnappsterne und Goldener Sack in leuchtenden, öligen Farben, farbenprächtige Blumen, die mit singenden Stimmen und tropfendem Honigsaft Insekten anlockten. Sie waren Fleischfresser wie die Honigschlünde, wenn auch weitaus weniger gefährlich, denn sie verzehrten nur Käfer und Grillen, Schmetterlinge und Motten. Ihr Saft jedoch war giftig, tödlich giftig, und Chapron beschloss, sich die Stelle zu merken. Schließlich war er entschlossen, auch in dieser fremden Welt seinem tückischen Gewerbe treu zu bleiben.

Dem Pfad folgend, gelangten sie an einen Bach mit schlammigen Ufern zu beiden Seiten. Chapron blieb stehen. Hier wollte er ein Zeichen hinterlassen, um die Lichtung jederzeit wiederzufinden. Als er sich jedoch bückte, um einen armdicken Ast aufzuheben, stockte er und runzelte die Stirn. Im Schlamm sah er deutliche dreizehige Fußabdrücke, einige davon ziemlich groß. Seine Hand passte mit gespreizten Fingern ohne Weiteres in diese Abdrücke, es war sogar noch Platz übrig. Eine Echse, dachte er. Und zwar ein Fleischfresser, denn an den Zehen saßen gekrümmte Krallen.

Topan, der jede Bewegung in seiner Umgebung argwöhnisch beobachtete, humpelte neugierig näher. »Was gibt es da zu sehen?«

»Eine Echse. Ein mächtiges Tier. Vielleicht ein gehörnter Springer. Hier sind …«

Von einem Rascheln aufgeschreckt, wandte er sich um und nahm aus den Augenwinkeln heraus eine Bewegung wahr. Zugleich hörte er ein leises Quieken, das von irgendwo rechts hinter ihm kam.

»Habt Ihr das gehört?«, zischelte Topan.

»Ja. Beeilt Euch! Wenn ein gehörnter Springer zur Tränke kommt, will ich ihm nicht im Weg stehen. Wir sollten …«

Topan hörte nicht länger zu. Obwohl er sein ganzes Leben in der Stadt verbracht hatte, warnten ihn seine Sinne vor einer nahenden Gefahr. Als er den Kopf drehte, sah er, dass die Farne sich leicht bewegten. Er verharrte regungslos und wartete, in der Hoffnung, das unbekannte Wesen werde sich wieder entfernen, wenn er sich nur nicht muckste. Und vielleicht würde es ja Chapron fressen, der unbekümmert im Schlamm planschend davonstapfte.

Topan starrte angestrengt auf den Bach, da zischte es hinter ihm, und ein Schwall fauligen Gestanks überschwemmte ihn. Er fuhr herum, schneller, als er es seinen steifen Gliedern je zugetraut hätte. Fassungslos starrte er die Kreatur an, die da auf ihn losfuhr. Es war ein dicker, geschmeidiger Hals, der zwei Männerschritte weit aus dem Dickicht hervorgeschnellt war, zugleich aber auch ein riesiger, grau glitzernder Tausendfüßler, dessen zangenbewehrte Beinchen sich angriffslustig nach seinem Gesicht ausstreckten, während der kaum faustgroße Schädel am Ende dieses monströsen Halses ihn mit der zerfurchten grauen Fratze eines Springwurms anglotzte. Topan stockte der Atem. Wie Blitze umzuckte es das Geschöpf, eine mächtige Spannung knisterte um den weichen, beweglichen Leib. Topan blinzelte und hörte, wie ihm das Blut in den Ohren rauschte, fühlte, wie sich ihm die Haare auf Brust und Armen aufstellten. Blitzschnell fuhren die Nesselfäden an dem sich windenden Hals ein und aus und trafen dutzendfach die unbedeckten Stellen seines Körpers. Jeder Stich hinterließ einen winzigen glühenden Punkt auf der Haut. Doch welches Gift ihm in die Adern gedrungen war, wusste er nicht.

Zwar hatte er sich in dem verlassenen Palast mit einem Dolch bewaffnet und versuchte sich jetzt damit zu verteidigen, aber ein dichtes Gespinst von Nesselfäden umgab das Scheusal und machte es ihm unmöglich,die Waffe wirkungsvoll einzusetzen. Kraftlos fiel ihm der Dolch aus den

Händen. Weich, fast körperlos, doch mit der Kraft einer Riesenschlange schnellte das Geschöpf vorwärts und stieß mit dem zwergenhaften Schädel gegen die Brust des alten Wüstlings. Er hatte kaum noch Zeit, einen Schrei auszustoßen, als ein weiterer heftiger Schlag, diesmal in den Nacken, ihn niederwarf. Ein Stich fuhr ihm durch den Körper. Er spürte, wie sich Hände und Füße verkrampften. Ihm wurde schwarz vor Augen, rote Kreise drehten sich Funken sprühend. Wieder zischte es durch ihn hindurch wie der Treffer eines Rapiers. Der einstige Kammerdiener stürzte zu Boden, und die Seele entfuhr dem Körper.

Chapron hatte von einem Felsvorsprung aus mit aufgerissenen Augen den ungleichen Kampf beobachtet. Er dachte gar nicht daran, Topan zu Hilfe zu eilen. Mochte der Schurke zusehen, wie er sein Leben rettete! Und selbst wenn er gewollt hätte, was hätte er tun können? Dieses graue Ungeheuer war keine gewöhnliche Raubechse. Chapron hatte deutlich beobachtet, wie jedes Mal ein Blitz aufflammte, wenn es Topan berührte, und wie diesem nach jedem Blitz kleine Flammen irrlichternd über Kleidung und Haar flitzten.

Chapron kratzte sich an der Nase. Er beschloss, den Ort nie wieder aufzusuchen, mochte die Lichtung mit den giftigen Blumen noch so einladend aussehen. Mit langen Sprüngen rannte er hinter den Gefährten her.

–

Der Bericht von Topans Ableben, den der Giftmischer den anderen lieferte, verstärkte ihre Furcht und Missstimmung um ein Beträchtliches. Die Dämmerung machte sich allmählich bemerkbar, Felsen und Bäume, Blumen und Büsche verloren ihre Farben, und selbst den Tapfersten unter den Gefährten missfiel der Gedanke, bei Nacht durch einen Nebelwald zu stapfen, in dem sich solche Kreaturen herumtrieben. Als Carmilhan von einem Spähgang zurückkehrte und berichtete, nicht weit entfernt befinde sich eine Höhle im Felsen, stürmten alle zugleich darauf zu, unbekümmert um den Groll des Magiers, der sie Memmen und Feiglinge schimpfte. Sie achteten nicht weiter auf ihn, und so merkten sie es nicht, als Darabos nach einem letzten langen Blick voller Bosheit den Weg weiterging – allein.

Sie rieben sich aufatmend die Hände, auch wenn der Raum, in dem sie Zuflucht gefunden hatten, keineswegs anheimelnd wirkte. Die Höhlenwände waren geschwärzt, als hätte ein mächtiges Feuer darin gelodert, und eine stickige, ungesunde Atmosphäre herrschte vor. Aber niemand wollte eine weitere Nacht im Freien verbringen und Gefahr laufen, neuerlich von den Seelensaugern angefallen zu werden oder als Mahlzeit der blutgierigen Kreatur zu enden, die den Kammerdiener verschlungen hatte.

Sie entzündeten ein Feuer und setzten sich ringsum, alle mit dem Rücken zur Wand, weil keiner dem anderen traute. Das Gewitter über den Feuerbergen hatte sich so dicht zusammengezogen, dass es jeden Augenblick losbrechen musste. Ein Wetterleuchten flammte über den Kegeln der Gipfel auf, deren wunderliche Formen sich schwarz wie Scherenschnitte vor dem bleich zuckenden Hintergrund abzeichneten.

Plötzlich hob Carmilhan, der von allen die schärfsten Sinne besaß – anders hätte er seinen ruchlosen Beruf nicht so lange ausüben können – witternd den Kopf. »Aufgepasst!«, flüsterte er, nach der Axt tastend, die unter seinen gekreuzten Beinen lag. »Da kommt jemand!«

Unwillkürlich griffen auch die anderen nach ihren Waffen. Jetzt hörten alle die eiligen Schritte, die sich auf dem Pfad näherten. Im nächsten Augenblick bog eine in flatternde Lumpen gehüllte Gestalt um die Biegung und stürmte zum Höhleneingang herein, gerade als draußen der Regen losprasselte. Gleichzeitig entdeckte der Fremde auch schon, dass die Höhle nicht wie erwartet leer war. Er stieß einen dumpfen, halb tierischen Schrei aus und griff nach dem schweren Hiebmesser, das er am Gürtel trug.

Augenblicklich sprang Carmilhan auf und wollte dem Eindringling mit der Axt den Schädel spalten, ohne auch nur zu fragen, wer er sei. Aber Chapron trat dazwischen. »Friede!«, rief er. »Wir sind nur Reisende, die Schutz vor dem Unwetter suchen – wie zweifellos auch Ihr.«

Der Fremde trat zurück und starrte die Fremden argwöhnisch an, die Hand nach wie vor auf dem Messergriff. Er war ein kleiner, o-beiniger Mann mit enorm breiten Schultern und einem vernarbten Gesicht, das zur Hälfte von einem wild wuchernden graubraunen Bart bedeckt war. Sein langes schmutziges Hemd hing ihm, nachlässig gegürtet, bis auf die Knie, Füße und Waden waren mit Lederstreifen umwickelt, der Bart und das schulterlange Haupthaar wirkten fettig und verlaust. Über dem Hemd trug er einen dicken ledernen Mantel.

Langsam lockerte sich sein Griff um das Messer. »Reisende«, stellte er mit rauer Stimme fest. »Und wohin geht die Reise?«

»Wer fragt?«, antwortete die Räuberin Ghorka keck.

Der Mann warf seinen Mantel ab und setzte sich, ohne zu fragen, ans Feuer. »Trumbull bin ich, das muss Euch genügen. Und wer seid Ihr?«

»Und was tut Trumbull hier in der Wildnis?«, fragte

die Räuberin, die nicht gewillt war, sich ausfragen zu lassen.

»Ich lebe hier«, antwortete der Mann. »Und wenn Ihr mich nicht angreift, soll es mir gleich sein, welche Geschäfte Euch hierher führen – oder vor wem Ihr auf der Flucht seid«, fügte er mit entstellendem Grinsen hinzu, wobei eine Narbe zwischen Nase und Mund seine Lippen verzerrte. »Es stört mich nicht, wenn Ihr hier in der Höhle sitzt oder auf dem Berg herumlauft. Aber zu Eurem eigenen Nutzen gebe ich Euch einen Rat: Wehe Euch, wenn Ihr Gold sucht! Immer wieder gibt es Narren, die aufbrechen, um die Schätze von Megith zu stehlen. Keiner von ihnen ist jemals zurückgekehrt.«

»Wir sind nicht auf der Suche nach Gold«, erwiderte Chapron, der sich zum Wortführer gemacht hatte. »Was wir suchen, ist ein Weg hinaus aus dieser verwunschenen Einöde. Wir haben …«

Ein Donnerschlag unterbrach ihn, so laut, dass selbst Trumbull aufschreckte. Die breiten Nasenlöcher des Mannes blähten sich, als er in den Wind witterte. »Böses ist unterwegs«, murmelte er. »Ihr seid den Vhillen begegnet, nehme ich an. Was frage ich? Sie riechen frisches Fleisch und warmes Blut von Weitem.«

»Ein Ungeheuer, das im Gebüsch lauerte, hat einen unserer Gefährten zerrissen«, mischte sich die Menschenfresserin Tulda ein. »Sind noch mehrere von dieser Art unterwegs?«

»O gewiss«, erwiderte Trumbull mit einer wegwerfenden Geste. »Solche und viele andere. Es sind …« Plötzlich hielt er inne, schob die Hand in den Ärmel und kratzte an etwas.

Tulda lachte. »Mir scheint, Ihr habt Läuse, edler Herr!«

Trumbull knurrte und schob den Ärmel hoch, um zu

sehen, was ihn gestochen hatte. Im Feuerschein wurde ein nussgroßer Knorpel sichtbar, der offenbar eben erst aus seinem Fleisch hervorgewachsen war. Auf dem höchsten Punkt saß wie ein Auge ein kreisförmiger schwarzer Fleck.

»Von wegen Läuse!«, brummte der Waldläufer. »Irgendetwas hat mich gestochen.« Weiter kam er nicht. Die harte Pustel platzte auf, zersprang in Stücke, und heraus flog ein Schwarm winziger Funken, die sich augenblicklich über den Körper des Mannes ausbreiteten. Er fiel zu Boden und lag auf dem Rücken, mit den Beinen strampelnd, während er mit beiden Händen die Funken zu löschen versuchte, die ihm winzige Löcher in die Haut brannten. Rauchfäden stiegen aus dem verfilzten Haar auf.

Voller Hass richteten sich seine rot geränderten Augen auf die Gruppe der verblüfften und erschrockenen Uzzbazis. »Todbringer!«, kreischte er. »Todbringer! Ihr schleppt die Seuche mit Euch, von der man in der Umgebung redet ... Verbrennt! Verbrennt! Möge das Feuer Euch auslöschen!« Und mit letzter Kraft riss er, unbekümmert um die Glut, die seine Finger verbrannte, einen lodernden Ast aus dem Feuer und schleuderte ihn gegen die Uzzbazis.

Der Ast traf Ghorka an der Brust und setzte ihre Kleider in Flammen. Jetzt rächte es sich, dass das eitle Weib im verlassenen Palast kostbare, mit Spitzenvolants und Rüschen besetzte Kleider an sich gerissen hatte, die nun wie Papier aufflammten. Kreischend schlug sie mit den Armen um sich und fachte dadurch das Feuer nur noch mehr an. Alsbald ergriff es auch ihre Haube. Ihr Haar fing Feuer. Während die Übrigen schreiend vor ihr zurückwichen, fraßen sich armlange Flammen über ihren Körper. Sie brach zusammen, wälzte sich am Boden, ihre dicken Beine strampelten aus einem Wirbel prasselnder Flammen hervor. Die Kleider verkohlten und fielen ihr als geschwärzte Fetzen vom Leib, der unter Blitzen und Funken zu eineKlumpen schmierigen Fetts zusammenschrumpfte. Wie der Dunst, der über weißglühendem Metall schwebt, lohten Feuerschwaden über dem Leichnam. Prasselnd und spuckend verbrannte er, als wäre er bloß ein ölgetränkter Lumpen, und bald lagen nur noch schwarz gebrannte Knochen auf dem Boden, bis auch sie zerbarsten und zu Splittern zerfielen. Der Schädel zischte und brannte Funken sprühend, von innen und außen zugleich von der Glut verzehrt, bis er als haarlose braune Kugel auf den Steinen hin und her tanzte und die gebleckten Zähne nach allen Richtungen grinsten. Zwei armlange Flammenspeere schossen noch aus den Augen hervor, dann erlosch die Glut.

Aber das sahen die Uzzbazis schon nicht mehr. Sie sahen auch nicht, wie Trumbull das Fleisch in Klumpen von den Knochen fiel. Unbekümmert um Blitz und Donner, Sturzregen und pfeifenden Wind stürmten sie davon. Keiner achtete auf den anderen, jeder war nur bestrebt, den Ort des Unheils so rasch wie nur möglich hinter sich zu lassen. Sie rannten in alle Windrichtungen davon, und in ihrer verzweifelten Hast verloren sie einander aus den Augen und fanden einander nicht wieder.

–

Die liebliche Florinde war ebenfalls den Bergpfad hinabgerannt, ohne links und rechts zu sehen, aber sie war ein kluges und mutiges Mädchen, und sobald sie erkannt hatte, dass die Gefahr ihr nicht folgte, schritt sie auf ihren kleinen Füßen so zierlich und unbefangen dahin, als unternähme sie einen Spaziergang in den Parks von Sundar-Bas.

Sie war heftig erschrocken, als Ghorka vor ihren Augen verbrannte, hatte sich aber rasch wieder gefasst. Der Tod der Räuberin war kein Verlust, und die allgemeine Aufregung hatte den Vorteil, dass sie das übrige Pack abgeschüttelt hatte und ihren eigenen Weg gehen konnte, ohne von Verbrechern niedrigster Art belästigt zu werden.

Sie wusste, dass Darabos' Ziel ein Dorf gewesen war, das auf halber Höhe einer Schlucht auf einem Felsvorsprung lag. Es dauerte auch nicht lange, bis sie es unter sich liegen sah. Vielleicht würde sie den Magier hier wiederfinden, und wenn nicht, war es ihr auch recht. Auch ohne seine Hilfe würde sie den Talgrund und die dahinterliegende Hafenstadt erreichen. In einer Stadt, mochte sie auch in einer fremden Welt angesiedelt sein, war es immer leicht, eine Hexe zu finden – besser noch einen ganzen Kreis von Hexen. Da Florinde alle geheimen Losungen und Rituale kannte, würde es ihr sicherlich gelingen, in diesen Kreis aufgenommen zu werden.

Je tiefer sie hinabstieg, desto deutlicher spürte sie die klebrige Atmosphäre, die über dem Tal lag. Die Kleider klebten an ihr, als wären sie mit Honig bestrichen, ihr Haar war feucht, und ihr Gesicht juckte von den Schweißtropfen, die ihr über die Stirne perlten. Die Blumen, die hier blühten, waren seltsam – weißblättrige Blütentrompeten, deren Inneres rot und rosafarben gerippt war wie das Innere von Saugrüsseln. Immer höher reckten sich die Wände der Schlucht. Hier war es viel dunkler als auf den Klippen, über die sie gekommen waren – so als herrsche eine spätere Stunde, ja eine spätere Jahreszeit. Ein wunderlich purpurnes Zwielicht wie das eines Winterabends schwebte über den Steinmauern links und rechts des Wegs, die sich krumm aneinanderdrängten, und wo das Sonnenlicht durch die Ritzen drang, nahm es einen rötlichen Schein an, als sinke die Sonne bereits.

Bald war sie bis an den Eingang des Dorfs gelangt, dessen Name Korab Khum in altertümlichen sundarischen Lettern in ein Brett über dem Tor eingebrannt war. An den Pfosten lehnten im Schein rauchender Fackeln zwei schwer bewaffnete Männer – keine Soldaten oder Landjäger, sondern offensichtlich für diesen Dienst abgeordnete Dörfler. Sie trugen Helme, Brustpanzer und schwere Stiefel, im Übrigen aber unterschied sich ihre Uniformen kaum von Bettlerkleidung. Sie war ausgewaschen und zerlumpt. Beide Männer trugen mächtige Hellebarden und hatten Säbel um den Bauch geschnallt.

Trotz dieser bis an die Zähne bewaffneten Bewacher lag das Nest schutzlos in der Einöde. Die Umfassungsmauern aus gelben Lehmziegeln waren so mürbe und zerfallen, dass sie mühelos mit einem Sprung zu überwinden gewesen wären. Ungewaschene Bauern hockten um die Feuerstellen, über denen Tronten und Springwürmer gegrillt und Fladenbrote gebacken wurden. Alle wirkten betäubt oder angetrunken. Manche dösten, den Kopf auf den Knien, andere führten mit schwerer Zunge zusammenhanglose Gespräche. Auch sie waren, wie die Torposten, in verblichene und abgetragene Kleidungsstücke gehüllt. Die meisten waren deutlich sichtbar jenen Rauschblumen verfallen, deren liebliche rotweiße Kelche Florinde unterwegs gesehen hatte. Sie trugen widerliche braune Flecken wie Muttermale im Gesicht, und wenn sie lachten, boten ihre Münder den Anblick schwarzer Höhlen, aus denen einzelne Zahnstummel hervorschimmerten.

Die Wächter am Tor und die berauschten Tölpel kümmerten Florinde nicht. Vielmehr richtete sie ihr Augenmerk auf die schattenverhangenen Winkeln hinter dem Torbogen. Dort entdeckte sie schattenhafte Gestalten, die nur an ihren flammenfarbenen Augen zu erkennen waren. Wie Glühwürmchen schwebten sie im fettigen Halbdunkel. Nach ihnen hatte sie gesucht, ihre Witterung hatte sie schon von fern aufgenommen – es waren die Gefährten im Dienst der Mächte, denen auch sie ergeben war. Mit einem zufriedenen Lächeln auf den Lippen trat sie näher.

Sobald die Posten im Tor erkannten, dass sich jemand näherte, sprangen sie auf und richteten die schweren Waffen auf die Jungfer. Einer trat so nahe an sie heran, dass er Florinda die Spitze seiner Hellebarde in den Leib drückte. »Wer bist du, und was ist dein Begehr?«, knurrte er sie an.

Sie schob die Kapuze zurück. »Ihr seid hart zu einer verirrten Wanderin, edler Herr«, sagte sie mit klingender Stimme und zeigte ihm ihr elfenhaft süßes Gesichtchen unter dem gekräuselten Haar.

»Verzeiht, liebes Fräulein ... tretet ein ... tretet näher! Verzeiht meine Grobheit!«, stotterte der Wächter hilflos

Florinde wollte bereits das Tor durchschreiten, als sich ihr ein mit Kapuzenmantel und langzipfeliger Haube bekleideter Mann in den Weg stellte. »Wartet!«, befahl eine strenge Stimme. »Ich bin Loochtan, der Vorsteher dieses Dorfs, und habe das Recht, Fragen an Fremde zu stellen.«

Florinde knickste zierlich. »Zu Befehl, Euer Gnaden«, antwortete sie, während sie blitzschnell den Vermummten abzuschätzen versuchte. Ein Freund? Ein Feind? Nun zog er sich die Haube vom Kopf und stopfte sie nachlässig in die Tasche. Sein Äußeres war kaum schreckenerregend. Er war ein kleiner Mann mit einem schmalen, scharf geschnittenen Gesicht, in dem düstere Augen leuchteten. Sein langes Haar, grau und braun gesträhnt, war aus der Stirn zurückgekämmt, im Nacken mit Echsenfett zu dicken Flechten zusammengedreht und mit einem Band zusammengehalten.

Ohne ein Wort zu sprechen, hob er die Hand und machte ein Zeichen, das sie gleichermaßen erwiderte. Ihr Herzschlag beruhigte sich. Ein Dorfzauberer stand vor ihr, von dem keine Gefahr ausging.

Jetzt sprach er sie mit dünner, metallisch klingender Stimme an. »Was wollt Ihr hier bei uns?«

»Einen Becher Wein und ein Dach über dem Kopf. Ich bin müde von einer langen Wanderung. Ich habe nichts Böses im Sinn. Im Gegenteil.« Florinde lächelte den Zauberer verheißungsvoll an. »Ihr werdet sogar einiges bei mir finden, das Euer Gefallen erregen wird.«

Er verzog den Mund zu einem schiefen Lächeln. »Das bezweifle ich nicht, meine Schöne.« Dabei griff er in die Tasche, als wolle er seine Haube wieder hervorziehen, aber was er in der Hand hielt, war ein spannenlanger gläserner Stab – nein, eine gläserne Flöte!

Florinde erkannte die Gefahr und wollte fliehen, aber da zerschnitten bereits die ersten Töne die Luft, süß und verderblich zugleich, und sie erstarrte mitten in der Bewegung. Ihr Gesicht verzerrte sich. Ihre Knie gaben nach. Gelähmt wie eine Erdspinne, die der Stich der Mörderwespe trifft, lag sie auf dem Boden, die blauen Augen weit aufgerissen, unfähig, sich zu bewegen. Sie wollte eine Beschwörung aussprechen, aber nichts als Schaum quoll ihr über die Lippen.

Der Mann beugte sich über Florinde. Seine Finger tanzten immer schneller über das Instrument, aus dem inzwischen statt einer Melodie ein wunderliches Quieken und Schnarren hervordrang. Florinde riss den Mund auf, doch kein Schrei, kein Wort drangen heraus, sondern ein zartes, gelenkiges, in allen Regenbogenfarben schillerndes Wesen kroch aus ihrer Kehle hervor und tastete sich über die Lippen.

Mit einer schnellen, geschickten Bewegung fing der Flötenspieler das kleine Geschöpf mit seiner Haube ein und steckte es in die Manteltasche. Sein Spiel brach ab. Er richtete sich auf und deutete auf den entseelten Leib, der da am Boden lag. Entsetzt starrten die Torwächter das Gebilde an, das aus der eben noch lieblichen Jungfer geworden war. Ihr Körper hatte sich auf grässliche Weise verändert, denn nun im Tod kam ihre wahre Natur zum Vorschein, und an ihr war kaum noch etwas Menschliches.

»Rührt sie nicht an!«, befahl Loochtan streng. »In ihrem Leib haust die Pest und befällt jeden, der den Leichnam berührt. Ruft die Totengräber! Sie sollen einen Scheiterhaufen errichten und den Körper darauflegen, ihn aber nur mit Harken und Mistgabeln berühren, die danach ebenfalls verbrannt werden müssen.«

Dem Befehl wurde eiligst Gehorsam geleistet. Unter den Augen des gesamten Dorfs schoben die Totengräber ihre hölzernen Mistgabeln unter den Leichnam, holten kräftig Schwung, und sofort flog der widerwärtig verwandelte Rest, mit Armen und Beinen schlenkernd wie eine Puppe, mitten ins Herz des Holzstoßes und blieb dort auf der Glut liegen. Die Umstehenden erstarrten. Die Blicke aller hafteten an der Gestalt, um die bereits feine Rauchfäden aufstiegen. Es dauerte nicht lange, da brannte ein mit fauligem Fleisch überzogenes Gerippe auf dem Scheiterhaufen. Bald waren nur noch schwarz verschmorte Knochen und der Schädel übrig, der grinsend zwischen den Knien lag.

Loochtan gab Befehl, diese Reste mit Hämmern zu zerschlagen und mit den verkohlten Resten des Scheiterhaufens an dem Ort zu vergraben, an dem der Abdecker die Kadaver geschlachteter Tiere vergrub. Dann wandte er sich zum Gehen.

Die Torwächter blickten ihm nach. »Ich wüsste zu gern«, flüsterte der eine, sehr bemüht, von dem davonschreitenden Dorfvorsteher nicht gehört zu werden, »was er mit der Seele dieses Weibsbilds anfangen wird. Immer noch fängt er neue, als hätte er nicht schon einen ganzen Schrank voll davon. Wenn es die Mädchen in Fleisch und Blut wären, nun ja ...« Er leckte sich schmatzend die aufgeworfenen Lippen.

»Red lieber nicht solchen Unsinn!«, wies ihn der andere zurecht. »Wenn er hört, was du daherschwätzt, lockt er deine Seele aus dem Körper und sperrt sie in eine Amphore.«

»Das ganze Dorf weiß Bescheid, es ist kein Geheimnis«, trotzte der erste Wächter.

»Auch über Dinge, die kein Geheimnis sind, sollte man besser das Maul halten«, erklärte sein Kamerad, der gescheiter war als die übrigen Dorfbewohner von Khorab Khum, und damit war das Gespräch beendet.

–

Darabos von Traill schritt gemächlich einen Waldpfad entlang, der in endlosen Windungen den Berghang hinab ins Tal führte. Ein dumpfer Geruch nach verrotteten Pflanzen umfing ihn. Wohin er auch blickte, sah er ein giftiges, unnatürlich fettes und schwellendes Grün, vom leuchtenden Smaragd der Farnwedel bis zum Blaugrün der Zykadeen und Schachtelhalme, die überall zu ungewöhnlicher Höhe und Üppigkeit aufgeschossen waren. Der Pfad führte unter einem Dach tropfender Blätter hindurch, von denen jedes Blatt groß genug war, um ihn in voller Länge einzuwickeln. Überall rieselte Wasser, von dem Dampf aufstieg, und verriet die Nähe der unterirdischen Feuerseen. Bei jedem Schritt musste er die rauen, haarigen Flechten beiseitewischen, die von den Bäumen herabhingen und sein Gesicht und seine Schultern streiften. Manchmal raschelte etwas Unsichtbares im dürren Unterholz. Er meinte zu sehen, wie sich Gestalten in den Schatten versteckten, und hörte, wie sie mit wispernden Stimmchen lachten. Ob sie sich über ihn lustig machten, war schwer zu sagen, aber ganz deutlich hatte er das Gefühl, dass er beobachtet wurde.

Darabos war finsterster Laune. Zwar war er den Ondrysminen entkommen – was immerhin ein Grund zur Freude war –, aber er saß in einer sonnenverlassenen Einöde in einer ihm vollkommen fremden Welt und war so bar jeder magischen Fähigkeit wie irgendein dummer Bauer. Das Ondryshalsband war gut geschmiedet, und er hätte sich den Kopf abschneiden müssen, um es loszuwerden. Vergebens hatte er gehofft, an einem Ort, an dem so viele Dinge aus dem Himmel herabregneten, einen Brocken der seltsamen, schwarz glänzenden Steine zu finden, die aus der Sternenleere herunterfielen. Die aus diesem Meteoreisen geschmiedeten Messer schnitten durch Ondrys, als wäre es Käse, aber sie waren selten und schwer zu finden. Es wäre auch zu viel des Glücks gewesen, ausgerechnet auf einen solchen Stein zu stoßen.

Wenigstens hatte er seine unnützen Gefährten abgeschüttelt. Ohne das dumme Pack, das an ihm hing, käme er weitaus schneller weiter und wäre eher in Sicherheit. Seine untrügliche Witterung hatte ihm einen Weg gezeigt, der Hoffnung versprach. Mochten die anderen in der Einöde herumkriechen und nach und nach den Unholden in die Hände fallen, von denen es hier wimmelte, oder an einem anderen Übel zugrunde gehen!

Schließlich sah er, von einer weit vorspringenden Felsenklippe hinabschauend, unter sich das Dorf Khorab Khum. Es war kein heimeliger Ort. Mammutbäume umringten dicht an dicht eine kleine kreisförmige Öffnung, auf der Brombeerbüsche, Lolchbeeren und Schwertgras wuchsen. Schwarze Schatten hingen zwischen den mächtigen, von Flechten überwachsenen Stämmen.

»Das Dorf der Hexen!«, flüsterte er. Wie zur Bestätigung seiner Worte kam ein langer, hohl hallender Ton aus dem Himmel herab und schreckte ihn auf. Etwas Dunkles flog mit weichen, welligen Flügelschlägen über ihn hinweg und verschwand zwischen den schwankenden Kronen der Schuppenbäume, ehe er noch erkennen konnte, was es war.

Darabos hielt hinter einem Felsblock inne und blickte auf das in der Abenddämmerung liegende Dörfchen hinab. Kaum mehr als drei Dutzend Hütten zählte er, und die waren in keinem besseren Zustand als Echsenställe. Teils waren sie aus unverputzten grauen Lehmziegeln erbaut, teils aus Holz, und stellenweise waren quer über Wände und Dächer lange Latten genagelt worden, um die verschiedenen Materialien zum Zusammenhalt zu zwingen. Für den Magier indes besaß der Ort eine ganz besondere, reizvolle Anziehungskraft. Es stank förmlich nach schwarzer Magie.

Seine Kraft mochte gebunden sein, aber seine geschärften Sinne hatten ihn nicht verlassen. Er hatte gleich vermutet, dass Menschen, die auf diesem unheimlichen Berg wohnten, ihm in ihrer Art gefielen. Er hatte recht behalten, aber es hatte eine Weile gedauert, bis er zwischen Räuberpack und Rotmützen auch jene fand, von denen Hilfe zu erwarten war. Zweifellos nur widerwillige Hilfe, denn diese Halunken waren niemandes Freunde, aber sie würden ohnedies ihren Lohn bekommen, sobald er ihnen abgepresst hatte, was er brauchte.

Er fand seine Vermutungen bestätigt, was den Charakter der Dorfbewohner anging, als er eine Gestalt aus einem der schiefen Häuschen treten sah. Den Hang herauf zum Waldrand humpelte eine böse aussehende alte Frau in zerlumpter Kleidung und mit einer großen schwarzen Haube auf dem Kopf. Ihre schwefligen Augen und der leuchtend rote Mund, der so wenig zu der runzligen Fratze passen wollte, verrieten die Vhilla.

Darabos trat mit einem kühnen Schritt hinter dem Felsen hervor. »Im Namen meines Herrn und des Euren!«, rief er der Alten gebieterisch zu.

Sie blieb stehen, starrte ihn an und stieß ein rülpsendes Lachen aus. »Zu Diensten, zu Diensten, edler Fremdling!«, höhnte sie. Ihre gelben Wolfsaugen funkelten, und sie zeigte knöcherne Pferdezähne. »Und wer mag Euer Herr sein? Ein herumschweifender Strolch wie Ihr selbst?«

Die dunklen Augen des Magiers brannten, und seine Blicke senkten sich tief in die ihren, während er den unaussprechlichen Namen nannte. Vor Entsetzen wurde der Alten die Kehle eng. Sie wankte, griff sich ans Herz und drohte wie eine Strohgarbe umzufallen. Im letzten Augenblick nahm sie alle ihre Kräfte zusammen, fiel auf die Knie und krächzte, die Stirn unterwürfig auf den Boden schlagend, zahllose Entschuldigungen.

Ungeduldig gebot ihr Darabos, sie möge aufstehen.

»Was wünscht Ihr, erhabener Diener eines erhabenen Herrn?«, winselte sie, nachdem sie sich mühsam erhoben hatte und krummrückig, mit weichen Knien und wackelndem Kopf vor ihm stand.

»Ein Versteck vor den Sonnenknechten, die mich verfolgen. Und Auskünfte über diesen Ort.«

»Das soll Euch alles zuteil werden, gnädiger Herr, aber

wenn Ihr das Dorf betretet, werdet Ihr unser aller Tod sein, denn Ihr habt die Pest im Leib.«

Darabos presste die Lippen zusammen. Es war ihm gleichgültig, ob die Pharsu die Bewohner dieses lausigen Drecksnests dahinraffte, aber er brauchte Hilfe, und nur Lebendige konnten ihm diese gewähren. Mürrisch antwortete er: »So, wie Euer Dorf riecht, beherbergt es mehr als einen Hexenmeister. Kann einer von ihnen mich von der Seuche befreien?«

An ihrer langen Nase vorbei schielte sie ihn an. »Vielleicht«, antwortete sie und verzog das zuckende Maul zu einer schauerlichen Grimasse.

Der Magier fluchte innerlich. Er war diesen Kreaturen ausgeliefert, das wusste er genau. Er war nur nicht sicher, ob sie es auch wussten. Vielleicht erkannten sie die Bedeutung des grauen Reifens um seinen Hals nicht. Aber wenn sie es wussten, konnte er nur hoffen, dass die Furcht vor dem Unnennbaren, als dessen Diener er sich zu erkennen gegeben hatte, sie zurückhielt und dass sie ihm um seines Herrn willen halfen. Keine dieser Dorfhexen würde es wagen, es mit einem Taphum aufzunehmen. Wie auch immer, er musste der Gefahr trotzen. Allein kam er nicht weiter. Hinter ihm hatten es Räuber, Seelensauger und Rotmützen sowie die Khan-Hagazim auf ihn abgesehen, vor ihm lauerte der unablässig den Berg umkreisende Eisengrind, und die Gegend jenseits des Pfads, den dieser schaurige Wächter ausgetrampelt hatte, war ihm unbekannt.

»Was soll das heißen – *vielleicht*?«, schnauzte er die alte Vettel an.

»Nun«, antwortete sie mit widerwärtig vertraulichem Grinsen, »*vielleicht* heißt, dass der fremde Herr einen guten Magen und ein starkes Herz braucht, denn das Ritual, das ihm die Seuche aus dem Leib treibt, ist nichts für Schwächlinge.«

»Ich habe schon einiges überstanden. Könnt Ihr mir auch diese Fessel abnehmen?«

»Das übersteigt unsere Kräfte. Aber wir können Euch Leute nennen, die dazu imstande sind. Jetzt wartet hier, ich will die Schwestern rufen.« Sie kramte in ihrer Schürze herum, förderte ein Büschel trockener Kräuter zutage und warf es ihm zu. »Da! Zieht damit einen Kreis um Euch herum, dann wird kein Verfolger Euch finden, und niemand wird Hand an Euch legen.«

Darabos gehorchte. Er sah ihr nach, wie sie, boshaft vor sich hinkeckernd, zu den Hütten humpelte, und verzog das Gesicht zu einer angewiderten Grimasse. Zwar war sein Schicksal jetzt entschieden freundlicher, als in die Ondrysminen verbracht zu werden, aber er fand, dass es sich noch beträchtlich verbessern ließe.

Sorgfältig zog er mit dem Kräuterbüschel einen Kreis um sich herum und setzte sich in die Mitte. So vor allen Verfolgern geschützt, dachte er nach, welches Ritual die Hexen dieser fremden Welt wohl anwenden würden, um die Seuche aus ihm zu vertreiben. Er kannte mehrere solcher Rituale, unglücklicherweise aber keins, das er an sich selbst vollziehen konnte. Zu der am häufigsten angewandten Zeremonie hätte er einen Zuber mit den noch warmen Gedärmen frisch geschlachteter Tiere benötigt, zu einer anderen eine Mischung aus Blut, Urin und heißer Asche. Ein drittes Ritual wurde vollzogen, indem man sich in den Kadaver einer frisch geschlachteten Echse einnähen ließ und darin verharrte, bis er in Fäulnis zerfallen war – eine Zeremonie, die selbst einem abgebrühten Magier einiges abforderte. Er versagte es sich, weiter darüber nachzudenken. Was sein musste,

musste eben sein. Er hatte schon Schlimmeres überstanden. Viele der lästerlichen Rituale, mit denen er sich Macht, Reichtum und ein langes Leben verschafft hatte, waren unaussprechlich widerwärtig gewesen.

Er schreckte aus seinen Gedanken auf, als die Alte wieder vor der Pforte in der verfallenen Mauer erschien, diesmal in Begleitung eines halben Dutzends weiterer Weiber. Sabbernd und keckernd kamen sie heran, manche hoppelnd wie Springwürmer, andere schleichend wie Schlangen. Sie alle begrüßten ihn mit einer seltsamen Mischung aus kriecherischer Höflichkeit und Keckheit. Die Unterwürfigkeit galt seinem Herrn, die Keckheit ihm selbst.

Wartet, ihr Giftpilze!, dachte er. Sobald ich wieder bei Kräften bin, seid ihr die Ersten, denen ich einen blauen Dämon schicke.

Aber das hatte Zeit. Erst musste er sich von der Seuche befreien lassen und dann von dem Ondryshalsband, und außerdem war es geraten, sich möglichst rasch aus einer Gegend fortzubegeben, in der Karziram und Boulgaroz sich ebenfalls aufhielten.

Inzwischen war die Dämmerung so tief über die Feuerberge gesunken, dass die Landschaft ringsum grau in grau verschwamm. Die Hexen – zu denen sich jetzt auch ein paar jüngere und leidlich hübsche gesellt hatten – zogen den greisen Magier mit sich fort zu einer verfallenen Hütte abseits des Dorfs, die am Fuß einer steilen Felswand stand und die jeden Augenblick zu einem Bretterhaufen zusammenzubrechen drohte. Im Innern war sie größer, als ihr Äußeres vermuten ließ, und reichte tief in eine Felsgrotte hinein. Wurmstichige Möbel standen an den Wänden. Die Alte trat an einen Schrank und kramte zwischen Papieren und Pergamentrollen herum. Nach einigem Suchen zog sie eine dicke Mappe heraus, blätterte darin und las in einem misstönenden Singsang eine Beschwörung daraus vor. Der Ruf wurde augenblicklich beantwortet. Auf dem verwitterten Fensterbrett bildete sich eine Nebelwolke, die rasch dichter wurde und eine olivbraune Farbe annahm. Darabos schreckte zurück, als sich die Wolke zu einem Sack verfestigte und auf den Boden fiel.

Sogleich stürzten sich die Weiber darauf und lösten die Verschnürung. Inmitten einer Wolke muffigen Gestanks kam ein widerlicher Gegenstand zum Vorschein, umhüllt von faulig süßem Brodem wie von verschimmelten alten Kleidern und verwesendem Fleisch. Er war so zusammengestaucht, so grau, faltig und mit einer Schicht getrockneten Lehms bedeckt, dass keine Einzelheiten zu erkennen waren.

Über ihr zerlumptes Gewand zog die alte Zauberin nun eine lange Kutte aus einem ausgebleichten, schillernden Stoff und zeichnete brummelnd mit einem Büschel dürrer Kräuter einen Kreis um sich. Mitten in diesem Zauberkreis entzündete sie auf einem Dreifuß ein Feuer, in das sie mit einer flinken Handbewegung das missgeformte Ding setzte. Es hockte so reglos darin, dass Darabos zu der Überzeugung gelangte, es sei doch tot – aber es brannte nicht. Unbeweglich lag es inmitten der prasselnden Flammen, dann brach das aufgeschichtete Holz in sich zusammen, und das Ei – oder was immer es war – verschwand.

Plötzlich knackte es laut, die glühenden Holzstücke wurden von einer heftigen Bewegung beiseitegeworfen, etwas fuhr aus dem Innersten des Holzstoßes hervor, und nun saß dort ein geflügelter Kadaverdrache, nicht größer als ein Tatzelwurm, braun und verwittert, als wäre er längst tot und verdorrt. Nur die flammenden saphirblauen Augen gaben Kunde davon, dass er lebte.

»Es wärmt, es wärmt!«, rief er. Unter den Augen des Zauberers veränderte er die Gestalt. Die raue, verschrumpfte Haut wurde glatt, das magere Fleisch schwoll an, die verwitterten Schuppen glänzten. Auf der Feuersglut brütend wie ein Grolm auf seinem Nest, wandte er die blanken Augen der Beschwörerin zu. »Was willst du?«, schnarrte er.

Sie wies auf Darabos. »Dieser Mann ist geschlagen mit einer Seuche, die in seinem Leib sitzt wie ein Kind in der Mutter. Wir bitten dich, zieh sie aus ihm heraus!«

Das glitzernde Scheusal betrachtete Darabos mit schief gelegtem Köpfchen. »Ei, ei! Ein fremder Magier, leider einer, den man an die Kette gelegt hat«, kicherte es. »Mir scheint, Ihr braucht noch viel mehr Hilfe, edler Herr, als dass man Euch die Seuche aus dem Blut zieht, aber eins nach dem anderen! Kleidet Euch aus – bis auf die Haut! Stellt Euch dorthin und bückt Euch! Ihr Weiber, haltet ihn fest, damit er nicht zappelt und zuckt!«

Der Magier gehorchte, obwohl ihn Zorn erfasste angesichts der Demütigung, sich den kichernden Schlampen in dieser Haltung zu zeigen. Unter prustendem Gelächter klemmten sie seinen Kopf unter schweißige Achseln, umklammerten seine Schultern, drückten seinen Oberkörper nach unten und krallten ihm die Finger in die Schenkel. Die Hände auf die Knie gestützt, reckte er das faltige Hinterteil so weit nach hinten wie irgend möglich.

Mit einem Satz sprang ihm der Drache auf den Rücken, krallte sich im Fleisch fest und fuhr ihm mit der Schnauze in den After. Vor Schmerz heulte Darabos laut auf. Ein gewaltiger Sog zerrte an seinen Gedärmen, als sollten sie ihm aus dem Leib gerissen werden. Er war sicher, dass er blutete, als er aber zwischen den gespreizten Beinen hindurch nach hinten sah, entdeckte er gelben Schleim, der ihm auf die Schenkel tropfte. Gierig schlürfte der Kadaverdrache diesen Schleim in sich hinein und leckte noch das winzigste Tröpfchen auf. Dann sprang er mit einem Satz wieder ins Feuer und schrumpfte zu einem runzligen Ei zusammen. Darabos, der vor Schmerz Augen und Lippen zusammengekniffen hatte, betastete sein misshandeltes Hinterteil, wagte sich aber erst aufzurichten, als die Oberste der Hexen es ihm gestattete.

»Ihr seid nun frei von der Krankheit«, sagte sie, während sie das Ei aus dem erlöschenden Feuer nahm, in den Sack steckte und diesen auf das Fensterbrett legte. Ein Rauschen war zu hören, als hätte sich ein plötzlicher Sturmwind erhoben, ein dürrer grauer Arm langte herein und riss den Sack fort.

»Aber«, fuhr die Alte fort, »noch seid Ihr nicht gerettet. Hier, kleidet Euch an!« Sie winkte einer anderen Hexe, die dem Zauberer die Kleider zuwarf. »Wir können Euch nach Thamaz bringen, das ist eine Stadt der Zauberer, und dort müsst Ihr sehen, wie Ihr Euer Glück macht, was das Halsband angeht. Aber erst wollen wir unseren Lohn.«

»Welchen Lohn?«, fragte Darabos mit grimmig gerunzelten Brauen. »Ich besitze nicht mehr, als ich auf dem Leib trage.«

»Ihr besitzt das, was Ihr am Leib tragt«, erwiderte die Alte. Ringsum prasselte Gelächter aus zwei Dutzend Kehlen auf ihn nieder. Darabos kam nicht lange zum Nachdenken und ging sogleich unter in einem Schwarm von Weibern, die lüstern kreischend über ihn herfielen. Sie machten sich keine Mühe mehr, eine menschliche Gestalt vorzutäuschen, sondern zeigten sich in ihrer wahren Natur. Darabos fand sich inmitten eines Schwarms stinkender, glatzköpfiger Weibsdämonen, denen anstelle von Haar ein schimmliges Pilzgeflecht auf dem Schädel wuchs. Sie schnüffelten grunzend und schmatzend an ihm herum und fletschten erwartungsvoll die spitzen Zähne, erregt vom Geruch menschlichen Fleischs und Bluts. Ihre runzligen Krallenhände strichen ihm durchs Haar, langten unbekümmert zu und fassten seine Männlichkeit, wisperten ihm Worte in der verfluchten Sprache Thurs ins Ohr, zauberische Worte, die seinen greisen Körper mit einer längst nicht mehr gekannten jugendlichen Kraft erfüllten. Sein längst verschrumpftes Gemächt wurde steinhart und schwoll größer an, als er es selbst in seiner fernen Jugend je erlebt hatte. Er wand sich, von höchster Lust durchströmt, und kam schreiend zu einem Höhepunkt, der seinen ganzen Körper erschütterte. Wieder jung und stark zu sein, erfüllte ihn mit Triumph. Aber es war doch ein saures Stück Arbeit, alle die garstigen Hexenweiber eins nach dem anderen zufriedenzustellen, und hätte ihre Zauberei seine Kräfte nicht immer wieder hochgepeitscht, bis er beim letzten angekommen war, so wäre er ihnen ihren Lohn schuldig geblieben.

Erschöpft fiel er zu Boden. Die Weibsbilder lachten rasselnd, als er dort flach auf dem Bauch lag, keuchend und schnaubend, das Gesicht hochrot, als werde er jeden Augenblick platzen.

»Nun, hat Euch der Lohn gefallen, den wir Euch abverlangt haben, fremder Magier?«, rief die Hexe. »Wir danken, wir danken! Doch nun kommt! Reittiere stehen bereit, um Euch aus der Reichweite des Eisengrind zu retten und vom Berg fort in die Stadt Thamaz zu bringen, wo Ihr Euresgleichen findet.«

Darabos folgte der Hexe, immer noch unsicher auf den Beinen.

–

Die Alte verschwand in einem Schuppen und kehrte gleich darauf zurück, eine krummbeinige, missratene Echse am Zügel führend, die ihn aus scheelen Schlitzaugen musterte. »Hier ist Euer Reittier«, sagte sie. »Steigt auf! Mit Lenken braucht Ihr Euch nicht aufzuhalten, ich habe ihr alle nötigen Anweisungen gegeben. Sie wird dafür sorgen, dass der Eisengrind Euch nicht zu fassen bekommt. Und nun, edler Herr, fahrt in die vergessenen Höllen!«

Mit diesem frommen Wunsch versetzte sie der Echse einen Klaps, und das Tier ging so tief in die Knie, dass der Magier aufsteigen konnte. Kaum hatte er die Zügel ergriffen, als es sich in die Lüfte erhob und mit den Schwingen schlug.

Darabos gefiel es nicht, auf einem Wesen zu reiten, das ihm nicht gehorchen würde, wenn er es anzuhalten oder anzutreiben versuchte. Er hatte Angst, es könnte hoch in den Himmel steigen und dort so pfeilschnell durch die Lüfte schießen, wie der sundarische Vollstrecker das getan hatte. Seine Sorge war jedoch unbegründet. Das mächtige Tier schwebte so nahe über dem Boden dahin, dass er sein Steigen und Sinken bei jeder gröberen Unebenheit fühlte. Es zog mit gemächlichem Flügelschlag den gewundenen Pfad ins Tal hinab, verließ den Nebelwald und tauchte in eine tiefe, sehr schmale Schlucht ein, die so eng war, dass die Spitzen der vier Männerschritte breiten Schwingen zu beiden Seiten die Felsen berührten. Hin und wieder erhellte ein Strahl des Mondlichts Felswände, die aus Lava geboren waren und deren Oberfläche auf eigentümliche Art und Weise verwittert war, so als hätte ein Steinmetz sie mit zahllosen winzigen Säulchen und Spitzen verziert. Immer tiefer sank die Flugechse in die Enge hinab, auf deren Grund ein Bach unter Dampfschleiern dahinströmte. Darabos hielt den

Atem an. Er traute es den verfluchten Hexenweibern durchaus zu, dass sie dem Vieh den Befehl erteilt hatten, ihn an dieser Stelle in die brodelnde, kochend heiße Ache zu werfen.

Nichts dergleichen geschah jedoch. Mit lautlosen Flügelschlägen folgte das Geschöpf seinem Weg, wand sich wie ein Schatten zwischen den Felsenmauern hindurch, oft so dicht über dem Wasser, dass Darabos die Füße heben musste, um nicht verbrüht zu werden.

Dann, bereits am Ausgang der Schlucht, sank die Echse zu Boden und schmiegte sich so weich zwischen die umliegenden Felsbrocken, dass sie völlig in den Schatten verschwand. Darabos sprang von ihrem Rücken und wollte sich ebenfalls einen Platz suchen, als das Tier ihm mit einer seitlichen Bewegung seines mächtigen Körpers bedeutete, unter seinen Bauch zu kriechen. Er begriff augenblicklich. Wenn der Eisengrind so geschaffen war, dass er Menschenfleisch witterte, dann gab es kein besseres Versteck als die Zuflucht unter dem Bauch einer stinkenden Echse. Da so viele dieser Kreaturen, wilde wie zahme, auf dem Toar Tuaban Kail herumwimmelten, mussten seine Schöpfer dafür gesorgt haben, dass er mit seinen glühenden Händen nicht über jede Echse oder jedes größere Tier herfiel, sondern sein Augenmerk allein auf Menschen richtete. Angenehm war es allerdings nicht, unter der weichen, wabbeligen Masse des Echsenbauchs zu liegen, der aus der Nähe einen fast unerträglichen Gestank ausströmte. Nur der Gedanke, dass es weitaus unangenehmer wäre, in den feurigen Klauen des Wächters zerquetscht und verbrannt zu werden, veranlasste Darabos zum Ausharren.

Obwohl ihn das Tier wie ein monströses Federbett fast völlig bedeckte, erreichte bald darauf ein fernes Geräusch sein Ohr. Wie der langsame, dumpfe Schlag einer Trommel kam es näher. Er hörte Felsen rollen und vernahm das Kreischen von Springwürmern, die von der Annäherung des Kolosses aufgeschreckt wurden. Als Darabos vorsichtig den Kopf unter dem Bauch der Echse hervorschob, entdeckte er in der Ferne einen rötlichen Lichtschimmer, der im selben trägen Rhythmus wie die Schritte über die Felsen hin und her glitt. Wenn dieses Licht aus den Augen des Wächters strömte, dann musste sein Weg ein Stück unterhalb des Ausgangs jener Schlucht vorbeiführen, durch welche die Echse ihn getragen hatte, und er konnte hoffen, dass der Eisengrind nicht nach oben sehen, sondern den Blick geradeaus richten würde.

Die Schritte näherten sich und wurden bald so laut, dass sie in der Schlucht widerhallten wie das Geläut einer bronzenen Glocke. Dann erschien ein Kopf, bedeckt von einem eisernen Helm, der zu einer furchterregenden Maske geformt war. Helle Glut strömte aus den Augenlöchern und beleuchtete die Felsen ringsum so bedrohlich, dass Darabos blitzschnell den Kopf wieder unter den Bauch der Echse zog und sich nicht rührte. Obwohl er nicht mehr sehen und hören konnte, fühlte er – und sein Herz erstarrte dabei zu Eis –, dass der metallene Riese in seinem gemessenen Dahinschreiten innehielt und den Feuerblick der Schlucht zuwandte. Darabos fragte sich, ob die Echse angesichts dieser Augen und der unmittelbaren Nähe des vier Schritt hohen Kopfs den Mut verlieren, aufflattern und ihn da liegen lassen würde.

Das Tier schien jedoch genau zu wissen, dass ihm keine Gefahr drohte. Ruhig lag es da. Sein übel riechender Bauch bewegte sich im Takt eines schweren, gleichmäßigen Herzschlags. Der Magier fühlte, wie der Kopf sich abwandte, wie die Feuerstrahlen der Augen sich wieder auf den Weg geradeaus richteten. Er atmete auf. Noch eine ganze Weile blieb die Echse liegen, dann rollte sie sich träge zur Seite und gab den Mann unter ihrem Bauch frei. Darabos kroch hervor. Angewidert fuhr er mit den Fingerspitzen über seine Kleider, auf denen sich der Schleim des Echsenwansts abgelagert hatte. Das Erste, worum er die Leute in Thamaz bitten würde, sollte ein heißes Bad sein.

Dann vergaß er mit einem Schlag alles, sogar den Eisengrind, dessen unheilvoll dröhnende Schritte sich langsam entfernten. Als er zum Himmel blickte, um sich an den Sternen zu orientieren, fesselte ein faszinierendes Schauspiel seine Aufmerksamkeit.

Die Mondin stand hoch am Himmel, ihre getreue Magd neben sich, deren halb durchsichtiger Leib fleckig schimmerte. Und dann geschah es. Darabos sah, wie die Eihülle sich ausbeulte, als das Kind im Innern sich rührte, sah sie platzen und die Schlangentochter mit dem Feuerschweif eines Kometen in den Zenit auffahren, wo sie an dem ihr bestimmten Platz innehielt. Die leere Hülle zog weiterhin ihre Bahn um die Mondin. Strahlend stand ein neuer schneeweißer Stern am Himmel.

Darabos kannte die Vorhersagen so gut wie jeder andere hohe Magier. Ihm war augenblicklich klar, dass er Zeuge wurde, wie der Lauf der Welt sich änderte. Das Schlangenei hatte sein Kind geboren, und nachdem dieses erste mystische Ereignis eingetreten war, würden ihm unausweichlich jene weiteren folgen, von denen in den uralten Büchern die Rede war.

Aber jetzt war nicht die Zeit, um über solcherlei nachzusinnen. Er musste fort von hier, bevor der Eisengrind auf seiner Runde zurückkehrte oder Karziram und Boulgaroz nach ihm suchten. Rasch stieg er wieder auf den Rücken der Echse, die ein dumpfes Grunzen ausstieß, sich auf ihre schuppigen Säulenbeine erhob und die Flügel ausbreitete. Langsam erhob sie sich in die Luft und wandte den Kopf nach Süden, dorthin, wo in der Ferne die schwefligen Lichter von Thamaz funkelten, der Stadt der Höllenzwinger.

–

Hoch über dem Pass Megith schwebten die Magier Karziram und Boulgaroz auf ihren Mützen dahin. Beide waren von Herzen froh, dass sie nicht auf ihren Füßen hinaufklettern mussten, denn je höher sie stiegen, desto schmaler und schwieriger wurde der Weg. Bald gelangten sie in eine erschreckende Landschaft mit steilen Abhängen und dräuenden Felswänden, geformt aus kantigem Basalt und schlackiger schwarzer Lava. Sie fühlten deutlich, wie hin und wieder ein Schauder den Boden unter ihren Füßen durchlief, als bewege sich etwas unter der Erde. Dann beeilten sie sich, den Ort zu verlassen, denn eine solche Unruhe mochte bedeuten, dass im nächsten Augenblick ein Geysir kochenden Wassers aus dem berstenden Boden brechen oder eine Feuerfontäne hochschießen würde.

Karziram und Boulgaroz hatten sich nicht die Mühe gemacht, auf den unterirdischen Gängen unter dem Wachhäuschen in das Labyrinth vorzudringen. Auf ihre Zauberkräfte vertrauend, hatten sie nach einem Eingang gesucht, der unmittelbar ins Innerste führte. Die Priester der Phosphordrachen hatten sicher nicht jedes Mal, wenn sie zu den unterirdischen Tempeln wollten, den endlosen Weg durch die dreitausend Gänge genommen. Karziram erinnerte sich, was die Dogai ihm vom Labyrinth von Aswkrigg erzählt hatten: An seiner höchsten Stelle öffnete sich, von vier Pyramiden flankiert, eine Falltür, und dahinter führte eine siebenmal neunzig Stufen lange Treppe in unregelmäßigen Windungen zu den geheimen Heiligtümern hinab, die nur von den Drachenpriestern betreten werden durften. Diese Pyramiden waren auf dem Gipfel des Bergs errichtet worden. Was die Welt der eisernen Dunkelheit betraf, waren sie unter klaftertiefem Eis und Schnee begraben gewesen, aber hier, in den feurigen Bergen, lagen sie vermutlich noch frei.

Es war eine düstere und feindselige Landschaft aus schwarzem Stein und rotem Feuer, über die ihre Mützen sie trugen. Breite schrundige Klüfte, die ein Mensch nicht überspringen konnte, umgaben den magischen Ort und hielten Neugierige und Feinde gleichermaßen fern. Die beiden Magier freilich glitten behaglich drei Fuß hoch über dem Boden über Geröllhalden und vereiste Platten, Gletscherschlünde und tückisch abstürzende Klippen. Manchmal polterten Steine von oben herab und bedrohten ihr Leben, aber diesen Gefahren wussten sie geschickt auszuweichen. Zuletzt erreichten sie hoch oben auf dem Vulkankegel den See, in dessen Nähe sie die Falltür vermuteten. Ein Schauder erfasste sie, so sehr ähnelte diese Grube dem Eingang zur Hölle Saur. Mehr als zweihundert Schritt tief stürzten die senkrechten Felswände des Abgrunds dem Kratersee entgegen, der unter einer Rauchhaube brodelte und Flammensäulen ausstieß. Beißender Schwefelgeruch drang ihnen in die Nase und reizte zum Niesen. Giftige Gase wirbelten hoch.

Karziram lenkte seine Mütze im Kreis um den Krater herum und hielt nach den Pyramiden Ausschau. Aber noch etwas anderes beschäftigte ihn. Er hatte schon längst über eine Gelegenheit nachgedacht, wie er den Schurken loswürde, der ihm doch nur nach dem Leben trachtete, und die wüste Einsamkeit auf dem Feuerberg schien ihm genau die richtige Stelle zu sein, um einen tödlichen Schlag zu führen. Er vermutete zwar, dass Boulgaroz ganz ähnlichen Gedanken nachhing – aber der Stärkere siegte, so war es nun einmal in dieser Welt.

Karziram war ein schlauer und vorausplanender Mann, und er konnte Boulgarouz' Gedanken klar nachvollziehen. Angesichts der gefährlichen Umgebung würde der Schurke zweifellos befürchten, dass sein Gegner ihn in den Schlund des Kraters hinabstürzen würde. Je weiter sie sich vom Krater entfernten, umso sicherer würde er sich fühlen. Also wandte er sich seinem Opfer zu, wischte sich den dünnen Rußschleier vom Gesicht und aus dem Bart und deutete auf die rauen, wie knorrige Baumruinen geformten Lavasäulen. »Vermutlich liegt der Eingang dort hinten, wo der Feuersee keinen Schaden anrichten kann – wahrscheinlich in einer Bucht zwischen den Felsen, die von außen nicht einzusehen ist. Was ist Eure Meinung?«

Boulgaroz, der mit Unbehagen an den brennenden Krater dachte, stimmte eifrig zu. Seite an Seite ritten sie auf ihren Mützen durch das Labyrinth, das die in der Gebirgskälte erstarrten Lavaströme geschaffen hatten. Karziram suchte keineswegs nach einer brüchigen Platte oder einem unterirdisch wallenden Teich, ganz im Gegenteil. Der härteste Basalt war ihm gerade hart genug. Er wandte sich von seinem Begleiter ab, damit dieser sein Murmeln nicht bemerkte, und als er mit seinem Zauberspruch an der entscheidenden Stelle angekommen war, riss er sich mit einer kräftigen Bewegung ein Büschel Haar aus dem Bart, schleuderte es über die Schulter nach hinten und rief die letzten, laut widerhallenden Fluchworte.

Das wütende Gebrüll des Übertölpelten brachte die Luft zum Erzittern.

Karziram fuhr herum. Er sah Boulgaroz bis zu den Knien im Felsen stehen, umwunden von den grauen Haaren, die sich zu unzerreißbaren Schnüren verfestigt hatten und ihn langsam immer tiefer in den Berg hineinzogen. Hass blitzte aus den Augen der beiden Magier, ein solcher Hass, dass die Luft ringsum brodelte und die dumpfrote Glut der Feuerseen in grelles Lodern ausbrach.

Noch gab Boulgaroz sich nicht geschlagen. Er reckte den Arm, der ihm geblieben war, zum Himmel und setzte zu einem heulenden Singsang an, mit dem er einem unaussprechlichen Wesen Befehle erteilte. Mit jeder Silbe, die er ausrief, schwoll er an, wurde größer und breiter. Schon zerbarsten die Felsen, in denen seine Unterschenkel feststeckten. Seine ganze Zaubermacht setzte er ein, um sich zu befreien und den verhassten Bodun ins Verderben zu schleudern. Fahle Lichter zuckten und zischten um seine Gestalt, die sich in unheimlichen Verformungen krümmte, und die Luft war rau vom Dunst der gewittrigen Entladungen, die aus seinem entmenschlichten Körper hervorbrachen. Über ihm erhob sich eine knisternde Nebelwolke, in der es zuckte und prasselte wie von winzigen Blitzen. Diese Wolke schwoll an, wurde größer und größer, eine dicke Qualmwolke, die wie ein reißender Strom auf Karziram losfuhr und einen Schwall gewittriger Entladungen und giftiger Miasmen vor sich hertrieb. Bald füllte sie die enge Schlucht und wuchs über ihre Ränder hinaus. Eine milchig graue Dämmerung umschleierte die Felsen im Hintergrund.

Der Befehl an den niederhöllischen Unhold, selbst wenn er gehört und befolgt wurde, kam nie zur Ausführung, denn unter Aufbietung aller Kräfte schleuderte Karziram den

Fluch zurück. Durch die Luft hallte ein unmenschlicher Schrei, begleitet von einem Getöse wie von einem Steinschlag, als der halb beschworene Dämon in seine Tiefe zurückfuhr.

Karziram lachte. Unter seinem ausgestreckten Arm erbebte das enge Labyrinth der Lavasäulen von einem Ende zum anderen, und der bleiern blinde Himmel färbte sich glühend rot, als wären alle Vulkane gleichzeitig ausgebrochen. Zwischen den Wolken bildete sich ein Strudel, als ein leuchtend rosenfarbenes Licht der düsterroten Glut entgegenströmte. Blutrot und Rosenrot flossen zu vielfarbig schimmernden Spiralen ineinander, drehten sich wirbelnd im Kreis, schleuderten Blitzfunken nach allen Richtungen. Sturm heulte, aber er heulte in großer Höhe über den kämpfenden Magiern. Unten auf der Erde bewegte sich kein Zipfel ihrer Gewänder.

Mit einem fürchterlichen Fluch, mit dem er zugleich die eigene schwarze Seele unausweichlich verdammte, streckte Karziram die Hand gegen seinen Feind aus, alle Ungeheuer der vergessenen Höllen beschwörend, und sein Fluch traf Boulgaroz mitten ins Herz. Triumphierend beobachtete der Bodum, wie seinem Feind im Gewittersturm das Haar vom Kopf flog, wie sein Gesicht grau wie Asche wurde und seine vor Angst und rasender Wut gefletschten Zähne zerbarsten. Von unsichtbaren Händen niedergerissen, wankte er, stolperte, fiel zu Boden. Die grauen Haare, die zu fingerdicken Seilen geworden waren, umschnürten ihn enger und immer enger.

Karziram nahm alle seine Kräfte zusammen. Mit einer einzigen schrecklichen Formel beraubte er den Urkhon seiner magischen Kraft und stieß ihn viele Klafter tief in den Felsen hinunter. Bis ans Ende der Zeiten sollte er, lebendig eingemauert, lebendig tot, dort unten in den Grundfesten des Bergs verharren, verurteilt zu ewiger Qual – der furchtbarsten Qual, die es gab: sich rächen zu wollen und es nicht zu können. Boulgaroz verschwand senkrecht im Felsengrund, das Gesicht zu einer so ungeheuerlichen Fratze verzogen, dass es keine Spur von Menschlichkeit mehr trug. Über ihm schloss sich der Fels.

Der Kampf hatte selbst die gewaltigen Kräfte des Bodun erschöpft. Schwer atmend stand er auf seinen Stab gestützt und wartete, dass der entfesselte Aufruhr sich nun, da er ihm nicht mehr gebot, von selbst beruhigte.

Aber nichts dergleichen geschah.

Die allzeit unruhigen Kräfte der Feuerberge ließen sich, einmal aufgestört, nicht so leicht wieder in Fesseln legen. Als der greise Zauberer sich umsah, erblickte er eine grauenhafte Wolke über dem höchsten Vulkangipfel. Sie quoll aus dem Schlot hervor, schwarz wie Höllenrauch, zerrissen durch plötzliche Feuerausbrüche, die kreuz und quer nach allen Seiten aus ihr hervorschossen. In länglichen Feuergarben auflodernd, Blitzen gleich, schwirrten sie nach allen Richtungen.

Und nicht nur an diesem einen Gipfel zerriss die Wut des kochenden Gesteins ihre Fesseln. Unablässig brachen neue Spalten im Boden auf, schleuderten Feuersäulen aus flüssigem Gestein in die Luft. Donnernd sprudelten Massen siedender Lava aus dem Krater hervor. Rauchende Ströme, rot und schwarz gefleckt, pulsend wie lebendige Wesen, krochen die Hänge hinab und sammelten schweflige Glut in den Senken. Die kegelförmigen Gipfel leuchteten weithin in einem schrecklichen Rot. Ein Licht glühte im Innern wie die Flamme in einer Ampel, und der Schlot spie Feuergarben, die meilenweit auf das Land niederregneten. Hinter Karziram weitete sich jäh ein kaum sichtbarer Riss im Felsen zu einer Pforte, und ein bernsteinfarben lohender Schwall brach hervor, schwemmte den Felsen fort, stürzte ihn über die Klippen hinab und spülte ihn in die schweflige Flut am tiefsten Grund des Kraters.

Dem alles zerstörenden Feuer des Vulkans war selbst der mächtige Bodun nicht gewachsen. Der siedende Brei verzehrte den Magier, und zu Asche verbrannt wirbelte sein Leib in alle Richtungen davon, während sein Geist in die feurige Umarmung des brodelnden Kraters sank. Zwar war sein Bewusstsein nicht zerstört worden, aber schwimmend in der höllischen Glut, war es ihm nicht möglich, eine Gestalt anzunehmen, die doch augenblicklich wieder verbrannt wäre. Und so schwebte er in den Schwefeldämpfen, trieb in den kreiselnden Winden – so gnadenlos gefangen im Feuer, wie Boulgarouz in den Tiefen der Erde gefangen war.

Entführt

Nach den Aufregungen der letzten Tage und dem nächtlichen Kampf war Brianna todmüde gewesen, aber sie kam nicht dazu, sich auszuschlafen. Gavons unterdrücktes Wimmern weckte sie. Gewohnt, auf die leisesten Geräusche und Berührungen ihrer Wölfe zu achten, fühlte sie das zaghafte Zupfen seiner Fangzähne an ihren Kleidern und war augenblicklich hellwach. Sie schlug die Augen auf und begriff einige Herzschläge lang nicht, warum sie in kostbare silberbestickte Decken eingehüllt lag. Dann fielen ihr die Ereignisse des Vortags wieder ein, und sie setzte sich auf und blickte sich um.

»Was ist?«, flüsterte sie. »Was beunruhigt dich?«

Aber dann sah sie es selbst.

Das Gemach, in dem sie soeben aufgewacht war, hatte nicht die geringste Ähnlichkeit mit dem Raum, in dem sie eingeschlafen war.

Mit einem Ruck fuhr sie hoch und starrte fassungslos um sich. Eingeschlafen war sie in der ärmlichen, schiefwandigen Kammer eines ländlichen Wirtshauses, und jetzt lag sie in einem vom bernsteinfarbenen Licht zweier Ampeln erhellten Prunksaal. Die Wände waren bis zur halben Höhe mit einer kunstvoll beschnitzten Zedernholztäfelung verkleidet, der Boden teilweise von einem Teppich bedeckt, dessen kompliziertes Muster aus sich selbst heraus leuchtete, als wäre es aus lebenden Blumen gewebt. Die oberen Teile der Wände bestanden aus weißem Stein. Farbige Kacheln mit mäandernden Ornamenten bildeten den Rahmen großflächiger Fresken. Auf mannshohen Regalen aus rotem Zedernholz stapelten sich Bücher und Buchrollen. Prächtige Gobelins, so farbenfroh wie der Teppich, bedeckten die Wände zwischen den Wandmalereien. Der Boden war blank und glatt wie Bernstein. Die Feuer zweier gewaltiger Kamine, die einander gegenüber an den kurzen Seiten des Saals errichtet waren, beleuchteten die bunt bemalten Wände und kunstvoll mit Silber und Elfenbein eingelegten Möbel. Aus der Halle schwang sich eine Freitreppe in das Obergeschoss des Hauses, das in tiefen, wie Vorhänge von der Decke hängenden Schatten verschwand.

Entlang der Wände des Saals waren niedrige Ruhelager aus demselben roten Zedernholz aufgestellt, und darauf ruhten auf der einen Seite die kaiserlichen Soldaten mit ihrem Kaufmann, auf der anderen der Midan von Fienne mit seinen Gefährten. Vor dem Kamin kauerte, eng aneinandergedrängt wie eine Schar verschreckter Karumen, ein rundes Dutzend Uzzbazis. Sie wurden von der gleichen Anzahl bewaffneter Diener bewacht, in denen Brianna einige Gäste der Schenke in Ghab wiedererkannte. Auch die Gesichter der verschiedenen Dienstboten, die neugierig herumstanden, kamen ihr vertraut vor.

»Nun, meine Freunde, habt ihr alle gut geschlafen nach der anstrengenden Nacht?«, fragte eine wohlbekannte freundliche Stimme. Auf der obersten Treppenstufe stand Khuto, immer noch o-beinig und bucklig, aber nicht mehr im Gewand eines Wirts, sondern eines vornehmen Herrn. In der Hand trug er eine flache Öllampe, in der eine wunderlich schillernde und wie ein lebendiges Wesen tanzende Flamme brannte.

Ringsum sprangen die Schläfer auf und starrten so verdutzt um sich, wie Brianna es eben getan hatte.

»Verfinsterte Sonne!«, fluchte Amyas. »Wohin habt Ihr uns verschleppt? Und wer seid Ihr überhaupt? Seit gestern Mittag mache ich mir schon Gedanken, wer hinter Eurer biederen Maske steckt, denn dass Ihr nicht der seid, welcher Ihr zu sein vorgebt, das würde selbst ein Kind bemerken.«

Der verkrümmte kleine Mann mit dem erdfarbenen Gesicht schritt langsam die Treppe herunter. »Khuto bin ich«, sagte er mit seiner tiefen, wohltönenden Stimme, »und Khuto war einst der Name eines hohen Fürsten in einer Welt, die Euch kaum bekannt sein dürfte. An diesen Ort gelangten wir auf dieselbe Weise wie ihr: Als eines Tages ein furchtbarer Sturm aufkam, wurde ich mitsamt meinem Gefolge und einem Teil meiner Diener und Pächter in das Loch im Himmel gezerrt und – wir wussten nicht wie – hier abgesetzt.«

Avigdor von Fienne blickte sich misstrauisch um und betrachtete die atemberaubende Pracht ringsum. »Wir haben kein Haus und keinen Palast gesehen, nur dieses elende Dörfchen Ghab. Habt Ihr es verzaubert?«

»Nein. Ihr seid an einem anderen Ort. Und Ihr konntet mein Haus nicht finden, weil es sich unterhalb der Stadt Megith befindet. Wir hatten Glück. Die Garnisonsstadt war bereits verlassen, und da niemand sich um diese öde Ecke der Welt kümmerte, stiegen wir in das Labyrinth hinab, das einst die Diener der Phosphordrachen in den Fels gewühlt hatten, und nahmen uns das Recht heraus, uns darin anzusiedeln. Wir wohnten schon immer unter der Erde, auch in unserer heimatlichen Welt, denn dort toben häufig Orkane über die Oberfläche, sodass es gefährlich ist, ins Freie zu treten … wie Ihr an unserem Schicksal seht.«

»Aber«, fragte Orlan von Imlarhan, der immer noch wie vom Donner gerührt dastand, »wie habt Ihr das alles hiergeschafft? Alle diese Spiegel, die Seidenteppiche, die Wandtäfelung …«

Khuto lächelte. »Oh, wir wollten Euch nicht erschrecken deshalb haben wir hier alles ein wenig verändert …« Er beugte sich vor und blies die Lampe in seiner Hand aus.

Das Licht im Raum erzitterte und wirbelte umher, als würde bunte Tinte in strudelndes Wasser gegossen. Ein Schrei stieg aus einem Dutzend Kehlen auf. Die Phantasmagorie der herrlichen Möbel, Teppiche und Wandbehänge verschwand. Der Raum wurde immer größer und düsterer. Allmählich war im Zwielicht eine Bewegung auszumachen, dann immer deutlichere Formen, die sich Stück für Stück aus dem Halbdunkel formten. Bis das Bild ganz plötzlich klar wurde. Im Licht bleicher Schwefelsteinlampen erstreckte sich vor ihnen eine lange Halle aus Felsen, halbrund gewölbt und mit sorgfältig geglätteten Mauern. Wo sich die Kamine erhoben hatten, flackerte in steinernen Nischen das düstere Feuer aus den Schloten der Unterwelt.

Die Khan-Hagazim erkannten die Architektur sofort wieder. »So kommt Ihr aus der Welt der eisernen Dunkelheit!«, rief Amyas.

Khuto sah ihn erstaunt an. »Nein, so nannten wir unsere Welt nicht. Bei den Gelehrten hieß sie Aswkrigg, und die Bauern nannten sie Kugelgrün. Aber vielleicht heißt sie jetzt anders. Es muss viel Zeit vergangen sein, seit wir sie verlassen haben.«

Die fünf Soldaten und der Kaufmann riefen durcheinander. »Aber Ihr habt in einer steinernen Stadt unter der Erde gelebt! In einer Stadt, die von Felsen fressenden Wesen angelegt wurde. Und es war dort kalt und stürmisch. Und am Himmel standen drei Mondinnen. Es war fast immer Nacht, nur selten leuchtete eine Sonne, die kaum über den Horizont stieg und rot wie Siegelwachs war.«

Der Bucklige schüttelte nachdenklich den Kopf. »Zum Teil treffen deine Beschreibungen zu. Unsere Stadt lag unter der Erde, und wir nutzten die Schomma, sie zu erweitern und auszubauen. Es standen auch bei Nacht drei Mondinnen am Himmel. Aber sonderlich kalt war es nicht, und die Sonne schien so kräftig, dass wir Felder und Gärten anlegen konnten, wenn auch die Stürme sie häufig zerstörten.« Erinnerungen stiegen in ihm auf, und in seinen großen Augen glitzerten Tränen. Mit dem Zipfel seines Gewands wischte er sie ab und zuckte die Achseln. »Aber wen kümmert es, woher wir kommen und woher Ihr kommt!«

Brianna hatte gelernt, dass einfache Wolfsführerinnen zu schweigen hatten, wenn vornehme Leute miteinander redeten, aber nun konnte sie nicht mehr an sich halten. »Thainach«, rief sie, an Khuto gewandt, und vollführte einen unbeholfenen Knicks, »verzeiht, aber da Ihr uns so viel gezeigt habt ... Ich wüsste gern ... Gestern im Bad dachte ich, dass die Magd ... die Magd etwas anderes sei, als sie zuerst zu sein schien ...«

Sie fürchtete schon, Khuto verärgert zu haben, aber er lächelte sanft und strich mit der Hand über die Lampe. Augenblicklich erschauerten die Gestalten der Soldaten, Lakaien und Pagen wie Spiegelbilder im Wasser, ein blass goldfarbener Nebel hüllte sich ein, und sie zeigten ihre wahre Gestalt. Einer wie der andere waren es mit borkiger Haut bedeckte Kreaturen, schwanzlosen Karumen ähnlich, mit spitzen Nasen, unter denen zwei fingerlange, schaufelförmige Zähne hervorragten, und mit vier krallenbestückten Pfoten. Zweifellos waren es Lebewesen, die unter der Erdoberfläche lebten, dort gruben und wühlten, nach Würmern jagten und ihre Heimstätten einrichteten.

Brianna blickte Khuto an. Er war von derselben Art wie seine Untertanen.

Schreckensschreie wurden laut, aber der Fürst sagte: »Haltet Euch nicht mit Staunen über unser Aussehen auf – wir finden Euch genauso hässlich wie Ihr uns, aber das soll unsere Wertschätzung nicht behindern. Es gibt Wichtigeres zu besprechen als Schönheit.« Er blies seine Lampe an, und mit dem goldenen Aufflackern der Flamme erschien abermals die zauberische Pracht, warmes Feuer lohte in den Kaminen, rotes Holz schimmerte, Glas und Kupferbeschläge glänzten, gestickte Wandbehänge bewegten sich im Sog der aufsteigenden Wärme. Die Erdgeschöpfe erschienen wieder als prächtig livrierte Dienerschaft.

Khutos Miene war ernst, als er sagte: »Gestern Nacht noch kam einer meiner Späher zu mir und berichtete, dass über der Passhöhe ein Schwarm Skirven kreise – was immer bedeutet, dass dort ein Aas liegt. Und so war es auch. Die Skirven hielten ein Festmahl an den Leichnamen einer Räuberbande, die von einer unbekannten Krankheit dahingerafft worden war. Es war leicht, der Spur zu folgen, woher das Übel kam, und es besteht kein Zweifel daran, dass es mit Euch in die Welt gekommen ist.«

»Wie? Ihr meint«, rief Avigdor entrüstet, »dass wir an dieser Krankheit schuld sind? Seht uns an! Wir sind alle gesund wie die Fische im Wasser.«

»Ich behaupte nicht, dass Ihr die Krankheit gebracht habt«, antwortete Khuto. »Ihr seid gesund, das stimmt. Aber die Krankheit läuft Euch nach, wohin immer Ihr geht und steht. Habt Ihr bemerkt, dass Euch jemand gefolgt ist?«

Sie sahen einander an. Brianna dachte an das Gefühl des Unbehagens, das sie immer wieder aus heiterem Himmel überkommen hatte, und an das bösartige Gelächter in der Luft. Ihr fiel ein, was Laurin gesagt hatte, nachdem ihm ein Garnknäuel auf dem Fenstersims aufgefallen war: *Es wird uns doch nicht nachgelaufen sein?*

Einige Atemzüge lang herrschte Stille, dann redeten alle zugleich los, die Khan-Hagizim ebenso wie Avigdors Gefährten. Khuto lauschte und nickte düster. »Es ist so, wie ich befürchtete. In den Krügen reiste ein Seuchendämon mit Euch, der vermutlich schon Eure Heimatwelt heimgesucht hat und nun die unsere bedroht. Und da Ihr ihn eingeschleppt habt, müsst Ihr ihn auch wieder austreiben.«

Alle starrten Khuto an an. Schließlich fragte Amyas: »Und wie sollen wir das Eurer Meinung nach bewerkstelligen?«

»Darüber muss ich mich noch mit anderen beraten. Aber auf jeden Fall müssen wir zusehen, dass wir die Übrigen von Eurer Gesellschaft einfangen, ehe es ihnen gelingt, die Stadt Kysch zu erreichen und dort eine Katastrophe auszulösen. Sie können noch nicht allzu weit sein.«

Mariwan mischte sich ins Gespräch ein. »Wie ich Darabos und seinesgleichen einschätze, hat er seine Gefährten längst im Stich gelassen und sich allein auf den Weg gemacht. Die anderen können wir vielleicht einfangen, ihn aber nicht.« Er warf Khuto einen bedeutungsvollen Blick zu. »Da müssen Stärkere ans Werk.«

»Wir unterstützen Euch, wo wir nur können«, erklärte dieser. »Zum Ersten müssen wir wissen, wer sich überhaupt in Eurer Gesellschaft befand ...«

»Gütige Sonne!«, schrie Treva, der vor Zorn die Adern am Hals schwollen. »Wollt Ihr wohl aufhören, von *unserer Gesellschaft* zu sprechen! Dass der Zufall uns zusammengeworfen hat, heißt lange noch nicht, dass die Uzzbazis unsere Gefährten sind. Nicht mit der Feuerzange anrühren würde ich sie!« Ihr flammender Blick traf Avigdor, gegen den sie eine besondere Abneigung hegte. »Was Euch angeht, so würde ich eher von Würmern wimmelndes Aas anfassen als Euch, Sonnenlästerer und Kaisermörder! Ihr seid ...«

Avigdor hatte sich erhoben. Sein Gesicht war bleich, seine Augen funkelten. »Ich bin ein Mann, der seine Ehre verteidigt hat!«, rief er, außer sich vor Zorn. »Wollt Ihr wissen, was wirklich geschehen ist? Dann hört! Eure Himmlische Majestät bedrängte mich, ihm zu Willen zu sein, und ich stieß ihn zurück. Da geriet der lüsterne Schurke in Wut, riss meinen Dolch an sich und brachte sich damit eine kleine Wunde bei, ehe er nach seinen Höflingen schrie. So konnte er mich der grausamsten Strafe unterwerfen, ohne sein Verbrechen offenbaren zu müssen und ohne in den Geruch ungebührlicher Härte zu geraten.«

»Bei Eurem öffentlichen Bekenntnis habt Ihr etwas anderes gesagt«, knurrte Amyas mit kalter Stimme.

Avigdor lachte bitter. »Wenn man Euch so grausam gefoltert hätte wie mich, hättet Ihr auch alles gesagt, was man Euch zu sagen befohlen hätte.«

»Jetzt leugnet Ihr doch nur, um Euer unerhörtes Verbrechen zu rechtfertigen«, rief Treva, »und verleumdet den göttlichen Sohn der Sonne ...«

Mit gebieterischer Handbewegung unterbrach Khuto den Streit. »Still! Das alles steht nicht zur Debatte. Ihr müsst zusammenarbeiten, ob Ihr wollt oder nicht. Andernfalls ...«

Tiefe Stille senkte sich über den Raum, als er nicht weitersprach.

Schließlich wagte Amyas die Frage: »Was meint Ihr mit *andernfalls*?«

Der Schlossherr hob beide Hände. »Nun … Wir, denen das Wohlergehen dieser Welt am Herzen liegt, können keineswegs zusehen, wie sie einer Seuche zum Opfer fällt, und der Fluch dieser Seuche hängt an Euch. Sie wird sich aufhalten, wo Ihr Euch aufhaltet, und dort ihre Opfer suchen.«

»Ich verstehe«, sagte Genevere mit zorniger Stimme. »Ihr würdet uns, die das Schicksal in diese Gegend verschlagen hat, kaltblütig töten, um Eure Welt zu schützen. Fluch über Euch!«

Khuto antwortete in kaltem Ton, der unterdrückten Zorn über die Beleidigung erkennen ließ. »Es ist nicht unsere Art, Fremde, die durch ein unglückliches Schicksal in unsere Welt verschlagen wurden, zu ermorden, ganz gleich, in welche Gefahr wir uns damit begeben. Aber laufen lassen können wir Euch auch nicht.«

»Wollt Ihr uns gefangen halten?«, fragte Orlan von Imlarhan mit gerunzelter Stirn. »Dann lasse ich mich lieber auf der Stelle erschlagen, als noch einmal in einem finsteren Kerker zu schmachten.« Die übrigen Uzzbazis, den Midan eingeschlossen, stimmten ihm mit lebhaften Gesten und Ausrufen zu.

»Nein, habt keine Furcht!«

»Nun«, rief Treva gereizt, »dann redet nicht lange herum, sondern teilt uns mit, was Ihr mit uns vorhabt!«

»Wir werden Euch auf den Schneckenberg verbannen, so lange, bis wir einen Weg gefunden haben, das Fortschreiten der Seuche aufzuhalten. Sie hängt an Euch und wird bleiben, wo immer Ihr seid. Was die anderen angeht, Darabos und seine Gefährten, so werden meine Diener sie suchen, finden, und zu Euch bringen.«

Treva sprang auf, griff nach ihrem Schwert und schnaubte wütend, als sie es nicht fand. »Wer sagt uns, dass Ihr nicht mit dem Schurken im Bunde seid und ihn nur hierherbringt, damit er uns zu seinen Sklaven macht? Wer soll Euch trauen, der Ihr verirrte Fremde, die Euch ausgeliefert sind, abschlachten wollt wie krankes Vieh?«

»Abschlachten wie Vieh wird er uns gewiss nicht«, knirschte Amyas. »Jedenfalls nicht ohne Gegenwehr. Auf, Feigling, gebt uns unsere Waffen zurück, und dann schickt Eure Diener! Ehe ich falle, will ich noch ein Dutzend von ihnen in Stücke hauen.«

Khuto lächelte milde. »Nein, ich glaube nicht, dass Ihr das tun werdet, edler Amyas, denn meine Diener sind von besonderer Art.«

Noch während er diese Worte aussprach, hauchte ein Schwall winterlicher Luft durch den Saal, so eisig kalt, dass die Menschen erschauerten und der Wolf aufheulte. In den Ecken sammelten sich Schatten, und aus diesen Schatten heraus wuchsen vier Gestalten, so groß, dass ihre Häupter die Decke berührten. Jeden Augenblick wurden sie deutlicher sichtbar, bis sie sich in nichts mehr von einem stofflichen Wesen unterschieden. Vier Furien standen da, schreckliche Werkzeuge der Gerechtigkeit, nur dem Schicksal selbst dienstbar und jenem, der die vom Schicksal bestimmte Gerechtigkeit übte. Mit ihren schuppigen, bronzenen Leibern und langschnäuzigen, hohläugigen, beinernen Schädeln ähnelten sie dämonischen Drachen, standen aber aufrecht wie Menschen. Jeder hielt in der Rechten ein Schwert und in der Linken eine lange, mit Widerhaken bestückte lederne Geißel. Steifbeinig schritten sie von allen vier Seiten her auf die unfreiwilligen Gäste zu.

Männer und Frauen sprangen auf. Die Feiglinge suchten zu fliehen, die Tapferen sich zu verteidigen, aber weder den einen noch den anderen gelang es. Als die Flüchtigen zu den Doppeltüren des Saals stürzten, schwangen diese vor ihren Nasen donnernd zu, und mit einem lärmenden Knacken schnappten die Schlösser ein. Kein Rütteln und Treten, keine Faustschläge vermochten sie zu öffnen. Denen, die kämpfen wollten, erging es nicht besser. Was sie ergriffen, um es als Waffe zu verwenden, zerfloss in ihren Händen. Kerzenleuchter, Schemel, alles wurde in dem Augenblick, da sie es durch die Luft schwangen, zu zitternden Schatten. Schreie der Entrüstung und Verzweiflung wurden laut.

Khuto hob die Hand gegen die vier Furien. Sie erstarrten in der Bewegung. Die Klauen, die die Geißeln geschwungen hatten, sanken herab. Langsam, Schritt für Schritt rückwärts gehend, wichen die vier Ungestalten und kehrten in ihre Ecken zurück. Sie verschwanden jedoch nicht, sondern blieben stehen, allzeit bereit, von Neuem auf ihre Gegner einzudringen. Erschöpft ließen die Uzzbazis und ihre Wächter sich auf dem Boden nieder.

»Nun«, sagte Khuto, »lasst uns vernünftig reden. Niemand will Euch Böses. Aber diejenigen unter Euch, die ehrbare Männer und Frauen sind, sagt selbst: Wäre es gerecht, ein fremdes Übel über diese Welt zu bringen, die mit genug eigenen Übeln zu kämpfen hat?«

»Eure Worte sind voller Weisheit«, gab Amyas widerwillig zu. »Und es liegt uns fern, Eure Welt in Gefahr zu bringen, also lassen wir uns bereitwillig absondern. Aber nicht zusammen mit diesem menschlichen Unflat.« Dabei deutete er auf den Midan und seine Anhänger. »Schickt uns an einen anderen Ort! Und wenn Ihr meinen Rat hören wollt: Lasst diese Schurken auf der Stelle hinrichten, wie sie es doppelt und dreifach verdient haben. Damit ist ihre Strafe immer noch milder als jene, die das gerechte Urteil des Khan-Ha über sie verhängt hat, und sie können das Übel nicht weitertragen.«

Avigdor und Orlan sprangen auf, die Hand am Schwertgriff. »Verfluchter Büttel! Henkersknecht eines widerwärtigen Wüstlings!«, schrie der Midan. »Wenn einer den Tod verdient hat, dann Ihr!« Er wollte vorwärtsstürzen, aber eine Handbewegung des Hausherrn schleuderte ihn zurück an seinen Platz. Nach Atem ringend ließ er sich auf die steinerne Bank fallen. »Ihr seid die Schurken, nicht wir!«

Die Khan-Hagizim sprangen ebenfalls auf – und fanden sich am Ort festgebannt.

»Still jetzt!«, donnerte Khuto. »Auf dem Schneckenberg dort oben könnt Ihr übereinander herfallen, so viel Ihr wollt, wenn Ihr dumm genug seid, einander den Schädel einzuschlagen, statt über eine Lösung nachzudenken. In meinem Haus haltet Ihr Frieden.«

Wieder wollte sich Geschrei erheben, da huschte plötzlich etwas über den Boden, kletterte an Khuto hoch und setzte sich auf seine Schulter.

Avigdor rief überrascht: »Freundchen! Wie kommst du hierher?«

Das winzige Pelztier streckte sich, seine Umrisse verschwammen, wie eine Gewitterwolke brodelte es neben dem Buckligen, und dann festigte sich das Gewölk zur Gestalt eines schmalen, zierlichen Mädchens mit grünen Augen und pechschwarzem Haar. Der braune Pelz wurde zu dem samtenen Gewand und der purpurnen Schärpe, welche die Magier auszeichneten.

»Caspartins Tochter!«, rief einer der Uzzbazis.

Sie nickte. »Und Caspartins Sohn«, sagte sie, auf die kopfgroße graue Spinne deutend, die auf ihren acht Beinen über den glänzenden Boden rannte, auf den Tisch hinaufsprang und sich dann ebenfalls verwandelte.

Khuto betrachtete sie mit forschenden Augen. »Wer seid Ihr, junge Magier? Ich wusste nichts von Eurer Anwesenheit. Was habt Ihr mit den Menschen hier zu schaffen? Ich hoffe, Ihr werdet Euch erklären.«

»Das werden wir.«

Khuto, sein Hofstaat und alle Schiffbrüchigen lauschten gespannt, als Amory und Marchand abwechselnd erzählten, was sie bewogen hatte, die Reise unerkannt mitzumachen; wie sie beim Teich der Vhilla auf Karziram und Boulgaroz gestoßen waren und deren niederträchtige Pläne belauscht hatten.

»Karziram und Boulgaroz!«, schrie Mariwan Salten. »Die haben uns zu allem Elend gerade noch gefehlt. Gibt es zwei schlimmere Schurken als sie? Wenn sie ihre Kräfte vereinen ...«

Orlan von Imlarhan lachte freudlos. »Zumindest, mein lieber Herr Salten, können wir darauf hoffen, dass sie ihre Kräfte nicht lange miteinander vereinen. Sie sind Todfeinde, und bei erster Gelegenheit werden sie sich gegenseitig vernichten. Von Darabos gar nicht zu reden. Wenn sie den zu fassen kriegen, werden sie ihn ... Ach, ich mag mir gar nicht vorstellen, was sie alles mit ihm anstellen werden.«

Amory mischte sich ein. »Verzeiht«, sagte sie mit vorwurfsvoller Miene, »aber Ihr habt mich unsere Geschichte nicht zu Ende erzählen lassen, und was ich zu sagen habe, ist von Wichtigkeit.«

Orlan verbeugte sich mit einer entschuldigenden Geste. »Redet!«

»Ihr habt davon gesprochen, dass auf dem Berg bereits Menschen der Seuche zum Opfer gefallen sind. Dies ist Anlass zu noch größerer Sorge, als es die beiden Magier sind, denn wenn die Krankheit erst einmal von einem Menschen zum anderen weitergetragen wird, können wir ihr keinen Einhalt mehr gebieten. Wir müssen die Betroffenen gefangen nehmen und einkerkern, bevor die Seuche in die Welt jenseits des Tals vordringt. Ich weiß auch schon, wie das zu bewerkstelligen ist.«

»Einsperren lasse ich mich auf keinen Fall!«, rief Mariwan.

»Das ist auch nicht nötig, schließlich seid Ihr bereits geheilt.«

Der junge Kaufmann blickte überrascht an sich hinunter. »Ich? Geheilt? Wieso das?«

»Wie es geschehen ist, muss Euch nicht kümmern.« Sie neigte sich zu Khuto hinüber und flüsterte ihm etwas ins Ohr, worauf dieser nickte.

Die Hand gegen die Gäste ausgestreckt, hauchte er in die Flamme seiner Lampe. Ein feiner, fremdartiger Duft stieg daraus auf und zog in Schwaden durch den Raum. Augenblicklich blinzelten die Versammelten, gähnten und schlummerten auch schon ein. Einige, erschrocken über den Zauber, der da über sie geworfen wurde, wollten aufspringen, aber ihre Füße schienen im Boden zu versinken, ihre Glieder wurden bleischwer, und die Köpfe pendelten hilflos hin und her. Schwerfällig sanken sie zu Boden und schliefen alsbald fest. Einzig Gavon saß da, den entsetzten Blick auf seine schlafende Herrin gerichtet, und winselte jammervoll, denn Wölfe sind schwer zu verzaubern.

Khuto trat vor und ergriff ihn am Halsband, unbekümmert

darum, dass der geängstigte Wolf seine langen Zähne zeigte und ihn anknurrte. »Komm!«, befahl er. »Hab keine Angst! Dir geschieht nichts Böses.« Er strich über die pelzigen Ohren, und so zärtlich war die Berührung, dass Gavon verstummte und Khuto behutsam mit der Zungenspitze über die Hand leckte.

»Und nun?«, wandte er sich an die beiden Geschwister. »Da sie alle schlafen, was werdet Ihr mit ihnen anstellen?«

»Die Seuche aus ihnen herausziehen. Wenn Ihr diejenigen einfangt, die noch frei herumlaufen, dann wollen wir diese hier von dem Übel befreien, das sie in sich tragen.«

Khuto runzelte zweifelnd die Stirn. »Nichts lässt sich von einem Ort entfernen, ohne dass es sich an einem anderen Ort niederlässt.«

Die beiden nickten. »Wir selbst sind Träger des Unheils«, erwiderte Marchand mit ruhiger Stimme, »und deshalb haben wir beschlossen, es zur Gänze auf uns zu ziehen und so die Pharsu zu bannen. Schließlich kann sie nirgends anders sein als dort, wo sich das Elixier befindet.«

»Ihr bringt ein großes Opfer«, sagte der Bucklige.

»Es gibt keinen anderen Ausweg. Wir und jene dort« – sie deutete auf die friedlich Schlafenden – »haben das Unheil in diese Welt gebracht und dürfen jetzt nicht tatenlos zusehen, wie sie davon befallen wird, nachdem schon zwei Welten daran zugrunde gegangen sind.«

»Wie die wackeren Soldaten mir wiederholt berichteten, sind diese Menschen üble Verbrecher, die ihrer Welt geschadet haben und auch unserer schaden werden«, entgegnete Khuto. »Wenn Ihr wollt, kann ich sie in ewigen Schlaf versenken, damit sie nichts Böses mehr anrichten können.«

Amory schüttelte den Kopf. »Die Soldaten«, sagte sie, »sind einfältige Leute, sie glauben, was Kaiser und Priester ihnen gesagt haben: dass alle Uzzbazis zu Recht wegen unsäglicher Verbrechen verurteilt wurden. Aber der Kaiser war nicht gerecht, sondern ein misstrauischer alter Mann, der jeden in die Minen verschleppen ließ, den er für seinen Feind hielt, ob er es war oder nicht. Ihr habt gehört, was der Midan von Fienne sagte. So mag es auch bei den anderen sein. Wir wissen nicht, ob sie die Untaten, die ihnen vorgeworfen wurden, wirklich begingen oder ob sie verleumdet wurden.«

»Mit Ausnahme von Darabos«, warf ihr Zwillingsbruder ein.

»Ja, gewiss, mit Ausnahme von Darabos, denn ihn kennen wir zur Genüge. Deshalb wollen wir sie alle heilen und es den himmlischen Mächten überlassen, diejenigen zu bestrafen, die Strafe verdient haben.«

Khuto nickte. »Ihr jungen Magier seid edel und gerecht«, sagte er. »Also wollen wir nur Darabos in Schlaf versenken und die anderen der Gnade oder Ungnade der Himmlischen überlassen.« Mit weit ausholender Geste wies er auf die Schlafenden. »Kümmert Euch um diejenigen, die bereits hier sind! Meine Diener werden bald mit denen zurückkehren, die noch auf dem Berg umherirren.«

»Habt Ihr keine Angst, Euch selbst anzustecken?«

»Keineswegs. Von den auf Aswkrigg Geborenen wurde niemals jemand krank, das ist die Art unserer Rasse. Uns kann nur Gewalt von außen vernichten, niemals von innen. Macht Euch keine Gedanken um uns. Geht an Euer Werk, und wir wollen das unsere beginnen.«

Die Versteinerten

»Ich geleite Euch ins Herz des Labyrinths«, schlug Khuto vor. »Nichts wird dort Euren Schlaf stören, denn außer mir kennt niemand den Weg, nicht einmal meine Gefährten. Kommt!«

Mit der flachen Hand fuhr er über die Lampe. Augenblicklich erschienen in den Ecken des Saals die vier knöchernen Ungestalten. Diesmal trugen sie weder Schwert noch Geißel, sondern waren in gewaltige dunkle Flügel gehüllt wie in Mäntel. Auf Befehl ihres Herrn näherten sie sich, schwebten aber weiterhin waagrecht in der Luft, wobei ihre samtigen, tintenschwarzen Flügel sich wellten wie die Flossen von Mantarochen. Als wären sie Reittiere, ließen sich Khuto, Amory und Marchand auf ihren Rücken nieder.

Auf einen melodischen Pfiff hin setzten sie sich in Bewegung. Die Aufgestiegenen merkten kaum, dass sie flogen, so weich glitten sie dahin. Die Türen des Saals öffneten sich wie von selbst. Mit sanfter Bewegung schlugen die weichen Flügel, und sie schwebten hinaus aus dem von Kerzen erleuchteten Raum, hinein in das Zwielicht des unterirdischen Palasts, dessen Gänge und Treppen allein vom Licht der magischen Lampe in Khutos Händen erhellt wurden. In scheinbar endloser Folge durchquerten sie dunkle Gemächer, in denen sich geisterhaftes Leben regte, glitten über die Stufen gerader und gewundener Treppen hinab, trieben wie Wolken durch das Rund einer ungeheuren Kuppel.

Nie hatte Amory sich so elend gefühlt. Es war nicht nur die Seuche, deren Gift ihr durch die Adern strömte. Es war auch die innige Berührung mit den Uzzbazis. Zweifellos waren einige von ihnen zu Unrecht verurteilt worden, aber es gab auch andere, die nach Blut und Fäulnis schmeckten, nach einer unaussprechlichen Verderbtheit, und dieser Geschmack klebte an den Lippen der Jungfer. Sie war geradezu erleichtert, dass sie dieses Leben nicht mehr lange ertragen musste. Es tat ihr weh, aus der Welt zu scheiden, in der sie noch so lange hätte leben können, aber sie sah keinen anderen Weg. Und als sie in Marchands bleiches, bitterernstes Gesicht blickte, erkannte sie, dass es ihm genauso erging.

Sie hätte nicht sagen können, wie lange dieser geisterhafte Flug dauerte. Irgendwann erreichte sie eine Höhle von schwindelerregender Höhe. Wie ein Püppchen stand sie in dem Riesenraum, dessen kahle Wände nur dicht unterhalb der Kuppel von einigen Fensterchen unterbrochen wurden. Das Licht der Feuerseen drang herein und malte ein Gespinst rötlich leuchtender Strahlen auf die Mauern und in die leere Luft. In der Mitte erhob sich ein Sockel – und darauf, aus einem einzigen durchsichtig grünen Stein geschnitten, der Götze der verruchten Phosphordrachen. Das Bildnis besaß keine Ähnlichkeit mit einer menschlichen oder tierischen Gestalt, die ihr bekannt war, es glich einem aus Kristallen geborenen Wesen. Und obwohl es nicht mehr als ein zackiger, vielflächiger Edelstein war, fühlte sie die Bosheit, die sich in seinem Innersten angesammelt hatte und danach lechzte, wieder auszubrechen.

Voller Grauen wich Amory zurück. »Niemals!«, flüsterte sie. »Bringt uns an einen anderen Ort! Ich will sterben, aber ich will nicht, dass meine Gebeine unter den Augen dieser Kreatur liegen.«

In dem Augenblick, da sie die Worte aussprach, fühlte sie ein Beben und eine warme Berührung am Hals, und der Traum kam ihr in den Sinn, den sie so oft geträumt hatte. Mit zitternden Fingern fasste sie sich an den Hals, berührte das Kettchen und die Hülse aus Ebenholz. Ein Schwindel überfiel sie, als sie die Kette über den Kopf zog und die Rolle öffnete. In roten Schleiern wallte ihr das Blut vor den Augen, die Knie gaben nach, und sie sank auf den felsigen Boden. Von allen Seiten griffen die Knochenfinger finsterer Mächte nach ihr und wollten sie an ihrem Vorhaben hindern, aber es gelang ihr, die Hülle zu öffnen. Als sie sie umstülpte, fiel ihr eine gläserne Phiole in die offene Hand. Hinter dem Glas tanzten rötlich goldene Fünkchen.

Dann, mit einem hellen Singen, zersprang das Glas, ohne dass sie es zerdrückt hätte. Als sich ihr Blut mit dem hervorperlenden Inhalt mischte, vermehrten sich die Funken mit atemberaubender Schnelligkeit und wurden zu einer glitzernden Wolke, die wie Schneegestöber im Raum umherwirbelte ... verdichteten sich zu einem Nebel ... und der Nebel zu einer Gestalt, die bis an die Wölbung des Dachs aufragte. Halb in menschlicher Gestalt, halb in der eines geflügelten Drachen stand da ein rotgolden leuchtendes Wesen, erfüllt von einer inneren Glut, die in seinen Gliedern lohte wie ein Feuer in einem Glas. Durch die bernsteinfarbenen Augen hindurch sah Amory das Firmament, wie es wirklich war, mit Tausenden von Sonnen und Monden, Sternen und Sternensplittern, die in seiner kristallenen Leere dahinwirbelten und dabei sangen ... Überwältigt von der

Schönheit des Wesens, vor allem aber von der alles umfassenden Liebe, die von ihm ausstrahlte, brach sie auf dem Boden zusammen, die zitternden Sinne umwebt von einem Duft, der zugleich klar und frisch, aber auch betäubend süß war.

Sie hörte Marchand leise aufschreien. Mühsam hob sie den Kopf. Mit der Erscheinung des Shem war ein Zauber von ihren Augen gewichen, und sie sahen die wahre Gestalt des Bildwerks, das ihnen als ein drei Schritt hoher Smaragd erschienen war. Gerade noch faustgroß, krumm und bröckelnd hockte es inmitten der weiten steinernen Fläche des Sockels. Seine Spitzen, Zacken und Prismen waren so verwittert, dass die vom Bildhauer geschaffene Gestalt weitgehend verloren gegangen war, aber eine neue und noch hässlichere entstanden war. Dann löste auch diese sich auf. Vor den Augen der Geschwister zersetzte sich der Steinklumpen an den Rändern, Sand rieselte, das kristallene Gebilde verflachte. Zuletzt zerfiel ein unförmiger Brocken gänzlich zu Sand, und der feurige Hauch des Bernsteindrachens zerstreute den Sand in alle Winde.

Der Bernsteinglanz des Shem wurde schwächer. Er erlosch jedoch nicht, sondern zog sich zu einer Kugel zusammen, die über dem jetzt leeren Sockel schwebte.

»Geht!«, flüsterte Khuto.

Langsam, einander an den kalten Händen haltend, ließen sich die Zwillinge Seite an Seite zu Boden sinken und falteten die Hände über der Brust. Amory wandte ihrem Zwillingsbruder ein letztes Mal das Gesicht zu und lächelte ihn voll inniger Zärtlichkeit an. »Ich danke dir, dass du mit mir gekommen bist«, flüsterte sie. »Es macht mir den Tod leichter, wenn ich weiß, dass du mein Opfer gutheißt und es teilst. Küss mich!«

Ihre Lippen berührten sich einen zärtlichen Augenblick lang, dann sanken sie zurück, und ohne dass sie ein weiteres Wort miteinander wechselten, murmelte Amory die Worte eines mächtigen Zaubers.

Sie spürte, wie ihre Zehen eisig kalt wurden, dann ihre Füße, und unwillkürlich wollte sie sie schütteln, um sie zu wärmen, aber sie bewegten sich nicht mehr. Fingerbreit um Fingerbreit stieg die Kälte nach oben und ergriff auch die Fingerspitzen. Amory warf einen Blick zu Marchand hinüber und sah, dass seine schlaff auf dem Felssockel ruhende Rechte zu grauem Stein geworden war.

Eine Welle maßlosen Entsetzens ergriff sie. Sie wollte aufspringen und schreien, wollte den Zauber abschütteln – als wäre dies noch möglich gewesen! Als sie den Mund öffnen wollte, fühlten sich die Lippen kalt und unbeweglich an, die Zunge erstarrt. Gerade eben noch gelang es ihr, die Lider zu schließen, da strömte ihr die eisige Erstarrung auch schon in den Leib und in die Brust. Mit einem Seufzer nahm sie Abschied vom Leben, und ihr Herz hörte auf zu schlagen.

Die bernsteinfarbene Kugel veränderte langsam ihre Form. Sie wurde zu einem liegenden Oval, dann zu einem Baldachin, der sich über den Sockel spannte, schließlich zu einer durchsichtigen Glocke, die ihn von allen Seiten umschloss und sich über die steinernen Schläfer wölbte.

Khuto seufzte tief. Einen Segen murmelnd, wandte er sich ab, bestieg sein Reittier und ließ sich durch das Labyrinth davontragen. Hinter ihm verblasste allmählich ein goldener Schein.

–

In dem verzauberten Saal drängten sich die Schiffbrüchigen eng aneinander und warteten auf Khutos Rückkehr. Ein erregtes Murmeln erhob sich, als er zurückkehrte.

Mit ernsten Blicken musterte er die Männer und Frauen. »Die Pharsu ist gebannt, und damit seid Ihr, soweit es mich angeht, freie Menschen«, erklärte er. »Was Ihr an Verbrechen begangen habt, habt Ihr nicht in dieser Welt begangen, und es ist nicht meine Aufgabe, Euch zu strafen. Geht, wohin Euer Schicksal Euch führt. Sobald der Tag anbricht, werden meine Diener Euch an die Oberfläche führen.« Dann wandte er sich an Avigdor. »Kommt«, flüsterte er ihm zu, »ich habe Euch etwas zu zeigen.«

Der Midan blickte den Fürsten der heimlichen Stadt fragend an, der aber legte den Finger auf die Lippen und zog Avigdor mit sich. Gemeinsam stiegen sie die steinerne Treppe empor, die im falschen Glanz der Wandbehänge und Spiegel erstrahlte, und Sternschnuppenschwärme flogen über den Himmel. Wie leuchtende Federn oder durchsichtige Tiefseebewohner mit ihren Nesselfäden tauchten sie am Firmament auf. Den sternenhellen Himmel über sich, standen die beiden Männer inmitten der Ruinen von Megith. Ein kalter Wind blies von den Gipfeln herab.

»Ihr seid traurig«, sagte Khuto.

Avigdor nickte. »Ich bin traurig, und im Grunde weiß ich nicht warum. Ich sollte mich freuen, dass wir von der Seuche befreit sind und kein Verderben über diese Welt hier bringen werden … eine schöne Welt …«

»Oh, Ihr wisst es sehr wohl. Der Preis für diese Rettung erscheint Euch zu hoch.«

»Aber ich habe sie doch kaum gekannt. Und die meiste Zeit sah ich nur ein Muirg.« Er lächelte schwach bei der Erinnerung.

»Den Menschen, der einem bestimmt ist, erkennt man auch in der Gestalt eines Muirg.«

»Ihr Kuss war süß«, fuhr Avigdor träumerisch fort. »Und ich habe wahrhaftig genug Küsse bekommen, um sagen zu können: Sie war einzigartig.« Dann erst schien ihm aufzugehen, was der Fürst gesagt hatte, und er wandte sich mit einem überraschten Ausdruck in den Augen zu ihm um. »Sie ist tot.«

»Sie schläft. Und mag wieder erwachen. Vieles ändert sich, Geringes und Großes, auf Erden und am Himmel. Blickt hinauf! Ihr werdet etwas sehen, das noch kein Mensch gesehen hat und keiner wieder sehen wird.«

Verwundert und ein wenig ängstlich blickte der Midan zum Nachthimmel auf, in der unbehaglichen Erwartung, ein Feuerstrahl könne niederfahren. Aber Khuto lenkte seine Aufmerksamkeit auf die Mondin und das winzige Gestirn, das ihr getreulich auf ihrer Bahn folgte. »Kennt Ihr das?«

»Ja. Wir nennen es Daturas Magd, weil es immer hinter ihr herläuft.«

»Behaltet es im Auge! Gleich wird es geschehen.«

Avigdor setzte sich auf den Stumpf einer zerbrochenen Säule und betrachtete aufmerksam den Himmel, ohne zu wissen, was er erwarten sollte. Allmählich schwand die Nacht, und in der aufkommenden Dämmerung tauchten die Gipfel der Feuerberge auf, verwittert zu phantastischen Säulen, Türmen und Brücken. Der Himmel leuchtete lavendelfarben, während die Berge zwischen tiefem Schwarz, Violett und Purpur wechselten. Eisige Kälte wechselte mit jähen Hitzeströmen, wenn der Wind über einen der Kraterseen hinwegblies.

Und wirklich, es geschah. Im ersten Augenblick dachte

der Jüngling, eine vorüberziehende Wolke habe seinen Blick verwirrt und ihm vorgespiegelt, das scharlachfarbene Schlangenei habe sich plötzlich an einer Seite ausgebeult. Aber nein, ihn hatte keine Wolke genarrt! Der Himmel war sternenklar, und doch sah der Midan von Fienne, wie das Schlangenei das Kind gebar, das so lange in seinem Schoß gereift war. Die Eihülle blähte sich auf, platzte, und heraus schoss wie der Blitz die Schlangentochter, breitete ihre eben noch eng zusammengefalteten Flügel aus und stieg als hell leuchtender, feuriger Stern in den Zenit des Himmels auf. Das Schlangenei zog weiter seine gewohnte Bahn, aber Avigdor erkannte deutlich, dass es nur noch eine leere, fleckenlose Hülle war.

Er sprang auf, taumelnd vor Staunen und innerem Aufruhr. »Was bedeutet das?«, fragte er.

»Ein Äon ist zu Ende gegangen, eine neue Weltzeit bricht an. Und seht! Die Zukunft steht unter einem guten Stern. Bald werden die drei Schwestern zurückkehren, erlöst aus der langen Gefangenschaft, und die treue Datura wird wieder ihre Hofdame sein. Aber sorgt Euch nicht darum!«, fuhr er fort, als er die gerunzelte Stirn und die fragenden Augen seines jungen Begleiters sah. »Die Schwestern zu befreien, das ist eine Aufgabe, die anderen auferlegt wurde, Ihr müsst Euch darum nicht kümmern. Ihr geht Euren eigenen Weg, und der ist seltsam und wunderbar genug. Avigdor ...« Er ergriff die Hände des Jünglings. »Ich muss Euch etwas Wichtiges sagen. Ihr habt bereits bemerkt, dass das Elixier, in das Ihr eingetaucht seid, Euch verändert hat. Ihr fühlt keinen Hunger mehr, Ihr braucht Phurams Pfeile nicht länger zu fürchten und anderes mehr. Aber das Wichtigste wisst Ihr noch nicht. Ihr und alle Eure Gefährten werden noch leben, wenn kein anderer Mensch mehr auf dieser Welt zu finden ist. Wenn Euer Körper nicht völlig zerstört ist, werdet Ihr ewig leben und jung bleiben.«

Avigdor starrte Khuto fassungslos an. »Ewig leben?«

»Fast ewig, denn zuletzt muss alles, was geworden ist, wieder vergehen. Aber Ihr werdet Jahrhunderte überdauern, ohne zu altern. Und es mag sein, dass Ihr in diesem langen Leben die Frau wiederfindet, die Euch bestimmt ist.« Mit sanftem Lächeln legte er die Hand auf das Herz des Jünglings. »Tretet in diese Welt hinaus mit dem Segen der drei Schwestern, Midan, und wenn sie wieder an den Himmel zurückgekehrt sind, werdet ihnen ein treuer Diener. Ihr habt Datura gefunden, Ihr werdet noch Größere finden. Lebt wohl.«

»Khuto! Wartet! Sagt mir …«, rief Avigdor und streckte die Hand aus, aber der bucklige kleine Mann war bereits in den tiefen Schatten zwischen den Ruinen verschwunden.

–

Ein kalter, angenehm frischer Wind wehte über den Pass. Der tiefdunkle Himmel verblasste bereits im Osten. Die Umrisse der Landschaft traten erstaunlich rasch immer deutlicher hervor. Tiefes Schweigen herrschte, nur gelegentlich unterbrochen von einem Poltern, wenn sich Felstrümmer lösten und mit Getöse in die Tiefe stürzten.

Die Khan-Hagazim und ihr Wolf verabschiedeten sich von Khuto und seinen Gefährten. Brianna war froh, endlich aufbrechen zu können, obwohl im Tal unten eine fremde und gefährliche Welt auf sie wartete. Mit diesen Magiern und Fürsten wollte sie nichts mehr zu tun haben. Sie streichelte Gavon, der neben ihr stand – auf zwei Beinen. Er zumindest war, wie er sein sollte, ein guter Wolf, simpel, freundlich und gehorsam. Ein hoffnungsvoller Gedanke keimte in ihr auf – dass man in dieser anderen Welt gewiss Arbeit für eine tüchtige Wolfsführerin hätte.

Brianna nahm das Leben, wie es kam. Und da sich die Tatsache nicht ändern ließ, dass sie so weit von der Heimat entfernt gestrandet war, musste sie das Beste daraus machen. Sie sagte sich: Ich bin jung, ich bin gesund, ich bin klug genug, um eine Arbeit zu finden, die mich und meinen Wolf ernährt, was soll's mich da kümmern, ob ich in dieser oder jener Welt lebe? Freilich tat es ihr leid, dass sie ihre Familie nicht wiedersehen würde, aber damit musste sie fertig werden, das war Soldatenschicksal.

»Gavon«, flüsterte sie dem Wolf zu, »sei gut und gehorsam, denn du musst dir von nun an deinen Napf Fleisch selbst verdienen.«

Er rieb den Kopf an ihrer Wange, leckte ihr das Ohr und gab hechelnd zu verstehen, dass er mit Freuden alles tun wollte, *alles*, was seine liebe Herrin von ihm verlangte.

–

Amory versank in den Tiefen des Schlafs, und während ihre Glieder langsam erstarrten, träumte sie denselben Traum wie damals im Teich der Seelenjägerin. Alles war richtig. Alles war gut. Sie brauchte sich um nichts Gedanken zu machen, brauchte keine Angst mehr zu haben, dass sie einen Fehler beging, brauchte nichts Böses zu fürchten. Um sie herum schwebten, in einem gallertigen Wirrwarr miteinander vermengt, viele nackte menschliche Körper. Obwohl sie in dem schleimigen Wasser trieben wie Tote, kopfüber, kopfunter, Arme und Beine schlaff nach unten hängend, spürte Brianna, dass sie nicht tot waren. Sie schliefen und träumten, genau wie sie zuvor geträumt hatte. Als sie die Augen öffnete, entdeckte sie, dass von ihrem Körper und den Körpern dieser Wesenheiten ein purpurbraunes Licht ausstrahlte und das Wasser von einem geisterhaften Schimmer erleuchtet wurde. Sie spürte, wie eine Bewegung den Teich bis in die tiefsten Tiefen erschütterte, wie etwas aus dem Urgrund aufstieg und langsam aufstieg – eine gewaltige Macht, die sie mit Wärme und Leben umhüllte. Und diese Macht ging auf sie über, wurde Teil ihrer selbst.

Plötzlich wusste sie, wo sie sich befand. Sie war in der Halle, in der die Seelen der Menschen darauf warten, dass ihnen ein Körper zugeteilt wurde. Sie war eine der ungezählten Wartenden. Sie war nicht tot. Wenn es Majdanmajakakis gefiel, würde sie ins Leben zurückkehren.

Und dann würde sie auch den Midan von Fienne wiedersehen.

Inhalt

DRITTER TEIL

VIERTER TEIL